파우스트

파우스트

요한 볼프강 폰 괴테 희곡 김인순 옮김

Faust

열린책들 세계문학
모노 에디션

FAUST
by JOHANN WOLFGANG VON GOETHE (1831)

헌사(獻辭)[1]

다시 가까이 다가오는구나, 일찍이 내 흐릿한 눈에
나타났었던 아물거리는 형상들아.
이번에는 정녕 너희들을 붙잡아 볼거나?
내 마음 아직도 그 환상에 이끌리는가?
5 집요하게 몰려오는구나! 좋다, 그러면 너희들 마음대로
연무를 헤치고 나타나 내 주변을 에워싸라.
너희들의 행렬을 감싼 마법의 숨결에
내 마음, 젊은이처럼 크게 감동받아 떨리는구나.

즐거웠던 나날의 영상들을 너희들이 불러내는구나.
10 사랑스러운 모습들이 많이 떠오르고,
처음 느꼈던 사랑과 우정이 마치 사라져 가는
옛 전설처럼 되살아나는구나.
그때의 아픔이 새삼 가슴을 파고들고,
삶의 애환이 미로처럼 어지러이 뒤엉켜 되풀이되누나.
15 아름다운 행복의 시간을 헛되이 갈망하다

1 괴테가 처음 『파우스트』를 집필한 후 이십여 년이 지난 1797년 6월 24일에 쓰인 것으로 추정된다. 오랜만에 다시 『파우스트』 원고를 접하고서, 그것을 처음 읽어 주었던 그리운 이들을 회상하며 쓴 글로 작품의 발생사를 반영한다.

나보다 먼저 사라져 간 착한 이들을 부르누나.

나의 첫 노래를 들었던 이들,
이제 이어지는 노래는 듣지 못하누나.
다정히 모여 있던 이들 뿔뿔이 흩어지고,
아아, 최초의 메아리도 간곳없이 사라졌구나. 20
나의 노래 낯선 무리들에게 울려 퍼지니,
그들의 찬사조차 내 마음을 두렵게 하누나.
일찍이 나의 노래 즐겨 들었던 이들,
아직 살아 있다 해도 세상에 흩어져 헤매누나.

정적이 감도는 엄숙한 영(靈)들의 세계를 향한 그리움, 25
벌써 잊은 지 오래거늘 새삼 휘몰아치는구나.
내 속삭이는 노래가 풍현금[2]처럼
아련히 떠도누나.
전율이 온몸을 휘감고 눈물이 줄줄 흐르니,
엄숙한 마음이 부드럽게 풀리는구나. 30
내 곁에 있는 것 멀리 아스라이 보이고,
사라진 것이 현실이 되어 나타나누나.

2 바람이 불면 속삭이듯 신비스러운 소리를 내는 현악기로 괴테 시대에 애호되었다.

무대에서의 서막

단장, 전속 시인, 어릿광대

단장 자네들 두 사람은 이미 여러 번
고난과 궁지에서 나를 도와주었으니,
35 우리의 사업이 앞으로 독일 땅에서
얼마나 가망이 있을지 말해 주겠는가?
나는 대중들을 즐겁게 해주길 무척 소원하였네,
무엇보다도 그들 스스로 살아가면서 남들도 살게 해주기 때문일세.
기둥들이 세워지고 무대가 마련되었으니,
40 모두들 잔치가 벌어지기만을 기다리네.
벌써 눈썹을 치켜세우고 여유 있게 앉아서,
깜짝 놀랄 일이 벌어지길 기대하네.
나 스스로 군중들의 마음을 어루만질 줄 안다고 자부하는데도,
이토록 당황하기는 생전 처음일세.
45 저들이 최고의 것에 길들여지지는 않았지만,
엄청나게 많은 것을 읽었단 말일세.
참신하고 산뜻하면서도 의미심장하게
저들의 마음을 사로잡을 방법이 없을까?
나야 물론 사람들이 물밀듯이 우리 극장에

밀려드는 것을 보고 싶지 않겠는가. 50
비좁은 은총의 문으로 서로 들어오겠다고
아우성을 치고,
밝은 대낮에, 네 시도 되기 전에
서로 밀고 밀치며 매표구로 덤벼들고,
흉년에 빵집 문 앞에서 빵 한 조각 구걸하듯 55
입장권 한 장 얻으려고 목 부러지도록 싸우면 얼마나 좋겠는가.
오직 시인만이 각양각색의 사람들에게 그런 기적을
일으킬 수 있네. 이보게 친구, 오늘 제발 그렇게 해주게.

시인 오, 그런 어중이떠중이에 대한 이야길랑 그만두시오.
그들을 보기만 해도 넋이 나갈 정도요. 60
우리를 본의 아니게 소용돌이로 휘몰아 가는,
그 벌 떼 같은 인파를 제발 내 눈에 보이지 않게 해주시오.
아니, 시인의 순수한 기쁨이 꽃피어 나고,
우리 마음의 사랑과 우정이 축복을
천상의 손길로 일구어 내고 가꾸는 65
조용한 하늘 구석으로 날 데려가 주시오.

아아! 우리의 깊은 마음속에서 우러나는 것,
입술이 혹은 실패하고 혹은 성공하며
수줍게 더듬거리는 것을
혼란스러운 순간의 힘이 게걸스레 삼켜 버린다오. 70
여러 해 동안 노력한 끝에
간신히 완성되는 경우도 종종 있소.
번쩍거리는 것은 순간을 위해 빛나지만,
참된 것은 길이길이 후세에 남는다오.

어릿광대 나는 후세 이야길랑 듣고 싶지 않아요. 75
내가 후세에 대해 말해 봐요,

그러면 누가 현세 사람들을 즐겁게 해주겠어요?
그들은 즐거움을 누리고 싶어 하고 또 마땅히 누려야 해요.
착실한 젊은이 하나 있는 것만으로도
80 언제나 대단한 일 아니겠어요.
유쾌하게 말할 줄 아는 자는
사람들의 기분에 아랑곳하지 않아요.
확실하게 감동을 안겨 주기 위해
많은 무리가 모이기를 바랄 뿐이지요.
85 그러니 착실하게 모범적으로 굴어서
오성, 이성, 감성, 정열,
온갖 것을 동원해 환상을 펼치세요.
하지만 명심하세요! 익살이 빠지면 아무도 들으려 하지 않는다고요!

단장 무엇보다도 많은 일들이 벌어져야 하네!
90 사람들은 눈으로 보러 온다네, 눈으로 즐기러 온단 말일세.
눈앞에서 일들이 얽히고설켜
다들 입 벌리고 바라보면,
자네는 명성을 널리 날리고
많은 사랑을 받을 걸세.
95 오로지 많은 것을 통해서만 많은 사람들을 제압할 수 있네.
그래야 제각기 뭔가를 얻을 수 있지 않겠는가.
많은 것을 제시해야 여러 사람들에게 뭐라도 줄 수 있는 법일세.
그러면 누구나 흡족한 기분으로 극장을 나서지 않겠는가.
연극을 보여 주려면, 여러 조각으로 나누어 보여 주게나!
100 자네라면 그런 잡동사니를 능히 만들어 낼 수 있을 걸세.
쉽게 생각한 것이 내놓기도 쉬운 법일세.
자네가 완전한 작품을 내놓는다 해도 무슨 소용 있겠는가.
관객들이 어차피 조각조각 뜯어낼 텐데.

시인 단장님은 그런 손재주가 얼마나 조악한지 못 느끼시는군요!
그런 일이 진정한 예술가에게 얼마나 어울리지 않는지! 105
지저분한 인간들의 눈속임이
단장님의 원칙인가 보군요.

단장 나는 그런 비난에 조금도 맘 상하지 않네.
제대로 한번 일해 볼 양이면,
최상의 도구를 갖추어야 하네. 110
자네가 부드러운 나무를 쪼개야 하는 사실을 유념하게.
누구를 위해 글을 쓰는지 명심하라고!
지루함에 쫓겨 오는 자,
부른 배를 두드리며 찾아오는 자,
무엇보다도 심각한 경우는 115
신문을 읽고 오는 자들일세.
다들 오로지 호기심에 발걸음 재촉하여,
가장무도회에 가듯 멍하니 우릴 찾아온단 말일세.
부인네들은 곱게 단장한 몸으로 눈을 즐겁게 해주며,
출연료도 안 받고 공연에 참여한다네. 120
자네는 시인이랍시고 고고하게 굴며 무엇을 꿈꾸는가?
극장 안이 가득 차면 왜 기뻐하는가?
우리의 후원자들을 가까이에서 눈여겨 보게나!
절반은 냉담하고 절반은 조야하네.
어떤 자는 연극이 끝나면 카드놀이를 하고 싶어 하고, 125
또 어떤 자는 매춘부의 품에서 방탕한 밤을 보내고 싶어 하네.
무엇 때문에 그런 어리석은 인간들을 괴롭히고,
또 그딴 일로 아리따운 뮤즈들을 괴롭힌단 말인가?
내 분명히 말하는데, 그저 많이, 아주 많이만 내놓게.
그러면 절대로 목적에서 벗어나지 않을 걸세. 130
사람들을 그저 어리둥절하게 만들게,

원래 그들을 만족시키기는 어렵네—
왜 그러는가? 기쁜 건가 괴로운 건가?

시인 가서 다른 종복을 찾아보시지요!
135 시인이라면 최고의 권리,
자연에게 부여받은 인간으로서의 권리를
당신 같은 사람 때문에 경솔하게 잃어버려서는 안 될 거요!
시인이 무엇으로 만인의 심금을 울리는가?
무엇으로 모든 원소들을 제압하는가?
140 가슴속에서 우러나와서,
온 세상을 다시 마음속으로 빨아들이는 조화의 힘이 아니겠소?
자연이 한없이 이어지는 실오라기를
무심하게 물레에 감아 돌리고,
온갖 조화롭지 못한 존재들이 뒤엉켜
145 귀에 거슬리는 소리를 내면,
누가 그 단조롭게 흘러가는 것을
생동감 있게 잘라 장단 맞추어 움직이게 하는가?
누가 하나하나를
근사한 화음 울리는 엄숙한 전체로 불러내는가?
150 누가 폭풍우를 정열로 날뛰게 하고,
저녁놀을 진지하게 불타오르게 하는가?
누가 어여쁜 봄꽃들을
사랑하는 사람 가는 길에 뿌리는가?
누가 뜻 없는 초록빛 잎사귀들을
155 온갖 공적을 기리는 영예의 화환으로 엮는가?
누가 올림포스를 지키는가? 누가 신들을 화합시키는가?
그것은 바로 시인에게서 드러나는 인간의 힘이오.

어릿광대 그렇다면 그 아름다운 힘을 발휘하여,
사람들이 사랑의 모험을 하듯

시적인 장사를 해보세요. 160
두 사람이 우연히 가까워져서 서로를 느끼고 곁을 지키며
차츰 깊이 얽혀 들지요.
행복이 자라나는가 하면, 싸움이 시작되고,
환희에 젖는가 하면, 고통이 다가오지요.
그러다 눈 깜짝할 사이에 소설이 탄생하는 거예요. 165
우리에게도 그런 연극을 보여 주세요!
풍성한 인간의 삶에 손을 뻗치세요!
사람들은 풍성한 체험을 하면서도 의식하지는 못해요.
그걸 연극에 담아내면 재미있을 거예요.
두루뭉술 화려하게 그려 내고 170
많은 착각에 진실의 작은 불티를 섞어 넣으면,
온 세상의 원기를 돋우고 즐거움을 선사하는
최고의 음료가 빚어지지요.
그러면 청춘의 꽃 만발한 젊은이들이 모여들어
당신 연극의 계시에 귀 기울이고, 175
다감한 마음들이 당신의 작품에서
우수 어린 자양분을 빨아들일 거예요.
때로는 이것에, 때로는 저것에 자극받는데,
누구나 자신의 마음속에 품고 있는 것을 보기 마련이지요.
저들은 당장 울고 웃을 준비가 되어 있으며, 180
열정을 숭배하고 허상을 즐거워하지요.
이미 성숙한 사람은 쉽게 만족하지 않지만,
성숙되어 가는 사람은 언제나 고마워한답니다.

시인 나한테도 그런 시절을 되돌려 주게.
내가 아직 성숙을 향해 나아가던 시절. 185
풍요로운 노래의 샘이 끊임없이
새롭게 솟아나고,

세상이 안개에 가려 있고,
꽃봉오리가 기적을 약속하고,
190 골짜기마다 가득한
온갖 꽃들을 꺾던 시절.
비록 가진 것은 없었지만, 진실에의 열망과
환상에의 기쁨만은 부족함이 없었지.
그 넘치던 충동,
195 깊고도 고통스러웠던 행복,
증오의 힘, 사랑의 위력,
내 젊음을 돌려 다오!

어릿광대 이보세요, 싸움터에서 적들이 몰려오거나,
사랑스러운 아가씨들이
200 힘차게 목에 매달리거나,
달리기 경기의 도달하기 어려운 결승점에서
승리의 화환이 손짓을 하거나,
빙글빙글 격렬히 춤춘 후에
신나게 먹고 마시며 밤을 지새울 때,
205 기껏해야 그때나 젊음이 필요한 법이에요.
하지만 손에 익은 현악기를
과감히 우아하게 연주하고,
스스로 정한 목표를 향해
기분 좋게 이리저리 헤치며 나가는 것이야말로
210 당신 같은 노인들의 의무랍니다.
그렇다고 우리가 노인들을 덜 존경하는 것은 아니지요.
흔히 말하듯 나이는 사람을 어린애처럼 만드는 것이 아니라
진정한 어린애로서의 우리 모습을 다시 찾게 하지요.

단장 말은 이미 충분히 나누었으니,
215 이제 행동으로 보여 주게나!

듣기 좋은 말을 주고받는 시간에,
유용한 일을 할 수 있지 않겠는가.
기분에 대해 왈가왈부한다고 무슨 소용 있는가?
망설이는 사람에게 기분이 절로 나타나지는 않는다네.
자네들이 시인이라 자처한다면, 220
시학을 호령하게.
우리에게 무엇이 필요한지는 잘 알고 있잖은가,
우리는 독한 음료를 마시고 싶단 말일세.
어서 당장 술을 빚게!
오늘 하지 않는 일은 내일도 이루어지지 않는 법, 225
하루도 헛되이 보내서는 안 될 걸세.
가능성이 엿보이면 과감하게
덥석 정수리를 움켜쥐게.
그러면 가능성을 놓치고 싶지 않아서
계속 밀고 나갈 수밖에 없을 테니까. 230

자네들도 알다시피, 우리 독일 무대에서는
누구나 원하는 것을 마음껏 시도해 볼 수 있잖은가.
그러니 오늘 무대 배경이든 소도구든
아끼지 말게.
크고 작은 하늘의 빛을 밝히고, 235
별들도 마음껏 이용하게나.
물, 불, 암벽,
짐승과 새들도 얼마든지 있네.
좁은 극장 안에
삼라만상을 펼쳐 놓고, 240
천상에서 지상을 거쳐 지옥까지
유유히 거닐어 보게.

천상의 서곡

하느님과 천사의 무리.
메피스토펠레스 나중에 나타난다.
세 명의 대천사 앞으로 나온다.

라파엘 태양은 예나 다름없이
형제 별들과 노래 솜씨를 겨루며,
245 정해진 행로를
우레 같은 걸음으로 마무르노라.
아무도 그 이치를 알 순 없지만,
그 광경은 천사들에게 힘을 주노라.
불가사의하고 고매한 신의 역사(役事),
250 천지 창조의 첫날처럼 장엄하여라.
가브리엘 찬란한 지구는
빠르게, 불가사의하게도 빠르게 그 주위를 맴도누나.
낙원의 밝은 빛과
소름 끼치는 깊은 어둠이 교차하도다.
255 바다가 풍랑을 일으키며
깊은 바위에 부딪쳐 물거품 날리고,
바위와 바다,

영원히 빠른 천체의 흐름에 휩쓸리도다.

미하엘 폭풍우가 앞다투어
바다에서 육지로, 육지에서 바다로 휘몰아치며, 260
주위에 사납게 줄줄이
심오한 영향을 미치누나.
번개가 파괴의 힘을 번쩍이며,
천둥소리에 앞서 길을 내도다.
그러나 주님, 당신의 심부름꾼들은 265
당신의 날들이 부드럽게 흘러가는 것을 찬미하나이다.

셋이 함께 아무도 당신의 뜻을 헤아릴 수 없기에,
그 광경은 천사들에게 힘을 주나이다.
당신의 고매한 역사(役事),
천지 창조의 첫날처럼 장엄하나이다. 270

메피스토펠레스 오, 주님, 다시 한 번 가까이 다가오시어
저희의 안부를 물어 주시고,
또 예전에는 대개 저희를 반갑게 맞아 주셨기에,
저도 오늘 하인배들 틈에 끼여 나타났소이다.
여기 온 무리가 비웃더라도, 275
저야 원래 고상한 말을 할 줄 모르니 부디 용서해 주시오.
제가 장중하게 말해 보았자 웃음거리밖에 더 되겠습니까,
주님께서 아직 웃음을 잃지 않으셨다면 말입니다.
저는 태양이나 세상에 대해서는 할 말 없고,
그저 인간들 괴로워하는 것만이 눈에 보일 뿐입니다. 280
그 작은 신들은 언제나 그 모양 그 타령이라,
천지 창조의 첫날처럼 요상하긴 마찬가지지요.
주님께서 혹시 천상의 빛을 주지 않았더라면,
살기가 조금 나았을지도 모르지요.
인간들은 그걸 이성이라 부르며, 오로지 짐승들보다 285

더 짐승처럼 사는 데 이용하고 있지요.
이런 말씀 드리기 송구하오나,
폴짝 날아올랐다가는
금방 풀밭에서 케케묵은 노랠 부르는
290 다리 긴 메뚜기 같다니까요.
그냥 풀 속에 엎드려 있으면 좋으련만!
진흙탕만 보면 코를 박으니.

하느님 다른 할 말은 없느냐?
항상 불평이나 늘어놓으러 날 찾아온단 말이냐?
295 지상에서 허구한 날 못마땅한 일뿐이더냐?

메피스토펠레스 그렇다니까요, 주님! 지상에서는 예나 지금이나 정말 형편없이 돌아간다니까요.
인간들이 얼마나 비참한 나날을 보내는지 제 마음이 다 딱하다고요.
그러니 그 가련한 것들을 괴롭힐 마음이 나야 말이지요.

하느님 자네 파우스트를 아는가?

메피스토펠레스 그 박사 말씀인가요?

하느님 내 종복이니라!

300 **메피스토펠레스** 여부가 있겠습니까! 특별한 방식으로 주님을 섬기는 자이지요.
지상의 음료와 음식에 만족하지 않는 얼간이라니까요.
부글부글 끓는 격정에 한없이 휘몰리는데,
그 스스로도 미친 것을 얼추 알고 있지요.
하늘에서는 더없이 아름다운 별을 원하고
305 땅에서는 지고의 쾌락을 원하니,
그 요동치는 마음을 달래 줄 것이
세상천지에 어디 있겠습니까.

하느님 그가 지금은 비록 혼미하게 날 섬길지라도,

내가 곧 밝음으로 인도하리라.
어린 나무가 푸르러지면, 원예사는 310
훗날 멋지게 꽃이 피고 열매가 열릴 것을 아는 법이니라.

메피스토펠레스 우리 내기할까요? 제가 그자를
슬며시 제 길로 끌어들이도록 허락하시면,
주님은 그자를 영영 잃어버릴걸요.

하느님 그가 지상에서 사는 한, 315
네 마음대로 하는 걸 막지 않겠노라.
인간은 노력하는 한, 방황하기 마련이니라.

메피스토펠레스 고맙소이다, 저는 죽은 자는
절대로 상대하고 싶지 않거든요.
통통하고 풋풋한 뺨이 제일이지, 320
시체는 사절이랍니다.
고양이가 죽은 쥐를 싫어하는 것처럼 말이지요.

하느님 그럼 좋다, 네 마음대로 해보아라!
그자의 정신을 근원에서 끌어내어,
붙잡을 수만 있다면 325
네 길로 데려가라.
선량한 인간은 비록 어두운 충동에 쫓기더라도
올바른 길을 잊지 않는 것을
부끄러워하며 네 입으로 인정하게 되리라.

메피스토펠레스 좋소이다! 오래 걸리지 않을 거요. 330
이따위 내기쯤이야 하나도 겁나지 않소이다.
내가 목적을 달성하면,
내 승리를 진심으로 축하해 주시오.
그 녀석 허겁지겁 아주 맛나게 먼지를 먹을 거요.
우리 아주머니, 그 유명한 뱀처럼 말이오. 335

하느님 그런 다음 다시 마음 놓고 나타나도 좋다.

나는 너 같은 족속들을 결코 미워하지 않았느니라.
모든 부정하는 영(靈)들 중에서
악당이 가장 짐스럽지 않노라.
340 인간의 활동은 너무나도 쉽게 해이해지기 마련이어서
무조건 금방 휴식을 취하려 드니,
사탄 행세 하며 자극을 주고 영향을 주는
동반자를 붙여 주는 걸 나는 좋아하노라 —
하지만 신의 진정한 아들들아, 너희들은
345 풍성하게 살아 있는 아름다움을 즐겨라!
영원히 힘차게 작용하는 생성의 힘이
사랑의 다정한 울타리로 너희를 에워싸리라.
아물거리며 떠도는 것을
변하지 않는 생각들로 단단히 붙잡아라.

하늘이 닫히고, 대천사들 흩어진다.

메피스토펠레스 (혼자서)
350 이따금 저 노인네 보는 것도 기분 좋으니,
사이가 틀어지지 않도록 조심해야겠어.
위대한 주님이 사탄하고
이렇듯 인간적으로 이야기하다니, 친절도 하시지.

비극

제1부

밤

비좁은 고딕식 방, 천장이 높고 둥글다.
파우스트, 책상 앞 의자에 불안하게 앉아 있다.

파우스트 아아! 철학,
355 법학과 의학,
게다가 유감스럽게 신학까지도
온갖 노력을 기울여 깊이 파고들었거늘
이 가련한 바보가
조금도 더 지혜로워지지 않았다니!
360 석사라 불리고 박사라 불리며,
벌써 10년 동안이나
위로, 아래로, 이리저리 사방 천지로
학생들의 코를 꿰어 끌고 다녔지만—
결국 우리가 아무것도 알 수 없다는 사실만을 깨닫다니!
365 그러니 어찌 속이 바싹 타들어 가지 않겠는가.
물론 박사니 석사니, 글쟁이니 성직자니 하는
온갖 어리석은 인간들보다야 내가 더 현명하지.

나는 의혹이나 의심에 시달리지 않고,
지옥이나 사탄도 두려워하지 않으니까—
그 대신 즐거움이란 것도 전혀 모르고, 370
뭔가를 제대로 안다는 자부심도 없고,
사람들을 선도하고 교화하기 위해
뭔가를 가르칠 수 있다는 자신감도 없지 않은가.
그렇다고 돈이나 재산을 움켜쥔 것도 아니고,
세상의 부귀영화를 누리는 것도 아니니, 375
개라도 이런 식으로는 더 이상 살고 싶지 않으리!
그래서 정령의 힘과 입을 빌어
세상의 비밀을 알아내려고
마법에 몰두하였거늘.
나도 모르는 것을 380
더 이상 비지땀 흘리며, 떠들지 않아도 된다면 좋으련만.
내밀한 깊은 곳에서
세상을 지탱하는 것을 인식하고,
모든 작용하는 힘과 근원을 직시하여,
더 이상 말과 씨름하지 않아도 된다면. 385

오, 넘치는 달빛이여,
네가 나의 고뇌를 내려다보는 일도 이것이 마지막이라면.
내 깊은 한밤중에 얼마나 자주 잠 못 이루고
이 책상에서 너를 기다렸던가.
그러면 우수 어린 벗이여, 너는 390
책과 종이 너머로 모습을 드러내었지!
아아! 네 사랑스러운 빛에 실려
산봉우리를 거닐 수 있다면.
정령들과 어울려 산중의 동굴 주위를 떠돌고,

395 네 어스름한 빛을 받으며 초원을 배회할 수 있다면.
온갖 학문의 자욱한 연기에서 벗어나
네 이슬 속에서 건강하게 목욕할 수 있다면!

슬프도다! 내 아직도 이 감옥에 갇혀 있단 말인가?
정다운 하늘의 빛조차
400 채색된 유리창을 통해 우울하게 비쳐 드는
이 숨 막히는 저주받은 골방에!
벌레 먹고 먼지 낀 책 더미가
높은 천장까지 수북이 쌓여
방 안을 비좁게 만들고,
405 연기에 그을린 종이들이 여기저기 꽂혀 있고,
유리관과 상자들이 사방에 널려 있구나.
온갖 기구들이 방 안을 가득 메우고,
조상 대대로 물려받은 가재도구들이 그 틈을 메우는구나—
이것이 너의 세계다! 이런 것이 세계라니!

410 그런데 네 마음이 어찌하여
불안에 짓눌리느냐고 묻는 게냐?
어찌하여 설명할 길 없는 고통이
네 모든 삶의 활기를 가로막느냐고?
하느님은 생동하는 자연 속에
415 인간을 창조하였거늘,
연기와 곰팡이 속에서 동물들의 뼈다귀와 해골들만이
너를 에워싸고 있지 않느냐.

도망가자! 떠나자! 드넓은 바깥 세계로 나가자!
노스트라다무스의 친필이 담긴

이 신비스러운 책 하나면 420
네 동반자로 충분하지 않더냐?
그러면 별들의 항로를 인식하리라.
자연의 이끌림을 받아,
정령이 정령에게 이야기하듯
네 정신의 힘이 깨어나리라. 425
메마른 마음이 여기에서
성스러운 부호들을 아무리 설명해도 소용없으리라.
정령들이여, 너희들이 내 곁을 떠돌고 있구나.
내 말이 들리면 대답하라!

책을 펼치고 대우주의 부호[1]를 바라본다.

아하! 이것을 보고 있노라니, 430
갑자기 희열이 온몸을 타고 흐르는구나!
활기에 넘치는 성스러운 삶의 행복이
새로이 뜨겁게 불타올라 신경과 혈관을 뚫고 흐르는구나.
내 가슴속의 광란을 잠재우고
내 가련한 마음을 기쁨으로 채우고 435
나를 에워싼 자연의 위력을
신비스러운 힘으로 드러내는
이 부호를 기록한 자는 신이 아니었을까?
내가 신인가? 눈앞이 밝아 오는구나!
자연이 작용하는 힘이 440
이 순수한 선들의 흐름을 빌어 내 영혼 앞에 놓여 있구나!
이제야 현인의 말뜻을 알겠노라.

1 〈대우주Makrokosmos〉는 〈우주〉 또는 〈만유(萬有)〉를 일컬으며, 여기에 대비해 〈소우주Mikrokosmos〉는 〈인간〉을 가리킨다.

〈정령들의 세계가 닫힌 것이 아니로다,
네 감각이 닫혀 있고 네 마음이 죽은 것이니라!
445 분발하라, 배우는 자여, 지상에 사로잡힌 네 가슴을
단호히 아침노을로 씻어 내라!〉

부호를 주시한다.

모든 것이 하나의 전체로 어우러져,
서로 영향을 주고받으며 살아가는구나!
천상의 힘들이 오르내리며
450 황금의 두레박을 주고받는구나!
은총의 향기 풍기며
하늘에서 땅으로 밀려들어,
조화롭게 삼라만상에 울려 퍼지누나!

이 얼마나 장관인가! 그러나 아아! 구경거리일 뿐이로다!
455 무한한 자연이여, 너를 어디서 붙잡으랴?
하늘과 땅이 매달리고 생기를 잃은 가슴이 달려가는
모든 생명의 근원들이여,
젖가슴들이여, 너희들을 어디서 붙잡으랴?
너희들이 샘솟아 목을 축여 주는데, 나는 어찌 헛되이 갈증에
허덕이는가?

불만스러운 표정으로 책을 뒤적이다가 지령(地靈)의 부호를 응시한다.

460 이 부호는 참으로 색다른 감동을 불러일으키는구나!
대지의 정령이여, 네가 나한테 가깝게 느껴지누나.

벌써 힘이 솟아나는 것 같고
새 포도주를 마신 듯 온몸이 뜨겁게 달아오르누나.
과감히 세상에 뛰어들어,
대지의 아픔과 행복을 짊어지고서 465
폭풍우와 맞붙어 싸우고,
배가 난파해도 겁먹지 않을 용기가 샘솟는구나.
머리 위로 구름이 모여들고—
달빛이 자취를 감추고—
등불이 꺼지는구나! 470
연기가 피어오르누나!— 머리 주위에서
붉은 빛이 번득이고— 천장에서
한줄기 돌풍이 휘몰아쳐
나를 덮치는구나!
내 간절히 바라는 정령이여, 네가 주변을 감도는 것이 느껴지
는구나. 475
네 모습을 드러내어라!
아하! 내 마음을 이리 휘저어 놓다니!
내 모든 감각이
새로운 감정으로 끓어오르는구나!
온 마음이 너에게 쏠리는구나! 480
모습을 나타내어라, 어서 나타내어라! 내 목숨을 잃는 한이
있더라도!

책을 들고서 지령의 부호를 비밀스럽게 말한다. 불그스름한 불꽃이 번득이며, 그 속에서 지령이 나타난다.

지령 누가 나를 부르느냐?

파우스트 (외면하며) 끔찍한 형상이로다!

지령 나를 힘차게 끌어당겨
내 영역을 오랫동안 빨아먹더니,
이제 와서 —

485 **파우스트** 어이쿠! 도저히 참아 내기 어렵구나!

지령 내 모습을 보고 내 목소리를 듣고 내 얼굴을 보길
그토록 숨을 헐떡이며 열망하지 않았더냐.
네 영혼의 간절한 염원에 감동하여
내 이리 나타났건만! — 초인이라는 네가
490 어찌 이리 가련하게도 두려움에 떤단 말이냐! 네 영혼의 부름은 어디 갔느냐?
세계를 창조하여 품고 다니던 네 가슴,
기쁨에 떨며 한껏 부풀어 올라
우리 정령들과 어깨를 겨루던 네 가슴은 어디 갔느냐?
애타게 부르며
495 혼신의 힘을 다해 나에게로 다가왔던 파우스트, 어디 있느냐?
내 입김에 둘러싸이자,
오장육부까지 벌벌 떨고,
겁에 질려 몸부림치는 벌레가 너란 말이냐?

파우스트 내가 불꽃의 형상인 너를 피하겠느냐?
500 나는 파우스트, 너와 동등한 존재란 말이다!

지령 나는 생명의 물살과 행위의 폭풍을 타고서,
위아래로 용솟음치고
이리저리 움직이노라!
출생과 무덤,
505 영원한 바다,
변화무쌍한 관계,
불타는 생명,
나는 쏜살같이 움직이는 시간의 베틀에서

신의 살아 있는 옷을 짜노라.

파우스트 넓은 세상을 배회하는 510

분주한 정령이여, 내 너하고 얼마나 가까운가!

지령 네가 아는 정령과는 닮았을지 몰라도

나하고는 아니다! (사라진다)

파우스트 (털썩 주저앉는다) 너하고 닮지 않았다고?

그럼 대체 누구와 닮았단 말이냐? 515

나 신의 모상(模相)이 아니던가!

그런데 하물며 너하고도 닮지 않다니! (노크 소리 들린다)

이런 제기랄! 또 누구야— 분명 내 조수가 틀림없어—

이 아름다운 행복이 사라지리라!

저 따분한 위선자가 520

이 충만한 순간을 방해하다니!

잠옷 차림에 취침용 모자를 쓴 바그너가 등불을 손에 들고 나타난다.

파우스트, 못마땅한 표정으로 돌아본다.

바그너 용서하십시오! 선생님께서 글을 낭송하시는 소리를 들었습니다.

분명 그리스 비극을 읽으셨겠지요?

저도 그 기술로 이득을 좀 보고 싶습니다.

오늘날에는 그런 것이 효과 만점이거든요. 525

연극배우가 성직자를 가르칠 수 있을 것이라고

칭송하는 소리를 여러 번 들었답니다.

파우스트 성직자가 연극배우라면, 그럴 수도 있겠지.

사실 이따금 그런 일이 있으니까.

바그너 아아! 이렇듯 서재에 갇혀 지내며 530

겨우 휴일에나 세상을 볼까 말까 하고
그것도 겨우 망원경으로 멀리에서 바라보는 처지에,
어떻게 세상을 설득하고 인도하겠습니까?

파우스트 마음으로 느끼지 못하면 세상을 설득할 수 없는 법일세.
535 영혼에서 우러나오는 힘으로
극히 편안하게
청중들의 마음을 휘어잡아야 하네.
그런데 자네들은 그저 죽치고 앉아서 적당히 앞뒤를 꿰어 맞추고,
다른 이들이 남긴 잔치 음식 찌꺼기로 잡탕을 만들어 내고,
540 잿더미를 불어
초라한 불꽃을 피워 낼 뿐일세!
자네들이 원한다면,
어린애들과 원숭이들의 감탄은 받을 걸세.
하지만 마음에서 우러나오지 않으면,
545 결코 만인의 심금은 울리지 못하네.

바그너 연사의 성공은 강연술에 달려 있습니다.
그걸 잘 아는데도 저는 아직 많이 모자랍니다.

파우스트 성실하게 성공의 길을 좇게나!
소리만 요란한 바보가 되지 말게!
550 이성과 올바른 감각을 갖추면,
굳이 기교 부리지 않아도 연설이 저절로 술술 나오는 법일세.
진심으로 뭔가를 말하고 싶다면,
말을 뒤좇아 갈 필요가 어디 있겠는가?
그렇네, 요리조리 비틀어
555 겉만 번지르르한 자네들 말은
가을의 마른 잎을 스치는
안개 바람처럼 칙칙한 것일세!

바그너 이런! 예술은 길고

우리의 인생은 짧습니다.
원전 비평을 하다 보면, 560
머리와 가슴이 답답해질 때가 많답니다.
원전에 이를 수 있는
수단을 확보하기가 이리도 어렵다니!
절반도 해내기 전에,
가련한 사탄 하나가 죽어 나자빠질 지경입니다. 565

파우스트 고문서가 한 모금만 마셔도 영원히 갈증을 달래 줄
성스러운 샘물인 줄 아는가?
자네 영혼 안에서 우러나지 않으면,
위로를 얻지 못할 걸세.

바그너 죄송한 말씀이지만, 시대정신에 깊이 침잠해서, 570
우리 앞의 현인이 어떻게 생각하였고
우리가 마침내 그것을 어떻게 찬란히 발전시켰는지 보는 것은
커다란 기쁨입니다.

파우스트 아무렴, 하늘의 별에 닿을 정도로 발전시켰지!
이보게, 지나간 시대들은 우리한테 575
일곱 번 봉인된 책 같은 것일세.[2]
자네들이 시대정신이라고 부르는 것은
사실은 작가들 자신의 정신일세.
거기에 시대가 반영되었을 뿐이고,
그것은 정말 형편없는 경우가 많네! 580
사람들이 자네들을 보는 즉시 도망치지 않는가.
그것은 쓰레기통과 헛간에 지나지 않고,
기껏해야 꼭두각시 인형들의 입에나 어울리는

2 일곱 교회에 보내는 편지 형식으로 된 「요한 계시록」은 일곱 번 봉인되어 있었다고 한다. 여기에서 유래하여 〈일곱 번 봉인된 책〉은 매우 이해하기 어려운 비밀스러운 내용이 담겨 있음을 뜻한다.

그럴싸한 실용적인 격언을 내세우는
585 시끌벅적한 역사극, 정치극일 뿐일세!

바그너 하지만 이 세상! 인간의 마음과 정신!
그런 것을 누구나 인식하고 싶기 마련입니다.

파우스트 그렇담, 그렇게 인식한다는 것이 무슨 뜻인가?
누가 그것을 곧이곧대로 말할 수 있겠는가?
590 그것을 인식한 소수의 사람들은
어리석게도 그 충만한 마음을 간직하지 못하고
천민들에게 자신의 감정과 직관을 털어놓은 나머지
십자가에 못 박히고 화형당하였네.
이보게 친구, 부탁일세. 밤이 깊었으니
595 오늘은 이쯤에서 그만두세.

바그너 선생님하고 이렇게 학문적인 대화를 나눌 수만 있다면,
저는 언제까지라도 깨어 있고 싶습니다.
내일 부활절 첫날에는
이런저런 몇 가지 질문을 하도록 부디 허락해 주십시오.
600 저는 학문 연구에 열성적으로 매진하여,
이미 많은 것을 알고 있지만 모든 것을 알고 싶습니다. (퇴장한다)

파우스트 (혼자 남아)
어째서 저 머리에서는 희망이 사라지지 않을까.
끊임없이 공허한 것에 매달리고,
탐욕스러운 손으로 보물을 찾아 더듬고,
605 그러다 지렁이를 발견하면 기뻐하다니!

정령들의 충만함이 감도는 이곳에
저런 인간의 목소리가 울려 퍼져야 하는가?
그러나 아아! 지상의 아들들 가운데서도 가장 초라한 너에게
이번만큼은 내가 고마워하리라.

하마터면 내 정신을 파멸로 이끌 뻔했던 610
절망에서 구해 주었기 때문이로다.
아아! 그토록 거대한 모습 앞에서,
나는 마치 난쟁이가 된 듯한 기분이었노라.

나는 신의 모상으로서
영원한 진실의 거울 가까이에 다가갔다고 생각했고, 615
천상의 광휘와 밝음을 즐기며
인간의 탈을 벗어던지지 않았던가.
내 감히 케루빔[3]보다 우쭐하여
자유롭게 자연의 혈관을 타고 흐르고,
예감에 넘쳐 창조하면서 620
신의 삶을 즐기려 하였는데, 이제 그 대가를 어떻게 치르리오!
우레 같은 호령 한마디에 정신이 혼비백산하다니.

내 감히 너하고 어깨를 겨루려 해서는 안 되었거늘.
너를 끌어당길 힘은 있지만
너를 붙잡아 둘 힘은 없는 것을. 625
그 행복한 순간에,
나 자신이 왜소하면서도 위대하게 느껴졌노라.
너는 불확실한 인간의 운명 속으로
나를 잔인하게 밀쳐 내었노라.
누가 나를 가르치는가? 나는 무엇을 피해야 하는가? 630
그 충동에 순응해야 하는가?
아아! 우리의 행위가 우리의 고통 못지않게
우리 삶의 항로를 방해하는구나.

3 대천사보다 높은 지품천사로 숭고한 지혜를 가졌다고 한다.

정신이 받아들이는 더없이 웅장한 것에도
635 갈수록 더 이질적인 물질들이 몰려들고,
우리가 이 세상의 위대한 것에 이르면
더 위대한 것이 그것을 사기와 망상이라 부르고,
우리에게 생명을 부여하는 장엄한 감정들은
지상의 혼란 속에서 마비되어 버리는 것을.

640 환상이 기대에 넘쳐 대담하게
영원을 향해 활짝 나래를 펴다가도,
행복이 시간의 소용돌이에 휩쓸려 하나둘 좌초하면
작은 공간에 만족하기 마련.
그러면 수심이 금방 마음속 깊이 둥지를 틀고서
645 남모를 아픔을 만들어 내고,
불안하게 요동치며 기쁨과 평온을 방해하노라.
수심은 끊임없이 새로운 가면을 쓰고,
집과 농장, 아내와 자식의 모습으로,
불과 물, 비수와 독약의 모습으로 나타나리라.
650 그러면 인간은 있지도 않은 일을 무서워하며 벌벌 떨고,
잃어버리지도 않은 것을 안타까워하며 눈물 흘리리라.

내가 신들과 대등하지 않은 것이! 이리도 뼈저리게 느껴지다니!
쓰레기 더미를 뒤지는 벌레 같은 존재인 것을.
쓰레기를 먹고살다가
655 나그네의 발길에 짓밟혀 버리는 벌레 같은 존재.

칸칸이 수많은 선반으로 이루어진 이 높은 벽을
비좁게 채우는 것도 쓰레기가 아니겠는가?
이 좀벌레의 세계에서 나를 짓누르는

수많은 시시한 잡동사니들도 쓰레기가 아니고 뭐겠는가?
내게 부족한 것을 여기에서 찾으란 말인가? 660
사방 천지에서 사람들이 고통당하고
어쩌다 한두 사람 행복한 것이나 알아내려고
수천 권의 책을 읽으란 말이냐?—
속 빈 해골바가지야, 네가 날 보고 비죽이 웃느냐?
일찍이 너의 두뇌도 나의 것처럼 혼란스러워하고, 665
밝은 날을 찾아 어둠 속에서 괴로워하고,
진리를 갈망하며 비참하게 헤매었겠지.
바퀴와 톱니, 원통과 손잡이 달린
너희 기구들도 물론 나를 조롱하겠지.
내가 문 앞에 서 있었을 때 너희들은 열쇠가 되어야 했거늘, 670
너희들의 정교한 걸림쇠도 빗장을 열진 못했노라.
자연은 밝은 대낮에도 비밀스럽게
베일을 벗으려 들지 않는데,
우리의 정신에 드러내려 하지 않는 것을
레버와 나사 따위로 어찌 강요할 수 있겠느냐. 675
나에겐 쓸모없는 낡은 도구야,
너는 오로지 우리 아버지께서 사용하시던 것이라 여기 자리를
  차지하고 있을 뿐이로다.
낡은 두루마리 종이야, 흐릿한 등잔불이
이 책상에서 가물가물 타오르는 한, 너는 연기에 그을리리라.
이 약간의 것을 짊어지고서 땀 흘리느니, 680
차라리 전부 탕진했더라면 훨씬 더 좋았을 것을!
조상들에게서 물려받은 것은
다만 소유하기 위한 것일 뿐이노라.
쓸모없는 것은 무거운 짐이고,
오로지 순간이 만들어 내는 것만이 유익할지니라. 685

그런데 어째서 내 눈이 자꾸만 저곳을 향하는가?
저 작은 병이 자석처럼 내 눈을 끌어당기는가?
어두운 숲속에서 달빛에 감싸이듯,
어째서 불현듯 기분 좋게 주변이 밝아지는가?

690 반갑구나, 독특한 플라스크야!
경건한 마음으로 너를 집어 내리며,
네 안에 스며 있는 인간의 지혜와 기예를 숭상하노라.
너는 고이 잠재우는 액체의 진수이고,
죽음을 불러오는 섬세한 힘들의 정수이니,
695 네 주인에게 충성을 보여라!
눈으로 너를 바라보니 고통이 수그러지고
손으로 너를 잡으니 열망이 누그러지면서,
정신의 물살이 썰물처럼 서서히 빠져나가노라.
나, 망망대해로 휩쓸려 나가니
700 거울 같은 물살이 발치에서 반짝이고,
새로운 날이 새로운 해변으로 유혹하노라.

불의 수레[4]가 살며시 요동치며
나에게로 다가오누나! 나는 새로운 길을 따라
창공을 뚫고 나갈 각오가 되어 있노라,
705 순수한 활동의 신천지를 향해.
고매한 삶과 천상의 환희,
아직 한낱 벌레에 지나지 않는 내가 과연 그것을 누릴 자격이
있는가?
그래, 다정히 지구를 비추는 태양에게

4 구약 성서의 「열왕기 하」 2장 11절에 보면, 인간으로서는 유일하게 예언자 엘리야가 살아서 불의 수레를 타고 승천했다고 전해진다.

단호히 등을 돌려라!
모두들 살그머니 피해 가는 문을 710
과감하게 활짝 열어젖혀라.
사나이 대장부의 위용이 신들의 권위에 굴복하지 않는 것을
행동을 통해 증명할 때이니라.
무서운 환상이 괴롭히는
저 어두운 동굴 앞에서 떨지 않는 것을. 715
이글거리는 지옥의 불길이 좁은 입구를 막고 있다 하더라도
저 통로를 뚫고 나갈 수 있는 것을.
비록 무(無)가 되어 사라질지 모른다 하더라도,
경쾌하게 발걸음 내딛겠다고 결심할 수 있는 것을.

이리 내려오너라, 순결한 크리스털 잔이여! 720
내 오랜 세월 잊고 있었던
낡은 케이스에서 나오너라!
너는 선조들의 즐거운 잔칫상에서 빛을 발하며,
너를 주고받는
점잖은 손님들을 흥겹게 해주었노라. 725
네 많은 정교하고 화려한 무늬들을
운 맞추어 시로 읊고 단숨에 들이켜는 것은
술자리의 의무였노라.
이 풍성한 무늬들이 지난 젊은 날의 밤들을 상기시키는구나.
이제 너를 옆 사람에게 돌릴 일도 없고, 730
네 아름다운 무늬를 빌어 내 재기를 자랑할 일도 없으리라.
사뭇 빨리 취하게 하는 액체가 여기 있노라.
내 손으로 마련하고 고른
이 갈색의 물살로 너를 채우리라.
이 최후의 한 모금을 엄숙하고 숭고한 인사로서 735

내 마음 다하여 아침에게 바치노라. (술잔을 입에 댄다)

종소리와 합창 소리

천사들의 합창 그리스도께서 부활하셨도다!
은근슬쩍 끼어들어
파멸로 이끄는
740 타고난 결점들에 둘러싸인
인간들아 기뻐하라.

파우스트 이 얼마나 심오한 울림, 청아한 소리가
이 잔을 내 입에서 힘껏 잡아채는가?
둔중한 종소리가 벌써
745 부활절의 경사로운 시간이 다가왔음을 알리는가?
일찍이 어두운 무덤 주위에서 천사들의 입을 통해 울려 퍼졌던 위로의 노래를
합창단이 벌써 부르는가?
새로운 유대를 다지는 노래를.

여인들의 합창 우리가 그분의 몸
750 향유로 씻겨 드렸네.
우리 충실한 여인들이
그분을 눕히고,
수건과 끈으로
정결하게 염하였네.
755 아아! 그런데 그리스도께서
어이 이곳에 계시지 않는가.

천사들의 합창 그리스도께서 부활하셨도다!
슬픔 속에서

고난과 시련 이겨 내시고
구원받으신 760
사랑의 그리스도 복되시도다.

파우스트 천상의 가락이여, 너희들은 어찌하여 힘차면서도 부드러운 소리로
먼지 구덩이 옆의 나를 찾느냐?
마음씨 착한 사람들이 있는 곳에 울려 퍼져라.
내 귀에도 복음은 들려오지만 나한테는 믿음이 없노라. 765
기적은 믿음의 가장 총애받는 자식이니라.
이 기쁜 소식 울려 퍼지는 곳으로
나 감히 나아갈 엄두 나지 않는구나.
그런데도 어린 시절부터 귀에 익은
음조가 나를 삶으로 도로 불러내는구나. 770
예전에 정적이 흐르는 엄숙한 안식일이면
천상의 사랑이 담긴 입맞춤이 나에게 쏟아졌노라.
그때 종소리 앞날을 예시하며 우렁차게 울려 퍼졌으며,
기도는 열렬한 기쁨이었노라.
이해할 수 없는 애틋한 그리움이 775
나를 숲과 초원으로 내몰았고,
나는 뜨거운 눈물 줄줄 흘리며
세상이 새롭게 생겨나는 것을 느꼈노라.
이 노래가 젊음의 활기찬 즐거움을 알렸노라,
봄 축제의 자유로운 행복을. 780
지난 추억이 천진난만한 감정을 되살리며
최후의 엄숙한 발걸음을 만류하는구나.
오, 감미로운 천상의 노래여, 널리 울려 퍼져라!
눈물이 치솟고, 이 세상이 나를 다시 품에 받아들였노라!

사도들의 합창 무덤에 묻히신 분, 785

존엄하게 살아나시어
어느새 영광스럽게
하늘에 오르셨네.
생성의 즐거움 누리시며
790 창조하는 기쁨 가까이에 계시네.
아아! 우리는 애통하게도
지상의 품에 사로잡혀 있네.
주님은 당신을 그리워하는 우리를
이곳에 두고 혼자 가셨네.
795 아아! 주님,
우리는 당신의 행복에 슬피 웁니다.

천사들의 합창 그리스도께서 사멸의 품에서 벗어나
부활하셨도다.
너희들도 즐거운 마음으로
800 속박의 굴레에서 벗어나라!
행동으로 그분을 찬미하고
사랑을 실천하고
형제처럼 음식을 함께 나누고
주님의 말씀 두루두루 널리 알리며
805 기쁨을 약속하는 너희들 가까이에
주님은 계시도다.
너희 곁에 계시도다!

성문 앞

각양각색의 산책객들, 성문 밖으로 몰려 나간다.

젊은 직공 두세 명 그런데 왜 저쪽으로 가는 거야?
다른 직공들 우리는 지금 산지기 막사 쪽으로 가고 있어.
젊은 직공 두세 명 하지만 우린 물방앗간 쪽으로 가고 싶다고. 810
직공 1 천변 농장으로 가면 어떨까?
직공 2 그쪽으로 가는 길은 별 볼 일 없어.
다른 직공들 너는 어떡할 거야?
직공 3 나는 저 친구들하고 같이 가겠어.
직공 4 성채 마을로 올라가자고. 거기에 틀림없이
예쁜 아가씨들하고 맛 좋은 맥주가 있을 거야. 815
게다가 신나게 한번 싸움판도 벌일 수 있을걸.
직공 5 참 재미있는 친구군.
벌써 두 번이나 싸움판을 벌이고도 또 몸이 근질거리는 거야?
나는 그쪽은 싫어. 왠지 겁난다고.
하녀 1 싫어, 싫다니까. 나는 시내로 돌아갈 거야. 820
하녀 2 그 사람이 틀림없이 미루나무 아래서 기다리고 있을 거야.
하녀 1 그래 보았자 나한테 좋은 일 하나도 없어.
그 사람은 네 옆에만 꼭 붙어 다니고,
무도장에서도 너하고만 춤출 거야.
너만 신나지, 그게 나하고 무슨 상관이야! 825
하녀 2 오늘은 틀림없이 그 사람 혼자 오지 않을 거야.
곱슬머리 총각을 데려오겠다고 말했어.
대학생 1 어휴, 저 팔팔한 처녀들 걸어가는 것 좀 봐!
이봐 친구, 어서 오라고! 우리가 저 처자들을 호위해야지 않겠어.
톡 쏘는 맥주, 알싸한 담배, 830
그리고 멋지게 꾸민 하녀, 내 입맛에 딱 맞는다니까.
양갓집 규수 저기 멋진 총각들 좀 봐!
정말 창피한 일이야. 얼마든지 괜찮은 아가씨들하고 사귈 수
있을 텐데,

하필이면 저런 하녀들 뒤꽁무니를 쫓아갈 게 뭐야!

대학생 2 (대학생 1에게)

835 서두르지 말라고! 저기 뒤쪽에 아가씨 두 명이 오고 있어.
옷도 아주 예쁘게 차려입은 데다가
한 아가씨는 우리 이웃집에 산다고.
나는 저 아가씨가 마음에 쏙 들어.
지금은 얌전하게 걷고 있지만,
840 결국엔 우리하고 동행할 거야.

대학생 1 이봐 친구, 아니라니까! 난 지금 우물쭈물하고 싶지 않아.
어서 가자고!
잘못하다간 사냥감을 놓치겠어.
토요일에 빗자루를 움직이는 손이
845 일요일에 제일 능숙하게 애무하는 법이야.

시민 1 아니, 나는 신임 시장이 탐탁지 않아.
시장에 취임하고 나더니 하루가 다르게 뻔뻔해지고 있어.
그리고 도대체 시(市)를 위해서 한 일이 뭐가 있는가.
오히려 날이면 날마다 사정이 악화되고 있지 않은가?
850 여느 때보다 허리는 더 많이 굽실거려야 하는데,
세금은 옛날보다 더 많이 낸다니까.

걸인 (노래한다)

훌륭하신 신사분들, 아름다운 숙녀분들,
멋진 모습에 혈색도 불그스름하게 좋으십니다.
제발 저를 한번 돌아보시고
855 제 어려운 처지를 헤아려 한 푼 도와주소서!
부디 제 노래가 헛되지 않게 해주소서!
베푸는 사람만이 기쁨을 아는 법.
모두 함께 즐기는 오늘 하루,
저에게도 풍성한 날이 되게 해주소서.

시민 2 일요일과 공휴일이면, 전쟁이나 전쟁의 함성에 대한 이
야기만큼 860
즐거운 일은 없어.
저 멀리 어딘가 터키에서는
사람들이 죽자고 맞붙어 싸우는데,
나는 창가에 서서 술잔을 들이켜며
형형색색의 배들이 강물을 따라 미끄러지는 것을 보지. 865
그러다 저녁이면 흥겹게 집에 돌아가
태평성대를 주신 분께 감사드리네.
시민 3 아무렴, 그렇고말고! 나도 동감이야.
그들이야 머리통이 깨지든 말든,
모든 것이 뒤죽박죽이 되든 말든, 870
우리 집만 무사하면 그만이지.
노파 (양갓집 규수들에게)
이런! 참 곱기도 해라! 어여쁜 아가씨들!
아가씨들을 보고 반하지 않을 사람이 어디 있겠소?—
그렇다고 너무 우쭐거리지 마소! 지금이 딱 좋소!
아가씨들이 원하는 것쯤이야, 나도 얼마든지 들어줄 수 있다오. 875
양갓집 규수 1 아가테, 어서 가자! 사람들이 보는 곳에서
저런 마귀할멈하고 같이 다니지 않도록 조심해야 돼.
저 할멈이 성 안드레아 사도 축일[5] 밤에
내 미래의 연인 모습을 보여 주었지만 말이야—
양갓집 규수 2 나한테도 수정에 연인의 모습을 비쳐 주었어. 880
병사의 모습이었는데, 용감무쌍한 사람들하고 같이 있었어.
그래서 지금 여기저기 사방을 둘러보고 기웃거리는데,
그분은 나를 만나고 싶지 않은가 봐.

5 11월 30일. 독일의 민간 신앙에 따르면, 11월 29일에서 30일 사이 밤에 장차 연인이나 결혼 상대자의 모습이 수정 거울이나 수정 공에 나타난다고 한다.

병사들 나는 점령하고 싶노라,
885 높은 성벽과 망루로
에워싸인 성을,
도도하게 새침 떼는
아가씨를!
용감하게 노력하면,
890 근사한 보답이 주어지는 법!

나팔 소리 우렁차게
울리며 진격하세,
기쁨을 향해서든
멸망을 향해서든.
895 이것이 돌격이다!
이것이 인생이다!
아가씨든 성이든
굴복시키고야 말리라.
용감하게 노력하면
900 근사한 보답이 주어지는 법!
병사들이여,
앞으로 전진하라.

파우스트와 바그너 등장한다.

파우스트 봄의 다정한 눈길에서 생기를 얻어
강물도 냇물도 얼음의 손길에서 풀려났구나.
905 희망찬 행복이 골짜기에서 푸릇푸릇 피어오르고,
노쇠한 겨울은 힘없이
험준한 산중으로 물러났구나.

산속 깊이깊이 도망치며,
맥없이 싸락눈 한줄기를 흩날려
푸른 들판에 흰색의 줄무늬를 그리는구나. 910
그러나 태양은 그 어떤 흰색도 허용하지 않노라.
힘차게 일구어 내려는 기운이 곳곳에서 꿈틀거리고,
태양은 형형색색의 활기를 세상 만물에 부여하노라.
그러나 이 주변에 꽃들은 보이지 않는 대신,
태양이 화려하게 치장한 사람들을 맞아 주는구나. 915
이보게, 여기 높은 곳에서 몸을 돌려
시내를 내려다보게나.
컴컴한 성문의 아가리로부터
울긋불긋한 인파가 앞다투어 몰려나오지 않는가.
모두들 스스로 소생한 탓에, 920
오늘 하루 햇살을 즐기며
주님의 부활을 축하하려는 것일세.
나지막한 집의 우중충한 방 안에서,
수공업과 생업의 굴레에서,
박공과 지붕의 압박에서, 925
숨 막히게 비좁은 거리에서,
교회의 장엄한 어둠에서
모두들 빛을 향해 나왔네.
자, 보게나! 사람들이 얼마나 발걸음 가볍게
공원과 들판으로 흩어지는가. 930
흥겨운 나룻배들이 강물을 따라
이리저리 출렁이고,
저 마지막 거룻배는 가라앉을 정도로
사람들을 그득 싣고 떠나지 않는가.
저기 산중의 먼 오솔길에서도 935

알록달록한 옷들이 아른거리네.
마을에서는 어느새 왁자지껄한 소리 들려오니,
여기가 바로 민중의 참된 천국 아니겠는가.
아이 어른 할 것 없이 즐거운 환호성을 터트리네.
940 여기서는 나도 사람일세, 사람일 수 있다네.

바그너 박사님, 이렇게 박사님을 모시고 산책을 하다니,
저로서는 무척 영광스러운 일이고 얻는 것도 많습니다.
하지만 저 혼자라면 이런 곳에서 헤매지 않을 겁니다.
조잡한 것은 딱 질색이기 때문이지요.
945 깽깽이 소리, 고함 소리, 볼링공 굴리는 소리,
저한테는 전부 혐오스러울 뿐입니다.
마귀에 씐 듯 미쳐 날뛰면서
그게 즐거움이고 노래라니.

보리수나무 아래 농부들

춤추고 노래한다.

농부들 목동이 한껏 멋부리고 춤추러 갔네,
950 화려한 저고리에 리본과 화환으로
멋지게 치장을 했네.
보리수나무 둘레에 사람들이 북적북적,
모두들 미친 듯이 춤을 추었네.
얼씨구! 절씨구!
955 얼씨구절씨구! 차차차! 좋다!
깽깽이 소리 흥겹구나.

목동이 허둥지둥 뛰어들다가
춤추던 아가씨를
그만 팔꿈치로 밀어 버렸네.
그 쾌활한 아가씨 뒤돌아보며 말하길, 960
어쩜, 이렇듯 무례할 수가!
얼씨구! 절씨구!
얼씨구절씨구! 차차차! 좋다!
난 예의 없는 사람은 싫어요.

하지만 두 사람은 빙글빙글 신나게 춤을 추었네. 965
오른쪽으로 돌고 왼쪽으로 돌고,
치마가 나부끼고,
얼굴이 붉게 달아오르고 몸이 뜨거워졌네.
팔에 팔을 끼고 한숨 돌리네.
얼씨구! 절씨구! 970
얼씨구절씨구! 차차차! 좋다!
어느새 팔꿈치가 허리를 조이네.

나한테 정다운 척하지 말아요!
자신의 신붓감을 속이고 거짓말하는 사람이
얼마나 많은가요! 975
그런데도 목동은 아가씨를 꼬여 내었고,
멀리 보리수나무 아래서 노랫소리 울려 퍼졌네.
얼씨구! 절씨구!
얼씨구절씨구! 차차차! 좋다!
환호성 소리와 깽깽이 소리. 980

늙은 농부 고명하신 박사님께서
저희를 업신여기지 않으시고,

오늘 이렇듯 복잡한 곳으로 납시다니
정말 반갑습니다.
985 가장 좋은 이 술잔에 갓 담근 술을
그득 따랐으니 어서 받으십시오.
박사님께 이 술잔을 바치니
부디 목을 축이시고
이 술잔의 술 방울 수만큼이나
990 오래오래 사십시오.

파우스트 원기 돋우는 이 술을 들면서,
감사하는 마음으로 여러분 모두의 축복을 빌겠습니다.

사람들이 주변에 모여든다.

늙은 농부 오늘같이 즐거운 날 이곳을 찾아 주시니,
정말이지 얼마나 좋은지 모르겠습니다.
995 지난날 저희가 곤경에 처했을 때,
박사님께서 얼마나 크게 도와주셨습니까!
박사님의 아버님께서는
무서운 열병을 막아 주셨지요.
그 돌림병에서 구해 주신 덕분에
1000 이 자리에 아직 살아 있는 사람들이 많답니다.
그때에 박사님께서는 젊으신 몸으로
환자들의 집을 일일이 찾아다니셨습니다.
많은 사람들이 죽어 나갔지만,
박사님께서는 건강하게 살아 나오셨습니다.
1005 혹독한 시련을 여러 차례 무사히 넘기셨지요.
저희에게 도움을 베푸신 분을 하늘이 도와주셨습니다.

모두 함께 앞으로도 오래오래 저희에게 도움을 베푸시도록

이 훌륭하신 분의 건강을 지켜 주소서!

파우스트 하늘에서 우리를 도와주시고 또 우리에게도 돕는 법을 알려 주시는 분께 경배드리십시오. 1010

파우스트, 바그너와 함께 그곳을 떠난다.

바그너 오, 위대하신 선생님, 이처럼 많은 사람들의 존경을 한 몸에 받으시니,
얼마나 좋으시겠습니까!
오, 타고난 재능으로 이런 기쁨을 누릴 수 있는 사람은
얼마나 행복하겠습니까!
아버지가 아들에게 선생님을 본받으라 이르고, 1015
너도나도 선생님을 찾아 서둘러 달려옵니다.
깽깽이 소리 그치고, 춤추던 사람도 몸을 멈춥니다.
선생님 지나시는 길에 모두들 줄지어 서 있고,
모자들이 하늘 높이 날아오릅니다.
성체(聖體)가 지날 때처럼 1020
무릎이라도 꿇을 기세입니다.

파우스트 여태 걸었으니 저기 바위까지 몇 걸음만
더 올라가 잠시 쉬어 가세.
나는 여기에서 종종 깊은 생각에 잠긴 채 홀로 앉아,
기도하고 단식하며 고행하였네. 1025
넘치는 희망과 굳은 믿음으로
두 손을 맞잡고 눈물을 흘리고 한숨을 지으며,
제발 그 흑사병의 끝을 내주십사고
하늘에 계신 분께 간청하였지.
저 사람들의 찬사가 나한테는 조롱하는 소리로 들린다네. 1030
오, 자네가 내 마음속을 읽을 수 있다면!

우리 아버님이나 나나
그런 칭송을 들을 자격이 별로 없는 것을!
우리 아버님은 연금술의 어두운 분야를 진지하게 깊이 파고
  드셨다네.
1035 자연과 그 성스러운 순환에 대해
당신만의 방법으로 성심껏,
별스럽게 깊이 생각하셨네.
연금술사들 무리와 어울려
컴컴한 실험실에 틀어박혀서,
1040 서로 상반되는 것들을
이리저리 한도 끝도 없이 배합하셨지.
대담한 구혼자인 붉은 사자를
미지근한 탕 속에서 백합과 교배시켜,
그 둘을 불길이 활활 타오르는 채로
1045 이 신방(新房)에서 저 신방으로 내몰았네.[6]
그러면 젊은 여왕이 오색찬란한 모습으로
유리그릇에 모습을 드러냈다네.
그것이 바로 약이었어. 환자들이 죽어 나갔는데도,
완치된 사람이 있느냐고는 누구 하나 묻지 않았지.
1050 우리는 그 흉악한 탕약을 가지고
골짜기를 넘고 산을 넘어
흑사병보다도 더 고약하게 날뛰었네.
나 자신도 그 약을 수많은 사람에게 주었다네.
그들은 세상을 떠나고, 나는 살아남아서

6 연금술에서 화학적인 재료와 혼합 과정은 종종 비유적으로 표현되었나. 여기에서 〈붉은 사자〉는 남성적인 산화 제이수은을, 〈백합〉은 여성적인 염산을 가리킨다. 재료 혼합은 유리 실험관에서 이루어졌는데, 여기에서 신방은 바로 유리관을 말한다.

파렴치한 살인자들을 칭송하는 소릴 들어야 하다니. 1055

바그너 어찌 그런 일 때문에 상심하신단 말입니까!
물려받은 기술을
양심적으로 정확하게 실행하는 것만으로도
할 일을 다하는 것이 아니겠습니까?
선생님께서는 젊은 시절 부친을 존경하셨으니, 1060
그분의 가르침을 기꺼이 받아들이셔야 할 것입니다.
선생님께서 남아 대장부로서 학문을 더욱 발전시키시면,
선생님의 자제분께서는 더 높은 목표에 이르실 것입니다.

파우스트 오, 이 미혹의 바다에서 벗어나길
아직도 바랄 수 있는 자는 얼마나 행복할 것인가! 1065
인간은 막상 필요한 것은 알지 못하고,
필요 없는 것만 잔뜩 알고 있는 것을.
그러나 이 보배롭고 아름다운 시간을
그런 우울한 생각으로 망가뜨리지 마세!
저기 신록에 둘러싸인 오막살이들이 1070
저녁의 붉은 햇살을 받아 반짝이는 광경을 보게나.
석양의 햇살은 서서히 물러가고 하루가 저물어 가네.
태양은 새로운 생명을 북돋우러 서둘러 달려가네.
오, 나한테 날개가 있다면 대지를 박차고 날아올라
언제까지나 태양을 쫓아갈 수 있으련만! 1075
영원한 저녁 햇살 속에서
발치의 고요한 세계를 내려다볼 수 있으련만!
산봉우리들이 불타오르고 골짜기들이 적막에 싸이고
은빛의 냇물이 황금빛 강물로 흘러드는 것을 볼 수 있으련만!
깊은 협곡을 거느린 험준한 산도 1080
내 신적인 행로를 막지 못하고,
따사한 만(灣)을 낀 드넓은 바다가

내 놀라는 눈 앞에 펼쳐지리라.
그러다 마침내 태양의 여신이 가라앉는 듯 보이면,
1085 내 새로운 충동이 깨어나,
그 여신의 영원한 빛을 마시러 달려가리라.
내 앞에는 밝은 낮, 뒤에는 어두운 밤,
위로는 하늘, 아래로는 파도가 넘실대고
아름다운 꿈을 꾸는 사이에 여신은 자취를 감추리라.
1090 아아! 정신의 날개에 육신의 날개가
어찌 쉽게 응하지 못한단 말인가.
그러나 머리 위 푸른 창공에서
종달새가 힘차게 노래하고,
하늘을 찌르는 전나무 위에서
1095 날개를 활짝 편 독수리가 맴돌고,
들판 위에서, 호수 위에서
두루미가 고향을 향해 날갯짓하면,
저 높이, 저 멀리 날아가고 싶은 것이
무릇 인간의 천성이 아니겠는가.

1100 **바그너** 저도 때로는 변덕스러운 기분에 젖을 때가 있지만,
그런 충동은 아직껏 느껴 보지 못했습니다.
숲과 들판을 바라보면 쉽게 싫증이 나고,
새들의 날개 따위는 결코 부러워하지 않을 것입니다.
이 책 저 책, 이 글 저 글을 뒤좇는
1105 정신의 기쁨은 그 얼마나 다른가요!
겨울밤들이 정겹고 즐겁게 느껴지고
복된 삶이 온몸을 따사하게 해준답니다.
아! 값진 양피지를 펼치면,
천상이 오롯이 저한테로 내려오는 듯하지요.

1110 **파우스트** 자네는 오로지 한 가지 충동만을 알 뿐일세.

오, 다른 충동은 절대로 알려 하지 말게!
내 가슴속에는, 아아! 두 개의 영혼이 살면서
서로에게서 멀어지려고 하네.
하나는 감각으로 현세에 매달려
방탕한 사랑의 환락에 취하려 하고, 1115
다른 하나는 이 티끌 같은 세계에서 과감히 벗어나
숭고한 선인들의 세계로 나아가려 하네.
오, 대기를 떠돌며
하늘과 땅 사이를 지배하는 정령들이 있다면,
황금빛 안개를 뚫고 내려와 1120
나를 새롭고 현란한 삶으로 이끌어 다오!
아무렴, 나한테 마법의 외투가 있다면,
미지의 나라로 날아가련만!
제아무리 값비싼 옷이나
임금의 곤룡포하고도 바꾸지 않으련만. 1125

바그너 그 널리 알려진 떼거리들을 부르지 마십시오.
그것들은 안개에 감싸여 물밀듯이 퍼져서는,
방방곡곡에서 사람들에게
수천 가지 해악을 끼친답니다.
북쪽에서는 날카로운 이빨을 가진 마귀가 1130
화살촉처럼 뾰족한 혀를 날름거리며 덤벼들고,
동쪽에서는 세상을 메마르게 하는 마귀들이 몰아쳐서
우리 허파의 영양분을 빨아먹지요.
남쪽의 사막에서 몰려오는 마귀들이
우리의 정수리에 열기를 잔뜩 쏟아부으면, 1135
서쪽의 마귀 떼들은 열기를 식혀 주는 척하면서
우리와 논밭과 풀밭을 넘실거리는 물살로 금방 뒤덮어 버립니다.
그것들은 신명나게 해를 끼치고 싶어 우리의 말에 귀 기울이

는 척하고,
우리를 속이고 싶어 우리의 뜻을 들어주는 척하지요.
1140 하늘이 보낸 양 구는가 하면,
거짓말을 하면서 천사처럼 속삭입니다.
하지만 이제 그만 돌아가시지요! 어느새 어둠이 내려앉고
바람이 싸늘한 가운데 안개마저 끼었습니다.
저녁이면 집이 새삼 소중해지기 마련이지요.—
1145 왜 그리 서서 놀란 표정으로 바라보십니까?
이런 어둑어둑한 곳에서 선생님의 마음을 사로잡을 것이 뭐 있겠습니까?

파우스트 저기 묘종과 그루터기 사이를 어슬렁거리는 검은 개가 보이지 않는가?

바그너 저도 아까부터 보았습니다만 별로 대수롭지 않게 여겼는데요.

파우스트 잘 보게나! 저 짐승을 어떻게 생각하는가?

1150 **바그너** 주인의 흔적을 쫓아가려고
제 나름대로 애쓰는 푸들이 아니겠습니까.

파우스트 우리 주변을 크게 맴돌면서
점점 가까이 다가오는 것 같지 않은가?
내가 잘못 보지 않았다면, 저 녀석 뒤꽁무니에서
1155 불꽃의 소용돌이가 일고 있어.

바그너 아무리 보아도 제 눈에는 검정 푸들로밖엔 보이지 않는데요.
선생님께서 아마 잘못 보신 모양입니다.

파우스트 저 녀석이 우리와 인연을 맺으려고
우리 발에 슬며시 마법의 올가미를 치는 듯 보인단 말일세.

1160 **바그너** 제 보기에는, 녀석이 주인 대신 낯선 두 사람을 만난 탓에
겁에 질려 불안하게 우리 주위를 껑충거리지 않나 싶습니다.

파우스트 녀석이 거리를 좁히더니 어느새 바싹 가까이 다가오
지 않았는가!

바그너 자, 보십시오! 귀신이 아니라 개이지 않습니까.
깽깽거리고 킁킁거리고 납작 배를 깔고 엎드리고
꼬리를 치는 모양이 영락없이 개가 하는 짓거리입니다. 1165

파우스트 우리와 함께 가자! 자, 따라오너라!

바그너 고것 참 맹랑한 놈이군요.
선생님께서 가만히 서 계시면 저도 기다리고,
선생님께서 말을 거시면 기어오르려고 하지 않습니까.
선생님께서 행여 뭐라도 잃어버리시면 충분히 찾아오겠는데요. 1170
선생님 지팡이를 뒤쫓아 물속에라도 뛰어들 태세입니다.

파우스트 자네 말이 맞군, 귀신이
붙은 것 같지는 않아. 훈련을 잘 받은 모양일세.

바그너 잘 길들여진 개는
지혜로운 사람의 마음에도 들기 마련이지요. 1175
정말인데요, 저 녀석은 선생님의 호의를 받을 만하군요.
원래 개는 대학생들의 뛰어난 제자이지 않습니까.[7]

함께 성문 안으로 들어간다.

서재

파우스트 (푸들을 데리고 들어온다)
나는 깊은 밤에 둘러싸인
들판과 풀밭을 두고 왔도다,

7 당시 대학생들 사이에서는 개를 훈련시키는 것이 유행이었다.

1180 예감에 찬 성스러운 두려움으로
우리 안의 보다 나은 영혼을 일깨우는 들판과 풀밭을.
온갖 격렬한 행동을 낳는
사나운 충동들은 이제 잠이 들고,
인간과 신을 향한 사랑이
1185 고개를 내미는구나.

조용히 해라, 푸들아! 이리저리 뛰어다니지 마라!
여기 문지방에서 코를 킁킁거릴 일이 뭐 있겠느냐?
저 난로 뒤에서 편히 쉬어라,
제일 좋은 방석을 너한테 주마.
1190 바깥 산길에서 이리저리 달리고 뛰어오르며
우리를 즐겁게 해주었으니,
이제 조용히 환대받는 손님이 되어
내 보살핌을 받아라.

아아, 이 좁은 골방에
1195 등불이 다시 정겹게 타오르니,
스스로를 잘 아는 마음속,
가슴속이 밝아지는구나.
이성이 다시 말을 하고
희망이 다시 꽃피어 나기 시작하는구나.
1200 생명의 냇물,
아아! 생명의 원천을 갈망하노라.

으르렁거리지 마라, 푸들아! 지금 내 온 영혼을
에워싼 성스러운 소리에
짐승의 소리는 어울리지 않는다.

사람들은 흔히 1205
이해하지 못하는 것을 조롱하고,
아무리 좋고 아름다운 것도 힘들면
불평하는 데 익숙해 있느니라.
그런데 하물며 개마저 그런 사람들처럼 으르렁거리려는 게냐?

그런데 아아! 아무리 애를 써도 1210
가슴에서 만족감이 우러나지 않는구나.
어찌하여 강물이 이리 빨리 말라 버려서
우리는 다시 갈증에 허덕이는가?
이미 수없이 이런 일을 겪지 않았던가,
하지만 이 부족함을 메울 수는 있느니라. 1215
우리는 초지상적인 것을 높이 평가하며,
그 어디에서보다도 신약 성서에서
장엄하고 아름답게 불타오르는
하늘의 계시를 갈구하노라.
원전을 펼쳐 들고, 1220
솔직한 마음으로 한번
그 성스러운 원문을
내 사랑하는 독일 말로 옮기고 싶은 충동이 이는구나.

책을 펼쳐 들고 번역하기 시작한다.

〈태초에 《말씀》이 있었느니라!〉[8] 이렇게 써야 하지 않을까.
벌써 여기에서부터 막히다니! 누가 나를 도와줄 것인가? 1225

8 신약 성서 「요한복음」 1장 1~3절에 〈한 처음, 천지가 창조되기 전부터 말씀이 계셨다. (……) 모든 것은 말씀을 통하여 생겨났고 이 말씀 없이 생겨난 것은 하나도 없다〉고 쓰여 있다.

〈말씀〉이라는 낱말을 과연 이렇듯 높이 평가해야 하는가.
정령의 깨우침을 받았다면,
이 낱말을 다르게 옮겨야 한다.
〈태초에 《뜻》이 있었느니라!〉 이렇게 써야 하지 않을까.
1230 네 펜이 경솔하게 서두르지 않도록
첫 행을 심사숙고하라!
과연 만물을 창조하고 다스리는 것이 뜻일까?
〈태초에 《힘》이 있었느니라!〉 이렇게 쓰여 있어야 마땅하리라.
하지만 이것을 쓰는 동안에 벌써
1235 뭔가가 미진하다고 경고하는구나.
정령이 도와주는구나! 불현듯 좋은 생각이 떠올라
자신 있게 쓰노라. 〈태초에 《행위》가 있었느니라〉!

이 방에 나하고 함께 있으려거든
푸들아, 그만 깽깽거리고
1240 그만 짖어라!
너처럼 방해하는 친구는
도저히 내 곁에 둘 수가 없구나.
우리 둘 가운데 하나가
이 방을 떠나야 한다.
1245 그러니 손님으로서의 네 권리를 부득이 취소할 수밖에 없구나.
문이 열려 있으니, 너 가고 싶은 대로 가거라.
이게 웬일이냐!
어떻게 이런 일이 있을 수 있는가?
이것이 허깨비인가? 현실인가?
1250 푸들이 가로세로로 길게 늘어나다니!
저 녀석이 기를 쓰고 일어나는구나.
저것은 개의 형상이 아니다!

내가 귀신을 집 안에 들였단 말인가!
벌써 하마처럼 보이지 않는가,
두 눈에서 불꽃이 일고 이빨이 무시무시하구나. 1255
얼씨구나, 너는 이제 내 손에 잡혔다!
이런 어설프게 몹쓸 놈한테는
솔로몬의 열쇠[9]가 제격이리라.

정령들 (복도에서)

저 안에 한 놈이 잡혔구나!
이대로 밖에 있어라, 저놈을 따라가지 마라! 1260
저 늙은 지옥의 살쾡이가
쇠 덫에 걸린 여우 모양 겁을 집어먹었구나.
하지만 조심하라!
이리 날고 저리 날고
오르락내리락하다가 1265
기어이 빠져나오리라.
저놈을 도와줄 수만 있으면,
모른 척 내버려 두지 마라!
저놈이 우리 모두를
벌써 여러 번 도와주지 않았느냐. 1270

파우스트 먼저 4대 원소의 주문으로
저 짐승에 대처해야겠구나.

샐러맨더여, 불타오르라,
운데네여, 굽이쳐 흘러라,
질페여, 사라져라, 1275
코볼트[10]여, 수고하라.

9 정령들을 불러내는 주문들이 기록된 마법서.

10 샐러맨더와 운데네, 질페, 코볼트는 각기 불과 물, 바람, 흙의 정령이다.

4대 원소,
그것들의 힘과
특성을
1280 모르는 사람은
정령들을
다스릴 수 없으리라.

불꽃 속으로 사라져라,
샐러맨더여!
1285 한데 모여 콸콸 흘러라,
운데네여!
별똥별처럼 아름답게 빛나라,
질페여!
집안일을 도와라,

1290 인쿠부스![11] 인쿠부스여!
앞으로 나와 끝을 맺어라.

4대 원소 가운데 어느 것도
저 짐승 속에 숨어 있지 않구나.
저것이 태연히 드러누워 나를 비죽이 바라보지 않느냐.
1295 나한테 아직 따끔한 맛을 보지 못했구나.
내 말을 잘 들어라,
이제 더 강력한 주문을 외우리라.

네 이놈, 지옥에서

11 여기에서는 흙의 정령 코볼트를 가리킨다. 인쿠부스는 원래 16~17세기 문헌에서 여인을 유혹하는 사탄을 표현한다.

도망쳐 나온 것이 아니더냐?
이 부적을 보아라. 1300
이 앞에서는 사악한 무리들도
고개를 조아리니라!

덥수룩한 털이 벌써 뻣뻣하게 곤두서는구나.

이 타락한 종자야!
이것을 읽을 수 있겠느냐? 1305
이미 태어나기 전부터 존재하시고
말로 다 표현할 수 없고
온 천상에 가득 넘치시고
극악무도하게 십자가에 못 박히신 분을?

저놈이 난로 뒤에 갇혀서 1310
코끼리처럼 부풀어 올라
온 방 안을 채우고는
안개가 되어 흩어지려 하는구나.
천장으로 오르지 마라!
이 거장의 발치에 넙죽 엎드려라! 1315
네 눈으로 보다시피, 내가 공연히 으르는 것이 아니니라.
성스러운 불꽃으로 네놈을 그을리리라!
삼중으로 타오르는 불꽃을
기대하지 마라!
내 기교 중에서 가장 강력한 것은 1320
기대도 하지 마라!

메피스토펠레스 (안개가 걷히면서 떠돌이 대학생 차림으로 난로 뒤에서 나온다) 왜 이리 수선스럽습니까? 무슨 일이십니까?

파우스트 이것이 바로 푸들의 정체였군!
떠돌이 대학생이라? 참나, 정말 웃을 노릇이구나.
1325 **메피스토펠레스** 고매하신 학자님께 인사드립니다!
이렇게 제 진땀을 뻘뻘 빼게 하시다니.
파우스트 네 이름이 무엇이냐?
메피스토펠레스 말을 그토록 경멸하시고
모든 외양에서 멀리 벗어나
본질 깊숙이 파고드시는 분에게는
1330 너무 시시한 질문이지 않나 싶습니다.
파우스트 너희 같은 족속은 이름만 들어도
그 본성을 알기 마련이다.
파리의 신,[12] 유혹자, 거짓말쟁이라는 말들이
그 본성을 얼마나 극명하게 드러내느냐.
1335 그래, 네가 누구냐?
메피스토펠레스 항상 악을 원하면서도 항상 선을
만들어 내는 힘의 일부이지요.
파우스트 이 수수께끼 같은 말이 대체 무슨 뜻이냐?
메피스토펠레스 저는 항상 부정하는 영(靈)입니다!
생성되는 모든 것은
1340 당연히 죽어 없어지기 마련이니
부정하는 것이 마땅하지 않겠습니까?
차라리 아예 생겨나지 않는 편이 더 나을 것입니다.
죄악, 파괴, 간단히 말해서
악이라 불리는 모든 것이 제 본래의 활동 영역이지요.
파우스트 너는 스스로 힘의 일부라 일컬으면서, 지금 내 앞에

12 구약 성서 「열왕기 하」 1장 2절에 나오는 히브리어 〈Beelzebub〉을 독일어로 직역한 말. 〈Beelzebub〉은 성경에서 여러 번 마귀나 사탄을 지칭하는 말로 사용된다.

온전한 모습으로 서 있지 않느냐? 1345

메피스토펠레스 제가 소소한 진실 하나 말씀드리지요.
어리석은 작은 세계에 지나지 않는 인간이
흔히 스스로 전체라 여기는데—
저는 태초에 전체였던 일부의 일부,
빛을 낳은 어둠의 일부이지요. 1350
오만한 빛은 자신을 낳아 준 밤이
오랫동안 지켜온 지위, 공간을 빼앗으려 하고 있습니다.
하지만 빛은 원래 물체에 달라붙어 있는 탓에
아무리 기를 써도 안 될 말이지요.
빛은 물체에서 뿜어져 나와 물체를 아름답게 하지만, 1355
물체가 빛의 행로를 가로막지요.
그러니 제 바람대로, 머지않아 빛이
물체와 더불어 몰락할 것입니다.

파우스트 이제 너의 고매한 사명이 뭔지 알겠다!
네가 크게는 파괴할 수 없으니, 1360
작은 것에서 시작하려는 속셈 아니겠느냐.

메피스토펠레스 물론 아직까지 많은 것을 이루지는 못했습니다.
무(無)에 대립하는 것,
소소한 약간의 것, 이 어설픈 세상을
장악하려고 많은 애를 썼지만, 1365
별 성과가 없었지요.
아무리 풍랑과 폭풍우를 일으키고 지진과 화재를 불러와도—
결국 바다도 육지도 끄떡없더라고요!
게다가 빌어먹을, 짐승이고 사람이고 새끼를 마구 낳아 대는
것에는
도저히 손을 쓸 수 없더라니까요. 1370
제가 벌써 얼마나 많이 땅속에 파묻었는지 아십니까!

그런데도 끊임없이 새로운 피가 활기차게 흐른단 말입니다.
계속 이런 식이니 정말 미칠 지경이지요!
공중에서, 물속에서, 땅에서
1375 메마르든 물이 넘치든 따듯하든 춥든
수없이 많은 생명이 싹튼단 말입니다!
제가 그나마 불꽃이라도 확보하지 않았더라면,
내세울 만한 것이 하나도 없었을 겁니다.

파우스트 영원히 생동하며
1380 유익하게 창조하는 힘에
네 감히 차가운 악마의 주먹을 들이민단 말이냐.
아무리 교활하게 주먹을 불끈 쥐어도 소용없으리라!
차라리 다른 할 일을 찾아보아라,
이 혼돈의 괴이한 아들아!

1385 **메피스토펠레스** 그것은 우리 함께 깊이 생각해 봐야 할 문제지만,
다음 기회로 미루지요!
오늘은 이만 물러가도 되겠습니까?

파우스트 어째서 그런 걸 묻는지 모르겠구나.
내가 이제 너라는 존재를 알게 되었으니,
1390 마음 내키면 언제든 찾아오너라.
창문은 이쪽이고, 문은 저쪽이다.
너한테는 물론 굴뚝도 좋으리라.

메피스토펠레스 솔직히 말씀드리지요! 제가 이 방을 나가지 못하도록
앞을 가로막는 소소한 방해물이 하나 있습니다.
1395 저 문지방 위에 붙여 놓은 별 모양의 부적 말입니다—

파우스트 저 오각형 별이 너를 괴롭힌단 말이냐?
이런, 지옥의 아들아,
저것이 네 발목을 붙잡는다면, 어떻게 여기 들어왔느냐?

어떻게 정령이 덫에 걸린단 말이냐?

메피스토펠레스 자세히 보십시오! 제대로 그려지지 않았습니다. 1400

바깥 쪽 귀퉁이 하나가 살짝

벌어져 있지 않습니까?

파우스트 이런 우연이 있다니!

그렇다면 네가 나한테 잡혔단 말이냐?

우연히 이런 큰 성공을 거두다니! 1405

메피스토펠레스 푸들이 여기에 달려 들어올 때는 전혀 알아채지 못했지요.

하지만 이제 상황이 달라져서,

사탄이 집 밖으로 나가지 못하게 되었습니다.

파우스트 그렇다면 어째서 창문으로 나가지 않느냐?

메피스토펠레스 사탄과 유령들에게도 계율이 있지요, 1410

반드시 들어온 곳으로만 나가야 합니다.

마음대로 들어올 수는 있지만 마음대로 나갈 수는 없답니다.

파우스트 지옥에도 법이 있단 말이냐?

그거 잘됐구나, 그렇다면 너희 족속들하고도

마음 놓고 계약을 맺을 수 있겠구나? 1415

메피스토펠레스 저희가 약속하는 것은 무조건 믿으셔도 됩니다,

나중에 절대로 깎는 법이 없지요.

하지만 그리 간단한 문제가 아니어서

먼저 자세히 의논해야 합니다.

그런데 제발, 제발 부탁이니, 1420

오늘은 이만 저를 놓아주십시오.

파우스트 이대로 잠시 더 머무르며,

재미나는 이야기라도 들려주게.

메피스토펠레스 지금은 나를 보내 주시오! 곧 다시 돌아올 테니,

그때 마음대로 물어보시오. 1425

파우스트 내가 자네를 붙잡은 것이 아니라
자네 스스로 걸려들지 않았는가.
사탄을 붙잡았으면, 놓치지 말아야 하는 법일세!
두 번 잡기가 어디 쉬운 일인가.

1430 **메피스토펠레스** 정 그리 원한다면, 여기 머물러
말동무가 되어 줄 용의가 있소.
다만 조건이 하나 있소, 내가 재주를 부릴 테니
그에 걸맞게 시간을 보내야 하오.

파우스트 어디 한번 보고 싶구먼, 자네 마음대로 해보게.
1435 다만 멋진 재주를 보여야 하네!

메피스토펠레스 이보시오, 선생의 감각은 그저 그런 따분한 한 해 동안에
맛본 것보다 이 한 시간 동안에
더 많은 것을 누릴 것이오.
사랑스러운 정령들이 부르는 노래와
1440 눈앞에 불러내는 아름다운 형상들은
공허한 요술 나부랭이가 아니오.
선생의 후각도 즐거움을 누리고,
입맛은 신명이 나고,
감정은 황홀함을 맛볼 것이오.
1445 따로 준비할 것도 없소.
자 모두들 모였으니, 어서 시작하라!

정령들 사라져라, 어두운
둥근 천장들아!
더 매혹적으로
1450 다정하게 내려다보아라,
푸른 창공아!
먹구름은

산산이 흩어져라!
작은 별들이 반짝이고,
부드러운 햇살이 1455
비치는구나.
천상의 아들들,
아름다운 정신의 소유자들이
흔들흔들 몸을 굽히며
두둥실 지나는구나. 1460
그리워하는 마음이
그 뒤를 따르누나.
펄럭이는
옷자락이
대지를 뒤덮고, 1465
연인들이
깊은 생각에 잠겨
인생을 언약하는
정자를 뒤덮누나.
정자마다! 1470
뻗어 오르는 덩굴!
통통한 포도송이들이
압착기 통 속으로
빽빽이 쏟아지는구나.
부글부글 거품 이는 포도주가 1475
냇물이 되어 쏟아져,
깨끗하고 고아한 바위 틈새로
졸졸 흘러,
산들을
뒤로 하고, 1480

넓은 호수를 이루어
푸르른 언덕을
즐겁게 하는구나.
새들이
1485 환희를 마시고,
태양을 향해 날아가는구나.
파도에 실려
요리조리 흔들리는
밝은 섬들을 향해
1490 날아가누나.
환호의 합창 소리
들려오고,
들판에
흩어져
1495 춤추는 사람들이
풀밭 너머로 보이누나.
몇몇은
산에 오르고,
몇몇은 호수에서
1500 헤엄을 치고,
또 몇몇은 두둥실 떠도누나.
모두들 삶을 향해,
사랑스러운 별들과
지고의 은총이 있는
1505 먼 곳을 향해.

메피스토펠레스 이자가 잠들었구나! 잘했다, 요 하늘하늘 귀여운 것들아!
충실하게 노래 불러 잠을 재웠구나!

이 합창에 대한 대가는 잊지 않으마.
네놈은 아직 사탄을 붙잡아 둘 위인이 못 된다!
이 작자에게 달콤한 꿈의 형상을 나풀나풀 보여 주어라, 1510
망상의 바닷속에 빠뜨려라.
그런데 이 문지방의 마법을 깨려면,
쥐 이빨이 필요하구나.
내가 친히 쥐를 불러낼 필요까진 없다.
벌써 한 놈이 바스락거리니, 곧 내 명령을 듣게 되리라. 1515

들쥐와 생쥐,
파리와 개구리, 빈대와 이의 주인님이
너에게 명령하노니,
이 문지방에 기름을 바른 즉시
기어 나와서 갉아먹어라— 1520
벌써 깡충 뛰어나오는구나!
냉큼 일을 시작하라! 내 발목을 묶은 모서리가
저기 앞쪽 귀퉁이에 있느니라.
한 입만 더 갉아라, 이제 됐다—
그러면 파우스트, 우리 다시 만날 때까지 실컷 꿈이나 꾸어라. 1525

파우스트 (잠에서 깨어나며) 내가 또 속았단 말인가?
바글대던 정령들이 사라지고,
사탄은 꿈이고
푸들은 도망쳤단 말인가?

서재

파우스트와 메피스토펠레스

1530 **파우스트** 누가 문을 두드리는가? 들어오시오! 누가 또 나를 괴롭히려는가?

메피스토펠레스 나요.

파우스트 들어오게!

메피스토펠레스 세 번 말해야 하오.

파우스트 어서 들어오게!

메피스토펠레스 그거 참 마음에 드는군.

우리가 사이좋게 지냈으면 좋겠소!

선생의 우울한 기분을 몰아내려고

1535 내가 우아한 귀공자 차림으로 여기 찾아오지 않았겠소.

금박으로 수놓은 붉은 옷에

빳빳한 비단 외투를 걸치고

모자에는 수탉의 깃털을 꽂고

뾰족한 긴 칼을 찼소.

1540 내가 충고 한마디 하겠는데, 간단히 말해서

선생도 이렇게 차려 입으시오.

그러면 모든 속박에서 자유롭게 벗어나

인생이 무엇인지 알게 될 거요.

파우스트 내가 어떤 옷을 입더라도

1545 이 답답한 삶의 고통에서 벗어날 수는 없을 걸세.

나는 그저 놀고먹기에는 너무 늙었고,

희망 없이 살기에는 너무 젊다네.

이 세상이 나한테 뭘 줄 수 있을 것인가?

부족해도 참아라! 참아야 한다!

이것은 모든 사람의 귀에 들려오는 1550
영원한 노래일세.
일평생 한시도 쉬지 않고
목이 쉬도록 부르는 노래.
나는 아침마다 자지러지게 놀라며 눈을 뜬다네.
해질 때까지 단 한 가지, 그야말로 단 한 가지 소망도 1555
이루어 주지 않을 하루를 맞이하고는
통곡하고 싶다네.
혹시 즐거운 일이 없을까 기대하는 마음을
고집스럽게 헐뜯고 깎아내리며,
내 활기찬 가슴이 만들어 내는 것을 1560
수천 가지 흉악한 면상으로 가로막는 날들.
밤에도
불안한 마음으로 침상에 누울 수밖에 없네.
침상에서도 안식을 얻지 못하고,
사나운 꿈들에 시달리기 때문일세. 1565
내 가슴속에 깃든 신은
내 마음을 깊이 흔들 수 있지만,
내 모든 힘을 다스리는 신은
바깥을 향해서는 아무런 힘이 없다네.
그러니 사는 것이 짐스럽고, 1570
오로지 죽고 싶은 마음뿐 인생이 지겹지 않겠는가.

메피스토펠레스 하지만 죽음도 결코 반가운 손님은 아니지요.

파우스트 오, 승리의 영광 속에서 피 묻은 월계관을
머리에 쓰고 죽음을 맞이하는 자는 복되도다!
미친 듯이 신명나게 춤을 춘 후에 1575
아가씨 품에서 죽음에 이르는 자는 복되도다!
오, 나도 그 숭고한 지령의 힘 앞에서

황홀하게 넋을 잃고 쓰러졌더라면 좋았을 것을!

메피스토펠레스 하지만 그날 밤, 갈색의 물약을
1580 마시지 않은 사람이 있었지요.

파우스트 남을 염탐하는 것이 자네의 취미인 모양일세.

메피스토펠레스 나는 비록 전지하지는 않지만 많은 것을 알고 있소.

파우스트 귀에 익은 감미로운 음조가
나를 끔찍한 혼란으로부터 끌어내고,
1585 마치 어린 시절이 즐거웠던 양
날 속였을지라도,
나는 저주하노라,
영혼을 온갖 유혹과 눈속임으로
에워싸고 현혹하고 아첨하며
1590 슬픔의 동굴 속으로 몰아넣는 모든 것을!
무엇보다도 정신이 사로잡혀 있는
드높은 견해를 저주하노라!
우리의 감각을 파고드는
허황된 현상들을 저주하노라!
1595 명성이나 불멸의 이름을 내세우며
우리를 미혹시키는 꿈들을 저주하노라!
아내와 자식, 종복과 쟁기를 소유하라며,
우리의 허영심을 자극하는 것들을 저주하노라!
재물을 들이밀며
1600 대담하게 행동하라고 우리를 부추기고,
느긋하게 즐기라며
편안하게 방석을 깔아 주는 황금의 신 맘몬을 저주하노라!
향긋한 포도주여, 저주받으라!
지고한 사랑의 은총이여, 저주받으라!
1605 희망이여, 저주받으라! 믿음이여, 저주받으라!

무엇보다도 인내심이여, 저주받으라!

정령들의 합창 (모습은 보이지 않는다)

슬프도다! 슬프도다!
네가
이 아름다운 세상을
억센 주먹으로 1610
망가뜨렸구나.
세상이 무너지는구나, 와르르 와해되는구나!
반신(半神)이 세상을 산산이 깨부수었구나!
우리는 그 파편들을
무(無)로 나르며, 1615
사라진 아름다움을 탄식하노라.
지상의 아들들 가운데
힘센 그대여,
더 화려하게
세상을 다시 일구어라. 1620
네 가슴속에서 세상을 다시 일으켜 세워라!
새로운 인생 항로를
시작하라,
밝은 마음으로!
그러면 새로운 노래 1625
울려 퍼지리라!

메피스토펠레스 저것들은 내 부하 중에서도
조무래기들이오.
그런데도 즐거움을 좇아 행동을 개시하라고
얼마나 조숙하게 충고하는지 들어 보시오! 1630
감각과 활기가 움츠러든
고독으로부터

넓은 세상을 향해
선생을 유혹하고 있소.

1635 독수리처럼 선생의 생명을 쪼아 먹는
원망일랑 그만두시오.
별 볼일 없는 무리들과 어울리다 보면,
자신이 다른 이들과 다름없는 한낱 사람에 지나지 않는 것을
느끼기 마련이오.
그렇다고 선생을 그 천한 무리들 틈에
1640 밀어 넣을 생각은 없소.
내가 그리 뭐 대단한 존재는 아니지만
선생이 나와 함께
삶을 두루 섭렵할
의향이 있으면,
1645 당장 선생을 받들어 모시겠소.
나는 선생의 친구요.
선생만 좋다면,
하인이 되고 종복이 되겠소.

파우스트 그 대가로 나한테 뭘 바라는가?

1650 **메피스토펠레스** 그 문제에 대해선 아직 시간이 많이 있소.

파우스트 아니, 아닐세! 사탄은 이기적이라서
다른 사람에게 이로운 일을
절대로 이유 없이 할 리가 없네.
조건을 분명히 말하게.
1655 그런 하인은 집안을 위험에 빠뜨리기 십상일세.

메피스토펠레스 〈이 세상에서〉는 내가 선생을 섬기겠소.
선생이 손짓만 하면 어디든 냉큼 달려가리다.
〈저 세상에서〉 우리가 다시 만나면,

거꾸로 선생이 나를 섬겨야 하오.

파우스트 저 세상 따위는 아무래도 상관없네. 1660

자네가 이 세상을 산산이 부수면,

다른 세상이 생겨나야 하네.

이 지상에서 내 기쁨이 용솟음치고,

이 태양이 내 고뇌를 비추네.

내가 이것들과 작별을 고한 후에, 1665

무슨 일이 일어나든 대수겠는가.

내세에도 사랑이 있고 증오가 있는지,

저 세상에도

위가 있고 아래가 있는지,

내 알 바 아니네. 1670

메피스토펠레스 그런 생각이라면 한번 해볼만 하오.

나하고 계약을 맺읍시다, 그러면 선생은 앞으로

즐겁게 내 재주를 보게 될 거요.

그 누구도 아직껏 눈으로 보지 못한 것을 누리게 해주겠소.

파우스트 가련한 사탄 주제에 뭘 누리게 해주겠다는 겐가? 1675

드높은 것을 지향하는 인간의 정신을

자네 따위가 어찌 알겠는가?

아무리 먹어도 배부르지 않는 음식,

수은처럼 손에서 녹아 없어지는 붉은 금,

결코 이길 수 없는 도박, 1680

내 품에 안겨서 이웃집 남자와

눈 맞추는 아가씨,

천상의 기쁨을 맛보게 해주고는

별똥별처럼 사라져 버리는 근사한 명성은

누리게 해주겠지. 1685

따기도 전에 썩어 버리는 과일이나

날마다 새롭게 푸르러지는 나무를 보여 주게나!

메피스토펠레스 그런 주문쯤이야 간단히 해치울 수 있고
그런 보물쯤이야 얼마든지 대령할 수 있소.
1690 하지만 이보시오 친구, 우리가 편안히 쉬면서
맛 좋은 것을 즐길 수 있는 시간이 올 것이오.

파우스트 내가 속 편하게 누워서 빈둥거린다면,
그것으로 내 인생은 끝장일세!
내가 자네의 알랑거리는 거짓말에
1695 속아 넘어가고
쾌락에 농락당한다면,
그것은 내 마지막 날일세!
우리 내기해 보세!

메피스토펠레스 좋소!

파우스트 당장 계약을 맺도록 하세!
순간이여, 멈추어라! 정말 아름답구나!
1700 내가 이렇게 말하면,
자네는 날 마음대로 할 수 있네.
그러면 나는 기꺼이 파멸의 길을 걷겠네.
죽음의 종이 울려 퍼지고,
자네는 임무를 다한 걸세.
1705 시계가 멈추고 바늘이 떨어져 나가고,
내 시간은 그것으로 끝일세.

메피스토펠레스 명심하시오, 우리는 이 말을 절대 잊지 않을 거요.

파우스트 그 부분은 자네 마음대로 하게.
나는 경거망동하지 않았네.
1710 내가 순간을 고집하면 종의 신세가 되는 걸세.
자네의 종이든 그 누구의 종이든 상관없네.

메피스토펠레스 오늘 당장 박사 학위 축하연에서

내가 선생의 하인으로서의 의무를 이행하겠소.
다만 한 가지! — 무슨 일이 있어도 반드시 이것을
글로 몇 줄 남겨 주기를 부탁하는 바이오. 1715

파우스트 지금 소심하게 글로 쓰인 것을 요구하는가?
사나이 대장부나 남아일언중천금이란 말도 들어 보지 못했는가?
내 말이 영원히 내 일생을
지배하는 것으로 충분하지 않은가?
세상이 사방팔방으로 줄달음치는데, 1720
여기서 약속에 매여 지체해야겠는가?
하지만 이런 헛짓이 우리 마음속에 깊이 틀어박혀 있는데,
누가 거기서 쉽게 벗어나겠는가?
가슴속에 신의를 품고 사는 사람은 행복할지니라,
어떤 희생을 해도 후회하지 않을지니라! 1725
그러나 글로 써서 봉인한 양피지는
누구나 귀신처럼 꺼리기 마련일세.
말이 펜 끝에서 생명을 잃고,
밀랍과 가죽이 주도권을 행사한다네.
이 악령아, 내가 어떻게 해주랴? 1730
청동, 대리석, 양피지, 종이, 어디에 써주랴?
철필, 끌, 펜, 무엇으로 써주랴?
네가 원하는 대로 해주마.

메피스토펠레스 어찌 이리 금방 열을 내며
수선을 피우시오? 1735
작은 종이 한 장에다
선생의 피 한 방울로 서명하면 그만인 것을.

파우스트 꼭 그런 시시한 짓거리를 해야
자네의 직성이 풀린다면 그리하세.

메피스토펠레스 피는 특별한 액체요. 1740

파우스트 내가 행여나 이 계약을 깨지 않을까 걱정하지는 말게!
나는 약속을 지키려고
혼신의 힘을 다하는 사람일세.
내가 잘난 척 으스대었지만,
1745 사실은 자네와 같은 부류에 속한다네.
위대한 정령은 나를 경멸하였고,
자연은 내 앞에서 문을 닫아 버렸네.
사유의 끈은 끊어졌고,
지식이라면 신물 난 지 이미 오래일세.
1750 우리 한번 관능에 깊이 취해
불타오르는 열정으로 마음을 달래 보세!
굳건한 마술의 장막 아래서
온갖 기적을 준비하게!
시간의 회오리 속으로,
1755 사건의 소용돌이 속으로 돌진하세!
고통과 쾌감,
성공과 불만이 어지러이
교차하는 곳으로.
사나이 대장부는 쉬지 않고 활동하는 법일세.
1760 **메피스토펠레스** 선생 앞을 가로막는 것은 아무것도 없소.
어디서나 마음 내키는 대로 즐기시오.
도망치면서도 낚아채고
마음에 들면 덥석 움켜쥐시오.
머뭇거리지 말고 나를 마음껏 이용하시오!
1765 **파우스트** 내 말 명심하게, 기쁨이 문제가 아닐세.
나는 도취경, 극히 고통스러운 쾌락,
사랑에 눈먼 증오, 통쾌한 분노에 빠져 보고 싶네.
내 마음은 지식에의 열망에서 벗어나

앞으로 어떤 고통도 피하지 않을 걸세.
온 인류에게 주어진 것을 1770
가슴 깊이 맛보려네.
지극히 높은 것과 지극히 깊은 것을 내 정신으로 붙잡고,
인류의 행복과 슬픔을 내 가슴에 축적하고,
내 자아를 인류의 자아로 넓히려네.
그러다 결국에는 인류와 더불어 몰락하려네. 1775

메피스토펠레스 오, 수천 년 동안 이 딱딱한 음식을
씹고 있는 내 말을 믿으시오!
요람에서 무덤까지
이 해묵은 효모를 소화하는 사람은 아무도 없소.
우리의 말을 믿으시오, 전부 1780
오로지 신을 위해 만들어진 것이오!
신은 영원한 광명 속에 머무르며,
우리를 암흑 속으로 몰아내었소.
그리고 당신들에게만 낮과 밤이 존재하오.

파우스트 그래도 해보겠네!

메피스토펠레스 거참, 듣기 좋은 말이오! 1785
그런데 걱정스러운 일이 하나 있소.
인생은 짧고, 예술은 길단 말이오.
선생은 뭐든 잘 배우는 것 같으니,
시인을 하나 사귀어서
이런저런 생각을 하게 만드시오. 1790
그리고 사자의 용기,
사슴의 날렵함,
이탈리아 사람의 불같은 기질,
북방의 끈기,
이런 모든 고매한 특성들을 1795

선생의 고상한 머리에 쌓게 하시오.
너그러움과 교활함을 결합시키고,
청춘의 뜨거운 충동으로
계획에 맞추어 사랑하는
1800 비결을 알아내게 하시오.
나 자신도 그런 사람을 하나 사귀게 되면
소우주 선생이라 부를게요.

파우스트 온 감각이 열망하는
인류의 왕관을 쟁취하는 일이 불가능하다면,
1805 나는 뭐란 말인가?

메피스토펠레스 당신은 결국 있는 그대로의 당신일 뿐이오.
아무리 곱슬머리 가발을 쓰고
굽 높은 신발을 신어도
당신은 언제까지나 당신일 뿐이오.

1810 **파우스트** 나도 그렇게 느끼네, 인간 정신의
온갖 보물을 끌어모았지만 부질없는 짓이었네.
결국 이렇게 주저앉아 있는데도,
마음속에서 전혀 새로운 힘이 솟구치지 않아.
나는 터럭만큼도 높아지지 않았고,
1815 무한한 존재에 가까워지지도 않았어.

메피스토펠레스 이보시오 선생, 당신은
세상 사람들처럼 사태를 보고 있소.
인생의 즐거움이 우리에게서 도망치기 전에,
우리가 더 현명해져야 하오.
1820 제기랄! 손과 발,
머리와 엉덩이, 물론 그것들은 선생의 것이오.
그렇다고 내가 새롭게 즐기는 것들은
내 것이 아니란 말이오?

내가 여섯 마리의 말을 돈 주고 산다면,
그 말들의 힘은 내 것이 아니겠소? 1825
나는 마치 스물네 개의 다리를 가진 양,
질주하는 늠름한 대장부일 거요.
그러니 기운을 내시오! 괜한 생각일랑 접어 두고
이대로 나와 함께 넓은 세상으로 나갑시다!
내가 분명히 말하는데, 머리만 굴리는 녀석은 1830
주변에 풀밭이 무성한데도
마귀에 홀려 메마른 땅을
빙빙 맴도는 짐승 같은 꼴이지요.

파우스트 어떻게 시작할 셈인가?

메피스토펠레스 당장 이곳을 떠납시다.
세상에 무슨 이런 고문실이 있소? 1835
자신과 젊은이들을 따분하게 만드는 것을
어떻게 인생이라고 하겠소?
그런 일일랑 옆방의 뚱보 양반에게 맡기시오!
무엇 때문에 괜한 헛수고를 한단 말이오?
선생이 낼 수 있는 최고의 것을 1840
학생들에게 말할 처지도 못 되면서.
벌써 한 녀석이 복도에서 어슬렁거리는 소리가 들리는구려.

파우스트 지금은 도저히 저 학생을 만날 수 없네.

메피스토펠레스 저 불쌍한 녀석이 오래 기다린 모양이니,
위로의 말 한마디 없이 그냥 쫓아 버릴 수는 없지요. 1845
자, 그 웃옷하고 모자 좀 빌려 주시오.
나도 이렇게 꾸미면 멋있어 보이겠는걸. (옷을 갈아입는다)
그러면 여기는 내 재치에 맡겨 두시오!
한 십오 분 정도면 충분할 거요.
그동안에 선생은 근사하게 여행 떠날 채비나 하시오! 1850

(파우스트 퇴장한다)

메피스토펠레스 (파우스트의 치렁치렁한 옷차림으로)
인간의 지고한 힘이라 불리는
이성과 학문을 경멸하라.
거짓에 능란한 사탄의 힘을 빌어
눈속임과 요술로 네 힘을 북돋워라.
1855 그러면 너는 무조건 내 손아귀에 떨어지리라—
무작정 앞으로 나가려 하는 정신을
운명이 너한테 안겨 주었구나.
그렇듯 조급히 굴다 보면
지상의 즐거움을 건너뛰기 마련인 것을.
1860 내가 이제 네놈을 방탕한 삶 속으로,
천박하고 시시한 일들 속으로 끌고 다니리라.
나를 멍청히 바라보며 버둥거리고 아등바등 매달리리라.
그 만족할 줄 모르는 탐욕스러운 입술 앞에
맛 좋은 음식과 음료가 어른거리리라.
1865 더 달라고 애원해도 소용없으리라.
설사 사탄에게 항복하지 않는다 해도,
네놈은 기필코 파멸에 이를지니라!

한 학생이 등장한다.

학생 저는 이곳에 온 지 얼마 되지 않습니다.
선생님의 높으신 존함을 듣고서
1870 한번 직접 만나 뵙고 말씀을 듣고 싶어
경애하는 마음으로 이렇게 찾아왔습니다.

메피스토펠레스 자네의 예의 바른 모습을 보니 무척 기쁘구먼!
보다시피 나도 다른 이들과 조금도 다름없는 사람일세.

자네 벌써 여러 곳을 돌아다녀 보았는가?

학생 제발 부탁이니, 저를 꼭 좀 받아 주십시오! 1875

저는 크게 용기를 내어 찾아왔습니다.

학비도 넉넉하고 혈기도 넘칩니다.

저희 어머니께서는 절 보내 주시려 하지 않았지만,

저는 여기 넓은 세상에서 제대로 한번 배워 보고 싶습니다.

메피스토펠레스 그렇다면 제대로 찾아왔네. 1880

학생 솔직히 말씀드리면, 벌써 이곳을 떠나고 싶은 마음이 듭니다.

이 높은 담장이나 홀들이

조금도 맘에 들지 않습니다.

너무 답답하게 꽉 막혀 있고

풀 한 포기, 나무 한 그루 보이지 않아 1885

강의실 의자에 앉아 있으면

아무것도 들리지 않고 보이지 않고 생각도 나지 않습니다.

메피스토펠레스 전부 습관 탓일세.

아이도 처음에는 어머니 젖을

순순히 빨려 하지 않지만, 1890

금방 신나게 쪽쪽 빨지 않는가.

자네도 지혜의 젖가슴을

날이 갈수록 더욱 많이 탐할 걸세.

학생 저도 즐겁게 지혜의 목에 매달리고 싶습니다.

하지만 어떻게 해야 그리될 수 있는지 제발 말씀해 주십시오. 1895

메피스토펠레스 그런데 잠깐,

자네 어떤 학과를 선택했는가?

학생 저는 제대로 한번 배워 보길 소원합니다.

그래서 지상의 것과

천상의 것, 1900

학문과 자연을 이해하고 싶습니다.

메피스토펠레스 그렇다면 길을 제대로 들었네.
하지만 절대로 방심해서는 안 될 걸세.
학생 저는 몸과 마음을 다 바칠 생각입니다.
1905 그렇지만 물론 근사한 여름철 휴일에는
조금 자유스럽게 시간을 보내는 것도
나쁘지 않을 것입니다.
메피스토펠레스 시간은 금방 지나기 마련이니 잘 활용해야 하네.
하지만 규율이 시간 아껴 쓰는 법을 알려 줄 걸세.
1910 이보게, 그래서 충고하는데,
먼저 논리학을 듣게나.
그러면 자네의 정신이 족쇄에 채인 양
철저하게 단련되고,
정신의 흐름이 신중하게 천천히
1915 앞을 향해 나갈 걸세.
이를테면 도깨비불처럼 무턱대고
이리저리 헤매지 않을 거야.
그런 후에, 평상시 먹고 마시듯 자유자재로
후다닥 해치우던 것에도
1920 하나, 둘, 셋 단계가 있는 것을
여러 날에 걸쳐 배우게 될 걸세.
사실 생각의 공장은
발판을 한 번 밟으면 수천 개의 실이 움직이고
북이 이리저리 넘나드는
1925 직조공의 걸작처럼 움직인다네.
실들이 보이지 않게 흘러서,
한 번 치면 수천 개의 가닥으로 엮어지지 않는가.
철학자가 강의실에 들어와서
이래저래야 하는 것을 증명할 걸세.

첫째가 이러하고 둘째도 이러하니 1930
셋째, 넷째도 이래야 한다는 둥,
아니면 첫째와 둘째가 이러하지 않으니
셋째와 넷째도 결코 이러하지 않을 거라는 둥 말일세.
곳곳에서 학생들이 이런 이론을 찬양하지만,
그 누구도 정작 뛰어난 직조공은 되지 못했네. 1935
살아 있는 것을 인식하고 묘사하겠다면서
정신을 몰아내고는
조각들만을 손에 쥐고 있으니.
유감스럽게도! 그 조각들을 묶어 주는 끈이 없다네.
화학은 그 끈을 자연의 조작이라 부르지만, 1940
어찌 된 일인지는 알지 못하며 스스로를 조롱할 뿐이네.

학생 도대체 무슨 말씀인지 못 알아듣겠습니다.

메피스토펠레스 자네가 모든 것을 추상적인 원칙으로 환원하고
적절히 분류하는 법을 배우면,
곧 차차 나아질 걸세. 1945

학생 선생님 말씀을 듣고 있으니,
마치 머릿속에서 물레방아가 돌아가는 듯 정신이 멍해집니다.

메피스토펠레스 그다음에는 무엇보다도
형이상학을 배워야 할 걸세!
그러면 인간의 두뇌에 맞지 않는 것도 1950
심오하게 파악하는 법을 터득할 거야.
두뇌 안에 들어가든 말든
근사한 말이 마련되어 있다네.
그러나 무엇보다도 처음 반년 동안은
착실히 규율을 지키게. 1955
날마다 다섯 시간 강의가 있는데,
종이 울리면 강의실 안에 앉아 있어야 하네!

미리 철저하게 예습을 하고,
머리에 조목조목 깊이 새기게.
1960 그러면 교수가 책에 쓰여 있는 말만 하는 것을
나중에 더 분명하게 알 걸세.
그렇더라도 성령의 말씀인 듯,
열심히 받아 적어야 하네!

학생 그야 두말하실 필요 없습니다!
1965 그게 얼마나 유용한 일인지 잘 알겠습니다.
흰 종이에 까맣게 쓰인 것은
안심하고 집으로 가져갈 수 있는 법이지요.

메피스토펠레스 그러면 이제 학부를 선택하게!

학생 법학은 별로 마음 내키지 않습니다.

1970 **메피스토펠레스** 그렇다고 자넬 나쁘게 생각할 수는 없네.
그 학문이 어떤지는 나도 잘 알지.
법률이니 법규니 하는 것들이
영원한 질병처럼 끊임없이 상속되고 있어.
대대로 물려주고 물려받고,
1975 이곳저곳으로 슬며시 옮겨 가고.
이성은 헛것이 되고, 선행은 재앙이 되는 마당일세.
자네가 그 후예가 된다면 후회할 걸세!
유감스럽게도! 우리가 타고난 권리를
문제 삼는 사람은 아무도 없네.

1980 **학생** 선생님의 말씀을 들으니 법학이 더욱 혐오스러워지는군요.
오, 선생님의 가르침을 받는 사람은 얼마나 행복할까요!
그렇다면 신학은 어떻겠습니까.

메피스토펠레스 나는 자네를 그릇된 길로 인노하고 싶지 않네.
신학으로 말하면,
1985 잘못된 길을 피하기가 아주 어렵지.

거기에는 독이 무척 많이 숨어 있어서,
좋은 약과 거의 구분이 가지 않는다네.
가장 좋은 방법은 오로지 〈한〉 스승의 말만을 듣고
신봉하는 것일세.
전반적으로 — 말을 중히 여기게! 1990
그러면 안전한 문을 통해
확신의 전당에 이르게 될 걸세.

학생 하지만 말에는 개념이 있어야 합니다.

메피스토펠레스 그야 그렇지! 하지만 너무 소심하게 고민할 필요는 없어.
바로 개념이 부족한 곳에서 1995
적시에 말이 떠오른다네.
말로 멋지게 논쟁을 벌이고
체계를 세울 수 있다네.
그러니 말을 근사하게 믿을 수 있지 않겠는가.
말에서 어느 한 조각도 떼어 낼 수 없네. 2000

학생 많은 질문으로 시간을 뺏어서 죄송합니다만,
몇 가지 더 여쭙고 싶습니다.
의학에 대해서 뭐라 요긴하게
한 말씀 해주시지 않겠습니까?
삼 년은 짧은 시간인데, 2005
맙소사! 그 분야는 너무 광범위합니다.
조금 가르침을 받으면,
방향 잡기가 훨씬 수월할 듯싶은데요.

메피스토펠레스 (혼잣말로) 이제 이 멋대가리 없는 말투에 싫증이 나는군.
사탄 노릇을 다시 제대로 해봐야겠어. 2010
(큰 소리로) 의학의 정신을 파악하기는 어렵지 않아.

대우주와 소우주를 두루두루 철저하게 연구하고는,
결국 모든 것을
신의 뜻대로 내버려 두게나.
2015 자네가 아무리 학문적으로 여기저기 기웃거려도 소용없을 걸세.
누구나 자신이 배울 수 있는 것만을 배울 뿐이야.
그러나 기회를 잘 붙잡아야
진정한 사나이라고 할 수 있네.
자네는 몸집도 꽤 건장하고
2020 뱃심도 두둑해 보이니,
자신감만 갖추면
다른 사람들이 자네를 믿고 따를 걸세.
특히 여자들을 잘 다루는 법을 터득하게.
여자들이란 늘
2025 여기저기 쑤시고 아프다고 비명을 질러 대지만,
한 군데만 찔러 주면 단박에 멀쩡해진다네.
자네가 적당히 점잖게 굴면,
여자들을 모조리 수중에 틀어잡을 걸세.
먼저 학위를 하나 따서, 자네의 의술이
2030 그 누구보다도 뛰어나다고 믿게 만들게.
다른 사람이 몇 년 동안 슬쩍 건드리기만 하던 구석구석을
반가운 양 덥석덥석 주무르고,
맥을 짚는 법도 터득하게.
능청스럽게 뜨거운 눈초리를 던지며,
2035 얼마나 단단히 조여졌는지 보려는 듯
늘씬한 허리를 마음껏 붙잡게나.

학생 이제야 좀 앞이 보이는 것 같군요! 어디서 어떻게 시작해야 할지 알겠습니다.

메피스토펠레스 이보게, 이론은 모조리 회색이고,

생명의 황금 나무는 초록색일세.

학생 정말이지, 지금 꿈을 꾸는 듯한 기분입니다. 2040

선생님의 지혜로운 말씀을 철저하게 경청하기 위해

한 번 더 찾아뵈어도 되겠습니까?

메피스토펠레스 내가 할 수 있는 일이라면 얼마든지 도와주겠네.

학생 이대로 그냥 갈 수는 없습니다.

여기 제 기념 문집[13]을 드릴 테니, 2045

부디 몇 자 적는 호의를 베풀어 주십시오!

메피스토펠레스 그야 여부가 있겠나. (몇 자 적은 후에 돌려준다)

학생 (그 글을 읽는다)

너희들이 신과 같이 되어서, 좋고 나쁜 것이 무엇인지 알게 되리라.[14]

공손히 문집을 덮고는 물러난다.

메피스토펠레스 옛 말씀과 우리 뱀 아주머니의 가르침을 좇아라.

네가 신을 닮은 것이 언젠가는 두려워지리라! 2050

파우스트 등장한다.

파우스트 어디로 갈 셈인가?

메피스토펠레스 선생이 원하는 곳으로.

먼저 작은 세상을 보고 나서 큰 세상을 봅시다.

다른 사람들에게 빌붙어 배우는 것이

얼마나 즐겁고 유익한지 아시오!

13 16세기 이후, 특히 대학생들 사이에서 기념 문집을 가지고 다니며 유명한 사람들의 명언이나 격언을 받아 적는 것이 유행이었다.

14 구약 성서 「창세기」 3장 5절에서 뱀이 이브를 유혹하며 하는 말.

2055 **파우스트** 하지만 이렇게 수염을 길게 기른 처지에
어찌 가볍게 살 수 있겠는가.
아무래도 잘될 것 같지 않아.
나는 지금껏 세상에 어울리지 못했네.
사람들 앞에 나서면 항상 나 자신이 왜소하게 느껴졌지.
2060 또 분명 당황스러울 거야.

메피스토펠레스 이보시오 친구, 다 잘될 거요.
자신감만 있으면, 얼마든지 잘 살 수 있소.

파우스트 그런데 어떻게 이 집에서 빠져나가지?
말하고 마차, 하인은 어디 있는가?

2065 **메피스토펠레스** 이 외투를 펼치기만 하면 되오.
이것이 하늘을 가로질러 우리를 데려다 줄 거요.
이렇게 대담한 여정을 나서는 마당에
큰 짐 보따리는 가져갈 필요 없소.
내가 일으키는 약간의 불바람이
2070 우리를 잽싸게 공중으로 띄워 줄 거요.
우리가 가벼우니만큼 빨리 위로 떠오르지 않겠소.
선생의 새로운 인생 항로를 축하하오!

라이프치히의 아우에르바하 지하 주점

젊은이들이 떠들썩하게 술 파티를 벌인다.

프로쉬 아무도 안 마시겠다는 거야? 아무도 안 웃겠다는 거야?
내가 진짜로 인상 쓰는 법을 알려 줄까!
2075 평상시는 활활 잘도 타오르는 놈들이
오늘은 흠뻑 젖은 지푸라기 꼬락서니라니까.

브란더 전부 네 녀석 탓이야. 네놈이 바보짓이나 너저분한 짓을
안 하니까 다들 이 모양이라고.
프로쉬 (브란더의 머리에 포도주를 들이붓는다)
그 두 가지를 동시에 해주마!
브란더 이런 돼지보다 못한 녀석!
프로쉬 언제는 이렇게 하라며! 2080
지벨 싸울 놈들은 밖으로 나가!
가슴을 활짝 펴고 노래를 불러라, 실컷 퍼마시고 꽥꽥 소리를
질러라!
일어나라! 홀라! 호!
알트마이어 아이고, 나 죽겠네!
여기 솜 좀 가져와! 저 녀석 때문에 귀청 터지겠어.
지벨 천장에 쩡쩡 울려 퍼져야 2085
진짜 베이스의 위력을 맛볼 수 있다고.
프로쉬 그래 맞아, 못마땅한 녀석은 여길 나가면 될 거 아냐!
아! 타라 랄라 다!
알트마이어 아! 타라 랄라 다!
프로쉬 이제야 장단이 맞는군.
(노래한다) 사랑하는 신성 로마 제국이여, 2090
네가 아직도 어찌 하나로 합쳐 있느뇨?
브란더 구역질 나는 노래! 퉤 퉤! 정치적인 노래!
기분 잡치네! 네놈들은 로마 제국에 신경 쓸 필요 없으니,
아침마다 하느님한테 감사의 기도나 드려!
나는 적어도 황제나 수상이 아닌 것을 2095
큰 횡재로 여기니까.
하지만 우리 패거리에도 대장이 있어야 하지 않을까.
우리도 교황을 뽑자고.
교황이 되려면 어떤 자질을 갖추어야 하는지

2100 너희들도 잘 알겠지.

프로쉬 (노래한다)

훨훨 날아라, 밤꾀꼬리야.
내 임에게 천 번 만 번 안부 전해다오.

지벨 임에게 안부는 무슨 안부! 그따위 노래는 집어치워!

프로쉬 임에게 안부와 입맞춤을 전해 다오! 날 방해하지 마!

2105 (노래한다) 빗장을 열어라! 고요한 밤에.
빗장을 열어라! 임이 지켜 주리라.
빗장을 걸어라! 아침 일찍.

지벨 그래, 노래해라. 실컷 노래하고 임인지 뭔지 맘껏 칭송하고 찬양해라!

때가 되면 내가 실컷 비웃어 줄 테니까.

2110 고것이 나를 속였듯이, 네 녀석한테도 멋지게 한 방 먹일걸.
그런 계집한테는 요괴가 제격이지!
요괴 놈이 그 계집하고 사거리에서 시시덕거릴걸.
아니면 브로켄 산에서 돌아오는 늙은 염소가
그년한테 매에 매에 밤 인사 하며 달려가겠지!

2115 순결한 피와 살을 가진 착실한 총각은
그런 화냥년한테 과분하고말고.
안부는 무슨 안부,
창문에 돌팔매질이 제격이지!

브란더 (테이블을 두드린다)

이보게들! 이보게들! 내 말 좀 들어보라고!

2120 자네들한테 솔직히 말하는데, 내가 세상 물정을 좀 알거든.
여기 사랑에 빠진 친구들을 위해서
신분에 맞게 밤 인사로
한 곡조 뽑을 테니.
잘 듣게! 최근 유행하는 노래일세!

후렴을 다 함께 힘차게 부르라고! 2125

(노래한다) 지하실 구멍에 쥐 한 마리 있어,
기름과 버터만을 먹고살더니
배가 통통히 불거졌다네,
마치 루터 박사 모양.
요리사가 놓은 쥐약을 먹고, 2130
세상이 답답해졌다네,
마치 상사병에 걸린 양.

합창 (환호성을 지르며)
마치 상사병에 걸린 양.

브란더 뱅글뱅글 돌다 밖으로 나가,
이 웅덩이 저 웅덩이 홀짝거리고 2135
온 집을 갉아먹고 긁어놓았다네.
아무리 날뛰어도 소용없고,
심지어는 겁에 질려 폴짝폴짝 뛰다가
그 가련한 짐승 곧 지치고 말았다네,
마치 상사병에 걸린 양. 2140

합창 마치 상사병에 걸린 양.

브란더 환한 대낮이 무서워
부엌으로 달려갔다네.
아궁이 옆에 나자빠져 버둥거리며
불쌍하게 할딱거렸다네. 2145
쥐약 놓은 요리사 깔깔 웃으며 하는 말,
야! 숨넘어가는구나,
마치 상사병에 걸린 양.

합창 마치 상사병에 걸린 양.

지벨 저 천박한 녀석들 즐거워하는 꼴이라니! 2150
가련한 쥐새끼들한테 쥐약 먹이는 것이

무슨 대단한 재주라고!

브란더 자네는 고것들을 무척 아끼는 모양이지?

알트마이어 저 머리 벗겨진 배불뚝이 녀석!

2155 불행이 저 녀석을 눅신하게 녹여 놓았다니까.
저 몰골이 퉁퉁 불어 터진 쥐새끼하고
똑같지 않아.

파우스트와 메피스토펠레스 등장한다.

메피스토펠레스 먼저 저 떠들썩한
패거리에게로 가봅시다.

2160 그러면 사는 것이 얼마나 쉬운지 알게 될 거요.
저 패거리들은 날이면 날마다 잔칫날이라오.
머릿속은 비고 뱃속은 편해서,
새끼 고양이가 제 꼬리 가지고 놀듯
빙글빙글 신나게 맴돌지요.

2165 골치 안 아프고
외상으로 술만 먹을 수 있으면,
근심 걱정 없이 니나노야 흥겹게 지낸다오.

브란더 저 친구들 여행 중인 모양이야,
괴상한 옷차림만 보아도 금방 알 수 있지.

2170 이곳에 도착한 지 한 시간도 안 되었을걸.

프로쉬 정말, 자네 말이 맞아! 우리 라이프치히는 좋은 곳이야!
작은 파리라니까, 사람들의 교양을 푹푹 높여 주잖아.

지벨 저 이방인들 뭐하는 사람일까?

프로쉬 내가 한번 가볼게! 거나하게 한 잔 미시면서,

2175 어린아이 이빨 뽑듯 살살
녀석들의 비밀을 우려내야지.

내 보기에는 암만해도 귀족 출신인 것 같아,
뭐가 못마땅한 듯 거만한 표정이잖아.

브란더 협잡꾼이 틀림없어, 우리 내기할까!

알트마이어 그럴지도 몰라.

프로쉬 잘 봐, 내가 요리해 볼 테니까! 2180

메피스토펠레스 (파우스트에게)
저 패거리들은 사탄이 멱살을 붙잡아도,
누구에게 붙잡혔는지 눈치도 못 챌 놈들이오.

파우스트 안녕하시오, 신사분들!

지벨 만나서 반갑소.
(메피스토펠레스를 힐끔거리며 소리 죽여 말한다)
저 녀석은 어째서 한 발을 절름거리는 거야?[15]

메피스토펠레스 여러분들과 합석해도 괜찮겠습니까? 2185
여기서 맛 좋은 술은 맛보지 못할 테니,
함께 어울려 흥겹게 지내기라도 해야지요.

알트마이어 선생들은 입맛이 무척 까다로운 모양입니다.

프로쉬 리파흐[16]에서 늦게 출발하셨나 보지요?
거기서 한스 씨하고 함께 저녁을 드셨소? 2190

메피스토펠레스 오늘은 그냥 지나쳤지요!
지난번에 만났는데,
사촌들 이야기를 아주 많이 합디다.
모두에게 안부 전하라고 하였소.
(프로쉬에게 고개 숙여 절한다)

알트마이어 어렵쇼! 저 친구 뭘 좀 아는데!

지벨 교활한 녀석일세! 2195

15 사탄의 왼발이 말발굽이라는 이야기가 민간 신앙으로 전해져 내려왔다.

16 라이프치히 근처의 작은 마을 이름. 〈리파흐의 얼간이 한스〉는 당시 대학생들 사이에서 야유하는 말로 널리 사용되었다.

프로쉬 자, 두고 봐, 내가 저 녀석에게 본때를 보여 주겠어!

메피스토펠레스 제가 잘못 듣지 않았다면, 좀 전에
근사한 합창 소리를 들은 것 같은데요.
물론 이런 둥근 천장 아래서는
2200 노랫소리가 멋들어지게 울려 퍼지기 마련이지요!

프로쉬 선생께서는 노래 솜씨가 무척 뛰어나신 모양이지요?

메피스토펠레스 아, 아닙니다! 능력은 없고, 열정만 넘칠 뿐이지요.

알트마이어 우리에게 한 곡 불러 주시오!

메피스토펠레스 다수가 정 원하신다면.

지벨 단 최신 유행곡으로 뽑아야 하오!

2205 **메피스토펠레스** 우리는 노래와 포도주의 나라
아름다운 스페인에서 방금 돌아왔소.
(노래한다) 옛날 옛적 어느 임금님,
커다란 벼룩 한 마리 길렀네—

프로쉬 들어 봐! 벼룩이라니! 자네들도 분명히 들었지?
2210 벼룩은 깨끗한 손님이라고.

메피스토펠레스 (노래한다)
옛날 옛적 어느 임금님,
커다란 벼룩 한 마리 길렀네.
벼룩을 친자식처럼
애지중지 사랑하더니
2215 재단사 가까이 불러
일렀다네.
자, 저 귀공자의 옷을 재단하라,
바지를 지어라!

브란더 자네들 한 치의 어긋남 없이 정확하게 재단하라고
2220 재단사에게 꼭 이르게.
그리고 목숨을 부지하고 싶으면,

바지에 조금이라도 주름져서는 안 될 걸세.

메피스토펠레스 우단, 비단으로
곱게 차려입은 벼룩,
여기저기 리본으로 동여매고 2225
십자가까지 달았네.
즉시 재상으로 임명되어
커다란 훈장을 받았다네.
형제자매까지
궁중에서 높으신 나리 되었다네. 2230

궁중의 신사 숙녀,
에구머니, 난리 났네.
왕비님과 시녀들
이리 물리고 저리 뜯기는데도
눌러 죽일 수 없고 2235
가려워도 긁을 수 없네.
우리는 한 군데만 물려도
당장 으깨 죽이고 눌러 죽일 텐데.

합창 (환호성을 지르며)
우리는 한 군데만 물려도
당장 으깨 죽이고 눌러 죽일 텐데. 2240

프로쉬 브라보! 브라보! 근사했어!

지벨 놈들을 모조리 그렇게 박살 내야 해!

브란더 뾰족한 손가락으로 우아하게 놈들을 덮쳐라!

알트마이어 자유 만세! 포도주 만세!

메피스토펠레스 여러분들의 포도주가 조금만 더 맛 좋으면, 2245
나도 기꺼이 자유를 위해 건배할 것이오.

지벨 그따위 소리 두 번 다시 하지 마시오!

메피스토펠레스 이런 귀하신 손님들에게
우리 지하실의 술을 좀 대접하면 좋으련만.
2250 하지만 술집 주인이 투덜대지 않을까 걱정이오.
지벨 가져오기만 하시오! 내가 전부 책임질 테니.
프로쉬 선생이 좋은 술만 가져온다면야, 우리가 얼마든지 칭찬하지 않겠소.
다만 맛보기로 너무 조금 가져오면 안 되오.
맛을 평가하려면,
2255 입안 가득히 들이부어야 하니까.
알트마이어 (소리 죽여) 저 작자들 라인 지방에서 온 거 같은데.
메피스토펠레스 송곳을 가져오시오!
브란더 그걸 갖고 뭘 어쩌자는 거요?
설마 문 앞에 술통을 갖다 놓은 것은 아니겠지?
알트마이어 저기 뒤편에 술집 주인의 연장통이 있소.
메피스토펠레스 (송곳을 들고 프로쉬에게 말한다)
2260 자, 어떤 술로 맛보고 싶소?
프로쉬 그게 무슨 말이오? 여러 가지 술이 있단 말이오?
메피스토펠레스 각자 원하는 대로 마시게 해주리다.
알트마이어 (프로쉬에게)
이런, 자네는 벌써 입안에 군침이 도는 모양이군.
프로쉬 좋아! 맘대로 고를 수 있다면, 난 라인 포도주로 하겠소.
2265 그거야말로 우리의 조국이 베푸는 최고의 선물 아니겠소.
메피스토펠레스 (프로쉬가 앉아 있는 쪽의 테이블 가장자리에 구멍을 뚫는다) 마개를 만들게 밀랍을 조금 가져오시오!
알트마이어 아, 그러니까 요술을 부릴 셈이군.
메피스토펠레스 (브란더에게) 당신은 뭘 마시겠소?
브란더 난 샴페인으로 하겠소.
거품이 보글보글 일어야 하오!

메피스토펠레스 (구멍을 뚫는다. 그동안에 한 사람이 밀랍으로 마개를 만들어 구멍을 막는다)

브란더 좋은 것을 구하기가 이렇듯 어려운 마당에, 2270
외국 것이라고 늘 마다할 수는 없지 않은가.
진정한 독일 남자는 프랑스 놈들을 좋아하지 않지만,
프랑스 포도주는 기꺼이 마시지.

지벨 (메피스토펠레스가 가까이 다가오자)
솔직히 말해서, 난 신 것은 좋아하지 않아.
진짜 달콤한 것으로 한 잔 주시오! 2275

메피스토펠레스 (구멍을 뚫으며)
토카이[17]가 금방 철철 쏟아질 거요.

알트마이어 아니, 이보시오, 내 얼굴을 똑바로 쳐다보시오!
보아하니, 당신들 우리를 놀릴 속셈인 것 같은데.

메피스토펠레스 원 세상에, 무슨 그런 말씀을! 이런 고매하신 분들한테
어찌 그리 무모한 짓을 하겠소. 2280
어서! 마음 푹 놓고 어서 말하시오!
어떤 술을 대령하리까?

알트마이어 아무거나 주시오! 괜히 길게 묻지 말고.

메피스토펠레스 (구멍들을 전부 뚫고 마개로 막은 후에, 기이한 몸짓을 하며)

포도나무에 포도송이!
염소에 뿔 달렸도다. 2285
포도주는 액체이고 포도 덩굴은 나무이니,
나무 탁자에서도 포도주가 샘솟을 수 있노라.
자연을 깊이 바라보아라!

17 헝가리산의 유명한 포도주.

여기에서 기적을 믿어라!

2290 이제 모두들 마개를 뽑고 술을 맛보시오!

각자 마개를 뽑자, 원하는 술이 술잔에 흘러든다.

모두 함께 오, 아름다운 샘물이 흘러드는구나!

메피스토펠레스 다들 한 방울도 흘리지 않도록 조심하시오!

모두들 연거푸 술잔을 들이켠다.

모두 함께 (노래한다)

얼씨구, 신나는구나,
돼지 오백 마리 모인 양!

2295 **메피스토펠레스** 민중들은 자유롭다오. 자, 보시오, 얼마나 흥겹게 지내는지!

파우스트 난 그만 이곳을 나가고 싶네.

메피스토펠레스 잘 보시오, 이제 짐승 같은 성격이
근사하게 모습을 드러낼 거요.

지벨 (조심성 없이 술잔을 들이켠다. 포도주가 바닥에 떨어져 불꽃을 내며 타오른다) 사람 살려! 불이야, 불! 지옥이 불탄다!

메피스토펠레스 (불꽃을 향해 주문을 왼다)

2300 진정하라, 친애하는 원소여!
(젊은이들에게) 이번은 연옥불 한 점으로 끝났소.

지벨 이거 뭐야? 잠깐! 당신들 한번 혼 좀 나야겠어!
우리를 아직 잘 모르는 모양인데.

프로쉬 한 번만 더 이런 일이 있으면 가만두지 않겠다!

2305 **알트마이어** 내 생각에는 저 작자를 조용히 가게 내버려 두는 것

이 좋을 것 같아.

지벨 뭐야, 이 양반? 지금 건방지게
여기에서 수작을 부리겠다는 거야?

메피스토펠레스 조용히 하지 못해, 이 늙은 술통아!

지벨 이 빗자루 같은 놈이!
지금 우리하고 한판 붙어 보겠다는 거야?

브란더 두고 보자, 이놈. 내 주먹맛을 따끔하게 보여 줄 테니! 2310

알트마이어 (테이블의 마개를 뽑자, 불길이 치솟는다)
아, 뜨거워라! 뜨거워!

지벨 요술이다!
저놈을 혼내 주어라! 저런 놈은 죽어도 싸다!

모두들 칼을 빼들고서 메피스토펠레스에게 덤벼든다.

메피스토펠레스 (진지한 몸짓으로)
거짓 형상과 말이
의미와 장소를 바꾸노라!
여기에 있고 저기에 있어라! 2315

모두들 깜짝 놀라 그대로 선 채, 서로의 얼굴을 바라본다.

알트마이어 여기가 어디지? 이렇게 아름다운 곳이 있다니!

프로쉬 포도밭이야! 내 눈이 잘못 보는 것은 아니지?

지벨 포도송이가 손에 잡히네!

브란더 여기 푸르른 잎새 아래에
포도나무 좀 봐! 포도송이를 보라니까!

지벨의 코를 잡는다. 다른 사람들도 서로 코를 잡으며 칼을 높이 쳐든다.

메피스토펠레스 (좀 전과 같은 몸짓으로)

2320 착각이여, 눈의 굴레를 벗겨 주어라!

그리고 너희들, 사탄이 어떻게 장난치는지 잘 기억해 두어라.

파우스트와 함께 사라진다. 젊은이들 서로에게서 떨어진다.

지벨 이거 뭐야?

알트마이어 어떻게 된 거지!

프로쉬 이게 네 코였단 말이야?

브란더 (지벨에게) 그리고 나는 네 코를 쥐고 있었단 말이지!

알트마이어 이게 무슨 날벼락이야, 사지가 후들후들 떨려!

2325 의자 좀 가져와, 쓰러질 것 같아!

프로쉬 아니, 도대체 어떻게 된 거야?

지벨 그놈은 어디 갔지? 내 손에 붙잡히기만 하면,

절대로 살려 두지 않을 거야!

알트마이어 그놈이 지하실 문으로 나가서—

2330 술통을 타고 가는 것을 내 눈으로 보았어—

두 발이 납덩이처럼 무거워. (테이블을 향해 돌아선다)

이런, 포도주가 아직 나올까?

지벨 전부 사기였어, 거짓이고 가짜였다니까.

프로쉬 하지만 난 진짜 포도주를 마신 기분이야.

2335 **브란더** 그럼 포도송이는 뭐야?

알트마이어 그러니까 한 가지만 말하면, 기적을 믿어선 안 된다는 거야!

마녀의 부엌

나지막한 아궁이 불 위에 커다란 솥이 걸려 있고, 모락모락 피어오르는 김 속에서 여러 가지 형상이 보인다. 긴꼬리원숭이 암컷이 솥 옆에 앉아서, 솥이 넘치지 않도록 거품을 걷어 낸다. 수컷은 새끼들과 함께 그 옆에 앉아서 불을 쬔다. 사방의 벽과 천장이 마녀의 기괴한 살림살이로 꾸며져 있다.

파우스트와 메피스토펠레스 등장한다.

파우스트 난 허튼 요술이 싫네!
자네는 이런 너저분한 짓으로
내가 좋아질 것이라고 장담하는가?
나더러 늙은 노파의 조언을 받으란 말인가? 2340
이런 국물 따위가
나를 삼십 년 젊게 해준다고?
자네가 더 나은 방도를 모르는 것이 원통할 뿐일세!
이제 희망이 보이지 않는구먼.
자연과 고귀한 정신이 아직껏 2345
묘약을 찾아내지 못했단 말인가?
메피스토펠레스 이보시오, 또 잘난 척하는 게요!
젊어질 수 있는 자연스러운 방법도 있지만,
그것은 다른 책에 쓰여 있소.
그리고 내용도 아주 별나다오. 2350
파우스트 그게 어떤 방법인지 알고 싶네.
메피스토펠레스 좋소! 돈이나 의사,
요술의 힘을 빌리지 않는 방법은
곧장 들판으로 나가서

호미질하고 곡괭이질하는 것이오.
2355 몸과 마음을
극히 절제하고,
정결한 음식으로 요기를 하고,
가축과 한 가족이 되어 살며
논밭에 직접 거름 주는 것을 분하게 여기지 마시오.
2360 그것이 여든 살까지 젊음을 유지하는
최고의 방법이오, 내 말을 믿으시오!

파우스트 나는 그런 일에 익숙하지 않을뿐더러
삽을 손에 쥐고 싶지도 않네.
답답한 생활은 나한테 맞지 않아.

2365 **메피스토펠레스** 그러니까 마녀가 나서야 한단 말이오.

파우스트 왜 하필이면 노파란 말인가!
자네가 직접 약을 끓일 수는 없는가?

메피스토펠레스 그러면 얼마나 근사한 심심풀이겠소!
하지만 그보다는 차라리 다리를 수천 개 놓는 편이 더 낫소.
2370 묘약을 빚으려면, 기술이나 학문만이 아니라
끈기도 필요한 법이오.
오묘하고 힘차게 무르익으려면 시간이 걸리는 법이라
묵묵히 몇 년씩 그 일에 매달려야 한단 말이오.
게다가 기이한 물건들이 얼마나 많이
2375 필요한지 아시오!
사탄은 마녀에게 약 끓이는 법은 알려 주지만,
스스로 약을 끓이지는 못하오. (짐승들을 바라본다)
이런, 귀여운 것들 보세!
이것은 하녀이고, 저것은 하인이라!
2380 (짐승들에게) 마나님은 집에 없는 모양이지?

짐승들 굴뚝으로

집을 빠져나가
잔칫집에 갔지요!

메피스토펠레스 그래, 밖에서 대개 얼마나 쏘다니다 오느냐?

짐승들 우리가 발을 따뜻하게 쪼이고 있으면 돌아오신답니다. 2385

메피스토펠레스 (파우스트에게)
이 귀여운 짐승들을 어떻게 생각하시오?

파우스트 내가 본 중에 제일 흉물스럽네!

메피스토펠레스 그렇지 않소, 나는 이런 대화를
무엇보다도 즐긴다오!
(짐승들에게) 그런데 이 빌어먹을 허깨비들아, 2390
도대체 뭔 죽을 그리 젓는 게냐?

짐승들 거지들에게 나누어 줄 묽은 죽을 끓이는 중이지요.

메피스토펠레스 그렇담 손님들이 바글바글 몰려오겠군.

수원숭이 오, 어서 주사위를 던져
저를 부자로 만들어 주세요, 2395
제가 복권에 당첨되게 해주세요!
처량한 내 신세야,
나도 돈만 있으면,
정신 차리고 살 텐데!

메피스토펠레스 원숭이도 복권을 살 수 있다면, 2400
얼마나 좋고 신날 것인가!

그동안에 커다란 공을 가지고 놀던 새끼 원숭이들이 공을 앞으로 굴리며 나온다.

수원숭이 이것이 세상이라네.
올라갔다 내려갔다
쉬지 않고 굴러가네.

2405 유리처럼 소리 내네—
금방이라도 깨어질 듯!
속은 텅 비고,
여기는 반짝반짝.
저기는 더욱 반짝반짝.
2410 나는 살아 있노라!
내 사랑하는 아들아,
거기에서 손을 떼어라!
잘못하다가는 목숨을 잃으리라!
점토로 만들어진 거라
2415 산산이 부서지리라.

메피스토펠레스 저 체는 무엇이냐?

수원숭이 (체를 가져온다) 당신이 도둑인지 아닌지
이걸로 금방 알아내지요.
(암원숭이에게로 달려가 체를 들여다보게 한다)
체를 들여다보아라!
2420 도둑의 정체를 알아도,
이름을 밝힐 수 없다고?

메피스토펠레스 (불가로 다가간다) 이 냄비는 무엇이냐?

수원숭이와 암원숭이 이런 미련퉁이!
냄비도 모르고
2425 솥도 모르다니!

메피스토펠레스 버르장머리 없는 것들!

수원숭이 이 총채를 들고
안락의자에 앉으시지요!
(메피스토펠레스를 억지로 앉힌다)

파우스트 (그동안에 거울 앞에 서서는, 거울에 가까이 다가갔다 멀어졌다 한다)

저게 뭐지? 웬 아리따운 모습이
마법의 거울 속에 나타나는가? 2430
오 사랑이여, 네 가장 빠른 날개를 나한테 빌려 주어
저 여인이 있는 곳으로 데려다 다오!
아아, 걸음을 옮겨
가까이 다가가려 하면,
안개에 감싸인 양 아스라이 보이누나!— 2435
이리도 아름다운 여인의 모습이 있다니!
어찌 이리 아름다울 수 있단 말인가?
이 늘씬하게 뻗은 몸이 정녕
천상의 화신이 아닐까?
저런 모습이 과연 지상에 존재할까? 2440

메피스토펠레스 그야 물론이오, 신이 엿새 동안
갖은 애를 쓴 끝에 쾌재를 부르면,
저런 쓸 만한 것이 생겨나는 법이지요.
이번에는 눈요기로 실컷 봐 두시오.
저런 보물쯤은 내가 얼마든지 찾아낼 수 있소. 2445
재수가 좋아 저런 여인을 색싯감으로
집에 데려가는 사람은 복 받을지니라!

파우스트, 거울에서 눈을 떼지 않는다. 메피스토펠레스, 안락의자에 편안히 앉아 총채를 가지고 놀며 말을 잇는다.

나 여기 왕처럼 옥좌에 앉아 있도다,
왕홀은 여기 있건만, 왕관은 어디 있는가.

짐승들 (지금까지 온갖 기이한 동작을 취하다가, 큰 함성을 지르며 메피스토펠레스에게 왕관을 가져온다)
오, 부디 2450

이 왕관을 땀과 피로
단단히 붙여 주소서!

짐승들, 어설프게 왕관을 다루다가 두 동강 내고는, 그것을 들고 부엌 안을 폴짝폴짝 뛰어다닌다.

이런, 일을 저질렀구나!
우리는 말하고 보고
2455 듣고 운을 맞춘다—
파우스트 (거울을 보며)
이런, 내 신세야! 이러다가는 정말 돌아 버리겠군.
메피스토펠레스 (짐승들을 가리키며)
이젠 내 머리까지 어질어질하군.
짐승들 우리 뜻대로 이루어져서
일이 술술 풀리면
2460 사상(思想)이 생겨난다네!
파우스트 (여전히 거울을 바라보며) 가슴이 불타는 것 같구나!
우리 어서 여기를 떠나세.
메피스토펠레스 (여전히 안락의자에 앉은 채)
적어도 저놈들이 솔직한 시인인 것만은
인정해야겠소.

그동안 암원숭이의 관심 밖으로 밀려난 솥이 넘치기 시작한다. 크게 불꽃이 일어 굴뚝 쪽으로 몰려간다. 마녀가 끔찍한 비명을 지르며 불꽃을 헤치고 내려온다.

2465 **마녀** 어휴! 어휴! 어휴! 어휴!
이 빌어먹을 짐승! 망할 것!

솥 하나 지키지 못하고, 주인 마나님을 태워 죽일 작정이냐!
이 저주받을 짐승! (파우스트와 메피스토펠레스를 바라본다)
이건 또 뭐야?
웬 놈들이냐? 2470
여기서 뭘 하는 게야?
웬 놈들이 기어 들어왔느냐?
온몸에
불벼락을 맞고 싶으냐?

거품 걷어 내는 국자를 솥 속에 집어넣었다가, 파우스트와 메피스토펠레스와 짐승들을 향해 불꽃을 뿌린다. 짐승들 깽깽거린다.

메피스토펠레스 (손에 든 총채를 뒤집어 들고서 유리그릇과 냄비를 두드린다)
두 동강 나라! 두 동강 나라! 2475
저기에 죽이 있다!
저기에 유리가 있다!
이 못된 것아, 이것은
네 가락에 맞추는 장단이고
익살이다. (마녀가 분노와 공포에 질려 뒷걸음친다) 2480
나를 알아보겠느냐? 이 해골바가지야! 요물아!
네 주인이고 스승인 날 알아보겠느냐?
내 앞을 가로막는 것은 무엇이든 혼쭐을 내주리라.
네년과 네 원숭이 종자들을 요절내리라!
이 붉은 재킷이 이젠 두렵지 않단 말이냐? 2485
이 수탉 깃털을 몰라보겠느냐?
내가 얼굴을 감추기라도 했느냐?
내 입으로 내 이름을 말해야겠느냐?

마녀 오, 주인님! 이 무례함을 용서해 주십시오!
2490 하지만 제 눈에는 말발굽이 보이지 않습니다.
주인님의 까마귀들은 어디 있습니까?
메피스토펠레스 이번만은 용서해 주겠다.
우리가 만나 본 지도 물론
꽤 많은 세월이 지났기 때문이니라.
2495 문화라는 것이 온 세상을 핥으면서
사탄에게도 입김을 내뿜는 바람에,
이제 북방의 도깨비는 자취를 감추었느니라.
뿔과 긴 꼬리, 갈고리발톱이 네 눈에 어디 보이느냐?
그리고 말발굽으로 말하면 나한텐 없으면 곤란하지만,
2500 사람들 틈에서는 거추장스러울 뿐이야.
그래서 내 벌써 여러 해 전부터
젊은이들처럼 가짜 종아리를 달고 다니지 않겠느냐.
마녀 (춤을 춘다) 사탄 나리를 여기에서 다시 뵈니,
너무 좋아서 얼이 빠질 지경이랍니다.
2505 **메피스토펠레스** 이 여편네야, 그 이름을 부르지 마라!
마녀 왜지요? 이름이 어쨌다고 그러시죠?
메피스토펠레스 그 이름은 벌써 오래전부터 우화집에 쓰여 있느니라.
그렇다고 사람들 형편이 나아진 것은 아니지만 말이야.
악마들을 떨쳐 버렸다고 여기지만, 사실 악마들은 여전히 존재하거든.
2510 앞으로는 날 남작 나리라고 불러라,
나도 다른 기사들 못지않은 기사니까 그래야 좋지 않겠느냐.
너는 내 고귀한 혈통을 의심하지 않겠지.
여길 봐라, 이것이 내가 달고 다니는 문장(紋章)이다!
(외설적인 몸짓을 한다)

마녀 (숨넘어가게 웃는다) 하하하! 나리답습니다!
옛날이나 조금도 다름없이 짓궂으시다니까요! 2515
메피스토펠레스 (파우스트에게) 이보시오, 친구 양반! 잘 봐두시오!
마녀들은 이렇게 다루어야 한다오.
마녀 그런데 여기 무슨 일로 오셨지요?
메피스토펠레스 그 유명한 약을 한 잔 듬뿍 주게!
제일 오래된 것으로 주어야 하네. 2520
오래 묵은 것일수록 약효가 배가되거든.
마녀 그야 여부가 있겠습니까! 여기 한 병 있는데,
저도 이따금 맛본답니다.
냄새도 전혀 나지 않아요.
이것을 기꺼이 한 잔 드리지요. 2525
(소리 죽여)
하지만 이분이 무턱대고 마시면,
나리도 잘 아시다시피 한 시간도 살아남지 못할 텐데요.
메피스토펠레스 좋은 친구이니, 일이 잘 성사되어야 한다.
네가 만든 것 중에서 최상품으로 올려라.
원을 그리고 주문을 외고 2530
한 잔 가득히 따라라!

마녀, 온갖 기괴한 몸짓을 하며 원을 그리고, 희한한 물건들을 원 안에 늘어놓는다. 그러는 동안에 유리잔들이 쨍그랑거리고 솥이 소리를 내기 시작하더니 음악을 연주한다. 끝으로 마녀가 커다란 책을 가져오고, 긴꼬리원숭이들을 원 안에 세운다. 원숭이들은 횃불을 들고서 마녀에게 책상 노릇을 해야 한다. 마녀가 파우스트에게 가까이 다가오라고 손짓한다.

파우스트 (메피스토펠레스에게)

아니, 이게 다 무슨 짓인가?
저 어처구니없는 물건들에다가 미친 듯한 몸짓,
천박한 술수,
2535 나도 다 아는 것일세. 추악하기 짝이 없네.

메피스토펠레스 거참! 그냥 웃으라고 하는 짓이오!
너무 엄숙한 척하지 마시오!
마녀가 저렇게 의사로서 법석을 떨어야만,
약이 효과를 발휘할 수 있소.

파우스트를 원 안으로 떠다민다.

마녀 (열심히 책을 낭송하기 시작한다)
2540 명심하라!
하나에서 열을 만들고
둘은 생략하고
곧장 셋을 만들면,
부자가 되리라.
2545 넷은 잃어버려라!
마녀가 이르노니,
다섯하고 여섯에서
일곱하고 여덟을 만들면,
완성되리라.
2550 아홉은 하나고
열은 무(無)이니,
이것이 마녀의 구구단이니라.

파우스트 아무래도 이 노파가 열에 들떠 헛소리하는 게야.

메피스토펠레스 끝나려면 아직 멀었소.
2555 내가 잘 아는데, 저 책에는 온통 저런 소리뿐이라오.

나도 저것으로 시간 참 많이 허비했지,
완벽한 모순은 현명한 자에게나 어리석은 자에게나
똑같이 비밀스럽기 때문이오.
이보시오 친구, 저 기술은 낡았으면서도 새 것이라오.
예나 지금이나 다름없이 2560
셋이 하나요, 하나가 셋이라고
진실 대신 착각을 퍼트리는 방법이잖소.[18]
저런 식으로 마음껏 지껄이고 가르치면,
누가 그 멍텅구리들을 상대하고 싶겠소?
그런데도 사람들은 흔히 말만 듣고서, 2565
뭔가 깊이 생각할 것이 들어 있나 보다고 믿는다니까.

마녀 (책을 계속 읽는다)

그 드높은 힘을
학문과
온 세상은 알아내지 못하리!
생각하지 않는 사람이 2570
그 힘을 선물 받으리,
근심 없이 그 힘을 얻게 되리.

파우스트 저 할멈이 도대체 무슨 헛소리를 읊는 겐가?
내 머리가 터질 것만 같으이.
마치 바보들 수만 명이 모여서 2575
일제히 합창을 하는 것만 같아.

메피스토펠레스 됐다, 됐어. 오, 훌륭한 무당이여!
네 약을 이리 가져와서,
어서 이 사발에 넘치도록 그득 따라라.
그 약이 이 양반에게 해가 되지는 않을 거야. 2580

18 기독교의 삼위일체설을 비꼬는 말이다.

벌써 이런저런 좋은 약을 많이 마신
관록 있는 분이거든.

마녀가 번잡스럽게 격식을 차려서 약을 사발에 따른다. 파우스트가 약을 입에 갖다 대자 살짝 불꽃이 인다.

메피스토펠레스 자, 쭉 들이켜시오! 어서 들이켜시오!
곧 마음이 즐거워질 거요.
2585 사탄하고 너 나 하는 사이면서
그까짓 불꽃을 두려워한단 말이오?

마녀가 원의 마법을 풀자, 파우스트 원 밖으로 걸어 나온다.

메피스토펠레스 자, 얼른 밖으로 나갑시다! 가만히 쉬어서는 안 되오.
마녀 좋은 약효가 나길 바랍니다!
메피스토펠레스 (마녀에게) 내가 뭐 도와줄 일이 있으면,
2590 발푸르기스의 밤[19]에 말하라.
마녀 이 노래를 드릴 테니 가끔 부르십시오!
그러면 특히 효험이 있을 겁니다.
메피스토펠레스 (파우스트에게) 자, 어서 나를 따라오시오.
땀을 푹 흘려야만,
2595 그 효과가 안팎으로 스며들기 마련이오.
고상한 게으름을 높이 평가하는 법은 나중에 알려 주겠소.
큐피드가 어떻게 흥분하고 이리저리 폴짝거리는지,
곧 흥겹게 마음 깊이 느낄 거요.

19 옛 전설에 따르면, 4월 30일에서 5월 1일 사이의 밤에 사탄들과 마녀들이 브로켄 산에 모여 방탕하게 즐겼다고 한다.

파우스트 얼른 한 번만 더 거울을 보고 가세!
저리도 아름다운 여인이 있다니! 2600
메피스토펠레스 아니! 아니라니까요! 선생은 곧 모든 여인들의 이상형을
실제로 눈앞에 보게 될 거요.
(소리 죽여) 약효가 네 몸에 퍼지면,
곧 모든 여자가 헬레나[20]로 보일 거다.

길거리

마르가레테, 파우스트 옆을 지나간다.

파우스트 아름다운 아가씨, 제 감히 아가씨를 2605
댁까지 호위해 드려도 되겠습니까?
마르가레테 저는 양반집 아가씨[21]도 아니고 아름답지도 않아요.
그리고 데려다 주지 않아도 혼자 집까지 갈 수 있어요.
(파우스트를 뿌리치고 간다)
파우스트 원 세상에, 저렇듯 아름다울 수 있다니!
저런 처녀는 내 생전 처음 보는구나. 2610
참으로 얌전하고 예의 바른 데다가
퉁길 줄도 알고.
붉은 입술, 반짝이는 볼,

20 그리스 신화에서 제우스와 스파르타 왕비 레다의 딸로 여성적인 아름다움의 전형으로 간주되었다. 트로이의 파리스 왕자에게 잡혀가 트로이 전쟁의 불씨를 낳았다.
21 그 당시 〈아가씨Fräulein〉는 귀족 집안의 결혼하지 않은 젊은 처자를 뜻하였다.

내 평생 결코 잊지 못하리라!
2615 눈을 내리뜨는 모습이
마음을 깊이 파고들고,
퉁명스럽게 거절하는 것도
황홀하기만 하구나!

메피스토펠레스 등장한다.

파우스트 이보게, 저 처자를 꼭 만나게 해주게!
2620 **메피스토펠레스** 뭐요, 어떤 처자 말이오?
파우스트 지금 막 지나간 처자 말일세.
메피스토펠레스 저 처자 말인가요? 저 처자는 지금 신부에게 다녀오는 길인데,
신부에게 모든 죄를 사해받았소.
내가 고해석 바로 옆을 지나가면서 슬쩍 엿들으니,
정말 순진한 계집이더구먼.
2625 진짜 아무것도 아닌 일로 고해를 하더라니까요.
저런 계집은 나도 어떻게 손을 써볼 도리가 없소!
파우스트 그래도 열네 살은 넘었을 거 아닌가.
메피스토펠레스 선생 말투가 지금 영락없이 바람둥이 같소.
예쁜 꽃은 뭐든 가지려 들고,
2630 못 꺾을 정절이나 호의가 세상에 어디 있겠냐고
잘난 척하는 바람둥이 말이오.
하지만 항상 뜻대로 되는 것만은 아니지요.
파우스트 훌륭한 학자 나리,
법률 따위로 날 괴롭히지 말게!
2635 요점만 간단히 말하면,
저 귀여운 젊은 것이

오늘 밤 내 품에 안기지 않으면,
우리는 자정을 기해 각자 제 갈 길을 갈 걸세.

메피스토펠레스 도대체 일이 어떻게 벌어질지 생각 좀 해보시오!
기회를 엿보는 데만도 2640
최소한 열나흘은 걸릴 거요.

파우스트 내게 단 일곱 시간의 여유만 있어도,
저런 계집을 유혹하는 데
사탄의 힘을 빌리지 않으련만.

메피스토펠레스 프랑스 놈들처럼 말씀하십니다그려. 2645
하지만 제발 진노를 거두어 주시지요.
덥석 손에 넣으면 무슨 재미가 있겠소?
요리 주물럭, 조리 주물럭
위로 잡아당기고 한 바퀴 돌리고,
저 귀여운 것을 이리저리 가지고 노는 것만큼 2650
즐겁기야 하겠소.
남방의 이야기들이 뭐라 가르치던가요?

파우스트 그런 이야기 없어도 얼마든지 구미가 당기네.

메피스토펠레스 이제 농담이나 장난은 그만둡시다.
내 분명히 말하는데, 저런 예쁜 처녀는 2655
절대로 호락호락하지 않소.
거칠게 덤벼들었다가는 말짱 도루묵이 되기 십상이라니까요.
먼저 꾀를 써야 하오.

파우스트 저 천사 같은 아가씨가 아끼는 물건 가운데 뭐라도 하나 가져오게!
저 처녀의 안식처로 날 데려다 주게! 2660
목에 두른 목도리라든지
내 사랑의 쾌감을 북돋우는 양말 끈이라도 가져오게나!

메피스토펠레스 내가 선생의 고통을 덜어 주려고

얼마나 애쓰는지 보여 주겠소.
2665 오늘 당장
그 처녀의 방으로 데려다 주리다.

파우스트 그녀를 보게 된다고? 그녀가 내 차지가 된다고?

메피스토펠레스 그게 아니오!
그 아이가 오늘 이웃집 여자에게 놀러갈 것이오.
그동안에 선생 혼자서,
2670 앞으로 맛보게 될 즐거움에 가슴 설레며,
그 아이의 냄새를 담뿍 즐길 수 있소.

파우스트 당장 갈 수 있는가?

메피스토펠레스 아직 너무 이르오.

파우스트 그녀에게 가져갈 선물을 준비하게! (퇴장한다)

메피스토펠레스 당장 선물을 하겠다고? 그것참 기특한 일일세!
잘되겠는데!
2675 나는 근사한 장소와
땅속에 묻혀 있는 보물을 많이 알고 있지.
그럼 어디 좀 시찰해 볼까. (퇴장한다)

저녁

작고 정갈한 방

마르가레테 (머리를 땋아 묶으며)
오늘 그 신사분이 누구인지
알 수만 있다면, 뭐라도 내놓을 텐데!
2680 정말 늠름하고,
귀한 집 출신인 것 같았어.

이마를 보면 알 수 있거든—
그렇지 않다면 어찌 그리 대담할 수 있겠어. (퇴장한다)

메피스토펠레스와 파우스트 등장한다.

메피스토펠레스 들어오시오, 조용히, 어서 들어오시오!
파우스트 (잠시 침묵을 지킨 후에)
제발 부탁이니, 날 혼자 놔두게! 2685
메피스토펠레스 (방 안을 살펴보며)
모든 처녀들이 이렇듯 정갈하지는 않지요. (퇴장한다)
파우스트 (주위를 둘러보며) 반갑구나, 이 성스러운 곳을 비추는
감미로운 석양의 햇살이여!
내 마음을 사로잡아라, 그리움에 애태우며 희망의 이슬을 먹고 사는
감미로운 사랑의 괴로움이여! 2690
정적과 질서와
만족의 감정이 방 안 가득히 숨 쉬는구나!
가난해도 풍요로움이 넘치고,
골방인데도 축복이 그득하구나!
(침대 옆의 가죽 의자에 몸을 던진다)
오, 즐거울 때나 괴로울 때나 팔을 활짝 벌리고 2695
조상들을 품어 주었을 의자여, 나를 받아 다오!
아아, 이 조상들의 옥좌에 어린아이들이
얼마나 자주 매달렸을 것인가!
내 사랑스러운 아가씨도 오동통한 뺨으로,
성탄절 선물을 고마워하며 2700
할아버지의 여윈 손에 공손히 입 맞추지 않았을까.
오, 아가씨, 그대의 풍요롭고 정갈한 정신의

속삭임이 들리는 듯하오.
날마다 어머니처럼 자애로이 그대를 가르치며,
2705 탁자 위에 양탄자를 깔끔하게 깔고
발밑에 고운 모래를 뿌리라고 이르는 속삭임 말이오.
오, 사랑스러운 손이여! 참으로 거룩하구나!
네 손길 아래서 오두막이 천국으로 화하노라.
그리고 여길 봐라! (침대 앞의 커튼을 들어 올린다)
환희의 전율이 휘몰아치는구나!
2710 언제까지나 여기에 머무르고 싶구나.
자연이여! 여기에서 너는 살포시 꿈꾸며
타고난 천사를 만들어 내었도다!
여기에 따사한 생명과
보드라운 마음으로 넘치는 아이가 누워 있었고,
2715 여기에서 성스러운 자태가
거룩하고 순수하게 빚어졌도다!

그런데 나는 뭔가! 무엇이 날 여기로 이끌었는가?
내 마음이 이리 깊이 흔들리다니!
나는 여기에서 뭘 원하는가? 무엇이 내 마음을 무겁게 하는가?
2720 가련한 파우스트! 너를 더 이상 알아보지 못하겠구나.

여기에서 마법의 향기가 나를 감싸는가?
지금 당장 즐기고 싶은 충동이 이는 것을,
사랑의 꿈속에서 녹아 없어지는 것만 같구나!
우리는 공기의 압력이 만들어 내는 유희인가?

2725 이 순간, 그녀가 들어온다면,
이 파렴치한 행위를 어떻게 속죄할 것인가!

잘난 척 으스대더니, 아아, 이토록 왜소할 수가!
그녀의 발치에서 스르르 녹아 없어지리라.

메피스토펠레스 서두르시오! 그녀가 오고 있소.

파우스트 가세! 어서 가세! 다시는 이곳에 오지 않겠네! 2730

메피스토펠레스 여기 제법 묵직한 상자가 있소.
내가 저기 어디서 가져왔는데,
여기 궤짝 안에 넣어 두겠소.
내 장담하는데, 이걸 보면 그 아이가 홀딱 넘어갈 거요.
이 앙증맞은 것들을 여기 두어야 2735
다른 것을 손에 넣을 수 있지 않겠소.
세상은 다 이런 법이오.

파우스트 나는 잘 모르겠네, 그래도 될까?

메피스토펠레스 웬 질문이 그리 많소?
설마 이 보석들을 선생이 갖고 싶은 것은 아니겠지?
그렇담 소중한 시간을 허비하지 말고 2740
내 수고를 덜어 달라고
선생의 욕망에 충고하겠소.
선생이 너무 인색하지 않길 바랄 뿐이오!
나는 무슨 뾰족한 수가 없나 골머리를 짜내고 있는데—
(작은 보석함을 궤짝 안에 넣고 다시 자물쇠를 채운다)
자, 갑시다! 어서 서두르시오!— 2745
그래야 그 달콤한 계집이
선생의 뜻대로 될 것이오.
그런데 선생 표정이
강의실에 들어가려는 사람 같지 않소.
물리학과 형이상학이 2750
마치 살아서 잿빛으로 선생 앞에 버티고 있기라도 한 양 말이오.
자, 어서 가자니까요! (퇴장한다)

마르가레테 (등불을 들고 들어온다)
방 안이 너무 후덥지근하고 답답해.
(창문을 연다)
하지만 바깥은 그리 덥지 않은데.
2755 내가 왜 이러는 것일까—
어머니가 빨리 집에 오시면 좋을 텐데.
왠지 온몸이 오싹해—
나는 어리석고 겁 많은 계집앤가 봐.

옷을 벗으며 노래한다.

옛날 옛적 툴레에
2760 죽는 날까지 신의를 지킨 왕이 있었네.
사랑하는 왕비 숨을 거두며,
왕에게 황금 술잔을 건네주었네.

왕은 무엇보다도 소중한 그 술잔으로
잔치 때마다 술을 마셨네.
2765 술잔을 들이켤 때마다
두 눈에 눈물이 가득 고였네.

그러다 세상을 떠날 때가 되자,
왕국의 도시들을 헤아려
전부 후계자에게 물려주었네.
2770 하지만 술잔만은 끝까지 간직하였네.

바닷가 성안
선조들의 고매한 홀에서

기사들에 둘러싸여
만찬을 열었네.

늙은 주객은 거기 서서 2775
생명의 마지막 불꽃을 마시고는
성스러운 술잔을
넘실대는 바닷물에 던졌네.

술잔이 떨어져 물을 가득 담고
바닷속 깊이 잠기는 것을 바라보았네. 2780
두 눈이 감기고,
다시는 한 방울도 마시지 못하였네.

옷을 넣으려고 궤짝을 열다가 작은 보석함을 발견한다.

이 예쁜 함이 어떻게 여기에 들어 있지?
궤짝의 자물쇠를 분명히 잘 채워 두었는데.
참 이상한 일이야! 안에 뭐가 들어 있을까? 2785
혹시 누군가가 어머니에게 이걸 담보로 맡기고
돈을 빌려 갔는지도 몰라.
여기 끈에 작은 열쇠가 달려 있네.
한번 열어 볼까!
이게 뭐지? 어머나! 이것 좀 봐, 2790
이런 건 생전 처음 봐!
보석이야! 귀부인들은 아마 성대한 잔칫날에
이런 걸로 치장하겠지.
목걸이가 나한테 어울릴까?
이 근사한 것들이 도대체 누구 걸까? 2795

(보석으로 꾸미고서 거울 앞에 선다)
귀걸이만이라도 가질 수 있다면 얼마나 좋을까!
이것들로 꾸미니까 금방 딴 사람이 된 것 같아.
아름다움이나 젊음이 무슨 소용 있겠니?
아무리 아름답고 근사하더라도
2800 그뿐인 것을.
사람들은 거의 동정하는 마음으로 아름다움이나 젊음을 칭송한단다.
모두들
황금을 향해 덤벼들고
매달리니. 아아, 우리 가련한 사람들이여!

산책

파우스트 생각에 잠겨 이리저리 거닌다.
메피스토펠레스 다가온다.

메피스토펠레스 에이, 두고두고 사랑에 버림받아라! 지옥 불에
2805 나 떨어져라!
더 고약한 저주의 말이 없을까!
파우스트 도대체 무슨 일인가? 왜 그리 성을 내는가?
그런 얼굴 표정은 내 평생 처음 보네!
메피스토펠레스 내가 사탄만 아니라면,
2810 나 자신을 통째로 사탄에게 맡기고 싶은 기분이오!
파우스트 머릿속이 뭐 잘못되었는가?
미친놈처럼 날뛰는 모양이 자네에게 딱 어울리는구먼!
메피스토펠레스 글쎄, 생각해 보시오. 그레트헨을 위해 마련한

패물을
신부 놈이 몽땅 가로채 갔단 말이오!—
그 아이 어미가 그 물건들을 보더니, 2815
은근히 겁에 질렸지 뭐요.
그 여편네가 워낙 냄새를 잘 맡는지라,
평소에도 늘 기도서에 코 박고 킁킁거리며
혹시 불경스러운 것이 아닌가 하여
살림살이마다 코를 발름거리기 일쑤지요. 2820
그러니 패물들이 별로 축복받지 못한 것을
금방 눈치채고는
소리칠 수밖에. 얘야, 부정한 재물은
영혼을 사로잡고 피를 말리기 마련이란다.
성모님께 이것을 바치면, 2825
천상의 만나[22]로 우리를 기쁘게 해주시지 않겠니!
마르가레테는 입을 비죽이며 생각했소,
하지만 선물 받은 것은 이러쿵저러쿵 따지지 않는 법이야.
그리고 이렇듯 살며시 선물을 가져오신 분이
맹세코! 부덕하실 리 없어. 2830
어미는 기어이 그 엉터리 신부 놈을 불렀고,
그놈은 패물을 보자마자
벌어진 입을 다물지 못하고서
말했다오, 참 잘 생각하셨소!
욕심을 극복하는 사람이 복 받기 마련이오. 2835
교회는 튼튼한 위장을 가지고 있어서,
여러 나라를 집어삼키고도
아직껏 탈 한 번 나지 않았소.

22 이집트를 탈출한 이스라엘 백성이 광야에서 기아의 위기에 처했을 때 하느님이 내려준 신비로운 양식.

정숙한 여인들이여, 오직 교회만이
2840 부정한 재물을 소화할 수 있소.
파우스트 으레 그런 걸 어쩌겠는가.
유대인이나 왕도 능히 그럴 수 있다네.
메피스토펠레스 신부 놈은 머리핀과 목걸이, 반지를
무슨 허섭스레기인 양 쓸어 담았다오.
2845 그러고는 더도 덜도 말고 호두 한 바구니 얻어 가는 듯
인사치레를 하고는
온갖 천상의 보답을 약속하였소—
그런데도 그 모녀는 얼마나 감격해하던지.
파우스트 그레트헨은 지금 어쩌고 있는가?
메피스토펠레스 수심에 가득 차 있소.
2850 자신이 뭘 원하는지, 뭘 해야 하는지 마음의 갈피를 잡지 못하고
그저 밤낮으로 보석만을 생각한다오.
그 보석을 가져온 사람 생각은 더욱 말할 것도 없지요.
파우스트 그 사랑스러운 아이가 시름에 잠겨 있다니, 내 마음이 안타깝구먼.
당장 새로운 보석을 마련하게!
2855 먼젓번 것은 너무 약소했어.
메피스토펠레스 아, 그렇겠지요. 나리한테는 모든 일이 어린애 장난 같겠지요!
파우스트 자, 어서 내 말대로 하게!
이웃집 여자에게 매달리게!
이 사탄아, 죽처럼 흐물거리지 말고
2860 냉큼 새로운 패물을 마련하라니까!
메피스토펠레스 알았습니다, 나리. 그저 시키신 대로 하지요.
파우스트 (퇴장한다)
메피스토펠레스 사랑에 빠진 얼간이들은 사랑하는 계집을 즐겁

게 해줄 수만 있다면
해든 달이든 별이든 모조리
공중으로 날려 버리려 든다니까. (퇴장한다)

이웃집

마르테 (혼자서) 하느님, 제 사랑하는 남편을 용서해 주소서, 2865
그 사람은 저한테 잘해 주지 않았어요!
뒤돌아보지 않고 넓은 세상으로 나가서는,
저를 독수공방하게 만들었지요.
하지만 저는 그 사람의 마음을 상하게 하지 않을 거예요,
맹세코 그 사람을 진심으로 사랑하겠어요. 2870
(눈물을 흘린다)
어쩜 벌써 이 세상 사람이 아닐지 몰라!— 아, 이를 어쩐담!—
사망 진단서라도 얻을 수 있다면!

마르가레테 들어온다.

마르가레테 마르테 아주머니!
마르테 그레트헨, 무슨 일이냐?
마르가레테 무릎이 후들거려서 쓰러질 것만 같아요!
글쎄, 제 궤짝 안에 2875
또 작은 패물함이 들어 있지 뭐예요. 흑단으로 만들어졌는데,
물건들이 정말 호사스럽고
지난번보다 훨씬 더 많아요.
마르테 네 어머니한테는 말하지 마라.
어머니가 아시면 또 당장 그걸 들고서 고해하러 가실 거다. 2880

마르가레테 아, 여길 보세요! 어서 보시라니까요!
마르테 (패물들로 마르가레테를 꾸며 준다)
어머나, 너는 참 복도 많구나!
마르가레테 하지만 이렇게 꾸미고서 길에 나다닐 수도 없고,
교회에 갈 수도 없어요.
2885 **마르테** 우리 집에라도 자주 놀러 오렴.
여기에서 남들 눈에 띄지 않게 패물들로 치장하고
한 시간 정도 거울 앞을 오락가락하면 어떻겠니.
그러면 우리 즐겁지 않을까.
그러다 차츰 하나씩 사람들에게 내보일 수 있는
2890 기회가 올 거야, 축제 같은 때 말이야.
처음에 목걸이를 걸고, 차차 귀걸이를 찰 수 있지 않을까.
물론 네 어머니가 알아채시면 안 되지, 뭐라고 잘 둘러대야 해.
마르가레테 그런데 누가 패물함을 두 개나 가져다 놓았을까요?
왠지 꺼림칙해요! (문 두드리는 소리가 난다)
2895 어머나! 우리 어머니가 아닐까요?
마르테 (문틈으로 밖을 내다본다)
처음 보는 남자인데 — 들어오세요!

메피스토펠레스 등장한다.

메피스토펠레스 이렇게 불쑥 찾아뵈어서 죄송합니다.
두 분께서는 부디 제 무례함을 용서해 주십시오.
(마르가레테 앞에서 정중하게 뒤로 물러난다)
저는 마르테 슈베르트라인 부인을 만나 뵈러 왔습니다!
2900 **마르테** 전데요. 무슨 일로 오셨지요?
메피스토펠레스 (마르테에게 소리 죽여)
일단 부인을 찾은 것으로 충분합니다.

마침 귀하신 분께서 찾아오신 모양인데,
외람되게 방해해서 죄송하군요.
오후에 다시 찾아오겠습니다.

마르테 (언성을 높여) 이런, 얘야. 원 세상에! 2905
이분께서 너를 귀한 집 아가씨로 착각하신 모양이야.

마르가레테 저는 가난한 집 처녀랍니다.
어머나! 마음씨가 참 좋은 분이신가 봐요.
이 패물과 장신구는 제 것이 아니에요.

메피스토펠레스 아, 장신구 때문만은 아닙니다. 2910
아가씨께서는 품성이 돋보이고 안목이 뛰어나 보이십니다!
제가 여기 머무를 수 있다면 얼마나 기쁘겠습니까?

마르테 그런데 무슨 일로 오셨어요? 어서 말씀하시지요 —

메피스토펠레스 제가 기쁜 소식을 가져왔더라면 얼마나 좋겠습니까!
부디 저를 나무라지 마십시오. 2915
부인의 남편께서 세상을 뜨시면서 소식을 전해 달라고 하셨습니다.

마르테 세상을 떠났다고요? 그 착한 사람이! 이럴 수가!
우리 남편이 세상을 떠나다니! 아이고, 어쩔거나!

마르가레테 세상에! 아주머니, 너무 낙담하지 마세요!

메피스토펠레스 그 슬픈 이야기를 좀 들어 보시지요! 2920

마르가레테 그래서 나는 절대로 사랑하고 싶지 않아요.
사랑하는 사람을 잃게 된다면 죽고 싶을 거예요.

메피스토펠레스 기쁨에는 슬픔이 따르고, 슬픔에는 기쁨이 따르기 마련입니다.

마르테 그 사람이 어떻게 숨을 거두었는지 이야기해 주세요!

메피스토펠레스 남편께서는 파두아의 2925
성 안토니우스 옆에 묻히셨습니다.

성스러운 묘지의
영원히 서늘한 안식처에 잠드셨지요.
마르테 그밖에 또 전하실 것은 없으신가요?
2930 **메피스토펠레스** 있습니다, 참 들어주기 어려운 커다란 부탁을 남겼습니다.
자신을 위해서 미사를 삼백 번 올려 달라고 하더군요!
그게 전부입니다.
마르테 뭐라고요! 기념주화 하나도 없고 패물 하나도 없단 말인가요?
하다못해 직공들도 구걸하거나 굶어 죽을 망정,
2935 지갑 깊숙이 뭔가를 감추어 두고
기념품을 간직하는 법이거늘!
메피스토펠레스 부인, 정말 유감입니다.
하지만 남편께서 결코 돈을 헛되게 쓰신 것은 아닙니다.
게다가 본인도 자신의 잘못을 무척 후회하였지요.
2940 그렇습니다, 그리고 자신의 불운을 더욱 한탄하였답니다.
마르가레테 아아, 사람들이 왜 이리 불행한 것일까!
제가 당연히 아저씨를 위해서 진혼 미사를 드리겠어요.
메피스토펠레스 아가씨께서는 곧 천생연분을 맺으시겠군요.
정말 상냥하신 분입니다.
2945 **마르가레테** 어머, 아니에요. 아직 그럴 때가 되지 않았어요.
메피스토펠레스 남편이 아니라면 멋진 애인이라도 생길 겁니다.
이렇듯 사랑스러운 아가씨를 품에 안다니,
이보다 더한 선물이 어디 있겠습니까.
마르가레테 그것은 이 나라의 관습이 아니에요.
2950 **메피스토펠레스** 관습이야 어떻든, 그런 일들이 실제로 있지요.
마르테 더 이야기해 주세요.
메피스토펠레스 남편께서 숨을 거두시는 자리에 제가 있었습니다.
사실 거름 더미보다 조금 나은
썩어 가는 밀짚 위였지요. 하지만 기독교인으로서 숨을 거두었어요.
남편께서는 아직도 참회할 일이 많이 남아 있다며,
크게 외쳤답니다. 〈나 자신이 얼마나 미운지 모르겠소. 2955
생업도 아내도 그렇게 두고 훌쩍 떠나오다니!
아아, 지난 일을 생각하면 나 같은 놈은 죽어도 싸지요!
아내가 제발 이승에서 나를 용서해 주면 좋으련만!〉

마르테 (울면서)
착한 사람! 저는 벌써 오래전에 용서했어요.

메피스토펠레스 〈하지만 맹세코! 나보다 아내의 잘못이 더 크답니다〉. 2960

마르테 저런 거짓말! 이럴 수가! 죽음을 코앞에 두고도 거짓말을 하다니!

메피스토펠레스 저는 잘 모르지만,
틀림없이 최후의 순간에 횡설수설한 거겠지요.
또 남편께서는 말했답니다. 〈나는 하품하며 시간을 보내지만은 않았소.
처음에는 자식들을 낳느라 애썼고, 나중에는 자식들을 위해 빵을 버느라 고생했소. 2965
넓은 의미에서 빵 말이오.
그러느라고 내 몫을 한 번도 맘 편히 먹지 못했소〉

마르테 내가 그렇듯 헌신적으로 사랑했건만 다 잊어버리다니,
밤낮으로 그렇듯 애썼건만!

메피스토펠레스 아니요, 남편께서도 그 점을 마음 깊이 새기고 있더군요. 2970
저한테 이렇게 말했습니다. 〈나는 몰타를 떠나면서,

아내와 자식들을 위해 간절히 기도했소.
그래서 하늘이 우리를 도왔는지,
우리 배가 술탄의 보물을 가득 싣고 가는
2975 터키 배를 덮쳤지 뭐요.
용감함은 응당
보답을 받기 마련인지라
나도 적절한 몫을 받았소〉

마르테 어머나 어떻게요? 어디서요? 혹시 어디다 묻어 두지 않았나요?

2980 **메피스토펠레스** 바람이 사방팔방 어디로 실어 갔는지 알 게 뭐요.
그가 낯선 나폴리에서 어슬렁거렸을 때,
어느 아름다운 아가씨가 돌봐 주었다오.
얼마나 지극 정성으로 보살폈는지,
죽을 때까지도 못 잊어 합디다.

2985 **마르테** 저런 못된 인간이 있나! 자식들 몫을 가로채다니!
그렇게 갖은 고생을 하고도
끝까지 수치스럽게 살다니!

메피스토펠레스 그러게 말이오! 그 대가로 이제 죽지 않았소.
내가 만일 부인 입장이라면,
2990 일 년 정도 정숙하게 남편의 죽음을 애도하다가
새로운 배필을 찾아 나설 것이오.

마르테 아이고! 그래도 우리 남편만 한 사람을
이 세상에서 찾기는 쉽지 않을 거예요!
그렇게 착하고 어수룩한 사람을 또 어디서 만나 보겠어요.
2995 다만 떠돌아다니길 너무 좋아하고,
낯선 여인들이나 새 포도주,
그 빌어먹을 노름을 너무 쫓아다녀서 탈이지요.

메피스토펠레스 좋아요, 좋습니다. 남편께서도

부인을 나름대로 그 정도는 너그럽게 보아 주었으니,
이대로 넘어가시지요. 3000
맹세컨대, 그런 조건이라면
저라도 부인하고 결혼하고 싶은데요!

마르테 어머나, 농담도 잘하시네요!

메피스토펠레스 (혼잣말로)
이제 적당히 때를 보아서 꽁무니를 빼야겠군!
이 여편네는 사탄의 말이라고 해도 곧이듣겠어. 3005
(그레트헨에게) 아가씨의 마음은 어떤가요?

마르가레테 그게 무슨 말씀이시지요?

메피스토펠레스 (혼잣말로) 이런, 착하고 순진한 아이 같으니라고!
(소리 내어) 안녕히 계십시오!

마르가레테 안녕히 가세요!

마르테 아, 한마디만 더 말씀해 주세요!
우리 남편이 어디서, 어떻게, 언제 눈을 감았고 땅에 묻혔는지
알려 주는 증명서가 있으면 좋겠어요. 3010
저는 원래 매사를 분명하게 처리하는 성격이라,
교회의 주보에 남편의 죽음을 알리고 싶어요.

메피스토펠레스 알았습니다, 부인. 어쨌든 증인 두 명만 있으면
사실이라고 입증되는 법이지요.
저한테 아주 좋은 친구가 있는데, 3015
부인을 위해 그 친구를 법정에 세우겠습니다.
먼저 그 친구를 이리로 데려오지요.

마르테 오, 제발 그렇게 해주세요!

메피스토펠레스 여기 이 아가씨도 그 자리에 함께 계시겠지요?—
착실한 젊은이랍니다! 여행도 많이 다니고,
아가씨들에게 무척 예의도 바르지요. 3020

마르가레테 그분 앞에서 부끄러워 제 얼굴이 빨개질 거예요.
메피스토펠레스 그 어떤 왕 앞에서도 얼굴 빨개질 필요 없습니다.
마르테 저기 우리 집 뒤편의 정원에서,
오늘 저녁 기다리고 있겠어요.

길거리

파우스트와 메피스토펠레스

3025 **파우스트** 어떻게 되었는가? 일이 잘 풀렸는가? 곧 성사될 것 같은가?
메피스토펠레스 야아, 브라보! 몸이 후끈 달아오르셨소?
머지않아 그레트헨은 선생 차지가 될 것이오.
오늘 저녁에 이웃집 여인 마르테의 집에서 그레트헨을 만나기로 했소.
그 여자는 뚜쟁이나 집시가 되기에
3030 안성맞춤이라니까요!
파우스트 잘했네!
메피스토펠레스 하지만 그쪽에서 우리한테 원하는 게 있소.
파우스트 무슨 일이든 응당 보답이 따르기 마련일세.
메피스토펠레스 그 여자 남편의 나자빠진 사지가
파두아의 성스러운 장소에 묻혀 있는 것을
3035 법적으로 증언해야 하오.
파우스트 참 똑똑하구먼! 그럼 먼저 여행을 떠나야지!
메피스토펠레스 아이고, 이 순진한 양반아! 그럴 필요 없소.
자세한 내막은 몰라도 되니 그저 증언만 하시오.
파우스트 좀 더 나은 생각이 없으면, 이 계획은 없던 걸로 하세.

메피스토펠레스 오, 정말 거룩한 분일세! 성인군자인 척 그만하시오! 3040
거짓 증언을 하는 것이
평생 처음이란 말이오?
신과 이 세상, 이 세상에서 살아 움직이는 것,
인간, 인간의 머릿속과 마음속에서 일어나는 것에 대해
용감하게 정의 내리지 않으셨소? 3045
뻔뻔한 얼굴과 대담한 가슴으로?
선생의 마음속 깊이 들여다보시오.
솔직히 말해, 그런 것들에 대해
과연 슈베르트라인 씨의 죽음보다 많이 안다고 자신할 수 있겠소!
파우스트 자네는 끝까지 거짓말쟁이, 궤변론자일세. 3050
메피스토펠레스 잘 모르면, 그렇게 말할 수도 있지요.
선생은 곧 지극히 고결한 척 굴며,
가련한 그레트헨을 유혹하고
영원한 사랑을 맹세할 셈이 아니던가요?
파우스트 하지만 그것은 진심일세.
메피스토펠레스 참 근사하고 멋지군요! 3055
그러면 그것이 영원한 신의와 사랑,
무엇보다도 강하고 유일무이한 충동—
진심에서 우러나오는 것이오?
파우스트 그만두세! 진심에서 우러나오는 것일세!—
나는 지금 느끼는 감정과 혼란을 3060
뭐라고 이름 불러야 할지 모르겠네.
온 마음으로 세상을 배회하고
온갖 최고의 말을 향해 손을 내밀며,
내 안에서 불타오르는 이 불꽃을
무한하고 영원하다고, 영원하다고 부르네. 3065

그런데 이것이 간악한 거짓 장난이란 말인가?

메피스토펠레스 그래도 내 말이 맞소!

파우스트 이보게! 내 말 명심하게 —

제발 부탁이니, 나한테 말을 너무 많이 시키지 말게 —

자신의 말만이 옳다고 끝까지 고집하는 사람은

3070 거기에서 벗어나지 못하는 법일세.

자, 가세. 말 많은 것은 딱 질색일세.

무엇보다도 나로서는 다른 도리가 없으니, 자네 말이 옳다고 인정할 수밖에.

정원

마르가레테, 파우스트의 팔짱을 끼고 있다.

마르테와 메피스토펠레스 여기저기 거닌다.

마르가레테 비천한 저를 마다하지 않으시고 이렇듯 아껴 주시니 몸 둘 바를 모르겠어요.

3075 여기저기 여행 다니다 보면,

싫어도 좋은 척하는 데 익숙해 있을 거예요.

세상 경험 많으신 분에게 제 시시한 이야기가

재미없을 것을 너무 잘 알아요.

파우스트 당신의 눈길 한 번, 말 한 마디가 이 세상 그 어떤 지혜보다도

3080 내 마음을 즐겁게 하오. (마르가레테의 손에 입 맞춘다)

마르가레테 이러지 마세요! 어떻게 제 손에 입 맞추시겠어요?

이렇듯 거칠고 볼품없는 손인데요!

제가 얼마나 많은 일을 하는지 아세요!

저희 어머니가 아주 엄격하시답니다.

두 사람, 지나간다.

마르테 그런데 선생님께서는 항상 이렇게 여행을 다니시나요? 3085
메피스토펠레스 아아, 생업과 의무가 우리를 몰아세우지요!
때로는 정말 떠나기 싫은 곳도 많이 있답니다,
하지만 머무를 수 없는 걸 어쩌겠습니까!
마르테 젊고 혈기 왕성한 시절에는 자유롭게
세상천지를 떠도는 것도 괜찮을 거예요. 3090
하지만 의지할 데 없는 외로운 신세로
무덤을 향해 다가가는 고약한 시간이 오기 마련이지요.
그것은 결코 기분 좋은 일이 아니에요.
메피스토펠레스 그걸 생각하니 벌써 온몸이 오싹하군요.
마르테 그러니까 때를 놓치지 말고 잘 생각하시라고요. 3095

두 사람, 지나간다.

마르가레테 그래요, 눈에 보이지 않으면 마음도 멀어지기 마련이지요!
당신은 예의범절에 아주 밝으시니,
친구들도 무척 많을 거예요.
다들 저보다 똑똑하겠지요.
파우스트 오, 아가씨! 흔히 똑똑하다고 불리는 것은 3100
옹졸함이나 허영심인 경우가 많답니다.
마르가레테 어째서 그렇지요?
파우스트 아, 이 소박하고 순진한 아가씨는
자신의 성스러운 진가를 전혀 모르고 있구나!

겸손과 겸양은 자애롭게 베푸는
3105 자연의 최고의 선물인 것을—
마르가레테 당신은 저를 한순간 생각하시고 말겠지만,
저는 당신을 생각할 시간이 아주 많답니다.
파우스트 아가씨는 혼자 있을 때가 많은가요?
마르가레테 그래요, 저희 집 살림살이는 보잘 것 없지만,
3110 그래도 할 일이 많아요.
저희 집에는 하녀가 없거든요. 제가 요리하고 청소하고 뜨개질하고 바느질하면서
아침부터 밤늦게까지 항상 바쁘게 뛰어다닌답니다.
게다가 저희 어머니께서 매사에
얼마나 꼼꼼하신지 몰라요!
3115 어머니께서 너무 절약하시지 않았으면 좋겠어요.
우리는 다른 사람들에 비해서 넉넉한 편이에요.
아버지께서 적지 않은 재산에다가
교외의 작은 집과 정원을 물려주셨거든요.
하지만 요즘은 비교적 한가롭답니다.
3120 오라버니는 군대에 갔고,
여동생은 죽었어요.
여동생 때문에 많이 힘들었지만,
그런 고생을 다시 할 수 있다면 좋겠어요.
얼마나 귀여운 애였는지 몰라요.
파우스트 당신을 닮았다면 천사였겠지요.
3125 **마르가레테** 그 아이는 제 손에 자라서 저를 무척 따랐어요.
동생은 아버지가 돌아가신 후에 태어났어요.
그때 어머니가 자리에서 일어나시지 못하는 바람에,
우리는 어머니를 잃는 줄만 알았어요.
어머니는 조금씩 천천히 기운을 차리셨고,

그래서 그 불쌍한 것에게 3130
젖을 먹일 생각도 못 하셨답니다.
저 혼자서 동생을 키웠지요,
우유하고 물로. 제 아기나 다름없었어요.
제 팔과 품에서
방긋방긋 웃고 버둥거리고 무럭무럭 자랐어요. 3135

파우스트 당신은 참으로 순수한 기쁨을 맛보았겠군요.

마르가레테 하지만 물론 고생스러운 때도 많았답니다.
밤에는 아기 요람을
제 침대 옆에 세워 두었는데, 아기가 조금만 움직여도
금방 눈이 뜨이곤 했어요. 3140
때로는 우유를 먹이고, 때로는 제 옆에 누이고,
그래도 계속 칭얼거리면 침대에서 일어나
아이를 어르며 방 안을 이리저리 걸었어요.
그리고는 아침 일찍 빨래를 빨고,
시장을 보고 부엌일을 돌보았지요. 3145
그런 날들이 계속 이어졌어요.
항상 활기찬 것은 아니었지만,
입맛은 좋고 잠도 푹 잘 수 있었답니다.

두 사람, 지나간다.

마르테 그래서 가엾은 여자들의 처지가 딱하다니까요.
나이 많은 독신 남들의 마음을 돌리기가 쉽지 않거든요. 3150

메피스토펠레스 제 잘못을 바로잡는 것은
바로 부인 같은 사람들 손에 달려 있습니다.

마르테 선생님, 솔직히 말씀해 보세요, 선생님의 마음은
아직까지 그 어디에도 묶인 적이 없나요?

3155 **메피스토펠레스** 〈초가삼간 내 집과 착한 아내는
황금이고 진주이다〉는 속담이 있지요.

마르테 그러니까 제 말은, 지금까지 한 번도 그러고 싶은 마음이 들지 않았느냐는 거예요.

메피스토펠레스 사람들이 저를 가는 곳곳마다 정중하게 맞아 주었습니다.

마르테 그렇다면 한 번도 진지하게 그런 생각을 해본 적이 없다는 뜻인가요?

3160 **메피스토펠레스** 어떻게 감히 여인들하고 농담을 하겠습니까?

마르테 아이참, 왜 제 말을 못 알아들으세요!

메피스토펠레스 그렇담 정말 미안하군요!
하지만 부인께서 마음이 무척 고우신 것만은 잘 알지요.

두 사람, 지나간다.

파우스트 오, 작은 천사여, 그러니까 제가 정원에 들어섰을 때,
금방 저를 알아보셨단 말이지요?

3165 **마르가레테** 그걸 모르셨어요? 제가 눈을 내리떴잖아요.

파우스트 그렇다면 내가 무례하게 굴었던 일을 용서해 주겠소?
얼마 전에 성당에서 나오는 당신에게
뻔뻔하게 굴었던 것 말이오.

마르가레테 그때 너무 놀랐어요, 여태까지 그런 일이 한 번도 없었거든요.

3170 누구한테도 욕먹을 짓은 하지 않았는데.
그래서 생각했답니다, 어머나, 혹시 내 행동이
얌전치 못하고 부덕해 보인 것은 아닐까?
이 계집하고 한번 신나게 놀아 보자, 이런 기분이
치민 사람처럼 보였거든요.

하지만 솔직히 말하겠어요! 그때는 당신을 향해 3175
좋은 마음이 싹트기 시작한 것을 잘 몰랐어요.
다만 당신에게 좀 더 매정히 대하지 않은 저 자신에게
무척 화가 난 것만은 확실해요.

파우스트 오, 이렇듯 사랑스러울 수가!

마르가레테 잠깐만요!
(별 모양의 꽃을 꺾어서 꽃잎을 하나씩 뗀다)

파우스트 뭐하는 겁니까? 꽃다발을 만들 셈인가요?

마르가레테 아니에요, 그냥 한번 장난삼아 해보는 거예요. 3180

파우스트 무슨 장난이지요?

마르가레테 저리 가세요! 아마 절 비웃으실 거예요.
(꽃잎을 떼면서 중얼거린다)

파우스트 뭘 중얼거리지요?

마르가레테 (조그맣게 소리 내어) 그이가 날 사랑한다—
날 사랑하지 않는다.

파우스트 정말로 사랑스러운 천상의 얼굴이구나!

마르가레테 (계속 중얼거린다) 날 사랑한다— 사랑하지 않는다— 사랑한다— 사랑하지 않는다—
(마지막 꽃잎을 떼며, 기쁨에 넘쳐)
그이가 날 사랑한다!

파우스트 그래요, 내 사랑! 이 꽃말을
신의 예언으로 받아들여요. 그이가 날 사랑한다! 3185
이 말이 무슨 뜻인지 알겠소? 그이가 날 사랑한다!
(마르가레테의 두 손을 꼭 잡는다)

마르가레테 무서워요!

파우스트 오, 떨지 말아요! 이 눈길, 이 손길이
입으로 표현할 수 없는 것을
말하고 있소. 3190

오롯이 마음을 바쳐서
영원한 환희를 느껴라!
영원한 환희!— 그 환희의 종말은 절망일 거요.
아니, 종말은 없소! 절대로 없소!

마르가레테는 파우스트의 손을 꼭 쥐었다가는 뿌리치고서 달려간다. 파우스트 한순간 생각에 잠기지만, 곧 뒤를 쫓아간다.

마르테 (가까이 다가온다) 어두워지기 시작했어요.
3195 **메피스토펠레스** 그렇군요, 우리는 이제 가야겠습니다.
마르테 제 마음 같아서는 좀 더 계시라고 붙잡고 싶지만,
이곳은 워낙 말 많은 곳이랍니다.
이웃 사람의 일거수일투족을
입 벌리고 바라보는 것 말고는
3200 다른 할 일이 전혀 없는 사람들 같아요.
어떻게 처신하더라도, 항상 이러쿵저러쿵 소문이 나지요.
그런데 이 두 사람은 어디 갔지요?
메피스토펠레스 저쪽으로 날아갔습니다.
바람난 나비들이라니까요!
마르테 마르가레테가 그분 마음에 든 모양이에요.
메피스토펠레스 저 친구도 아가씨가 마음에 들긴 마찬가지지요.
세상 이치가 그렇지 않습니까.

정원의 작은 정자

마르가레테 뛰어 들어와서 문 뒤에 숨는다. 한 손가락 끝을 입술에 대고는 문틈으로 밖을 엿본다.

마르가레테 그분이 오셔! 3205

파우스트 이런, 장난꾸러기, 날 놀리다니!

이제 잡았구나! (마르가레테에게 입 맞춘다)

마르가레테 (파우스트를 안고서 입맞춤에 답한다)

멋진 사람! 당신을 정말 사랑해요!

(메피스토펠레스, 문을 두드린다)

파우스트 (발을 구르며) 누구시오?

메피스토펠레스 좋은 친구라오!

파우스트 짐승 같은 놈!

메피스토펠레스 이제 헤어질 때가 되었소.

마르테 그래요, 늦었어요.

파우스트 제가 집까지 바래다 드릴까요?

마르가레테 어머니 눈에 뜨일지도 몰라요 — 안녕히 가세요!

파우스트 이렇게 꼭 가야 하는가? 3210

잘 있으시오!

마르테 잘 가세요!

마르가레테 곧 다시 만나요!

(파우스트와 메피스토펠레스 퇴장한다)

마르가레테 아아! 저분은 정말,

정말 생각도 깊으셔!

저분 앞에만 서면 부끄러워서

무조건 〈네〉라고 대답하게 돼.

나처럼 불쌍하게 아무것도 모르는 아이의 3215

어떤 점이 마음에 드는지 알 수 없는 일이야. (퇴장한다)

숲과 동굴

파우스트 (혼자서) 숭고한 정령이여, 너는
내가 원하는 모든 것을, 모든 것을 주었노라. 불길 속에서 까닭 없이
나에게 얼굴을 향한 것이 아니었노라.
3220 나에게 찬란한 자연을 왕국으로 주었고,
그 자연을 느끼고 즐길 힘을 주었노라.
냉정하게 놀라며 자연을 찾아보도록 이끌어 줄 뿐 아니라
자연의 깊은 속도
친구의 가슴속처럼 보여 주는구나.
3225 살아 있는 것들을 줄줄이
내 앞으로 인도하여, 고요한 수풀과
대기와 물속의 형제들을 만나게 해주는구나.
폭풍이 사납게 숲 속을 휘몰아치고
거대한 가문비나무가 쓰러지면서
3230 주변의 나뭇가지와 줄기들을 으스러뜨리고
우레 같은 소리가 둔탁하게 언덕에 울려 퍼지면,
너는 나를 안전한 동굴로 인도하여
나 자신을 돌아보게 하노라. 그러면 내 가슴속의
비밀스럽고 심오한 기적이 모습을 드러내노라.
3235 그리고 순결한 달빛이 눈앞에 떠올라
내 마음을 달래 주면, 암벽과
비에 젖은 수풀에서
선조들의 은빛 모습이 두둥실 떠올라
세상을 관조하고 싶어 하는 엄숙한 욕망을 누그러뜨리누나.

3240 오, 이제 나는 인간이
완벽할 수 없는 것을 느끼노라. 너는

신들에게 가까이 다가가는 환희에
없어서는 안 되는 동반자를
붙여 주었노라. 비록 그가 냉혹하고 뻔뻔하게
나를 욕보이고, 한마디 말로 3245
너의 선물을 무(無)로 변화시킬지라도.
그는 내 가슴속에서 그 아름다운 자태를 향한
거센 불길을 부지런히 부채질하노라.
그러면 나는 욕망에서 향락을 향해 비틀거리고,
향락 속에선 욕망으로 애태우노라. 3250

메피스토펠레스 등장한다.

메피스토펠레스 이제 삶을 즐길 만큼 즐겼소?
질질 끌면 무슨 재미가 있겠소?
일단 맛보았으면,
다시 새로운 것을 찾아 나서야 좋을 것이오!
파우스트 이 좋은 날, 자네는 날 괴롭히는 것 말고 3255
다른 할 일은 없는가.
메피스토펠레스 알았소, 알았소이다! 나도 선생을 조용히 내버려두고 싶으니,
그렇게 인상 쓰며 말할 필요까진 없소.
선생처럼 무뚝뚝하고 퉁명스럽고 어처구니없는 친구를 잃어버린다 해도
하나도 아쉽지 않을 거요. 3260
내가 온종일 얼마나 바쁘게 움직이는지 아오!
무엇이 마음에 들고 무엇을 그만두어야 하는지
도대체 알 수가 있어야 말이지.
파우스트 그거야말로 참 자네다운 말투일세!

3265 날 지루하게 해놓고는 고맙다는 인사까지 받으려 하다니.

메피스토펠레스 내가 없었더라면, 가련한 인간인 주제에
어떻게 살았을 것 같으오?
내가 선생을 잠시나마
시시콜콜한 공상에서 벗어나게 해주었소.
3270 내가 아니었다면, 선생은 벌써
이 지구를 떠났을 것이오.
왜 여기 동굴 속, 바위 틈새에
부엉이처럼 하릴없이 쭈그리고 있는 거요?
왜 음습한 이끼와 물 뚝뚝 떨어지는 바위에서
3275 두꺼비처럼 양분을 빨아먹는 거요?
참으로 멋지고 달콤한 심심풀이구려!
선생 몸속에 박사 기질이 아직도 깊이 박혀 있소.

파우스트 황야를 거닐다 보면 얼마나 새로운 생명력이
솟구치는지 자네는 모르는가?
3280 하기야 자네가 그걸 알아챘다면,
사탄 주제에 가만히 두고 볼 리가 없지.

메피스토펠레스 참으로 속세를 초월한 기쁨이겠소!
밤이슬을 맞으며 산속에 누워서
황홀하게 하늘과 땅을 껴안고,
3285 신이라도 된 양 부풀어 오르고,
예감에 쫓겨 지구의 골수를 들쑤시고,
엿새 동안의 대역사를 가슴으로 느끼고,
뭔지 모를 것을 거만하게 즐기며
사랑의 환희에 넘쳐흐르면,
3290 지상의 아들은 사라지고
그 뒤를 이어 고매한 직관도 사라지리라—
(몸짓과 함께)

그러다 어떻게 — 끝날지는 내 입으로 말할 수 없소.

파우스트 이런 못된 놈!

메피스토펠레스 그러면 기분 좋은 일은 아닐 거요.

선생한테는 점잖게 못된 놈이라고 말할 권리가 있소.
순결한 마음이 꼭 필요로 하는 것을 3295
순결한 귀에 말할 수는 없지요.
간단히 말해서, 선생이 이따금 스스로를 속이는
기쁨을 내 허용하리다.
하지만 선생 스스로 그걸 오래 참아 내지 못할 거요.
금방 다시 지칠 거고, 3300
더 오래 계속되는 경우에는
광기나 두려움, 공포로 치달을 거요!
이 얘기는 그만둡시다! 선생의 사랑스러운 여인은 저기 집 안에 틀어박혀서,
가슴 졸이며 슬퍼하고 있소.
선생한테 흠뻑 빠져 3305
오매불망 선생을 잊지 못한다오.
눈이 녹아 냇물이 불어나듯,
처음에는 선생의 열광적인 사랑이 넘쳐흘렀소.
그 사랑을 그 아이의 마음속에 들이붓더니,
벌써 냇물이 말라붙었단 말이오. 3310
여기 숲 속에 버티고 앉아 있지 말고,
그 가련한 어린 것의
사랑에 보답해야
훌륭하신 선생에 어울리지 않겠소이까.
그 아이에게는 시간이 불쌍할 정도로 길게 느껴진다오. 3315
창가에 서서는, 낡은 성벽 위로 흘러가는
구름을 하염없이 바라보지 뭐요.

내가 한 마리 작은 새라면!
하루 종일 밤늦게까지 오로지 이 노래만을 부르지요.
3320 어쩌다 명랑할 때도 있지만 대개는 슬픔에 젖어 있소.
그러다 실컷 울고 나면
마음이 진정되는 듯 보이지만,
사랑에 빠져 헤어나지 못하고 있단 말이오.

파우스트 뱀 같은 놈! 이런 뱀 같은 놈 보았나!

3325 **메피스토펠레스** (혼잣말로) 봐라! 나한테 걸려들었지!

파우스트 이런 흉악한 놈! 당장 꺼져라,
그 아름다운 아가씨를 입에 올리지 마라!
반쯤 미쳐 버린 내 감각 앞에서
그 감미로운 육체를 향한 욕망을 다시는 부추기지 마라!

3330 **메피스토펠레스** 그게 무슨 소리요? 그 아이는 선생이 도망쳤다고 믿고 있소.
사실 도망친 거나 다름없지만 말이요.

파우스트 나는 그녀 가까이에 있으며, 설령 멀리 있다 할지라도
결코 그녀를 잊지 못하리라. 결코 잃어버리지 않으리라.
그렇다, 심지어는 그녀의 입술이 닿는
3335 성체마저 시샘하노라.

메피스토펠레스 어련하실까! 나도 장미꽃 아래서 풀 뜯는
두 쌍둥이[23] 때문에 종종 선생을 시샘하였소.

파우스트 썩 꺼져라, 이 뚜쟁이 놈아!

메피스토펠레스 좋소! 맘껏 욕하시오, 그래 보았자 웃음밖에 안 나오니까.
사내와 계집을 창조한 신은

23 여기에서 메피스토펠레스는 구약 성서에 빗대어 그레트헨의 유방을 표현한다. 「아가서」 4장 5절에 〈그대의 젖가슴은 새끼 사슴 한 쌍, 나리 꽃밭에서 풀을 뜯는 쌍둥이 노루 같아라〉는 구절이 있다.

직접 둘을 맺어 주는 것을 3340
더없이 고상한 직업으로 여겼소.
자, 어서 떠나시오. 정말 눈 뜨고는 못 봐주겠군!
사랑스러운 여인의 방으로 가라는 말이지
죽으러 가라는 소리가 아니오.

파우스트 그녀의 품에서 느끼는 천상의 기쁨이 무엇이냐? 3345
그녀의 품에서 몸을 따사하게 녹이란 말이냐!
그녀의 괴로움이 느껴지지 않는가?
나는 도망자가 아닌가? 집도 절도 없는 인간이 아닌가?
아무런 목표도 없고 마음의 평온도 누리지 못하는 몰인정한 인간,
바위에서 바위로 사납게 굽이쳐 흘러내리는 급류처럼 3350
심연을 향해 탐욕스럽게 돌진하는 인간이 아니더냐?
그런데 어린애처럼 세상 물정 모르는 그녀는
작은 알프스 들판의 오두막에서
집안일에 묶이고
작은 세계에 갇혀 있노라. 3355
그리고 신의 미움을 산 나는
바위들을 부둥켜안고
산산이 부쉈어도
성이 차지 않았노라!
내가 그녀를 깨뜨리고, 그녀의 평화를 깨뜨리다니! 3360
지옥이여, 네가 이런 희생을 원했단 말인가!
사탄이여, 두려움의 시간을 단축시키도록 도와 다오!
어차피 피할 수 없는 일이라면, 차라리 빨리 일어나라!
그녀의 운명이 나에게 무너져 내려,
나와 함께 멸망하리라! 3365

메피스토펠레스 다시 부글부글 끓어오르고 뜨겁게 불타오르는구나!

어서 가서 그녀를 위로하시오, 바보 같은 양반아!
그런 아이가 벗어날 길을 찾지 못하면,
금방 죽음을 생각하기 마련이오.
3370 용감한 자만이 살아남는 법이지요!
선생은 이미 상당히 사탄의 경지에 이르렀소.
절망하는 사탄보다 더 밥맛없는 것은
이 세상에 없소.

그레트헨의 방

그레트헨 (혼자 물레에 앉아 있다)

내 평온은 사라지고,
3375 마음은 무겁기 그지없네.
다시는,
다시는 마음의 평온을 얻지 못하리.

그이가 없는 이곳
무덤이나 다름없고,
3380 온 세상이
허무하기만 하네.

내 가련한 머리는
미쳐 버리고,
내 가련한 감각은
3385 산산이 찢겼네.

내 평온은 사라지고,

마음은 무겁기 그지없네.
다시는,
다시는 마음의 평온을 얻지 못하리.

오로지 그이를 찾아 3390
창밖을 내다보고,
오로지 그이를 찾아
집 밖을 나서네.
그이의 우아한 걸음걸이,
고매한 모습, 3395
입가의 미소,
힘 있는 눈빛.
마법처럼 사로잡는
유려한 말솜씨,
그이의 손길, 3400
아아, 입맞춤!

내 평온은 사라지고,
마음은 무겁기 그지없네.
다시는,
다시는 마음의 평온을 얻지 못하리. 3405

내 마음 애타게
그이에게로 달려가네.
아아, 그이를
내 곁에 붙잡아 둘 수 있다면!

그리고 마음껏 3410

그이에게 입 맞출 수 있다면,
그이의 입맞춤에
이 몸이 녹아 없어지더라도.

마르테의 정원

마르가레테와 파우스트

마르가레테 약속해 줘요, 하인리히!

파우스트 뭐든 내가 할 수 있는 일이라면!

3415 **마르가레테** 종교를 어떻게 생각하세요?
당신은 정말로 좋은 분이지만
종교는 별로 중요하게 여기지 않는 것 같아요.

파우스트 그 이야기라면 그만둡시다! 내가 당신을 사랑하는 걸 잘 알지 않소.
나는 사랑하는 사람을 위해서라면 얼마든지 살과 피를 바칠 수 있소.

3420 그리고 그 누구에게서도 감정이나 신앙을 빼앗고 싶지 않아요.

마르가레테 그건 옳지 않아요. 누구나 하느님을 믿어야 해요!

파우스트 누구나 믿어야 한다고?

마르가레테 아아! 당신을 설득할 수 있다면!
당신은 교회의 성사(聖事)도 존중하지 않아요.

파우스트 나도 성사는 존중하오.

마르가레테 하지만 진심에서 우러나오는 것은 아니에요.

3425 당신은 오랫동안 미사도 드리지 않고 고해도 하지 않았어요.
하느님을 믿으세요?

파우스트 내 사랑스러운 사람이여,

누가 감히 하느님을 믿는다고 말할 수 있겠소?
사제나 현자에게 물으면,
묻는 사람을 조롱하는 듯한
답변만이 들려올 거요. 3430

마르가레테 그러니까 당신은 하느님을 믿지 않지요?

파우스트 내 말을 오해하지는 말아요, 아리따운 이여!
누가 하느님 이름을 부를 수 있겠소?
누가 하느님을 믿는다고
고백하겠소?
그리고 누가 하느님을 믿지 않는 걸 느끼고서 3435
감히 입 밖에 내어
말하겠소?
만물을 포용하시는 분,
만물을 보존하시는 분을.
그분은 당신을, 나를, 스스로를 3440
포용하고 보존하시지 않소?
하늘은 저 높은 창공을 둥글게 감싸고 있지 않소?
대지는 여기 아래를 단단하게 받쳐 주지 않소?
영원한 별들은
다정하게 반짝이며 떠오르지 않소? 3445
내가 그대의 눈을 마주 보면,
모든 것이 그대의 머리와 가슴으로
몰려들어서,
영원한 비밀에 감싸여
보이면서도 보이지 않게 그대 곁을 떠돌지 않소? 3450
그대의 커다란 마음이 그것으로 가득 차고,
그것에 묻혀 행복에 넘치면
행복! 마음! 사랑! 신!

그 무엇이든 원하는 대로 부르시오.
3455 나는 그것에 이름이
필요 없소! 내가 느끼는 것으로 충분하오.
이름은 천상의 불꽃을 감싸고 있는
허망한 껍질에 불과하오.

마르가레테 전부 근사하고 좋은 말들이에요.
3460 표현만 조금 다를 뿐,
신부님도 비슷하게 말씀하세요.

파우스트 밝은 광명 아래 어디서나
모두들 그렇게 말하지요,
각자 자기 방식으로.
3465 나라고 왜 내 방식으로 말하면 안 되겠소?

마르가레테 당신 말을 들으면 그럴 듯하지만
뭔가 이상해요.
아마 당신에게 신앙심이 없기 때문일 거예요.

파우스트 이 사랑스러운 사람아!

마르가레테 당신이 그 남자와 같이 있는 걸 보면,
3470 벌써 오래전부터 마음이 무척 아팠어요.

파우스트 왜지요?

마르가레테 당신과 함께 다니는 그 사람이
전 정말 싫어요.
그 사람의 혐오스러운 얼굴만큼
제 마음을 찌르는 것은
3475 지금껏 없었어요.

파우스트 오, 이런 사랑스러운 아가씨, 그를 두려워하지 말아요!

마르가레테 그 사람과 같이 있으면 제 마음이 혼란스러워요.
평소에 저는 모든 사람들을 좋아해요.
하지만 당신을 그리워하다가도

그 사람만 생각하면 나도 모르게 무서워져요. 3480
그 사람이 악한인 것만 같아요!
하느님, 제가 그 사람에게 부당하게 군다면 절 용서해 주소서!
파우스트 그런 괴이한 존재도 세상에 있어야 하는 법이오.
마르가레테 그런 사람들하고 같이 지내고 싶지 않아요!
그 사람은 방에 들어올 때, 3485
반 심통 난 사람처럼
언제나 조롱하는 표정이에요.
그 무엇에도 관심 없는 사람처럼 보여요.
아무도 좋아하지 않는다고
그 사람 이마에 쓰여 있다니까요. 3490
당신 품에 안겨 있으면,
행복하고 자유롭고 온몸이 푸근해요.
그런데 그 사람만 나타나면, 마음이 답답하게 짓눌리는 것만 같아요.
파우스트 이런 걱정 많은 천사 같으니라고!
마르가레테 그런 느낌이 너무 마음을 억눌러서, 3495
그 사람이 우리에게 가까이 다가오기만 해도
심지어는 당신을 더 이상 사랑하고 싶지 않다는 생각이 들어요.
그 사람 옆에서는 기도도 할 수 없을 거 같아
너무 괴로워요.
하인리히, 당신도 틀림없이 그렇지요. 3500
파우스트 그것은 이유 없는 반감이오!
마르가레테 이제 가야겠어요.
파우스트 아아, 다만 한 시간만이라도 당신 품에 안겨서
가슴과 가슴, 영혼과 영혼을 맞대고
조용히 쉴 수 없단 말이오?
마르가레테 아아, 내가 혼자 잘 수 있다면 얼마나 좋겠어요! 3505

그러면 오늘 밤에 빗장을 열어 놓으련만.
하지만 우리 어머니는 깊이 잠드시지 않으세요.
어머니에게 들키는 날이면,
나는 그 자리에서 목숨을 부지하기 어려울 거예요!

3510 **파우스트** 내 천사여, 그것은 어렵지 않은 일이오.
여기에 작은 약병이 있소!
마실 것에 세 방울만 타면,
깊은 잠으로 편안히 에워싸일 것이오.

마르가레테 당신을 위해서라면 무슨 일인들 못 하겠어요?
3515 설마, 어머니에게 해되지는 않겠지요!

파우스트 만일 그렇다면, 내가 그걸 당신에게 권하겠소?

마르가레테 당신을 보기만 하면,
어째서 당신 뜻을 따르게 되는지 모르겠어요.
당신을 위해 벌써 많은 일을 해서,
3520 앞으로는 더 이상 할 일도 남아 있지 않아요. (퇴장한다)

메피스토펠레스 등장한다.

메피스토펠레스 그 풋내기는 집에 갔소?

파우스트 또 엿들었는가?

메피스토펠레스 처음부터 끝까지 자세히 들었고말고.
박사님께서 교리 공부까지 하시더구먼.
많은 도움이 되었길 바라오.
3525 옛 풍습에 따라서 신앙심이 돈독하고 정직한지,
계집애들은 그런 것에 너무 관심이 많다니까요.
그런 일에 고분고분하면 자기들을 순순히 따라올 것이라고
믿는 게지요.

파우스트 그 착하고 사랑스러운 영혼이

행여나 사랑하는 사람을 잃어버리지 않을까
심히 번민하는 것을 3530
자네 같은 괴수가 어찌 알겠는가.
행복을 오로지 독실한 신앙심에서
찾는 아이일세.

메피스토펠레스 선생은 초감각적이면서도 감각적으로 구애하시는구려!
지금 한낱 계집애에게 우롱당하고 있소. 3535

파우스트 오물과 불에서 생겨난 이 추악한 형상아!

메피스토펠레스 게다가 그 계집은 관상도 잘 본단 말씀이야,
이유는 모르지만 내 앞에선 마음이 불안해진다고.
내 가면이 숨어 있는 진면목을 알려 주나 보지.
내가 확실히 천재라고, 3540
아니 어쩌면 사탄일지 모른다고 느끼는 모양이오.
그래 오늘 밤에—?

파우스트 그게 자네하고 무슨 상관인가?

메피스토펠레스 나도 그 일이 즐겁단 말이오!

우물가

그레트헨과 리스헨, 물동이를 나른다.

리스헨 배르벨헨 이야기 못 들었어?

그레트헨 아니, 내가 사람들 모이는 데 잘 안 나가잖아. 3545

리스헨 확실해, 오늘 지빌레한테 들었거든!
배르벨헨도 드디어 넘어갔대.
꼴좋게 됐어!

그레트헨 어째서?

리스헨 수상하거든!

2인분을 먹고 마시는 게 분명해.

3550 **그레트헨** 어머나!

리스헨 그렇게 될 줄 알았어.

얼마나 오랫동안 그 녀석을 따라다녔는데!

그 녀석이 마을을 산책한다,

춤추는 데 데려간다 하며 끌고 다니고,

3555 어디서나 제일 예쁜 양 추켜세우고,

만두랑 포도주를 사주며 알랑거렸잖아.

그러니까 자기가 정말 예쁜 줄 우쭐해 가지고서,

뻔뻔하게 부끄러운지도 모르고

그 녀석의 선물을 덥석덥석 받더라니까.

3560 이리저리 부둥켜안고 쪽쪽 입맞춤을 하다가

기어이 꽃이 떨어지고 만 거야.

그레트헨 가엾어라!

리스헨 지금 그런 애를 불쌍히 여기는 거야!

우리 같은 처녀들은 저녁에 어머니가 내보내 주시지 않아서

꼼짝없이 물레나 돌리고 있는데,

3565 그 애는 문 밖의 벤치나 어두운 복도에서

애인이랑 달콤하게 지내느라

시간 가는 줄 몰랐겠지.

이제 고개도 들지 못하고,

죄인 차림으로 고해해야 하는 신세가 되었어!

3570 **그레트헨** 그 총각이 틀림없이 아내로 맞아 줄 거야.

리스헨 얼간이라면 그렇겠지! 날랜 녀석이라면

다른 곳에서 얼마든지 신나게 지낼 수 있다고.

그리고 벌써 떠났어.

그레트헨 어머, 어떡하지!

리스헨 설령 그 녀석하고 혼인하더라도 신세 고단할걸.
마을 총각들이 신부 화환을 빼앗아 버리고, 3575
우리가 지푸라기를 문 앞에 뿌릴 거야! (퇴장한다)

그레트헨 (집으로 향한다) 가엾은 처녀가 잘못을 저질렀을 때,
내가 전에는 어떻게 그렇듯 겁 없이 나무랄 수 있었을까!
다른 사람들의 허물을 두고
어떻게 그렇듯 험하게 입을 놀렸을까! 3580
검게 보이는 것을 더욱 검게 칠하고도
성이 차지 않아 하다니.
그리고 나는 축복받았다고 여기며 잘난 척했는데,
이제 스스로 죄인이 되다니!
하지만 — 비록 날 이런 신세로 만들었어도, 3585
아! 정말 행복했어! 아아! 정말 사랑에 넘치는 순간들이었어!

성 안쪽의 길

성벽의 움푹 팬 곳에 예수의 수난을 슬퍼하시는 성모 마리아상이 있고, 그 앞에 꽃병이 놓여 있다.

그레트헨 (싱싱한 꽃을 꽃병에 꽂는다)
아아, 많은 고통을 겪으신
성모 마리아시여,
제 어려운 처지를 자비로이 굽어보소서!

칼로 에이는 듯한 3590
아픔을 가슴에 품고서

아드님의 죽음을 바라보시는 성모 마리아시여.

하느님 아버지를 우러러보시며,
아드님과 당신의 고난에
3595 탄식하시는 성모 마리아시여.

제 온몸 깊숙이
파고드는
아픔을 그 누가 느끼리오까?
제 가련한 마음이 두려움에 떨며
3600 갈구하는 것을
오로지 당신, 당신만이 아시오리다!

어디를 가더라도,
여기 제 가슴속
아프고, 아프고, 또 아프답니다!
3605 저 혼자 있으면,
아아, 울고, 울고, 또 울어서
마음이 갈가리 찢어집니다.

이른 아침 당신에게 바칠
이 꽃을 꺾으면서,
3610 아아, 창문 앞의 화분을
눈물로 적셨습니다.

아침의 햇살이
제 방 안을 밝게 비추기도 전에,
저는 비탄에 젖어

침대 위에 앉아 있었습니다. 3615

도와주소서! 오욕과 죽음으로부터 저를 구해 주
　소서!
아아, 많은 고통을 겪으신
성모 마리아시여,
제 어려운 처지를 자비로이 굽어보소서!

밤

그레트헨 집 앞의 거리

발렌틴 (병사, 그레트헨의 오라버니)
너도나도 앞다퉈 뽐내는 3620
술자리에서,
친구들이 꽃다운 처자들을
목청 높여 칭송하고
넘실거리는 술잔으로 맞장구치면—
나는 팔꿈치 괴고 3625
여유만만하게 앉아서
그 우쭐거리는 소리들을 들었지.
그러고는 빙긋이 웃는 얼굴로 수염을 쓰다듬으며,
넘실거리는 술잔을 쥐고
이렇게 말하였어. 모두들 나름대로 괜찮지! 3630
하지만 온 나라를 뒤져도
우리 어여쁜 그레텔만 한 아가씨가 또 있을까?
우리 누이동생의 발치에 미칠 만한 아가씨가?

옳거니! 옳거니! 쨍그랑! 쨍그랑! 그렇게 술잔이 돌았지.
3635 그리고 한 쪽에서 외쳤어, 맞는 말이야,
그레텔은 여자들의 자랑거리이고말고!
그러면 자랑하던 녀석들 모두 벙어리인 양 침묵을 지켰지.
그런데 이제!— 이 무슨 머리카락을 쥐어뜯고
머리를 벽에 박을 일이란 말인가!—
3640 온갖 건달들이 빈정거리고
코를 찌푸리며 욕하는 소리를 들어야 하다니!
몹쓸 빚쟁이처럼 쪼그리고 앉아,
대수롭지 않은 말에도 진땀 흘리는 신세가 되다니!
그놈들을 모조리 박살 낼 수 있다면 좋으련만,
3645 하지만 그놈들이 거짓말쟁이가 아닌 것을 어쩌랴!

저기 누구냐? 웬 놈이 슬그머니 다가오지?
내가 잘못 보지 않았다면, 그 두 놈이 분명해.
그놈이라면, 멱살을 잡아 흔들어 놓겠어.
산 채로 돌려보내지 않겠어!

파우스트와 메피스토펠레스 등장한다.

3650 **파우스트** 성구실(聖具室) 창문에서
영원한 불빛이 가물가물 타오르다가
약하게, 점점 약하게 옆으로 흩어지는구나.
그러면 어둠이 사방에 내려앉고,
내 마음속도 캄캄한 밤이 되누나.
3655 **메피스토펠레스** 소방용 사다리를 사르르 타고 올라가
성벽을 살금살금 배회하는
작은 고양이처럼 가슴 설레는구나.

내 고결한 마음에
살짝 도둑질하고 싶은 충동, 살짝 짝 맞추고 싶은 욕구가 동하누나.
근사한 발푸르기스 밤을 생각하니 3660
벌써 온몸이 근질근질.
모레면 다시 그 밤이 다가오고,
모두들 왜 밤을 지새우는지 알게 되리라.

파우스트 저기 뒤편에서 뭔가 반짝이는데,
혹시 보물이 땅 위로 솟아 나온 겐가? 3665

메피스토펠레스 선생은 곧 그 보물단지를 꺼내는
기쁨을 맛볼 거요.
내가 얼마 전에 슬쩍 들여다보았는데,
사자 문형이 그려진 번쩍번쩍한 은화가 들어 있었소.

파우스트 장신구가 아니고? 반지는 없던가? 3670
내 사랑하는 여인을 아름답게 꾸며 줄 것 말일세.

메피스토펠레스 진주 목걸이 같은 것을
보긴 하였소.

파우스트 옳거니! 내 선물 없이 찾아갈 때마다
사실은 마음이 괴로웠네. 3675

메피스토펠레스 공짜로 좀 즐긴다고
기분 상할 게 뭐 있겠소.
하늘의 별들이 총총히 빛나는 지금,
진짜 근사한 예술 작품 하나 들려 드리리다.
그 아이를 확실하게 유혹할 수 있는 3680
도덕적인 노래를 불러 주겠소.

치터[24]에 맞추어 노래한다.

24 유럽의 현악기로 노래의 반주나 독주에 쓰인다.

카트린헨, 그대는
이른 새벽에
여기 연인의 대문 앞에서
3685 무얼 하는가?
그만, 그만두어라!
그는 그대를
처녀로 맞아들이지만,
처녀로 내보내지 않으리.

3690 정신들 바짝 차려라!
뜻을 이루고 나면
잘 가란 인사말이 이어지리라,
그대 가련한, 가련한 존재들아!
자신을 아낀다면,
3695 도둑에게는
사랑을 주지 마라,
손가락에 반지를 낄 때까지는.

발렌틴 (앞으로 나선다) 빌어먹을! 여기서 감히 누굴 유혹하느냐?
이런 괘씸한 쥐잡이 놈[25] 같으니라고!
3700 그놈의 악기부터 박살 내리라!
그리고는 노래하는 놈도 저승으로 보내 주마!

메피스토펠레스 치터가 두 동강 났잖아! 아무짝에도 쓸모없게 되었구먼.

발렌틴 이제 네놈의 대갈통이 박살 날 차례다!

메피스토펠레스 (파우스트에게)

25 하멜른의 전설에 의하면, 〈쥐잡이 남자〉가 하멜른 시에서 쥐를 내몰아 준 대가를 받지 못하자 피리를 불어 시내의 아이들을 전부 어디론가 유괴해 갔다고 한다.

박사님, 피하지 마시오! 어서 덤비시오!
내가 도와줄 테니까 이쪽으로 바싹 붙으시오. 3705
칼을 뽑으시오!
어서 찌르라니까요! 내가 막아 주겠소.

발렌틴 내 칼을 받아라!

메피스토펠레스 왜 못 막을 줄 아느냐?

발렌틴 이것도 막아 보시지!

메피스토펠레스 그야 물론이지!

발렌틴 어째 악마하고 싸우는 기분일까!
웬일이지? 손에서 벌써 힘이 빠지다니. 3710

메피스토펠레스 (파우스트에게) 찌르시오!

발렌틴 (쓰러진다) 아, 원통하구나!

메피스토펠레스 저 무례한 놈이 이제 조용해졌소!
어서 이곳을 떠납시다! 이곳에서 빨리 종적을 감춰야 하오.
살인이 났다고 금방 야단법석이 날 거요.
경찰 정도야 가볍게 해치울 수 있지만,
형사 재판에 휘말리면 처치 곤란하단 말이오. 3715

마르테 (창가에서) 나와 봐요! 이리 나와 봐요!

그레트헨 (창가에서) 등불을 가져와요!

마르테 (여전히 창가에서) 욕을 하고 치고받고 난리가 났어요, 고함을 지르고 칼싸움을 한다니까요.

사람들 저기 벌써 누가 죽어 있다!

마르테 (집 밖으로 나온다) 살인자들은 벌써 도망쳤나요?

그레트헨 (집 밖으로 나온다) 여기 쓰러져 있는 사람은 누군가요?

사람들 네 어머니의 아들이다. 3720

그레트헨 오, 하느님! 이런 불상사가!

발렌틴 나는 죽는다! 이 말을 하기는 쉽지만,
죽기는 더 쉬울 것이다.

거기 여인네들, 어찌 울고불고 슬퍼하는 게요?
3725 이리 가까이 다가와서 내 말 좀 들어 보구려!
(모두들 발렌틴을 에워싼다)
그레트헨, 자, 봐라! 너는 아직 어리고
세상 물정 몰라서,
일을 그르치고 말았다.
솔직하게 터놓고 말하면,
3730 너는 이제 화냥년이다.
사실이 그런 걸 어쩌겠냐.

그레트헨 오라버니! 오, 하느님! 그게 대체 무슨 말이에요?

발렌틴 더 이상 하느님 아버지를 입에 올리지 마라.
원통하지만 이미 엎질러진 물을 어쩌겠느냐.
3735 앞으로 어떻게 될지는 뻔한 일,
네가 남몰래 한 놈을 만나기 시작했으니,
곧 여러 놈이 덤벼들 거다.
열두 명이 너한테 달라붙으면,
온 시내가 너를 차지할 것은 뻔한 이치.
3740 그러다 치욕의 씨가 잉태되면,
남모르게 은밀히 낳겠지.
어둠의 베일로
머리와 귀를 담뿍 덮어씌우겠지.
그래, 죽여 버리고 싶은 마음이 들 거다.
3745 그러나 치욕의 씨는 점점 커지고 자라나서,
몰골은 여전히 흉악한데
낮에도 베일을 벗고 다니리라.
그놈의 얼굴이 더 흉측해질수록
더 밝은 햇빛을 찾을 거다.
3750 성실한 시민들이

몹쓸 돌림병에 걸린 시신처럼,
이 창녀야! 네 곁을 피하는 날이
눈앞에 선하다!
그들과 눈이 마주치면,
네 심장이 멎는 것 같을 거다! 3755
너는 금 목걸이도 차고 다닐 수 없으리라!
교회의 제단 앞에 서지도 못하리라!
예쁜 레이스 깃 달린 옷을 입고서
즐겁게 춤추지도 못하리라!
어두침침하고 초라한 구석에서 3760
거지들과 불구자들 틈에 몸을 숨기리라!
비록 나중에 하느님에게 용서받더라도,
이 지상에서는 결코 저주에서 벗어나지 못하리라!

마르테 당신의 영혼에 자비를 베풀어 주십사고 하느님에게 기도나 드려요!
남을 험담하는 죄를 더 지을 생각이에요? 3765

발렌틴 네 비쩍 마른 몸뚱이를 요절내고 싶구나!
이 추악한 뚜쟁이 여편네야!
그러면 내 모든 죄를
용서받을 수 있을 텐데!

그레트헨 오라버니! 이런 끔찍한 일이 있다니! 3770

발렌틴 당장 눈물을 거두어라!
너는 정절을 저버리면서,
내 가슴 깊이 비수를 꽂았다.
나는 병사로서 용감하게 죽음의 잠을 지나
하느님에게로 간다. (숨을 거둔다) 3775

대성당

장엄 미사, 오르간과 노랫소리.

그레트헨, 많은 사람들에 섞여 앉아 있다. 악령이 그레트헨 뒤에 있다.

악령 그레트헨, 네가 이리 변하다니!
너는 순진무구하게
저 제단 앞으로 걸어 나가,
반은 어린애 장난하듯
3780 반은 마음속에 하느님을 생각하며
낡은 기도서의
기도문을 웅얼거리지 않았더냐!
그레트헨!
도대체 무슨 생각을 하느냐?
3785 네 마음속에
어떤 악행이 깃들어 있느냐?
너 때문에 기나긴 고통의 잠에 빠진
네 어머니의 영혼을 위해 기도하느냐?
너의 집 문지방에는 누구의 피가 묻어 있느냐?
3790 — 네 가슴 아래에서는
그 불길한 존재가
벌써 무럭무럭 자라나
자신과 너를 불안에 떨게 하지 않느냐?
그레트헨 이를 어쩔거나! 어쩔거나!
3795 제멋대로
어지러이 오가는
이 생각을 떨쳐 버릴 수 있다면!

합창 진노의 그날이 오면,
이 세상은 잿더미로 화하리라.
(오르간 소리)
악령 너는 신의 노여움에서 벗어나지 못하리라! 3800
심판의 나팔 소리 울려 퍼지리라!
무덤들이 진동하리라!
재가 되어 잠자던
네 영혼은
불의 심판을 받기 위해 3805
다시 깨어나
부르르 떨리라!
그레트헨 여기를 나가고 싶어!
오르간 소리가
내 숨통을 막고 3810
노랫소리가 내 마음 깊은 곳까지
녹여 버리는 것만 같아.
합창 재판관이 자리에 앉으면,
숨겨진 일들 속속들이 드러나고
응징의 손길 곳곳에 미치리라. 3815
그레트헨 가슴 답답해!
벽의 기둥들이
나를 가두고,
천장이
날 내리누르는 것 같아! — 숨이 막혀! 3820
악령 숨을 테면 숨어라! 그러나 죄와 치욕은
숨기지 못하리라!
숨이 막히느냐? 눈앞이 캄캄하느냐?
가련하구나!

3825 **합창** 가엾은 제가 뭐라고 말하리까?
누구에게 도와 달라고 간청하리까?
정의로운 자도 안심할 수 없는 때에.
악령 거룩한 이들이
너를 외면하리라.
3830 순결한 이들이
너에게 손 내밀길 주저하리라.
가련하구나!
합창 가엾은 제가 뭐라고 말하리까?
그레트헨 아주머니! 향수병[26]을 좀!—
(정신을 잃고 쓰러진다)

발푸르기스의 밤

하르츠 산중, 시르케와 엘렌트 지방
파우스트와 메피스토펠레스 등장한다.

3835 **메피스토펠레스** 빗자루가 필요하지 않소?
나는 아주 튼튼한 염소 한 마리 있었으면 좋겠소.
이 길로 가면 목적지까지 아직도 멀었다오.
파우스트 내 다리에 힘이 남아 있는 한,
이 지팡이 하나로 충분하네.
3840 좀 빨리 간다고 무슨 소용 있겠는가!—
고불고불 이어지는 골짜기들을 지나고,
샘물이 한없이 솟구쳐 내리는

26 18세기 사람들은 기절하는 경우를 대비해서 강한 냄새가 나는 병을 소지하고 다녔다.

바위들을 오르는 것이야말로
이 길의 흥을 돋우는 재미 아니겠는가!
자작나무에 벌써 봄기운이 완연하고, 3845
가문비나무도 봄 냄새에 젖어 있는데,
우리의 사지라고 그 영향을 받지 말라는 법이 있겠는가?

메피스토펠레스 참말이지, 나는 그런 것 전혀 느끼지 못하겠소!
내 몸속은 겨울이라니까요.
우리가 가는 길에 눈하고 서리라도 내렸으면 좋겠소. 3850
이지러진 붉은 달이 뒤늦게야 빛을 발하며
얼마나 처량하게 떠올라
한심하게 길을 비추는지,
한 걸음 옮길 때마다 나무에 부딪치고 바위에 부딪칠 지경이오!
실례지만, 도깨비불을 불러야겠소! 3855
마침 저기 신나게 불 밝히는 놈이 하나 있구려.
어이, 이보게! 친구 양반! 이리 좀 올 텐가?
무엇 때문에 쓸데없이 활활 타오르는 건가?
미안하지만, 저 위까지 길을 좀 밝혀 주게!

도깨비불 그야 여부가 있겠습니까, 다만 제가 타고난 경박한 천성을 3860
다스릴 수 있길 바랄 뿐입니다.
우리들은 원래 지그재그 갈지자로 다니거든요.

메피스토펠레스 이런! 이런! 사람을 흉내 낼 생각인가.
사탄의 이름으로 똑바로 가게나!
그렇지 않으면 자네의 그 가물가물한 불꽃을 확 날려 버릴 걸세. 3865

도깨비불 저는 나리께서 우리 문중의 어른이신 걸 명심하고 있습니다.
그러니 나리의 분부대로 따르지요.
하지만 주의하십시오! 오늘은 산이 온통 미친 듯이 마법에

걸려 있는 터라
도깨비불이 정확하게
3870 길을 안내하리라고는 기대하지 마십시오.

파우스트, 메피스토펠레스, 도깨비불 (번갈아 가며 노래한다)
어느새
꿈과 마법의 나라로 들어섰는가.
우리를 잘 인도하여
곧 드넓은 황량한 곳에
3875 이르는 영예를 누려라!
첩첩이 이어지는 나무들이
얼마나 빠르게 지나가는가.
허리 굽힌 절벽들,
암석의 길다란 코들,
3880 드르렁드르렁 코를 골며 입김을 내뿜누나!

돌 틈으로, 풀밭 사이로
크고 작은 냇물들이 앞다퉈 흘러내리누나.
졸졸 물 흐르는 소리인가? 노랫소리인가?
감미로운 사랑의 탄식인가,
3885 천상의 나날을 보내는 목소리인가?
우리는 무얼 바라고, 무얼 사랑하는가!
메아리가 옛 시대의
전설처럼 울려 퍼지누나.

부엉! 부엉! 부엉이 소리 점점 가까워지는구나,
3890 올빼미, 댕기물떼새, 어치,
모두 깨어 있는가?

저기 수풀 속에 도롱뇽인가?
긴 다리, 통통한 배!
나무뿌리들이 뱀처럼
고불고불 바위와 모래를 뚫고 나와, 3895
기이한 띠 모양을 이루어서는
우리를 놀래고 붙잡으려 드는구나.
살아 있는 듯한 단단한 옹이에서
문어발 같은 뿌리가
나그네를 향해 뻗어 나오는구나. 3900
형형색색의 쥐들이 떼를 지어
이끼와 황야를 내지르누나!
개똥벌레들이 우글우글
무리 지어
어지러이 앞을 인도하누나. 3905

그런데 이봐라, 우리가 지금 서 있는 게냐,
앞으로 나가는 게냐?
모든 것이, 모든 것이 빙빙 도는 듯하구나,
바위와 얼굴 찌푸린 나무들,
점점 늘어나고 불어나는 3910
도깨비불들.

메피스토펠레스 내 옷자락을 단단히 움켜쥐시오!
여기가 가운데 산봉우리이오,
모두들 산중에서 황금의 신 맘몬이 빛나는 것을 보고
놀라는 곳이라오. 3915
파우스트 새벽의 여명 같은 희미한 빛이
참으로 기이하게 골짜기를 뚫고 비치는구나!

저 심연 밑바닥까지
깊숙이 스며드는구나.
3920 저기에서는 증기가 모락모락 오르고 안개가 피어오르는가 하면,
여기에서는 빛이 안개 베일을 뚫고 나와서
보드라운 실처럼 슬며시 퍼져
샘물처럼 솟아오르는구나.
수백 개의 혈관을 타고
3925 골짜기를 온통 휘감다가,
비좁은 구석에서
갑자기 흩어지지 않는가.
저기 가까이에서 불티들이
금빛 모래 뿌리듯 흩날리지 않는가.
3930 하지만 보게나! 저 높은 곳에서
암벽이 불타오르는 것을.

메피스토펠레스 황금의 신 맘몬이 향연을 위해
궁전을 휘황찬란하게 불 밝힌 것이 아닐까요?
이런 것을 보다니, 선생의 행운이오.
3935 엄청난 손님들이 몰려들 성싶소.

파우스트 회오리바람이 질주하는 것을 보게나!
목덜미를 거세게 후려치는구먼!

메피스토펠레스 바위의 단단한 부분을 꼭 잡으시오.
잘못하다가는 깊은 협곡 바닥으로 곤두박질치겠소.
3940 안개까지 합세해서 가뜩이나 어두운 밤이 더욱 칠흑같이 어두워졌소.
이런, 숲 속에서 우지끈 부러지는 소리가 들리는구려!
부엉이들이 놀라 푸드덕 날아가고,
영원히 푸른 궁전의
기둥들이 부서지는 소리가 들리오.

자, 들어 보시오, 우지직 부러지는 나뭇가지들! 3945
우르릉 굉음을 울리는 줄기들!
바자작 입을 벌리는 뿌리들!
모든 것이 끔찍하게 뒤엉켜 쓰러지며
우지끈 요란한 소리를 내고 있소.
부서진 조각들이 널려 있는 협곡을 3950
바람이 요란하게 가르며 울부짖소.
저 높이 허공을 울리는 목소리들이 들리오?
멀리에서, 가까이에서?
그렇소, 온 산을 따라
미친 듯한 마법의 소리가 울려 퍼지고 있소! 3955

마녀들의 합창 마녀들이 브로켄을 향해 가네.
그루터기는 노란색, 새싹은 초록색이라네.
저기 많은 이들이 모여 있는 가운데,
우리안[27]이 높이 상석에 오르네.
돌부리 나무뿌리 너머 거침없이 나아가네. 3960
마녀가 방X를 뀌고, 염소는 냄새를 풍기네.

목소리 바우보 할멈[28]이 혼자 오는구나,
암퇘지를 타고서.

합창 존경받아 마땅한 분을 존경하라!
바우보 할멈, 앞장서라! 길을 안내하라! 3965
튼튼한 돼지에 올라탄 어멈 뒤를
마녀의 무리들이 따르노라.

목소리 너는 어떤 길로 왔느냐?

목소리 일젠슈타인 넘어서!

27 모르는 사람이나 이름을 말해선 안 되는 사람을 표현하며, 여기서는 사탄을 가리킨다.

28 그리스 신화에서 대지의 여신 데메테르의 시녀.

거기서 부엉이 둥지를 들여다보는데
부엉이가 두 눈을 크게 부릅뜨더라고!

3970 **목소리** 이런, 지옥에나 떨어져라!
그런데 왜 그리 빨리 가느냐!

목소리 부엉이에게 할퀴었거든.
여기 상처 좀 보라니까!

마녀들의 합창 길은 넓고 길기도 하구나,
3975 왜 이리 우글우글 복작거리느냐?
쇠스랑은 찌르고, 빗자루는 할퀴는구나,
아이는 숨 막히고, 어미는 배 터지는구나.

마법사들 절반의 합창
우리는 달팽이처럼 느릿느릿 기어가는데,
여자들은 훠이훠이 앞서 가는구나.
3980 악(惡)의 고향을 찾아갈 때는
여자들이 수천 걸음 앞서기 때문이리라.

나머지 절반의 합창 그게 무슨 대수랴,
여자들이 수천 걸음 앞서면 어떠랴.
제아무리 서두르더라도
3985 남자들이 단 한 걸음이면 따라잡거늘.

목소리 (위에서) 함께 가자, 함께 가자, 바위틈 호수에서 어서 나와라!

목소리 (아래에서) 우리도 함께 날고 싶은걸.
몸은 목욕재계해서 반지르르 빛나지만,
아기는 영원히 낳을 수 없어.

3990 **모두 함께 합창** 바람은 침묵하고 별은 달아나고
희미한 달은 몸을 숨기네.
마법의 합창 소리 수많은 불꽃 날리며
쩌렁쩌렁 울려 퍼지네.

목소리 (아래에서) 잠깐! 잠깐 멈춰라!

목소리 (위에서) 거기 바위 틈새에서 외치는 자 누구냐? 3995

목소리 (아래에서) 나를 데려가 줘! 데려가 줘!

나는 벌써 삼백 년 전부터 위를 향해 오르는데도

아직까지 산봉우리에 이르지 못했어.

나도 우리 패거리에 끼고 싶어.

모두 함께 합창 빗자루가 태워 주고, 막대기가 태워 주노라. 4000

쇠스랑이 태워 주고, 염소가 태워 주노라.

오늘 일어나지 못하는 자는

영원히 따라오지 못하리.

얼치기 마녀 (아래에서) 벌써 오래전부터 뒤뚱뒤뚱 쫓아가는데도,

다른 이들은 저 멀리 앞서 가는구나. 4005

집에서는 맘 편히 있지 못하고,

여기서는 함께 어울리지 못하다니.

마녀들의 합창 고약이 마녀들의 용기를 북돋우는구나.

누더기로는 돛 삼고,

어느 통이든 배 삼기에 안성맞춤이구나. 4010

오늘 날지 못하는 자는 영영 날지 못하리.

모두 함께 합창 우리가 산봉우리 돌아 날면,

너희들은 땅바닥을 기어 오너라.

저 드넓은 황야를 뒤덮어라,

마녀들의 무리야. 4015

(자리 잡고 앉는다)

메피스토펠레스 밀고 찌르고. 와르르 와르르, 덜그럭 덜그럭!

쌩쌩 날고 소용돌이치고. 잡아당기고 와글와글 떠들고!

번쩍거리고 불티 날리고 고약한 냄새 풍기고 훨훨 타는구나!

참말로 마녀들의 본모습일세!

나를 꼭 잡으시오! 잘못하다가는 서로 놓치겠소. 4020

어디 있는 게요?

파우스트 (멀리에서) 나 여기 있네!

메피스토펠레스 뭐요! 거기까지 밀려갔단 말이오?
그렇다면 문중 어른으로서의 권리를 행사할 수밖에 없구먼.
저리 비켜라! 폴란트[29] 귀공자께서 행차하신다. 비켜라! 귀여운 백성들아, 저리 비켜라!
박사 나리, 여기 날 붙잡으시오!
4025 이 복잡한 곳에서 단숨에 벗어납시다.
이런 어수선한 난장판이 있다니, 나한테도 좀 지나치게 여겨지는구려.
저기 옆에서 뭔가 특이하게 번쩍이는데,
우리 저 덤불로 가봅시다.
이리 와요, 어서 오라니까요! 한번 저 안에 들어가 봅시다.

파우스트 이 모순에 가득 찬 존재야! 그래, 가자! 한번 네 맘대
4030 로 날 인도해 봐라.
정말 현명한 처사일세.
발푸르기스의 밤에 브로켄을 찾아와서는
여기 이곳에 외따로 떨어져 있다니.

메피스토펠레스 이 오색찬란한 불꽃을 보시오!
4035 참 활기 넘치는 패거리들이오.
숫자가 적다고 외로운 것은 아니오.

파우스트 하지만 난 저 위에 함께 있고 싶네!
붉게 타오르는 빛과 소용돌이치는 연기가 보이지 않는가.
다들 우르르 악을 향해 몰려가고 있어.
4040 저기서 틀림없이 많은 수수께끼가 풀릴 걸세.

메피스토펠레스 하지만 많은 수수께끼가 새로 엮어질 수도 있소.

29 사탄의 옛 이름.

커다란 세계는 날뛰게 내버려 두고,
우리는 여기 조용히 자리 잡읍시다.
커다란 세계에서 작은 세계를 만드는 것이
오랜 관습이오. 4045
저기 벌거벗은 젊은 마녀들과
현명하게 몸을 가린 늙은 마녀들을 보시오.
날 위해서라도 기분 푸시오.
조금 애써서 많은 즐거움을 맛볼 수 있소.
음악을 연주하는 악기 소리가 들리는구려! 4050
빌어먹을, 깽깽거리는 소리! 익숙해져야지 별 수 있겠소.
그래, 갑시다! 어서 갑시다!
어쩌겠소, 내가 나서서 선생을 안내할 수밖에.
선생의 새 짝을 찾아 주리다.
어떻소, 친구 양반? 결코 좁은 장소가 아니라오. 4055
저기 좀 보시오! 어디가 끝인지 도무지 보여야 말이지요.
불꽃이 사방 천지에서 줄줄이 타오르고 있소.
춤추고 수다 떨고 요리하고 마시고 사랑을 나누고.
이보다 더 나은 곳이 어디 있으면 말해 보시오.

파우스트 자네는 마법사나 사탄 중에서 4060
어떤 모습으로 저기 합세할 생각인가?

메피스토펠레스 나는 원래 신분을 감추고 다니는 데 익숙하지만,
오늘 같은 잔칫날에는 훈장을 내보여야겠소.
비록 양말대님[30]은 없지만,
여기에서는 말발굽이 영예롭게 대접받는다오. 4065
저기 달팽이가 보이시오? 이쪽으로 기어 오는 모양이
벌써 더듬이로

30 무릎 아래에 매다는 영국 최고의 가터 훈장을 가리킨다.

내 냄새를 맡았나 보오.
여기서는 아무리 신분을 감추고 싶어도 감출 수가 없다니까.
4070 자, 어서 갑시다! 여기저기 불가를 돌아봅시다.
나는 중매인이고, 선생은 구혼자요.
(꺼져 가는 모닥불 가의 몇몇 사람을 향해)
이보시오 노인장들, 거기 구석에서 뭐하고 있소?
홍청망청 즐기는 젊은이들과 어울려
한판 근사하게 놀아 보면 어떻겠소.
4075 혼자 지내는 거야 집에서도 얼마든지 할 수 있지 않겠소.
장군 사람들 말로는 우리더러 나라를 위해서 많은 일을 했다지만,
어디 그 말을 믿을 수가 있어야지.
국민들이나 여자들이나
항상 젊은 놈들만 최고로 여기는 마당 아닌가.
4080 **재상** 요즘 사람들은 너무 정도(正道)에서 벗어났어,
옛날이 얼마나 좋았는가.
물론 우리 모두 한가락하던
그때가 정말 황금시대였지.
벼락부자 우리는 결코 멍청하게 굴지 않았었다고,
4085 종종 해서는 안 될 일도 했지만 말이야.
하필이면 한몫 단단히 잡으려는 찰나에
세상이 완전히 뒤집어질 게 뭐야.
작가 요즘에는 적당히 지혜로운 내용이 담긴 책을
도무지 읽으려 드는 사람이 없다니까!
4090 게다가 젊은이라고 하는 것들은
얼마나 시건방지는지.
메피스토펠레스 (갑자기 상노인처럼 보인다)
마지막으로 마녀의 산에 올라 보니,
사람들에게 최후 심판의 날이 다가온 게 느껴지는구먼.

내 술통에서 텁텁한 술이 흐르니,
세상도 운세가 다한 모양일세. 4095

고물 장수 마녀 여보세요, 신사 양반들, 이 물건들 좀 보고 가시구려!
이 기회를 놓치지 마세요!
여기 물건들을 좀 구경하라니까요,
이것저것 아주 많아요.
전부 이 세상 다른 어디에서도 4100
볼 수 없는 것들이에요.
이 세상이나 사람들한테
호된 피해를 입히지 않은 것은 하나도 없답니다.
피 묻지 않은 단도도 없고,
뜨거운 독으로 건강한 몸을 4105
갉아먹지 않은 술잔도 없지요.
사랑스러운 여인을 유혹하지 않은 장신구도 없고,
서약을 깨지 않은 검도 없어요.
등 뒤에서 적을 찌르지 않은 검은 없다니까요.

메피스토펠레스 아주머니, 어찌 그리 시대의 흐름을 읽을 줄 모르오. 4110
이미 벌어진 일은 벌어진 일이고, 지난 일은 지난 일이오!
새로운 물건들을 갖다 파시오!
우리는 새 물건들에만 관심이 있단 말이오.

파우스트 도무지 정신을 차릴 수가 없구먼!
벅적벅적한 큰 시장에 온 기분일세! 4115

메피스토펠레스 저 무리들이 모두 위를 향해 가고 있소.
선생이 사람들을 떠민다고 생각하겠지만, 사실은 떠밀려 가고 있소.

파우스트 저게 대체 누군가?

메피스토펠레스 자세히 보시오!
릴리트[31]라오.
파우스트 누구라고?
메피스토펠레스 아담의 첫 번째 마누라 말이오.
4120 저 여자의 아름다운 머리카락을 조심하시오,
머리카락은 저 여자가 뽐내는 유일한 장신구라오.
그것으로 젊은 남자를 낚았다 하면,
결코 호락호락 놔주지 않는다오.
파우스트 저기 늙은 여자하고 젊은 여자 둘이 앉아 있네,
4125 벌써 한바탕 신나게 뛴 모양일세!
메피스토펠레스 오늘 같은 날, 어찌 쉬어서야 되겠소.
다시 춤이 시작하는구려. 자, 갑시다! 우리도 함께 춥시다.
파우스트 (젊은 마녀와 함께 춤을 춘다)
언젠가 아름다운 꿈을 꾸었네.
꿈속에 사과나무 한 그루,
4130 예쁜 사과 두 개[32]가 반짝반짝,
나도 모르게 이끌려 나무에 올라갔네.
젊은 마녀 그대들은 낙원에서부터
사과를 무척 탐하였지.
내 정원에도 그런 사과 달려 있어
4135 얼마나 마음 설레는지.
메피스토펠레스 (늙은 마녀와 함께)
언젠가 방탕한 꿈을 꾸었네.
꿈속에 갈라진 나무 한 그루,
거기에——[33] 있었네,

31 옛 유대의 랍비 전설에 의하면 아담의 첫 아내는 릴리트였다고 한다. 릴리트는 아담하고 다투고서 헤어진 후에, 사탄의 괴수와 관계를 맺었다고 전해진다.
32 사과 두 개는 여인의 젖가슴을 상징한다.

무척 —[34] 했지만, 내 맘에 들었네.

늙은 마녀 말발굽 기사님, 4140

환영합니다!

—[35]이 싫지 않으시다면,—

—[36]를 준비하세요.

엉덩이망상가[37] 이 빌어먹을 것들! 도대체 무슨 짓들이냐?

정령이 두 발 딛고 제대로 설 수 없는 것은 4145

이미 오래전에 증명되지 않았더냐?

그런데 이제 우리 인간들처럼 춤까지 춘단 말이냐!

젊은 마녀 (춤을 추며) 저 사람, 왜 우리 춤판에 끼어드는 거예요?

파우스트 (춤을 추며) 이런! 저 인간, 안 끼어드는 데가 없다니까.

다른 이들이 춤추면 꼭 뭐라고 트집을 잡아야만 직성이 풀리는 인간이야. 4150

제 놈이 훈수를 두지 않으면,

춤이라고 생각도 안 한다니까.

무엇보다도 우리의 춤 솜씨가 나아지면 분을 못 참아 씩씩거리지.

제 놈이 낡은 방아 잡고 돌리듯,

제자리서 빙글빙글 돌아야 4155

잘한다는 거야.

특히 어떠냐고 제 놈한테 의견을 물어 주면 최고라고 추어주지.

33 원래 괴테의 육필 원고에는 〈엄청난 구멍〉이라고 쓰여 있었지만, 괴테 생존 시에 이미 〈—〉로 대체되었다. 다음의 주 34, 35, 36도 마찬가지이다.

34 〈커다랗긴〉.

35 〈커다란 구멍〉.

36 〈적당한 마개〉.

37 Proktophantasmist. 괴테가 만들어 낸 낱말로, 엉덩이를 보고 망상하는 사람이라는 뜻. 괴테의 『젊은 베르테르의 슬픔』을 혹독하게 비판했으며, 그 이후로도 계속 괴테에게 반감을 표현한 계몽주의자 프리드리히 니콜라이를 풍자한다.

엉덩이망상가 아직도 거기에 있다니! 아니, 이런 어이없는 일이.
어서 썩 꺼져라! 그토록 알아듣게 깨우쳐 주었건만!
4160 이 사탄의 무리야, 규칙에 대해서는 묻지도 않느냐.
우리가 이렇듯 똑똑하게 구는데도, 테겔에 아직 유령이 출몰하다니.[38]
내 오랫동안 미신을 일소하려고 애썼거늘,
앞으로도 미신은 결코 완전히 없어지지 않을 거야, 이런 어이없는 일이!
젊은 마녀 흥 깨는 소리 좀 작작해요!
4165 **엉덩이망상가** 너희 정령들에게 직접 대놓고 말하는데,
나는 정령이 제멋대로 구는 걸 좋아하지 않아.
내 정신은 그런 걸 용납하지 않는다고.
(나머지 사람들, 계속 춤춘다)
오늘은 내 뜻대로 되지 않을 것 같군.
하지만 언제나 여행기[39]를 가지고 다니니,
4170 마지막 걸음을 내딛기 전에
사탄과 시인들을 제압할 수 있었으면 좋겠는데.
메피스토펠레스 저 작자가 곧 물웅덩이에 주저앉을 거야.
그런 식으로 제 마음을 달랜다니까.
거머리들이 저 작자 엉덩이에서 포식하고 나면,
4175 정령들과 정신에게서 벗어나게 될걸.
(춤판에서 멀어진 파우스트를 향해)
어째서 저 아름다운 아가씨를 혼자 놔둔단 말이오?
흥을 돋우려고 애교스럽게 노래까지 부르던데.

38 당시 훔볼트 형제의 영지 테겔에 유령이 출몰한다는 소문이 돌자, 프리드리히 니콜라이는 엉덩이에 거머리를 놓아 유령에서 벗어날 수 있다는 주장을 폈다.
39 프리드리히 니콜라이가 집필한 열두 권짜리 『독일과 스위스 여행기』를 말한다.

파우스트 원참나, 한참 노래를 부르는데,
빨간 쥐새끼가 입안에서 튀어나오지 뭐요.
메피스토펠레스 그거 근사하구먼! 너무 심각하게 받아들이지 마시오. 4180
회색 쥐가 아닌 것만으로도 다행이오.
은밀히 재미 보면서 누가 그런 걸 따진단 말이오?
파우스트 그러다 눈에 보였다네—
메피스토펠레스 뭐가 말이오?
파우스트 메피스토, 저기 멀리
혼자 서 있는 창백하고 예쁜 아이가 보이지 않는가?
이곳에서 비척비척 멀어지는 모양이, 4185
마치 두 다리가 묶인 것 같지 않은가.
솔직히 말해, 착한 그레트헨과
꼭 닮은 것 같아.
메피스토펠레스 저따위에 신경쓰지 마시오! 괜히 마음만 불편해질 뿐이오.
저것은 환영이오, 살아 있는 것이 아니라 환상이란 말이오. 4190
저런 것하고 마주치면 좋지 않소.
저 경직된 시선에 사람의 피가 얼어붙어서,
돌로 변할 수도 있다니까요.
선생도 메두사[40] 이야기 들었을 거 아니오.
파우스트 참말이지, 죽은 사람의 눈 같구먼, 4195
사랑하는 사람의 손이 감겨 주지 못한 눈 말일세.
저것은 그레트헨이 내게 내밀었던 가슴이요,
내가 즐겼던 몸뚱이일세.
메피스토펠레스 저건 마술이라니까요, 어찌 그리 얼간이처럼 홀

40 그리스 신화의 무시무시한 괴물. 머리카락이 뱀으로 이루어졌으며, 메두사를 보는 사람은 그 자리에서 돌로 변했다.

딱 넘어가는 게요!
4200 저것은 누구에게나 사랑하는 사람으로 보인다고요.

파우스트 이처럼 기쁘고도, 이처럼 괴롭다니!
저 시선에서 눈을 뗄 수가 없구나.
칼등 넓이만 한
붉은 끈 하나가
4205 저 아름다운 목을 얼마나 묘하게 꾸미는가!

메피스토펠레스 정말 그렇군! 내 눈에도 그렇게 보이오.
페르세우스[41]가 잘라 버렸으니,
저 머리를 팔 아래 끼고 다닐 수도 있겠소.
환상은 항상 즐거운 법이지요!
4210 저기 언덕에 가봅시다,
프라터[42]처럼 흥겨워 보이는데.
내가 잘못 본 게 아니라면,
정말로 연극도 볼 수 있는 모양이오.
도대체 뭘 상연하는 게요?

안내원 연극이 곧 다시 시작할 겁니다.
4215 새로운 작품인데, 일곱 편 중의 마지막 것이지요.
가능한 한 많이 보여 주는 것이 여기의 관습입니다.
아마추어 작가들이 쓰고,
아마추어 배우들이 연기하지요.
신사분들, 죄송하지만, 제가 잠깐 자리를 비워야겠군요.
4220 저도 아마추어로서 막 올리는 임무를 맡았거든요.

메피스토펠레스 브로켄 산에서 너희들을 보게 되니, 반갑구나.
너희들도 당연히 이곳에 딸린 식구이지.

41 그리스 신화에서 메두사의 머리를 자른 영웅. 제우스와 아르고스의 왕녀 다나에 사이에서 태어났다.

42 빈 시내에 있는 커다란 공원.

발푸르기스 밤의 꿈 또는 오베론[43]과 티타니아의 금혼식

막간극

무대 감독	오늘은 우리 한번 편히 쉬어 보자,	
	미딩의 씩씩한 아들들아![44]	
	오랜 세월에 씻긴 산과 촉촉한 골짜기가	4225
	무대로구나!	
사회자	금혼식을 맞이하려면,	
	오십 년의 세월이 지나야 하지요.	
	하지만 온갖 다툼 지나고 나면,	
	금혼식이 더욱 소중하게 느껴지는 법.	4230
오베론	그대 정령들아,	
	이 순간 이곳에 있다면 모습을 나타내어라.	
	왕과 왕비가	
	새로이 맺어졌노라.	
퍽[45]	퍽이 나타나 싸악 한 바퀴 돌며	4235
	미끄러지듯 원무를 추면,	
	수많은 사람들이 따라와	
	함께 즐거워하지요.	
아리엘[46]	천상의 순결한 목소리로	
	아리엘이 노래를 부르노라.	4240

43 요정의 왕, 셰익스피어의 『한여름 밤의 꿈』에도 등장한다.

44 요한 마르틴 미딩, 그는 바이마르 극장의 초대 무대 감독을 지냈다. 여기에서 미딩의 아들들은 극장에서 일하는 사람들을 가리킨다.

45 『한여름 밤의 꿈』에 나오는 장난꾸러기 요정.

46 셰익스피어의 희곡 『폭풍우』에 나오는 대기의 요정.

그 노랫소리 많은 흉측한 몰골들을 유혹하지만,
아름다운 이들도 쫓아오더라.

오베론 금슬 좋게 화합하고 싶은 부부들이여,
우리 두 사람에게 배우라!
4245 진정으로 사랑하고 싶다면,
한 번쯤 헤어져 볼 필요도 있으리라.

티타니아 남편은 심통을 부리고 아내는 변덕을 떨면,
얼른 두 사람을 붙잡아
여자는 남쪽의 나한테로 보내고
4250 남자는 북쪽 끝으로 보내라.

오케스트라 합주 (아주 우렁차게)
파리 주둥이와 모기 코,
그것들의 일가붙이에다가
나뭇잎 속의 개구리, 풀숲의 귀뚜라미,
모두가 음악가라네!

4255 독창 저기 보아라, 풍적(風笛)이 오는구나!
저것은 비눗방울.
납작한 코로
달팽이 허튼소리 내는 걸 들어 보아라.

처음 생성되는 정령 거미 발과 두꺼비 배,
4260 그런 미물에 날개까지!
그런 짐승은 없지만,
시(詩)에는 있더라.

한 쌍의 남녀 발걸음 살짝 내딛어 높이 뛰어오르라,
달콤한 이슬과 향내를 가르고.
4265 내 뒤를 총총히 따라오지만,
높이 날지는 못하리.

호기심 많은 나그네 저것은 혹시 가장무도회 장난이 아닐까?

내 눈을 믿어도 된다면,
아름다운 신 오베론을
오늘 이곳에서 보는구나! 4270

그리스 정교 신자 발톱도 없고 꼬리도 없구나!
하지만 의심의 여지 없이 확실하다,
그리스의 신들처럼
저것도 사탄인 것을.

북방의 예술가 내 손에 쥐고 있는 것이, 오늘은 4275
정녕코 습작에 지나지 않는구나.
그러나 시간이 나면,
이탈리아 여행을 준비하리라.

도덕주의자 이런! 재수 없게도 어쩌다 이리로 흘러들었는가.
참말로 방탕한 광경이구나! 4280
마녀들이 저리 많은데도,
단 둘밖에 분을 바르지 않았다니.

젊은 마녀 분은 치마처럼
쪼글쪼글한 할망구를 위한 것이라고.
그러니 난 홀랑 벗고 염소 등에 앉아 4285
오동통한 몸을 자랑하지.

노부인 우리는 고상한 사람들이라,
여기에서 너희들하고 입 섞어 말다툼하지 않아.
하지만 너희들이 젊고 야들야들한 몸 그대로
썩어 문드러지기는 바라지. 4290

지휘자 파리 주둥이, 모기 코야,
벌거벗은 여자에게 한눈팔지 마라!
나뭇잎 속의 개구리, 풀숲의 귀뚜라미야,
박자를 맞추어라!

풍향계 (한쪽을 향해)

4295 저런 여자들하고 어울리면 얼마나 좋을까,
정말로 참한 색싯감들이구나!
그리고 총각들도 한 사람 한 사람 모조리,
앞날 창창하구나.

풍향계 (다른 쪽을 향해)
땅바닥이 아가리 벌려
4300 저것들을 모조리 삼켜 버리지 않으면,
내가 이 길로 곧장
지옥에 뛰어내릴 테다.

크세니엔[47] 날카로운 작은 집게발을 가진
곤충의 모습으로,
4305 저희가 사탄 아버지께
공손히 경배드리려고 찾아왔나이다.

헤닝스[48] 자, 보아라, 저들이 바글바글
미친 듯이 뛰노는 모습을!
그리고 끝에 가서는
4310 자신들이 착한 마음씨를 가지고 있다 말하겠지.

무자게트 나도 이 마녀들의 무리에
휩쓸려 놀고 싶구나.
시의 여신 뮤즈들보다
물론 이들을 이끌기가 쉽지 않겠는가.

4315 **과거의 시대정신**[49] 올바른 사람들하고 뭔가를 이루어 낼 수 있는 법.

47 1797년, 괴테와 실러가 당시의 문단을 신랄하게 풍자한 2행시. 여기서는 곤충으로 의인화되었다.

48 당시의 문학가 아우구스트 폰 헨닝스. 그는 자신이 출간하는 잡지 『시대정신』의 별책 부록 「무자게트」에서 괴테와 실러를 비난하였다.

49 헤닝스의 잡지 『시대정신』은 1801년부터 『19세기 정신』으로 그 이름이 바뀌었다. 그러므로 여기에서 〈과거의 시대정신〉은 그때까지 출간되던 잡지 『시대정신』을 가리킨다.

이리 오너라, 내 옷자락을 잡아라!
브로켄 산의 봉우리는 독일의 파르나스[50]처럼
넓기도 하구나.

호기심 많은 나그네 그런데 저 뻣뻣한 남자는 누구요?
거만하게 걸어다니며 4320
온갖 것에 코를 대고 킁킁거리고 있잖소.
〈예수회 사람들을 찾아다니나 보오〉.

두루미 나는 맑은 물을 좋아하지만,
흐린 물에서도 고기를 잡지요.
그래서 경건한 신사가 사탄하고 4325
어울리는 것도 보게 되는 거라고요.

현세주의자 그래, 경건한 자들은 수단 방법 가리지 않는다는
내 말을 믿으라,
그들은 여기 브로켄에서도
기회만 있으면 비밀 집회를 열지 않는가. 4330

무용수 혹시 새 합창단이 오는가?
멀리에서 북소리 들리지 않는가.
방해하지 마라! 그것은 갈대밭에서
해오라기들이 입 모아 합창하는 소리이니라.

무용 선생 모두들 다리를 잘도 들어 올리는구나! 4335
용케도 몸을 잘 빼내는구나!
등 굽은 자 폴짝 뛰고, 굼뜬 자 껑충 뛰는구나,
제 꼴이 어떤지 아랑곳하지 않고서.

바이올리니스트 저 건달들이 서로 못 잡아먹어 안달하고
최후의 일격을 가하려고 기회만을 노리면서도, 4340
여기서는 풍적(風笛) 소리에 하나가 되는구나.

50 그리스 신화에서 아폴로와 시의 여신 뮤즈들이 사는 산. 여기에서는 독일 문단을 가리킨다.

오르페우스의 칠현금 소리에 짐승들이 하나 되듯.

독단론자 제아무리 목청껏 비판하고 의혹을 제기해도,
나는 끄덕도 하지 않으리.
4345 사탄에게도 분명 의미가 있지 않겠느냐,
그렇지 않다면 사탄이 어찌 존재한단 말이냐?

이상주의자 내 마음속의 환상이
이번에는 정말 멋지구나.
맹세코 그것이 내 진정한 모습이라면,
4350 오늘 나는 얼마나 어리석은가.

현실주의자 나한테는 존재가 그야말로 고통인 것을,
어찌 이리 불쾌감만 더욱 깊어지느냐.
여기에서 처음으로
발밑이 흔들리는구나.

4355 **초자연주의자** 나 지금 기꺼운 마음으로
이들과 어울려 즐기노라.
사탄이 있으니,
착한 정령도 분명 존재하지 않겠느냐.

회의론자 저들은 작은 불꽃을 쫓아가며,
4360 보물에 다가간다고 믿는구나.
의혹과 사탄은 잘 맞아떨어지는 법,
나, 제대로 찾아왔구나.

지휘자 나뭇잎 속의 개구리, 풀숲의 귀뚜라미,
이 빌어먹을 아마추어들!
4365 파리 주둥이와 모기 코,
너희들이 바로 음악가라니!

처세에 노련한 이들 저 흥겨운 무리들이
상수시[51]라 불리니,
이제 우리는 두 발로 걷지 못하고

물구나무서서 가리. 4370

처세에 서투른 이들 지금까지는 그래도 이런저런 아첨으로 먹고 살았거늘,
이제 하느님만 바라보는 신세가 되었구나!
우리의 신발이 춤추느라 닳아 해졌으니,
맨발로 걸을 수밖에.

도깨비불 우리는 늪에서 생겨나 4375
늪에서 왔지만,
여기 춤추는 곳에서는
멋진 신사들이라네.

별똥별 나는 저 높은 곳에서
쏜살같이 별빛과 불빛을 타고 내려와, 4380
여기 풀밭에 가로누워 있네
누가 나를 일으켜 세워 주랴?

덩치 큰 자들 비켜라, 비켜! 썩 물러나라!
풀들이 납작 엎드리는구나.
정령들이 납신다, 4385
그들도 육중한 사지를 가지고 있노라.

퍽 코끼리 새끼들처럼
어정어정 걷지 마라.
오늘 가장 육중한 자는
바로 듬직한 퍽이렷다. 4390

아리엘 자애로운 자연이,
정신이 너희에게 날개를 달아 주었노라.
내 가벼운 발걸음을 좇으라,
장미 동산을 향해!

51 *sanssouci*. 프랑스어로 〈근심 없다〉는 뜻이다.

오케스트라 (아주 약하게)

4395 구름의 행렬과 안개 베일이
위에서부터 밝아 오는구나.
나뭇잎을 살랑대는 미풍, 갈대숲을 흔드는 바람,
모든 것이 흩어졌도다.

흐린 날, 들판

파우스트와 메피스토펠레스

파우스트 비참하구나! 절망스럽구나! 이 지상에서 가련하게도 오랫동안 헤매더니 끝내 붙잡히는 신세가 되다니! 마음씨 고운 불운한 이여, 죄인이 되어 옥에 갇히는 끔찍한 고통을 겪다니! 이 지경이! 이 지경이 되다니!— 이 배반자야, 비열한 자야, 어찌 나한테 그 사실을 숨겼단 말이냐!— 서라, 게 서라! 네 머리통 속의 사탄의 눈을 사납게 굴려라! 네 참아 주기 어려운 몰골로 나한테 맞서라! 그 딱한 처지를 어찌한단 말이냐! 사악한 정령들과 무정한 재판관들의 손아귀에 내맡겨져 있으니! 그런데도 네놈은 나한테 상스러운 기분 풀이나 시켜 주며 날로 참담해 가는 그녀의 처지를 숨기고, 속수무책으로 파멸의 구렁텅이에 빠지게 그녀를 내버려 두었단 말이냐!

메피스토펠레스 그녀가 처음은 아니올시다.

파우스트 이런 개 같은 놈! 추악한 괴수!— 무한한 정령이여! 저놈을, 저 벌레 같은 놈을 다시 개의 형상으로 만들어 다오, 저놈은 밤에 종종 개의 형상으로 쫄랑거리며 내 앞에 나타났고, 악의 없는 나그네의 발 앞에서 데굴데굴 굴렀으며, 지쳐 쓰러지는 사람의 어깨에 매달렸노라. 저놈을 다시 제가 좋아하는 형상으로 만들어, 내 발 앞의 모래 속을 기어다니게 해다오. 저 저주받을 놈을 내 발로 짓이기리라!
— 그녀가 처음은 아니라고!— 이런 통탄할 일이! 이런 통탄할 일이 있는가! 이런 비참한 심연으로 추락한 사람이 하나가 아니라니, 인간으로서 도저히 이해할 수 없구나. 영원히 용서하시는 분의 눈앞에서 죽음의 공포에 뒤틀리며 모든 이들의 죄를 위해 비참하게 가신 분 하나로 충분하지 않단 말이냐! 한 여인의 비참한 처지만 생각해도 오장육부가 갈기갈기 찢어지는 것 같거늘, 네놈은 수천 명의 운명을 이야기하면서 태연히 히죽거린단 말이냐!

메피스토펠레스 우리는 지금 이성의 한계에 이르렀소. 당신네 인간들이 감정에 휩쓸리는 지점 말이오. 왜 선생은 끝까지 버티어 내지도 못하면서 우리하고 어울리는 게요? 왜 어지럽지 않을까 겁내면서도 위로 날려는 게요? 우리가 선생에게 치근대는 게요 아니면 선생이 우리에게 달라붙은 게요?

파우스트 그 탐욕스러운 이빨로 으르렁거리지 마라! 구역질 난다!— 자비롭게도 내게 모습을 드러냈던 위대하고 엄숙한 정령이여, 내 마음과 영혼을 잘 알면서도, 어찌 사람들의 불행을 고소해하고 그 멸망을 즐기는 이런 악당을 나한테 맺어 준단 말이냐?

메피스토펠레스 말 다했소?

파우스트 그녀를 구하라! 아니면 네놈을 가만두지 않으리라! 앞으로 두고두고 네놈한테 혹독한 저주를 퍼부으리라!

메피스토펠레스 나는 응징하는 자의 사슬을 풀 수도 없고 그 빗장을 열 수도 없소이다.— 그녀를 구하라니!— 그 여인을 파멸의 구렁텅이로 몰아넣은 사람이 누구였소? 나였소 선생이었소?

파우스트 (사나운 눈초리로 주변을 돌아본다)

메피스토펠레스 벼락이라도 찾는 게요? 당신들 가련한 인간들에게 그런 게 주어지지 않아서 참으로 다행이오! 자신에게 잘해 주는 무고한 자를 박살 내는 것은 곤경에 처한 폭군들이 분풀이하는 방식이지요.

파우스트 나를 그곳으로 데려가라! 그녀를 구해야 한다!

메피스토펠레스 선생이 위험에 처할 텐데 어떡할 셈이오? 선생의 손이 범한 살인의 피가 아직 그 도시에 묻어 있는 사실을 명심하시오. 복수의 정령들이 살해된 자의 무덤 위를 떠돌며, 살인자가 돌아오기만을 기다리고 있소.

파우스트 네 입에서 아직도 그런 말이 나오느냐? 너 같은 괴수야말로 살해당하고 죽어 나자빠져야 마땅하리라! 날 그곳으로 데려가라고 말하지 않느냐! 그녀를 구하라!

메피스토펠레스 선생을 그곳으로 데려가리다. 하지만 내가 뭘 할 수 있겠소? 이보시오! 나한테 천상과 지상의 모든 권한이 있는 줄 아시오? 내가 간수의 정신을 몽롱하게 할 테니, 선생은 열쇠를 빼앗아 사람의 손으로 그녀를 구해 내시오! 내가 망을 보리다! 그리고 마법의 말을 대기해 두었다가, 당신들 두 사람을 멀리 데려가겠소. 그 정도는 할 수 있소이다.

파우스트 자, 어서 가세!

어두운 밤, 허허벌판

파우스트와 메피스토펠레스, 흑마를 타고 맹렬한 기세로 달려온다.

파우스트 저기 교수대 주변에서 무엇들 하는 건가?

메피스토펠레스 뭘 요리하고 주물럭거리는지 난들 알겠소. 4400

파우스트 위로 올라갔다 내려갔다, 몸을 숙였다 굽혔다 하는구먼.

메피스토펠레스 마녀들 무리이지 싶소.

파우스트 뭔가를 뿌리고 공양하는 모양인데.

메피스토펠레스 그냥 지나갑시다! 어서 갑시다!

감옥

파우스트 (열쇠 꾸러미와 등불을 들고 작은 철문 앞에 서 있다)

오랫동안 잊고 지낸 두려움이 휘몰아치고 4405

인간의 비참함이 가슴을 짓누르는구나.

여기 축축한 벽 뒤에 그녀가 있다니,

그녀에게 죄가 있다면, 악의 없는 망상에 젖었을 뿐인 것을.

그녀에게 가까이 가기 망설여지는가!

그녀를 다시 보기 두려운가! 4410

가자! 너의 망설임은 그녀의 죽음을 재촉할 뿐이다.

자물쇠를 손으로 잡는다. 안에서 노랫소리 들려온다.

우리 어머니는 매춘부,

날 죽이셨네!

우리 아버지는 악당,

날 잡수셨네! 4415

어린 여동생이

내 뼈를 모아

서늘한 곳에 묻었네.

나 어여쁜 산새 되어

4420 날아가라! 멀리멀리 날아가라!

파우스트 (자물쇠를 열며)

사랑하는 사람이 밖에서 듣고 있는 줄 전혀 모르는구나.
사슬 쩔렁거리고, 지푸라기 바스락거리는 소리 들리는구나.
(안으로 들어간다)

마르가레테 (침상 위에서 몸을 숨긴다) 어쩔거나! 어쩔거나! 저들이 오는구나. 이제 잔혹한 죽음을 면할 길 없구나!

파우스트 (소리 죽여)

쉿, 조용! 조용하시오! 내가 당신을 구하러 왔소.

마르가레테 (파우스트 앞에 몸을 던지며)

4425 당신도 사람이라면, 제 처지를 헤아려 줘요.

파우스트 그렇게 소리 지르다가는 잠자는 간수들이 깨어나겠소!
(사슬을 잡고 고리를 열려고 한다)

마르가레테 (무릎을 꿇는다) 형리 양반, 누가 당신에게
날 데려갈 권한을 부여했나요!
이 한밤중에 벌써 날 데리러 오다니.
4430 제발 날 불쌍히 여겨서 살려 주세요!
내일 새벽에도 시간은 충분하지 않나요?
(몸을 일으킨다)
나 아직 이렇게 젊디젊은데!
벌써 죽어야 하다니!
나도 한때는 아름다웠어, 그것이 화근이 될 줄이야.
4435 사랑하는 이 내 곁에 있었는데, 이제 멀리 떠났구나.
화환은 갈가리 찢기고, 꽃은 산산이 흩어졌으니.
날 우악스럽게 잡지 말아요!
좀 부드럽게 대해 줘요! 내가 당신한테 뭘 잘못했나요?
내 간청을 들어주세요,
4440 우리 전에 한 번도 만난 적이 없잖아요!

파우스트 도저히 눈 뜨고는 볼 수 없구나!

마르가레테 내 목숨은 이제 당신 손에 달렸어요.
먼저 아이에게 젖을 먹이게 해주세요,
아일 밤새도록 안고 있었어요.
저들이 날 괴롭히려고 아이를 뺏어 가 놓고는 4445
내가 죽였다는 거예요.
나한테 기쁜 일은 앞으로 두 번 다시 없을 거예요.
저들이 나를 비웃는 노래를 부르고 있어요! 나쁜 사람들이에요!
이런 식으로 끝나는 옛날이야기가 있는데,
누가 그것을 설마 자신의 이야기라고 하겠어요? 4450

파우스트 (바닥에 몸을 내던진다)
이 비참한 옥살이에서 벗어나게 해주려고,
사랑하는 사람이 당신의 발치에 엎드려 있소.

마르가레테 (파우스트 옆에 무릎 꿇는다)
아, 우리 무릎 꿇고 성자들에게 간청해요.
보세요, 이 계단 아래,
문지방 아래에서 4455
지옥이 부글부글 끓고 있어요!
악마가
무시무시한 분노에 사로잡혀
굉음을 울리고 있어요!

파우스트 (큰 소리로) 그레트헨! 그레트헨! 4460

마르가레테 (귀 기울이며) 이것은 그이의 목소리야.
(벌떡 뛰어 일어난다. 쇠사슬이 떨어져 나간다)
어디 계신 걸까? 그이가 부르는 소리를 들었는데.
난 자유로워! 아무도 날 가로막지 못해.
그이의 목을 부둥켜안고
그 넓은 가슴에 매달릴 테야! 4465

그이가 그레트헨이라고 불렀어! 그이가 문지방에 서 계셨어.
지옥의 울부짖음과 굉음을 가르고,
성난 악마들이 조롱하는 소리를 꿰뚫고,
그이의 다정하고 달콤한 음성이 들려왔어.

4470 **파우스트** 나 여기 있소!

마르가레테 당신이군요! 아, 한 번 더 말해 줘요!
(파우스트를 붙잡는다)
그이가 왔어! 그이가 왔어! 모든 고통이 사라졌는가?
감옥의 두려움이 사라졌는가? 쇠사슬의 두려움도?
당신이군요! 나를 구하러 왔군요!
이제 살았구나!—
4475 내가 당신을 처음 만났던
길거리가 눈에 보여요.
그리고 마르테 아주머니하고 당신을 기다렸던
예쁜 정원도 보이고요.

파우스트 (그레트헨을 잡아끈다) 날 따라와요! 어서 날 따라와요!

마르가레테 아, 기다려요!
4480 당신 곁에 함께 있고 싶어요.
(파우스트를 어루만진다)

파우스트 서둘러요!
지금 서두르지 않으면,
큰 봉변을 당할 거요.

마르가레테 왜요? 당신은 이제 입 맞출 수 없나요?
4485 사랑하는 이여, 잠시 헤어져 있었을 뿐인데
입맞춤을 잊어버렸단 말인가요?
당신 목에 매달려 있는데, 왜 이리 내 마음이 불안한가요?
전에는 당신의 말, 당신의 눈빛에
온 천상이 내려오는 것만 같았는데.

숨 막히도록 입 맞출 수 있다면. 4490
입 맞춰 줘요!
그렇지 않으면 내가 당신에게 입 맞추겠어요!
(파우스트를 껴안는다)
어머나 이런! 당신 입술이 차가워요,
말도 없고.
당신의 사랑은 4495
어디 있나요?
누가 내 사랑을 빼앗아 갔나요?
(파우스트에게 등을 돌린다)

파우스트 어서 와요! 날 따라와요! 내 사랑, 용기를 내요!
수천 배 더 뜨겁게 당신을 안아 주겠소.
그러니 날 따라와요! 제발 부탁이오! 4500

마르가레테 (파우스트에게로 몸을 돌린다)
당신 맞아요? 정말로 당신 맞아요?

파우스트 그래, 나요! 어서 함께 갑시다!

마르가레테 당신이 내 사슬을 풀어 주고,
날 다시 품에 안아 주는군요.
어째서 당신은 날 피하지 않지요?—
사랑하는 이여, 당신이 지금 누굴 구하려는지 알고 있나요? 4505

파우스트 갑시다! 어서 갑시다! 벌써 날이 새고 있어요.

마르가레테 나는 날 낳아 주신 어머니를 죽였고,
내 아기를 물에 빠뜨려 죽였어요.
그 아기는 당신하고 내가 받은 선물이 아니던가요?
당신도 그 선물을 받았어요!— 정말 당신이군요! 믿어지지 않아요. 4510
손을 이리 줘 봐요! 꿈이 아니에요!
당신의 다정한 손!— 이런, 손이 축축하잖아요!
얼른 손을 닦아요!

피가 묻은 것 같아요.
4515 아아, 맙소사! 도대체 무슨 짓을 저질렀어요?
칼을 집어넣어요,
제발 부탁이에요!

파우스트 지난 일은 지난 일로 덮어 둡시다,
그런 말을 들으니 죽고 싶은 심정이오.

4520 **마르가레테** 아니요, 당신은 살아남아야 해요!
내가 무덤들에 대해 알려 줄 테니,
당장 내일부터
당신은 무덤들을 돌봐야 해요.
제일 좋은 명당자리에 우리 어머니를 모시고,
4525 그 바로 옆에는 오라버니를 묻으세요.
나는 조금 떨어진 곳에 묻어 주세요,
하지만 너무 멀리는 안 돼요!
아기는 내 오른쪽 가슴에 묻어 주세요.
그러고는 아무도 제 곁에 묻히면 안 돼요!
4530 당신 품에 꼭 안겨 있을 때는
정말 감미롭고 황홀했어요!
하지만 앞으로는 그런 행복을 맛볼 수 없을 거예요.
내가 당신에게 안간힘을 쓰며 다가가야 할 것 같고,
당신도 나를 밀어내는 것만 같아요.
4535 하지만 틀림없는 당신이고, 눈빛도 너무 착하고 성실해 보여요.

파우스트 틀림없는 나라는 걸 알면, 어서 갑시다!

마르가레테 저 밖으로요?

파우스트 저 밖으로.

마르가레테 저 밖에 무덤이 있다면,
죽음이 기다린다면, 그래요, 가요!
4540 여기를 나가 영원한 안식처를 향해 가겠어요.

그런 후에는 한 발자국도 움직이지 않겠어요—
당신은 이제 가야 하나요? 오, 하인리히, 나도 당신을 따라갈 수 있다면!

파우스트 당신도 함께 갈 수 있소! 원하기만 하면! 문이 열려 있소.

마르가레테 난 이곳을 떠날 수 없어요. 나한테는 아무런 희망이 없어요.
여기에서 도망친들 무슨 소용이 있겠어요? 저들이 날 붙잡으려고 기다릴 텐데요. 4545
구걸하는 것은 너무 비참해요,
게다가 양심의 가책까지 느껴 가며!
낯선 곳을 떠도는 것은 너무 비참해요,
그리고 결국 저들에게 붙잡히고 말 텐데요!

파우스트 내가 당신 곁을 지켜 주겠소. 4550

마르가레테 어서! 어서 서둘러요!
당신의 가엾은 아기를 구해 줘요.
어서 가요! 냇가를 따라서
쭉 올라가다
작은 다리를 건너 4555
숲에 이르면,
판자 울타리 왼쪽
연못 속에 있어요.
빨리 아기를 붙잡아요!
아기가 허우적거리며 4560
버둥거리고 있어요!
구해 줘요! 어서 구해 줘요!

파우스트 정신 차려요!
한 걸음만 나가면, 당신은 자유의 몸이오!

마르가레테 저 산을 넘을 수만 있다면! 4565

거기 돌 위에 우리 어머니가 앉아 계세요,
머리끝이 오싹 섬뜩해요!
거기 돌 위에 우리 어머니가 앉아 계시는데,
머리가 끄덕끄덕 흔들거려요.
4570 손짓도 고갯짓도 하지 않으세요, 머리가 너무 무거우신가 봐요.
너무 오래 주무셔서, 이제 깨어나지 않으세요.
어머니는 우리가 즐거움을 맛보도록 주무셨어요.
그땐 참 행복했는데!

파우스트 아무리 간청해도 소용없고 말해도 소용없으니,
4575 내 당신을 안고 나가겠소.

마르가레테 날 내버려 둬요! 아니, 강제로 이러는 건 싫어요!
날 난폭하게 붙잡지 말아요!
당신을 위해서라면 지금까지 뭐든 했잖아요.

파우스트 이보오! 내 사랑! 날이 밝아 오고 있소!

4580 **마르가레테** 날이 밝아 온다고요! 그래요, 날이 밝아 와요! 최후의 날이 다가오는군요!
오늘은 내 혼인날!
당신이 그레트헨을 찾아왔었다고 아무에게도 말하지 말아요.
화환이 망가져서 어쩌나!
이미 벌어진 일을 어쩌겠어요!
4585 우리는 다시 만날 거예요,
하지만 춤추는 곳에서는 아니에요.
사람들이 몰려오고 있어요, 아직 소리는 들리지 않아요.
광장에도 골목길에도
사람들이 넘쳐 나요.
4590 종이 울리고 막대기가 부러져요.[52]

52 과거에 재판관이 사형 선고문을 낭독한 후에, 목숨이 다했다는 표시로 죄인의 머리 위에서 막대기를 부러뜨렸다고 한다.

날 꽁꽁 묶어 포박하고 있어요.
벌써 교수대까지 끌려왔어요.
내 목을 향해 움찔하는 칼날을 보고
모두들 목에 섬뜩한 기운을 느끼나 봐요.
세상이 무덤처럼 적막해요! 4595

파우스트 아, 내가 차라리 이 세상에 태어나지 않았더라면 좋았을 것을!

메피스토펠레스 (문 밖에 나타난다)
어서 나오시오! 그렇지 않으면 두 사람 모두 끝장이오.
뭘 꾸물거리는 거요! 우물쭈물 말이나 늘어놓으며 망설일 때가 아니오.
말들이 부르르 떨고 있소,
동이 트고 있단 말이오. 4600

마르가레테 저기 땅속에서 뭐가 솟아났지요?
그자예요! 그자! 어서 멀리 쫓아 버려요!
저자가 왜 이 성스러운 곳에 나타났지요?
날 잡아가려나 봐요!

파우스트 당신은 살아야 하오!

마르가레테 하느님, 저를 심판해 주소서! 저를 당신 손에 맡깁니다! 4605

메피스토펠레스 (파우스트에게)
어서 오시오! 어서! 아니면 선생을 이대로 두고 갈 수밖에 없소.

마르가레테 하느님 아버지, 저는 당신의 것입니다! 저를 구해 주소서!
그대 천사들이여! 그대 성스러운 무리들이여,
절 에워싸고 지켜 주소서!
하인리히! 난 당신이 무서워요. 4610

메피스토펠레스 저 여자는 심판받았다!

목소리 (위에서) 구원받았도다!

메피스토펠레스 (파우스트에게) 날 따라오시오!

(파우스트와 함께 사라진다)

목소리 (안에서, 서서히 스러져 간다) 하인리히! 하인리히!

비극

제2부

제1막

경관이 수려한 곳

파우스트, 꽃들이 만발한 풀밭에 누워서 지친 몸으로 불안하게 잠을 청한다.

땅거미가 내려앉는다.

우아하고 작은 요정의 무리, 대기를 떠돈다.

아리엘 (풍현금에 맞추어 노래한다)

꽃들이 봄비처럼
사뿐히 흩날리고,
4615 들판의 푸릇푸릇한 축복이
모든 생명을 향해 빛을 발하면,
작은 요정들의 커다란 마음은
도움이 필요한 곳으로 서둘러 달려가리.
선한 자든 악한 자든
4620 불행한 사람들을 가엾게 여기리.

이 머리를 하늘하늘 맴돌며 에워싸라.
고매한 요정답게 여기 나타나,

격렬한 마음의 싸움을 달래 주어라.
이글거리는 혹독한 비난의 화살을 제거하여,
그의 마음을 공포에서 벗어나게 해주어라. 4625
밤의 시간을 넷으로 나누어,
당장 자애롭게 채워 주어라.
그의 머리를 먼저 서늘한 베개에 눕히고,
레테 강[1]의 이슬로 씻어 주어라.
푹 쉬면서 원기를 되찾아 아침을 맞이하면, 4630
경련으로 마비된 사지가 금방 부드러워지리라.
요정들의 더없이 아름다운 의무를 수행하라.
그에게 성스러운 빛을 돌려주어라.

합창 (한두 명 또는 여럿이 번갈아 부르거나 모두 함께 부른다)
산들바람 온아하게
푸르른 초원 뒤덮으면, 4635
달콤한 향기와 안개 베일아,
어둠을 내려뜨려라.
감미로운 평화의 노래 그윽이 속삭이며,
어린애 마음처럼 평온하게 달래 주어라.
이 지친 자에게 4640
하루의 문을 닫아라.

어느새 밤이 내려앉고,
별들이 서로 엄숙히 어우러지는구나.
커다란 불꽃, 작은 불티
가까이서 반짝이고 멀리서 빛나는구나. 4645

1 그리스 신화에 나오는 망각의 강으로, 죽은 자들의 영혼이 이 강물을 마시면 이승에서의 삶을 망각하게 된다. 여기서는 〈망각〉을 비유적으로 표현한다.

풍성하고 화려한 달빛
여기 호수 물에 반짝반짝 비치고,
저기 청명한 밤하늘에 번쩍번쩍 빛나며,
깊은 안식의 행복 더욱 굳게 하누나.

4650 시간이 흐르고,
고통과 행복 사라지누나.
미리 예감하라! 그대가 건강해질 것을.
새날의 광명을 믿으라.
골짜기들 푸르러지고 언덕들 풍성해져서,
4655 편히 쉴 수 있는 그늘 만들어 주리라.
곡식들 영글어
은빛으로 출렁이리라.

소원들 차례로 이루려거든,
저기 광명을 바라보아라!
4660 그대는 다만 조용히 에워싸여 있을 뿐,
잠은 껍질이니 벗어던져라!
많은 사람들 망설이며 방황할 때,
머뭇거리지 말고 대담하게 감행하라.
사태를 파악하고 즉각 행동에 나서는
4665 고매한 자는 모든 것 이룰 수 있노라.

엄청난 굉음이 태양이 다가옴을 알린다.

아리엘 들리느냐! 호라이[2]의 폭풍 소리 들리느냐!

2 그리스 신화에 나오는 계절의 여신.

정령의 귀에는 이미
새날 밝아 오는 소리 들리노라.
암벽의 문들 세차게 흔들리고
포이보스[3]의 바퀴들 요란하게 구르노라! 4670
햇살이 참으로 놀라운 굉음 불러오누나!
트럼펫 소리, 나팔 소리,
눈들이 깜박이고 귀들이 놀라누나.
전대미문의 어마어마한 굉음 듣지 마라.
꽃 속으로 깊이깊이 파고들어 4675
조용히 있으라,
바위 틈새로, 나뭇잎 아래로.
그 소리에 맞부딪히면 귀 멀리라.

파우스트 생명의 맥박 활기차게 고동치며,
천상의 여명을 다정히 반기는구나. 4680
대지여, 너는 지난밤에도 변함없더니,
이제 새로이 원기를 얻어 내 발치에서 숨 쉬며
기쁨으로 나를 에워싸기 시작하는구나.
최고의 존재를 향해 끊임없이 나아가라
자극하고 다그치는구나. 4685
새벽의 햇살을 받아 이미 세상이 열렸노라.
수많은 생명의 소리 숲 속에 울려 퍼지고,
안개가 골짜기마다 긴 옷자락을 드리웠노라.
그러나 하늘의 빛이 깊이 스며들자,
크고 작은 나뭇가지 싱싱한 기운을 얻어 4690
깊이 잠자던 향기로운 심연에서 고개를 내미누나.

3 태양신 아폴로의 다른 이름.

꽃잎마다 나뭇잎마다 진주 같은 이슬방울 맺혀 있는 대지로부터,
온갖 색채가 모습을 드러내누나 —
이곳이 바로 낙원이로다.

4695 머리 위를 올려다보아라! — 우뚝 솟은 거대한 산봉우리들이
더없이 장엄한 시간을 알리는구나.
저것들이 먼저 영원한 빛을 즐기고 나면,
우리에게도 그 빛이 내려앉으리라.
이제 푸르른 알프스 초원이
4700 새로운 광명을 선사받아 선명하게 빛나는구나.
빛이 한 걸음 한 걸음 서서히 내려오누나 —
태양이 자태를 드러내는구나! — 애석하게도 찌르는 듯,
벌써 눈이 부시어 고개를 돌릴 수밖에 없구나.

애타게 갈구하는 마음이
4705 지고의 소망을 향해 자신만만하게 나아가
활짝 열려 있는 성취의 문을 발견하는 경우가 바로 그러하리라.
갑자기 저 영원한 밑바닥으로부터 엄청난 불꽃이 솟구치고,
우리는 당황하여 발길을 멈추노라.
생명의 횃불에 불을 붙이려 했거늘,
4710 이 무슨 불길이, 불바다가 우리를 에워싸는가!
이글이글 우리를 휘감는 것은 사랑인가? 미움인가?
고통과 기쁨이 번갈아 가며 휘몰아치고,
우리는 다시 지상을 내려다보며
더없이 활기찬 베일 속에 몸을 숨기노라.

4715 그렇다면 태양이여, 내 등 뒤에 머물러라!
뾰족한 바위 거세게 후려치는

폭포수를 보고 있노라니, 내 마음 환희에 넘치는구나.
수천 개의 갈래로 솟구쳐서는
수만 개의 흐름으로 쏟아져 내려
허공 높이 수많은 물거품을 흩날리는구나. 4720
이 얼마나 아름다운가, 물보라에서 생겨난
오색영롱한 무지개, 때로는 붓으로 그린 듯 선명하게
때로는 저 멀리 사라지듯 아련히 어른거리며,
서늘한 소나기를 향기롭게 주변에 뿌리는구나!
무지개가 인간의 노력을 비추어 주노라. 4725
그걸 깊이 생각하면 더 분명하게 깨달으리라,
그 오색영롱한 형상에 우리의 삶이 담겨 있는 것을.

황제의 궁성. 알현실

조정대신들, 황제를 기다린다.
트럼펫 소리.

온갖 시종, 시녀들 화려한 차림으로 등장한다.
황제가 옥좌에 좌정하고, 그 오른편에는 점성술사가 자리한다.

황제 가까운 길, 먼 길 마다 않고 여기 모인
충성스러운 경들을 환영하노라 —
지혜로운 점성술사는 여기 옆에 보이는데, 4730
어릿광대는 어디 있는고?
젊은 귀족 1 폐하의 용포 자락에 바짝 붙어 쫓아오다가
계단에서 그만 고꾸라졌사옵니다.
그 뚱뚱한 놈을 밖으로 떠메고 나갔는데,

4735 죽었는지 술 취했는지는 알 길이 없습니다.

젊은 귀족 2 기이하게도 다른 놈이
날쌔게 그 자리에 밀고 들어왔사옵니다.
옷차림은 아주 호사스러우나
생긴 것이 하도 괴상해서 다들 놀라고 있는 중이옵니다.
4740 경비병이 문에서
창으로 그놈을 제지하였나이다—
바로 저기 있습니다, 저 뻔뻔스러운 바보 녀석!

메피스토펠레스 (옥좌 앞에 무릎 꿇는다)
저주받으면서도 항상 환영받는 것이 무엇이리까?
열망의 대상이면서도 항상 내쫓기는 것이 무엇이리까?
4745 언제나 보호받는 것이 무엇이리까?
혹독하게 비난받고 고발당하는 것이 무엇이리까?
폐하께서 가까이 불러서는 안 되는 자 누구이리까?
누구나 기꺼이 그 이름 듣고 싶어 하는 자 누구이리까?
이 옥좌의 계단에 다가오는 것이 무엇이리까?
4750 스스로 멀어진 것은 무엇이리까?

황제 지금 그런 말은 삼가렷다!
여기는 수수께끼를 하는 곳이 아니니라,
그것은 이 사람들의 소임이니라.—
하지만 네가 풀이 보아라! 그러면 기꺼이 들어 주마.
4755 어릿광대가 아주 멀리 떠난 것 같으니,
네가 그 뒤를 이어받아 자리를 채우라.

메피스토펠레스, 계단을 올라가 황제 왼편에 선다.

사람들 웅얼거리는 소리 새 어릿광대라고 — 새 골칫거리가 생겼구먼 —

어디서 나타난 게야? — 어떻게 여기 들어왔지? —
먼저 놈이 고꾸라졌어 — 영영 가버렸어 —
그놈은 배불뚝이 술통이었다니까 — 새 놈은 비쩍 마른 널빤 4760
지구먼 —

황제 그러니까 가까운 길, 먼 길 마다 않고 찾아온
충성스러운 경들을 반기노라!
경들은 지금 상서로운 기운을 안고서 이 자리에 모였노라,
저 위에서 우리에게 행운과 축복을 약속하느니라.
그런데 가장무도회를 열어 멋지게 변장하고서, 4765
근심 걱정에서 벗어나
신나게 즐기려는 지금,
무엇 때문에 회의 같은 것으로
사서 고생하려는지 말하라.
꼭 회의를 열어야 한다고 그대들이 말하지 않았는가. 4770
이왕지사 이렇게 모였으니, 어서 말해 보라.

재상 지고의 성덕이 후광처럼
폐하의 머리를 에워싸고 있으니,
오로지 폐하만이 그 성덕을 널리 펼칠 수 있나이다.
정의!— 그것은 누구나 사랑하고 4775
요구하고 바라는 것, 없어서는 안 되는 것이옵니다.
정의를 백성들에게 베푸는 것은 폐하의 손에 달려 있사옵니다.
그러나 아아! 온 나라 안이 열병에 걸린 듯 부글부글 끓고
악이 악을 낳는다면,
인간 정신의 오성, 선량한 마음, 4780
열성적인 노력이 무슨 소용이 있겠습니까?
이 높은 궁궐에서 넓은 나라 안을 내려다보면,
흉악한 것들이 흉악하게 설쳐 대고
불법이 합법적으로 군림하고

4785 잘못된 세상이 떵떵거리는 모양은
마치 악몽처럼 보입니다.
가축들을 약탈하고 아낙네를 빼앗고
제단의 성배와 십자가와 촛대를 훔친 자가,
털끝 하나 다치지 않고서
4790 오히려 몇 년 동안이나 그걸 떠벌리며 자랑하고 있사옵니다.
피해 입은 사람들이 앞다퉈 악행을 고발하지만
재판관은 푹신한 의자에 높이 앉아 으스대고만 있으니,
이러다가는 백성들이 폭동을 일으켜
성난 파도처럼 몰려들 것입니다.
4795 공범자들의 도움을 받아
파렴치한 행위와 악행을 일삼는 자는 큰소리치는데,
무고한 사람이 자신을 지키려 들다가는
〈유죄!〉 판결을 받기 십상이옵니다.
이렇듯 온 세상이 토막 나고
4800 온당한 것을 파괴하고 있으니,
우리를 정의로 이끌어 줄 뜻이
어떻게 펼쳐지겠사옵니까?
급기야는 선량한 사람의 마음이
아첨꾼이나 매수꾼에게 기울고,
4805 법대로 처벌하지 못하는 재판관은
범죄자와 한패가 되는 지경이옵니다.
소신이 너무 어둡게 묘사했는지도 모르오나,
모든 걸 두꺼운 장막으로 덮어 버리고 싶은 마음뿐입니다.
(잠깐 말을 멈춘다)
이제는 용단을 내리셔야 하옵니다.
4810 모두들 서로 뒤엉켜 해악을 주고받는다면,
폐하의 위엄도 잃게 될 것이옵니다.

병무대신 이 험난한 시대에 민심이 참으로 흉흉하옵니다!
모두들 틈만 나면 치고받고 싸우는 터라,
윗사람의 명령 따위는 귀에 들리지도 않는 형편입니다.
일반 시민은 성벽 뒤에서, 4815
기사는 바위로 둘러싸인 은거지에서
우리에게 맞서기로 작당하고
굳게 버티고 있사옵니다.
용병들은 조급하게 떼를 쓰며,
급료를 달라고 아우성입니다. 4820
그러다 밀린 급료를 받으면
줄행랑을 놓을 것이고,
달라는 것을 주지 않으면
벌집 쑤셔 놓은 꼴이 될 것이옵니다.
그들이 수호해야 할 나라는 4825
노략질과 약탈에 절단 났사옵니다.
지금까지 날뛰게 내버려 둔 바람에
벌써 나라의 절반이 끝장났습니다.
저기 변방에 이웃 나라의 왕들이 있사오나,
누가 우리 일에 관심을 갖겠사옵니까. 4830
재무대신 어찌 동맹국을 믿을 수 있겠사옵니까!
우리에게 약속했던 후원금이
수돗물처럼 허망하게 끊어졌나이다.
또한 폐하, 이 넓은 나라 안에서
누가 모조리 소유하고 있는지 아시옵니까? 4835
가는 곳곳마다 새로운 자가 살림을 일구어서는
간섭받지 않고 제멋대로 살려 하고 있으니,
그들이 하는 짓을 그냥 두고 볼 수밖에 없는 형편이옵니다.
이미 너무 많은 권한을 내주어서,

4840 우리에게는 권한이랄 것도 남아 있지 않습니다.
정당인지 뭔지 하는 것들도
오늘날에는 더 이상 믿을 수 없사옵니다.
제멋대로 비난하고 칭송하는 말들이
도대체 사랑인지 증오인지 알 길이 없나이다.
4845 황제당이든 교황당이든
저만 편하자고 몸 사리기 일쑤인데,
누가 이웃을 도와주겠습니까?
모두들 제 것 차리기에 급급한 마당입니다.
금고 문이 꽉꽉 닫혀 있는데도,
4850 다들 할퀴고 긁어모으는 바람에,
국고가 텅텅 비었사옵니다.
궁내부대신 소신 역시 참으로 불행한 사태에 직면해 있나이다!
날이면 날마다 허리끈을 질끈 졸라매는데도
날이면 날마다 지출이 늘어나니
4855 도무지 어찌해야 할지 모르겠사옵니다.
요리사들은 아직까지 부족한 줄 모르옵니다.
멧돼지, 사슴, 토끼, 노루,
칠면조, 닭, 거위, 오리,
현물세와 공물은
4860 아직 적잖이 들어오고 있으나
포도주가 부족합니다.
최고의 포도주 산지에서 작황 좋은 해에 생산한 술통들이
전에는 지하 창고에 그득그득 쌓여 있었으나,
높으신 분들이 한없이 마셔 대는 바람에
4865 마지막 한 방울까지 동나고 말았나이다.
시 의회의 재고품까지 동원해야 하는데도
모두들 큰 사발 작은 주발로 마셔 대고,

식탁 아래는 음식 찌꺼기가 지천으로 널려 있사옵니다.
소신이 값을 치르고 급료를 주어야 하는데,
유대인들이 사정을 봐주지 않을 것입니다. 4870
조세 수입을 담보로 그들에게 돈을 빌려 썼는데,
그것도 해마다 점점 앞당겨 까먹고 있는 형편이옵니다.
돼지들은 통통히 살 오를 겨를이 없고,
침대의 이부자리도 저당 잡혀 있고,
외상으로 빵을 식탁에 올려야 할 지경이옵니다. 4875

황제 (잠시 생각에 잠겨 있다가 메피스토펠레스에게)
이봐라, 어릿광대, 그대도 곤경이라는 것을 아느냐?

메피스토펠레스 저 말이옵니까? 전혀 모르옵니다. 저는 다만 폐하와 조정 대신들의
광휘를 우러러볼 뿐이옵니다!— 폐하께서 지엄하게 분부 내리시어
적대적인 힘들을 흩어 놓으시고,
선의의 의지가 오성의 뒷받침을 받아 4880
다양한 행동에 착수하는데,
어찌 믿음이 생기지 않겠사옵니까?
저런 훌륭한 대신들이 계시는데,
감히 무엇이 재앙이나 어둠을 몰고 오겠사옵니까?

웅얼거리는 소리 저런 불한당이 있나— 보통내기가 아닌데— 4885
거짓말로 아부하지 않는가— 얼마나 갈까—
빤하지 않은가— 무슨 꿍꿍이지—
저러다 어떻게 나올까?— 분명 무슨 속셈이 있어—

메피스토펠레스 이 세상에 뭐라도 부족하지 않은 곳이 어디 있겠사옵니까?
여기에는 이것이, 저기에는 저것이 부족하기 마련입니다. 하지만 이 나라에는 돈이 부족합니다. 4890
돈을 바닥에서 긁어모을 수는 없지만,

지혜만 있으면 깊은 곳에서 파낼 수 있사옵니다.
광맥에서, 성벽 밑에서
금화든 황금이든 캐낼 수 있습니다.
4895 누가 그걸 캐낼 수 있느냐고 물으신다면,
재능 있는 남자의 천성과 정신의 힘이라고 말씀드리겠습니다.

재상 천성과 정신— 기독교인에게는 이 말을 입에 올리지 않는 법이니라.
그런 이야기가 지극히 위험한 탓에,
무신론자들을 화형에 처하고 있노라.
4900 천성은 죄악이고, 정신은 사탄이다.
그것들은 의혹이라는
흉측한 잡종을 품고 있다.
우리에게는 어림도 없는 이야기니라!— 황제 폐하의 유서 깊은 제국에서는
오로지 두 개의 가문만이 생겨나
4905 품위 있게 옥좌를 떠받치고 있노라.
그들은 바로 성직자들과 기사들로서,
온갖 폭풍우에 맞서 싸우는
대가로 교회와 국가를 떠맡고 있느니라.
분별없는 천민 근성에서
4910 반항의 정신이 싹트는 법,
그들은 이단자들이고 마술사들이다!
그들이 나라 안 곳곳을 망가뜨리고 있거늘,
네가 감히 뻔뻔하게 장난치며
그자들을 여기 고매한 궁성으로 끌어들이려는 게냐.
4915 경들은 지금 저 타락한 소리에 귀가 솔깃하고 있소.
그들은 저 어릿광대하고 비슷한 놈들이오.

메피스토펠레스 말씀을 들어 보니, 재상께서는 참으로 학식 높

은 분이시옵니다!
너희들 손으로 더듬어 보지 않은 것은 수만 리 떨어져 있노라.
너희들 손으로 붙잡아 보지 않은 것은 아예 존재하지 않노라.
너희들이 계산하지 않은 것은 진실이 아니라고 믿노라. 4920
너희들이 달아 보지 않은 것은 무게가 없느니라.
너희들이 주조하지 않은 것은 가치 없다고 여기니라.

황제 우리의 재정적인 어려움은 그런 말로 해결되지 않느니라.
사순절 설교 같은 말로 도대체 뭘 어쩔 셈이냐?
나는 이러면 어떨까 저러면 어떨까 한없이 따지고 드는 말에는 진절머리가 나노라. 4925
돈이 부족하단 말이지, 좋다, 그러면 돈을 마련하라.

메피스토펠레스 원하시는 대로, 아니 그 이상으로 마련해 드리겠습니다.
그것은 쉬운 일이지만, 쉬운 일이 어려운 법이지요.
돈은 이미 있는데, 그것을 손에 넣기 위해서는
기술이 필요하옵니다. 누가 그 일을 할 줄 알겠사옵니까? 4930
잘 생각해 보십시오, 이방인들이 물밀듯이 밀려와
나라와 백성을 집어삼키려 했던 공포의 시대에
이런저런 사람들이 너무 놀란 나머지
귀중품을 여기저기에 숨기지 않았습니까.
옛날 막강한 로마 시대에 그랬고, 4935
그 후로도 계속, 어제까지, 아니 오늘까지도 그렇습니다.
그 모든 것들이 땅속에 고이 묻혀 있는데,
이 땅은 황제 폐하의 것이니, 폐하께서 가지셔야 하옵니다.

재무대신 어릿광대치고는 제법 말을 잘하는군.
그거야 당연히 옛날부터 내려오는 황제 폐하의 권리이지. 4940

재상 사탄이 금으로 엮은 올가미를 던지고 있소이다.
정직하고 올바른 일은 그런 식으로 이루어지지 않는 법이오.

궁내부대신 우리 궁중을 위해 재물을 마련할 수만 있다면,
나는 조금 부정한 일도 감수할 용의가 있소이다.
4945 **병무대신** 어릿광대치곤 똑똑하군. 모두에게 유익한 것을 약속하면,
그것이 어디에서 오는지 병사는 묻지 않소이다.
메피스토펠레스 만일 여러분들이 저한테 속는다고 생각되면,
여기 좋은 분이 계십니다! 점성술사에게 한번 물어보십시오!
점성술사는 모든 별들의 주기와 운행에 대해 환히 알고 있습니다.
4950 자, 하늘의 운세가 어떤지 말씀해 주시지요.
웅얼거리는 소리 두 놈 다 악당일세— 서로 잘 통하나 보네—
어릿광대하고 공상가구먼— 옥좌에 저리 가까이 있으니—
귀에 닳은 이야길세— 꾸며 낸 이야기라니까—
얼간이가 일러 주고— 지혜로운 이가 따라 말하다니—
점성술사 (메피스토펠레스가 일러 주는 대로 따라 말한다)
4955 태양 자체는 순금이고,[4]
수성은 전령인지라 은총과 보수를 받으려 애쓰노라.
금성 부인은 그대들 모두를 매혹하려
온종일 애교스러운 눈길을 보내노라.
순결한 달은 변덕스럽고,
4960 화성은 맘에 맞지 않으면 힘으로 위협하노라.
목성은 제일 아름다운 빛을 발하고,
토성은 큰데도 우리 눈에는 작고 멀어 보이노라.
그것은 값어치 없고 무겁기만 한 탓에
우리에게 높은 평가를 받지 못하노라.
4965 얼씨구! 해와 달이, 금과 은이
우아하게 어울리면, 유쾌한 세상일세.

4 옛 점성술과 연금술에서는 특정한 천체가 특정한 금속을 상징한다고 보았다. 즉 태양은 금, 수성은 수은, 금성은 구리, 달은 은, 화성은 철강, 목성은 주석, 토성은 납을 나타낸다.

나머지 손에 넣지 못할 것이 어디 있으랴.
궁궐, 정원, 젖가슴, 발그레한 뺨,
그 학식 높은 분이 이 모든 것을 성취하리라,
우리 같은 사람은 결코 해내지 못할 것을. 4970

황제 말이 이중으로 들려서
도대체 무슨 뜻인지 모르겠구나.

웅얼거리는 소리 그게 우리하고 무슨 상관이야— 닳아빠진 재담이라니까—
별자리 운세— 연금술—
벌써 여러 번 들은 소리야— 괜히 믿었다가 허탕만 쳤다고— 4975
게다가 또 누가 온다는데— 분명 사기꾼일 거야—

메피스토펠레스 여기 서 계신 분들께서는 엄청난 보물을 발견할 수 있다는 제 말에
놀라면서도 곧이듣지 않으시는군요.
어떤 이는 맨드레이크[5]가 이러쿵저러쿵,
또 어떤 이는 검은 개가 어쩌고저쩌고 떠들어 댑니다. 4980
발바닥이 정말로 근질거리고
걸음이 비틀거리면,[6]
이 사람 저 사람에게 조롱받고
마술이라고 비난받은들 어떠리요.

여러분들은 모두 영원히 지배하는 4985
자연의 비밀스러운 작용을 느끼실 겁니다.

5 예로부터 건강과 부를 가져온다고 전해지는 마법의 식물. 주로 교수대 밑에서 자라는데, 그걸 뽑는 사람은 죽음을 면하지 못하기 때문에 성 요한절 전야에 검은 개로 하여금 뽑게 하였다고 한다.

6 갑자기 발바닥이 근질거리고 가려우면, 발밑에 보물이 묻혀 있다는 민간 신앙이 전해져 내려왔다.

저 아주 깊숙한 곳으로부터
생동하는 기운이 솟아오르지요.
갑자기 사지가 움찔거리고
4990 으스스한 기분이 들면,
즉시 단호하게 땅 밑을 파보십시오.
거기 떠돌이 악사가 묻혀 있으리,[7] 보물이 묻혀 있으리!

웅얼거리는 소리 어째 내 발이 천근같이 무겁네—
팔에 경련이 이는데— 그것은 통풍(通風)일세—
4995 엄지발가락이 근질거려—
내 등이 온통 아프단 말일세—
이런 징후들로 보아 여기에
어마어마한 보물이 묻혀 있는 모양일세.

황제 냉큼 서둘러라! 너는 여기에서 빠져나가지 못하리라.
5000 네 호언장담이 사실인지 증명하고,
보물이 묻힌 곳을 즉각 우리에게 알릴지니라.
네 말이 사실이라면, 내 장검과 황홀을 내려놓고서
친히 두 손으로
일을 마무리 지으리라.
5005 만약 거짓말이라면 네놈을 당장 지옥으로 보내 버릴 것이니라!

메피스토펠레스 지옥으로 가는 길이라면 어찌 되었든 찾을 수 있겠사오나.—
임자 없이 사방에 묻혀 있는 것들을
어찌 일일이 다 알려 드릴 수 있겠소이까.
농부가 밭고랑을 갈다가
5010 땅속에서 금 항아리를 캐내고,
흙벽에서 초석을 찾으려다가

7 발이 걸려 넘어지면, 그 자리에 떠돌이 악사가 묻혀 있다는 옛말이 있다.

금화 꾸러미를 발견하고는 놀라
초라한 두 손으로 움켜쥐고서 기쁨에 들뜨는 수도 있사옵니다.
보물을 캐내려면 어떤 집이라도 폭파해야 하고,
어떤 협곡이나 광맥이라도 5015
뚫고 들어가야 하옵니다.
저승도 마다해서는 안 됩니다!
오랜 세월 보존된 널찍한 지하실에
황금 술잔과 그릇과 접시들이
줄지어 있사옵니다. 5020
루비로 만든 술잔이 있어
그것으로 한잔하고 싶은 기분이 들면,
바로 그 옆에 해묵은 술통도 있소이다.
하오나 — 이 전문가의 말을 믿으시면 —
술통의 널빤지가 이미 오래전에 썩어 버려, 5025
주석(酒石)이 술통 노릇을 대신하고 있지요.
황금과 보석만이 아니라
그런 고귀한 포도주의 진액도
어둠과 두려움에 에워싸여 있답니다.
현명한 자는 끈기 있게 찾는 법, 5030
밝은 대낮에 그런 걸 찾아내기는 시시한 장난 아니겠소이까.
신비로운 것은 어둠 속에 묻혀 있기 마련이옵니다.

황제 모든 것을 너한테 일임하겠노라! 어둠이 무슨 대수이겠느냐?
값어치 있는 것은 마땅히 캐내야 하는 법이니라.
누가 깊은 한밤중에 악당을 알아보겠는고? 5035
검은 것은 암소들이고, 잿빛은 고양이들이니라.
묵직한 황금으로 가득 찬 항아리들이 깊이 묻혀 있다면 —
쟁기질을 해서 캐내어라.

메피스토펠레스 폐하께서 곡괭이와 삽을 들고 친히 캐내십시오.

5040 농부의 일은 폐하를 위대하게 높일 것이며,
금송아지들이 줄줄이
땅속에서 솟아날 것이옵니다.
그러면 망설임 없이 기쁜 마음으로,
폐하는 물론이고 사랑하는 여인까지 그것으로 치장하시옵소서.
5045 오색영롱한 광채를 발휘하는 보석들이
아름다움과 위엄을 더욱 드높여 줄 것이옵니다.

황제 당장 시작하라, 당장! 일이 얼마나 걸릴 것 같은가?

점성술사 (앞에서처럼 메피스토펠레스의 말을 따라한다)
폐하, 잠시 고정하시고
먼저 즐거운 놀이를 맘껏 즐기시옵소서!
5050 산만한 마음으로는 목적을 달성하기 어려운 법이옵니다.
먼저 침착하게 속죄를 하고,
지상의 것을 통해 지하의 것을 얻어야 하옵니다.
좋은 것을 원하는 자는 먼저 스스로 좋은 사람이 되어야 하고,
기쁨을 원하는 자는 스스로의 혈기를 가라앉혀야 하는 법입니다.
5055 포도주를 원하는 자는 무르익은 포도송이를 짜야 하고,
기적을 바라는 자는 신앙을 굳건히 해야 하옵니다.

황제 그렇다면 어서 즐거운 시간을 보내도록 하라!
재의 수요일이 기다려지는구나.
어쨌든 카니발을 더욱 떠들썩하고
5060 유쾌하게 즐기도록 하라.
(트럼펫 소리 울리는 가운데 퇴장한다)

메피스토펠레스 업적과 행운은 서로 꼭 붙어 다니는 것을
저 바보들이 어찌 알겠는가.
저들이 현자의 돌[8]을 가지면,

8 금속을 황금으로 변화시키고 모든 질병을 치료해서, 인간에게 부와 건강을 가져다준다는 신비의 돌.

현자 없는 돌이 되리라.

별실이 딸린 넓은 홀

가장무도회를 위해 화려하게 꾸며져 있다.

의전관 지금 그대들이 사탄 춤, 어릿광대 춤, 해골 춤이 성행하는 5065
독일 국내에 있다고 생각하지 마시오.
즐거운 축제가 그대들을 기다리고 있소이다.
폐하께서는
당신 자신을 위하고 그대들을 즐겁게 하려고
험준한 알프스 넘어 로마를 오가며 5070
명랑한 나라를 얻으셨습니다.
황제께서는 교황의 발에 입 맞추시고
통치권을 자청하셨지요.
그리고 왕관을 가지러 가시면서
우리를 위해 어릿광대 모자를 가져오셨습니다. 5075
이제 우리 모두 새로 태어났으니,
누구든 처세에 능한 사람은
그 모자를 귀밑까지 편안히 눌러 쓰십시오.
모자가 얼빠진 바보처럼 보이게 하지만,
능력껏 지혜롭게 만들어 주기도 하지요. 5080
벌써 사람들이 떼 지어 모이고 이리저리 갈라지고
친밀하게 짝을 짓는 모습이 보이는군요.
사람들이 무리 지어 몰려들고 있습니다.
들어오고 나가고, 조금만 참으십시오.
예나 지금이나 5085

갖가지 익살스러운 일들이 벌어지는
세상은 하나의 커다란 바보이지요.

여자 원예사들 (만돌린에 맞추어 노래한다)
오늘 저녁 우리는 그대들에게
박수갈채를 받으려고 예쁘게 몸단장했어요.
5090 젊은 피렌체 아가씨들이
화려한 독일 궁중을 찾아왔어요.

곱슬곱슬한 밤색 머리에
어여쁜 꽃송이를 꽂았지요.
비단 실, 비단 솜이
5095 여기에 안성맞춤이지요.

이 정도면 칭송받고
칭찬받을 만하지요.
우리 손으로 화려하게 만든 꽃은
사시사철 피거든요.

5100 온갖 형형색색의 종잇조각들
맵시 있게 어울리지요.
한 조각 한 조각은 우스워 보여도
하나로 어우러지면 매혹적이랍니다.

우리 원예사 여인들
5105 사랑스럽고 우아하지요.
여인들의 천성이
예술과 아주 가깝기 때문이랍니다.

의전관 머리에 이거나
울긋불긋 팔에 끼고 뽐내는
풍성한 꽃바구니를 보여 주시오. 5110
다들 마음껏 고르시오.
정자와 오솔길에 정원이
피어나도록 어서 서두르시오!
꽃 파는 아가씨들과 꽃을
품위 있게 둘러볼 수 있다오. 5115

여자 원예사들 이 즐거운 곳에서 꽃을 사세요,
하지만 트집 잡아 깎을 생각일랑 하지 마세요!
꽃을 사시는 분들께
무슨 꽃인지 적절한 몇 마디 말로 알려 드리죠.

올리브 달린 올리브 나뭇가지 난 활짝 핀 꽃송이 시샘하지 않고, 5120
싸움일랑 언제나 피해 다니죠.
그런 건 내 천성에 맞지 않거든요.
하지만 난 대지의 정수이고,
모든 초원의 평화를 상징하는
확실한 징표이지요. 5125
나 오늘 아름다운 머리를
우아하게 장식해 주고 싶어요.

이삭으로 만든 화환 (황금빛이다)
케레스[9]의 선물로 치장하면,
어여쁘고 사랑스럽게 보이리.
무엇보다도 환영받는 유익한 이삭이 5130
아름답게 꾸며 주리.

환상의 화환 당아욱 닮은 가지각색의 꽃,

9 로마 신화에 나오는 농업의 여신.

이끼로 엮은 기적의 꽃!
자연에서 흔하지 않은 것을
5135 유행이 만들어 내지요.

환상의 꽃다발 테오프라스토스[10]도 감히
내 이름을 말하진 못할 거예요.
하지만 난 모든 이의 마음은 아니더라도,
머리에 꽂든
5140 가슴에 달려고
마음먹든
날 가지고 싶어 하는
많은 이들의 마음에 자리를 차지하고 싶어요.

장미 꽃봉오리 (도전장을 내민다)
화려한 환상의 산물들이여,
5145 나날의 유행을 위해 꽃 피어나,
자연은 결코 만들어 낼 수 없는
진기한 형상을 빚어라.
초록색 줄기, 황금빛 꽃망울을
탐스러운 곱슬머리 사이로 내밀어라! —
5150 그러나 우리는 — 살포시 숨어 있노라.
싱싱한 우리를 찾아내는 자 행복하리라.
여름이 예고되고
장미 꽃봉오리 불붙으면,
누가 이런 행복을 마다하리요?
5155 꽃 나라에선
약속하고 약속을 지키는 것이
눈빛과 감각과 마음을 동시에 지배하노라.

10 고대 그리스의 철학자, 자연 연구가.

여자 원예사들, 신록 우거진 오솔길에 상품들을 보기 좋게 펼쳐 놓는다.

남자 원예사들 (테오르베[11]에 맞추어 노래한다)
꽃들이 고이 피어나
그대들의 머리를 매혹적으로 꾸며 주는 걸 보아라.
그러나 열매들은 유혹하기 위한 것이 아니라 5160
맛보고 즐기기 위한 것이니라.

가무잡잡하게 그을린 얼굴들이
버찌, 복숭아, 탐스러운 자두를 가져왔소이다.
어서 사시오! 눈으로 보기보다는
혀와 입으로 직접 맛보아야 참맛을 알 수 있는 법. 5165

무르익은 과실들을
어서 즐겁게 맛보러 오시오!
장미꽃으로는 시를 짓고,
사과는 깨물어야 제맛이 나는 법.
우리가 그대들의 풍성한 젊음의 꽃과 5170
짝짓도록 부디 허락해 주시오.
무르익은 과일들을 탐스럽고 보기 좋게
여기 나란히 쌓아 놓으리다.
곱게 꾸민 정자 한 구석,
흥겹게 엮어 놓은 나뭇가지 아래에 5175
없는 것이 없소이다,
꽃망울, 잎사귀, 꽃, 열매.

11 이탈리아에서 유래한 저음 현악기.

여자 원예사들과 남자 원예사들이 기타와 테오르베에 맞추어 교대로 합창하며, 꽃과 과일을 보기 좋게 차곡차곡 쌓아 올린다.

어머니와 딸, 등장한다.

어머니 얘야, 네가 세상에 태어났을 때,
작은 모자로 널 예쁘게 꾸며 주었단다.
5180 네 얼굴이 얼마나 귀엽고
네 몸이 얼마나 보드라웠는지,
네가 새색시 된 모습이 눈에 선했단다.
어엿한 여인으로 자라나
부잣집 남자와 혼인하는 모습이.

5185 아! 어느새 하릴없이
세월이 흘러,
그 많던 각양각색의 구혼자들
사라지고 말았구나.
이 남자하고 날렵하게 춤추며,
5190 저 남자에게 팔꿈치로
우아하게 손짓했었는데.

그 많은 파티
전부 헛수고였고,
벌금 놀이, 수건돌리기도
5195 허사였구나.
오늘 가장무도회가 열렸으니,
얘야, 가슴을 활짝 열어라.
혹시 너 좋다 할 남자가 있을지도 모르잖니.

젊고 예쁜 딸 친구들이 몰려와, 정답게 이야기하는 소리 점점 커진다.

그물, 낚싯대, 올가미 등을 든 어부와 새잡이가 나타나, 아름다운 아가씨들과 어울린다. 서로 환심을 사고 마음을 사로잡고 뿌리치고 붙잡으려 하면서, 흥겨운 대화가 이어진다.

나무꾼들 (거칠고 사납게 등장한다)
비켜라! 비켜!
우리에게 자리를 내놓아라. 5200
우리가 나무를 베면
우지끈 쿵쾅 쓰러지리라.
우리가 나무를 짊어지고 가면
쿵쿵 부딪치리라.

우리의 명예를 위해서 5205
한 가지 똑똑히 일러 주리라.
이 나라에 막일하는
사람들 없으면,
잘난 척하는
고상한 양반네들 5210
혼자 어찌 살꼬?
잘 알아 두어라!
우리가 땀 흘리지 않으면
너희들은 얼어 죽으리라.

어릿광대들 (어설프고 어수룩해 보인다)
너희들은 구부정한 허리 안고 5215
태어난 얼간이들,

우리는 결코 짐 질 줄 모르는
똑똑이들.
이 어릿광대 모자,
5220 웃옷, 옷 조각은
얼마나 가벼운가.
우린 언제나 기분 좋게
빈둥거리며,
슬리퍼 끌고
5225 장터의 사람들 사이를
어슬렁어슬렁.
입 벌리고 구경하고,
고함지르고,
시끌벅적 붐비는
5230 사람들 사이를
뱀장어처럼 요리조리 빠져나오고,
모두 함께 깡충거리고,
신나게 날뛰네.
칭찬 들으면 어떻고
5235 나무람 들으면 어떠랴.
그게 무슨 대수랴.

식객들 (탐욕스럽게 아첨한다)
그대 늠름한 나무꾼들과
그대들의 친척
숯쟁이들이야말로
5240 사나이 대장부일세.
아무리 굽실거리고
끄덕끄덕 장단 맞추고
듣기 좋은 빈말 늘어놓고

마음에도 없이
이랬다저랬다 5245
한 입으로 두말해 보았자
무슨 소용 있으랴?
하늘에서
엄청난 불꽃이
내려와도, 5250
아궁이 가득
이글이글 타오를
장작하고
숯 더미 없으면 어쩌랴.
지글지글 볶고, 5255
보글보글 끓여라.
진짜 미식가,
어디든 사양 않고 맛있는 음식 쫓아다니는 사람은
냄새만 맡아도 옳거니 구운 고기로구나,
생선구이구나 알아채는 법. 5260
그러면 주인집 식탁에서
어찌 행동을 개시하지 않으랴.

술주정뱅이 (제정신이 아니다)

오늘은 날 건드리지 마라!
참으로 훨훨 날아갈 듯 자유롭구나.
내 직접 흥겨운 기분과 5265
즐거운 노래를 가져왔노라.
그러니 마시자! 마시자, 마셔!
잔을 부딪쳐라! 쨍그랑, 쨍그랑!
거기 뒤쪽의 당신, 이리 오시오!
잔을 부딪쳐라, 좋구나. 5270

우리 마누라 성내며 큰소리치더라.
이 근사한 옷 보고 코 찌푸리며,
내가 아무리 뽐내어도
가면 걸이 같다고 흉보더라.
5275 그래도 마시자! 마시자, 마셔!
건배! 쨍그랑, 쨍그랑!
가면 걸이들아, 잔을 부딪쳐라!
그 소리 한번 듣기 좋구나.
나더러 길 잃었다고 말하지 마라,
5280 지금 내 마음에 드는 곳에 있노라.
술집 바깥주인이 외상 주지 않으면, 안주인이 줄 것이고,
마지막에는 하녀가 주리라.
어쨌든 마시자! 마시자, 마셔!
다른 사람들도 건배! 쨍그랑, 쨍그랑!
5285 모두 함께 어울려 건배! 잘한다 잘해!
얼씨구, 그래야지.

내가 어디서 어떻게 즐기든
상관하지 마라.
내가 누워 있는 곳에 내버려 두라.
5290 더 이상 두 발로 서 있지 못할 테니까.

합창 동무들이여, 마시자! 마셔!
힘차게 건배하라, 쨍그랑, 쨍그랑!
벤치나 널빤지 위에 단단히 앉아 있으라!
식탁 아래로 구르면 끝장이리라.

의전관이 여러 시인들의 도착을 알린다. 자연 시인, 궁중 시인, 기사 시인, 감상 시인, 열정 시인. 온갖 시인들이 경쟁하며 몰려드는 바람에, 아무도 시 낭송을 하지 못한다. 한 시인이 몇 마디 읊조리며 슬그머니 지나간다.

풍자 시인 나 같은 시인이 5295
언제 정말로 기뻐하는지 아는가?
아무도 들으려 하지 않는 것을
노래하고 말할 수 있는 때이니라.

밤의 시인과 무덤 시인들이 방금 깨어난 흡혈귀들하고 마침 흥미로운 대화를 나누는 중이라 무도회에 참석할 수 없어 미안하다는 전갈을 보내온다. 그 대화를 통해 어쩌면 새로운 형식의 시가 생겨날지도 모른다는 것이다. 의전관은 거기에 반대하지 않으며, 현대적으로 변장했는데도 원래의 특성과 우아함을 잃지 않은 그리스 신화의 인물들을 불러낸다.

우미(優美)의 여신들

아글라이아 우리가 삶에 우아함을 불러낼 테니,
우아하게 베풀어라. 5300
헤게모네 우아하게 받아들여라,
소원 성취하면 흡족하리라.
에우프로시네 고요한 나날의 울타리 안에서
감사하는 마음 지극히 우아하리라.

운명의 여신들[12]

아트로포스 맏이인 내가 이번에는 5305

실을 자으라는 권유를 받았노라.
가녀린 생명의 실을 자으면서
생각할 것도 많고 헤아릴 것도 많노라.

생명의 실이 부드럽고 유연하도록
5310 극히 섬세한 아마로 골랐노라.
매끄럽고 늘씬하고 똑바르도록
능란한 손가락이 곱게 매만지리라.

흥겹게 춤추면서
지나치게 도에 넘칠 것 같으면,
5315 이 실에 한계가 있음을 기억하라.
조심하라! 끊어질지 모르노라.

클로토 가위가 이 며칠 동안
내 손에 맡겨진 걸 아는가.
우리 언니의 태도에
5320 못마땅해하는 자가 있기 때문이리.

언니는 아무짝에도 쓸모없는 실은 잡아채어
빛과 공기에 오랫동안 매달아 두고,
참으로 유익할 것 같은 희망의 실은
잘라서 무덤으로 끌고 가느니라.

5325 그러나 나도 젊다 보니

12 원래는 세 여신 가운데 막내인 클로토가 생명의 실을 잣고, 라케시스가 실을 고르고, 맏이인 아트로포스가 냉엄하게 가위로 그 실을 자른다. 여기에서 괴테는 가장무도회의 즐거운 분위기를 위해 아트로포스와 클로토의 역할을 바꿔 놓았다.

이미 많은 잘못을 저질렀노라.
오늘은 자제심 발휘하여
가위를 가위 집에 넣어 두었노라.

나 스스로를 통제하며
이곳을 다정하게 바라보노라. 5330
그러니 너희들, 이 자유로운 시간만이라도
마음껏 즐기고 또 즐겨라.

라케시스 유독 나만이 사려 깊기에
질서 유지하는 임무를 부여받았노라.
내 물레는 쉬지 않고 힘차게 돌아가지만, 5335
결코 경솔하게 서두르는 법이 없노라.

실들이 흘러나오니 실들을 감아라.
한 가닥 한 가닥을 제 길로 이끌어 주고
어느 것 하나 늘어지지 않도록 하니
뱅글뱅글 잘도 돌아가는구나. 5340

내가 어쩌다 정신을 놓으면,
세상이 어찌 될까 걱정되노라.
시간을 헤아리고 햇수를 세면
조물주가 실타래를 받아들이시리.

의전관 그대들이 아무리 고서에 정통하다 하더라도, 5345
지금 오는 이들은 누구인지 모를 것이오.
그렇듯 많은 재앙을 불러온 그들을 보고
반가운 손님이라 이를 것이오.
아무도 우리 말을 믿지 않겠지만, 그들은 복수의 여신들이오.

5350 아주 예쁘고 늘씬하고 상냥하고 젊답니다.
그들과 사귀어 보면, 그 비둘기들이
뱀처럼 물어뜯는 것을 알게 될 것이오.

심술궂은 여인들이지만, 모든 바보들이
스스로의 모자람을 자랑하는 오늘만은
5355 그들도 천사로서의 명성을 바라지 않고
도시와 시골의 골칫거리로 자처한답니다.

복수의 여신들

알렉토 그래 보았자 무슨 소용 있으리? 너희들은 결국 우리를 신뢰하게 되리라.
우리 젊고 예쁘고 애교스럽지 않느냐.
너희 가운데 하나에게 사랑하는 사람 생기면,
5360 우리 그 사람의 귀를 오랫동안 간질이리라.

그러다 그의 눈을 똑바로 보며,
그 여인이 이 남자 저 남자에게 눈짓한다고 말해 주리라.
머리는 텅 비고 등은 구부정하고 다리는 절룩거리니,
신붓감으로 아무짝에도 쓸모없다고.

5365 우리는 신붓감도 닦달할 줄 아노라.
신랑감이 몇 주일 전에 친구에게 그녀의 험담을
늘어놓았나고 말해 주리라!
그러니 화해해도, 얼마나 찜찜하겠는가.

메가이라　그 정도는 어린애 장난이지!
두 사람이 연분을 맺고 나면 내가 나설 차례. 5370
어떤 경우든 난 황홀한 행복을 변덕으로 망가뜨릴 줄 알지.
사람도 변하고, 시간도 변하기 마련인 것을.

그토록 바라던 것을 끝까지 품고 있는 사람은 아무도 없으리.
누구든 최고의 행복에 익숙해지면,
어리석게도 다른 뭔가를 더욱 열렬히 바라는 법. 5375
태양에서 멀리 달아나, 서리를 따뜻하게 덥히려는 꼴이 되리라.

나는 이런 모든 것을 능숙하게 다룰 줄 아니,
내 심복 아스모디[13]를 불러들여
적절한 시기에 불행을 뿌리게 하리라.
짝지은 인간들을 파멸로 내몰리라. 5380

테이시포네　나는 배신자에게 독설을 쏟아 내는 대신
독약을 섞고 비수를 날카롭게 갈리라.
조만간 다른 여자를 사랑하게 되면,
네 앞에 파멸의 길이 펼쳐지리라.

순간의 달콤함이 5385
부글부글 끓어오르는 분노로 변하리!
여기에는 흥정도 에누리도 없으리라—

13 구약 성서 「토비트 서」 3장 8절에 나오는 결혼을 파괴하는 악귀로 〈아스모데우스〉 또는 〈아스모데오〉라고도 불린다.

저지른 만큼 죄과를 치르리라.

용서를 노래하지 마라!
5390 내가 바위에 하소연하면,
뭐라 메아리치는지 들어 보라! 복수라 대답하노라!
여자를 바꾸는 자는 살아남지 못하리라.

의전관 부디 옆으로 비켜나 주시오!
이제 등장하는 이들은 그대들과 사뭇 다르다오.
5395 자 보시오, 산이 다가오고 있소.
보드라운 몸에 오색찬란한 양탄자 자랑스럽게 드리우고,
머리에 길쭉한 이빨과 길다란 코 달린 모습이
비밀에 싸여 있소. 하지만 내가 힌트를 주리다.
사랑스럽고 귀여운 여인이 목덜미에 앉아
5400 우아한 막대기로 그것을 요리조리 몰고 있소.
또 위쪽에 위풍당당하게 서 있는 여인은
광휘에 감싸여 있어서 눈이 부실 정도이오.
옆에는 귀부인들이 사슬에 묶여 걸어가는데,
한 여인은 불안해하고 다른 한 여인은 즐거워하는군요.
5405 한 여인은 자유로워지길 원하고, 다른 한 여인은 자유롭게 느끼는군요.
자, 각사 자신이 누구인지 정체를 밝히시오.

두려움 어스름한 횃불, 등불, 촛불이
시끌벅적한 향연을 희미하게 비치는구나.
사슬이, 아아! 이 가면들 사이에
5410 날 꽁꽁 묶어 두는구나.

저리 가라! 너희 가소롭게 웃는 자들아!

너희들이 비죽이 웃으니 의심이 이는구나.
오늘 밤,
내 모든 적들이 날 몰아세우는구나.

보아라! 한 친구가 적으로 돌아섰으니, 5415
나 이미 그 가면 쓴 얼굴을 알고 있노라.
날 살해하려 들더니,
이제 정체가 들통 나 슬그머니 내빼는구나.
아아, 어느 방향이든
세상으로 도망칠 수만 있다면. 5420
그러나 저편에서 파멸이 위협하며,
날 안개와 공포 사이에 가두는구나.

희망 반갑구나, 사랑스러운 자매들아!
너희들은 어제도 오늘도
가장무도회에 푹 빠져 있지만, 5425
나는 분명히 아노라,
너희들 내일은 가면 벗을 것을.
횃불 아래선
우리 마음 별로 편하지 않지만,
밝은 날에는 5430
완전히 우리 마음대로
때로는 여럿이서, 때로는 혼자서
아름다운 초원을 자유롭게 거닐리라.
마음 내키는 대로 쉬고 움직이고
근심 걱정 없이 살며 5435
조금도 아쉬운 것 없이 항상 노력하리라.
어디서나 환영받는 손님 되어,

자신 있게 나타나리라.
틀림없이 어딘가에서
5440 최고의 것을 발견할 수 있으리라.

지혜 인간의 가장 큰 적 두 가지,
두려움과 희망을 사슬에 묶어
사람들에게서 멀리 떼어 놓으리라.
비켜라! 너희들은 구원받았노라.

5445 보아라, 나는 산더미처럼 짐 실은
살아 있는 거대한 코끼리를 인도하노라.
코끼리가 가파른 오솔길을 한 걸음 한 걸음
끈기 있게 잘도 걷지 않는가.
저기 높은 곳에서
5450 여신이 승리를 위해
날개를 가볍게 활짝 펴고
사방을 휘휘 살펴보는구나.

광휘와 영광이 멀리 사방팔방으로
빛을 발하며 여신을 담뿍 감싸고 있구나.
5455 그 이름, 빅토리아
온갖 활동의 여신이니라.

초일로 테르시테스[14] 와아! 내가 마침 때맞추어 나타났군.
이 고약한 녀석들을 모조리 혼내 줘야지.

14 아테네의 수사학자 초일로와 호메로스의 서사시 『일리아스』의 등장인물 테르시테스를 조합하여 만들어 낸 인물. 초일로는 호메로스를 비난하고, 테르시테스는 트로이의 영웅들을 악의적으로 깎아내리려 하였다.

하지만 내 목표는 원래
저기 위의 빅토리아가 아니었던가. 5460
자신이 무슨 맹금인 양,
하얀 두 날개를 펼치고 있는 꼴이라니.
자신이 고개를 향하기만 하면
사람이든 땅덩어리든 모두 제 것인 줄 아는 모양이지.
하지만 뭔가 훌륭한 일이 이루어지면, 5465
내 분노가 부글부글 끓어오른단 말씀이야.
낮은 것은 높게, 높은 것은 낮게
삐딱한 것은 반듯하게, 반듯한 것은 삐딱하게
만들어야만 내 직성이 풀리거든.
이 세상을 기어이 그렇게 만들고야 말리라. 5470

의전관 이 못된 녀석, 여기서 네놈을 만나다니!
이 정의봉의 따끔한 맛을 보아라!
당장 온몸이 고부라지고 뒤틀어지리라!—
난쟁이 두 놈 합쳐진 형상이 순식간에
역겨운 덩어리로 뭉치는구나! 5475
— 이런 기이한 일이 있는가!— 그 덩어리가 알이 되어서는,
크게 부풀어 올라 두 동강 나는구나.
이제 두 쌍둥이 녀석이 갈라져,
한 놈은 독사가 되고 나머지 한 놈은 박쥐가 되었구나.
하나는 먼지 속을 기어다니고, 5480
다른 하나는 지붕 위로 검게 날아가는구나.
네놈들은 어서 밖에서 하나로 결합하고 싶겠지만,
내 가만히 두고 보지 않으리라.

웅얼거리는 소리 어서 가세! 저 뒤에서 벌써 춤판이 벌어졌어—
아닐세! 난 이곳을 나가려네— 5485
유령 같은 패거리가

우릴 둘러싸는 게 느껴지지 않는가?—
머리 위에서 뭔가 윙윙거리네—
난 발이 이상한데—
5490 아무도 다치진 않았어—
하지만 다들 겁먹었어—
흥이 싹 달아나 버렸잖아—
이 요괴들이 우릴 해치울 셈인가.

의전관 가장무도회의
5495 의전관 직책을 맡은 이후로,
이 흥겨운 장소에
훼방꾼이 슬며시 끼어들지 않도록
저는 성심껏 문을 지키고 있소이다.
그 무엇에도 흔들리지 않고 물러서지 않지요.
5500 그런데 지금 바람 같은 유령들이
창문으로 드나들지 않나 싶소이다.
도깨비나 마술에 대해서는
저도 어찌할 방법이 없소이다.
난쟁이가 좀 전에 의심스럽게 굴었는데,
5505 이런! 저기 뒤편에서 엄청나게 몰려오는군요.
저 형상들의 의미를
제 소임껏 펼쳐 보이고 싶지만,
저도 모르는 것을
어찌 설명할 수 있으리오.
5510 모두들 저를 좀 도와서 알려 주시오!—
저기 사람들 사이를 요리조리 뚫고 달려오는 것이 보이시오?—
화려한 마차가 네 필의 준마에 이끌려
여기저기 누비며 질주하는 모습 말이오.
하지만 사람들이 양편으로 갈라서거나

이리저리 몰리는 모습은 보이지 않소이다. 5515
마법의 등불을 밝힌 듯,
멀리에서 형형색색으로 빛나고,
오색찬란한 별들이 어지러이 반짝이고 있소이다.
준마들이 질풍 같은 기세로 씩씩거리며 질주하고 있소.
어서 비키시오! 오싹 소름이 돋군요. 5520

소년 마부 멈추어라!
준마들아, 날개를 접고
익숙한 고삐의 움직임에 맞추어,
내가 이끄는 대로 따르라.
내가 열광하는 곳으로 질주하라—
이곳에 경의를 표하자꾸나! 5525
사람들이 감탄하며 한 겹 두 겹
불어나는 모습을 둘러보아라.
의전관, 시작하시오! 우리가 이곳에서 사라지기 전에
당신 방식대로
우리를 묘사하고 우리 이름을 알려 주시오. 5530
우리는 우의(寓意)이기 때문이오,
우릴 그렇게 알아야 할 것이오.

의전관 그대를 뭐라 이름 불러야 할지 모르겠으니,
차라리 그대 모습을 묘사해 보겠소.

소년 마부 그렇담 한번 해보시오!

의전관 솔직히 인정하면, 5535
그대는 젊고 아름답소.
아직은 어린 소년이지만,
여인들은 성숙한 그대 모습을 보고 싶어 할 거요.
훗날 여인들에게 구애하는 그대 모습,
그야말로 타고난 바람둥이의 모습이 눈에 선하오. 5540

마부 소년 그럴듯하군요! 계속해 보시오.
즐거운 말로 수수께끼를 풀어 보시오.
의전관 검은 번개처럼 번득이는 눈, 흑단 같은 곱슬머리,
흥을 돋우는 보석 박힌 띠!
5545 자줏빛 단에 반짝이는 장식 달린,
참으로 단아한 의상이
어깨에서 발끝까지 흘러내리는구려!
계집아이 같다고 탓할 수도 있겠지만,
행운인지 불운인지,
5550 지금 벌써 아가씨들한테 인기를 누리겠소.
아가씨들이 그대에게 사랑의 ABC를 가르치겠소.
소년 마부 그러면 여기 마차의 옥좌에
당당하게 군림하시는 분은 어떻소?
의전관 저분은 부유하고 너그러운 왕처럼 보이오,
5555 저분의 은총을 받는 자는 복되도다!
저분은 더 이상 얻으려 애쓸 것이 없고,
혹시 부족한 곳이 없나 지금 눈빛으로 주변을 살피는구려.
순수하게 베푸는 기쁨이
재물이나 행운보다 더 숭고하리오.
5560 **소년 마부** 그것으로 그쳐선 안 되오,
저분을 아주 상세하게 묘사해야 할 것이오.
의전관 저 넘치는 위엄을 어찌 말로 묘사하리오.
달처럼 훤하고 건강한 얼굴,
두툼한 입술, 터번 장식 아래서
5565 꽃 피어나는 듯한 양 볼.
주름진 옷은 얼마나 풍성하고 편안해 보이는가!
그 기품에 대해 뭐라 말하리오?
저 통치자로서의 모습을 어디서 본 듯하오.

소년 마부 부(富)의 신 플루토스라 불리지요!
황제 폐하께서 간청하신 탓에 5570
이리 화려하게 납시었소.
의전관 그대 자신은 누구이고 어떤 사람인지 말해 보시오!
소년 마부 나는 낭비이고 시학이오.
스스로의 자산을 낭비하면서
완성되는 시인이라오. 5575
나 또한 엄청난 재물을 가지고 있어서,
플루토스에 뒤지지 않는다고 자부하지요.
그분의 춤과 향연을 멋지게 꾸미고 흥을 돋우며,
그분에게 부족한 것을 나누어 주지요.
의전관 뽐내는 것도 근사하지만, 5580
어서 그대의 재주를 보여 주시오.
소년 마부 잘 보시오, 내가 손가락 한 번만 튕겨도
마차 주변이 온통 번쩍거리며 빛을 발한다오.
저기 벌써 진주 목걸이가 튀어나오는구려!
(계속해서 손가락을 튕긴다)
황금 목걸이와 귀고리를 받아라. 5585
빗과 작은 왕관,
값진 보석 반지도 있느니라.
어딘가에 불붙일 곳이 있을 테니,
작은 불꽃도 간간히 선사하노라.
의전관 다들 보석을 줍고 잡아채려고 난리구나! 5590
보석을 나누어 주는 이의 모습이 사람들에 묻혀 버렸구나.
마치 꿈속에서처럼 손가락으로 보석들을 퉁겨 내다니,
보석을 주우려고 넓은 홀 안이 야단법석이구나.
이 무슨 새로운 속임수인가,
부지런히 쫓아가 보석을 주웠는데, 5595

허탕일세.
선물이 훨훨 날아가지 않는가.
진주 목걸이가 낱낱이 흩어지더니
딱정벌레들이 손바닥을 기어다니는구나.
5600 가련한 얼간이가 손을 털자,
딱정벌레들이 머리 위를 윙윙거리며 맴도는구나.
또 저 사람들은 좋은 물건인 줄 알고 덥석 잡았더니
고약한 나비들일세.
저 악당이 좋은 걸 주겠다고 약속해 놓고는
5605 겉만 번지르르한 것으로 속이는구나!

소년 마부 보아하니, 당신은 가면에 대해서만 잘 아는군요,
껍질 속의 본질을 캐는 것은
의전관의 소임이 아닌 모양이오.
그러기 위해서는 좀 더 날카로운 안목이 필요하오.
5610 그러나 저는 그 누구와도 불화를 빚고 싶지 않으니,
주인님, 부디 제 물음에 대답해 주십시오.
(플루토스 쪽으로 몸을 돌린다)
주인님께서 질풍 같은 사두마차를
저한테 맡기시지 않으셨습니까?
제가 주인님의 뜻을 받들어 마차를 잘 몰지 않던가요?
5615 주인님께서 가리키는 곳에 항상 무사히 이르고,
주인님을 위해서 용감하게 말을 몰아
종려나무를 가져오지 않던가요?
또한 저는 주인님을 위해 여러 번 몸 바쳐 싸워서,
번번이 승리를 거두었습니다.
5620 주인님의 머리를 장식한 월계수도
제가 두 손으로 정성껏 엮은 것이 아니던가요?

플루토스 내가 너를 위해 증언할 필요가 있다면,

기꺼이 나서서 말하겠노라. 너는 내 정신의 정신이노라.
항상 내 뜻을 따라 행동하고,
나보다 더 부유하니라. 5625
네 충성에 보답하고자,
나는 이 초록색 가지를 그 어떤 왕관보다도 소중히 여기노라.
만천하에 진실로 알리니,
이는 내 사랑하는 아들, 내 맘에 드는 아들이니라.

소년 마부 (사람들에게)
자, 보시오! 내 손이 5630
최고의 선물을 사방에 두루 뿌렸소.
이 사람 저 사람 머리 위에서
내가 뿌린 불꽃이 타오르고 있소.
불꽃이 이 사람에게서 저 사람에게로 폴짝 뛰어가고,
여기서는 타오르고 저기서는 슬쩍 도망가지요. 5635
그러나 높이 치솟아
순식간에 활활 타오르는 경우는 별로 없고,
대부분은 알아차리기 전에
슬프게도 다 타서 꺼져 버리지요.

여인들의 수다 떠는 소리 저기 사두마차 위의 인간 5640
야바위꾼이 틀림없어.
그 뒤편에 쪼그리고 있는 어릿광대 좀 봐.
얼마나 굶주리고 목말랐는지,
저런 몰골은 내 평생 처음이야.
아마 살을 꼬집어도 모를걸. 5645

비쩍 마른 남자 썩 물렀거라, 이 역겨운 여편네들아!
그래, 내가 너희들 맘에 들지 않겠지.—
우리 마누라가 살림살이에 열심이었을 때,
나는 구두쇠라 불렸지.

5650 그땐 우리 집 형편도 괜찮았다고,
들어오는 것은 있어도 나가는 것은 없었으니까!
나는 너무 지나쳐서 흉이 될 정도로
함이랑 궤를 열심히 갈고 닦았지.
그런데 요 몇 년 사이에
5655 마누라가 도통 절약을 해야 말이지.
빚을 내어 펑펑 쓰는 사람들이 흔히 그렇듯,
돈보다 욕망에 눈이 팔려 가지고설랑
사방 천지에 빚이 깔렸으니,
남자 신세 어찌 고단하지 않으리오.
5660 우려낼 수 있는 돈이란 돈은 모조리
몸에 칭칭 감고 샛서방에게 갖다 바치지 않나
볼썽사납게 쫓아다니는 남자들과 어울려
맛 좋은 음식을 먹고 술을 마셔 대지 않나.
그러니 내가 어찌 황금에 집착하지 않으리오,
5665 사내들 가운데서도 지독한 수전노가 될 수밖에.

여자들의 우두머리 용[15]이 자기들끼리 인색하게 굴든 말든,
결국엔 모든 것이 거짓이고 속임수라고!
그렇지 않아도 가뜩이나 성가시게 구는 남자들을
더 부추기려는 심사라니까.

5670 **여자들 무리** 저 허수아비 같은 인간! 저 치에게 따귀를 한 대 올려붙여라!
저런 말라깽이가 우릴 위협하겠다는 거야?
우리가 저런 몰골한테 겁먹을쏘냐?
용들이래야 나무하고 판지로 만들어졌으니,
우리 다함께 덤벼들어 저 인간을 혼내 주자!

15 예로부터 용은 보물을 수호하는 존재로 여겨졌다.

의전관 이 지팡이에 걸고 말하니! 다들 조용히 하시오! — 5675
하지만 내가 나설 필요는 없소이다.
자 보시오, 성난 괴물들이
삽시간에 홀을 차지하고서
두 쌍의 날개를 펴고 있소.
화난 용들이 불을 내뿜으며, 5680
비늘에 덮인 아가리를 흔드는구려.
사람들이 뿔뿔이 흩어지면서, 그 자리가 텅 비었소이다.
(플루토스 마차에서 내린다)

의전관 저분이 왕처럼 위풍당당하게 내려오는군요!
손짓을 하자, 용들이 꿈틀거리며
황금과 탐욕이 담긴 상자를 5685
마차에서 내리고 있소이다.
이제 상자가 플루토스의 발치에 놓여 있군요.
세상에, 이런 신비로운 일이 있다니.

플루토스 (소년 마부에게)
너는 이제 번거롭고 어려운 일에서 벗어났노라,
홀가분한 자유의 몸이니, 어서 네 영역으로 떠나라! 5690
여기는 네가 있을 곳이 아니니라! 이곳에서는 기괴한 형상들이
뒤죽박죽으로 사납게 뒤엉켜 우릴 에워싸지 않느냐.
네가 정겨운 밝음을 뚜렷이 보는 곳,
너에게 속하는 곳, 너 자신만을 믿는 곳으로 가라.
오로지 아름다운 것, 선한 것만이 마음을 흡족하게 하는 곳으로, 5695
외로움으로! — 거기에서 네 세계를 창조하라.

소년 마부 저는 주인님의 소중한 심부름꾼으로 자처하며,
주인님을 가까운 친지마냥 사랑합니다.
주인님 머무르시는 곳에는 풍성함이 넘치고,
제가 있는 곳에서는 누구나 멋진 수확을 올린다고 느끼지요. 5700

또한 주인님에게 헌신할까 아니면 저한테 헌신할까,
이 부조리한 삶에서 종종 헤매기도 하지요.
주인님을 따르는 사람들은 물론 한가로이 쉴 수 있지만,
저를 추종하는 자들은 언제나 할 일이 많습니다.
5705 저는 결코 숨어서 일하지 않는 터라,
숨만 쉬어도 금방 들통 나지요.
그러면 안녕히 계십시오! 주인님께서 저에게 행운을 베푸십니다.
하지만 주인님이 조용히 속삭이시기만 해도, 득달같이 달려오겠습니다.
(처음 등장했을 때처럼 사라진다)

플루토스 이제 보물들을 열어 볼 시간이 되었도다!
5710 내 의전관의 지팡이로 자물쇠를 치겠노라.
자물쇠가 열리는구나! 여길 보아라!
청동 솥에서 뭔가 생겨나더니, 황금빛 핏속에서
왕관, 목걸이, 반지 같은 장신구들이 부글부글 솟아나는구나.
피가 점점 부풀어 올라 장신구를 녹이며 삼키려 드는구나.

5715 **사람들 서로 외치는 소리** 저길 보아라! 오, 저길! 저리도 많다니,
상자 가득 넘치지 않는가.—
황금빛 그릇들이 녹아들고,
돈 꾸러미가 나뒹구는구나.—
금화가 방금 찍어 낸 듯 떼구르르 구르고,
5720 아, 가슴이 마구 설레는구나.—
전부 내가 탐하던 것들 아닌가!
이렇게 바닥에 굴러다니다니.—
너희들에게 주는 것이니, 어서 써먹어라.
얼른 주워서 부자가 되어라.—
5725 우리 나머지 사람들은 번개처럼 잽싸게
상자 채 집어 가자.

의전관 이런 어리석은 사람들아, 이게 무슨 짓이오? 어찌 이럴 수가?
이것은 가장무도회의 흥을 돋우는 놀이에 지나지 않거늘.
오늘 저녁에는 탐할 것이 없소이다.
정말로 그대들에게 황금과 귀중품을 준다고 믿는 게요? 5730
이 놀이의 가짜 돈조차도
그대들에게는 과분한 것을.
이런 미련한 인간들아! 어찌 번지르르한 겉만 보고
투박한 진실이라고 믿는 게요.
그대들에게 진실이란 무엇이오?— 그대들은 5735
몽롱한 망상의 옷자락 끝을 붙잡고 있소.—
변장한 플루토스, 가면 쓴 영웅이여,
이 사람들을 내 앞에서 쫓아 버리시오.

플루토스 그대의 지팡이는 바로 이런 경우를 위한 것이니,
잠시 나한테 빌려 주시오.— 5740
이 부글부글 끓는 속에 얼른 지팡이를 집어넣겠소.—
자 가면들아, 조심하라!
번개가 번득이고 폭발하며 불티가 튀어오르리라!
지팡이가 벌써 발갛게 달아올랐구나.
지나치게 가까이 밀고 들어오는 자는 5745
가차 없이 여기에 그을리리라.—
이제 한 바퀴 순찰을 돌겠노라.

서로 밀고 밀치며 외치는 소리 아이고! 이제 우리는 죽었구나!—
도망칠 수 있는 자는 얼른 도망쳐라!—
뒤편에 있는 사람, 물러나시오, 얼른 물러나!— 5750
얼굴에 뜨겁게 불티가 튀고 있소—
발갛게 달아오른 지팡이가 날 무겁게 짓누른단 말이오—

우리는 모조리 끝장이다.—
가면 쓴 무리야, 물러나라, 얼른 물러나!—
5755 어리석은 패거리야, 물러나라, 얼른 물러나!—
아, 날개라도 있다면 날아가련만.—

플루토스 사람들이 원 밖으로 멀리 밀려나고,
불에 그슬린 사람은 없는 것 같구나.
사람들이 물러나고
5760 쫓겨났도다.—
하지만 질서 유지를 위해서
보이지 않는 끈을 둘러쳐야겠구나.

의전관 참으로 근사하게 잘하셨소,
이처럼 현명하게 힘을 발휘하다니 고맙소이다!

5765 **플루토스** 아직 조금 더 인내심이 필요하오, 친구 양반.
언제 또 소동이 일어날지 알 수 없소.

탐욕 이렇듯 마음껏
이 무리를 보고 즐길 수 있다니.
뭐라도 입 벌리고 구경할 것, 먹을 것이 있으면,
5770 항상 여자들이 앞장서서 달려온다니까.
내가 아주 녹슨 것은 아니라고!
예쁜 여자는 언제나 예쁘기 마련이지.
오늘은 돈 한 푼 들지 않으니,
마음 놓고 여자들을 찾아 나서 볼거나.
5775 하지만 이렇게 북적거리는 장소에서는
무슨 말인지 도통 알아들을 수 없으니,
현명하게 굴어야겠어.
내 의사를 분명하게 몸짓으로 표현할 수 있으면 좋을 텐데.
손짓, 발짓, 행동으로는 충분하지 않고,
5780 익살이라도 떨어야 하지 않을까.

황금을 축축한 점토처럼 주물러 보자.
이 금속은 원래 모든 것으로 변화시킬 수 있거든.

의전관 비쩍 말라빠진 얼간이가 무슨 짓을 하는 게야!
저 굶주린 화상에게 유머라도 있단 말인가?
황금을 전부 주물럭주물럭 반죽하고 있지 않은가, 5785
저 녀석 손에서 황금이 물렁해졌어.
아무리 주물럭거리고 둥글게 뭉쳐도
제대로 모양이 빚어지지 않는구먼.
녀석이 여인들 쪽으로 몸을 돌리자,
보기만 해도 혐오스러운지. 5790
모두들 비명을 지르며 도망치는구나.
저 악당 녀석이 고약한 짓 벌이는 데는 선수인 게 분명해.
미풍양속을 해치면서
즐거워하는 눈치가 아닌가.
그렇다면 내 이대로 입 다물고 있을 수 없지. 5795
저 녀석을 쫓아내게 내 지팡이를 이리 주시오.

플루토스 저 녀석은 지금 우리에게 무슨 일이 닥칠지 전혀 모르고 있소.
저대로 바보짓하게 내버려 두시오!
곧 바보같이 굴고 말 것도 없을 거요.
법이 막강하지만, 그보다는 고난이 더 막강하다오. 5800

소란스러운 소리와 노랫소리 높은 산에서, 골짜기에서
사나운 무리들이 우르르 몰려오는구나,
거칠 것 없이 발걸음 내딛으며,
자신들의 위대한 판[16]을 숭상하는구나.
그러나 다들 모르는 것을 저들은 알고 있으며,[17] 5805

16 그리스 신화의 목축과 수렵의 신.
17 판의 가면 뒤에 황제가 숨어 있는 것을 말한다.

비어 있는 원 안으로 밀고 들어가노라.

플루토스 나는 너희들과 너희들의 위대한 판을 잘 알고 있노라!
너희들은 한마음으로 대담하게 발걸음을 내딛었노라.
나는 그 누구도 모르는 것을 익히 알고 있기에,
5810 응당히 이 작은 원을 여노라.
저들에게 행운이 따르기를!
더없이 불가사의한 일이 일어나리라,
그러면 저들은 앞날을 예측하지 못했기에,
어디로 발길을 향해야 할지 모르리라.

5815 **거친 노랫소리** 곱게 치장한 이들아, 외양만 번지르르한 이들아!
그들이 거칠게, 난폭하게 나타나리라.
높이 껑충 뛰고 빠르게 달리며,
우악스럽고 억세게 등장하리라.

파우누스[18]들 파우누스의 무리가
5820 흥겹게 춤추누나.
곱실거리는 머리에
떡갈나무 화환 쓰고,
우아하고 뾰족한 귀가
곱슬머리 사이로 삐져나왔도다.
5825 뭉툭한 코, 넓적한 얼굴,
그래도 여자들은 싫어하지 않는다네.
함께 춤추자고 손 내밀면,
더없이 아름다운 여인도 쉽게 거절하지 못한다네.

사티로스[19] 사티로스가 염소 발에 가냘픈 다리로

18 로마 신화의 가축과 숲의 신.

19 그리스 신화에 나오는 숲의 정령들로 술의 신 디오니소스의 시종이다. 얼굴은 사람의 모습이지만, 머리에 작은 뿔이 났으며 하반신은 염소의 모습을 하고 있다.

깡충깡충 뒤따라 나오도다. 5830
비쩍 말랐어도 힘은 세어서,
알프스 영양처럼 높은 산 위에서
주위를 둘러보며 즐거워하도다.
이제 자유롭게 숨 쉬며 원기를 얻어,
깊은 골짜기의 안개와 연기 속에서 살아가는 5835
남녀노소 모든 이들을 조롱하노라.
저들은 그것도 살아 있는 것이라고 희희낙락하다니.
높은 산 위의 방해받지 않는 순수한 세상은
오로지 사티로스만의 것이로다.

놈[20]들 여기 키 작은 무리가 총총걸음으로 등장하노라. 5840
우리는 원래 쌍쌍이 짝짓는 걸 좋아하지 않아서,
이끼 옷차림에 밝은 초롱불 들고
이리저리 뒤섞여 빠르게 움직이노라.
반짝이는 개미들처럼 우글우글,
저마다 할 일도 많구나. 5845
휙휙 분주하게 오가며,
요리조리 바쁘구나.
우린 마음씨 고운 작은 요정들의 친척이고,
암벽 째는 외과 의사로 유명하노라.
높은 산 갈라 5850
통통한 혈관의 피 짜내고,
안녕! 안녕! 기운차게 인사하며
광물들을 무더기로 파낸다네.
우리 원래 착한 사람들의 친구라
좋은 뜻에서 하는 일인데, 5855

20 Gnome. 땅 속의 보물을 지킨다고 전해지는 작은 요정.

우리가 금을 캐내면
도둑질, 오입질 생겨나고
전쟁을 궁리하는 뻔뻔한 인간의 손에
쇳덩이가 주어진다네.
5860 세 가지 계명[21]을 경멸하고
나머지 계명들까지 우습게 여기는 자 있어도
우리 책임이 아니라네.
그러니 그대들도 우리처럼 계속 참고 기다리는 수밖에.

거인들 거친 사내들이라 불리며,
5865 하르츠 산중에선 널리 알려졌노라.
본시 벌거숭이 그대로 힘이 장사요,
모두 거인으로 태어났노라.
오른손에 가문비나무 들고,
허리엔 불룩한 띠 두르고,
5870 나뭇잎과 가지로 엮은 실팍한 요포(腰布)로 몸을 가렸으니,
교황도 거느리지 못한 호위병이라.

님프[22]들의 합창 (위대한 판을 에워싼다)
이분도 오셨도다!—
세상 만물이
위대한 판을 통해
5875 나타나노라.
너희 명랑한 요정들아, 이분을 에워싸라,
하늘하늘 춤추며 이분의 주위를 맴돌아라.
근엄하고 좋은 분이시라
모두들 즐거이 지내길 바라신단다.

21 성서의 십계명 가운데 도둑질, 간음, 살인을 금하는 계명을 이른다. 이 계명들은 금이나 쇳덩이와 관련 있다.

22 그리스 신화에서 물이나 산, 나무에 산다고 알려진 요정.

푸른 창공 아래서도 5880
항상 깨어 계시는 분.
그러나 냇물들이 이분에게로 졸졸 흐르고,
산들바람이 솔솔 불어 편히 쉬시게 하노라.
이분이 한낮에 잠드시고
나뭇잎들 살랑이지 않으면, 5885
싱싱한 식물들의 상큼한 향기가
고요히 침묵에 잠긴 대기를 가득 채우노라.
님프들도 힘차게 움직이지 못하고
그 자리에서 그대로 잠드느니라.
그러나 이분의 목소리 뜻밖에도 5890
번개 치듯 파도치듯
우렁차게 울려 퍼지면,
모두들 어찌할 바를 모르느니라.
싸움터의 용맹한 군대 산산이 흩어지고,
영웅도 우왕좌왕하며 벌벌 떠노라. 5895
존중해야 마땅한 분을 존중하라,
우리를 이끄시는 분 만세!

놈들의 대표 (위대한 판에게)

번쩍이는 풍성한 금은보화가
실처럼 협곡을 뚫고 흐르니,
신묘한 마법의 지팡이만이 5900
그 미로를 알려 주리요.

동굴인들처럼
우리 어두운 동굴 속에 거처를 꾸리면,
당신께서 한낮의 청명한 바람에게
자비로이 보물을 나누어 주소서. 5905

우리가 바로 여기 지척에서
신비로운 샘 하나 찾았나이다.
쉽게 이루기 어려운 것을 주겠노라,
그 샘 흔연히 약속하였나이다.

5910 당신께서 적격이오니,
주인님이시여, 부디 이 일을 맡아 주소서.
당신 손의 보물은
온 세상에 도움이 될 것이옵니다.

플루토스 (의전관에게) 우리 고매하게 마음을 다잡고서
5915 지금 일어나는 일을 침착하게 지켜보아야 하오.
그대는 평소에 용기백배한 사람이지 않소.
이제 곧 소름 끼치는 일이 일어날진대,
세상과 후세는 완강하게 그걸 부정할 것이오.
그러니 그대가 성실하게 기록에 남겨야 하오.

의전관 (플루토스의 손에서 지팡이를 받아 든다)
5920 난쟁이들이 위대한 판을
불길 치솟는 곳으로 천천히 모셔 가는군요.
불길이 심연 깊은 곳에서 이글이글 끓어올랐다가
다시 밑바닥으로 떨어지고,
검은 아가리가 크게 벌어져 있소이다.
5925 다시 뜨겁게 부글부글 끓어오르니,
위대한 판이 흐뭇하게 서서
그 신비로운 광경을 즐기는군요.
진주 같은 거품이 이리저리 튀깁니다.
위대한 판이 어찌 저런 정경을 신뢰할까요?
5930 허리를 깊숙이 숙이고 들여다보십니다.—
이런 수염이 떨어졌군요!—

저 매끄러운 턱의 임자가 누구일까요?
우리에게 보이지 않도록 손으로 얼굴을 가리는군요.—
아이고, 이런 불상사가 벌어지다니,
불붙은 수염이 되돌아오는 바람에 5935
화환과 머리와 가슴에 불이 옮겨붙었습니다.
즐거움이 고통으로 변하다니.—
사람들이 불을 끄러 우르르 달려갔지만,
모두 함께 그만 화염에 휩싸이고 말았소이다.
아무리 이리 치고 저리 때려도, 5940
불꽃이 새록새록 기승을 부리는군요.
가면 무리가 모조리
불에 휩싸여 타고 있습니다.

귀에서 귀로, 입에서 입으로
전해지는 소리가 귀에 들리는 듯합니다! 5945
오, 영원히 불행한 밤이여,
우리에게 어찌 이런 고통을 안겨 준단 말이냐!
그 누구도 듣고 싶지 않은 소식이
내일 널리 알려지리라.
방방곡곡에서 외치는 소리가 귀에 들려오리라. 5950
〈황제 폐하께서 변을 당하셨도다〉
오, 제발 사실이 아니라면!
황제 폐하와 시종들이 불타고 있소이다.
송진 바른 가지로 몸을 묶고
큰 소리로 노래하며 날뛰도록 5955
폐하를 유혹한 자는 저주받을지니라.
이렇듯 꼼짝없이 파멸하다니.
오, 청춘이여, 청춘이여, 너는 어찌

적당히 즐거워할 줄 모른다더냐?
5960 오, 폐하, 폐하, 어찌 권력만큼
분별력을 갖추시지 않으셨나이까?

이미 숲이 화염에 휩싸였습니다.
불길이 혀를 날름거리며,
목재로 짜 맞춘 천장까지 활활 타오르고 있소이다.
5965 이곳을 온통 불바다로 만들어 버릴 기세로구나.
이런 참담한 일이 있다니,
누가 과연 우릴 구해 줄 것인가.
내일이면 황제의 찬란한 호사스러움이
하룻밤의 잿더미로 화하겠구나.

5970 **플루토스** 이만하면 충분히 뜨거운 맛을 보았을 테니,
도움의 손길을 뻗어야겠구나!—
성스러운 지팡이의 위력아, 대지가 크게 울리고
진동하도록 힘껏 내리쳐라!
광활하고 넓은 대기야,
5975 서늘한 기운으로 가득 차거라!
엷은 안개야, 비를 몰고 다니는 구름아,
이리 다가와 주변을 맴돌다가
이글거리는 불꽃을 뒤덮어라!
보슬비 내리고, 산들바람 일으키고, 구름 조각 만들어라.
5980 부풀어 올라 슬쩍 미끄러지며, 살며시 누그러뜨려라.
사방에서 불길을 눌러라.
축축한 습기로 화염을 다스리고,
공허한 불꽃의 유희를
번개로 변화시켜라!—

정령들이 우리를 해치려 들면, 5985
마법이 힘을 발휘해야 하느니라.

유원지

아침 햇살

황제와 신하들. 파우스트와 메피스토펠레스, 눈에 띄지 않게 관례에 따라 단정한 옷차림으로 무릎 꿇고 있다.

파우스트 폐하, 어리석은 불꽃놀이를 부디 용서해 주소서!
황제 (일어서라고 손짓한다)
나는 전부터 그런 장난을 무척 해보고 싶었노라.—
갑자기 불길이 뜨겁게 타오르는 곳에 있으니,
플루토[23]가 된 듯한 기분이었니라. 5990
암흑과 석탄으로 이루어진 암반이
불꽃에 휩싸여 붉게 달아오르고, 여기저기 깊은 구멍에서
수천 개의 사나운 불꽃이 소용돌이치며 솟구쳐
둥그렇게 하나로 모아져 타올랐노라.
가장 높은 지붕까지 이글거리며 타오르다가, 5995
사라지곤 하였느니라.
멀리 굽이치는 불기둥들 사이로
백성들이 길게 줄지어 움직이는 것이 보였노라.
그들은 멀리에서 몰려와,
언제나처럼 경배하였노라. 6000

23 로마 신화에 나오는 저승의 신.

궁중의 신하들도 하나둘 눈에 띄었고,
나는 수많은 샐러맨더[24]의 제후가 된 기분이었느니라.

메피스토펠레스 폐하, 그것은 사실이옵니다! 모든 원소가
폐하의 권위를 절대적인 것으로 인정하기 때문이지요.
6005 폐하께서는 이미 불의 권위를 시험해 보셨사오니,
이제 사납게 포효하는 바다에 뛰어들어 보십시오.
진주들이 깔린 바닥에 발이 닿자마자,
바닷물이 웅장하게 둥그런 원 모양으로 솟구칠 것입니다.
보랏빛 테를 두른 담녹색의 파도들이
6010 오르락내리락 일렁이며,
폐하 주변에 더없이 아름다운 궁궐을 이루는 것이 보일 것입니다.
폐하께서 발걸음 내딛으실 때마다 궁궐들이 따라오고,
궁궐의 벽들도 화살처럼 빠르게 우글우글 모여들어
이리저리 나아가는 활기를 즐길 겁니다.
6015 기이한 바다짐승들이 처음 보는 부드러운 빛을 향해 몰려들지만,
아무리 쏜살같이 달려들어도 벽을 뚫고 들어올 수는 없습니다.
황금빛 비늘에 덮인 화려한 용들이 노닐고,
폐하께서는 크게 벌린 상어의 아가리를 보고 껄껄 웃으실 것
입니다.
지금 대소 신하들이 폐하를 에워싸고 흥겹게 즐기지만,
6020 그런 북적대는 광경은 아직 못 보셨을 것입니다.
그곳에는 물론 헤어지기 어려운 사랑스러운 것들도 있지요.
호기심 많은 네레이스[25]들이 영원히 활기에 넘치는
화려한 궁궐 가까이 다가올 것입니다.
어린 네레이스들은 물고기처럼 수줍어하면서도 욕정에 넘치고,

24 불 속에서 산다고 믿어지는 불도마뱀. 이에 따라서 불의 요정도 〈샐러맨더〉라 불린다.

25 그리스 신화에서 바다의 신 네레우스의 딸들로 전부 50명이었다.

나이 든 것들은 영리하지요. 테티스[26]도 그 소식을 듣고서, 6025
제2의 펠레우스에게 손과 입을 내밀 것입니다.—
그런 후에 궁성을 올림포스로—

황제 그런 허랑한 이야기는 그만두어라.
그런 옥좌라면 언제든지 오를 수 있느니라.

메피스토펠레스 하오나 폐하! 이 지상은 벌써 폐하의 것이옵니다. 6030

황제 어떤 행운이 『천일야화』의 세계에서 이리로 곧장
그대를 데려왔단 말이냐?
그대에게 셰헤라자데[27] 못지않은 뛰어난 재주가 있다면,
내 최고의 은총 베풀 것을 약속하노라.
하루의 일과가 심히 못마땅할 때가 종종 있는데, 6035
그러면 그대를 부를 테니 항상 대기하고 있으라.

궁내부대신 (허둥지둥 등장한다)
폐하, 제 평생에 이런 커다란 행운을 아뢰게 될 줄은
미처 생각하지 못했사옵니다.
정말로 기쁘고
감격스러울 뿐입니다. 6040
부채란 부채는 모조리 해결되었으며,
고리대금업자의 발톱도 진정되었나이다.
지옥 같은 고생에서 벗어나고 보니,
천상이 따로 없는 것만 같사옵니다.

병무대신 (뒤를 이어 급히 등장한다)
병사들의 급료가 일부 지불되었고, 6045

26 네레이스들 가운데 하나였으며, 프티아의 왕 펠레우스와 결혼하여 트로이 전쟁의 영웅 아킬레우스를 낳았다.

27 『천일야화』에 등장하는 현명한 이야기꾼 여인. 1001일 밤 동안 흥미 있는 있는 이야기로 왕의 관심을 사로잡아, 복수심에 사로잡힌 왕의 마음을 풀어 주고 스스로의 목숨을 구한다.

온 군대가 새로 계약을 맺었사옵니다.
용병들이 사기충천하고,
주모와 작부들도 신나하고 있나이다.

황제 모두들 가슴 활짝 펴고 숨 쉬어라!
6050 주름진 얼굴에 화기가 도는구나!
다들 이리 서둘러 달려오다니!

재무대신 (그 자리에 나타난다)
이 일을 해낸 사람들에게 경위를 소상히 물어보십시오.

파우스트 재상께서 직접 말씀드리는 것이 좋을 듯싶사옵니다.

재상 (천천히 다가온다)
오래 살다 보니 이렇듯 기쁜 날도 있사옵니다.—
6055 모든 환란을 행복으로 바꾸어 놓은
이 운명적인 문서를 들어 보십시오.
(문서를 낭독한다) 〈알고 싶어 하는 자들을 위해 말하노니,
이 종이는 천 크로네의 가치가 있노라.
나라 안에 매장되어 있는 무진장한 보물들이
6060 그 담보가 되리라.
이제 그 풍성한 보물을 즉시 파내어서
요긴하게 사용토록 하라〉.

황제 이것은 언어도단의 파렴치한 사기극이 분명하도다.
누가 황제의 서명을 위조하였느냐?
6065 이런 범죄를 어찌 그냥 두고 보겠느냐?

재무대신 기억을 되살려 보십시오! 폐하께서 친히 서명하셨사옵니다,
바로 어젯밤에. 폐하께서 위대한 판으로 변장하신 자리에서,
재상이 소신들과 더불어 아뢰지 않았사옵니까.
〈이 흥겨운 축제를 빌어, 백성들의 행복을 위해서
6070 몇 자 적어 주시옵소서〉

그러자 폐하께서는 일필휘지 적어 주셨고, 손재주 뛰어난 사람들이
하룻밤 사이에 수천 장 복사하였지요.
만백성이 고루 혜택을 누리도록,
소신들이 즉각 거기에 도장을 찍었나이다.
십, 삼십, 오십, 백짜리가 준비되어 있사옵니다. 6075
그것이 백성들에게 얼마나 큰 도움이 되었는지, 폐하께서는 모르시옵니다.
폐하의 도시를 보십시오, 반쯤 죽어 곰팡이 피던 도시가
활기차게 살아나 흥겹게 북적거리고 있사옵니다!
폐하의 존함이 이미 오래전에 세상을 행복하게 만들었지만,
백성들이 이렇듯 폐하를 우러러보기는 처음입니다. 6080
이제 알파벳도 소용없고,
이 징표 하나로 만백성이 행복해질 것이옵니다.

황제 그렇다면 백성들이 이것을 금화로 여긴단 말이냐?
군대와 궁중에 급료를 내릴 만큼 충분하다더냐?
심히 괴이한 일이지만, 그대로 두고 볼 수밖에 없구나. 6085

궁내부대신 이 발 빠른 것들을 다시 주워 모으기는 불가능할 것이옵니다.
이것들은 번개처럼 빠르게 방방곡곡으로 흩어졌나이다.
어음을 바꿔 주는 은행들이 문을 활짝 열고,
이 종이를 금이나 은으로 교환해 주고 있습니다,
물론 할인해서지요. 6090
사람들은 이제 은행에서 푸줏간으로, 빵집으로, 선술집으로 달려가고 있습니다.
세상의 절반은 오로지 신나게 먹고 마실 궁리만 하고,
나머지 절반은 새 옷 맞춰 입을 생각에 부풀어 있사옵니다.
상점 주인들은 천을 잘라 팔고, 양복쟁이들은 바느질을 하지요.

6095 술집에서는 〈황제 만세〉라는 환호성이 들끓는 가운데,
지지고 볶고 접시 달그락거리는 소리 요란합니다.

메피스토펠레스 테라스에서 혼자 외로이 거닐다 보면,
한껏 치장하고 화려한 공작 깃으로 한 눈을 가린
아름다운 여인이 눈에 뜨입니다.
6100 빙긋이 미소 지으며 전표를 힐끗거리는데,
그 어떤 농담이나 달변을 늘어놓을 때보다도 빠르게
풍성한 사랑의 만남이 이루어지지요.
거추장스럽게 지갑이나 돈주머니를 가지고 다닐 필요 없이
그 종이쪽지를 가볍게 가슴에 품고 다닐 수 있어,
6105 사랑의 편지와도 잘 어울립니다.—
성직자도 기도서 속에 경건하게 넣고 다닐 수 있고,
병사도 허리춤이 한결 가벼워진 터라
재빠르게 몸을 놀릴 수 있사옵니다.
소신이 그런 훌륭한 업적을 사소한 일로
6110 낮추는 듯싶다면 부디 용서하시옵소서.

파우스트 엄청난 보물이 폐하의 영토 깊숙이 묻혀서
오로지 때가 오기만을 기다리며
하릴없이 나뒹굴고 있사옵니다. 제아무리 생각이 넓은 사람이라 하더라도
그 풍성함을 헤아리기에는 역부족이고,
6115 제아무리 환상의 날개를 높이 편다 하더라도
그 풍성함을 쫓아가지 못할 것이옵니다.
하오나 깊은 통찰력을 갖춘 정신은
무진장한 것에 무진장한 신뢰를 품는 법이지요.

메피스토펠레스 황금과 진주를 대신하는 이런 전표는 아주 간편한 것이어서,
6120 누구나 자신이 얼마를 지니고 있는지 금방 알 수 있사옵니다.

먼저 흥정을 하거나 교환할 필요 없이,
마음껏 사랑이나 술에 취할 수 있지요.
쇠돈이 필요하면 환전 업자가 항상 대기해 있고,
돈이 떨어지면 잠깐 땅을 파면 되지요.
술잔이나 목걸이를 경매에 부쳐, 6125
전표를 즉시 상환할 수 있습니다.
뻔뻔하게 우리를 의심하며 비웃던 이들이 부끄러워하고,
백성들은 다른 소원 없이 여기에 익숙해질 것이옵니다.
이제부터 온 나라 안에
보석, 금, 전표가 풍성하게 넘칠 것입니다. 6130

황제 우리 제국이 융성함은 모두 그대들 덕분이니,
즉시 그 업적에 대한 보답을 내리겠노라.
제국의 땅속을 그대들에게 맡기노니,
금은보화의 충실한 관리인이 되도록 하라.
그대들은 잘 보존된 풍성한 보물에 정통한 만큼, 6135
그대들 뜻에 따라 발굴하도록 하라.
이제 우리 보물의 명인으로서 힘을 합하여
즐거운 마음으로 맡은 바 과업을 완수하고,
지상의 세계와 지하의 세계를 행복하게
하나로 화합하도록 애쓰라. 6140

재무대신 우리 사이에 조금이라도 불화가 이는 일은 없을 것이옵니다.
소신은 마법사를 동료로 맞이하여 기쁠 뿐이옵니다.
(파우스트와 함께 퇴장한다)

황제 이제 궁중의 한 사람 한 사람에게 선물을 내리겠으니,
각자 그것을 어디에 쓸 것인지 말해 보라.

시동 1 (전표를 받으며)
저는 즐겁고 명랑하고 기분 좋게 살겠습니다. 6145

시동 2 (마찬가지로 전표를 받으며) 저는 즉각 사랑하는 여인을 위해 목걸이와 반지를 마련하겠사옵니다.

시종 1 (전표를 받으며)

이제부터는 곱절로 좋은 술을 마시겠사옵니다.

시종 2 (마찬가지로 전표를 받으며)

제 호주머니 속의 주사위가 벌써부터 들썩들썩하옵니다.

방기(方旗)기사 1 (신중하게)

제 성과 임야를 부채에서 해방시키겠사옵니다.

방기기사 2 (마찬가지로 신중하게)

6150 이것은 보물이니, 다른 보물들과 함께 잘 보관하겠습니다.

황제 나는 너희들이 의욕과 용기를 가지고 새로운 일을 벌이길 바랐노라.

하지만 너희들을 잘 아는 사람이라면, 그 대답을 어렵지 않게 짐작할 수 있는 것을.

이제 똑똑히 알겠노라, 금은보화가 아무리 풍성하게 넘쳐도

너희들은 조금도 달라지지 않을 것을.

어릿광대 (가까이 다가온다)

6155 폐하, 저한테도 조금 은총을 베풀어 주소서!

황제 너는 다시 태어나더라도, 모든 걸 술로 탕진해 버리리라.

어릿광대 마법의 종이! 저는 그게 뭔지 잘 모르겠사옵니다.

황제 그럴 테지, 네가 어찌 그걸 잘 사용할 수 있겠느냐.

어릿광대 저기 몇 장 떨어져 있사온데, 저걸 어찌하오리까?

6160 **황제** 받아 두어라, 네 몫이니라. (퇴장한다)

어릿광대 오천 크로네가 내 수중에 들어올 줄이야!

메피스토펠레스 두 발 달린 술고래야, 다시 살아났느냐?

어릿광대 다시 살아나는 것이야 종종 있는 일이지만, 이렇게 기분 좋기는 생전 처음이오.

메피스토펠레스 너무 좋아서 땀까지 뻘뻘 흘리는구나.

어릿광대 이것 좀 보시오, 이것이 정말 돈 가치가 있단 말이오? 6165

메피스토펠레스 네놈의 목구멍하고 배때기가 원하는 것을 사 먹으란 말이다.

어릿광대 그렇담 이것으로 전답하고 집, 가축도 살 수 있단 말이오?

메피스토펠레스 물론이고말고! 그것만 내밀어라, 뭐든 손에 넣을 수 있을 거다.

어릿광대 그럼 숲과 사냥터, 냇물이 딸린 성도 살 수 있단 말이오?

메피스토펠레스 내 말 믿으라니까.

건실한 영주가 된 자네 모습을 보고 싶구먼! 6170

어릿광대 오늘 저녁에 내 영지에서 흔들흔들 걸어야지! —

(퇴장한다)

메피스토펠레스 (혼자서)

저래도 어릿광대에게 분별력이 없다고 할 것인가?

어두운 회랑

파우스트와 메피스토펠레스

메피스토펠레스 어째서 이 어두침침한 회랑으로 날 잡아끈단 말이오?

저 안의 즐거움으로는 충분하지 않소?

온갖 사람들이 모여 북적거리는 곳에서 6175

장난치고 사기 칠 기회가 부족하단 말이오?

파우스트 그런 말 하지 말게,

자네도 빤히 사정을 알지 않은가.

내 말을 들어주지 않으려고

지금 요리조리 피하고 있잖은가. 6180

하지만 궁내부대신하고 시종이 몰아세우는 바람에,
내가 곤란한 입장에 있단 말일세.
황제가 지금 당장 헬레나하고 파리스를 두 눈으로 봐야 한다고
우겨 대니 어쩌겠는가.
6185 모든 남자들과 여자들의 이상형을
직접 눈으로 보겠다는 것일세.
어서 좀 손을 쓰게나! 이제 와서 어떻게 약속을 깬단 말인가.

메피스토펠레스 그런 경솔한 약속을 하다니 정신 나갔구먼.

파우스트 이보게 친구, 자네도 그런 잔재주가
6190 결국 어디에 이를지 생각 못 했을 걸세.
먼저 부자로 만들어 주니까
이젠 즐겁게 해달라고 성화일세.

메피스토펠레스 선생은 그런 일이 당장 일어날 수 있다고 착각하는 모양인데,
그것은 아주 힘든 일이오.
6195 미지의 영역에 자칫 잘못 끼어들다가는
결국 무모하게 새로운 짐만을 지게 될 뿐이오.
도깨비 전표처럼 쉽게
헬레나를 불러올 수 있다고 생각하다니—
마녀 장난이나 유령 놀이,
6200 혹 달린 난쟁이라면 즉각 대령할 것이오.
하지만 아무리 나무랄 구석이 없다 할지라도 사탄의 애인을
그 절세미인 대신 내세울 수는 없지 않겠소.

파우스트 또 잔소리인가!
자네하고 이야기하다 보면 항상 끝이 애매해진단 말일세.
6205 자네는 온갖 훼방 놓는 데 선수면서,
어찌 일을 처리할 때마다 번번이 새로운 대가를 요구하는가.
몇 마디 웅얼거리면 일이 착 해결될 것을.

내가 잠시 주변을 둘러보는 사이 그녀를 대령하게나.
메피스토펠레스 이교도들은 내 관할이 아니오.
그들은 자신들만의 지옥에 살고 있소. 6210
하지만 방법이 하나 있기는 하오.
파우스트 그게 뭔지 어서 말하게!
메피스토펠레스 고매한 비밀을 밝히고 싶진 않지만 할 수 없소이다.
여신들은 숭고하게 고독 속에 군림하고 있소.
그들 주변에 시간은 말할 것도 없고 공간도 없소이다.
그들에 대해 말한다는 것 자체가 당혹스러운 일이오. 6215
그들은 〈어머니들〉이오!
파우스트 (깜짝 놀란다) 어머니들!
메피스토펠레스 뭐 그리 자지러지게 놀라는 게요?
파우스트 어머니들! 어머니들! ― 참 기이하게 들리는구나!
메피스토펠레스 그건 사실이오. 여신들, 그들은 당신네 인간들 에게는
알려지지 않았고, 우리들은 입에 올리기 꺼려한다오.
땅속 깊이 뚫고 내려가야 그들의 거처에 이를 수 있소. 6220
우리가 그들을 필요로 하다니, 순전히 선생의 잘못이오.
파우스트 어느 길로 가야 하는가?
메피스토펠레스 길은 없소이다! 지금까지 그 누구의 발길도 닿지 않았고,
닿을 수도 없는 곳. 그 누구에게도 허락되지 않았고
허락될 수도 없는 곳. 그래도 가겠소? ―
열어야 할 자물쇠도 없고 빗장도 없이, 6225
외로움에 휩싸여 있소.
삭막함이나 외로움이 뭔지 아오?
파우스트 그런 쓸데없는 말은 할 필요 없네.
마녀들의 부엌이나,

6230 오래전에 잊힌 시대의 냄새가 나는구먼.
나 예전에 세상과 교류하며,
공허함을 배우고 공허함을 가르치지 않았더냐?—
내가 꿰뚫어 본 것에 대해 이성적으로 말하면,
반대의 소리가 곱절로 크게 울려 퍼지지 않았던가.
6235 심지어는 성가신 세상사를 피해서
외로움이나, 황야로 피신하였고,
결국에는 세상에서 완전히 잊힌 채 혼자 살기 싫어서
사탄에게 날 맡기지 않았는가.

메피스토펠레스 선생이 만일 끝없이 펼쳐지는
6240 망망대해를 헤엄친다면,
비록 물에 빠져 죽지 않을까 두려워하면서도
계속 밀려오는 파도를 볼 것이오.
아무튼 뭔가를 볼 것이오. 잔잔한
초록빛 물속을 떠다니는 돌고래를 보고
6245 흘러가는 구름과 해와 달과 별을 볼 것이오—
그러나 그 영원히 공허한 이역만리에서는 그 무엇도 보지 못할 것이오.
선생 자신의 걸음 소리도 듣지 못하고,
몸을 누이고 쉴 수 있는 단단한 것도 발견하지 못할 것이오.

파우스트 새로 입교한 독실한 신자들을 속이는
6250 밀교(密敎)의 수석 사제처럼 이야기하는군.
아니 그 반대일세. 자네는 날 공허함으로 보내어,
내 기교와 힘을 증진시킬 속셈일세.
뜨거운 불 속에서 고양이처럼
알밤을 꺼내 오게 하려는 심사 아닌가.
6255 어서 시작하게나! 우리 한번 깊이 파고들어 보세,
자네의 무(無) 속에서 만유를 발견해 보려네.

메피스토펠레스 우리가 헤어지기 전에, 선생을 칭송하지 않을 수 없소이다.
선생은 사탄에 대해 잘 알고 있소.
이 열쇠를 받으시오.

파우스트 고것 참 작구먼!

메피스토펠레스 그것을 손에 꼭 쥐시오, 절대로 그 열쇠를 얕보아서는 안 되오. 6260

파우스트 손바닥에서 열쇠가 점점 커지지 않는가! 빛이 번쩍이고 번개가 일지 않는가!

메피스토펠레스 그게 어떤 물건인지 이제 알겠소?
열쇠가 그곳을 정확하게 찾아낼 테니,
그것을 잘 쫓아가시오. 그러면 어머니들에게로 데려다 줄 거요.

파우스트 (전율한다) 어머니들에게로! 이 말을 들을 때마다 크게 한 대 얻어맞는 기분일세! 6265
어째서 이 말을 듣고 싶지 않을까?

메피스토펠레스 설마 편협하게도 새로운 말이 귀에 거슬리는 것은 아니겠지요?
이미 들었던 말만을 듣겠다는 게요?
앞으로 무슨 말이 어떻게 들리든 개의치 마시오,
기이한 일들에 벌써 익숙해지지 않았소. 6270

파우스트 나는 행복을 경직된 것에서 찾지 않네.
전율은 인류에게 주어진 최고의 것일세.
세상이 전율의 감정을 자주 베풀지 않을지라도,
인간은 감동해야만 엄청난 것을 깊이 느끼는 법일세.

메피스토펠레스 그러면 밑으로 내려가시오! 아니 위로 올라가라고 말할 수도 있을 거요. 6275
어느 쪽이든 매한가지요. 이미 생성된 것에서 벗어나,
형상에 얽매이지 않는 절대적인 영역으로 가시오!

오래전부터 더 이상 존재하지 않는 것을 즐기시오.
북적거리는 움직임이 구름처럼 휘감거든,
6280 열쇠를 흔들어 쫓아 버리시오!

파우스트 (열광하여)
좋아! 열쇠를 꼭 쥐니 새로운 힘이 솟아나는구나.
가슴을 활짝 펴고 대 작업을 개시해 볼거나.

메피스토펠레스 붉게 달아오른 삼발이가 마침내
깊은, 가장 깊은 바닥에 이르렀음을 알려 줄 거요.
6285 되는 대로 앉아 있거나 서 있거나 걸음을 옮기는
어머니들의 모습이 삼발이 불빛에 보일 거요.
형성, 변형,
영원한 의미의 영원한 유희.
그들은 온갖 피조물들의 영상에 둘러싸여서,
6290 선생을 보지 못할 거요, 오로지 그림자들만을 볼 수 있기 때문이오.
아주 위험한 일이니, 마음 단단히 먹고
그대로 삼발이를 향해 돌진하시오,
삼발이에 열쇠를 대시오!

파우스트 (열쇠를 들고서 단호하게 위압적인 태도를 취한다)

메피스토펠레스 (파우스트를 유심히 바라본다) 그만하면 됐소!
열쇠가 선생의 뜻을 좇아 성실한 충복이 될 거요.
6295 침착하게 내려가시오, 행운이 선생을 드높여 줄 테니
어머니들이 알아차리기 전에 삼발이를 들고 돌아오시오.
삼발이를 일단 이곳으로 가져와서,
남녀 주인공을 암흑으로부터 불러내는 게요.
선생이 그 일을 감행하는 최초의 인간이며,
6300 일단 시도하면 이루어질 거요.
그런 후에는 마법적인 조작에 의해
자욱한 향불 연기가 신들로 변할 것이오.

파우스트 그럼, 이제 어떻게 하지?

메피스토펠레스 밑으로 내려가려고 애쓰시오.

발을 구르며 내려가고, 다시 발을 구르며 올라오시오.

파우스트 (발을 구르며 아래로 가라앉는다)

메피스토펠레스 열쇠가 제대로 도와주어야 할 텐데! 6305

과연 살아 돌아올지 궁금하구먼.

밝게 불 밝힌 홀들

황제와 제후들, 이리저리 움직이는 신하들이 보인다.

시종 (메피스토펠레스에게) 그대들은 우리에게 유령들을 보여 주겠다는 약속을 아직 지키지 않았소.

어서 일을 시작하시오! 폐하께서 채근하신단 말이오.

궁내부대신 황제 폐하께서 방금 또 하문하셨소.

감히 이리 시간을 끌다니, 지금 폐하를 욕보이려는 거요. 6310

메피스토펠레스 그래서 내 친구가 길을 떠나지 않았겠소.

뭘 어찌해야 좋을지 잘 아는 사람이라서,

지금 조용히 틀어박혀 실험하는 중이오.

이번 일은 유난히 정신을 집중해야 하오.

그 보물 같은 아름다움을 불러내는 데는, 6315

최고의 기술, 현자의 마법이 필요하기 때문이오.

궁내부대신 어떤 기술이 필요하든 말든 우리는 상관없소.

황제께서는 어서 일이 성사되기만을 바라실 뿐이오.

금발 머리 여인 (메피스토펠레스에게)

나리, 한 말씀만 해주세요! 제 얼굴이 지금은 이리 깨끗하지만,

여름만 되면 너무 고역이랍니다! 6320

거뭇거뭇한 붉은 반점이 수없이 돋아나서,
괴롭게도 뽀얀 피부를 온통 뒤덮어 버린다니까요.
제발 무슨 방도를 알려 주세요!

메피스토펠레스 안됐군요! 이처럼 반짝반짝 빛나는 예쁜 얼굴이
5월이면 살쾡이처럼 얼룩덜룩해지다니.
6325 개구리 알하고 두꺼비 혀의 즙을 진하게 내어
환한 보름밤에 조심스럽게 증류해서는,
달이 기울면 얼굴에 정결하게 바르시오.
봄이 와도 더 이상 반점이 생기지 않을 거요.

갈색 머리 여인 사람들이 나리에게 아첨하려고 몰려들고 있어요.
6330 제발 무슨 방법을 알려 주세요! 발이 동상에 걸려,
걷기도 힘들고 춤추기도 힘들어요.
인사할 때도 몸을 제대로 놀릴 수 없다니까요.

메피스토펠레스 실례지만 내 발로 한 번 밟아 드리겠소.

갈색 머리 여인 하지만 그것은 연인들 사이에서나 있는 일인데요.

6335 **메피스토펠레스** 아가씨! 내가 발로 밟는 데에는 중요한 의미가 있어요.
무슨 병이든, 눈에는 눈, 이에는 이로 치료하는 법이오.
그러니까 발이 발을 낫게 한단 말이오, 신체 어디든 마찬가지요.
이리 가까이 오시오! 조심하시오! 그렇다고 아가씨가 내 발을 밟아 응답할 필요까진 없소이다.

갈색 머리 여인 (비명을 지른다)
아야! 아야! 너무 아파요! 단단한 말발굽에
밟힌 것 같아요.

6340 **메피스토펠레스** 다 나았으니 돌아가시오.
지금부터는 마음껏 춤출 수 있고,
맛 좋은 음식을 먹으며 식탁 아래서 애인하고 발 장난 칠 수도 있소.

귀부인 (사람들을 밀치며 다가온다)

좀 비켜줘요! 내 마음이 너무 아파요.
가슴속 깊은 곳에서 부글부글 끓는 것만 같아요.
그 사람이 어제까지만 해도 내 눈빛에서 행복을 찾았는데, 6345
오늘은 나한테 등 돌리고 다른 여자하고 시시덕거리고 있어요.

메피스토펠레스 심각하군, 하지만 내 말 잘 들어요.
그 사람한테 살며시 다가가서,
옷소매나 외투, 어깨, 되는 대로 아무 데나
이 숯으로 줄을 그으시오. 6350
그 사람의 마음속에서 부인을 향해 다정하게 후회하는 마음이 솟구칠 거요.
하지만 부인께서는 이 숯을 즉각 삼켜야 하오,
포도주나 물을 절대로 입에 대어서는 안 되오.
그 사람이 오늘 밤 당장 부인의 집 앞에서 한숨지을 거요.

귀부인 혹시 독약이 아닌가요? 6355

메피스토펠레스 (화를 내며) 존경할 것은 존경하시오!
이런 숯을 어디 쉽게 구할 수 있는지 아시오.
우리가 유독 열심히 불붙인
화형장에서 나온 거란 말이오.

시동 저는 사랑에 빠졌는데, 그 아가씨가 절 거들떠보지도 않아요.

메피스토펠레스 (혼잣말로)
도대체 귀를 어디로 향해야 할지 모르겠군. 6360
(시동에게) 나이 어린 아가씨에게 행운을 걸지 마시오.
나이 지긋한 여자들이 그대를 높이 살 것이오—
(또다시 사람들이 우르르 밀고 들어온다)
이런, 또 사람들이 밀려오는구나! 이게 무슨 생고생이람!
최후의 수단으로 진실의 힘을 빌리는 수밖에 없겠구나.
조잡한 미봉책이지만, 이런 궁지에서 어쩌겠는가— 6365

오, 어머니들이여, 어머니들이여! 파우스트를 놓아주소서!
(주위를 둘러본다)
홀의 등불들이 벌써 희미하게 타오르고,
온 궁중이 갑자기 바삐 움직이는구나.
사람들이 예의 바르게 차례대로
6370 긴 복도와 멀리 회랑을 지나는 것이 보이잖은가.
자! 이제 널찍하고 유서 깊은 연회장으로 모이는구나.
전부 들어가긴 어렵겠는걸.
넓은 벽에는 양탄자가 화려하게 걸려 있고,
구석구석마다 갑옷과 투구로 장식되어 있구먼.
6375 이런 곳에서는 따로 주문을 외울 필요 없이
유령들이 제 발로 나타나겠어.

연회장

불빛이 어스름하게 비친다.
황제와 신하들 입실해 있다.

의전관 구경거리를 알리는 제 오랜 소임이
유령들의 비밀스러운 출현으로 커다란 난관에 봉착하였습니다.
이성이 혼란스러운 과정을 설명해 보려고 시도하지만,
6380 충분히 이해할 수 있듯이 아무런 성과가 없군요.
안락의자와 의자들이 이미 준비되어 있고,
황제께서 방금 벽 앞에 좌정하셨습니다.
양탄자에 그려진 위대한 시대의 전투 광경을
편안하게 감상하실 수 있을 겁니다.
6385 이제 황제 폐하와 조신들 모두 둥글게 앉아 있고,

뒤편으로 긴 의자들이 빽빽이 몰려 있군요.
유령들이 출몰하는 음산한 시간에
연인들도 나란히 정겹게 앉아 있습니다.
모두들 적당히 자리를 잡고,
만반의 준비가 끝났습니다. 유령들아, 어서 나타나거라! 6390
(나팔 소리 울려 퍼진다)

점성술사 곧 연극을 시작하라.
황제 폐하의 분부시니라, 벽들아 열려라!
이제 더 이상 거칠 것 없이 마법이 대기하고 있노라.
양탄자들이 불길에 휩싸인 듯 사라지고,
성벽들이 갈라져서 돌아서노라. 6395
저 아래 무대가 세워지고,
빛이 우리를 비밀스럽게 비추는 것 같도다.
내가 무대 앞쪽에 올라서리라.

메피스토펠레스 (프롬프터 박스 안에서 모습을 드러낸다)
여기에서 만인의 총애를 받을 수 있을걸,
사탄의 화술은 원래 넌지시 속삭이는 데 있으니까. 6400
(점성술사에게)
네놈은 별들의 운행 주기에 대해 잘 아니,
내가 속삭이는 말을 능숙하게 알아들을 거다.

점성술사 고대의 육중한 신전이 불가사의한 힘을 빌어,
여기에 모습을 드러내노라.
옛날에 하늘을 떼서 메던 아틀라스[28]처럼 6405
기둥들이 줄줄이 늘어서 있구나.
기둥 두 개가 커다란 건물 한 채를 지탱할 정도이니,
전부 합하면 바위산도 받칠 수 있지 않겠는가.

28 그리스 신화에서 올림포스 신들에게 반항한 죄로 하늘을 떠받치는 벌을 받은 거인.

건축가 저것이 고대 양식이란 말이지요! 뭐라고 칭찬해야 할지 모르겠군요,

6410 지나치게 육중하고 투박하다고 해야 하지 않을까요.
거친 것을 고상하고, 어설픈 것을 위대하다고 하다니,
나는 위로 한없이 늘씬하게 뻗어 나는 기둥을 사랑하지요.
뾰족한 아치형 천장은 정신을 높이 고양시키고,
그런 건물은 우리를 무엇보다도 교화시키지요.

6415 **점성술사** 별들이 허락한 시간을 경외하는 마음으로 받아들이라.
이성의 손발은 마법적인 말로 묶인 반면에,
근사하고 무모한 환상이
자유롭게 저 멀리 움직이누나.
그대들이 대담하게 탐하는 것을 눈으로 직시하라.

6420 그것이 불가능하기에, 더욱 믿을 만한 가치가 있느니라.

파우스트, 무대의 다른 편 앞에서 위로 떠오른다.

점성술사 사제복을 입고 화환을 두른 신통력의 소유자가
스스로 대담하게 시작한 일을 이제 완성하리라.
그와 함께 삼발이가 깊은 구멍 속에서 위로 떠오르니,
향불의 향기가 코끝을 스치는 듯하노라.

6425 고매한 업적에 축복 내릴 준비 갖추었으니,
앞으로는 오로지 행복한 일만이 일어나리라.

파우스트 (장엄하게) 무한한 곳에 군림하는 어머니들이여,
함께 모여 지내면서도 영원히 외로운
당신들의 이름으로 행하나이다.

6430 삶의 형상들이 생명 없으면서도 활기차게 당신들의 머리를 에워싸고,
한때 온갖 빛과 허상으로 존재했던 것이

영원히 존재하고 싶어 당신들 곁에서 움직이나이다.
전능한 힘들아, 너희들이 그것을
낮의 하늘과 밤의 지붕으로 나누어 주는구나.
생명의 다정한 흐름이 한 편을 붙잡고, 6435
대담한 마술사가 다른 한 편을 잡으려 드는구나.
마술사는 누구나 바라는 것
경이로운 것을 아낌없이 자신 있게 보여 주노라.

점성술사 뜨겁게 달아오른 열쇠가 삼발이 향로에 닿자마자,
자욱한 안개가 금세 방 안을 뒤덮는구나. 6440
안개가 스물스물 피어올라 구름처럼 움직이며,
넓게 퍼지고, 둥글게 뭉치고, 서로 교차하고, 갈라지고, 짝을
짓는구나.
이제 유령들의 걸작을 알아보겠느냐!
그들이 움직이면서 음악을 만들어 내는구나.
공허한 소리에서 뭔지 모를 것이 샘솟고, 6445
그들이 움직이면 모든 것이 멜로디가 되누나.
기둥의 몸체도 소리를 내고 세 겹의 줄무늬도 소리를 내는 것이
온 신전이 노래하는 것만 같도다.
자욱한 안개 가라앉으니, 아름다운 젊은이가
엷은 베일을 가르고 박자에 맞추어 걸어 나오누나. 6450
그의 이름 새삼 말할 필요 없으니, 여기에서 내 임무가 끝나는구나.
사랑스러운 파리스를 모를 사람 어디 있겠는가!

파리스, 앞으로 걸어 나온다.

귀부인 1 어머! 꽃피어 나는 젊음의 힘이 어쩜 저렇게 눈부실까!
귀부인 2 복숭아처럼 상큼하고 생기 넘치는구나!
귀부인 3 달콤하게 도톰하고 우아한 입술 좀 봐! 6455

귀부인 4 저 술잔을 홀짝홀짝 맛보고 싶은 게지?

귀부인 5 기품이 넘치진 않지만 생기긴 정말 잘생겼어.

귀부인 6 하지만 좀 더 노련했더라면 좋았을 것을.

기사 1 어째 양치기 냄새가 나는걸.

6460 왕자다운 모습이나 궁중 예법을 전혀 찾아볼 수 없어.

기사 2 글쎄, 반 벌거벗은 모습이 근사하긴 하지만,
갑옷 입은 모습을 봐야 하지 않을까!

귀부인 1 저 나긋나긋하게 유유히 자리에 앉는 모습 좀 봐.

기사 1 저 녀석 품에 기분 좋게 안기고 싶겠지?

6465 **귀부인 2** 팔을 우아하게 머리에 올려놓는 것 좀 봐.

시종 저런 버르장머리 없는 놈! 도저히 그냥 두고 볼 수 없구먼!

귀부인 1 남정네들은 그저 매사에 트집 잡으려 든다니까.

시종 황제 폐하의 면전에서 감히 기지개를 켜다니!

귀부인 1 기지개를 켜는 척할 뿐이에요! 자기 혼자 있는 줄 알거든요.

6470 **시종** 여기에서는 연극도 예법을 따라야 하오.

귀부인 1 잠이 저 귀여운 사람을 포근히 감싸 안았어요.

시종 이제 금방 코까지 골겠군. 물론 그래야 완벽하지!

젊은 귀부인 (황홀한 표정으로)
향불 연기에 뭔가 향긋한 냄새가 섞여 있지 않아요?
그 향기가 내 마음 깊이 상쾌하게 하는 것 같아요.

6475 **중년의 귀부인** 정말! 향긋한 내음이 가슴 깊숙이 파고드네,
저 젊은이에게서 풍기는 향내가 틀림없어요!

가장 나이 많은 귀부인 청춘의 꽃이 저 젊은이 안에서
불로초처럼 피어나
방 안 가득히 퍼지고 있어요.

헬레나, 등장한다.

메피스토펠레스 바로 저 여자군! 그렇다면 난 마음을 놓아도 되겠어.
예쁘긴 하지만, 내 취향은 아닌걸. 6480

점성술사 정직한 사람으로서, 저는 더 이상 할 일이 없다고
솔직히 고백할 수밖에 없군요.
이런 아름다운 여인 앞에서, 혀를 마음대로 놀릴 수 있다면
얼마나 좋으리오!
예로부터 많은 이들이 그 아름다움을 찬미하였지요.
그녀를 눈으로 보는 사람은 자신도 모르게 황홀해지고, 6485
그녀를 소유한 사람은 환희에 떨었답니다.

파우스트 내 눈이 아직 온전히 붙어 있는가? 마음속 깊은 곳에서
아름다움의 샘이 철철 넘치지 않는가?
그 무서웠던 여정이 지고의 행운을 가져왔구나.
지금까지 이 세상이 나한테 얼마나 공허하게 닫혀 있었던가! 6490
하지만 내가 사제가 된 이후로 얼마나 변했는가?
처음으로 바람직한 것, 근거 있는 것, 영속적인 존재가 되었도다!
그대 앞에서 멀어진다면,
내 삶의 숨결이 사라지고 말리라!—
언젠가 마법의 거울 속에서 날 황홀하게 하고 6495
행복하게 했던 아리따운 자태는
이 아름다움에 비하면 물거품에 지나지 않았노라!—
생동하는 모든 힘, 정열의 정수,
애정, 사랑, 숭배심, 광기를
나 그대에게 바치노라. 6500

메피스토펠레스 (프롬프터 박스 안에서)
정신 똑바로 차리시오, 맡은 역할을 잊지 마시오!

중년의 귀부인 키는 크고 늘씬하지만, 머리가 너무 작아요.

젊은 귀부인 저 발 좀 봐요! 어떻게 저리 투박하게 못생겼지요!

외교관 제후의 부인들에게서 저런 모습을 보았어요.

6505 머리꼭지부터 발끝까지 아름답다는 생각이 드는데요.

궁신(宮臣) 잠자는 젊은이에게 교활하게도 슬금슬금 다가가는군요.

귀부인 1 순수한 젊은이의 모습에 비하면 정말 추해요!

시인 저 여인의 아름다움으로 인해 젊은이가 환히 빛나는구나.

귀부인 1 엔디미온[29]과 루나[30]! 한 폭의 그림처럼 아름다워요.

6510 **시인** 맞아요! 여신이 내려온 것만 같군요,

그의 숨결을 마시려고 몸을 굽히고 있어요.

정말 부럽군요!— 입을 맞추다니!— 굉장하군요!

시녀장 많은 사람들이 보는 앞에서! 이건 너무 심하잖아요!

파우스트 저 젊은이에게 저토록 다정하다니!—

메피스토펠레스 쉿! 조용하시오!

6515 유령들이 하는 대로 내버려 두시오.

궁신 이제 살그머니 멀어지는군요, 사뿐사뿐. 젊은이가 깨어났어요.

귀부인 1 여자가 뒤를 돌아다봐요! 내 그럴 줄 알았다니까요.

궁신 젊은이가 깜짝 놀라는군요! 이런 일이 벌어지다니, 아마 기적 같을 겁니다.

귀부인 1 저 여자한테는 눈앞의 일이 기적 같지 않을걸요.

6520 **궁신** 아주 우아하게 젊은이에게로 돌아가는군요.

귀부인 1 두고 봐요, 틀림없이 젊은이에게 한 수 가르칠 거예요.

저런 경우에 남자들은 전부 어리석다니까요,

저 젊은이는 자신이 첫 번째 남자라고 믿을걸요.

기사 나한테도 저렇게 해주면 좋으련만! 얼마나 품위 있고 우아한가!—

6525 **귀부인 1** 탕녀 같으니라고! 저런 걸 천박하다고 해야 하지 않겠

29 그리스 신화에서 달의 여신의 사랑을 받은 미소년. 달의 여신이 엔디미온을 영원히 잠들게 만들고서 매일 밤 내려와 입 맞추었다고 한다.

30 달의 여신.

어요!

시동 내가 저 남자였으면!

궁신 누가 저 그물에 걸려들고 싶지 않겠는가?

귀부인 1 저 보석은 벌써 많은 사람들의 손을 거쳤고,
금박도 상당히 닳아빠졌다고요.

귀부인 2 열 살 때부터 헌신짝이 되었다니까요. 6530

기사 누구나 기회만 닿으면 최고의 것을 갖고 싶은 법이오.
나는 저 아름다운 여인의 찌꺼기라도 좋소.

학자 지금 내 눈으로 똑똑히 저 여자를 보지만,
솔직히 말해서 진짜인지 미심쩍군요.
눈앞의 것은 쉽게 과장되기 마련이라서, 6535
나는 무엇보다도 글로 쓰인 것을 믿는다오.
저 여인이 실제로 트로이의 노인들에게
아주 인기가 많았다는 글을 읽었는데,
그 말이 딱 맞아떨어지는 것 같구려.
나는 젊지 않은데도, 저 여인이 마음에 쏙 들지 뭐요. 6540

점성술사 이젠 순진한 젊은이가 아니군요! 용맹무쌍한 영웅이
끌어안으니, 저 여인도 차마 뿌리치지 못하는군요.
억센 팔로 여인을 번쩍 들어 올립니다.
어딘가로 납치하려는 것일까요?

파우스트 이런 뻔뻔한 놈!
어딜 감히! 내 말 들리지 않느냐! 멈춰라! 무엄하구나! 6545

메피스토펠레스 이 괴상망측한 유령 놀이는 바로 선생의 작품이
란 말이오!

점성술사 한마디만 더 하겠습니다. 지금까지 일어난 일들로 보아,
이 연극을 헬레나의 납치라고 불러야겠군요.

파우스트 뭐, 납치라고! 내가 이 자리에서 허수아빈 줄 알았더냐!
이 열쇠가 내 손에 있지 않느냐! 6550

이것이 외로움의 공포와 풍랑과 파도를 지나
이 단단한 육지로 나를 데려왔노라.
나 여기 당당히 서 있노라! 여기는 현실이고,
여기에서는 정신이 유령들과 싸울 수 있으며,
6555 여기에서 위대한 이중의 세계[31]가 이루어지노라.
그녀 아주 멀리 있었거늘, 어찌 이보다 더 가까워질 수 있겠느냐!
내가 그녀를 구하리라, 그녀는 이중으로 내 것이노라.
용기를 내라! 어머니들이여! 어머니들이여! 내 말을 들어주소서!
내가 그녀를 알게 된 이상, 절대로 놓칠 수 없노라.

6560 **점성술사** 이게 무슨 짓이오, 파우스트! 파우스트!— 강제로
여인을 붙잡다니, 벌써 형체가 흐려집니다.
열쇠를 젊은이 쪽으로 향하는군요,
젊은이의 몸에 열쇠를 대었습니다!— 아이고 이런! 아이고!
순식간에! 순식간에 일입니다!

폭발 소리 들리고, 파우스트 바닥에 쓰러져 있다.
유령들은 연기 속으로 사라진다.

메피스토펠레스 (파우스트를 어깨에 둘러멘다)
이것 보라고! 바보 녀석을 떠맡으면,
6565 결국 사탄까지도 피해를 입는다니까.
(소란스러운 가운데 어둠이 내려앉는다)

31 마법적인 가상의 세계와 살아 있는 현실의 세계.

제2막

비좁은 고딕식 방, 천장이 높고 둥글다.
전에 파우스트가 쓰던 방으로 조금도 달라지지 않았다.

메피스토펠레스 (커튼 뒤에서 나온다. 커튼을 들치고 뒤돌아보는 동안, 고풍스러운 침대 위에 누워 있는 파우스트가 보인다)
여기 누워 있으라, 헤어나기 어려운
사랑의 굴레에 빠진 불운한 자여!
헬레나에게 혼을 빼앗긴 자는
쉽게 정신 차리지 못하는 법. (방 안을 살펴본다)
위를 보고 여기저기 둘러보아도, 6570
조금도 달라지지 않았는걸.
아롱다롱한 유리창이 좀 더 흐릿해진 것 같고,
거미줄이 늘어났구나.
잉크가 말라붙고 종이는 누렇게 변했지만,
모든 게 제자리에 있구나. 6575
파우스트가 사탄과 계약 맺을 때 썼던
펜마저도 여기 그대로 놓여 있는걸.
그래! 내가 우려낸 피 한 방울이
펜대 깊숙이 응고되어 있구나.

6580 아무리 대단한 수집가라도 이런 희귀한 것을
손에 넣긴 어려울걸.
낡은 모피 외투도 낡은 옷걸이에 그대로 걸려 있구나.
저걸 보니, 내가 과거에 그 애송이한테 부렸던
익살이 생각나는구먼.
6585 아마 청년이 된 지금도 그 익살을 음미하고 있겠지.
따뜻한 털옷아, 너를 한 번 더 몸에 두르고,
사람들에게 인정받는 선생이 되어
거들먹거리고 싶은
욕망이 솟구치는구나.
6590 학자들이야 그리 되는 법을 알겠지만,
사탄에게는 이미 오래전에 지난 일인 것을.

모피 외투를 내려 먼지를 털자 귀뚜라미, 딱정벌레, 나방들이 우르르 쏟아져 나온다.

곤충들의 합창 반가워요! 반가워요,
우리의 옛 보호자님!
우리는 빙빙 날고 윙윙거리며,
6595 주인님을 금방 알아보았죠.
주인님이 우릴 하나하나 살며시
심어 놓은 덕분에,
우리 이제 수많은 무리 이루어
아버지 앞에서 춤을 추지요.
6600 악당의 가슴속에는
많은 것이 숨어 있지만,
털옷 속의 이들은
밖으로 술술 기어 나오죠.

메피스토펠레스 이 어린 것들을 보니 참으로 놀랍고도 기쁘구나!
씨를 뿌리면, 언젠가는 수확하기 마련인 것을. 6605
낡은 털옷을 한 번 더 털어보자,
여기서 한 마리, 저기서 한 마리 튀어나오는구나.
위로! 사방으로! 구석구석으로,
사랑스러운 것들아, 어서 서둘러 숨어라.
저기 낡은 상자들이 있는 곳으로, 6610
여기 거무스름하게 변한 양피지 갈피 사이로,
수북이 먼지 쌓이고 깨진 낡은 그릇 조각 속으로,
해골바가지의 움푹 팬 눈구멍 속으로.
이렇게 곰팡이 핀 어수선한 곳에서는
영원히 귀뚜라미들로부터 벗어나지 못하리라. 6615
(모피 외투를 몸에 걸친다)
자, 내 어깨를 한 번 더 덮어 다오!
나 오늘 다시 교수님이 되었노라.
하지만 나 스스로 그렇게 부른들 무슨 소용 있으랴?
날 인정해 줄 사람들이 어디 있으랴?

종을 잡아당기자, 종소리 날카롭고 예리하게 울려 퍼진다. 방들이 진동하고 문들이 거세게 열린다.

조교 (어두운 긴 복도를 비틀비틀 걸어온다)
이게 웬 소리냐! 온몸이 오싹하는구나! 6620
층계가 흔들리고 벽들이 진동하는구나.
알록달록한 창문들이 덜컹거리고,
밖에서는 번갯불이 번쩍이는구나.
방바닥이 갈라지고, 천장에서
석회와 흙이 우수수 쏟아지다니. 6625

단단히 잠근 문들이
기괴하게도 홱 열리다니—
저게 뭐지! 어이쿠, 무서워! 웬 거인이
파우스트 박사님의 낡은 털외투를 입고 있잖아!
6630 저 눈빛, 저 몸짓,
이대로 주저앉고 싶구나.
얼른 도망칠까? 그냥 서 있을까?
이런, 어떻게 하지!

메피스토펠레스 (손짓한다)
이보게, 이리 오게나!— 자네가 니고데무스인가.

6635 **조교** 존경스러운 선생님! 그렇습니다.— 기도합시다.

메피스토펠레스 기도는 집어치우게!

조교 선생님께서 저를 아신다니, 정말 기쁩니다!

메피스토펠레스 잘 알고말고, 나이 들어서도 학업에 열중하는
만년 서생이지 않은가! 학자들도 달리 어쩔 도리가 없으니
공부를 계속하는 것일세.
6640 그렇게 다들 적당히 공중누각을 쌓지만,
가장 뛰어난 정신도 아직 완성의 경지에 이르진 못했네.
하지만 자네 스승은 탁월한 분일세.
고매한 바그너 박사,
학문 세계의 제일인자를 모를 사람이 어디 있겠나!
6645 그분 혼자 학계를 짊어지고서,
나날이 진리를 증진시키고 있지 않은가.
그러니 온갖 지식에 굶주린 수강생들과 청강생들이
그분 주위에 구름처럼 몰려들 수밖에.
오로지 그분만이 강단에서 빛을 발하고,
6650 베드로 성인처럼 열쇠를 능수능란하게 사용하여
지상과 천상의 문을 열고 있네.

누구보다도 찬란히 빛을 발하는 그분을
그 어떤 명성과 명예가 대적하겠는가.
유일하게 진리를 창조하는 그분 앞에서는
파우스트라는 이름조차 무색해질 정도일세. 6655

조교 존경스러운 선생님, 제가 감히 말꼬리를 잡고서
이의를 제기해도 용서해 주십시오.
그런 것들은 전혀 문제가 안 됩니다,
겸허함이 그분의 타고난 천성이기 때문이지요.
그 고매하신 분이 불가사의하게도 종적을 감추신 이후로, 6660
저희 스승님께서는 어쩔 줄 몰라 하십니다.
파우스트 박사님께서 돌아오셔야만, 마음의 안정과 행복을 찾으실 것입니다.
이 방도 박사님께서
사용하신 그대로
옛 주인이 돌아오기만을 기다리고 있습니다. 6665
저는 감히 여기 발을 들여놓을 엄두도 나지 않는답니다.
그런데 지금 별자리 형세가 어떤가요?—
벽들이 겁을 먹은 듯 보이고,
문기둥이 진동하고 빗장이 튕겨져 나갔습니다.
그렇지 않으면 선생님께서 어찌 여기 들어오실 수 있었겠습니까. 6670

메피스토펠레스 자네 스승은 어디 있는가?
날 그리로 안내하든지, 아니면 그를 이리로 데려오게!

조교 이런! 스승님의 명령이 하도 지엄한지라,
과연 그래도 될지 모르겠습니다.
스승님께서는 벌써 몇 달 동안이나 대 작업을 위해, 667
그 누구도 만나지 않고 조용히 지내시거든요.
학자님들 가운데서도 가장 섬세한 그분께서

숯 굽는 사람처럼
얼굴은 온통 숯검정 투성이고,
6680 눈은 불을 피우느라 빨갛게 충혈되어 있답니다.
매 순간 애타게 결과를 기다리시는데,
집게 달그락거리는 소리가 음악 소리처럼 울리지요.

메피스토펠레스 그럼, 날 만나 주지 않을 거란 말인가?
나는 그의 행복을 더해 주는 사람일세.
(조교는 퇴장하고, 메피스토펠레스는 위엄 있게 자리에 앉는다)
6685 여기에 자리 잡고 앉자마자,
안면 있는 친구가 저기 뒤편에 얼씬거리는군.
저 친구 이번에는 신식 물이 잔뜩 들어서,
무척 뻔뻔하게 나오겠는걸.

학사(學士) (쿵쿵 사납게 복도를 달려온다)
정문, 방문 모두 활짝 열려 있구나!
6690 산 사람이 죽은 사람처럼
곰팡이 피어 시들어 가고 썩어 가는 것에,
산 채로 죽어가는 것에
마침내 종지부 찍을 수 있는
가망성이 보이는구나.

6695 담장이고 벽이고 모두
내려앉고 주저앉는구나.
곧 몸을 피하지 않으면,
우리 모두 깔려 죽을 판일세.
누구 못지않게 담대한 나도
6700 더 이상은 들어가지 못하겠구나.

오늘 여기에서 이런 일을 겪게 될 줄이야!

여러 해 전, 신입생 시절에
겁에 질려 두근거리는 마음으로
찾아왔던 곳이 아니던가?
노인네들을 믿고, 6705
그들의 허튼소리에 감동했던 곳이?

그들은 낡은 책 껍질 속에서 알아낸 것으로
나한테 거짓말을 치고,
스스로도 그 말을 믿지 않으면서
자신들의 삶과 내 삶을 약탈해 가지 않았던가. 6710
뭐지?— 저기 뒤편의 골방 어둠 속에서
희끄무레하게 앉아 있는 것이!

가까이에서 보니, 이런 놀라운 일이!
저 노인이 아직도 그 갈색의 털외투를 입고 있지
않은가!
내가 마지막으로 보았을 때처럼, 6715
저 투박한 양털에 아직도 감싸여 있다니!
그 당시 무슨 말인지 알아듣지 못했을 때는
저 노인이 노련한 학자인 줄 알았지만,
오늘은 어림 반 푼어치 없는 소리,
어디, 한번 과감하게 부딪혀 볼까! 6720

노인장, 그 삐딱한 대머리가
레테의 흐린 강물을 헤엄치지 않았다면,
대학의 회초리에서 벗어난
여기 이 학생을 알아볼 거요.
노인장은 옛날 그대로이지만, 672

나는 전혀 다른 사람이 되어 나타났소.
메피스토펠레스 내 종소리가 자넬 불러들였다니 기쁘구먼.
난 그 당시에 자네를 과소평가하지 않았네.
애벌레나 번데기를 보면
6730 장차 오색영롱한 나비를 점칠 수 있는 법.
그때 자네는 곱슬머리에 레이스 옷깃 차림으로
어린애처럼 즐거워했었지—
아마 지금까지 한 번도 머리를 묶은 적이 없을걸?—
오늘은 머릴 스웨덴식으로 짧게 자른 것이
6735 아주 단호하고 씩씩해 보여 좋구먼.
다만 절대적인 것을 너무 신봉하진 말게.
학사 노인장! 우리는 옛날 그 장소에 있지만,
시대가 달라진 사실을 명심하고서
애매모호한 말을 삼가시오.
6740 우리는 이제 예전과는 달리 녹록치 않단 말이오.
과거에 노인장은 착하고 성실한 젊은이를 가지고 놀았소.
술수 쓰지 않고도 능히 가능했었지만,
오늘날에는 감히 그럴 수 있는 사람이 아무도 없소.
메피스토펠레스 젊은이들에게 참된 진리를 말해 주면,
6745 그 풋내기들은 결코 고맙게 받아들이는 법이 없네.
그러다 세월이 흘러 훗날,
모든 걸 직접 호되게 겪게 되면,
전부 제 머리꼭지에서 나온 줄 알고,
스승을 얼간이로 몰아세운다니까.
6750 **학사** 아마 사기꾼이라고 해야 맞을 거요!—
어떤 선생이 직접 면전에 대고 진리를 말해 준답디까?
하나같이 착실한 젊은이들을 상대로 때로는 진지하게 때로는 농지거리로

진리를 늘였다 줄였다 하기 일쑤지요.
메피스토펠레스 물론 배움에는 때가 있기 마련인데,
자네는 벌써 가르칠 준비가 된 모양일세. 6755
하기야 달이 많이 바뀌고 해도 여러 번 바뀌었으니,
분명 많은 경험을 쌓았겠지.
학사 경험이라니요! 그런 건 물거품이나 먼지 같은 것이지요!
정신에는 절대로 미치지 못한다고요.
자, 인정하시오! 옛날부터 알아 온 것들은 6760
결코 주목할 가치가 없다는 사실을……
메피스토펠레스 (잠시 후에)
나도 오래전에 그런 생각이 들었네. 내가 바보였지,
나 자신이 정말 진부하고 어리석게 여겨지는구먼.
학사 거참, 듣던 중 반가운 소리입니다! 이제야 분별 있는 말을 듣다니,
내 생전 처음으로 이성적인 노인을 만났소! 6765
메피스토펠레스 나는 지금껏 숨은 값진 보물을 찾아다녔는데,
번번이 끔찍한 석탄만을 캐냈지 뭔가.
학사 노인장의 머리통, 대머리가
저기 텅 빈 해골바가지보다 나을 게 없다고 인정하는 게요?
메피스토펠레스 (느긋하게)
이보게, 자네는 스스로 얼마나 버릇없는지 모르는 모양이지? 6770
학사 독일어로 예의 바르다는 것은 거짓말한다는 뜻이지요.
메피스토펠레스 (의자를 관람석 근처 무대 앞으로 밀고 나온다)
여기 무대 위는 빛이 너무 강해서 숨 막힐 것 같소이다.
나도 여러분들 틈에 좀 끼어 앉을 수 있겠소이까?
학사 시대에 뒤떨어져 별 볼 일 없는데도,
잘난 척 거들먹거리는 것은 꼴불견 아니겠소. 6775
인간의 생명은 핏속에 살아 있는데,

젊은이말고 또 어디서 그렇게 피가 끓어오른단 말이오?
그것은 삶에서 새로운 삶을 만들어 내는,
활기차게 살아 있는 생생한 피요.
6780 거기서 모든 것이 약동하고 뭔가가 이루어지고,
약한 것은 떨어져 나가고 유용한 것은 두드러지지요.
우리가 세상의 절반을 휩쓰는 동안,
노인장은 무얼 하셨소? 꾸벅꾸벅 졸고 햇볕 쪼이고
꿈꾸고 계획을 짜고 또 짜고.
6785 아무렴 그렇고말고! 노년은 변덕스러운 궁지에 몰려 오들오들 떠는
차가운 열병 같은 것이오.
서른 살을 넘기면
죽은 목숨이나 진배없소.
당신 같은 늙은이들을 제때에 때려죽여야 상책일 거요.
6790 **메피스토펠레스** 이쯤 되면 사탄이래도 할 말이 없겠구먼.
학사 내가 원하지 않으면, 사탄도 존재할 수 없소.
메피스토펠레스 (조금 옆으로 떨어져서)
사탄이 곧 네놈의 다리를 걸어 넘어뜨릴 것이다.
학사 이것이야말로 청춘의 가장 고귀한 사명이오!
내가 창조하기 전에 세상은 존재하지 않았소.
6795 내가 해를 바닷속에서 끌어내었고,
나와 더불어 달이 이지러지고 차기 시작하였소.
환한 대낮이 내가 가는 길을 아름답게 꾸며 주었고,
지구가 나를 향해 푸릇푸릇 싹을 피우고 꽃을 피웠소.
그 첫날밤에 내 손짓을 받고
6800 모든 별들이 찬란하게 빛났소.
속물적으로 찌든 생각의 굴레로부터
나 말고 누가 당신들을 벗어나게 해주겠소?
그러나 나는 정신이 알려 주는 대로 자유로이 즐겁게

내 내면의 빛을 좇아가고,
나만의 황홀함에 취해 6805
어둠을 뒤로 하고 밝음을 좇아 빠르게 앞으로 나아간다오.
(퇴장한다)

메피스토펠레스 이런 해괴한 놈 같으니라고. 그래, 네 찬란한 길을 가거라!—
앞 세대가 미처 생각하지 못한 현명한 것을
생각해 낸 사람은 미련한 짓을 저지를 수 있는 법,
네가 이 사실을 깨닫게 되면 얼마나 기분 상하겠느냐?— 6810
하지만 저런 괴짜가 우릴 위태롭게 할 일은 없고,
몇 년이 지나면 상황은 또 달라질걸.
포도즙이 아무리 별나게 굴어도
결국에는 포도주밖에 더 되겠느냐.
(박수 치지 않는 젊은 관객에게)
당신은 내 말에 냉담한데, 6815
나도 당신 같은 착한 아이들은 그냥 내버려 두지.
하지만 명심하라고, 사탄은 늙었고
당신들도 나이 들면 사탄을 이해할걸!

실험실

중세풍으로 꾸며져 있으며, 환상적인 목적에 사용되는
어설프고 큼지막한 기구들이 널려 있다.

바그너 (화롯가에서) 끔찍한 종소리가
검게 그을린 벽들을 소름 끼치게 뒤흔드는군. 6820
조마조마하게 가슴 졸이며 막연히 기다리는 일도

이제 끝이 보이는 것 같아.
어둠이 서서히 물러나고,
플라스크 안이 불타는 숯처럼
6825 빨갛게 달아오르고 있어.
그래, 마치 화려한 홍옥처럼
어둠을 뚫고 섬광을 발하는구나.
흰빛이 밝게 비치는구나!
아, 이번에는 실패하지 말아야 할 텐데!—
6830 이런 맙소사! 왜 문이 덜커덩거리지?

메피스토펠레스 (방에 들어온다)
만나서 반갑소! 좋은 뜻에서 찾아왔소이다.

바그너 (불안해하며) 운명적인 순간에 마침 잘 왔소!
(소리 죽여) 하지만 말을 삼가고 숨을 죽이시오.
곧 위대한 작업이 성사될 거요.

6835 **메피스토펠레스** (더욱 소리 죽여) 도대체 무슨 일이오?

바그너 (더욱 소리 죽여) 인간이 만들어질 거요.

메피스토펠레스 인간이라고? 어떤 사랑에 빠진 남녀를
이 연기 자욱한 구멍 속에 가두어 두었소?

바그너 그게 아니오! 과거에 유행했던 출산 방식은
천박한 장난이라고 선언하는 바이오.
6840 생명이 유래하는 다정한 요인,
내부에서 밀고 나오는 상냥한 힘,
그것은 이제 의미를 상실했소.
서로 주고받으며 분명하게 자신을 표현하고
가까운 것에 이어 낯선 것까지 움켜쥐는 힘 말이오.
6845 짐승들은 계속 그걸 즐길지라도,
뛰어난 재능을 지닌 인간은
앞으로 고매한, 더욱 고매한 근원에서 태어나야 하오.

(화로를 돌아본다)
빛이 나는구나! 여길 보시오!— 이제 정말로 희망이 보이오,
수백 가지 재료를
혼합하여 — 사실 혼합하는 것이 중요하오 — 6850
인간의 소재를 천천히 배합해서
증류기에 넣고 단단히 밀봉한 다음
적절히 증류하면,
일이 조용히 완성된단 말씀이오.
(화로를 돌아본다)
잘되고 있소! 덩어리가 차츰 또렷이 움직이는구려! 6855
확신이 현실로, 현실로 드러나는 순간이오.
흔히 자연의 신비라 칭송하는 것을
우리가 지금 과감하게 이성적으로 실험하고 있소.
보통 유기적으로 합성되는 것을
응축시켜 만들어 내고 있단 말이오. 6860

메피스토펠레스 오래 살다 보면 많은 일을 겪기 마련이라,
이 세상에서 더 이상 새로운 일이랄 게 없지요.
나는 여기저기 떠돌던 시절에
벌써 응축되어 만들어진 인종을 보았소.

바그너 (플라스크에서 눈을 떼지 않는다)
위로 올라가 빛을 발하며 한 곳으로 모여드는구나, 6865
곧 일이 성사될 거요.
위대한 계획은 처음에 미친 짓으로 보이는 법이오.
하지만 우리는 앞으로 우연을 비웃을 거요.
앞으로는 사상가가
뛰어난 사고 능력을 발휘하는 뇌를 만들어 낼 거요. 6870
(황홀한 표정으로 플라스크를 주시한다)
유리가 부드러운 힘을 받아 소리를 내는군요.

흐려졌다가 다시 맑아지는 것으로 보아 분명 성공할 거요!
작고 귀여운 인간이 사랑스럽게
움직이는 것이 보이는군요.
6875 이제 뭘 더 원하겠소? 세상이 뭘 더 원하겠소?
비밀이 밝혀진 마당에.
이 소리에 귀 기울여 보시오.
이것이 목소리가 되고 말이 될 거요.

호문쿨루스 (플라스크 안에서 바그너에게)
아빠! 어떠세요? 그건 농담이 아니었어요.
6880 이리 오셔서, 절 다정하게 안아 주세요!
하지만 너무 꽉 껴안지는 마세요, 유리가 깨지면 어떡해요.
원래 세상 이치가 그렇잖아요,
자연적인 것은 우주가 비좁다 하지만,
인위적인 것은 폐쇄된 공간을 필요로 하지요.
(메피스토펠레스에게)
6885 그런데 장난꾸러기 친척 아저씨,
어떻게 때맞추어 이곳에 오셨나요? 고마워요.
행운이 아저씨를 우리에게로 인도했나 봐요.
저는 존재하는 동안 활동해야 해요.
당장 일할 준비를 하고 싶어요.
6890 아저씨는 노련하시니, 저한테 손쉬운 길을 알려 주세요.

바그너 한마디만 더 하자! 지금까지 젊은이 늙은이 할 것 없이
이런저런 문제로 날 괴롭히는 바람에,
나는 고개를 똑바로 들지 못했어,
한 가지 예를 들면, 육체와 영혼이 서로 잘 합치하고
6895 결코 헤어질 수 없는 듯 꼭 붙어 다니면서도
동시에 어찌 그리 서로 싫어하는지 여태껏 아무도 이해 못 했지.
게다가—

메피스토펠레스 잠깐! 그보다는 남자와 여자가 왜 그리
잘 화합하지 못하는지 난 묻고 싶었소.
이보시오, 당신은 결코 이 문제를 명확하게 밝힐 수 없을 거요.
바로 여기에 할 일이 있는데, 이 꼬마가 해결할 문제요. 6900

호문쿨루스 무슨 할 일이 있어요?

메피스토펠레스 (옆문을 가리키며)
자, 네 재능을 보여 주어라!

바그너 (여전히 플라스크 안을 들여다보며)
정말이지, 너처럼 귀여운 애가 또 어디 있겠냐!

옆문이 열리고, 침상에 뻗어 있는 파우스트가 보인다.

호문쿨루스 (깜짝 놀라며) 굉장하군!—
(플라스크가 바그너의 손에서 미끄러져 나와, 파우스트 위를 떠
돌며 밝게 비춘다)
정말 아름다운 곳이야!— 울창한 숲,[1]
맑은 물! 옷 벗는 여인들,
정말 아리따운 모습들이구나!— 볼수록 장관이야. 6905
그런데 저기 한 여인이 유난히 빼어나게 눈길을 끄네,
출중한 영웅의 후예일까— 혹시 신의 후예가 아닐까.
바닥이 훤히 보이는 맑은 물에 발을 담그어,
고귀한 몸의 사랑스러운 생명의 불꽃을
보드라운 수정처럼 일렁이는 물결에 식히고 있어.— 6910
그런데 이 무슨 빠르게 날갯짓하는 소리지,
철썩거리고 첨벙거리는 소리가 매끄러운 수면을 헤집고 있잖아?

1 여기서 호문쿨루스는 파우스트의 꿈을 묘사한다. 파우스트는 제우스가 목욕하는 스파르타의 왕비 레다에게 백조의 모습으로 접근하여 헬레나를 잉태하는 광경을 꿈꾼다.

아가씨들은 겁먹고 도망치는데,
여왕만이 홀로 침착한 눈빛으로,
6915 백조의 왕이 집요하면서도 다감하게 무릎을 휘감는 것을
여자다운 기쁨으로 도도히 바라보고 있어.
백조의 왕은 이런 일에 익숙한가봐.—
그런데 갑자기 안개가 일어
두터운 베일로
6920 더없이 사랑스러운 장면을 뒤덮는구나.

메피스토펠레스 네 녀석은 못 하는 이야기가 없구나!
몸집은 작은데 상상력은 어찌 그리 대단하냐.
내 눈에는 아무것도 보이지 않거늘—

호문쿨루스 그럴 거예요. 아저씨는 북방에서 태어나
기사와 성직자들이 설쳐 대는
6925 혼탁한 시대에 자랐으니,
어떻게 눈이 잘 보이겠어요!
아저씨는 오로지 어둠 속에만 안주할 수 있어요.
(주위를 둘러본다)
거뭇거뭇하게 곰팡이 피고 보기 흉한 돌덩이들,
뾰족한 아치형에다가 나선형 무늬, 내리누르는 분위기!—
6930 이 사람이 깨어나더라도 골치 아플걸요,
당장은 죽은 목숨이나 다름없을 거예요.
숲 속의 샘물, 백조, 벌거벗은 미인들,
이런 풍성한 꿈을 꾸었는데,
어떻게 여기에 익숙해지겠어요!
6935 세상에서 제일 마음 편한 나도 참기 어려울걸요.
이 사람을 멀리 데려가요!

메피스토펠레스 그렇게 해결할 수 있다면 얼마나 좋겠느냐.

호문쿨루스 무사들은 싸움터로 보내고

아가씨들은 무도장으로 안내하면
만사가 즉각 해결되지요.
마침 지금 고전적인 발푸르기스의 밤이 6940
열린다는 생각이 문득 떠올랐는데,
그것이 최선의 방책이에요.
이 사람의 천성에 맞는 곳으로 데려가요!

메피스토펠레스 그런 것이 있다는 소리는 금시초문인데.

호문쿨루스 어떻게 아저씨 귀에까지 그런 소리가 들어갔겠어요? 6945
아저씨는 낭만적인 유령밖에는 모르잖아요.
진짜 유령은 고전적인 유령이라고요.

메피스토펠레스 그렇담 어디로 가야 하지?
고대의 동료들이라니, 참 맘에 안 드는걸.

호문쿨루스 사탄 아저씨, 아저씨가 즐기는 곳은 북서쪽이지만, 6950
이번에는 남동쪽으로 가야 해요—
페네이오스 강[2]이 조용하고 촉촉한 만(灣)들의 수풀과 나무에
둘러싸여,
드넓은 평야를 유유히 흐르는 곳 말이에요.
평원이 산골짜기까지 이어지고,
유서 깊은 파르살루스[3]와 새로운 파르살루스가 나란히 솟아 6955
있는 곳.

메피스토펠레스 이런 맙소사! 그만둬라!
폭정과 노예의 싸움일랑 집어치워.
하나가 겨우 끝났는가 하면, 금방 다시 처음부터 시작하는
그런 일들은 정말 지겹다 지겨워.
아스모데우스가 뒤에 숨어서 농간 부리는 것을 6960

2 그리스의 테살리아 지방을 흐르는 강. 현재는 피니오스 강이라 불린다.

3 그리스의 테살리아 지방에 위치한 평원. 기원전 48년 카이사르와 폼페이우스의 최후의 격전이 벌어진 곳이다.

어째서 아무도 알아차리지 못할까.
말로는 자유를 위해 싸운다고 하지만,
자세히 보면 노예와 노예의 싸움일 뿐이야.

호문쿨루스 인간이 원래 고집스러운데 어쩌겠어요.

6965 다들 소년 시절부터 힘껏 반항하다가
결국 어른이 된다고요.
지금 문제는, 이 사람을 어떻게 낫게 하느냐는 거예요.
아저씨에게 무슨 방법이 있으면, 여기에서 한번 시험해 봐요.
아저씨가 못 하면, 나한테 맡기라니까요.

6970 **메피스토펠레스** 브로켄의 기술이라면 얼마든지 시험해 보겠지만,
이교도의 세계는 나한테 굳게 닫혀 있단 말씀이야.
그리스 민족은 아무짝에도 쓸모없어!
그런데도 자유로운 감각의 유희로 사람을 현혹시키고,
흥겨운 죄를 짓도록 유혹한다니까.

6975 그러니 사람들이 우리 같은 존재들은 항상 음울하다고 생각
할 수밖에.
그럼, 이제 어떡하지?

호문쿨루스 아저씨는 원래 수줍은 분이 아니잖아요.
테살리아의 마녀 이야기를 들으면,
생각나는 게 있을 텐데요.

메피스토펠레스 (음탕한 표정으로)
테살리아의 마녀라! 좋지! 그것들이야말로

6980 내가 오랫동안 찾던 인물들 아니겠냐.
그것들하고 밤마다 같이 지내라면
마음 내키지 않겠지만,
어쩌다 한 번쯤은 찾아가 봄 직하지 않을까—

호문쿨루스 그 외투를 이리 주세요,
이 기사 양반을 좀 싸야 하지 않겠어요!

그 천 쪼가리가 지금까지처럼　　6985
두 분을 날라다 줄 거예요.
내가 앞을 밝혀 주겠어요.

바그너 (겁에 질려)　　그럼 나는?

호문쿨루스　　글세요, 아빠는 집에 남아
더 중요한 일을 하세요.
낡은 양피지를 펼쳐 놓고,
규정에 따라 삶의 원소들을 모아서　　6990
조심스럽게 차례차례 짜 맞추세요.
무엇을 짜 맞추느냐보다 어떻게 짜 맞추느냐를 생각하세요.
나는 이 세상을 조금 두루 돌아보면서
아이(i) 자 위의 점을 찾아내겠어요.
그러면 위대한 목적을 달성할 거예요.　　6995
그만큼 노력하면 당연히 그 정도 보답은 따라오지 않겠어요.
황금, 영예, 명성, 무병장수,
그리고 어쩌면 학문과 덕성도 얻을지 몰라요.
안녕히 계세요.

바그너 (슬퍼하며)　　잘 가라! 가슴이 미어지는구나.
어째 다시는 너를 못 볼 것 같은 생각이 드는구나.　　7000

메피스토펠레스 그럼 페네이오스를 향해 힘차게 출발하자!
조카를 우습게 여기면 안 되겠는걸.
(관객을 향해) 우리도 결국 우리가 만들어 낸
피조물들에게 매달리는 신세지 뭐요.

고전적인 발푸르기스의 밤

파르살루스 평원

칠흑 같은 어둠

7005 **에리히토** 나 음산한 마녀 에리히토는 자주 그랬듯,
오늘 밤 공포의 축제에 참여하리라.
꼴사나운 시인들이 터무니없이 중상모략하듯,
내가 그렇게 추악한 마녀는 아니야…… 시인이라고 하는 것들은
원래 칭찬이나 비난에 끝이 없다니까…… 근심과 두려움으로
가득 찼던 밤의 잔영인 듯,
7010 회색빛 천막의 물결이
저 멀리 골짜기까지 희미하게 이어지는구나.
이런 일이 벌써 얼마나 자주 되풀이되었던가! 그리고 앞으로도
영원히 되풀이되겠지…… 그 누구도 다른 사람의 손에
나라를 넘겨주려고 하지 않아, 힘으로 나라를 점령해서
7015 힘으로 다스리는 사람은 절대로 넘겨주지 않고말고.
자신의 자아를 다스릴 줄 모르는 자가
거만하게 제멋대로 옆 사람의 의지를 다스리려 드는 법이거든……
이곳에서도 그런 무시 못 할 선례가 있었지.
무력이 더 큰 무력에 맞서서,
7020 수천 송이 꽃으로 이루어진 아름다운 자유의 화환을 찢고,
말라비틀어진 월계관을 지배자의 머리에 억지로 뒤집어씌웠지.
여기서 과거에 마그누스[4]는 위대한 황금 시절을 꿈꾸었고,
저기서 카이사르는 흔들리는 천칭 바늘에 귀 기울이며 밤을

4 폼페이우스의 또 다른 이름.

지새웠지!
승부는 가려지고, 누가 뜻을 이루었는지 세상은 알고말고.

화톳불이 빨간 불꽃을 날리며 타오르고, 7025
대지는 얼룩진 피를 반사하는구나.
밤의 희귀하고 기이한 광채에 이끌려,
그리스의 전설적인 군단들이 모여드는구나.
그 옛날의 전설적인 형상들이 화톳불 주변을
비틀비틀 배회하거나 편안하게 앉아 있노라…… 7030
꽉 차지는 않았지만 밝게 빛나는 달이
두둥실 떠올라, 온 누리에 부드러운 광휘를 보내누나.
천막의 환영은 사라지고, 불꽃이 푸르게 타오르누나.

이런, 하늘에 저게 뭐지! 웬 뜻밖의 별똥별이람?
몸뚱이처럼 둘둘 말린 것이 밝게 빛나네. 7035
살아 있는 것 같은데. 산 생명이라면, 나한테 해를 입을지 모르니
가까이 가지 않는 게 좋겠어.
잘못하다가는 득 되는 일 없이 내 평판만 나빠진다고.
아래로 내려앉는군, 신중하게 이 자리를 피해야겠어.
(그 자리를 떠난다)

공중을 나는 자들

호문쿨루스 저 소름 끼치는 불꽃과 무서운 형상들 위를 7040
한 바퀴 더 돌아야겠어요.
골짜기와 땅바닥이
너무 으스스해 보여요.

메피스토펠레스 마치 옛 창문을 통해서

7045 북방의 혼란과 두려움을 보듯
저 끔찍한 유령들을 보니
여기도 저기도 모두 집처럼 편안하구나.

호문쿨루스 저길 봐요! 저기 앞에
키 큰 여자가 성큼성큼 걷고 있어요.

7050 **메피스토펠레스** 겁먹은 것 같은데,
우리가 공중을 날아오는 걸 본 모양이야.

호문쿨루스 그냥 가게 내버려 둬요! 이 기사님이나
얼른 땅에 내려놓아요, 금방
다시 살아날 거예요.

7055 환상의 나라에서 살고 싶어 하는 분이니까요.

파우스트 (땅바닥에 닿자마자) 그녀는 어디 있지?—

호문쿨루스 우리가 그걸 어찌 알겠어요,
하지만 이곳에서 수소문해 볼 수 있을 거예요.
날이 새기 전에 서둘러
저 화톳불가의 사람들에게 물어보세요.

7060 어머니들에게도 갔다 왔는데,
더 이상 두려울 게 뭐 있겠어요.

메피스토펠레스 나도 여기에서 할 일이 있소.
우리의 행운을 위해서 이보다 더 좋은 기회가 어디 있겠소.
그러니 각자 화톳불을 돌아다니며

7065 모험을 시도해 보자고.
나중에 우리 다시 만날 수 있도록,
꼬마 친구, 자네가 빛을 밝히고 소리를 울리게.

호문쿨루스 이렇게 빛을 번쩍이며 소리를 내겠어요.
(유리가 윙윙 울리며 강렬한 빛을 발한다)
자, 새롭고 신비스러운 일을 향해 출발!

7070 **파우스트** (혼자 남아)

그녀는 어디 있지?— 이젠 그만 찾아야지……
이 흙덩이가 비록 그녀의 발에 밟히던 것이 아니고,
이 파도가 그녀를 향해 찰싹이던 것이 아니더라도,
이 대기만큼은 그녀의 말을 전했으리라.
여기에서! 기적적으로 여기 그리스에서!
나는 발이 닿은 대지를 즉각 느꼈노라. 7075
잠든 나에게 정령이 힘껏 불붙였을 때,
안타이오스[5] 같은 기분이었노라.
여기에 참으로 기이한 것들이 모여 있으니,
이 불꽃들의 미로를 진지하게 샅샅이 훑어보련다.
(그곳을 떠난다)

페네이오스 강의 상류

메피스토펠레스 (주위를 살펴본다)
화톳불 사이를 어슬렁거리니, 7080
참으로 낯설게 느껴지는군.
군데군데 몇 명만 간신히 몸을 가렸을 뿐 다들 벌거벗었잖아.
스핑크스[6]들은 부끄러운 줄 모르고, 그라이프[7]들은 뻔뻔하구나.
곱슬머리에 날개 달린 꼴들이
앞에서도 환히 보이고 뒤에서도 환히 보이니……. 7085
우리도 속으로는 엉큼하지만,

5 그리스 신화에서 바다의 신 포세이돈과 대지의 여신 가이아 사이에 태어난 거인으로, 어머니 대지에 발이 닿을 때마다 엄청난 힘을 얻었다.

6 이집트의 스핑크스는 사자의 몸에 남성의 상반신을 지니고 있지만, 그리스의 스핑크스는 사자의 몸에 벌거벗은 여인의 상반신을 하고 있다.

7 사자 몸통에 독수리의 머리와 날개를 지닌 상상의 괴물. 그리폰이나 그리페스라고도 한다.

여기 그리스는 너무 노골적이라니까.
이것들을 최신 감각으로 다루어서,
유행에 맞게 요리조리 덧씌워야 하지 않을까…….
7090 혐오스러운 민족이야! 그렇다고 불쾌한 표정을 지을 순 없고,
새 손님으로서 예절 바르게 인사는 해야겠지…….
아름다운 여인들, 지혜로운 노인들, 안녕하시오!

그라이프 (못마땅한 표정으로)
노인[8]이 아니오! 그라이프요! — 누가 노인이라는 소릴
듣기 좋아하겠소. 모든 낱말에는 원래 그것이 유래한
7095 어원이 배어 있는 법이오.
회색, 기분 나쁜, 불쾌한, 고약한, 무덤 파는 사람, 성난,
이것들은 어원상으로 맞아떨어지는데, 하나 같이 우리의 기분에 거슬린단 말이오.

메피스토펠레스 그렇게 너무 멀리 빗나가진 마시오,
여러분들의 존함 그라이프의 그라이는 마음에 드오.

그라이프 (여전히 못마땅한 표정으로)
7100 그야 물론이오! 어원이 같다고 이미 증명되었는데,
그 사실은 비난보다는 칭송을 더 많이 받았소.
계집, 왕관, 황금을 움켜쥐어야 하오.[9]
대개는 움켜쥐는 자에게 행운의 여신이 미소 짓는 법이니까.

개미들 (엄청나게 크다)
지금 황금 이야길 하나 본데, 우리들이 황금을 많이 모아서
7105 바위와 동굴 속에 남모르게 숨겨 놓았지요.
그런데 아리마스펜 종족[10]이 그걸 눈치채고서,
멀리 훔쳐다 놓고는 신이 나 껄껄 웃고 있답니다.

8 독일어에서 노인을 뜻하는 〈그라이스greis〉는 그라이프와 발음이 유사한데, 이걸 빌어 빈정거리는 것이다.

9 독일어의 〈그라이펜greifen〉은 〈움켜쥐다〉는 뜻이다.

그라이프 우리가 그것을 실토시킬 생각이오.

아리마스펜 오늘 이 흥겨운 축제의 밤에는 제발 그러지 마세요.
내일까지는 전부 가져다 놓을게요, 7110
이번에는 잘 될 거예요.

메피스토펠레스 (스핑크스들 사이에 앉아 있다)
이렇듯 즐거운 마음으로 쉽게 이곳에 익숙해질지 몰랐소.
내가 그대들을 하나하나 전부 이해하기 때문인 것 같소.

스핑크스 우리가 유령 같은 소리를 내면,
그대들이 그 소리를 구체적으로 형상화시키지요. 7115
우리가 좀 더 가까워지기 전에 먼저 당신 이름을 말해 보세요.

메피스토펠레스 사람들은 날 여러 가지 이름으로 부르는데—
여기에 영국 사람 있소? 그들은 여행을 무척 즐겨서,
싸움터, 폭포, 무너진 성벽,
고전적으로 아련한 장소들을 찾아다니지요. 7120
이곳은 아마 그들에게 적절한 여행 목표가 될 거요.
그 사람들은 지어내기도 잘하는데, 옛 연극에서
날 늙은 악덕[11]이라고 불렀다오.

스핑크스 이유가 뭐지요?

메피스토펠레스 나도 어찌 된 영문인지는 모르오.

스핑크스 그럴 수도 있어요! 별들에 대해 좀 알아요? 7125
지금 별자리가 어떤 것 같아요?

메피스토펠레스 (하늘을 올려다본다)
별이 별을 좇고 조각달이 밝게 비치는구나.
이 친밀한 장소에서 맘 편하게
그대의 사자털에 몸을 녹이려오.

10 그리스 전설에 의하면, 스키티아 지방에 사는 외눈박이 종족으로 그라이프들에게서 황금을 훔쳐 달아났다고 전해진다. 〈아리마스포이〉라고도 한다.

11 Old Iniquity. 영국의 옛 연극에서 악을 우의적으로 표현하는 인물.

7130 하늘에 잘못 오르다가는 해를 입기 십상이니,
수수께끼나 내시오. 하다못해 글자 맞추기라도 합시다.

스핑크스 당신 자신에 대해 말하는 것으로도 충분히 수수께끼 일 거예요.
진심으로 한번 당신 자신을 풀어 보려고 노력해 보세요.
〈착한 사람 나쁜 사람 모두에게 필요한 존재일세.
7135 금욕적으로 사는 사람에게는 갑옷이고,
미친 짓을 하는 사람에게는 친구일세.
둘 다 오로지 제우스를 기쁘게 하려는 것이노라〉.

그라이프 1 (불만스러운 어투로) 난 저 녀석이 싫어!

그라이프 2 (더욱 불만스럽게) 그런데 왜 여기서 어정거리는 거야?

둘이 함께 저 흉악한 녀석은 여기에 어울리지 않아!

7140 **메피스토펠레스** (잔혹하게) 손님의 손톱이 네놈의 발톱만큼
날카롭게 할퀼 수 없다고 믿는 게냐?
어디 한번 해봐라!

스핑크스 (온아하게) 이곳에 맘껏 머무르세요.
하지만 결국 당신이 견디지 못하고 제 발로 떠날 거예요.
당신네 나라에서는 마음대로 산 모양인데,
7145 내가 잘못 생각하지 않았다면, 이곳에서는 그리 호락호락하지 않을걸요.

메피스토펠레스 당신 윗몸은 제법 구미가 당기는데,
아래쪽의 짐승 모습은 소름 끼치는구려.

스핑크스 당신 같은 가짜는 호된 맛을 보게 될걸요.
우리 발은 튼튼하거든요.
7150 당신의 그 쪼그라든 말발굽으로는
우리 사이에서 맘 편하지 않을걸요.

세이렌[12]들이 위쪽에서 전주곡을 노래한다.

메피스토펠레스 강가의 미루나무 가지에서
요리조리 흔들리는 저 새들은 뭐요?

스핑크스 조심해요! 최고의 명성을 자랑하던 자들도
저 노래에는 당하지 못했어요. 7155

세이렌들 아, 어찌 그 괴상망측한 것하고
어울리나요!
잘 들어 봐요, 여기 우리 무리 지어서
장단 맞추어 노래하는 소리를.
그래야 세이렌에게 어울린답니다. 7160

스핑크스 (세이렌의 노랫가락을 흉내 내며 조롱한다)
저들을 꼭 내려오도록 해라!
저들은 나뭇가지에
흉악한 매의 발톱을 숨기고서,
너희들이 귀 기울이면
단숨에 덮쳐 파멸시킬 속셈이란다. 7165

세이렌들 미움일랑 버려요! 시기심일랑 버려요!
우리는 하늘 아래 흩어져 있는
더없이 깨끗한 기쁨을 모으지요!
물 위에서, 땅 위에서
손님을 환영하는 7170
더없이 쾌활한 몸짓이지요.

메피스토펠레스 그거야말로 산뜻한 소식이구나,
목청에서 나오는 소리하고 악기의 현에서 나오는
소리가 한데 얽히는구나.
제아무리 지저귀어도 나한테는 소용없으리, 7175
귀는 간질일망정

12 새의 몸에 아가씨의 머리를 한 상상의 존재. 지나가는 뱃사람들을 노래로 유혹하여 목숨을 앗았다고 한다.

마음까지는 파고들지 못하리.

스핑크스 마음이라니요! 그런 허튼소릴랑 집어치워요.
당신 얼굴에는
7180 쭈글쭈글한 가죽 주머니가 더 어울릴걸요.

파우스트 (가까이 다가온다)
정말 놀랍구나! 눈으로 보는 것만으로도 충분하구나,
혐오스러운 것에도 유익하고 위대한 특성이 깃들어 있다니.
어쩐지 좋은 일이 있을 것만 같구나.
이 진지한 광경이 날 어디로 데려다 줄까?
(스핑크스들을 향해)
7185 오이디푸스가 일찍이 저들 앞에 서 있었거늘.
(세이렌들을 향해)
오디세우스가 저들 앞에서 밧줄에 묶여 몸부림쳤거늘.
(개미들을 향해)
저들이 최고의 금은보화를 숨겼거늘.
(그라이프들을 향해)
이들이 그 금은보화를 실수 없이 충실하게 보관했거늘.
새로운 정신이 가슴 깊이 스며드는구나.
7190 형상들이 크면, 추억도 큰 법.

메피스토펠레스 평소에는 저런 것들을 회피하고 저주하더니,
이제는 마음에 드는 모양이오.
하긴 사랑하는 이를 찾아 나서면,
괴물도 반가운 법이니까.

7195 **파우스트** (스핑크스들에게) 여인의 형상을 한 자들아, 말해 다오.
너희 가운데 누가 헬레나를 보았느냐?

스핑크스들 우리는 그 시대까지 이르지 못해요,
헤르쿨레스[13]가 우리의 마지막 후예들을 때려죽였거든요.
아마 케이론[14]에게 물어볼 수 있을 거예요.

그는 오늘 유령의 밤에 이 주변을 질주하는데, 7200
그를 만나기만 하면 많은 것을 알 수 있을걸요.

세이렌들 당신에게도 섭섭하지 않게 해드릴게요!……
오디세우스는 우릴 나무라며 그냥 지나쳐 가지 않았지요.
우리 곁에 머무르며,
많은 이야길 들려주었어요. 7205
푸른 바닷가의
우리 마을에 찾아오면,
모든 걸 알려 주겠어요.

스핑크스 귀한 손님이여, 저런 말에 속지 마세요.
오디세우스처럼 몸을 묶게 하는 대신, 7210
우리의 좋은 충고를 따르세요.
고매한 케이론을 찾게 되면,
내 말이 무슨 뜻인지 알게 될 거예요.

파우스트, 그곳을 떠난다.

메피스토펠레스 (짜증스럽게)
저기 시끄럽게 울면서 파닥파닥 날아가는 게 뭐요?
얼마나 빠른지 눈에 보이지도 않는구려. 7215
저렇게 꼬리를 물고 줄줄이 날아가는 걸 보면
사냥꾼도 지쳐 버리겠군.

13 그리스 신화에 나오는 영웅. 원래 그리스 이름은 헤라클레스이지만, 로마 시대에는 헤르쿨레스라 불렸다.

14 그리스 신화에 나오는 반인반마(半人半馬)의 켄타우로스 가운데 하나로, 키론이라고도 한다. 헤르쿨레스와 이아손 등의 많은 영웅을 가르친 교육자로 유명하며, 의사로서도 명성을 날렸다.

스핑크스 마치 겨울 폭풍 같지요,
알키데스[15]의 화살도 저들을 따라잡긴 어려워요.
7220 독수리 부리와 거위 발을 가진
재빠른 스팀팔로스의 새[16]들인데,
시끄러운 소리는 반갑다고 인사하는 거예요.
자신들도 우리와 같은 종족이라고
알리고 싶은 거지요.

메피스토펠레스 (겁먹은 듯)
7225 그런데 지금 저 쉿쉿거리는 소리는 또 뭐요.

스핑크스 저것들은 무서워할 필요 없어요!
레르네의 뱀[17] 대가리들이에요.
몸통에서 잘렸는데도, 자신들이 대단한 줄 안다니까요.
그런데 당신은 어떡할 생각이에요?
7230 왜 엉덩이가 들썩들썩하지요?
어디 가고 싶은가요? 어서 가세요!—
저기 노래하는 무리들 쪽으로
당신 고개가 자꾸 돌아가는데, 망설일 필요 없어요.
어서 가요! 매력적인 얼굴들에게 인사하세요!
7235 저들은 라미아[18]들인데, 쾌락을 좇는 매춘부들이지요.
뻔뻔스럽게 입가에 미소를 지으면,
사티로스들의 입이 헤 벌어진다니까요.
염소 발굽을 가진 자는 저기에서 뭐든 맘대로 할 수 있어요.

메피스토펠레스 당신들은 여기 머무를 거요? 나중에 또 보고 싶

15 헤르쿨레스의 다른 이름.

16 그리스 신화에서 쇠 발톱과 부리를 가진 무시무시한 새.

17 그리스 신화에서 아홉 개의 머리를 가진 거대한 물뱀. 〈히드라〉라고도 불린다.

18 그리스 신화에서 상반신은 여성, 하반신은 뱀의 모습을 한 괴물로 젊은이들의 피를 빨아먹었다고 한다.

은데.

스핑크스들 그래요! 저 경박한 무리들하고 어울리세요. 7240

우리들은 오래전 이집트에서부터,

한곳에 수천 년 동안 군림하는 데 익숙해 있어요.

우리의 위치를 지키면서,

이렇게 해와 달의 주기를 다스리지요.

우리 피라미드 앞에 앉아 7245

여러 민족들이 심판받는 광경을 보네.

홍수든 전쟁이든 평화든—

얼굴 하나 찡그리지 않네.

페네이오스 강의 하류

물과 물의 요정들에 둘러싸인 페네이오스 강

페네이오스 갈대들아, 일렁이며 속삭여라!

갈대들의 형제자매야, 그윽이 숨을 내쉬어라. 7250

가뿐한 버드나무 덤불아, 살랑여라.

사르르 떠는 미루나무 가지들아, 소곤거려라.

깨어진 꿈을 다시 더듬어라!—

무서운 천둥소리,

모든 것을 뒤흔드는 떨림이 7255

잔잔한 흐름과 평온으로부터 날 깨우는구나.

파우스트 (강가에 다가온다)

내가 올바로 들었다면, 나뭇가지와 관목들이 뒤엉킨

정자 뒤에서

분명 사람 소리 같은 것이

7260 들린 듯한데.
하지만 물결이 홍얼거리고
미풍이 장난치는 소리였나 보다.

물의 요정들 (파우스트에게)

여기 서늘한 곳에
편안히 누워
7265 지친 팔다리를 쉬면
참 좋을 거예요.
당신을 언제나 요리조리 피해 가는
휴식을 즐기세요.
우리가 졸졸 살랑이며
7270 속삭여 줄게요.

파우스트 이게 정녕 생시란 말인가! 오, 더없이 아름다운 저 형체들을
내 눈길 닿는 곳에서
놀게 하여라.
내 마음 참으로 야릇하구나!
7275 이게 꿈인가? 추억인가?
이런 행복감을 언젠가 맛본 적이 있었거늘.
부드럽게 살랑대는 울창한 수풀의 싱싱함을 가르고
강물이 유유히 흐르는구나.
찰싹찰싹 물결치지도 않고 거의 졸졸거리지도 않는구나.
7280 사방에서 수백 개의 물줄기들이
마침 멱 감기에 알맞은 얕은 곳으로
맑고 깨끗하게 모여드누나.
젊고 건강한 여인들의 몸이
거울 같은 수면에 비치어
7285 눈을 두 배로 즐겁게 해주누나!

한데 어울려 즐겁게 목욕하고,
과감하게 헤엄치고 조심조심 물을 건너다가
마침내 크게 외치며 물싸움을 하는구나.
이 광경을 눈으로 즐기며
만족해야 할 텐데도, 7290
내 마음은 더 멀리 향하누나.
무성한 초록빛 잎사귀 뒤에
고귀한 여왕이 숨어 있지 않을까,
내 눈길 저 너머를 날카로이 더듬는구나.

참으로 기이하도다! 백조들도 7295
당당하고 순결하게 몸을 놀려
만(灣)에서 헤엄쳐 오는구나.
조용히 두둥실 다정하게 어울려,
그러나 거만하게 으스대며
머리와 부리 움직이누나……. 7300
그중에서도 유난히 한 마리가
가슴을 활짝 펴고 대담하게 우쭐대며,
빠르게 무리를 가르고 앞으로 나가는 듯하구나.
깃털을 한껏 부풀리고서,
물결을 크게 일렁이며 7305
성스러운 곳을 향해 나아가는구나…….
나머지 백조들은 고요히 깃털을 반짝이며
이리저리 헤엄치누나.
곧 활발하고 요란하게 싸움을 벌여
수줍은 아가씨들의 관심을 빼앗으니, 7310
아가씨들 맡은 임무를 잊고서
오로지 자신의 안전만을 생각하누나.

물의 요정들 자매들아, 강가의 푸른 둑에
귀 기울여 보렴.
7315 내가 잘못 듣지 않았다면,
말발굽 소리 들리는 듯싶어.
대체 누가 오늘 밤,
급한 소식 보내는 것일까?

파우스트 따각따각 질주하는 말발굽 소리에
7320 땅이 크게 진동하는 듯하구나.
저기를 보라!
행운이 나한테
미소를 보내는 걸까?
오, 이런 정말 기적 같은 일이 있는가!
7325 누군가 말을 타고 빠르게 달려오는구나,
정신과 용기 겸비한 사람이
눈부시게 흰 백마를 타고 오는 듯…….
내 눈이 잘못 보지 않았다면, 분명 아는 사람인 것을,
필리라[19]의 그 유명한 아들이구나!—
7330 잠깐! 케이론! 잠깐 멈추시오! 할 말이 있소……

케이론 무슨 일이오? 왜 그러시오?

파우스트 발길을 멈추시오!

케이론 나는 쉬지 않소.

파우스트 그렇담 제발 부탁이오! 날 데려가시오!

케이론 여기 올라타시오! 그래야 내가 맘껏 물어볼 수 있지 않겠소.
어디로 가는 길이오? 여기 강변에 서 있던데,
7335 원한다면 강을 건네줄 수도 있소.

파우스트 (케이론의 등에 올라탄다)

19 그리스 신화에서 물의 신 오케아노스의 딸, 케이론의 어머니.

당신 가고 싶은 데로 가시오, 이 은혜는 평생 잊지 않으리다…….
위대한 남자, 고매한 교육자.
이민족을 가르치고,
시인의 세계를 구축한 모든 이들과 고결한 아르고[20] 선원들을
이끄신 분. 7340

케이론 그 이야기는 그만둡시다!
팔라스[21]조차 스승으로서 인정받지 못했소.
다들 가르침을 받지 못한 듯,
결국에는 제멋대로 굴었소.

파우스트 모든 초목의 이름을 알고, 7345
뿌리까지 소상히 정통하고,
병을 치료하고 상처의 아픔을 덜어 주신 의사,
그분을 나 여기에서 몸과 정신을 다해 포옹하오!

케이론 내 곁에서 영웅이 상처 입으면,
도움을 베풀고 조언을 할 수 있었소. 7350
하지만 결국 내 기술을
무당과 사제들에게 넘겨주었소.

파우스트 당신은 칭송의 말에 귀 기울이지 않는
진정으로 위대한 분이시오.
겸허하게 칭송의 말을 회피하며, 7355
마치 당신 같은 사람이 세상에 많은 듯 말씀하십니다.

케이론 당신은 입에 발린 말에 능통하고,
제후나 백성들의 기분 맞추는 데 능숙한 듯 보이는구려.

파우스트 그렇다면 당신이 당대의 위대한 인물들을 많이 만나
보았고,

20 그리스 신화에 의하면, 영웅 이아손이 금양모피(金羊毛皮)를 탈환하러 타고 간 배. 아르고 선원들은 용감무쌍한 것으로 유명하다.

21 지혜의 여신 아테네의 별칭.

7360 고매한 자들의 행동을 좇으려 노력했으며,
평생을 반신(半神)처럼 진지하게 살았다고
나한테 인정하시지요.
그런데 위대한 자들 가운데서
누구를 가장 출중하게 여기시오?

7365 **케이론** 고결한 아르고 선원들은
모두 나름대로 용감하였고,
각자 타고난 힘을 발휘하여
서로 부족한 점을 메웠다오.
젊음의 패기와 아름다움을 이야기할라 치면,
7370 항상 디오스쿠로이[22] 형제들이 으뜸이었지.
단호하고 신속하게 다른 이들을 도와주는 데서는
보레아스[23]의 두 아들이 빼어난 몫을 담당하였고,
여인들에게 인기 있었던 이아손은
신중하고 힘세고 현명하고 충고에 능하였다오.
7375 또 항상 말없이 사려 깊고 다정했으며
누구보다도 열정적으로 칠현금을 켰던 오르페우스도 있소.
암초와 해변을 가르고 밤이나 낮이나 성스러운 배를 몰았던
형안의 린케우스[24]…….
여럿이 힘을 합해야만 위험에 대처할 수 있는 법,
7380 하나가 힘을 발휘하고 나머지 사람들은 모두 칭찬해야 하오.

파우스트 헤르쿨레스에 대해서는 할 말 없소?

케이론 오, 이런! 내 그리움을 일깨우지 마시오……

22 그리스 신화에 나오는 쌍둥이 형제 카스토르와 폴리데우케스. 제우스의 아들이며 헬레나의 형제들이다. 독일어로는 〈디오스쿠렌〉이라 불린다.

23 그리스 신화에 나오는 북풍의 신. 여기에서 두 아들은 이아손과 함께 아르고호를 타고 금양모피를 탈환하는 모험에 참가한 칼라이스와 제테스를 말한다.

24 그리스 신화에서 메세네의 왕자. 천리안을 지녔으며 아르고호의 조타수로 일하였다.

나는 포이보스도 본 적이 없고,
아레스[25]나 헤르메스[26]라 불리는 이들도 보지 못했소.
그러나 모든 이들이 참으로 훌륭하다고 칭송하는 7385
헤르쿨레스만은 내 눈으로 보았다오.
그는 타고난 왕이었소.
젊은이로서 더없이 출중한 외모를 자랑하였고,
형에게뿐 아니라
사랑스러운 여인들에게도 참으로 정중하였다오. 7390

가이아[27]는 두 번 다시 그런 아들을 낳지 못할 것이고,
헤바[28]는 두 번 다시 그런 인물을 하늘로 데려가지 못할 것이오.
그 어떤 노래로도 그를 칭송할 수 없고,
아무리 돌을 두드리고 쪼아도 헛수고일 뿐이오.

파우스트 조각가들이 제아무리 돌을 두드려도 7395
그의 장려한 모습을 그려 내지 못했지요.
지금까지 지고의 아름다운 남자에 대해 말했으니,
이제부터 지고의 아름다운 여자에 대해서도 이야기해 주시오!

케이론 뭐요! — 여자의 아름다움은 별 것 아니어서,
자칫 경직된 형상이 되기 쉽소. 7400
즐거이 삶의 기쁨을 선사하는 본성만이
찬양할 가치가 있는 법이오.
아름다움은 제 혼자서 행복에 잠기지만,
우아함은 다른 이들을 거역할 수 없이 사로잡는다오.

25 그리스 신화의 군신(軍神).
26 그리스 신화에서 상업과 전령의 신.
27 그리스 신화에 나오는 땅의 여신. 독일어로는 〈개아〉라 불린다.
28 그리스 신화에서 청춘의 여신으로 〈헤베〉라고도 불리며 헤라클레스와 혼인하였다.

7405 내가 태워 주었던 헬레나처럼 말이오.

파우스트 당신이 그녀를 태워 주었단 말이오?

케이론 그렇소, 이 등에 태워 주었지요.

파우스트 내 마음 이미 충분히 혼란스럽거늘,

어찌 여기에 앉는 행운을 누린단 말인가!

케이론 지금 당신처럼,

내 털을 꽉 잡고 있었소.

7410 **파우스트** 오, 도무지

정신을 차릴 수 없구나! 어찌 된 일인지 말해 주시오.

그녀는 내 유일한 염원이오!

아아, 어디서 어디로 태워다 주었소?

케이론 그 물음에는 쉽게 대답할 수 있소.

7415 디오스쿠로이 형제가 그 당시 누이동생을

강도들의 손아귀에서 빼내었소.[29]

하지만 누구한테 별로 져본 일 없는 강도들이

분기탱천하여 뒤를 쫓아왔소.

그런데 갈 길 바쁜 남매들의 발길을

7420 엘레우시스 근처의 늪들이 가로막았지 뭐요.

두 형제는 걸어서 건너고, 나는 첨벙 뛰어들어 헤엄쳤다오.

그녀가 내 등에서 뛰어내리더니, 내 축축한 갈기를

쓰다듬고 어루만지며,

자신만만하고 총명한 표정으로 사랑스럽게 고마움을 표했다오.

7425 그 젊은 모습이 얼마나 매혹적이었는지! 그걸 보는 것은 늙은이에게도 기쁨이었소!

파우스트 그때 겨우 열 살이었는데!—

케이론 내 보기에는, 문헌학자들이

29 그리스 신화의 영웅 테세우스가 열 살의 헬레나에게 반하여 납치했을 때, 디오스쿠로이 형제가 누이동생을 구출했다.

스스로를 속이고 당신을 속이지 않았나 싶소.
그 신화적인 여인이 너무 특별한 존재여서,
시인들은 필요에 따라 제멋대로 묘사한다오.
그녀는 결코 어른이 되지도 않고 나이를 먹지도 않소. 7430
항상 군침 돌게 하는 인물로 그려지고,
어려서 유괴당하고, 늙어서도 많은 이들의 구애를 받지요.
하긴, 시인들은 시간에 구애받지 않으니까.

파우스트 그녀도 시간에 얽매여서는 안 되지요!
아킬레우스가 페라이[30]에서 그녀를 만났을 때도 7435
시간을 초월했소.[31] 그런 진기한 행운이 있다니,
운명을 거슬러 사랑을 쟁취하다니!
나라고 그 유일무이한 인물을
애타는 그리움의 힘으로 소생시키지 말란 법이 어디 있겠소?
신들에 버금가는 그 영원한 존재, 7440
위대하면서도 다정하고, 숭고하면서도 사랑스러운 이를 말이오?
당신은 일찍이 그녀를 보았고, 나는 오늘 보았소.
더없이 매혹적으로 아름답고 더없이 애타게 아름다웠소.
이제 내 마음과 본성이 꼼짝없이 사로잡혔으니,
그녀를 얻지 못하면 살아갈 수 없소. 7445

케이론 이보시오, 낯선 양반! 당신은 인간으로서는 황홀하겠으나,
우리 유령들 사이에서는 미친놈으로 보이기 십상이오.
당신은 마침 운이 좋소,
내가 해마다 잠시 짬을 내어,
아스클레피오스[32]의 딸 만토[33]에게 들르기 때문이오. 7450

30 테살리아의 고대 도시.
31 나중에 생겨난 그리스 전설에 의하면, 아킬레우스가 사후에 되살아나 마찬가지로 되살아난 헬레나와 결혼했다고 한다.
32 그리스 신화의 의술의 신.

만토는 아버지의 명예를 위해서,
마침내 의사들의 마음을 밝게 변화시켜 더 이상 무모하게
사람들을 죽이지 않게 해달라고
조용히 아버지에게 간청하고 기도한다오……
7455 내가 무녀들 가운데 가장 어여삐 여기는 그 아이는
기괴하게 설쳐 대는 일 없이 착하고 온아하다오.
그 아이 곁에 잠시 머무르면서
약초의 힘을 빌려 당신의 병을 뿌리째 뽑을 수 있을 거요.

파우스트 나는 병을 치유하려는 게 아니오, 내 감각은 힘이 넘치오.
7460 오히려 치유하려다가는 다른 이들처럼 속물적이 될 거요.

케이론 영험한 샘물의 효험을 업신여기지 마시오!
어서 내리시오! 다 왔소이다.

파우스트 이보시오! 이 음산한 밤에 자갈 깔린 강물을 건너
대체 어디로 날 데려온 게요?

7465 **케이론** 로마와 그리스가 맞서 싸우던 곳이오.
페네이오스 강을 오른편에 끼고, 올림포스 산을 왼편에 두고 있소.
덧없이 사라진 위대한 제국이여,
왕은 도망치고 시민들은 승리를 노래하였도다.
저 위를 보시오! 여기 아주 가까운 곳에,
7470 영원한 신전이 달빛을 받으며 서 있소.

만토 (신전 안에서 꿈꾼다)
말발굽 소리
성스러운 계단에 울려 퍼지누나.
반신들이 찾아오누나.

케이론 옳거니!

33 아폴로 신전의 여사제. 그리스 신화에서는 테베의 위대한 맹인 예언자 테이레시아스의 딸이지만, 괴테는 여기에서 의술의 신 아스클레피오스의 딸로 묘사한다.

어서 눈을 떠라! 7475

만토 (잠에서 깨어난다) 어서 오세요! 꼭 오실 줄 알았어요.

케이론 네 신전이 서 있는 한 오고말고!

만토 여전히 지칠 줄 모르고 세상을 돌아다니세요?

케이론 너야 항상 조용히 울타리 안에 머무르지만,
나는 떠돌아다녀야 즐겁단다. 7480

만토 저는 시간이 제 주변을 맴돌길 기다려요.
이분은 누구시지요?

케이론 이 악명 높은 밤이 소용돌이치며
이 사람을 여기로 데려왔구나.
헬레나에게 미쳐
기어이 자기 사람으로 만들겠다면서, 7485
어디서 어떻게 시작해야 할지도 모른단다.
무엇보다도 아스클레피오스 요법이 효과 있지 않겠느냐.

만토 저는 불가능한 걸 열망하는 사람이 좋아요.
(케이론, 벌써 멀어져 간다)

만토 들어오세요, 무모하신 분! 기쁜 일이 기다릴 거예요.
이 어두운 길이 페르세포네[34]에게로 이어진답니다. 7490
그녀는 올림포스의 산기슭 동굴에서
금지된 인사말을 은밀히 엿듣고 있지요.
저는 언젠가 오르페우스를 여기로 몰래 들여보낸 적이 있어요.
이 기회를 잘 이용하세요! 어서 가요! 용기를 내요!
(두 사람, 아래로 내려간다)

34 그리스 신화에서 저승 세계의 여왕이며 저승의 신 하데스의 아내.

페네이오스 강의 상류

앞에서와 같다.

7495 **세이렌들** 페네이오스의 물살로 뛰어들라!
첨벙첨벙 헤엄치면 좋으리.
노래하고 또 노래하라,
불행한 민족을 위해서.
물 없이는 행복도 없으리!
7500 우리 크게 무리 지어
서둘러 에게 해에 이르면,
온갖 기쁨이 우리 것이리.

지진이 일어난다.

세이렌들 파도가 물거품 날리며 되돌아오고,
강바닥엔 물 흐르지 않누나.
7505 대지가 진동하고 물길이 막히고,
자갈밭과 강변이 갈라져 연기를 내뿜누나.
도망치자! 모두들 가자, 어서 가자!
이 괴변이 누구에게 득 되겠는가.

어서 떠나요! 흥겨운 귀한 손님들,
7510 즐거운 바다의 축제를 향해.
일렁이는 파도들이 해변을 적시며
반짝이는 곳, 그윽이 물결치는 곳으로.
루나가 곱절로 밝게 비추며
우리를 성스러운 이슬로 적셔 주는 곳으로.

거기엔 자유롭게 생동하는 삶, 7515
여기엔 무서운 지진.
현명한 자들은 어서 서둘러라!
이곳은 무시무시하구나.

세이스모스[35] (땅속 깊은 곳에서 으르렁거리고 쿵쾅거린다)
힘차게 한 번 더 밀어붙이자,
씩씩하게 어깨로 들어 올리자! 7520
저 위에 이르면,
모두들 우리에게 길을 비켜 주리라.

스핑크스들 왜 이리 기분 나쁘게 진동하는가,
이 무슨 추하고 흉측한 굉음인가.
마구 떨리고 흔들리는구나, 7525
그네 타듯 이리 밀리고 저리 밀리는구나!
참으로 기분 나쁘도다!
하지만 우리는 절대로 이 자리에서 꼼짝하지 않으리,
설사 온 지옥이 들고일어난다 하더라도.

신기하게도 둥글게 7530
솟아나는구나. 그 옛날
산고 겪는 여인[36]을 위해서,
델로스 섬을 만들어
물결 높이 들어 올렸던
바로 그 사람, 이미 오래전에 백발성성한 노인이 7535

35 그리스 말로 〈지진〉을 뜻하며, 여기서는 지진을 의인화한 것이다.

36 아폴론과 아르테미스의 어머니 레토를 가리킨다. 레토가 제우스의 아이들을 임신하자 질투심에 사로잡힌 헤라가 그 뒤를 추적하였고, 이에 바다의 신 포세이돈이 레토를 도와주기 위해 델로스 섬을 솟아나게 하였다. 여기에서 세이스모스는 포세이돈과 동일시된다.

구나.
아틀라스처럼,
두 팔을 쭉 뻗고 등을 구부린 채
용을 쓰며 밀치고 밀어내는구나.
대지, 풀밭, 흙,
7540 자갈, 굵고 가는 모래, 점토,
우리 적막한 강변의 바닥을 들어 올리누나.
조용한 골짜기의 표피를 가로질러
한 움큼 잡아 찢누나.
가슴까지 땅속에 파묻혀 있는데도,
7545 지칠 줄 모르고 안간힘을 쓰며
거대한 카리아티드[37]처럼
끔찍한 돌덩이를 짊어지는구나.
하지만 더 이상은 뚫고 나오지 못하리,
스핑크스들이 버티고 있으니.

7550 **세이스모스** 완전히 나 혼자 힘으로 해낸 것을
결국엔 다들 인정하리라.
내가 흔들고 요동치지 않았더라면,
이 세상이 어찌 이리 아름다우리?—
내가 그림처럼 황홀한 형상으로
7555 밀어 올리지 않았더라면,
저 산들이 청명한 푸른 창공을 뚫고
어찌 저리 눈부시게 우뚝 솟아 있으리?
지고의 선조인 암흑과 혼돈[38] 앞에서
나 굳건하게 행동하며,
7560 거인들과 어울려

37 건물의 들보를 받치고 있는 여인상(女人像).
38 그리스 신화에 의하면, 세상은 원래 암흑과 혼돈에서 생겨났다고 한다.

펠리온과 옷사[39]를 공 다루듯이 했노라.
우리 젊음의 혈기에 취해 날뛰다가
마침내 싫증 나자,
모자 씌우듯 고약하게
파르나소스[40]한테 산 두 개를 덮어 씌웠노라…… 7565
아폴로가 환희에 넘치는 뮤즈들과 더불어
지금 거기에 즐겁게 머무르느니라.
나는 주피터와 그의 번개를 위해서도
옥좌를 높이 들어 올렸노라.
나 이제 심연으로부터 7570
밀고 나오려 엄청나게 애쓰며,
흥겨운 주민들에게
새로운 삶을 살라 크게 외치노라.

스핑크스들 이 우뚝 솟은 것들이 바닥에서 비틀고 올라오는 것을
우리 눈으로 직접 목격하지 않았더라면, 7575
태고 적부터 여기 있었다고
다들 말할 테지.
울창한 숲이 넓게 퍼져 나가고,
바위들이 연이어 꿈틀꿈틀 몰려오는구나.
스핑크스는 그런 일에 눈 하나 깜짝하지 않으리, 7580
우리 성스러운 곳에서 꿈쩍하지 않으리.

그라이프들 넓적한 황금, 실 같은 황금
바위 틈새로 어른거리는구나.
저 보물을 빼앗기지 마라.
개미들아, 어서 서둘러라! 보물을 파내어라. 7585

개미들의 합창 거인들이

39 펠리온과 옷사는 그리스의 산 이름들이다.
40 그리스의 산. 그리스 신화에서 아폴로가 뮤즈들과 함께 거처하는 곳이다.

이 산을 밀어 올렸으니,
발발거리는 것들아,
어서 위로 올라가라!
7590 날쌔게 들락날락하여라!
바위 틈새의
작은 부스러기 하나라도
모두 모아 둘 가치가 있느니라.
아주 작은 것이라도
7595 민첩하게 몸 놀려
구석구석
찾아내어라.
우글우글 무리들아,
바지런히 움직여라.
7600 황금만 가져오라!
별 볼 일 없는 돌덩이는 그대로 두고.

그라이프들 어서 가져오라! 어서! 황금만 모아라!
우리가 여기에 발톱을 올려놓으면,
이보다 더 좋은 빗장은 없으리라.
7605 최고의 보물이 잘 간수되었노라.

피그마이오이[41]들 우리 이렇게 버젓이 자리를 차지했지만,
어찌 된 영문인지는 스스로도 모르노라.
우리가 어디에서 왔는지 묻지 마라,
어쨌든 이리 와 있지 않느냐!
7610 어느 땅이든
즐겁게 살기엔 매한가지인 것을.
바위 틈새 벌어지면,

41 고대 전설에 등장하는 난쟁이 종족.

난쟁이 이미 대기하고 있노라.
난쟁이 부부 날쌔고 부지런하니
모든 쌍들의 모범이도다. 7615
낙원에서도 그랬는지는
알 길이 없노라.
하지만 우리 이곳에 더없이 편안하게 자리 잡고서
우리의 별에 고마워하노라.
동쪽이든 서쪽이든 7620
어머니 대지는 생명을 즐겨 잉태하노라.

닥틸로이[42] 어머니 대지가 어느 날 밤
작은 것들을 낳았으니,
아주 작은 것들도 낳으리라.
그들과 같은 것들을 찾아내리라. 7625

피그마이오이의 최연장자 서둘러
편안하게 자리 잡아라!
어서 일하라!
날렵함이 너희들의 장점 아니더냐!
아직은 평화롭지만, 7630
병사들을 위해
대장간 지어
갑옷과 무기를 마련하라.

너희 개미들은 모두
떼 지어 부지런히 움직여 7635
쇠붙이를 날라 오라!
그리고 닥틸로이들,

42 그리스 신화에서 피그마이오이보다 더 작은 난쟁이 종족. 손가락을 뜻하는 그리스 낱말 〈daktylos〉에서 유래한다.

몸집은 가장 작지만 숫자 많은 너희들에게는
땔감 모으는
7640 임무를 맡기노라!
층층이 쌓아 올려
불꽃에 은근히 구워
숯을 장만하라.

총사령관 활과 화살 들고
7645 힘차게 전진하라!
저 연못가에
둥지 틀고
교만하게 뽐내는
수많은 백로들에게 화살을 날려라.
7650 단숨에,
일제히 잡아들여라!
우리 투구를 멋지게
장식할 수 있도록.

개미들과 닥틸로이 그 누가 우리를 구해 주랴!
7655 우리가 쇠붙이를 구해 오면,
저들은 쇠사슬 만드는 것을.
아직은 뿌리치고 달아날
때가 아니니,
시키는 대로 고분고분할 수밖에.

7660 **이비코스의 학들**[43] 살인의 비명, 죽음의 탄식!
겁에 질린 날갯짓 소리!
이 무슨 신음소리, 비탄 소리가

43 이비코스는 기원전 6세기에 살았던 그리스의 시인이다. 전설에 의하면, 억울하게 살해당했는데, 그 광경을 목격한 학들이 살인범들을 응징하도록 도와주었다고 한다.

여기 높은 데까지 들려오는가!
모두 살해되었구나,
호수가 피로 붉게 물들었구나. 7665
삐뚤어진 탐욕에 빼앗긴
백로의 고귀한 장식,
배불뚝이 꼬부랑 다리 악당의
투구에서 나부끼누나.
동무들이여, 7670
줄지어 바다를 넘는 새들이여,
우리 모두 나서서 가까운 친척의
복수를 하자.
우리의 힘과 피를 아끼지 말자,
저 도당을 영원히 용서하지 말자! 7675

끼륵끼륵 크게 외치며 하늘로 흩어진다.

메피스토펠레스 (평원에서)
북방의 마녀들은 쉽게 다룰 수 있었는데,
이 낯선 유령들은 어째 으스스하단 말이야.
브로켄 산처럼 편한 곳이 또 있을까,
거기서는 어디를 가든 금방 익숙해지거든.
일제 부인[44]이 돌 위에서 우릴 위해 망보고, 7680
하인리히는 산 위에서 싱글벙글 신나라 하고,
슈나르허는 엘렌트를 향해 코 고는 곳,
앞으로도 천년만년 그럴걸.
그런데 여기에서는 어디로 가는지 어디에 서 있는지,

44 일제 바위, 하인리히 고개, 슈나르허 절벽, 엘렌트 마을은 전부 브로켄 산 주변에 위치해 있다.

7685 발아래서 땅이 부풀어 오는지 도대체 알 수가 있어야 말이지……
매끈한 골짜기를 신나게 거니는데,
돌연히 등 뒤에서 산이 솟아난단 말씀이야,
사실 산이라고까지 말할 건 없지만,
어쨌든 스핑크스들하고 갈라놓을 만큼
7690 충분히 높단 말일세—여기에선 골짜기 아래쪽으로 아직 군데군데
화톳불이 파르르 떨며 모험적인 광경을 비추는군……
저 나긋나긋한 무리들이 유혹하듯 어른어른 춤추는구나.
장난치듯 하늘하늘 날아다니는구나.
그럼 슬슬 시작해 볼거나! 군것질에 익숙하면
7695 어디서든 재빨리 낚아채려고 드는 법이지.

라미아들 (메피스토펠레스를 유혹한다)

빨리, 더 빨리!
더 멀리 가자!
그러다 망설이는 듯
재잘재잘 수다를 떨자.
7700 정말 신나는구나,
저 죄 많은 늙은이를
유혹하여
크게 후회하게 만들자.
딱딱한 발로
7705 비틀비틀,
절름절름 다가오는구나.
우리가 도망가면,
발을 질질 끌며
쫓아오는구나!

메피스토펠레스 (걸음을 멈춘다)

7710 정말 재수 없군! 영락없이 속아 넘어간 사내 꼴이

라니!
아담 때부터 툭하면 꾐에 넘어가기 일쑤라니까.
나이 먹는데도 철드는 놈은 없단 말이야?
그렇게 바보 취급을 당하고도 모자란단 말이냐!

허리끈 질끈 졸라매고 얼굴에 덕지덕지 분 처바른
저 종족이 아무짝에도 쓸모없는 것은 누구나 아는 사실. 7715
건강한 것은 내놓을 줄 모르는 것들,
온몸이 썩어 문드러진 것들.
눈으로 보고 손으로 만져 보면 누구나 아는 사실,
그런데도 저 천박한 것들이 피리를 불면 덩달아 춤을 춘다니까!

라미아들 (순간 조용해진다)
잠깐! 저 늙은이가 생각에 잠겨 망설이잖아. 7720
얘들아, 우리에게서 벗어나지 못하도록 저 늙은이를 어서 반기어라!

메피스토펠레스 (다시 걸음을 뗀다)
어서 가자! 어리석게
의심의 올가미에 걸려들지 말자.
마녀가 없다면,
사탄이 어찌 사탄일 수 있으랴! 7725

라미아들 (아주 애교스럽게) 이 영웅을 에워싸라!
이분의 마음속에서
곧 누군가를 향해 사랑이 싹트리라.

메피스토펠레스 희미한 불빛을 받아
너희 어여쁜 여인들의 모습이 빛나는구나. 7730
그러니 내 어찌 너희들을 나무라랴.

엠푸사[45] (밀고 들어오며) 나도 나무라지 말아요!
나도 끼워 줘요.

라미아들 저것은 우리 무리에 받아 줄 수 없어,

7735 번번이 우리 흥을 깬다니까.

엠푸사 (메피스토펠레스에게) 사촌 여동생 엠푸사가 인사드려요.

당나귀 발을 가진 친척이에요!

오라버니도 말발굽을 가지고 있잖아요.

사촌 오라버니, 안녕하세요!

7740 **메피스토펠레스** 여기에 순전히 모르는 사람들만 있는 줄 알았는데,

뜻밖에도 가까운 친척을 만나다니.

케케묵은 책이라도 뒤적거려 봐야겠군,

하르츠에서 헬라스[46]까지 친척이 쫙 깔려 있다니!

엠푸사 저는 무엇이든 금방 단호하게 행동으로 옮기고,

7745 여러 가지 모습으로 변신할 수도 있어요.

하지만 지금은 오라버니를 위해

당나귀 머릴 뒤집어썼어요.

메피스토펠레스 이들에게는 친척이

중요한가 보지.

7750 하지만 아무려면 어떠랴,

다만 그 당나귀 머리만은 집어치워라.

라미아들 저 고약한 것은 내버려 둬요,

저것은 예쁘고 사랑스럽다고 생각되는 것은 뭐든 쫓아 버린답니다.

뭐든 예쁘고 사랑스러운 것이 있다가도,

7755 저것이 다가오면 사라져 버린다니까요!

메피스토펠레스 이 야들야들하고 늘씬한 친척들도

모조리 수상하단 말일세.

저 장밋빛 뺨 뒤에

45 그리스 신화의 요괴. 당나귀 발을 가지고 있으며 온갖 모습으로 변신할 수 있고, 아름다운 여인의 모습으로 청년들을 유혹하여 피를 빨아먹었다고 전해진다.

46 고대 그리스인들은 자신들의 나라를 헬라스라 불렀다.

무슨 흉측한 것이 숨어 있을까 무섭군.

라미아들 그렇담 한번 시도해 봐요! 우리들은 여럿이잖아요. 7760
마음껏 골라 봐요! 재수가 좋아서,
제일 좋은 몫을 낚아챌지 누가 알아요.
괜히 말로만 욕심부리면 뭐 하겠어요?
당신은 시시한 구혼자군요,
어서 당당하게 이리와 으스대 봐요!— 7765
저 늙은이가 이제 우리에게 걸려들었구나.
너희들 가면을 하나하나 벗어젖히고
진짜 모습을 드러내어라.

메피스토펠레스 제일 예쁜 것으로 골라잡아야지…….
(골라잡은 라미아를 부둥켜 안는다)
어이쿠, 이럴 수가! 이 무슨 말라깽이 빗자루냐! 7770
(다른 라미아를 붙잡는다)
이건 뭐야?— 정말 고약한 상판이군!

라미아들 그보다 더 나은 것이 네 몫인 줄 알았더냐? 그렇지 않을걸.

메피스토펠레스 이 작은 것을 붙잡아야겠구나…….
웬 도마뱀이 손에서 미끄러지냐?
매끄러운 머리채가 꼭 뱀 같구나. 7775
그렇다면 이 키 큰 것을 붙잡아야지…….
이게 무슨 박코스[47]의 지팡이냐,
머리통이 솔방울 같지 않은가!
이제 어쩐담?— 혹시 저 뚱뚱한 것은
즐길 수 있지 않을까. 7780
마지막으로 한 번 더 시도해 보자! 어디 보자!

47 로마 신화에서 술의 신, 그리스 신화의 디오니소스에 해당한다. 박코스의 시종들은 송악과 포도나무 잎으로 감고 솔방울을 얹은 지팡이를 들고 다녔다.

정말 물컹물컹하고 물렁물렁하군. 중동 사람들이라면
값을 후하게 치르겠어…….
이런 어이쿠, 말불버섯이 두 동강 나는구나!

7785 **라미아들** 모두 흩어져라, 이리저리 떠돌아라.
저 침입자 마녀의 아들놈을
번개처럼 빠르게 검은 날개로 에워싸라!
무섭고 으스스하게 빙글빙글 돌아라!
소리 없이 날개를 움직여라, 박쥐들아!
7790 그런데도 저놈이 용케 빠져나갔구나.

메피스토펠레스 (몸을 부르르 떤다)
어째, 나는 예나 지금이나 미련하게 구는가.
여기서도 엉터리 짓, 북쪽에서도 엉터리 짓.
여기나 저기나 유령들은 고약스럽고,
백성들하고 시인은 밥맛없기 마찬가지라니까.
7795 여기 가장무도회도 관능적인 춤판 벌어진 것이
예외가 아니구나.
곱상한 가면인 줄 알고 붙잡았는데,
소름 끼치는 것이 걸려들다니…….
그래도 더 오래 즐길 수만 있다면,
7800 모르는 척 넘어가려 했건만.
(바위 사이에서 길을 잃고 헤맨다)
여기가 어디지? 어디로 나가야 하지?
전엔 길이었는데, 이제 보니 자갈밭이잖아.
분명히 평탄한 길로 왔는데,
돌무더기가 앞을 가로막다니.
7805 아무리 오르락내리락해도 벗어날 길이 보이지 않으니,
스핑크스들을 어디서 찾아낸담?
하룻밤 사이에 이렇게 큰 산이 생겨나다니,

이런 굉장한 일이 벌어질 줄 생각도 못했어.
마녀들이 브로켄 산을 날라 왔을까,
마녀들의 힘찬 행군이라고 불러야 할까. 7810

오레아스[48] (천연의 바위에서)
이리 올라오세요! 내 산은 오래전에 생겨났는데,
원래 모습 그대로이지요.
험준한 바윗길을 존중하세요,
핀두스[49]에서 뻗어 난 마지막 줄기랍니다.
폼페이우스가 나를 넘어 도망칠 때도, 7815
난 꿈쩍하지 않았지요.
주변에 환상의 산물들은
닭이 울면 사라지기 마련.
나는 그런 허무맹랑한 이야기들이 생겨났다가
홀연히 사라지는 것을 종종 본답니다. 7820

메피스토펠레스 삼가 경의를 표하노라, 높은 자작나무 잎에 둘러싸인
존경스러운 산봉우리야!
제아무리 밝은 달빛도
저 어둠을 뚫지 못하는구나.—
그런데 아련히 빛나는 불빛 하나가 7825
수풀 옆을 지나는구나.
저것이 무엇일까!
옳거니, 호문쿨루스로구나!
이보게 꼬마 친구, 어디서 오는 게냐?

호문쿨루스 이곳저곳 떠돌고 있어요, 7830
저는 가장 의미 있게 생성되고 싶거든요.

48 그리스 신화에 등장하는 산의 요정.
49 그리스 테살리아 지방에 위치한 산맥.

어서 이 유리를 두 동강 내고 싶은 마음뿐이에요.
하지만 이곳을 둘러보니,
끼어들고 싶은 엄두가 나지 않아요.
7835 그런데 아저씨를 믿고 솔직히 말하면,
저는 지금 두 철학자의 뒤를 쫓고 있어요.
귀 기울여 들어 보니, 자연, 자연! 하고 외치는데,
그들하고 헤어지고 싶지 않아요.
그들이 이 지상에서의 일에 대해 틀림없이 잘 아는 것 같거든요.
7840 그러니 내가 어디로 가야 가장 현명한지
마침내 알게 되지 않을까요.

메피스토펠레스 네 혼자 힘으로 해결하는 게 좋을걸.
유령들이 판치는 곳에서는
철학자도 환영받기 마련이야.
7845 다들 철학자의 기술과 호의를 즐기고 싶어서,
철학자를 금방 새로 한 타나 만들어 낸다니까.
네가 방황하지 않으면 인식에 이르지 못해.
생성되고 싶으면, 네 혼자 힘으로 해내라고!

호문쿨루스 하지만 좋은 충고를 무시해선 안 돼요.

7850 **메피스토펠레스** 그렇다면 어서 가 봐! 어떻게 될지 두고 보자.
(서로 헤어진다)

아낙사고라스[50] (탈레스[51]에게)
자네의 경직된 마음은 영 굽힐 줄을 모르는구먼.
무슨 말을 더해서 자넬 설득해야겠는가?

탈레스 파도는 온갖 바람에 순종하지만,

50 고대 그리스의 철학자(B.C. 498~B.C. 428). 태양이 붉게 달아오른 금속 덩어리라고 주장하였다.

51 고대 그리스 철학의 창시자(B.C. 624~B.C. 546). 물을 만물의 근원으로 보았다.

험준한 바위는 피해 간다네.

아낙사고라스 이 바위는 불기둥에 의해 생겨났어. 7855

탈레스 생명체는 물기에서 생겨났지.

호문쿨루스 (두 사람 사이로 끼어든다)

선생님들을 따라가게 해주세요.

저는 너무 생성되고 싶어요!

아낙사고라스 오, 탈레스, 자네는 하룻밤 사이에

저런 산을 진흙으로 만들어 낸 적이 있는가? 7860

탈레스 자연과 그 생생한 흐름은 결코

밤낮을 가리지도 않으며 시간에 의존하지도 않는다네.

모든 형상을 규정에 따라 만들어 내며,

커다란 일에도 완력을 행사하지 않아.

아낙사고라스 하지만 이것이 바로 완력이 아니고 뭐겠는가! 7865

플루토의 성난 불길과 아이올로스[52] 연무의 폭발력은

평평한 땅바닥의 껍질을 무시무시하게 깨부수고

순식간에 새로운 산을 솟아나게 하였네.

탈레스 그래서 어찌 될 것 같은가?

어쨌든 산은 생겨났고, 그것으로 끝일세. 7870

그런 싸움은 괜히 시간을 낭비하고,

사람들만 이리저리 질기게 끌고 다닐 뿐일세.

아낙사고라스 바위 틈새에 사는 미르미돈족[53]으로

어느새 산이 온통 우글거리는구먼.

피그마이오이들, 개미들, 엄지손가락만 한 난쟁이들, 7875

그런 작고 부지런한 존재들 말일세.

(호문쿨루스에게)

52 그리스 신화에서 바람의 신.

53 그리스 신화에 의하면, 개미에서 생겨났다고 하는 종족. 여기에서는 피그마이오이, 개미, 닥틸로이 등 작은 종족들을 가리킨다.

너는 큰 것을 쫓으려 애쓰지 않고,
지금까지 은자처럼 갇혀 살았구나.
네가 세상을 지배하는 데 익숙해지면,
7880 내 왕으로 추대해 주지.

호문쿨루스 탈레스 선생님 생각은 어떠세요?—

탈레스 나는 그리 권하고 싶지 않아.
작은 사람들하고는 작은 일을 하기 마련이라,
작은 사람이라도 큰 사람들하고 어울려야 크게 된다네.
저길 보게! 학들이 먹구름처럼 모여 있잖은가!
7885 저것들이 흥분한 백성들을 위협하고,
왕도 저런 식으로 위협할 걸세.
날카로운 부리와 예리한 발톱으로
작은 종족을 마구 찌르지 않는가.
불운이 번개처럼 번득이는구먼.
7890 악행이 고요하고 평화로운 연못을 뒤집으며
백로들을 죽였어.
그 빗발치던 살해의 화살이
피비린내 나는 잔인한 복수의 맹세를 불러일으키고,
천인 무도한 피그마이오이를 향한
7895 가까운 친족들의 분노를 야기한 걸세.
방패와 투구와 창이 이제 무슨 소용 있으랴?
백로 장식이 난쟁이들에게 무슨 도움이 되랴?
닥틸로이와 개미들이 숨으려 드는 꼴을 보게!
온 군대가 우왕좌왕 무너져 내려 도망치지 않는가.

아낙사고라스 (잠시 후, 엄숙하게)
7900 내 지금껏 지하 세계를 찬미했지만,
이번에는 하늘을 향해 도움을 청해야겠어……
하늘에서 영원히 늙지 않으시는 분이여,

이름도 세 개, 모습도 세 개이신 분이여,
제 종족의 고통 앞에서 이렇게 당신을 부르나이다.
디아나, 루나, 헤카테![54] 7905
마음을 활짝 열고 더없이 신중하게 생각하시는 분이여,
조용히 빛을 선사하는 강하면서도 부드러우신 분이여,
당신 그림자의 무서운 입을 벌리시어,
옛 힘을 마법 없이 드러내소서! (잠시 침묵을 지킨다)
내 말을 이렇듯 빨리 들어주었는가? 7910
하늘을 향한
내 간청이
자연의 질서를 어지럽혔는가?
둥글게 에워싸인 여신의 옥좌가
크게, 점점 더 크게 다가오는구나, 7915
보기에도 으스스하고 무섭도다!
여신의 불길이 어둠을 붉게 물들이는구나……
더 다가오지 마소서, 위협적인 막강한 둥근 달이여!
우리와 땅과 바다를 파멸로 몰아가시려 하나이까!
테살리아의 여인들이 7920
뻔뻔하게 마법을 믿고서
당신이 이리 내려오도록 노래 불러
재앙을 몰고 온 것이 사실이오리까?—
밝은 달이 어두워지더니
갑자기 갈라지고 번쩍이고 불티를 날리는구나! 7925
우르릉 쾅쾅, 쉿쉿, 이 무슨 소리인가!
천둥소리, 폭풍 소리가 그 사이를 가르는구나!—
옥좌의 발치에 겸허하게 엎드려라!—

54 디아나, 루나, 헤카테는 전부 달의 여신을 가리킨다.

용서하소서! 제가 불렀나이다. (바닥에 얼굴을 대고 엎드린다)

7930 **탈레스** 이 사람이 도대체 뭘 보고 뭘 듣는단 말인가!
난 무슨 일인지 도무지 영문을 모르겠거늘.
이 사람이 왜 이러는지 알 수가 없구나.
그래, 혼란스러운 시간이라고 인정하자.
그런데 루나는 전과 다름없이
7935 유유히 자신의 자리를 지키는구나.

호문쿨루스 피그마이오들이 있던 곳을 보세요!
전에는 둥글던 산이 지금은 뾰족하잖아요.
뭔가가 무시무시하게 충돌한 것 같아요.
달에서 바위가 떨어져,
7940 적군 아군 가리지 않고서
무참하게 짓이기고 때려죽였어요.
저런 창조적인 기술이 정말 감탄스러워요,
하룻밤 사이에
위에서 아래서
7945 커다란 산을 만들어 내다니.

탈레스 조용히 하라! 전부 머릿속으로 상상한 것에 지나지 않으니라.
저 흉악한 무리들을 멀리 보내어라!
네가 왕이 아니어서 다행인 줄 알아라.
이제 즐거운 바다 축제를 향해 떠나세,
7950 거기서 특별한 손님을 기다리고 환대한다네.
(함께 퇴장한다)

메피스토펠레스 (반대편에서 산에 기어오른다)
가파른 바위 틈새를 기어오르고
늙은 떡갈나무의 단단한 뿌리를 헤집고 나가야 하다니!
하르츠에서는 송진 냄새에

역청 냄새가 스며 있어서,
내가 유황 다음으로 그것을 아주 좋아했거늘 …… . 여기 그리스 사람들에게서는 7955
그런 냄새를 흔적도 찾을 수 없다니까.
도대체 무엇으로
지옥의 고통과 불꽃을 지피는지 알 수 없는 노릇이야.

드리아스[55] 당신네 나라에서는 모든 게 익숙해서 영리하게 굴었을지 몰라도,
낯선 나라에서는 서툴기 마련이지요. 7960
고향 생각일랑 접어 두고,
여기 성스러운 떡갈나무의 품위를 숭상하는 게 어떻겠어요.

메피스토펠레스 누구나 두고 떠나온 것을 그리워하고,
정든 곳은 항상 낙원처럼 여겨지기 마련이지.
그런데 이봐, 저기 어슴푸레한 동굴 속에 7965
삼중으로 쪼그리고 있는 게 뭐지?

드리아스 포르키아스[56]들이에요! 무섭지 않으면,
용감하게 가까이 가서 말을 걸어 봐요.

메피스토펠레스 물론이지!— 직접 눈으로 보니 정말 가관이군.
내 아무리 오만하더라도, 7970
이런 것은 생전 처음 본다고 인정하지 않을 수 없군.
그야말로 맨드레이크보다도 더 심하지 않은가…….
이 삼중 괴물을 보고 나서도,
태고 적부터 비난받은 죄악들이

55 그리스 신화에서 나무의 요정.

56 그리스 신화에서 노인으로 묘사되는 바다의 신 포르키스와 그의 누이 케토 사이에서 태어난 세 딸 그라이아이를 말한다. 모두 머리는 백발이고 얼굴은 쪼글쪼글한 늙은 여자의 모습으로 태어났으며, 셋이서 하나의 눈과 하나의 이빨을 돌려 가며 사용했다고 한다.

7975 과연 추하다고 여겨질까?
우리 지옥의 가장 소름 끼치는 문턱에서도
저런 것은 참아 내기 어려울걸.
저런 것이 여기 아름다움의 나라에 뿌리내리고서
고전이란 명성으로 불리다니…….
7980 저것들이 몸을 움직이는데, 내가 온 걸 눈치챘나 보지.
박쥐 같고 흡혈귀 같은 것들이 휘파람 소리 내며 조잘거리는구나.

포르키아스 자매들아, 이리 눈을 줘봐.
누가 감히 우리 신전에 접근했는지 봐야겠어.

메피스토펠레스 지엄하신 분들이여, 여러분들에게 가까이 다가가
7985 여러분들의 축복을 삼중으로 받도록 허락해 주시오.
나는 이방인으로서 여기 나타났지만,
여러분들의 먼 친척이 분명하오.
난 벌써 품위 있는 옛 신들도 만나 보았고,
옵스[57]와 레아에게도 깊이 허리 숙여 절했소.
7990 혼돈의 여식 파르체,[58] 여러분들의 자매들도
어제 만났소,— 아니 그제였던가.
하지만 여러분들 같은 분은 생전 처음이오,
그저 말문이 막히고 환희에 넘칠 뿐이오.

포르키아스들 이 유령은 정신이 똑바로 박힌 모양이지.

7995 **메피스토펠레스** 다만 시인들이 여러분들을 칭송하지 않은 사실이 놀라울 따름이오.
그럴 수가, 어떻게 그럴 수 있단 말이오?
나는 여러분들의 품위 있는 모습을 그림으로도 본 적이 없소.
조각가의 끌이 유노,[59] 팔라스, 비너스 같은 신들이 아니라

57 고대 로마에서 숭배하던 다산(多産)의 여신. 그리스 신화의 레아와 동일시된다.

58 세 운명의 여신 클로토, 라케시스, 아트로포스를 가리킨다.

여러분들을 그려 내려고 애써야 할 거요.

포르키아스들 우리 셋은 고독과 적막한 어둠에 깊이 파묻혀, 8000
그런 생각은 전혀 해보지 못했는걸!

메피스토펠레스 사실 어떻게 그런 생각을 했겠소? 여러분들이 세상을 등진 채
아무도 만나지 않고, 또 여러분들을 만나러 오는 사람도 없는 마당에.
여러분들이 당연히 있어야 할 장소는 8005
화려함과 예술이 한데 어우러져 군림하는 곳,
대리석 덩어리가 날마다 빠르고 날쌔게
영웅을 만들어 내는 곳이오.
또—

포르키아스들 쓸데없이 우릴 부추기지 말고 입 다물어요!
그게 무슨 소용 있겠어요? 우리라고 아무것도 모르는 줄 알아요? 8010
우리는 밤에 태어나 밤의 일족이 되어,
우리 스스로도 자신에 대해 거의 모르고 다른 이들에게도 전혀 알려져 있지 않아요.

메피스토펠레스 그렇다면 할 말이 별로 없군요.
한 번쯤 다른 이들에게 자신을 내맡길 수도 있어야지요.
여러분들 셋은 눈 하나, 이빨 하나로 충분하지요. 8015
셋의 본성을 둘에 담고
세 번째 모습은 나한테 넘기는 것도
신화적으로 가능할 거요,
잠시 동안만 말이오.

포르키아스 1 너희들 생각은 어때? 가능할까?

나머지 포르키아스들 한번 해보자!— 하지만 이빨하고 눈은 안 돼. 8020

59 로마 신화에서 출산과 결혼의 여신.

메피스토펠레스 하필 제일 좋은 것을 가져가 버리면,
어떻게 당신들하고 똑같아진단 말이오!
포르키아스 1 한쪽 눈을 감아요, 아주 간단해요.
이제부터 송곳니 하나를 드러내면,
당신의 옆모습이
8025 우리들하고 똑같이 보일 거예요.
메피스토펠레스 영광이오! 그렇게 합시다!
포르키아스들 됐어요!
메피스토펠레스 (옆모습이 포르키아스처럼 보인다) 그러면 나 이제
혼돈의 사랑스러운 아들이 되었구나!
포르키아스들 우리는 의심의 여지 없이 혼돈의 딸들이지요.
메피스토펠레스 사람들이 날 남녀추니라고 부르겠군, 원 창피해서.
8030 **포르키아스들** 우리 새로운 세 자매의 모습은 정말 예쁘구나!
우리는 이제 눈 두 개, 이빨 두 개야.
메피스토펠레스 사람들의 눈을 피해 다녀야겠군.
이런 몰골을 보면 지옥의 사탄도 놀라 자빠지지 않을까. (퇴장한다)

에게 해의 바위로 둘러싸인 만

달이 중천에 떠 있다.

세이렌들 (암초에 둘러앉아 피리 불고 노래한다)
으스스한 밤이면,
8035 테살리아의 마녀들이
뻔뻔하게도 너를 끌어내렸지.
일렁이는 파도를 타고서
부드럽게 반짝이는 빛의 물결을

조용히 밤하늘에서 내려다보아라.
파도 속에서 소란스러이 8040
솟아오르는 것을 비추어라!
아름다운 루나여, 뭐든 시키는 대로 할 테니,
우리에게 자비를 베풀라!

네레이스[60]들과 트리톤[61]들 (바다의 기이한 존재들)
광활한 바다에 쩡쩡 울려 퍼지도록
더 낭랑한 소리로 크게 노래하여라, 8045
깊은 바닷속의 무리들을 불러내어라!
폭풍의 끔찍한 아가리 앞에서
우리 고요한 밑바닥으로 피했는데,
사랑스러운 노랫소리가 우릴 잡아끄는구나.

보아라! 우리 그지없는 환희에 취해 8050
황금 목걸이로 예쁘게 꾸민 것을.
왕관과 보석에다
머리핀과 허리띠까지 갖추었느니라!
모든 것이 너희들 덕분이구나.
우리 만(灣)의 악령들아, 8055
난파당한 배에서 흘러나온 보물들을
너희들이 노래 불러 우리에게 모아 주었구나.

세이렌들 우린 잘 알아요, 활기찬 바닷속에서
물고기들이 고통 모르고 이리저리 헤엄치며

60 그리스 신화에서 바다의 신 네레우스의 딸들. 총 오십 명이며, 악기를 연주하고 노래하고 춤추며 바다 짐승의 등에 올라타고서 바다 위를 행렬했다고 전해진다.

61 그리스 신화에서 바다의 신 포세이돈의 아들. 상반신은 인간, 하반신은 인어의 모습을 하고 있다.

8060 기분 좋고 편안하게 움직이는 것을.
하지만 그대 흥겹게 노니는 무리들이여,
그대들이 과연 물고기들보다 나은지,
우리 오늘 알고 싶어요.

네레이스들과 트리톤들 우리도 이곳에 오기 전에
8065 벌써 그 생각을 했느니라.
자매들이여, 형제들이여, 어서 서둘러라!
우리가 물고기들보다 나은 것을
완벽하게 증명하기 위해
작은 여행을 떠나자꾸나. (멀어진다)

8070 **세이렌들** 순식간에 멀어졌구나!
순풍을 타고
곧장 사모트라키[62]를 향해 사라졌구나.
고매한 카베이로이[63]의 나라에서
무얼 하려는 것일까?
8075 저들은 자신들이 누구인지 모르면서
끊임없이 스스로를 만들어 내는
신기하고 특이한 신들인 것을!

하늘 높이 머물러라,
사랑스러운 루나여,
8080 언제까지나 밤이도록 자비를 베풀어라.
낮이 우리를 쫓아내지 않도록!

탈레스 (해변에서 호문쿨루스에게)
너를 기꺼이 네레우스 노인에게 데려다 주고 싶구나.

62 에게 해에 위치한 섬. 카베이로이를 모시는 중요한 신전이 있었다.
63 그리스 신화의 신들. 바다에서 조난당한 사람들을 도와주는 우호적인 신으로 숭상받았다.

그의 동굴이 이곳에서 멀지 않은 곳에 있는데,
매사에 불평불만을 늘어놓는
워낙 지독한 고집쟁이 노인이란다. 8085
그 심술통이 노인은
온 인류를 못마땅해한단다.
하지만 앞날을 내다보는 눈이 있어서
다들 존경하고
높이 숭상하지. 8090
또 사실 그 노인이 많은 사람들을 도와주었어.

호문쿨루스 우리 한번 시험 삼아 찾아가 봐요!
설마 내 유리하고 불꽃을 날려 버리기야 하겠어요.

네레우스 지금 내 귀에 들리는 것이 사람 소리냐?
마음속 깊은 곳에서 왈칵 분통이 치미는구나! 8095
신들을 닮으려고 기를 쓰면서도,
끝내 제자리 걸음만 하는 저주받은 형상들.
나는 옛날부터 신의 평화를 누릴 수 있었는데도,
뛰어난 자들을 도와주곤 했지.
그러다 결국 그들이 무얼 이루었나 보면, 8100
번번이 충고를 하나 마나였다니까.

탈레스 오, 바다의 노인이여, 그런데도 사람들은 당신을 믿습니다.
당신은 현자이시니, 부디 우리를 내쫓지 마십시오!
여기 사람처럼 생긴 불꽃을 보십시오,
이것은 당신의 충고에 전적으로 따를 겁니다. 8105

네레우스 충고는 무슨 충고! 사람들한테 언제 충고가 먹혀든 적이 있었는가?
귀가 꽉 막혀서, 아무리 지혜로운 말을 해줘도 들어야 말이지.
그렇듯 제 가슴 쥐어뜯을 행동을 해놓고도
여전히 제 고집만 내세운다니까.

8110 내가 파리스에게 얼마나 아버지처럼 타일렀는지 아는가,
그런데도 결국 욕망에 눈이 멀어 그 이방인 여자를 꼬였지 뭔가.
그 녀석이 그리스 해변에 대담하게 서 있었을 때,
내 머릿속에 떠오른 광경을 알려 주었지.
연기가 뭉실뭉실 피어오르고 붉은 불꽃이 이글거리고
8115 뜨겁게 타오르는 들보 아래서 살인과 죽음이 횡행했어.
트로이 심판의 날이 노랫가락에 담겨
수천 년 동안 끔찍하게 전해지리라고 알려 주었지.
그 뻔뻔한 녀석은 이 노인의 말이 농담인 줄 알았는지,
기어이 욕망을 좇았고 일리오스[64]는 몰락했어—
8120 고통에 오래오래 시달리다가 뻣뻣하게 나자빠진 거인의 시신이
핀두스의 독수리들에게 반가운 성찬을 마련해 주었지.
또 오디세우스는 어떻고! 키르케[65]의 잔꾀나 키클로페스[66]의 만행에 대해
내 그토록 미리 말해 주었건만,
소심하게 망설이고 부하들은 경솔하게 굴다가 어떻게 되었냐고.
8125 그뿐이야! 그래서 결국 얻은 게 뭐야?
이리저리 파도에 시달리다,
겨우 뒤늦게야 풍랑의 호의에 힘입어, 손님을 환대하는 해변에 이르렀지.

탈레스 그런 태도들이 현명한 분에게는 고통스럽겠지만,
어지신 분이라면 한 번 더 시도해 보지 않을까요.
8130 작은 고마움이 산더미만 한 배은망덕을 완전히 상쇄시켜서
마음을 더없이 흐뭇하게 할 것입니다.

64 트로이의 다른 이름.

65 그리스 신화에 나오는 마녀로 〈독수리〉를 의미한다. 전설의 섬 아이아이에에 살면서 오디세우스의 부하들을 돼지로 만들어 버렸다.

66 그리스 신화에 나오는 외눈박이 거인 종족.

우리의 부탁은 결코 사소한 것이 아니기 때문이지요.
저 꼬마가 지혜롭게 생성되고 싶어합니다.

네레우스 그런 희한한 농담으로 내 기분을 망치지 말게나.
나는 오늘 다른 급한 일이 있다네. 8135
내 딸들, 바다의 숙녀라 불리는 도리스의 딸[67]들을
모두 이곳으로 불렀네.
그렇듯 아름답고 사랑스럽게 움직이는 자태는
올림포스에도 자네들의 나라에도 없을 걸세.
그 아이들이 해룡의 등에서 넵투누스[68]의 말로 8140
얼마나 우아하게 훌쩍 옮겨 타는지 아는가.
얼마나 다정하게 물하고 하나로 어울리는지,
물거품마저 그 아이들을 높이 들어 올리는 듯 보인다네.
키프리스[69]가 우리에게 등 돌린 이후로
파포스[70]에서 직접 여신으로 숭배받는 갈라테아,[71] 8145
그 세상 최고의 미인도
비너스의 오색영롱한 조개 마차를 타고 올 걸세.
그 아리따운 아이는 모든 걸 상속받아,
벌써 오래전부터 신전 도시와 마차의 옥좌를 다스리고 있네.
어서 여길 떠나게! 아비로서의 즐거움을 누리는 순간에, 8150
마음속에 그 어떤 증오심도 품고 싶지 않고 입에 그 어떤 욕설도 올리고 싶지 않네.
프로테우스[72]를 찾아가게! 사람이 어떻게 형성되고 변화할

67 네레이스들은 어머니 도리스의 이름을 따서 도리스의 딸들이라 불리기도 한다.

68 로마 신화에 나오는 바다의 신. 그리스 신화의 포세이돈에 해당한다.

69 그리스 신화에서 미와 사랑의 여신 아프로디테의 다른 이름. 키프리스는 〈키프로스 섬사람〉이란 뜻이다.

70 지중해의 키프로스에 있는 도시.

71 네레이스들 가운데 가장 아름다우며, 여기서는 미의 여신 비너스를 대신한다.

수 있는지
그 마술사에게 물어보게나.
(바다를 향해 떠난다)

탈레스 여기까지 왔지만, 얻은 게 하나도 없구먼.
8155 프로테우스를 만난다 하더라도, 그는 금방 사라져 버릴 걸세.
그리고 설령 그냥 있다 하더라도,
결국 우리를 놀라게 하거나 혼란스럽게 하는 말만을 할 걸세.
너야 일단 그런 충고라도 필요하니,
시험 삼아 길을 떠나 보자.
(그곳을 떠난다)

세이렌들 (높은 바위 위에서)
8160 저 멀리 넘실거리는 파도 위를
미끄러져 오는 것이 무엇이냐?
바람에 펄럭이는
하얀 돛처럼 빛나는
바다의 처녀들
8165 보기에도 눈부시구나.
우리 아래로 내려가서
그 목소리들을 들어 보자.

네레이스들과 트리톤들 우리가 두 손으로 받쳐 오는 것은
너희들 모두의 마음을 즐겁게 해주리라.
8170 거대한 바다거북의 등딱지가
엄숙한 모습을 빛나게 하는구나.
우리가 모셔 오는 신들을
높이 찬양하여라.

세이렌들 몸집은 작으나

72 그리스 신화에서 바다의 신들 가운데 하나. 물이나 불, 나무, 사자, 용 등 온갖 형태로 변신할 수 있다.

위력은 대단하신 분들. 8175
난파당한 이들의 구원자,
태고 적부터 숭상받는 신들이누나.

네레이스들과 트리톤들 우리 평화로운 축제를 즐기려고
카베이로이들을 모셔 왔노라.
그들이 거룩하게 다스리는 곳에선 8180
넵투누스도 다정해진다네.

세이렌들 우리도 당신들을 따르겠어요.
배가 침몰하면,
당신들은 무적의 힘으로
뱃사람들을 보호하지요. 8185

네레이스들과 트리톤들 여기 세 명의 신을 모셔 왔노라.
나머지 한 신은 오지 않겠다며,
자신이 모두를 대신하는
진짜 신이라 하였노라.

세이렌들 한 신이 다른 신을 8190
조롱하려는 거예요.
모든 은총을 숭상하고,
모든 화를 두려워하라.

네레이스들과 트리톤들 그들은 사실 일곱이니라.

세이렌들 나머지 셋은 어디 계신가요? 8195

네레이스들과 트리톤들 우리도 알 수 없는 일,
올림포스에 물어보라.
그 누구도 아직 생각하지 못한
여덟 번째 신이 혹시 거기에 있을지 누가 알랴!
우리에겐 자비롭지만, 8200
아직 완성되지 못한 신들.
이 비할 데 없는 신들은

이룰 수 없는 것을
애타게 갈망하며
8205 굶주림에 허덕이노라.

세이렌들 신이 어디에 군림하듯,
우리는 늘
해와 달을 향해
기도하지요, 그것은 보람 있는 일.

8210 **네레이스들과 트리톤들** 이 축제를 주도하는 우리의 명성이
얼마나 찬란히 빛나는가!

세이렌들 고대의 영웅호걸들이
어디서 어떻게 빛나는 명성을 누렸건
당신들에게는 미치지 못해요.
8215 그들은 금양모피를 손에 넣었지만,
당신들은 카베이로이를 모셔 왔어요.
(다함께 한 번 더 노래한다)
그들은 금양모피를 손에 넣었지만,
우리들은 당신들은 카베이로이를 모셔 왔어요.

네레이스들과 트리톤들 지나간다.

호문쿨루스 저 흉물스러운 것들은
8220 꼭 흙으로 얼기설기 빚은 항아리 같아요.
그런데 현자들이 저기에 부딪쳐,
단단한 머리를 깨뜨린다니까요.

탈레스 저것은 사람들이 그야말로 무척 탐하는 것이란다.
동전은 원래 녹슬어야 가치 있는 법이거든.

프로테우스 (모습은 보이지 않는다)
8225 나 같은 늙은 이야기꾼은 저런 걸 보면 즐겁단 말이야.

요상하게 생길수록 더욱 존경심이 일거든.

탈레스 어디 있는가, 프로테우스?

프로테우스 (복화술을 이용하여, 때로는 가까이에서 때로는 멀리에서 들린다)

여기 있네! 그리고 여기에도 있지!

탈레스 진부한 농담이야 눈감아 주겠지만,
친구에게 허튼소리는 하지 말게!
자네가 다른 곳에 있는 척하는 걸 잘 알고 있네. 8230

프로테우스 (멀리에서 말하듯) 잘 있게!

탈레스 (호문쿨루스에게 소리 죽여)

저 친구 아주 가까운 곳에 있어. 힘차게 빛을 밝히게!
물고기처럼 호기심 많은 친구일세.
어떤 모습으로 어디에 처박혀 있는지는 몰라도,
불빛으로 유인할 수 있을 거야.

호문쿨루스 즉각 빛을 왕창 쏟아 내겠어요. 8235
하지만 유리가 깨어지지 않도록 조심해야겠지요.

프로테우스 (거대한 거북의 모습으로)
무엇이 이렇듯 우아하고 아름답게 빛을 발하는가?

탈레스 (호문쿨루스를 감추며)
좋아! 자네가 원하면 더 가까이에서 볼 수 있네.
조금 수고스럽더라도,
인간의 두 발로 나타나게. 8240
우리가 감추고 있는 것을 보고 싶다면,
우리의 호의와 뜻을 따라 주게.

프로테우스 (고귀한 모습으로)
자네, 여전히 처세에 능하구먼.

탈레스 모습 바꾸는 것이 여전히 자네의 취미인 모양일세.

호문쿨루스를 드러낸다.

프로테우스 (깜짝 놀란다)

8245 빛을 발하는 난쟁이라니! 이런 건 내 생전 처음일세.

탈레스 이 친구가 조언을 받아 생성되고 싶어 한다네.

내가 들은 말에 따르면,

정말 희한하게도 반만 세상에 태어났다는 것일세.

정신적인 특성은 갖추었는데,

8250 손으로 잡을 수 있는 유용한 측면이 아직 부족하다는 게야.

지금까지 무게라고는 고작 유리가 전부이니,

무엇보다도 먼저 몸뚱이를 갖고 싶다는 걸세.

프로테우스 그렇다면 진정으로 동정녀의 아들이로구나,

존재해야 하기도 전에 벌써 존재하다니!

탈레스 (소리 죽여)

8255 다른 관점에서도 곤란하지 않겠는가,

내 생각에는 자웅 동체인 것 같은데.

프로테우스 그거야 차라리 잘되었네,

어딜 가든 잘 적응할 걸세.

하지만 여기에서 괜히 골머리 썩힐 필요 없네.

8260 넓은 바다에서 시작해야 할 걸세!

먼저 작게 시작해서,

아주 작은 걸 먹어 삼키는 것을 기뻐해야 하네.

그렇게 차츰차츰 자라나

더 높은 완성을 향해 나아가는 걸세.

8265 **호문쿨루스** 부드러운 산들바람이 부는군요.

상큼한 풀냄새가 정말 기분 좋게 향긋해요!

프로테우스 그럴 거다, 이 귀여운 꼬마 친구야!

앞으로 더욱 기분 좋아질 거야.

이 길쭉한 해변의 대기는
이루 말로 형용할 수 없단다. 8270
저기 앞쪽에 두둥실 다가오는 행렬이
아주 가깝게 보이는데
우리 저기로 가보자!

탈레스 나도 함께 가려네.

호문쿨루스 삼중으로 진기한 유령들의 행차구나!

로도스[73]의 텔키네스족[74]이 넵투누스의 삼지창을 휘두르며 히포캄포스[75]와 해룡을 타고 나타난다.

합창 성난 파도 달래 주는 8275
넵투누스의 삼지창, 우리가 만들었지요.
뇌신(雷神)이 사방에 먹구름 펼치면,
넵투누스 무섭게 구르는 천둥소리에 응답하지요.
위에서는 번개가 번쩍번쩍,
아래서는 파도가 꼬리를 물고 넘실넘실. 8280
그 사이에서 겁에 질려 아무리 안간힘 쓸지라도,
이리저리 내동댕이쳐지다가 결국엔 꼴깍 삼켜지지요.
오늘 넵투누스가 우리에게 황홀을 넘겨주었으니—
우리 차분하고 경쾌하게 축제를 즐기세.

세이렌들 너희들, 헬리오스[76]에게 귀의한 자들아, 8285
밝은 날의 축복받은 자들아,
감동적으로 루나를 높이 경배하는

73 그리스의 에게 해에 위치한 섬.
74 그리스 신화에서 로도스 섬 최초의 원주민들.
75 말의 몸에 물고기의 꼬리를 한 상상 속의 바다 동물.
76 그리스 신화의 태양신으로 달의 여신 루나의 오라버니이다.

시간에 어서 오너라!

텔키네스족 높은 창공의 더없이 사랑스러운 여신이여!

8290 그대의 오라버니를 칭송하는 말 기쁘게 들으소서.
복된 로도스의 말에 귀 기울이면,
영원한 찬양의 송가 울려 퍼지리오.
그대의 오라버니 하루의 발걸음을 시작하여 중천에 이르면,
불같이 빛나는 눈길로 우리를 바라보시지요.
8295 산, 도시, 해변, 파도,
정겹고 밝게 빛나니, 그 신의 마음에 들리라.
안개가 우리를 짙게 에워싸는 일은 결코 없고, 어쩌다 살며시
자태를 드리우면
밝은 빛 비치고 산들바람 불어 섬이 다시 맑아지노라!
그러면 그 숭고한 신은 수많은 형상으로 나타나리라,
8300 젊은이, 거인, 위대한 분, 온화한 분으로.
신의 위력을 품위 있는 인간의 형상으로 드러내기는
우리가 처음이리라.

프로테우스 저들을 노래하게 하라, 마음껏 으스대게 하라!
태양의 성스러운 생명의 빛 앞에서,
8305 생명 없는 작품은 한낱 유희에 불과하노라.
저들은 끈기 있게 만들고 녹이고
청동으로 주조하고서
대단한 것인 양 생각하노라.
그런 자랑거리들이 결국 어떻게 되었는가?
8310 신의 형상들이 드높이 서 있었지만
지진이 단숨에 파괴하지 않았는가.
오래전에 다시 녹아 버리지 않았는가.
어떤 것이든 지상의 일은
항상 어설픈 땜질에 불과하니,

파도가 오히려 생명에 도움이 되리라. 8315
너를 영원한 물로 데려가리라,
프로테우스 돌고래가. (돌고래로 변신한다)
자, 이제 되었구나!
이편이 너를 위해 가장 좋으리라.
내 너를 등에 태워
드넓은 바다와 하나로 맺어 주리라. 8320

탈레스 처음부터 새롭게 창조하려는,
저 칭송할 만한 욕구에 따르라!
어서 행동을 개시할 준비를 하라!
영원한 규범에 따라
천 가지, 수천 가지 형태를 지나 8325
인간이 되기까지는 아직 시간이 있노라.

호문쿨루스, 프로테우스 돌고래에 올라탄다.

프로테우스 정신적인 존재로서 드넓은 물을 향해 가자.
너는 거기에서 종횡무진으로 살아가며,
마음대로 움직이리라.
다만 더 높은 단계를 향해 나아가려 하지는 마라. 8330
네가 일단 인간이 되었다 하면,
그것으로 완전히 끝장나리라.

탈레스 그거야 상황에 따라 다르지 않겠는가,
당대의 훌륭한 사람이 되는 것도 멋진 일일세.

프로테우스 (탈레스에게)
자네 같은 사람 말인가! 8335
자네의 명성은 앞으로도 한동안 더 유지될 걸세.
벌써 수백 년 전부터

창백한 유령들 틈바구니에서 자네를 보아 왔으니까.

세이렌들 (바위 위에서)

저기 웬 구름의 고리가

8340 달을 풍요롭게 에워싸는가?

사랑에 불타는 비둘기들이구나,

하얗게 빛나는 날개들.

파포스에서 보내왔구나,

저 열정적인 새 떼들을.

8345 우리의 축제 절정에 이르고,

명랑한 환희 밝게 넘치누나!

네레우스 (탈레스에게 다가가며)

밤의 나그네는 아마 저 달무리를 가리켜

대기가 빚어낸 현상이라 말할 걸세.

하지만 우리 유령들만은 그게 아니라는 것을

8350 정확하게 알지,

내 딸의 조개 마차를

호위하는 비둘기들인 것을.

하늘을 나는 저 경이롭고 특이한 방식은

옛날 옛적부터 익힌 것이라네.

8355 **탈레스** 나도 더없이 훌륭하다고 생각하오,

조용하고 따사한 둥지에서

성스러운 것이 삶을 지키면,

용감한 남자의 마음에 들 것이오.

프실렌족과 마르센족[77] (바다소와 바다 송아지, 바다 양을 타고 나타난다)

해신도 무너뜨리지 못하고

77 마법에 능하고 뱀을 부리는 것으로 유명했던 고대의 종족들.

지진도 파괴하지 못한 8360
키프로스 험준한 동굴 속에,
아득한 옛날처럼
영원한 대기에 감싸여
정적에 묻혀 있는 즐거운 곳에
우리 키프로스의 마차를 보관하지요. 8365
이제 살랑대는 밤에
사랑스러이 일렁이는 파도를 가르고,
더없이 사랑스러운 따님을
새로운 세대를 향해 눈에 보이지 않게 인도하지요.
우리 묵묵히 일에 열중하면, 8370
독수리도 날개 달린 사자도
십자가도 달도 겁나지 않아요.
저 위에 군림하는 자,
변화무쌍하게 움직이고
서로 쫓고 쫓기고 죽고 죽인다 해도, 8375
씨앗과 도시들을 짓밟는다 해도,
우리는 앞으로도 계속
더없이 사랑스러운 여주인을 모셔 오리라.

세이렌들 적당히 서둘러 가볍게 사뿐사뿐
마차 주위를 겹겹이 에워싸라. 8380
한 줄 두 줄,
한 겹 두 겹 뱀처럼 휘감아라.
가까이 다가오라, 활기찬 네레이스들아,
보기 좋게 야성적인 힘찬 여인들아,
다정한 도리스의 딸들아, 8385
어머니와 똑 닮은 갈라테아를 모셔 오너라.
신들에 버금가는 진지함,

불멸의 품위,
그런데도 사랑스러운 여인네처럼
8390 매혹적인 우아함.

도리스의 딸들 (돌고래를 타고서 모두 함께 합창하며 네레우스 곁을 지나간다)
루나여, 우리에게는 빛과 그림자를,
이 꽃피어 나는 젊은이들에게는 밝음을 주소서!
아버지에게 이 사랑스러운 신랑감들을
보여 드리며 간청하겠어요. (네레우스에게)
8395 우리가 성난 파도의 이빨로부터
이 젊은이들을 구해서,
갈대와 이끼 위에 눕혀 놓고
따뜻하게 몸을 녹여 주었답니다.
이제 이 젊은이들이 뜨거운 입맞춤으로
8400 우리에게 충실히 고마움을 표할 것이니,
이 사랑스러운 이들을 자애롭게 보아주소서!

네레우스 그거야말로 일석이조 아니겠느냐,
자비를 베푸는 동시에 기쁨을 누릴 수 있다니.

도리스의 딸들 아버지, 우리의 행동을 칭찬하시고
8405 우리의 정당한 기쁨을 허락하신다면,
저들을 불멸의 존재로 만들어
영원한 청춘의 가슴에 단단히 붙들어 매어 주소서.

네레우스 너희의 근사한 수확을 기뻐하라,
젊은이들을 지아비로 맞아들여라.
8410 하지만 제우스만이 하실 수 있는 일을
내 어찌하겠느냐.
너희들을 태우고 일렁이는 파도도
사랑을 영원히 붙잡아 두지는 못하리라.

사랑에 흠뻑 취한 후에는
저들을 편안히 물에 데려다 주어라. 8415

도리스의 딸들 사랑스러운 젊은이들이여, 그대들 우리에게 그토록 소중하건만
가슴 아프게 헤어질 수밖에 없군요.
우리 영원히 정절 지키려 하였건만,
신들이 허락하지 않는답니다.

젊은이들 우리 씩씩한 뱃사람들을 8420
앞으로도 계속 보살펴 주시오.
우리 지금껏 이토록 행복한 적 없었고,
앞으로도 더 큰 행운을 바랄 수 없으리오.

갈라테아, 조개 마차를 타고 가까이 다가온다.

네레우스 사랑스러운 딸아, 네가 왔구나!

갈라테아 오, 아버지! 이런 기쁜 일이 있다니!
돌고래야, 멈추어라! 아버지의 눈길이 나를 붙잡는구나. 8425

네레우스 벌써 지나갔구나, 지나갔어,
뱅글뱅글 힘차게 원을 그리며.
내 가슴 이토록 설레는 것을 저 아이가 어찌 알랴!
아아, 저들이 날 데려간다면 얼마나 좋으리!
하지만 이제 한 번 보았으니 8430
일 년을 버틸 수 있으리.

탈레스 만세! 만세! 만만세!
아름다움과 진실함에 참으로 가슴 벅차고,
기쁨이 꽃피어 나는구나……
모든 것이 물에서 생겨났노라! 8435
모든 것이 물에 의해 유지되노라!

드넓은 바다여, 우리를 영원히 다스려 다오.
네가 구름을 보내지 않고,
풍성한 냇물을 선사하지 않고,
8440 강물을 이리저리 굽이치게 하지 않고,
물줄기를 완성하지 않으면,
산이 다 무엇이고, 평야와 세상이 다 무엇이랴?
바로 네가 활기찬 삶을 유지하게 하는구나.

메아리 (모두 함께 합창한다)
바로 너에게서 활기찬 삶이 솟아나는구나.

8445 **네레우스** 저들이 파도를 타고 저 멀리 돌아가는구나.
더 이상 눈과 눈을 마주칠 수 없으리라.
수많은 무리들이
줄줄이 원을 그리며,
굽이치며 흥겹게 축제를 즐기는구나.
8450 하지만 나는 갈라테아의 조개 옥좌를
보고 또 보느니라.
많은 무리들을 가르고
별처럼 빛나는 옥좌를!
사랑스러운 모습이 북적대는 군중을 가르고 반짝이는구나!
8455 저 멀리에서도
밝고 청아하게 어른거리는구나,
여전히 가깝고 진실되게.

호문쿨루스 이 다정한 물속에서는
내가 무엇을 비출지라도
8460 매혹적으로 아름답기만 하구나.

프로테우스 이 생명의 물속에서
너도 멋진 소리를 내며
빛을 발하는구나.

네레우스 저 무리들 한복판에 어떤 새로운 비밀이
우리의 눈에 드러나려 하는가? 8465
조개 주위에서, 갈라테아의 발치에서 무엇이 불타오르는가?
때로는 사랑스럽게 때로는 감미롭게 이글거리며 불타는구나,
마치 사랑의 고동에 감전된 양.

탈레스 프로테우스에게 유인당한 호문쿨루스로구나……
저것은 열렬한 그리움의 증상이로다, 8470
겁에 질려 내뱉는 커다란 신음 소리가 귀에 들리는 듯하도다.
곧 빛나는 옥좌에 부딪쳐 산산조각 나리라.
이제 활활 타오르고 번개가 번쩍이고 쏟아져 내리는구나.

세이렌들 서로 맞부딪쳐 불꽃을 날리며 산산이 부서지는 파도들을
어떤 불타는 기적이 밝게 비추는가? 8475
저리 빛을 발하며 흔들흔들 환히 비추다니.
물체들이 밤의 궤도에서 붉게 타오르고,
주변의 모든 것이 불길에 에워싸였구나.
모든 것의 시초인 에로스가 이대로 군림하리라!
바다 만세! 성스러운 불길에 8480
에워싸인 파도 만세!
물 만세! 불 만세!
희귀한 모험 만세!

모두, 모두 함께! 부드럽게 살랑대는 산들바람 만세!
비밀에 가득 찬 동굴 만세! 8485
여기에서 축복받으라,
네 가지 모든 원소[78]여!

78 화(火), 수(水), 풍(風), 토(土)의 네 원소를 말한다.

제3막

스파르타의 메넬라스[1] 궁전 앞

헬레나, 사로잡힌 트로이 여인들의 합창단과 함께 등장한다.
판탈리스, 합창단을 인솔한다.

헬레나 칭송도 비난도 많이 받은 나 헬레나,
사납게 요동치는 풍랑에 지친 몸으로
8490 방금 상륙한 해안에서 오는 길이노라.
프리기아[2]의 싸움터를 떠나
포세이돈의 은총과 에우로스[3]에 힘입어서
사납게 솟구치는 파도를 넘어 조국의 해안에 이르렀구나.
저기 아래에서는 메넬라스 왕이 용감한 무사들과 더불어
8495 무사히 귀환한 것을 자축하노라.
그러나 고대광실 궁전아, 너는 날 환영해 다오.
우리 아버지 틴다레오스 왕께서 귀향하셔서

1 고대 그리스 스파르타의 왕이었으며 헬레나의 남편이었던 메넬라오스를 가리킨다.
2 트로이의 평원.
3 동풍의 신.

팔라스 언덕 가까이에 너를 지으셨도다.
내가 여동생 클리타임네스트라와 사이좋게 지내고
카스토르, 폴리데우케스랑 즐겁게 뛰어놀며 자랄 때, 8500
너는 스파르타의 그 어떤 집보다도 웅장하게 꾸며져 있었지.
청동 문아, 반갑구나!
너희들이 일찍이 손님을 반기러 활짝 열렸을 때,
많은 이들 가운데 선택받은 메넬라스가
신랑의 모습으로 나를 향해 환히 빛났었지. 8505
내가 이제 왕비로서 왕의 급한 분부를 성실히 수행할 수 있도록,
나를 위해 다시 활짝 열리어라.
나를 들여보내어라! 그리고 여기까지 날 괴롭히며 쫓아온
모든 것들은 문 밖에 머물러라.
내가 아무런 근심 걱정 없이 이 문지방을 넘어, 8510
키테라[4] 신전에 성스러운 의무를 수행하러 가다,
프리기아의 도둑에게 납치된 이후로,
얼마나 많은 일들이 일어났는가. 온 세상천지가
그 일들을 즐겁게 입에 올리지만 당사자는 듣고 싶지 않노라,
황당무계한 전설처럼 엮어진 이야기들. 8515

합창단 오, 아름다운 여인이시여,
영예로운 최고의 보물을 뿌리치지 마세요!
그 무엇보다도 돋보이는 아름다움의 명성,
그 최대의 행복은 오로지 당신만의 것이지요.
영웅이 이름을 앞세우며 8520
도도하게 활보하지만,
제아무리 완강한 남자도
모든 걸 제압하는 아름다움 앞에서는 뜻을 굽힌

4 사랑의 여신 아프로디테의 다른 이름.

답니다.

헬레나 그만해라! 나는 남편과 함께 배를 타고 와,
8525 먼저 성안으로 들어가라는 분부를 받았노라.
하지만 남편이 무슨 생각을 품고 있는지는 알 수 없구나.
내가 지어미로서 온 것일까? 왕비로서 온 것일까?
왕의 뼈아픈 고통과 오랫동안 참고 견딘
그리스인들의 불운에 대한 제물로서 온 것일까?
8530 나는 전쟁의 노획물로 붙잡혔지만, 포로인지는 모르겠구나!
내 명성과 운명을 결정지은 것은
맹세코 불멸의 신들이기 때문이니라.
이 문지방에서까지도 음울하게 위협적으로
내 곁을 지키는 그 아름다움의 동반자들이
8535 미심쩍고 믿을 수 없다는 생각이 드는구나.
스산한 배 안에서 남편은 나에게 거의 시선을 주지 않았고,
위로의 말도 건네지 않았기 때문이니라.
마치 불길한 일을 꾀하듯 마주 앉아 있었을 뿐이노라.
그러다 선두를 달리던 배의 뱃머리가 에우로타스 강의 깊은
하구에 이르러
반갑게 육지에 인사하자마자, 그는 신의 명령에 따르듯 말하
8540 였느니라.
〈병사들이 여기에서 차례차례 하선하면,
나는 해변에 정렬한 그들을 사열할 생각이오.
당신은 이 길로 성스러운
에우로타스 강의 비옥한 강변을 따라 올라가시오.
8545 이슬 맺힌 초원으로 말을 몰면,
아름다운 평원에 이를 것이오.
일찍이 풍요롭고 드넓은 평야였던 그곳에
라케다이몬[5]이 장중한 산들에 바싹 둘러싸여 자리 잡고 있소.

우뚝 솟은 왕궁에 들어가,
현명한 늙은 시녀장과 함께 8550
내가 두고 온 시녀들을 점검하시오.
당신 아버님이 남기신 보물들을
내가 전시든 평화시든 끊임없이 불려서 쌓아 두었는데,
시녀장이 그 많은 보물들을 보여 줄 것이오.
당신은 전부 차곡차곡 정돈되어 있는 광경을 보게 될 것이오. 8555
모든 것이 두고 떠난 그대로 충실하게
제자리를 지키는지 확인하는 것은
집에 돌아온 군주의 특권이기 때문이오.
종복에게는 어떤 것 하나라도 제 마음대로 바꿀 권한이 없소〉

합창단 한없이 불어난 찬란한 보물들을 보고 8560
왕비님의 눈과 마음을 위로하세요!
아름다운 목걸이, 근사한 왕관,
그것들이 거만하게 버티며 스스로 대단한 존재인
양 생각할 거예요.
하지만 이제 왕비님이 왕림하시어,
보물들에게 어서 겨룰 채비를 하라고 이르세요. 8565
왕비님의 아름다움이 황금과 진주와 보석들과
겨루는 모습을 보게 되어 기뻐요.

헬레나 왕께서는 또 지엄하게 분부하였느니라.
〈모든 것을 차례대로 검열한 후에는,
필요하다고 여겨지는 삼발이 몇 개와 8570
제사를 드리는 사람의 손길이 요구하는 제기들을
거룩한 격식에 맞추어 꺼내 놓으시오.
솥, 주발, 납작한 접시.

5 스파르타의 다른 이름.

신성한 우물의 정화수도 항아리에 떠다 놓고,
8575 불이 잘 붙는 마른 땔감도 준비하고,
끝으로 예리하게 갈아 놓은 칼도
잊지 마시오.
나머지 일들은 당신에게 맡길 테니 알아서 하시오〉
왕은 이렇게 말하며, 어서 가라고 날 재촉하였노라.
8580 하지만 올림포스의 신들에게 바칠
살아 숨 쉬는 것에 대해서는 한마디도 언급하지 않았노라.
그것이 마음에 걸리지만 더 이상 신경 쓰지 않으리라.
인간들이 뭐라 생각하든 개의치 않고,
자신들의 뜻대로 완성하는
8585 숭고한 신들에게 모든 것을 맡기리라.
우리 죽음을 면할 수 없는 존재들은 그저 감내하는 수밖에
없는 것을.
제물을 바치는 자의 손이
땅에 엎드린 짐승의 목을 향해 무거운 도끼를 들어 올렸지만,
가까운 적이나 신이 끼어들어 방해하는 바람에,
8590 뜻을 이루지 못한 적이 벌써 여러 번 있었노라.

합창단 앞으로 무슨 일이 일어날지 미리 마음 쓰지 마세요.
왕비님, 용기를 내어
걸음을 내딛으세요!
좋은 일이든 나쁜 일이든
8595 뜻하지 않게 사람을 찾아오기 마련.
미리 예고된다 해도 믿어지지 않는 법이에요.
트로이가 불탔을 때 우리 눈으로 죽음,
그 치욕적인 죽음을 보았잖아요.
그런데 우리 여기 왕비님을 따라와
8600 즐거운 마음으로 시중들며,

하늘의 눈부신 태양과
세상에서 제일 아름다우신 분
왕비님을 행복하게 우러러보고 있잖아요?

헬레나 이왕지사 이리된 걸 어쩌겠느냐! 앞으로 무슨 일이 일어나더라도,
지금으로서는 왕궁에 올라가는 것이 왕비의 도리이거늘. 8605
오래 떠나 있는 동안 애타게 그리워하고 거의 잊어버릴 뻔했던
왕궁을 다시 눈앞에 두고서, 어찌 된 영문인지 모르겠구나.
어린 시절 폴짝폴짝 뛰어다니던 높은 계단에
선뜻 발이 올라서지 않다니. (퇴장한다)

합창단 오, 슬프게 8610
붙잡혀 온 자매들이여,
모든 고통일랑 멀리 벗어던져라.
왕비님께 행복을 나누어 드리고,
왕비님의 행복을 함께 나누어라.
뒤늦게 돌아온 만큼 8615
더욱 확고한 걸음걸이로
고향집을 향해
즐거이 다가가시는구나.
다행스러운 결말을 맺게 하시고
고향집으로 인도하시는 8620
거룩한 신들을 찬양하라!
사로잡힌 자
감옥의 벽 너머로 두 팔 벌리고
애타게 그리워하며 여위어 갈 때,
속박에서 풀려난 자 8625
날개 돋친 듯
험악한 곳 넘어 날아가리.

그러나 머나먼 곳에 계신 분을
신께서 붙잡아 주셨노라.
8630 일리오스의 폐허에서
이곳으로,
새롭게 단장한 옛 고향집으로
데려오셨노라.
이루 형용할 수 없는
8635 기쁨과 아픔을 겪으신 후에
옛날 어린 시절을
새로이 돌아보도록.

판탈리스 (합창단 단장)
기쁨에 들뜬 노래는 그만두고
저 문을 바라보아라!
8640 이게 웬일이냐, 자매들아?
왕비님께서 허둥지둥 우리에게로 돌아오시지 않느냐?
무슨 일이세요, 고귀한 왕비님?
왕비님의 궁궐에서 반가운 인사 대신
무슨 놀라운 일이라도 당하셨나요? 숨기지 마세요.
8645 왕비님의 이마에 혐오감과
놀라지 않으려고 애쓰는 고결한 노여움이 서려 있어요.

헬레나 (양쪽 문을 활짝 열어 놓은 채 흥분하여)
천박한 두려움이나 슬며시 덮치는 공포의 손길 따위에
제우스의 딸이 꿈쩍할쏘냐.
그런데 태초의 암흑의 품에서 생겨나,
8650 마치 화산 분화구에서 솟구치는 뜨거운 구름처럼
갖가지 모습으로 덮치는 놀라움 앞에서는
영웅의 가슴도 깊이 동요하리라.
오늘 저승의 신들이 내 걸음을

너무 소름 끼치게 집 안으로 인도하는 바람에,
그토록 자주 드나들었고 오랫동안 그리워했던 문지방에서 8655
마치 내쫓기는 손님처럼 물러났노라.
하지만 천만의 말씀! 내 비록 밝은 곳으로 피했을지언정,
어떤 힘이라도 더 이상은 날 몰아내지 못하리라.
축원을 드려야겠구나, 몸과 마음을 정화하면
아궁이의 불꽃이 날 주인으로 반기지 않겠느냐. 8660

합창단 단장 고귀하신 왕비님, 왕비님을 모시는
시녀들에게 무슨 일이 일어났는지 알아보세요.

헬레나 태고의 어둠이 자신의 그 산물을 즉각 도로
불가사의한 품으로 삼키지 않았다면,
너희들도 직접 두 눈으로 보아야 하리. 8665
하지만 내 말로 일러 줄 테니 잘 들어라.
내가 맡은 임무를 생각하며
왕궁의 장엄한 내실에 엄숙하게 발을 딛었는데,
놀랍게도 회랑이 얼마나 삭막하고 조용하였는지 아느냐.
부지런히 오가는 시녀들의 소리가 귀청을 울리지도 않았고, 8670
바쁘게 일에 열중한 사람들의 모습이 눈에 뜨이지도 않았느니라.
낯선 손님을 친절히 반기는 시녀장도
시녀들도 나타나지 않더구나.
그런데 부엌의 아궁이에 가까이 다가가자,
재만 남고 꺼져 가는 불 가에 8675
얼굴을 가린 커다란 여인네가 바닥에 쪼그리고 있지 뭐냐.
잠이 들었다기보다는 생각에 잠긴 듯하였느니라.
나는 남편이 앞날을 내다보고 남겨 둔
시녀장인가보다고 생각하며,
어서 일하라고 엄하게 분부하였느니라. 8680
하지만 주름진 옷을 입은 그녀는 꿈쩍도 하지 않더구나.

그러다 내가 위협하는 말에, 마치 부엌과 홀에서 나를 몰아내려는 듯
오른손을 움직였느니라.
나는 화를 내며 몸을 돌려, 우리 부부의 화려한 침대가
8685 높이 솟아 있는 층계로 서둘러 걸음을 옮겼더니라.
바로 그 옆에 보물 창고가 있느니라.
그런데 그 괴이한 여인이 갑자기 벌떡 일어나,
무섭게 내 앞을 가로막는 게야.
비쩍 마른 커다란 몸, 움푹 패고 핏발 선 칙칙한 눈, 그 기괴한 형상에
8690 순간 눈과 정신이 혼미해지는 것만 같았지 뭐냐.
하지만 이런 말들이 무슨 소용 있으랴,
아무리 애를 써도 말은 형상들을 창조적으로 엮어 낼 수 없는 것을.
저기 보아라! 저것이 감히 이 밝은 곳까지 나오다니!
이 궁성의 주인인 왕이 오실 때까지, 이곳은 우리의 관할이니라.
8695 아름다움의 친구인 포이보스께서 저 섬뜩한 어둠의 산물을
지옥으로 멀리 쫓아 버리시든지 아니면 크게 혼내 주시리라.

포르키아스, 문지방에 나타난다.

합창단 비록 내 곱슬머리 젊게 관자놀이 주변에
물결치지만, 나 이미 많은 일을 겪었노라!
끔찍한 일들을 많이 보았노라.
8700 전쟁의 참상을 보고, 일리오스가
몰락하던 날 밤을 보았노라.

구름 같은 먼지에 휩싸여 이리저리 날뛰는 무사들 사이로

신들이 무시무시하게 외치는 소리를
들었노라. 불화의 여신이 내지르는 청동 같은 목
  소리가
들판을 가르고 성벽 쪽으로 울려 퍼지는 것을 8705
들었노라.

아아! 일리오스의 성벽들은
무너지지 않고 버티었지만,
불꽃이 옆에서 옆으로 옮겨붙고
여기에서 저기로 번져, 8710
밤의 도시를
폭풍처럼 휩쓸었노라.

나는 도망치며, 연기와 열기와
이글거리며 타오르는 불꽃 사이로
무섭게 분노한 신들이 다가오는 것을 보았노라, 8715
엄청나게 커다란 경이로운 모습들이
불길에 에워싸인 음울한 연기를 가르고
걸어오는 것을.

그것은 실재였을까,
아니면 두려움에 질린 나머지 8720
헛것을 보았을까? 내 입으로는 결코 그것을 말할
  수 없으리.
하지만 여기 이 소름 끼치는 것은
내 눈으로 직접 보는 것을,
이것만큼은 분명한 사실인 것을.
두려움이 나를 만류하지만 않는다면, 8725

이 무시무시한 것을
두 손으로 만져 볼 수도 있으리.

너 포르키아스들 가운데
하나이더냐?
8730 그 일족과
어찌 그리 닮았느냐.
백발로 태어나,
눈 하나, 이빨 하나를
번갈아 가며 사용한다는
8735 그라이아이 가운데 하나이더냐?

너 같은 요괴가 감히
아름다운 왕비님과 나란히
포이보스의 형안에
모습을 드러내려 하느냐?
8740 그렇다면 앞으로 나와라.
그분의 거룩한 눈에
그림자 보이지 않듯,
추한 것은 보이지 않으리.

그러나 아아, 우리 죽음을 면할 수 없는 존재들에
게는
8745 애석하게도 눈을 더 없이
아프게 하는 슬픈 불운이 필요하느니라.
사악한 것, 영원히 불행한 것이
아름다움을 사랑하는 자들에게 주는 불운이.

좋아, 그렇다면 들어 보아라. 네가 뻔뻔하게
우리와 대적할 양이면, 우리의 저주를 들어 보아라. 8750
신들이 지켜 주는
행복한 자들의 입으로부터
저주하고 비난하며 위협하는 말을 들어 보아라.

포르키아스 부끄러움과 아름다움은 결코 손에 손을 맞잡고
지상의 푸른 길을 가지 않는다는 옛말이 전해져 내려왔는데, 8755
그 뜻만큼은 여전히 숭고하고 진실하구나.
그 둘은 해묵은 증오심에 깊이 사로잡혀 있어서
어디선가 길을 가다 마주치면
서로 등을 홱 돌리고는,
각자 더 빠른 걸음으로 서둘러 더 멀리 가기 마련이지, 8760
부끄러움은 침울한 마음으로, 아름다움은 뻔뻔한 자세로.
노년이 미리 잘 길들여 놓지 않은 경우에는,
결국 둘 다 저승의 공허한 암흑에 에워싸이지.
너희 뻔뻔한 것들, 목쉬도록 크게 외치는 두루미 떼처럼
머나먼 타지에서 실컷 오만 방자하게 굴었던 모양이구나. 8765
그 두루미들이 줄줄이 무리 지어 날아가며
얼마나 크게 끼륵끼륵 괴성을 내지르는지,
조용히 길 가던 나그네가 자신도 모르게
하늘을 올려다보지 않더냐. 하지만 두루미들도 나그네도
제 갈 길을 가기 마련이고, 우리도 결국 그러하리라. 8770

이 장엄한 왕궁에서 마이나데스[6]처럼, 술 취한 사람처럼
미친 듯이 날뛰는 너희들은 대체 누구이냐?
개 떼가 달을 보고 짖듯, 감히 왕성의 시녀장을 향해

6 〈광란하는 여자들〉이라는 뜻으로, 그리스 신화에서 술의 신 디오니소스를 수행하는 무녀들을 가리킨다.

울부짖는 너희들은 대체 누구란 말이냐?
8775 너희들이 어떤 족속인지 내가 모를 줄 아느냐,
전쟁이 낳아서 전쟁터가 길러 놓은 이 새파란 풋내기들아?
유혹하고 유혹당하며, 병사든 일반 백성이든 가리지 않고
진을 빼먹은 이 색골들아!
너희들을 무더기로 보니, 마치 메뚜기 떼가 몰려와
8780 푸른 들판을 뒤덮는 듯하구나.
열심히 일하는 이들의 땀을 빨아먹는 것들아!
싹트는 번영의 씨앗을 홀랑 먹어 치우는 것들아!
포로로 잡혀 와 시장에서 물건처럼 매매되고 교환되는 것들아!

헬레나 안주인 앞에서 감히 무엄하게도 시녀들을 나무라는 자는
8785 그 권리를 침해하는 것이니라.
잘한 일은 칭찬하고 잘못한 일은 나무라는 것은
당연히 주인의 권한이기 때문이니라.
게다가 일리오스의 막강한 군세가 포위당하여
끝내 몰락했을 때, 저들이 보여준 충성에 나는 만족하느니라.
8790 그뿐이 아니노라,
우리가 바다를 표류하며 온갖 풍상에 시달리는 동안
각자 자기 몸 하나 챙기기에 급급했을 때도 마찬가지였느니라.
나는 여기에서도 저 씩씩한 무리들이 날 위해 충성하리라 믿노라.
주인은 종이 충성하는 모습을 볼 뿐 어떤 사람인지 따지지 않는 법이니
8795 더 이상 조롱할 생각 말고 입을 다물라.
네가 지금까지 안주인 대신 왕실을 잘 건사했다면,
그것은 칭송받으리라.
하지만 이제 안주인이 돌아왔으니, 그만 물러나라.
그렇지 않은 경우에는 그동안의 노고에 대한 보답은커녕 도리어 벌을 받으리라.

포르키아스 집안의 식솔들을 나무라는 것은 8800
신에게 축복받은 왕의 고귀한 반려자로서
오랜 세월 지혜롭게 다스려 얻은 커다란 권한이지요.
이제 옛 지위를 인정받아, 왕비와 안주인으로서의 옛 자리를
새롭게 차지하셨으니, 오래전에 느슨해진 고삐를
움켜쥐시어 왕궁을 다스리시고, 8805
보물과 우리 종복들도 모두 거두어 주소서.
무엇보다도 백조처럼 아름다우신 왕비님 옆에서
날개도 제대로 나지 않은 주제에 거위처럼 꽥꽥거리는
이 무리들로부터 나이 먹은 저를 지켜 주소서.

합창단 단장 추한 몰골이 아름다우신 분 옆에 서 있으니 정말로 추하기 짝이 없구나. 8810

포르키아스 무지몽매한 인간이 현명하신 분 옆에 서 있으니 정말로 무지몽매하구나.

여기서부터 합창 단원이 한 사람씩 앞으로 나와 응답한다.

합창 단원 1 네 아버지가 저승이고 네 어머니가 암흑이라고 실토하라.

포르키아스 스킬레[7]가 네 친조카라고 이실직고하라.

합창 단원 2 네 집안에서 많은 괴물들이 생겨났노라.

포르키아스 지옥에나 떨어져라! 거기에서 네 일가친지를 찾아 나서라. 8815

합창 단원 3 너한테 비하면, 거기 있는 것들은 모두 풋내기일걸.

포르키아스 늙은 테이레시아스[8]에게나 붙어먹어라.

7 그리스 신화에 나오는 무시무시한 바다 괴물. 몸뚱이 하나에 다리가 열둘이며 머리가 여섯 개나 달려 있다.

8 그리스 신화에 등장하는 장님 예언가.

합창 단원 4 오리온[9]의 에미가 네 손자의 손자의 손자일걸.
포르키아스 하르피이아이[10]가 너를 오물 속에서 먹여 키웠을걸.
8820 **합창 단원 5** 대체 뭘 먹어서 그리 보기 좋게 비쩍 말랐느냐?
포르키아스 네가 군침 흘리는 피는 안 먹었느니라.
합창 단원 6 너 자신이 역겨운 송장이면서, 송장 먹고 싶어 안달이냐!
포르키아스 네 뻔뻔한 주둥이 속에서 흡혈귀 이빨이 번득이는구나.
합창단 단장 네가 누구인지 알아내어 그 주둥일 틀어막으리라.
8825 **포르키아스** 네가 누구인지 먼저 말하라, 그러면 수수께끼가 저절로 풀리리라.
헬레나 내 화가 나서가 아니라 슬픈 마음이 들어
너희들의 추악한 싸움을 금하노라.
충실한 하인들 사이에서 남몰래 곪아 터진 불화보다
더 주인을 해롭게 하는 것은 없느니라.
8830 그러면 주인의 분부가 어찌 즉각 행동으로 옮겨져
듣기 좋은 메아리로 돌아오겠느냐.
아니, 제멋대로 설치고 날뛰는 바람에
당황한 주인이 아무리 꾸짖어도 소용없느니라.
그뿐인 줄 아느냐, 너희들이 추악한 분노를 이기지 못하고
8835 불러온 끔직하고 불길한 형상들이
나를 에워싸는 바람에, 고향 땅을 밟고 있는데도
마치 저승에 끌려간 기분이노라.
나를 사로잡은 것이 지난 기억이냐? 망상이냐?

9 그리스 신화에서 귀골이 장대한 사냥꾼으로 묘사되며, 일설에 의하면 황소 가죽에서 태어난 것으로 전해진다. 그러므로 여기에서는 황소의 고조할머니라고 포르키아스를 조롱하는 것이다.

10 그리스 신화의 괴물. 처음에는 아름다운 처녀였으나, 후대로 내려가면서 얼굴은 처녀이고 몸통은 독수리인 괴물로 바뀌었다.

도시들을 쑥대밭으로 만든 여인의 무서운 형상, 꿈의 형상,
그 모든 것이 나였느냐? 나란 말이냐? 앞으로 내 모습이란 말이냐? 8840
저 처녀 아이들은 무서워 벌벌 떠는데도,
나이 많은 너는 태연하구나. 자, 알아듣게 이야기해 봐라.

포르키아스 오랜 세월 온갖 행복을 누린 사람이 뒤돌아보면,
신의 지고한 은혜가 결국엔 꿈처럼 느껴지지요.
하지만 남달리 많은 은총을 누리신 왕비님께서는 8845
지금까지 살아오시는 동안 사랑에 굶주린 자들만을 보셨습니다.
그들은 사랑에 불붙어 성급하게 갖가지 무모한 모험에 뛰어 들었습니다.
헤르쿨레스처럼 용맹하고 뛰어나게 잘생긴 테세우스가
일찍이 욕망에 눈이 멀어 왕비님을 가로챘었지요.

헬레나 노루처럼 가녀린 열 살의 나를 납치해서, 8850
아티카의 아피드나 성에 감금하였지.

포르키아스 하지만 금방 카스토르 왕자님과 폴리데우케스 왕자님에게 구출되어,
빼어난 영웅들의 구애에 둘러싸이셨지요.

헬레나 솔직히 말해, 내 마음은 펠레우스의 아들[11]을 꼭 닮은 파트로클로스[12]를
누구보다도 은근히 좋아하였지. 8855

포르키아스 하지만 아버님의 뜻에 따라, 대담하게 바다를 누비고 왕실에도 충실했던
메넬라스 왕하고 혼인하셨지요.

헬레나 아버님은 딸과 더불어 나라의 통치권까지 그에게 넘겨 주셨고,
우리 부부에게서 헤르미오네가 태어났지.

11 트로이 전쟁의 영웅 아킬레우스를 가리킨다.
12 그리스 신화의 영웅으로 아킬레우스의 죽마고우이다.

8860 **포르키아스** 하지만 메넬라스 왕께서 크레타의 상속권을 획득하기 위해 용감하게 출정하셨을 때,
참으로 잘생긴 손님이 혼자 남은 왕비님을 찾아왔지요.

헬레나 무엇 때문에 그 생과부 시절을 떠올린단 말이냐?
그 일로 얼마나 끔직한 재앙이 싹텄느냐?

포르키아스 크레타에서 자유롭게 태어난 제가 그 항해 탓에,
8865 포로로 잡혀 와 오랫동안 노예 생활을 하였지요.

헬레나 왕께서는 즉시 너를 이곳의 시녀장으로 임명하시고,
용감하게 얻은 보물과 궁성, 많은 것을 맡기셨노라.

포르키아스 왕비님께서는 그것들을 모조리 두시고, 탑에 둘러싸인 일리오스 성과
끊일 줄 모르는 사랑의 환희를 찾아 떠나셨지요.

8870 **헬레나** 환희라니, 그 무슨 말이냐! 그 얼마나 혹독한 고통이
내 마음과 머리를 한없이 짓눌렀는지 아느냐.

포르키아스 하지만 왕비님께서 동시에 두 곳에 나타나셨다는 말이 떠돌았지요,
일리오스와 이집트에서.

헬레나 그런 허무맹랑한 소리로 내 마음을 흔들지 마라,
8875 나 자신도 내가 누구인지 모르겠노라.

포르키아스 또한 아킬레우스가 공허한 저승에서 올라와
열정적으로 왕비님과 어울렸다는 소문도 있지요!
그는 일찍이 모든 운명의 결정에 맞서 왕비님을 사랑하였지요.

헬레나 나도 그 사람도 환영으로 맺어졌느니라.
8880 그것은 꿈이었느니라, 전해지는 이야기도 그렇게 말하지 않더냐.
나 이대로 스러져 환영이 될 것만 같구나.

합창단의 팔에 쓰러진다.

합창단　　입 다물어라, 입 다물어라!
흉측한 눈빛에 흉측한 말만 늘어놓는구나!
소름 끼치게 이빨 하나 뿐인 입에서,
무시무시하고 끔직한 주둥이에서 8885
그게 웬 말이냐!

친절한 척 구는 사악한 인간,
양의 가죽을 뒤집어쓴 늑대 심보.
머리통 셋 달린 개의 아가리보다
훨씬 더 소름 끼치는구나. 8890
우리 여기 겁에 질려 귀 기울이노라,
언제? 어떻게? 어디서 튀어나올 것인가?
깊숙이 숨어 엿듣는
괴수의 간계가.

다정한 위로에 넘치는 말, 8895
모든 걸 잊게 하는 애정 어린 말 대신,
지난 과거를 들쑤셔
좋은 일보다는 나쁜 일만 들춰내는구나.
현재와 미래의 광휘로
은은히 빛 발하는 8900
희망의 불꽃을
어둡게 가리는구나.

입 다물라, 입 다물라!
왕비님의 영혼이
스러지려 하는구나. 8905
붙잡아라, 단단히 붙잡아라,

태양 아래 지금껏 가장 아름다운
인물 중의 인물을.

헬레나, 기운을 되찾아 다시 한가운데 선다.

포르키아스 오늘의 드높은 태양아, 덧없는 구름을 뚫고 모습을 드러내어라.
8910 구름에 가려서도 황홀하게 하더니, 이제 더욱 찬란하고 눈부시게 빛나는구나.
네 앞에 펼쳐지는 세상의 모습을 정다운 눈길로 바라보는구나.
저들은 날 추하다고 나무라지만, 난 아름다움을 잘 아느니라.
헬레나 어질어질하고 적막한 상태로부터 휘청휘청 걸어 나오니,
사지가 너무 고단하여 다시 쉬고 싶은 마음 간절하구나.
8915 하지만 왕비라면 그 어떤 위험이 닥치더라도 바짝 정신을 차리고서
용기를 내야 하리. 모든 이들이 그래야 하리.
포르키아스 우리 앞에 아름다운 모습으로 위엄 있게 서 계신 왕비님의 눈빛이
뭔가 분부하실 것이 있다고 말씀하십니다. 무슨 분부든 어서 내리시지요.
헬레나 너희들이 무엄하게도 다투는 바람에 잠시 소홀히 한 것을 어서 만회하라.
8920 왕께서 명령하신 대로 제물을 바칠 채비를 갖추어라.
포르키아스 모든 것이 이미 궁 안에 준비되어 있습니다. 그릇, 삼발이, 날카로운 도끼,
제물에 뿌릴 물, 제물을 그을릴 불. 무엇을 제물로 바칠 것인지만 말씀해 주십시오!
헬레나 왕께서 그것은 말씀하시지 않았느니라.

포르키아스 말씀하시지 않으셨다고요? 아, 이런 딱한 일이 있다니!
헬레나 뭐가 그리 딱하단 말이냐?
포르키아스 바로 왕비님을 제물로 바치실 생각입니다!
헬레나 날 말이냐?
포르키아스 그리고 이것들도 마찬가지지요.
합창단 어머나, 이를 어째!
포르키아스 도끼가 왕비님의 목을 내리칠 것입니다. 8925
헬레나 끔찍하구나! 짐작은 했지만, 내 신세가 이리 처량하다니!
포르키아스 피할 길이 없는 듯 보입니다.
합창단 아아! 그러면 우리는? 우리는 어떻게 된단 말이냐?
포르키아스 왕비님께서는 고귀한 죽음을 맞으시겠지만,
너희들은 지붕의 박공을 받치는 저기 높은 대들보에 매달려,
올가미에 걸린 지빠귀들처럼 줄줄이 발버둥 칠걸.

헬레나와 합창단, 자지러지게 놀라 의미심장하게 무리 지어 서 있다.

포르키아스 이 허깨비들아! — 원래 너희 것도 아닌 8930
광명과 헤어지는 것이 무서워 뻣뻣하게 굳었단 말이냐.
너희 같은 허깨비들을 포함하여 인간들은 전부
숭고한 햇빛을 선뜻 포기하려 들지 않지.
하지만 그들을 구해 주거나 살려 달라고 간청할 자는 아무도 없어.
그런 줄 잘 알면서도 이 사실을 순순히 받아들이는 사람은 별로 없단 말씀이야. 8935
좋아, 어쨌든 너희들은 이제 죽은 목숨이야! 그러니 힘차게 일을 시작하자!

손뼉을 치자, 얼굴을 가린 난쟁이들이 문에 나타난다. 난쟁이들

은 명령이 떨어진 즉시 재빠르게 일을 해치운다.

이리 오너라, 이 둥글둥글하고 음산한 괴물아!
이쪽으로 굴러 와라, 여기에 맘껏 망가뜨릴 것이 있느니라.
황금 뿔 달린 제단을 가져오고,
8940 번쩍거리는 도끼를 그 은빛 가장자리에 놓아라.
물 항아리를 채워라,
검은 피로 소름 끼치게 얼룩지면 씻어 내야 하느니라.
제물이 당당하게 무릎 꿇도록,
여기 먼지 구덩이 옆에 멋지게 양탄자를 깔아라.
8945 비록 머리는 잘렸지만 충분히 품위 있게 매장될 수 있도록
나중에 그걸로 제물을 둘둘 말리라.

합창단 단장 왕비님께서는 생각에 잠겨 한 쪽에 서 계시고,
처녀 아이들은 베어 놓은 풀처럼 시들시들합니다.
그러니 이 가운데 제일 연장자인 제가 지극히 나이 많은 당신하고
8950 이야기 나누는 것은 성스러운 의무라 생각되는군요.
당신은 현명하고 경험 많은 데다가, 이것들이 당신을 몰라보고
철없이 굴었는데도, 우리에게 호의를 보이는 것 같군요.
그러니 여기에서 벗어날 방도가 있다면 말씀해 주세요.

포르키아스 그거야 말하기는 쉽지, 왕비님 자신은 물론이고 여기 너희들의 목숨까지
8955 덤으로 부지할 수 있느냐는 오로지 왕비님에게 달려 있노라.
먼저 왕비님께서 확고하게 마음을 정해야 하느니라, 한시라도 빨리.

합창단 운명의 여신들 가운데서도 더없이 존경스러운 분이시여, 더없이 지혜로운 무녀시여,
황금 가위를 거두시고 광명과 구원을 알리소서.
우리의 몸은 춤추며 즐긴 후에

사랑하는 이의 품 안에서 쉬고 싶은데, 8960
휘청거리고 흔들거리고 비틀거려서 도무지 즐길 수가 없답니다.

헬레나 이 겁에 질린 아이들을 내버려 두어라! 나 비록 고통스럽지만 두렵지는 않느니라.
하지만 네가 여기에서 벗어날 길을 안다면, 고맙게 받아들이리라.
현명하고 사려 깊은 자에게는
불가능한 일도 종종 가능해 보이니, 어서 말하라. 8965

합창단 말하세요, 어서 서둘러 말하세요,
우리 목을 흉측하고 소름 끼치게 장식할 올가미에서
어떻게 벗어날 수 있는지요?
모든 신들의 고결한 어머니 레아시여, 우리를 불쌍히 여기소서.
벌써 숨이 막히고 목이 조이는 것만 같습니다. 8970

포르키아스 내가 길게 이야기하더라도
조용히 참고 들을 수 있느냐? 들려줄 이야기가 많은데.

합창단 물론 듣고말고요! 이야기를 듣고 있는 동안에는 살아있는걸요.

포르키아스 집 안에 남아서 귀중한 보물을 지키는 사람,
높은 성벽의 갈라진 틈을 메우고 8975
비가 새지 않도록 지붕을 보수하는 사람은
평생을 편안히 지내리라.
그러나 집 안의 성스러운 경계선을 경솔한 발걸음으로
무도하게 훌렁 넘는 사람은
옛 자리로 다시 돌아오더라도 8980
모든 것이 변해 있으리라, 비록 완전히 망가지진 않았어도.

헬레나 그런 잘 아는 말들을 무엇 때문에 이 자리에서 새삼 입에 올리느냐?
무슨 이야기를 들려주겠다고 하지 않았더냐, 괜히 언짢은 일을 들쑤시지 말라.

포르키아스 있는 사실을 그대로 이야기할 뿐 결코 비난하자는 것이 아닙니다.

8985 메넬라스 왕께서는 이 바다 저 바다 휩쓸고 다니시며 약탈을 일삼으셨지요.
해안이든 섬이든 가리지 않고 모조리 덮쳐서,
지금 저 안에 쌓여 있는 물건들을 노획해 오셨습니다.
일리오스 앞에서 십 년이란 기나긴 세월을 보내셨고,
고향으로 돌아오는 길에는 또 얼마나 많은 세월을 보내셨는지 저는 모릅니다.

8990 그런데 여기 틴다레오스 왕의 고귀한 왕궁 주변은
어떤가요? 나라 안은 어떤가요?

헬레나 너는 남을 비난하는 일이 몸에 깊이 배여서,
입술만 움직였다 하면 탓하는 말이 나오느냐?

포르키아스 왕비님께서도 스파르타 북쪽의 고지대로 이어지는 골짜기를 아시지요.

8995 타이게토스 산을 등진 그 골짜기는 오랜 세월 버려져 있었지요.
거기에서 에우로타스 강이 기운차게 졸졸
냇물로 시작하여 골짜기를 지나고,
갈대밭 사이로 넓게 흘러들어 우리의 백조들을 먹여 살리지요.
거기 뒤편 조용한 산골짜기에

9000 어두운 북방에서 밀고 내려온 대담한 종족이 정착하였답니다.
그들은 난공불락의 튼튼한 성을 쌓고는
제멋대로 땅과 사람들을 괴롭히고 있습니다.

헬레나 어떻게 그런 일이 벌어진단 말이냐? 그러기는 결코 쉽지 않을 텐데.

포르키아스 그러기까지 이십여 년이란 세월이 걸렸지요.

헬레나 우두머리가 하나 있느냐? 많은 도적 떼들이 동맹을 맺

9005 은 것이냐?

포르키아스 도적들은 아니지만, 우두머리가 하나 있지요.
저는 그에게 한 번 괴롭힘을 당했지만 나무랄 생각은 없습니다.
그는 모조리 빼어 갈 수 있었는데도, 제가 내놓은 약간의 것으로 만족하였답니다.
그리고 그것을 공물이 아니라 선물이라고 부르더군요.

헬레나 어떻게 생긴 사람이냐?

포르키아스 괜찮게 생겼어요! 제 마음에 쏙 들었답니다. 9010
쾌활하고 활기차고 준수하게 생긴데다가
그렇게 분별 있는 사람은 그리스인들 가운데서 찾아보기 어려울걸요.
사람들은 야만족이라고 부르지만, 저는 그렇게 생각하지 않는답니다,
아무러면 일리오스 앞에서
식인종처럼 잔인하게 굴었던 영웅들에 비하겠어요. 9015
저는 그분의 위대함을 존경하고 그분을 믿어요.
또 그분의 성채는 어떤지 아세요! 왕비님께서 직접 눈으로 한번 보셔야 할걸요!
왕비님의 선조들이 키클로페스처럼 무조건 크게,
거친 돌덩이 위에 거친 돌덩이를 쌓아 올리며,
되는대로 무턱대고 굴려 지은 9020
조야한 성벽과는 다르다니까요.
모든 게 위로 아래로 반듯반듯하고 질서 정연하지요.
밖에서 한번 그 성을 보세요! 하늘을 향해 우뚝 솟아 있는데,
이음새가 얼마나 매끄럽고 견고하고 강철처럼 반들반들한지 모른답니다.
그 성에 기어 올라간다는 생각만 해도 주르르 미끄러지는 것만 같아요. 9025
또 넓은 안뜰 구석구석은

온갖 목적에 사용되는 온갖 종류의 건축물들에 둘러싸여 있지요.
크고 작은 기둥들과 아치들,
발코니, 회랑을 안팎에서 볼 수 있답니다.
그리고 문장(紋章)도 있어요.

합창단 문장이라니요?

9030 **포르키아스** 너희들도 보았겠지만,
아이아스[13]가 요동치는 뱀의 그림을 방패에 그려 넣지 않았더냐.
테베의 일곱 용사들도 각자 방패에
의미심장한 형상을 새겼었느니라.
밤하늘의 달과 별,
9035 여신, 영웅호걸, 사다리, 장검, 횃불,
막강한 도시들을 무섭게 위협하는 것들.
우리의 영웅들도 그런 현란한 형상들을
대대손손이 물려받았느니라.
사자, 독수리, 발톱과 부리,
9040 물소의 뿔, 날개, 장미꽃, 공작의 꼬리,
또 금빛 은빛, 빨강 파랑 검정 줄무늬들.
그런 것들이 홀마다 줄줄이 걸려 있느니라.
세상처럼 한없이 넓은 거기 홀들에서
너희들은 춤출 수 있느니라!

합창단 거기 춤추는 남자들도 있나요?

9045 **포르키아스** 최고의 남자들이지! 금빛 곱슬머리 나부끼는 팔팔한 사내들.
향기 나는 젊은이들! 파리스도 일찍이
왕비님에게 접근했을 때 독특한 향기를 풍기지 않았던가요.

헬레나 웬 엉뚱한 소리냐,

13 트로이 전쟁에 참여한 용감무쌍한 영웅.

어서 결론을 말해라!

포르키아스 결론은 왕비님께서 말씀하셔야 합니다. 진지하고 분명하게 좋다고 말씀하세요.

그러면 제가 당장 왕비님을 그 성으로 에워싸겠습니다. 9050

합창단 아, 어서 짧게 좋다고 대답하세요,

그러면 왕비님도 살고 저희도 살아날 수 있어요!

헬레나 뭐라고? 메넬라스 왕이

나를 해칠 만큼 잔혹한 분이실 것 같으냐?

포르키아스 싸우다 죽은 파리스의 동생 데이포보스를 잊으셨습니까?

그가 과부된 왕비님을 고집스럽게 9055

측실로 삼은 행운을 누린 탓에, 메넬라스 왕께서 잔혹하게

능지처참하지 않으셨던가요? 코와 귀를 잘라 내고,

다른 것도 동강 내셨지요. 소름 끼치는 광경이었습니다.

헬레나 그랬지, 나 때문에 그랬었지.

포르키아스 그러니 왕비님에게도 똑같은 처분을 내리실 것입니다. 9060

아름다움은 원래 나눌 수 없는 것이지요. 아름다움을 완전히 소유한 사람은

저주스럽게도 누군가와 나누기보다는 차라리 파괴해 버리지요.

(멀리에서 나팔 소리 들려오자, 합창단 움찔 놀란다)

저 우렁차고 예리한 나팔 소리가 귀와 오장육부를 갈기갈기 찢어 놓듯,

자신이 한때 소유했던 것을 잃어버린 남자의 가슴속에서

질투심이 날카롭게 할퀴지요. 9065

잃어버린 것을 결코 잊지 못하는 남자의 가슴속에서.

합창단 저 호각 소리 들리지 않으세요? 번득이는 무기가 보이지 않으세요?

포르키아스 어서 오십시오, 국왕 폐하. 제가 모든 것을 기꺼이

보고 드리겠사옵니다.

합창단 그러면 우리는 어떻게 되지?

포르키아스 너희들 스스로 똑똑히 알고 있을걸.

먼저 왕비님의 죽음을 눈으로 목격하고,

9070 너희들도 저 안에서 죽임을 당하리라. 아니, 아무도 너희들을
도와주지 않으리라.

잠시 후에

헬레나 내가 당장 무엇을 할 수 있는지 깊이 생각해 보았노라.
네가 역겨운 악령인 것은 잘 알고 있으며,
또 네가 선한 것을 악한 것으로 뒤바꾸어 놓을까 염려도 되지만,
우선은 너를 따라 그 성에 가겠노라.
9075 나머지 일은 내 알아서 처리할 테니,
왕비가 가슴속 깊이 비밀스럽게 꼭꼭 숨겨 놓은 것을
알려 하지 마라. 할멈, 앞장서라!

합창단 오, 우리 발걸음 재촉하여
기꺼이 따라가노라.
9080 죽음을 뒤로 하고,
또다시 우리 앞에
우뚝 솟은 성채를 향해,
난공불락의 성벽을 향해.
비열한 잔꾀에 끝내
9085 속아 넘어간
일리오스 성이 그랬듯,
우리 왕비님을 잘 지켜 다오.

안개가 피어올라 뒤편의 배경을 뒤덮는다.

원한다면 가까운 곳도 안개에 뒤덮일 수 있다.

웬일이냐? 이게 웬일이냐?
자매들아, 주위를 돌아보아라!
방금 청명한 날이 아니었더냐? 9090
에우로타스의 성스러운 물살에서
안개 자락이 하늘하늘 피어오르는구나.
갈대에 에워싸인 정겨운 강변이
어느새 눈앞에서 사라지고,
즐겁게 한데 어울려 헤엄치며 9095
우아하고 도도하게, 자유롭고 부드럽게
미끄러지는 백조들도
아아, 더 이상 보이지 않는구나!

하지만, 하지만
소리는 들려오는구나, 9100
저 멀리서 외치는 목쉰 소리가!
죽음을 알린다는 소리가.
아아, 파멸이 아니라
마침내 구원과 축복을
예고하는 소리였으면. 9105
백조처럼 길고 아름답고
희디흰 목을 가진 우리,
그리고 아아! 백조의 딸로 태어난 우리 왕비님.
아이고 어쩔거나, 어쩔거나, 어쩔거나!

모든 게 벌써 9110
안개로 뒤덮였구나.

우리의 모습도 보이지 않는구나!
무슨 일일까? 우리가 가고 있는 것일까?
바닥을 스치듯 두둥실
9115 총총걸음으로 걸어가는 것일까?
아무것도 보이지 않느냐? 혹시 헤르메스[14]가
앞장서 가느냐? 황금 지팡이가 번쩍이며
우리더러 다시 돌아가라 명령하느냐?
정체를 알 수 없는
9120 잿빛의 불쾌한 형상들로 가득 찬,
영원히 공허한 저승으로.

이런, 갑자기 어두워지면서, 짙은 회색인지 흙색인지 모를 안개가
광채 없이 사라지는구나. 시야가 밝게, 밝게 트이고
성벽들이 우뚝 앞을 가로막는구나. 성의 안뜰인가? 깊은 구덩이인가?
9125 어쨌든 으스스하구나! 자매들아, 아아! 우리는 사로잡혔구나,
예전처럼 또 사로잡혔구나.

성의 안뜰

중세풍의 환상적인 화려한 건물들로 에워싸여 있다.

합창단 단장 성급하고 어리석은 것이 여자의 참된 본성이란 말이냐!
순간에 매달리고 상황의 유희, 행운과 불운의 유희에 놀아나다니!

14 신의 사자 헤르메스는 황금 지팡이를 들고, 죽은 이들을 저승으로 인도하는 임무도 맡았다.

둘 중의 어느 것 하나라도 침착하게
받아들일 줄 모르느냐. 한 사람이 뭐라 말하면 9130
항상 격렬하게 맞받아치고, 서로 어깃장 놓다가
겨우 기쁘거나 힘들 때만 한 목소리 내어 울부짖고 웃는단 말이냐.
그만 입 다물어라! 왕비님께서 당신 자신과 우리들을 위해
기품 있게 어떤 결정을 내리실지 귀 기울여 들어라.

헬레나 네 이름이 뭔지는 몰라도, 이 무당아, 어디 있느냐? 9135
이 음침한 성의 원형 천장 아래로 걸어 나와라.
내가 온 것을 그 훌륭하고 대단하다는 성주에게 알리고
성대하게 맞아들일 채비를 하러 갔다면,
고마운 일이니 어서 날 그분에게로 안내하라.
그만 방황의 종지부를 찍고 싶구나. 이제 편히 쉬고 싶은 마음뿐이노라. 9140

합창단 단장 왕비님, 아무리 사방을 둘러보아도 소용이 없어요.
그 흉물스러운 형상의 종적이 묘연합니다. 어찌 된 영문인지는 모르지만,
우리가 걸음을 떼지도 않고서 빠르게 빠져나온
그 안개 속에 아직 갇혀 있나 봐요.
아니면 손님을 어떻게 성대히 영접할 것인지 성주에게 물어보려고, 9145
수많은 건축물들이 기이하게 이리저리 뒤엉켜 만들어 낸
이 성의 미로에서 절망적으로 헤매고 있을지도 모르지요.
그런데 저기 보세요, 저 위에서 벌써 사람들이 무리 지어 움직이고 있어요.
회랑에서, 창가에서, 정문에서
많은 하인들이 분주하게 움직이네요. 9150
손님을 반갑게 영접하려나 봐요.

합창단 가슴이 확 트이는 것만 같아요! 아, 저길 보세요,
사랑스러운 젊은이들 무리가 조용조용한 발걸음

으로 정중하게 내려와,
질서 정연하고 예의 바르게 움직이고 있어요.
9155 어떻게 된 일일까요? 저 멋진 젊은이들이
누구의 명령을 받고서 저토록 빨리
줄지어 교양 있게 나타난 것일까요?
무엇부터 감탄해야 하지요? 우아한 걸음걸이,
눈부신 이마를 에워싼 곱슬머리,
9160 아니면 혹시 복숭아처럼 발그레하고
솜털 보송보송한 두 뺨?
한 입 깨물어 보고 싶은데 왠지 소름 끼쳐요.
말하기도 끔찍하지만, 입에 재만 가득했던
비슷한 경우가 있었거든요.
9165 하지만 참으로 잘생긴
이들이 다가오는구나.
무엇을 나르는 걸까?
옥좌에 이르는 계단,
양탄자와 보료,
9170 휘장,
장막처럼 늘어진 장식.
우리 왕비님 벌써 인도받아
웅장한 옥좌에 오르니,
그 머리 위에서 장식이
9175 구름의 화환처럼
나부끼는구나.
너희들도 한 계단 한 계단
올라가,
엄숙하게 정렬하여라.
9180 장엄하도다. 오, 장엄하도다. 세 배로 장엄하도다.

이 영접에 축복 있으라!

합창단이 노래한 일들이 실제로 차례차례 이루어진다.

젊은이들과 시동들이 길게 줄지어 내려온 후에, 파우스트가 중세의 궁중 예복 차림으로 계단 맨 위에서 위엄 있게 천천히 내려온다.

합창단 단장 (파우스트를 유심히 살펴본다)

신들이 자주 그러하듯,
감탄스러운 모습과 고매한 몸가짐, 사랑스러운 풍채를
임시로 잠시 이분에게 빌려준 것이 아니라면,
남자들의 전쟁터든 9185
아름다운 여인을 차지하기 위한 작은 싸움터든
어디에서나 성공을 거두리라.
내 눈으로 높이 평가했던 다른 많은 이들보다
맹세코 더 많은 사랑을 누리리라.
장중하고 정중하고 신중하게 천천히 발걸음을 떼는 9190
제후의 모습. 오, 왕비님, 돌아보소서!

파우스트 (사슬에 묶인 자를 데려온다)

이런 경우에는 경사스럽게 맞아들이고
정중하게 환영하는 것이 도리이겠으나,
저는 여기 사슬에 꽁꽁 묶인 종복 하나를 데려왔습니다.
이자는 제 맡은 임무를 소홀히 하여, 저까지 의무를 수행하지 9195
못하게 했지요.
이 지극히 고귀하신 분 앞에 어서 무릎 꿇고
네 죄를 실토하라.
고매하신 왕비님,
이자는 눈빛이 예리하여
높은 탑에서 하늘과 땅을 날카롭게 망보며 9200

주변을 살피는 임무를 맡았지요.
구릉지대에서부터 골짜기를 지나 견고한 성에 이르기까지
혹시 어딘가에서 가축 떼이든 병사들의 행렬이든
눈에 띄거나 움직이는 것은 없는지
9205 보고해야 하지요.
우리는 가축 떼이면 보호하고 병사들이면 대응한답니다.
그런데 오늘 이런 실수를 하다니! 왕비님께서 오시는데도 보고하지 않아,
존귀하신 손님을 합당하게 맞아들일 기회를 놓치게 하다니.
죽음을 통해 네 방자한 죗값을 치르리라.
9210 네놈은 이미 죽은 목숨이나 다름없노라.
하지만 벌을 내리시든 자비를 베푸시든,
왕비님 뜻대로 하십시오.

헬레나 재판관과 통치자로서의 높은 품위를
저한테 부여하시다니,
9215 시험 삼아 이러시는 것이라고 여겨지지만—
그래도 재판관으로서의 첫 번째 임무를 수행하지요.
먼저 죄인의 말을 들어 보겠어요. 자, 말해 보아라.

망루지기 린케우스 저를 무릎 꿇리시든 눈 뜨고 바라보게 하시든,
죽이시든 살리시든 마음대로 하십시오.
9220 저는 이미 신이 보내신 왕비님께
모든 걸 바쳤으니까요.

아침의 환희를 기다리며
동쪽의 해돋이를 망보는데,
희한하게도 갑자기
9225 남쪽에서 태양이 떠올랐지요.

골짜기와 산 대신,
하늘과 땅 대신,
세상에 둘도 없는 왕비님 한 분만을 보러
그쪽으로 시선을 향하였지요.

높은 나무의 스라소니처럼 9230
날카로운 눈빛을 타고났는데도,
마치 깊고 어두운 꿈에서 깨어난 듯
저는 안간힘을 써야 했지요.

내가 어디에 있는 걸까?
성첩? 탑? 굳게 닫힌 성문? 9235
하늘하늘 떠돌던 안개가 걷히더니,
여신이 걸어 나오셨지요!

저는 눈과 마음을 여신에게 향하고서,
그 은은한 광채를 들이마셨지요.
그 눈부신 아름다움에 9240
이 가련한 인간의 눈이 멀었지요.

저는 파수꾼으로서의 의무,
약속대로 호각을 불어야 하는 의무를 까맣게 잊었지요.
절 죽이시든 살리시든 마음대로 하십시오
아름다움 앞에서는 노여움도 사그라지지요. 9245

헬레나 나 때문에 생긴 화라는데, 어찌 벌을 내리겠는가.
아, 괴롭구나! 어찌 이리 가혹한 운명이
나를 따라다닌단 말인가.

가는 곳곳마다 남자들의 마음을 현혹시켜서,
9250 자신을 잊고 품위를 잊게 만들다니.
반신, 영웅, 신, 심지어는 악령들까지도
약탈하고 유인하고 싸우고 이리저리 몰아대며,
나를 미친 듯이 끌고 다니니.
세상을 한 번 어지럽히고 두 배로 어지럽히고,
9255 세 배 네 배 재앙에 재앙을 몰고 오다니.
이 선량한 사람을 데려가라, 자유롭게 풀어 주라.
신에게 우롱당한 사람을 어찌 욕보이겠느냐.

파우스트 이런 놀라운 일이, 오, 왕비님, 저는 지금 능숙하게 활을 맞히는 사람과
그 활에 맞은 사람을 동시에 보고 있습니다.
9260 제 눈앞의 활이 화살을 날리고,
그 화살에 저자가 상처를 입었지요. 줄줄이 날아가는 화살에
저도 맞았습니다. 깃털 달린 화살들이
성안 곳곳을 윙윙거리며 날아다니는 것만 같군요.
저는 누구입니까? 왕비님께서 갑자기 제 충신들을
9265 반항하게 하고 제 성벽들을 불안하게 하십니다.
이러다가는 제 군대마저 왕비님께
순종하지 않을까 염려되는군요.
그러니 저 자신과 더불어, 제 것인 줄 알았던 모든 것을
왕비님께 바치는 수밖에 없지 않겠습니까?
9270 이리 나타나시자마자 모든 재산과 옥좌를 차지한
왕비님의 발치에
자진하여 진심으로 충성을 맹세합니다.

린케우스 (상자를 들고 등장한다. 또 다른 상자를 든 남자들이 그 뒤를 따른다)
왕비님, 저를 돌아보십시오!

돈 많은 인간이 제발 한 번만 눈길을 주십사고 애
걸합니다.
왕비님을 뵈오니, 거지처럼 가난하면서도 9275
왕처럼 부유하게 느껴집니다.
과거에 저는 무엇이었을까요? 지금은 무엇일까요?
도대체 무엇을 원하고, 무엇을 할 수 있을까요?
제아무리 날카로운 눈빛인들 무슨 소용 있겠습니까!
왕비님의 옥좌에 부딪쳐 튕겨 나오는 것을. 9280

우리가 동쪽에서 몰려왔을 때,
서쪽은 완전히 결딴났지요.
얼마나 많이 몰려왔는지,
어디가 처음이고 끝인지 보이지 않았습니다.

앞 사람이 쓰러지면 다음 사람이 버티고 9285
세 번째 사람은 창을 손에 들었지요.
너도나도 백배 힘을 얻어,
거뜬히 천 명은 때려죽였습니다.

우리는 폭풍처럼 밀고 나가,
이 지방 저 지방 휩쓸었습니다. 9290
제가 오늘 우렁차게 호령하는 곳에서,
내일 다른 사람이 강탈하고 약탈하였지요.

우리는— 재빨리 휙— 주변을 살펴보고서
한 놈은 제일 예쁜 여인을 움켜쥐었고,
또 한 놈은 다리 튼튼한 황소를 낚아채었지요. 9295
말은 누구나 한 마리씩 꿰찼답니다.

그러나 저는 아주 보기 드문 진기한 물건들
찾아내는 걸 좋아했지요.
다른 사람도 가진 것이라면
9300 저한테는 말라비틀어진 풀에 지나지 않았답니다.

저는 보물을 찾아다니고,
날카로운 시선을 쫓아다녔지요.
주머니마다 들여다보고,
궤짝 안도 훤히 보았답니다.
9305 황금 더미가 제 몫이었고,
보석이 그중에서도 제일 근사했지요.
왕비님의 가슴을 푸르게 장식할 수 있는 것이 있다면,
그것은 오직 에메랄드뿐이랍니다.

바다 밑바닥에서 방울방울 여문 진주를
9310 귀와 입 사이에서 대롱거리게 하십시오.
홍옥은 붉은 뺨에 눌려
제 빛을 발하지 못할 것입니다.

이런 최고의 보물들을
여기 왕비님 앞에 바치고,
9315 피비린내 진동하는 싸움터의 수확을
여기 왕비님 발치에 내려놓습니다.

이렇게 많은 상자를 끌고 왔지만
쇠 상자는 더욱 많이 있지요.
왕비님의 길을 따르도록 허락만 하시면,

보물 창고를 가득 메워 드리겠습니다. 9320

왕비님께서 옥좌에 오르시자마자,
지성과 재물과 권력이
더없이 유일무이한 자태 앞에서
고개 숙이고 조아릴 것이기 때문이지요.

저는 이 모든 걸 움켜쥐어 제 소유로 만들었지만, 9325
이제 이것들은 제 손을 떠나 왕비님의 소유가 될 것입니다.
저는 이것들이 품위 있고 고매하고 가치 있다고 믿었는데,
이제 보니 하잘것없기 그지없군요.
제가 한때 소유했던 것은
낫에 베인 풀잎들처럼 시들어 사라졌습니다. 9330
오, 왕비님, 부디 밝은 눈빛으로 돌아보시어
이것들에게 가치를 되돌려 주소서!

파우스트 대담하게 차지한 이 물건들을 어서 치워라.
나무라진 않겠지만, 칭찬하지도 않겠노라.
이 성안에 숨겨둔 모든 것이 이미 왕비님의 것인데, 9335
특별히 따로 무얼 바치는 것이 무슨 의미가 있겠느냐.
어서 가서 보물들을 차곡차곡 보기 좋게 쌓아 두어라.
그 누구도 지금껏 보지 못한
화려하고 장엄한 광경을 내보여라!
둥근 천장들을 맑은 하늘처럼 반짝반짝 빛나게 하라. 9340
생명 없는 것들의 낙원을 일구어라.
왕비님 가시는 길에 꽃무늬 양탄자를 서둘러 줄줄이 깔아,
왕비님의 발길 보드라운 바닥에 스치게 하고,

이 거룩하신 분의 눈이 부시지 않도록
9345 최고의 빛을 비추어라.

린케우스 성주님의 분부가 너무 약소해서
소신에게는 어린애 장난 같습니다.
이 아름다우신 분의 고고함은
재물과 혈기를 지배하지요.
9350 온 군대가 벌써 온순해지고,
온 장검이 무디고 둔해졌습니다.
이 훌륭하신 모습 앞에서
태양조차 빛을 잃고 차가워지지요.
이 풍성한 광경 앞에서
9355 모든 것이 맥을 잃고 무의미해지는군요. (퇴장한다)

헬레나 (파우스트에게) 성주님과 이야기를 나누고 싶으니, 여기 제 옆으로 올라오세요!
빈자리가 주인을 부르며,
제 자리를 공고하게 다져 주는군요.

파우스트 먼저 무릎 꿇고서
9360 고귀하신 왕비님께 충성을 맹세하게 해주십시오.
저를 옆으로 부르시는 손에 입 맞추게 해주십시오.
한없이 넓은 왕비님 나라의
공동 통치자로서 저를 뒷받침해 주시고,
제 한 몸을 숭배자, 하인, 파수꾼으로 받아 주십시오!

9365 **헬레나** 경이로운 일들을 많이 보고 들으니,
정말 놀랍고 또 물어보고 싶은 일도 많답니다.
그런데 저 남자의 말이 어째서 기이하게,
기이하면서도 친절하게 들리는지 알고 싶군요.
말소리들이 서로 순응하는 듯 들리고,
9370 한 낱말이 귀에 어우러지면

이어지는 낱말이 앞선 낱말을 애무하는 것만 같아요.

파우스트 우리 백성들의 말투가 왕비님의 마음에 드는가 보군요.
오, 그렇다면 틀림없이 노랫가락도 왕비님을 황홀하게 하고
귀와 마음을 깊이 흡족하게 할 겁니다.
당장 우리 말투를 연습해 보는 것이 가장 확실하지 않나 싶습니다. 9375
함께 이야기를 주고받노라면, 저절로 그 말투가 우러나오고
솟아 나오지요.

헬레나 어떻게 그렇듯 아름답게 이야기할 수 있는지 먼저 말해
줘요.

파우스트 그거야 아주 쉽지요, 마음에서 우러나와야 합니다.
마음이 갈망으로 넘치면,
주위를 두리번거리며 묻게 되지요—

헬레나 누가 함께 즐긴 건지를. 9380

파우스트 정신은 앞을 바라보지도 않고 뒤를 돌아보지도 않아요.
오로지 현재만이—

헬레나 우리의 행복이지요.

파우스트 현재만이 보물이고 최고의 수익이며 재산이고 담보이
지요.
누가 그걸 증명할까요?

헬레나 제 손이 증명하지요.

합창단 그 누가 나쁘게 생각하리요? 9385
왕비님이 성주님에게
다정한 모습 보여 준 것을.
솔직히 말해, 우리 모두
사로잡힌 신세인데.
일리오스가 치욕스럽게 멸망하고, 9390
우리 두려움과 근심에 떨며
미로 같은 바다를 떠돈 이후로 자주 그랬듯.

남자들의 사랑에 길들여진 여인들은
까다롭게 고르진 않지만
9395 남자들에 대해선 잘 알지요.
금빛 곱슬머리 나부끼는 목동이든
검은 머리 덥수룩한 목양신(牧羊神)이든,
기회 닿는 대로
팽팽한 팔다리에
9400 똑같은 권리를 풍성하게 부여하지요.

두 분 벌써 바싹 붙어 앉아
서로에게 기대고 있군요.
푹신하고 장엄한
옥좌 너머로
9405 어깨에 어깨 기대고 무릎과 무릎 맞대고
손과 손 맞잡고 있군요.
높으신 분들은
은밀한 기쁨을
백성들 보는 앞에서
9410 고고하게 드러내지 않을 수 없나 봐요.

헬레나 제가 아주 멀리 있으면서도 아주 가까이 있는 것만 같아요.
나 여기 있다! 여기에! 이렇게 말하고 싶어요.

파우스트 저는 온몸이 떨리고 숨이 막혀서 말이 나오지 않습니다.
마치 시간도 장소도 사라지고 꿈을 꾸는 것만 같습니다.

9415 **헬레나** 이미 다 살았으면서도 새롭게 사는 듯하고,
잘 모르는 당신과 신의로 굳게 묶인 듯해요.

파우스트 더없이 하나뿐인 운명에 대해 너무 골똘히 생각하지 마시오!
비록 순간에 지나지 않을지라도, 존재하는 것은 우리의 의무요.

포르키아스 (허둥지둥 들어온다)

사랑의 입문서를 뒤적거리고
사랑에 대해 희희낙락 골똘히 생각하며, 9420
한가로이 사랑놀음에
취할 때가 아닙니다.
둔탁한 천둥소리 귓가에 울리지 않습니까?
우렁차게 울려 퍼지는 나팔 소리 들어 보세요.
파멸의 순간이 가까이 다가왔습니다. 9425
메넬라스 왕이 군사들을 벌 떼처럼 거느리고
쳐들어왔어요.
한바탕 치열하게 싸움을 벌일 준비를 하십시오!
여자를 호위한 대가로 데이포보스처럼
승리자들 무리에 에워싸여 9430
난도질당할 것입니다.
먼저 저 경박한 것들이 대롱대롱 매달린 뒤를 이어,
왕비님을 위해서도 새로 날카롭게 갈은 도끼가
제단에 준비되어 있지요.

파우스트 어찌 이리 무엄하게 방해하느냐! 괘씸하게 밀고 들어오다니. 9435

나는 아무리 위급한 상황에서도 생각 없이 날뛰는 것을 좋아하지 않느니라.
어여쁜 심부름꾼도 불길한 소식을 가져오면 밉상스러워지는 법이거늘,
하물며 너처럼 흉측하게 생긴 것이 흉악한 소식만을 가져오다니.
하지만 이번에는 네 뜻대로 되지 않을 거야.
허망한 입김으로 아무리 공기를 뒤흔들어 봐라, 여긴 끄떡없을 테니. 9440
설사 위험이 닥친다 하더라도 공허한 위협에 지나지 않을 거다.

신호 소리, 망루를 울리는 폭발음, 나팔과 코르넷[15]소리, 군악 소리, 엄청난 병력이 행진하는 소리.

파우스트 아니요, 왕비님께서는 곧 용사들이 일치단결하여
집결한 광경을 보시게 될 것입니다.
여인들을 용감하게 보호할 줄 아는 자만이
9445 사랑받을 자격이 있지요.

행렬에서 벗어나 가까이 다가오는 지휘관들에게

조용히 분노를 삭이면,
승리를 장담할 수 있노라.
그대 북방의 젊은 꽃들이여,
그대 동방의 꽃다운 무사들이여.

9450 강철에 에워싸이고 빛에 둘러싸여
이 나라 저 나라 무찌른 전사들이여,
그대들이 등장하면 대지가 진동하고
앞으로 전진하면 천둥소리 요란하도다.

우리 필로스에 상륙했을 때,
9455 늙은 네스토르[16] 이미 없었고,
거칠 것 없는 군사들이
자잘한 왕의 무리들을 모조리 쳐부수었노라.

15 중세에서 바로크 시대까지 사용된 목관 취주 악기로 소리가 아주 우렁차다.
16 그리스 신화의 영웅, 필로스의 왕. 트로이 전쟁에 참여한 그리스군들 가운데 가장 나이 많고 지혜로웠다.

메넬라스를 즉각 이 성벽으로부터
바다로 돌려보내라.
거기에서 헤매든 약탈하든 기회를 엿보든 9460
모두 그의 취미고 운명인 것을.

나더러 그대 장군들을 환영하라고
스파르타의 여왕께서 명령하시노라.
이제 산과 골짜기를 여왕님의 발치에 바치고,
나라 안의 전리품은 그대들이 차지하라. 9465

게르만인들아! 코린토스[17]의 해안을
성채와 수문으로 방어하라!
고트족들아, 너희들은 수많은 골짜기가 있는
아카이아를 수호하라.

프랑크족 병력은 엘레이아로 진군하고, 9470
메세네는 작센족의 몫이니라.
노르만인들은 바다를 깨끗이 소탕하여
아르골리스를 크게 확장하라.

그런 후에는 모두들 정착하여
힘과 세력을 외부로 향해 뻗쳐라. 9475
그러나 여왕께서 오랜 세월 뿌리 내리고 사시던 곳,
스파르타가 너희들 위에 군림하리라.

줄기차게 번영하는 나라에서 너희들 하나하나가

17 코린토스, 아카이아, 엘레이아, 메세네, 아르골리스는 모두 그리스의 펠로폰네소스 반도에 위치한 지명들이다.

즐겁게 사는 모습을 여왕께서 보시리라.
9480 그러니 안심하고 여왕님의 발치에서
보장된 삶과 권리와 광명을 찾으라.

파우스트 옥좌 아래로 내려오자, 장군들 좀 더 가까이에서 명령과 지시를 받으려고 그 주위를 에워싼다.

합창단 절세미인을 탐하는 자는
무엇보다도 유능하고 현명하게
무기를 찾아서 주위를 둘러보아야 하리.
9485 이 지상 최고의 것을
분명 우쭐한 마음으로 손에 넣었으리.
그러나 그것을 마음 편히 소유하진 못하리.
음흉한 자가 교활하게 슬쩍 넘보려 들고
강도들은 대담하게 앗아 가려 하리니,
9490 그걸 막아 낼 방도를 생각해야 하리.

그러니 우리 성주님을 그 누구보다도 높이
우러러보고 찬양하리.
힘센 자들을 용감하고 현명하게 결집시키시니,
다들 명령만을 기다리며
9495 순종하누나.
모두들 일신의 이익을 위해
성주님의 분부 충실하게 이행하니,
지배자는 고맙게 여겨 이에 보답하리.
양측 모두 드높은 명예를 얻게 되리.

9500 그 누가 막강한 주인에게서

왕비님을 앗아 갈 수 있으리?
왕비님은 성주님의 것이고 성주님의 몫이어야 하리.
성주님이 안으로는 굳건한 성벽으로, 밖으로는
철통같은 병력으로
왕비님과 더불어 우리도 지켜 주시니
우리는 그리되길 더욱 곱절로 바라누나. 9505

파우스트 여기 이자들에게 선물로—
풍요로운 땅덩어리 하나씩 하사하노라—
전부 멋있고 근사한 것들이니, 다들 진군하라!
우리가 중앙을 맡으리라.

나지막한 구릉들이 줄줄이 9510
유럽의 마지막 산줄기를 잇는 펠로폰네소스 반도를
저들이 앞다퉈 수호하리라,
험한 파도 넘실거리는 가운데.

온 세상을 비추는 태양 앞에서
이 나라의 모든 종족들 영원히 행복하리라. 9515
일찍이 우리 왕비님을 우러러본 나라
이제 왕비님의 것이 되었도다.

에우로타스 강변 갈대들의 속삭임 속에서
우리 왕비님 빛을 발하며 껍질을 깨고 나왔을 때,
고귀한 어머니와 형제자매들은 9520
눈이 부셨도다.

오직 왕비님만을 바라보는 이 나라
융성하고 또 융성하리라.

온 지구가 왕비님의 것일지라도
9525 오, 조국을 먼저 생각하소서!

산등성이에 내리꽂히는 태양의 차가운 화살을
뾰족한 산봉우리가 잘도 참아 내는구나.
이제 바위에 푸릇푸릇한 풀 내비치니
염소가 그 보잘것없는 풀을 욕심내누나.

9530 샘물이 퐁퐁 솟고 냇물들이 하나로 모여 흘러내리니,
골짜기, 산비탈, 풀밭들이 벌써 푸르구나.
여기저기 평원을 가르고 솟아난 수많은 구릉 위에서
양들이 떼 지어 움직이누나.

뿔 달린 소들이 넓게 흩어져
9535 조심스럽게 뚜벅뚜벅 가파른 절벽을 향하는구나.
하지만 암벽이 수백 개의 동굴을 둥그렇게 에워싸
모두에게 편히 쉴 곳 마련해 주누나.
판이 거기에서 저들을 지켜 주고, 생명의 요정들이
수풀 우거진 협곡의 물 많고 신선한 곳에 사는구나.
9540 가지 무성한 나무들이 빽빽이 들어차
높은 하늘을 향해 애타게 고개를 쳐드누나.

태고의 숲이로다! 떡갈나무 육중하게 치솟아,
가지들이 고집스럽게 서로 뒤엉켜 있구나.
달콤한 즙을 머금은 단풍나무
9545 온화하고 순결하게 높이 솟아 잎들을 나부끼누나.

적막한 그늘 속에서 따뜻한 젖이

아이들과 양들을 위해 자애롭게 샘솟는구나.
멀지 않은 평원에서 과실이 무르익고,
나무 구멍 속에선 꿀이 흐르누나.

즐거움이 대대손손 이어 내려져 9550
뺨과 입을 흥겹게 하는 곳.
누구나 제자리에서 흡족하고 건강하게
불멸의 삶을 누리누나.

귀여운 아이 순결한 나날을 보내며
아버지로 자라나면 놀라울 뿐. 9555
하지만 의문은 남아,
그들이 신들인가? 인간들인가?
아폴로가 목동의 모습을 하니,
제일 아름다운 목동이 아폴로를 닮았더라.
자연이 순수하게 지배하는 곳에서 9560
온 세상이 하나로 어우러지기 때문이노라.

헬레나 옆에 앉는다.

나한테도 잘되고 그대한테도 잘되었으니,
지난 일일랑 깊이 묻어 버리시오!
오, 당신이 최고의 신에게서 태어난 사실을 명심
하시오,
오직 그대만이 최초의 세계[18]에 속하는 것을. 9565

18 고대 그리스의 시인 헤시오도스에 따르면, 세계사는 황금 시대, 백은 시대, 청동 시대, 철기 시대의 네 시대로 나뉘진다. 여기에서 최초의 시대는 낙원 같은 황금 시대를 가리킨다.

이제 튼튼한 성에 갇혀 지내실 필요 없소!
스파르타의 이웃 아르카디아가
영원한 젊음의 힘을 자랑하며
우리를 위해 환희에 넘치는 안식처 마련해 놓았소.

9570 그대 축복의 땅에 살도록 초대받아,
더없이 즐거운 운명으로 피신하셨소!
옥좌가 정자로 변하니,
우리의 행복 아르카디아처럼 자유로워라!

무대가 완전히 바뀐다. 문 닫힌 정자들이 줄줄이 늘어선 암벽 동굴들에 기대어 있고, 주위를 에워싼 바위까지 그늘진 작은 숲이 이어진다. 파우스트와 헬레나의 모습은 보이지 않고, 합창단은 여기저기 흩어져 잠들어 있다.

포르키아스 이 계집들이 얼마나 오래 자고 있었는지 알 수가 있어야 말이지.
9575 이것들도 내 눈에 똑똑히 보이는 것을
과연 꿈에서 보았을까.
어쨌든 깨워야겠어. 이 젊은 것들이 깜짝 놀라겠지.
드디어 믿을 만한 기적적인 해결책이 나오지 않을까 하여
저기 아래 앉아서 기다리는 수염 난 작자[19]들도 마찬가지겠지—
9580 일어나라! 일어나! 얼른 곱슬머리 흔들며 일어나라니까!
눈에서 잠을 쫓아내라! 그렇게 눈만 껌벅거리지만 말고 내 말을 들어라!

합창단 어서 말해요, 이야기해 줘요. 무슨 기이한 일이 있었는

19 나이 지긋한 관객들을 가리킨다.

지 어서 이야기해 줘요!
쉽게 믿어지지 않는 일이라면 더욱 듣고 싶어요.
이 바위들만 바라보고 있자니 너무 지루하거든요.

포르키아스 이것들아, 눈 비비고 일어나자마자 벌써 지루하단 타령이냐? 9585
그렇담 들어 보아라, 이 동굴들 속에서,
이 아름다운 동굴들과 정자들 안에서 우리 성주님과 왕비님이
목가적인 연인처럼 숨어 지내신단다.

합창단 뭐라고요, 저 안에서요?

포르키아스 속세를 피해 지내시며,
오로지 나 한 사람만을 조용히 불러 심부름 시키신단다.
나는 경외하는 마음으로 그 분부를 받들지만, 때로는 딴청 피는 것도 9590
충복의 도리가 아니겠느냐.
그래 영험한 풀뿌리, 이끼, 나무껍질을 찾아 이리 저리 돌아다니지.
그래야 두 분만 호젓이 지내실 수 있지 않겠느냐.

합창단 마치 저 안에 온 우주가 들어 있는 듯 말씀하시는군요.
숲과 초원, 냇물, 호수. 무슨 옛날이야기를 지어내시는 거예요! 9595

포르키아스 그야 물론이지, 이 철없는 것들아! 저 안은 사람이 아직 밝혀내지 못한 오지이니라.
내가 깊이 생각에 잠겨 줄줄이 이어지는 홀들과 정원들을 둘러보는데,
돌연히 웃음소리가 동굴 안에 메아리치는 게야.
그쪽을 돌아보자, 사내아이가 여인의 품에서 남자의 품으로,
아버지에게서 어머니에게로 폴짝폴짝 뛰어다니더구나. 9600
어루만지고 쓰다듬고 못내 귀여워 장난치고 큰 소리로 농담을 주고받고 신이 나 환호성을 지르는데,

귀가 다 멍멍하더니라.
벌거벗은 모습이 날개 없는 요정이고 동물적인 면을 떨쳐 버린 판 같더구나.
단단한 바닥에 뛰어내리면,
9605 땅바닥이 맞받아쳐 소년을 허공 높이 날려 보냈느니라.
두 번 세 번 뛰어오르니 높은 천장에 닿더구나.

어머니가 걱정스러운 표정으로 외쳤느니라,
몇 번이고 맘껏 뛰어도 좋지만 날려고는 하지 마라. 자유롭게 날 수는 없단다.
그러자 자상한 아버지도 타일렀느니라,
9610 대지에 탄력이 있어서 널 솟구치게 하는 거란다.
발가락으로 바닥을 스치면 대지의 아들 안타이오스처럼 금방 힘을 얻는단다.
소년은 그렇게 커다란 바위 위로 폴짝 뛰어 올라가,
마치 공이 튀듯 이 끝에서 저 끝으로 뛰어다녔느니라.

그러다 갑자기 험준한 협곡 사이로 사라져서, 우리는 소년을 영영 잃어버린 줄 알았단다.
9615 어머니는 탄식하고 아버지는 위로하고
나는 어깨를 움츠린 채 겁에 질려 있는데, 소년이 어떻게 다시 나타났는지 아느냐!
거기 어디에 보물이 숨겨져 있었던가?
꽃무늬 옷을 우아하게 차려 입고 나타났지 뭐냐.
팔소매에서 수술들이 대롱거리고 가슴에선 끈이 나부꼈느니라.
9620 황금빛 칠현금을 손에 들고 있는 모습이 영락없이 어린 포이보스 같더구나.
소년이 즐거운 표정으로 툭 튀어나온 바위 끝에 올라섰고, 우리는 모두 깜짝 놀랐노라.
부모는 기쁨에 넘쳐 덩실덩실 얼싸안았느니라.
소년의 머리가 어찌나 빛나던지! 그 빛을 어찌 말로 표현하겠느냐.
금붙이 장신구인가, 엄청난 정신력의 불꽃인가?
훗날 모든 아름다움의 명인이 될 것을 이미 어린 소년으로서 9625
그렇게 움직이며 알렸느니라.
영원한 선율이 온몸을 타고 흐르는 아름다움의 명인.
너희들이 그의 소리를 듣고 그의 모습을 보게 되면,
더할 나위 없이 감탄할 것이니라.

합창단 크레타에서 오신 분,
그걸 기적이라 부를 건가요? 9630
당신은 가르치기 위해 꾸며 낸 말을
한 번도 들어 보지 못했나요?
이오니아[20]와 헬라스의
조상들 전설을
아직 들어 보지 못했단 말인가요? 9635
그 신적인 영웅들의 풍성한 전설을.

오늘날
일어나는 것들은 전부
찬란했던 선조들 시대의
슬픈 여운에 지나지 않아요. 9640
당신의 이야기는
마이아의 아들[21]을
진실보다 더 실감나게 노래한
사랑스러운 거짓말을 따라가려면 어림도 없어요.

20 소아시아의 서쪽 해안에 위치해 있으며, 그리스 문화의 발원지로 간주된다.
21 마이아와 제우스의 아들 헤르메스를 말한다.

9645 조잘조잘 말만 많고
제대로 생각할 줄 모르는 어리석은 보모들이
갓 태어나자마자
힘에 넘치는 귀여운 갓난아기를
깨끗하고 보드라운 기저귀 채워
9650 값지고 화려한 포대기로 담뿍 싸두었지요.
하지만 그 장난꾸러기 아기
답답하게 짓누르는
보랏빛 강보에서
보들보들하고 유연한 팔다리를
9655 힘차고 귀엽게 빼내었지요,
교활하게
강보는 그 자리에 둔 채.
마치 성숙한 나비가
날개를 활짝 펼치며
9660 답답하게 조이는 고치에서 빠져나와,
햇빛 찬란한 창공을 향해 대담하고
용감하게 훨훨 날아오르는 것 같았답니다.

그토록 날렵하기 그지없는 아이는
곧이어 날쌘 재주로
9665 도둑들과 악당들과
욕심쟁이들 모두에게
영원히 호의적인 악령인 것을
만천하에 증명하였다지요.
바다의 통치자에게서 날래게 삼지창을 훔치고,
9670 아레스의 칼집에서 약삭빠르게 칼을 빼내었지요.
포이보스에게선 활과 화살을,

헤파이스토스[22]에게선 부집게를 슬쩍 하였답니다.
불에 놀라지만 않았더라면,
아버지 제우스의 번갯불도 훔쳤을걸요.
하지만 에로스와의 싸움에선 9675
다리를 걸어 승리하였고,
자신을 애무하는 키프리스의
가슴에선 허리띠를 빼내었지요.

매혹적으로 아름다운 현악기 선율이 동굴에서 울려 퍼진다. 모두들 귀를 쫑긋 세우며 깊이 감동한 듯 보인다. 화음 어우러진 음악 소리는 나중에 잠시 정적이 흐를 때까지 이어진다.

포르키아스 더없이 사랑스러운 음률을 들으며,
그런 지어낸 이야길랑 얼른 떨쳐 버려라! 9680
너희 신들의 해묵은 싸움일랑 집어치워라.
벌써 지난 일이다.

이제 그 누구도 너희들을 이해하려 하지 않으니
더 높은 조건을 내세워야 하지 않겠느냐.
마음을 파고들려면 9685
마음에서 우러나와야 하느니라.

바위 쪽으로 물러난다.

합창단 당신 같이 무서운 사람도
이런 감미로운 선율은 좋아하는군요.

22 그리스 신화에서 불과 대장간의 신.

우리의 마음 새롭게 치유되어,
9690 금방이라도 눈물이 나올 것만 같아요.

영혼의 날이 밝아 오면
햇빛은 사라져도 되리라.
온 누리에 없는 것을
우리의 마음속에서 찾으리라.

헬레나와 파우스트, 그리고 오이포리온, 앞에서 말한 옷차림으로 등장한다.

9695 **오이포리온** 동요를 들으시면,
금방 즐거워지실 거예요.
제가 박자 맞추어 뛰어오르는 걸 보시면,
부모님 마음도 쿵쿵 뛰실 거예요.
헬레나 인간적으로 행복하게 하는 사랑은
9700 고매한 두 사람을 가깝게 맺어 주지만,
신적인 황홀함을 맛보게 하는 사랑은
소중한 셋을 이루어 주느니라.
파우스트 그러면 모든 걸 얻은 것이오.
나는 당신의 것, 당신은 나의 것,
9705 우리 이리 맺어졌으니
영원히 변함없어야 할 것이오!
합창단 여러 해 동안 누린 희열이
아드님의 부드러운 빛을 받아
두 분에게로 모이는구나.
9710 오, 얼마나 감동적인 결합인가!
오이포리온 이제 폴짝폴짝 뛰게 허락해 주세요.

뛰어오르게 해주세요!
사방 천지로 공중 높이
솟구치고 싶은
마음밖에는 없어요. 9715
그 마음이 저를 붙잡고 놔주지 않아요.

파우스트 적당히! 적당히 해라!
자칫 무리하다가
떨어져
사고라도 당하는 날이면 9720
우리의 소중한 아들이
우릴 파멸시킬 것이니라!

오이포리온 저는 더 이상 땅바닥에
처박혀 있고 싶지 않아요.
제 손을 놔주세요, 9725
제 곱슬머리,
제 옷을 놔주세요!
전부 제 것이잖아요.

헬레나 오, 생각해 보아라! 제발 생각해 보아라,
네가 누구의 것인지! 9730
힘들게 노력하여 아름다이 이룩한 것,
나의 것, 네 아버지의 것, 너의 것을
파괴하면
우리 마음이 얼마나 상하겠느냐.

합창단 저 결합이 곧 깨어지지 않을까 9735
걱정이구나!

헬레나와 파우스트 제발 자제해라!
부모를 위해 자제해라,
부글부글 끓어오르는

9740 격렬한 충동을!
평지를
조용히 전원적으로 예쁘게 꾸며라.

오이포리온 오로지 부모님을 위해서
제 마음을 억제하지요.
(합창단 사이를 요리조리 헤집고 다니며, 춤을 추자고 잡아끈다)
9745 여기 명랑한 아가씨들 주변을
돌아다니는 것이 더 경쾌하군요.
멜로디가 괜찮은가요?
이렇게 몸을 놀리는 건가요?

헬레나 그래, 잘하는구나.
9750 저 아름다운 아가씨들을 이끌어
멋지게 춤추어라.

파우스트 이 소동이 어서 지나갔으면!
이런 눈속임이
어찌 즐겁겠는가.

오이포리온과 합창단, 춤추고 노래하며 이리저리 얽혀 빙글빙글 돌아간다.

9755 **합창단** 두 팔을
사랑스럽게 휘젓고,
반짝이는 곱슬머리
설레설레 내두르며
발걸음 살며시
9760 미끄러지듯 내딛고,
이 팔 저 팔

여기저기로 잡아끌면,
사랑스러운 도련님,
그대의 뜻을 이루신 거예요.
우리 모두의 마음 9765
그대의 것이지요.

잠시 정적이 흐른다.

오이포리온 모두들
발 빠른 노루 같구나.
새로운 놀이를 할 테니
어서 멀리 가렴! 9770
나는 사냥꾼,
너희들은 들짐승.
합창단 우릴 잡으려면
너무 빨리 움직이지 말아요.
마지막엔 9775
어여쁘신 도련님을
한 번
안아 보고 싶거든요!
오이포리온 어서 숲 속으로 뛰어라!
나무줄기와 바위를 향해! 9780
손쉽게 얻는 것은
재미없어.
강제로 빼앗아야
신나거든.
헬레나와 파우스트 이 무슨 장난이냐! 소란이냐! 9785
조금도 자제할 기미가 보이지 않는구나.

호각을 불듯
숲과 골짜기가 쩌렁쩌렁 울리는구나.
이리 야단법석을 떨다니! 소리를 지르다니!

합창단 (한 사람씩 빠르게 등장한다)

9790 우리 곁을 그냥 스쳐 지나가셨어.
우리를 우습게 알고 조롱하시며,
이 많은 처녀들 중에서
하필이면 제일 말괄량이를 끌고 오시니.

오이포리온 (한 젊은 아가씨를 안고 온다)

이 파닥거리는 것하고
9795 강제로 재미 봐야지.
이 반항하는 가슴을 누르고
고집스러운 입에 입 맞추며
내 힘과 의지를 알려서
즐거움과 기쁨을 맛봐야지.

9800 **처녀** 날 놓아줘요! 내 몸속에도
정신의 용기와 힘이 깃들어 있어요.
우리의 의지도 당신의 의지처럼
쉽사리 뺏어 갈 수 없어요.
나를 정말로 꼼짝 못 하게 할 수 있다고 믿나요?
9805 당신의 팔 힘을 지나치게 과신하는군요!
꽉 붙잡아요, 어리석은 사람아,
내가 재미 삼아 당신을 그을려 버릴 테니.
(온몸에 불이 붙어 활활 타오른다)
훨훨 공중으로 날 쫓아와요,
답답한 무덤으로 날 쫓아와요,
9810 사라진 목표를 붙잡아요!

오이포리온 (마지막 남은 불꽃을 툴툴 털어 낸다)

여기 수풀 사이
다닥다닥 붙어 있는 바위들,
나 이리 젊고 팔팔한데
이리 비좁은 곳에서 어쩌란 말인가?
쏴아 쏴아 바람 소리, 9815
찰싹찰싹 파도 소리.
멀리에서 들려오는구나,
가까이에서 들을 수 있다면 얼마나 좋을까.
(바위 위로 점점 더 높이 뛰어오른다)

헬레나, 파우스트, 합창단 알프스 영양을 닮으려는가?
저러다 떨어질까 무섭구나. 9820

오이포리온 더 높이 올라가자,
더 멀리 바라보자.
여기가 어딘지 이제야 알겠구나!
섬 한가운데,
펠로프스의 땅[23] 한가운데, 9825
육지와도 친숙하고 바다와도 친숙한 곳.

합창단 산과 숲 속에서
평화로이 지내고 싶지 않은가요?
줄줄이 늘어진 포도 덩굴,
산비탈 포도 덩굴, 9830
무화과와 황금빛 사과,
우리가 얼른 찾아 줄게요.
아아, 이 정다운 나라에서
정답게 지내요!

오이포리온 너희들은 평화로운 나날을 꿈꾸느냐? 9835

23 펠로폰네소스 반도를 이른다. 〈펠로폰네소스〉는 그리스 신화에서 그 땅을 오래 통치했던 펠로프스의 섬이라는 뜻이다.

꿈꾸고 싶은 자는 마음껏 꿈꾸어라.
우리의 구호는 전쟁이고,
저 멀리 승리의 함성 울려 퍼지는구나.

합창단 평화로운 시절에
9840 전쟁을 그리워하는 사람은
희망 찬 행복에서
멀어지지요.

오이포리온 이 나라는
자유롭게 무한한 용기를 지닌 자들,
9845 아낌없이 피 흘리며
숱한 위험을 이겨 낸 자들을 낳았도다.
그 억누를 수 없는
거룩한 마음이
모든 전사들에게
9850 이득이 되리라!

합창단 저 위를 보아라, 저렇게 높이 올라가다니!
그런데도 조금도 작아 보이지 않는구나.
갑옷 차림으로 승리를 쟁취하려는 듯,
청동과 강철의 빛에 감싸인 듯하구나.

9855 **오이포리온** 성채도 성벽도 필요 없으니,
각자 오로지 자신의 힘만을 믿어라.
강철 같은 사나이 가슴이
끝까지 버틸 수 있는 굳건한 요새이어라.
정복되지 않으려면,
9860 날래게 무장하고 싸움터로 향하라.
여자들은 아마존이 되고,
아이들은 영웅이 되라.

합창단 성스러운 시학이여,

하늘을 향해 올라라!
더없이 아름다운 성좌여, 빛을 발하라, 9865
멀리, 더욱 멀리까지!
우리에게 이르도록,
언제나 우리 귀에 들리도록,
우리 즐거운 마음으로 그 소리 듣도록.

오이포리온 아니, 나는 아이의 모습으로 오지 않았노라. 9870
무장한 젊은이로 찾아왔노라.
이미 자유롭고 강인하고 대담한 자들과
마음속에서 어울렸노라.
자, 떠나자!
자, 저기에 9875
드높은 명성을 향한 길이 열리는구나.

헬레나와 파우스트 이 세상에 태어나자마자,
즐거운 나날을 접하자마자,
그 아찔하게 높은 위에서
고통에 넘치는 곳을 갈망하느냐? 9880
너한테는
우리가 아무것도 아니란 말이냐?
정겨운 결합이 한낱 꿈이란 말이냐?

오이포리온 바다를 울리는 천둥소리 들리지 않나요?
저기 골짜기마다 우레 같은 소리가 메아리치고 있
어요. 9885
먼지와 파도 속에서 군대와 군대 맞붙어,
서로 밀고 밀리며 악전고투 벌이는 소리가.
죽음이
천명인 것은
자명한 사실이지요. 9890

헬레나, 파우스트, 합창단 이런 끔찍한 일이! 이런 무서운 일이!
죽음이 천명이라니?

오이포리온 저더러 멀리서 구경만 하란 말씀인가요?
아니요, 저는 근심도 고난도 함께 나누겠어요.

9895 **헬레나, 파우스트, 합창단** 그것은 오만하고 위험한 일이야,
자칫 죽을 수도 있어!

오이포리온 그래도 좋아요!—
두 날개를 활짝 펼쳐라!
그곳을 향해! 가자! 어서 가자!

9900 저를 날게 해주세요!

허공을 향해 몸을 날린다. 한동안 옷이 그를 받쳐 주고, 머리가 빛을 발한다. 빛이 길게 꼬리를 남긴다.

합창단 이카로스![24] 이카로스!
이를 어쩌나.

아름다운 젊은이가 부모의 발치에 떨어진다. 죽은 사람이 어딘지 낯익다는 생각이 든다.[25] 그러나 곧 육신은 사라지고 후광이 혜성처럼 하늘 높이 올라간다. 옷과 외투, 칠현금만이 남는다.

헬레나와 파우스트 기쁨에 이어 곧바로

24 그리스 전설에 따르면, 이카로스는 발명의 재주가 뛰어난 다이달로스의 아들이다. 다이달로스는 아들과 함께 크레타 섬에 사로잡히자, 날개를 만들어 달고 섬을 탈출하였다. 그러나 이카로스는 아버지의 경고에도 불구하고 태양 가까이 날아갔다가, 밀랍이 녹는 바람에 바다에 떨어져 죽었다.

25 1824년 그리스의 해방 전쟁에 참여했다가 애석하게도 서른여섯 살의 나이로 세상을 떠난 영국의 시인 바이런을 암시한다. 괴테는 바이런과 그의 작품을 높이 평가하고 그의 죽음을 애도했다.

이런 혹독한 고통이 찾아오다니.

오이포리온의 목소리 (깊은 지하에서)

이 어두운 곳에, 9905
어머니, 절 혼자 두지 마세요!

잠시 연극이 중단된다.

합창단 (애도의 노래)

혼자가 아니에요!— 그대가 어디 머물든,
우리가 그대를 알아볼 거예요.
아아! 그대가 비록 밝은 광명을 두고 떠났다 해도
우리 마음은 그대 곁을 떠나지 않아요. 9910
우리 비록 슬픔에 젖었지만,
그대의 운명을 부러워하며 노래하는걸요.
맑은 날이나 흐린 날이나
그대의 노래와 용기는 아름답고 위대했어요.

아아! 지상의 행복 누리도록 9915
드높은 집안에서 위대한 힘을 타고났건만,
애석하게도 일찍 자제력을 잃어
청춘의 꽃이 꺾이었도다!
세상을 보는 날카로운 눈빛,
마음의 온갖 열망을 헤아리는 깊은 마음, 9920
빼어난 여인들을 향한 사랑의 불꽃,
그리고 더없이 독특한 노래.

그러나 주위의 만류 뿌리치고
자유분방함의 함정에 빠져,

9925 풍습과 율법에
무리하게 부딪쳤도다.
그런데도 결국 숭고한 마음이
순수한 용기를 소중히 여겨
훌륭한 업적 쌓으려 했지만
9930 뜻을 이루지 못했노라.

그 누가 뜻을 이루랴?— 불행이 판치는 날에
온 백성이 피 흘리며 침묵을 지키면,
이 우울한 물음에
운명도 못 본 척 고개를 돌리리라.
9935 그러나 힘차게 새로운 노래를 불러라,
더 이상 고개 숙이지 마라.
예로부터 그랬듯,
대지가 다시 새로운 노래를 만들어 낼 테니.

연극이 완전히 중단되고 음악도 멎는다.

헬레나 (파우스트에게)
행복과 아름다움은 오래 화합하지 못한다는 옛말이
9940 안타깝게도 나한테서 사실로 증명되었어요.
생명의 끈도 사랑의 끈도 동강 나고 말았으니
비통할 뿐이에요. 이제 가슴 아프게 작별 인사를 고하며
한 번 더 당신 품에 안기겠어요.
저승의 여신이여, 아들과 저를 받아 주소서!

파우스트를 부둥켜안는다. 헬레나의 육신은 사라지고, 옷과 베일만이 파우스트의 품에 남는다.

포르키아스 (파우스트에게)

남아 있는 것을 꼭 붙잡아요. 9945
옷을 놓지 말아요.
악령들이 벌써 옷자락을 잡아당기고 있어요.
지하 세계로 가져갈 셈이지요. 꼭 붙잡아요!
당신이 잃어버린 여신은 아니지만
신성한 것이에요. 더없이 숭고하고 9950
소중한 은총의 힘을 이용해 위로 오르세요.
당신만 버틸 수 있으면,
그것이 모든 범속한 것을 넘어 재빨리 높은 창공으로 당신을 데려갈 거예요.
우리 다시 만나요, 이곳에서 먼 곳, 아주 먼 곳에서.

헬레나의 옷이 구름처럼 흩어져 파우스트를 에워싸더니 높이 들어 올려 어디론가 데려간다.

포르키아스 (오이포리온의 옷과 외투, 칠현금을 바닥에서 집어 들고 무대 앞쪽으로 걸어간다. 그리고는 유물을 높이 들고서 말한다)

다행히도 찾아냈구나. 9955
물론 불꽃은 사라졌지만,
세상은 섭섭해하지 않으리.
동업 조합과 수공업자들의 시기심을 자극하고,
시인들에게 전해 줄 것이 여기 충분히 남아 있으니.
내 비록 재능은 부여할 수 없지만, 9960
적어도 이 옷가지만은 빌려 주리라.

무대 앞쪽의 기둥에 기대어 앉는다.

판탈리스 이것들아, 어서 서둘러라! 우리 이제 마법에서,
흉물스러운 테살리아 노파의 흉악한 강요에서 벗어났느니라.
귀는 물론이고 마음까지 고약하게 뒤흔드는,
9965 시끄럽고 혼란스러운 소리의 환각에서 깨어났느니라.
황천으로 내려가라!
왕비님이 엄숙한 걸음걸이로 서둘러 내려가셨으니,
충실한 시녀들도 바짝 그 뒤를 쫓아야 할 것이니라.
불가사의한 자들의 옥좌 옆에서 왕비님을 발견하리라.

9970 **합창단** 왕비님들이야 물론 어디든 기꺼이 가겠지요.
황천에서도 거만하게 자기들끼리 어울려
맨 윗자리를 차지하니까요.
저승의 여신하고도 아주 친한 사이지요.
하지만 우리는
9975 외진 아스포델로스 들판[26] 뒤쪽 구석에서
길게 뻗은 백양나무나
열매 맺지 못하는 버드나무들하고 어울려 지낼 텐데,
무슨 재미가 있겠어요?
박쥐처럼 찍찍거리고
9980 유령처럼 뚱하니 속삭거리기나 하겠죠.

판탈리스 명성을 누리지도 못하고 고매한 것을 원하지도 않는 자는
원소의 일부에 지나지 않느니라. 그러니 어서 가라!
나는 오직 우리 왕비님하고 같이 있고 싶은 마음뿐,
업적만이 아니라 충성심도 우리의 인품을 지켜 주리라.
(퇴장한다)

9985 **합창단 모두 함께** 우리 밝은 광명으로 돌아왔도다.
더 이상 인간이 아닌 것은

26 그리스 신화에 나오는 저승의 들판.

우리도 느끼고 알지만,
명부로는 결코 돌아가지 않으리.
영원히 살아 있는 자연이
우리 유령들에게 권리를 행사하듯, 9990
우리도 자연에게 당연한 권리를 행사하리라.

합창단 1[27] 수많은 나뭇가지들이 살랑살랑 흔들리며 속삭이는 가운데,
우리 생명의 물을 장난치듯 유혹하며 살며시 뿌리 위 가지로 끌어 올리네.
때로는 잎사귀로 때로는 꽃으로 풍성하게 꾸미고서
마음껏 허공을 향해 뻗어 나네. 9995
열매가 떨어지면 삶을 즐기는 사람들과 가축들이
서둘러 몰려와 밀고 밀치며 맛있게 주워 먹네.
모두들 우리를 에워싸고서 최고의 신처럼 떠받드네.

합창단 2 거울처럼 빛나는 이 매끄러운 암벽에
우리 애교 부리듯 부드럽게 물결치며 바싹 달라붙어 있네. 10000
새의 노랫소리, 갈대의 휘파람 소리, 판의 무서운 목소리,
그 어떤 소리든 귀 기울여 들으며 금방 응답하네.
살랑거리는 소리에는 살랑거리며 대답하고, 천둥치는 소리에는 천둥소리로 대답하네.
두 배, 세 배, 열 배, 백배로 우렁차게.

합창단 3 자매들아! 우리 설레는 마음으로 냇물 따라 발걸음 재촉하자꾸나. 10005
풍요롭게 치장한 구릉들이 저 멀리에서 우릴 부르는구나.

27 여기에서 합창단은 네 무리로 나뉘어 각기 나무, 산, 물, 포도의 요정으로 변한다.

멘데레스 강[28]처럼 고불고불 굽이치며 깊이깊이 흘러내려,
초원과 목장에 이어 집 주변의 정원에도 물을 대자꾸나.
저기 실측백나무의 늘씬한 우듬지가 들판 너머,
10010 거울 같은 수면과 강변 너머 창공을 가리키는구나.

합창단 4 너희들 마음대로 실컷 물결치려무나. 우리는 포도 덩굴이 막대를 휘감으며 푸르게 번성하는 곳,
포도나무 빽빽이 늘어선 언덕을 쏴아 쏴아 에워싸련다.
열정적으로 포도나무 기르는 농부들이
애정 어린 땀의 결실을 염려하는 모습을 거기에서 날마다 볼 수 있노라.
10015 그들은 때로는 곡괭이로, 때로는 삽으로, 때로는 흙을 북돋우고 자르고 묶으며
모든 신들에게, 특히 태양신에게 열렬히 기도하누나.
마음 약한 바커스가 충실한 종복들에겐 아랑곳하지 않고,
정자에서 쉬거나 동굴에 기대어 앉아 젊디젊은 목양신과 농담을 주고받는구나.
술푸대든 술독이든 술통이든
10020 서늘한 지하실 좌우 양편에 그득그득 영원히 보관되어 있으니,
비몽사몽 취하는 데 필요한 술 떨어질 날 없도다.
헬리오스를 선두로 모든 신들이 앞다퉈
바람을 보내고 물을 대고 햇살을 뜨겁게 내리쬐이게 하며 포도송이 주렁주렁 내려뜨리면,
농부가 묵묵히 일하던 곳에 갑자기 활기 넘치누나.
10025 정자마다 웅성거리고 포도나무 주변마다 술렁거리는구나.
바구니 달각달각, 양동이 덜그럭덜그럭, 들통 삐그덕삐그덕,
포도즙 짜는 사람 힘차게 춤을 추는 커다란 통으로 모든 것

28 소아시아의 강. 요리조리 굽이치며 흐르는 것으로 유명하다.

이 쏟아지는구나.
단물 듬뿍 머금은 탐스럽고 순결하고 신성한 포도송이 과감하게 짓밟히고,
마구 으깨어져 보글보글 거품 내고 이리저리 튀기며 한데 섞이누나.
이제 디오니소스가 신비의 장막을 걷어 제치고, 10030
염소 발굽 달린 남녀 거느리고서 흔들흔들 모습을 드러내니,
침벨[29]과 심벌즈 어우러져 우렁차게 귓전을 때리누나.
그 사이로 실레노스[30]의 귀 늘어진 짐승이 사납게 외치는구나.
참으로 거칠 것이 없도다! 갈라진 발톱이 모든 풍습을 짓밟고,
모든 감각이 아찔하게 소용돌이치고 귀가 끔찍하게 멍멍하구나. 10035
술 취한 자들이 머리와 배 그득 채우고서 술잔을 더듬누나.
한두 사람 아직 걱정하는 소리 외치지만, 그것은 소란만 더할 뿐이도다.
새 술을 담으려면, 옛 푸대를 얼른 비워야하지 않겠느냐!

막이 내려온다. 무대 앞쪽의 포르키아스, 거인처럼 몸을 일으킨다. 그러나 필요한 경우에는 굽 높은 무대용 신발을 벗고 가면과 베일을 제치고 메피스토펠레스로서 정체를 드러내어, 에필로그 형식으로 연극을 논평할 수 있다.

29 고대의 타악기로 심벌즈와 비슷하다.

30 그리스 신화에서 주신 디오니소스를 가르쳤으며, 말의 귀와 꼬리, 발굽을 가지고 있었다. 항상 당나귀를 타고 다니고, 대개는 술취한 모습으로 그려졌다.

제4막

고산 지대

뾰족뾰족 험준한 바위산들

구름 한 자락이 날아와 바위산에 걸치더니, 앞으로 튀어나온 판판한 바위에 내려앉는다. 구름이 갈라진다.

파우스트 (구름 속에서 걸어 나온다)
발아래 깊은 외로움을 내려다보며,
10040 이 바위산 끝자락에 신중히 발을 내딛노라.
청명한 날에, 육지를 넘고 바다를 건너 살포시 날 데려다 준
구름을 이제 떠나보내노라.
구름이 흩어지지 않은 채 서서히 내게서 멀어지는구나.
구름의 무리 둥글게 뭉쳐 동쪽을 향하니,
10045 눈이 그 뒤를 좇으며 놀라고 감탄하는구나.
구름이 물결치듯 모양을 바꾸며 갈라지누나.
그런데 무슨 형상을 빚어내는 것 같지 않은가— 옳거니! 내 눈이 잘못 본 게 아니로다!—
신들을 닮은 거대한 여인의 형상이

햇빛 찬란한 침상에 아름다이 드러누워 있구나,
이제 보이는구나! 유노, 레다, 헬레나를 닮은 모습이 10050
장엄하고 사랑스럽게 눈앞에 어른거리누나.
아아! 벌써 모양이 바뀌는구나! 형체 없이 위로 아래로 넓게 퍼져,
아득한 빙산처럼 동쪽에 조용히 머물며,
덧없는 날들의 숭고한 의미를 눈부시게 비추는구나.

보드라운 엷은 안개 자락이 내 주위를 에워싸며, 10055
이마와 가슴을 상쾌하게 식혀 주누나.
이제 구름이 주춤주춤 높이, 더 높이 가볍게 올라
하나로 모이는구나.— 저 황홀한 모습
오래전에 잃어버린 내 젊은 날 최초의 소중한 보배인 양 내 눈을 속이는가?
마음속 깊이 묻어 둔 그 옛날의 보물이 샘솟는구나. 10060
내 가슴에 빠르게 다가왔지만 거의 이해하지 못했던 첫 눈길,
가슴 설레는 아우로라[1]의 사랑을 나타내는구나.
그 눈길 꼭 붙잡았더라면 그 어떤 보물보다도 눈부시게 빛났을 것을.
저 어여쁜 자태가 아름다운 영혼처럼 높이 올라,
그 모습 그대로 창공을 향해 나아가며, 10065
내 마음속의 가장 귀중한 것을 멀리 가져가누나.

마법의 장화[2] 한 짝이 뚜벅 나타나더니, 그 뒤를 이어 곧바로 나머지 한 짝이 나타난다. 메피스토펠레스 장화에서 내려오자, 장화 두 짝 서둘러 멀리 사라진다.

1 아침의 서광이나 아침놀의 여신을 말한다. 여기서 아우로라의 사랑은 과거에 그레트헨을 향해 불타올랐던 사랑을 가리킨다.
2 한 걸음에 7마일을 가는 요술 장화.

메피스토펠레스 허겁지겁 간신히 쫓아왔구먼!
그런데 도대체 어쩔 셈이오?
하필이면 이런 소름 끼치는 곳,
10070 흉악하게 아가리 벌린 바위틈에 내릴 건 뭐요?
내가 잘 아는데, 여긴 내릴 곳이 못 되오.
원래 지옥의 밑바닥이었단 말이오.

파우스트 자네는 말끝마다 그 시시한 옛날이야기를 들먹이는가.
또 시작일세그려.

메피스토펠레스 (진지하게)
10075 하느님이 우리를 하늘에서 저 깊고 깊은 땅속으로 추방했을 때,
— 그 이유야 나도 물론 잘 알고 있소이다 —
한복판은 뜨겁게 작렬하고
주변은 온통 영원한 불길이 이글이글 불꽃을 날리며 타올랐소.
그 불길이 너무 밝아서
10080 우리는 다닥다닥 옹색하게 한데 붙어 있었소.
그러다 사탄들이 모두 기침을 하고,
위로 아래로 뻥뻥 뿜어내기 시작했지 뭐요.
지옥이 유황 냄새와 황산으로 터질 것 같더니,
급기야는 가스가 발생했소! 가스가 엄청나게 불어나,
10085 평평한 지반이 두꺼웠는데도
우르릉 쾅쾅 폭발하고 말았다오.
그러자 과거에 땅 밑바닥이었던 곳이 산봉우리가 되면서,
우리가 떡 산꼭대기에 있더라니까요.
그들이 이걸 근거로, 가장 아래 것이 가장 위 것이 된다는
10090 그럴듯한 학설을 만들어 내지 않았겠소.
우리는 굴욕적인 뜨거운 동굴에서
자유로운 공기가 풍성하게 지배하는 곳으로 피신하였다오.
이것은 공공연한 비밀로 잘 간직되었다가,

나중에 여러 민족들에게 전해질 것이오. (「에베소서」 6장 12절)
파우스트 나한테 육중한 산맥은 무언의 고귀한 것일세.
나는 그것이 무슨 이유로 어떻게 생겨났는지 묻지 않네.
자연은 스스로의 힘에 의지하여
지구를 깔끔하게 완성하였네.
산봉우리와 계곡을 반가이 맞이하고,
바위와 산을 줄줄이 엮어 놓고, 10100
언덕을 완만하게 일구어
골짜기까지 부드러운 선으로 이었다네.
푸르른 초목이 싹터 울창하게 자라니,
그걸 즐기는 데 무슨 엄청난 소란이 필요하겠는가.
메피스토펠레스 선생이야 그렇게 말하겠지요! 지극히 당연한 일로 보일 테니까. 10105
하지만 바로 그 현장에 있었던 자에게는 그게 아니라니까요.
나는 심연이 부글부글 끓어오르며
뜨거운 불길을 뿜어내는 바로 그 자리에 있었소.
몰록[3]의 망치가 바위를 연거푸 쪼개어
산의 파편들을 저 멀리 날려 보냈을 때 말이오. 10110
온 나라가 낯선 거대한 덩어리들로 가득 차 있는데,
누가 그 거세게 내동댕이치는 힘을 설명하겠소?
철학자라고 그 영문을 알겠소.
바위가 거기 있으니 그냥 내버려 두는 수밖에 없지 않겠는가,
우리가 이미 마르고 닳도록 생각했거늘— 기껏해야 이런 식이지요. 10115
성실하고 순박한 백성들만이 그걸 이해하고서
주변에서 뭐라 말하든 흔들리지 않지요.

3 구약 성서에서 암몬족이 섬기던 신. 프리드리히 고트리프 클로프슈토크의 서사시 「메시아」에서는 산속의 악령으로 등장한다.

그것은 기적이고 바로 사탄의 업적이라는 사실을
오래전에 지혜롭게 터득했기 때문이오.
10120 나를 신봉하는 순례자들이 믿음을 지팡이 삼아,
사탄의 돌, 사탄의 다리를 찾아 절름절름 헤매고 있다니까요.

파우스트 사탄이 자연을 어떻게 보는지
주의 깊게 지켜보는 것도 흥미로운 일이구먼.

메피스토펠레스 그것이 나하고 무슨 상관이란 말이오! 자연은
그냥 내버려 두시오!
10125 사탄이 바로 그 현장에 있었다는 사실이 영예로운 점이오.
우리는 큰일을 해내는 무리요.
혼란, 완력, 불합리! 저기 그 표시를 보시오! —
하지만 이제 알아듣기 쉽게 이야기해서,
선생의 마음에 드는 것이 이 지상에 하나도 없단 말이오?
10130 선생은 무한히 넓은 세상에서
온갖 부귀영화를 보았소. (「마태오의 복음서」 4절)
하지만 그 무엇에도 만족할지 모르는 사람이라서,
갖고 싶은 욕망을 조금도 느끼지 못했단 말이오?

파우스트 아니! 내 마음을 끌어당기는 큰일이 하나 있었네.
알아맞혀 보게.

10135 **메피스토펠레스** 그거야 금방 알아맞히리다.
나라면 일국의 수도를 찾아갈 거요.
시내 중심가에서 시민들이 사고파는 너저분한 식료품,
고불고불 비좁은 골목길, 뾰족한 합각머리 지붕,
복작거리는 장터, 양배추, 무, 양파.
10140 쇠파리들이 기름진 고기구이를 맛보려고
윙윙거리는 정육 판매대.
그러니 언제나 악취가 진동하고
사람들은 바쁘게 움직이지요.

커다란 광장, 넓은 길은
잘난 척 우쭐대고, 10145
성문에 구애받지 않는 곳에서
변두리 시가지들은 한없이 뻗어 나가지요.
마차들이 굴러가고
요란스럽게 이리저리 미끄러지고
한없이 이리저리 달려가고 10150
여기저기 개미처럼 바글거리는 광경을 즐길 수 있다오.
거기서 앞장서서 걷든 말을 타고 가든
언제나 한가운데 나타나
수많은 이들의 존경을 받을 거요.

파우스트 나는 그것으로 만족할 수 없네. 10155
인구가 늘어나고
나름대로 편안히 먹고살고
교양을 쌓고 식견을 넓히는 것을 사람들은 즐거워하지만
사실은 반항자만을 길러 낼 뿐일세.

메피스토펠레스 그런 후에 나 자신을 의식해서, 근사한 곳에 10160
웅장하게 환락의 성을 짓는 거요.
숲, 언덕, 평야, 초원, 들판을
화려한 정원으로 바꿔 놓는 거지요.
푸른 담장 앞의 우단 같은 잔디밭,
고불고불한 오솔길, 멋들어진 그늘, 10165
바위에서 바위로 이어지는 폭포수,
온갖 모양의 분수.
장엄하게 위로 솟구쳐,
물소리 요란하게 수천 개의 작은 물줄기로 갈라져 사방으로 흩날리지요.
그리고 절세미인들을 위해 10170

정겹고 편안한 집을 지어서는,
알콩달콩 정답고 호젓하게
오래오래 사는 거요.
지금 미인들이라고 말하는데, 나는 아름다운 여자들을
10175 언제나 복수로 생각하기 때문이오.

파우스트 현대식으로 조야하군! 사르다나팔로스[4]라도 되는가!

메피스토펠레스 선생이 뭘 추구했는지 알아맞혀 볼까요?
참 고상하게 대담했었지요.
달 가까이까지 날아가 봤으니,
10180 또 그리 가보고 싶은 고질병이 도진 거요?

파우스트 당치 않은 소리! 이 지구에서도
아직 얼마든지 위대한 일을 벌일 수 있네.
깜짝 놀랄 만한 일을 하고 싶은데,
대담하게 노력하고 싶은 힘이 솟구치는구먼.

10185 **메피스토펠레스** 그렇다면 명성을 원하는 거요?
선생이 반신(半神)적인 여걸의 후예인 걸 알겠소.

파우스트 나는 통치할 수 있는 소유지를 갖고 싶네!
오로지 일을 하고 싶을 뿐, 명성은 아무것도 아닐세.

메피스토펠레스 하지만 선생의 광휘를 후세에 알리고,
10190 어리석음을 빌어 어리석음에 불붙일
시인들이 나타날 거요.

파우스트 자네는 추호도 이해할 수 없을 걸세.
인간이 뭘 원하는지 자네가 어찌 알겠는가?
인간이 뭘 필요로 하는지,
10195 자네의 그 가혹하고 모질고 밉살스러운 본성이 어찌 알겠는가?

메피스토펠레스 그렇다면 마음대로 하시지요!

4 아시리아의 마지막 왕으로, 극히 호사스럽고 방탕하게 살았다고 전해진다.

도대체 어쩔 셈인지 그 엉뚱한 계획이나 한번 들어 봅시다.

파우스트 먼 바다가 내 눈을 끌어당기지 뭔가.

바다가 부풀어 올라 저 혼자 높이 솟구치더니
누그러져서는, 완만하게 펼쳐진 10200
드넓은 해변에 파도를 쏟아부었네.
나는 기분이 상하였네.
오만함이 격렬하게 들뜬 혈기를 못 참아,
모든 권리를 존중하는 자유로운 정신을
불쾌하게 만들다니. 10205
나는 그것을 우연한 일로 여기고서 유심히 살펴보았네.
파도가 잠시 잠잠해지는가 싶더니,
도도하게 점령한 목표에서 뒷걸음질 쳐 멀어져 갔네.
그러다 때가 되니, 그 장난질을 다시 시작하는 거야.

메피스토펠레스 (관객들에게)

그게 무슨 새로운 일이라고, 10210
나는 벌써 십만 년 전부터 알고 있는 일인데.

파우스트 (열정적으로 말을 잇는다)

스스로 무익한 존재로서 무익함을 선사하려,
파도가 사방 천지에서 슬그머니 다가온다네.
점점 부풀어 올라 한껏 커져서는, 사납게 넘실거리며
고집스럽고 황량한 해변을 휩쓰네. 10215
파도들이 꼬리에 꼬리를 물고 몰려와 스스로의 힘에 도취해
위력을 떨치다가 물러나지만, 이룬 것은 아무것도 없네.
참으로 걱정스럽고 절망스러운 일일세!
원소들이 아무런 목적 없이 제멋대로 날뛰다니!
내 정신이 스스로의 한계를 넘어 높이 도약하고 싶어 하네. 10220
나는 여기에서 싸우고 여기에서 승리하고 싶다네.
그것은 가능한 일일세! — 파도가 제아무리 물밀듯이 밀려오

더라도
언덕은 슬며시 휘감으며 지나가지 않는가.
제아무리 오만하게 솟구치더라도,
10225 제방을 조금 높이 쌓으면 당당히 맞설 수 있고,
도랑을 조금 깊이 파면 힘차게 끌어들일 수 있네.
내가 서둘러 머릿속으로 많은 계획을 세웠으니,
드넓은 물의 경계를 바싹 제한하고
오만한 바다를 해변에서 쫓아내어
10230 멀리 원래 있던 곳으로 몰아내는
멋진 기쁨을 누리게 해주게.
나는 이 계획을 이미 하나하나 구체적으로 검토해 보았네.
내 소원이니, 부디 과감하게 추진시켜 주게!

관객들의 뒤편, 오른쪽 멀리에서 북소리와 군악 소리 들려온다.

메피스토펠레스 그거야 누워서 떡 먹기죠! 저 멀리에서 북소리
들리지 않소이까?
10235 **파우스트** 또 전쟁인가! 현명한 자라면 듣고 싶지 않은 소릴세.
메피스토펠레스 전쟁이든 평화든. 자신에게 득이 되도록
이용하는 것이 현명한 태도요.
호시탐탐 때를 노려야 하오.
이제 기회가 왔으니, 파우스트 선생, 얼른 붙잡으시오!
10240 **파우스트** 그런 수수께끼 놀음은 집어치우게!
간단히 말해, 무슨 일인가? 어서 설명하게.
메피스토펠레스 이리로 오는 길에 주워들었는데,
그 마음씨 착한 황제가 큰 수심에 잠겨 있다는 거요.
선생도 황제를 잘 알지 않소. 우리가 속임수를 써서
10245 큰 재물을 안겨 주는 척 즐겁게 해주었을 때,

온 세상을 사들일 것처럼 굴었잖소.
어린 나이에 옥좌에 오른지라,
나라 다스리는 일과 즐겁게 지내는 일을
잘 합치시켜서
떵떵거리며 근사하게 살 수 있다고 10250
제 편할 대로 오산했지 뭐요.

파우스트 그렇담 크게 착각했지. 명령을 내리는 사람은
명령에서 행복을 느껴야 하는 법일세.
가슴속 가득히 드높은 의지로 넘치더라도,
자신이 원하는 것을 절대로 사람들에게 드러내서는 안 되네. 10255
충신의 귀에 속삭인 것을 실제로 성취해서
온 세상을 놀라게 해야 하네.
그래야 언제나 제일인자가 되고 제일 위엄 있는 자가 된다네.
향락은 사람을 천박하게 만들 뿐일세.

메피스토펠레스 그런데 웬걸요. 황제 자신이 앞장서서 즐겼다니 10260
까요, 그것도 웬만했어야지요.
그러는 동안에 온 나라 안이 무정부 상태가 되어 버렸지 뭐요.
큰 놈 작은 놈 너 나 할 것 없이 뒤엉켜서 싸움질을 벌였지요.
형제들이 서로 내몰고 죽이고,
성(城)과 성이 맞붙어 싸우고, 도시는 도시끼리 다투고,
동업 조합은 귀족하고 갈등을 빚고, 10265
주교는 참사회나 교구하고 실랑이를 벌였소.
서로 마주쳤다 하면 원수처럼 으르렁거렸다니까요.
교회 안에서 살인과 살해가 횡행하고,
성문 밖에서는 상인이나 여행객이 흔적 없이 사라지기 일쑤였소.
그러니 모두들 대담해질 수밖에, 10270
살아남기 위해서는 스스로 방어해야 하지 않겠소— 그런 형
국이었다니까요.

파우스트 그런 형국이었다니— 절름거리다 쓰러지면 다시 일어나,
또 서로 치고받으며 뒤엉켜 우르르 굴렀겠지.

메피스토펠레스 아무도 그 상태를 탓할 수 없는 지경에 이르렀소,
10275 누구나 위세 부릴 수 있었고 또 위세 부리려 들었소.
제일 힘 없는 놈조차도 자신이 대단한 줄 알았다니까요.
하지만 결국은 제일 똑똑하다고 하는 치들에게 너무 지나치다는 생각이 들었소.
만만치 않은 사람들이 힘차게 들고일어나 이렇게 외쳤지요,
군주라면 능히 우리를 평화로이 살도록 해주어야 하거늘
10280 황제는 그럴 능력도 없고 그럴 생각도 없다— 우리 스스로 황제를 뽑아서,
새 황제로 하여금 새롭게 나라에 활력을 불어넣게 하자.
백성 모두를 안전하게 지켜 주고,
새롭게 창건한 나라에서
평화와 정의를 굳게 결합시키게 하자.

파우스트 성직자들 냄새가 풀풀 나는군.

10285 **메피스토펠레스** 그들은 사실 성직자들이었소.
그들은 통통히 부른 배를 굳건히 지키면서
누구보다도 적극적으로 참여하였소.
반란이 점점 확대되더니 급기야는 신성한 것으로 자리 잡았다오.
우리가 즐겁게 해주었던 황제가
10290 이쪽으로 진군하는 중이오, 아마 최후의 격전이 될 거요.

파우스트 불쌍하구먼, 선량하고 솔직한 사람이었는데.

메피스토펠레스 자, 어서 보러 갑시다! 목숨이 붙어 있는 한 희망을 버리지 말아야 하는 법이오.
우리가 황제를 이 비좁은 골짜기에서 구해 줍시다!
이번에 한 번 구해주면, 천 번 구해 주는 거나 진배없소.
10295 주사위가 어떻게 구를지 알 게 뭐요?

운이 좋으면, 황제를 따르는 신하가 생길 수도 있소.

파우스트와 메피스토펠레스, 가운데 산을 넘어가 골짜기에 포진한 군대를 바라본다. 아래쪽에서 북소리와 군악 소리 들려온다.

메피스토펠레스 내 보기에는, 적절하게 포진한 것 같소.
우리가 합세하면, 완벽하게 승리를 거둘 것이오.
파우스트 여기서 뭘 기대하랴?
눈속임! 마술을 이용한 속임수! 공허한 허깨비 놀음. 10300
메피스토펠레스 싸움을 승리로 이끌기 위한 전술!
선생의 목표를 유념하고
위대한 신념을 굳게 고수하시오.
우리가 황제의 옥좌와 나라를 지켜 주면,
선생은 무릎 꿇고서 10305
끝없이 넓은 해안을 봉토로 하사받을 것이오.
파우스트 자네가 이미 많은 일을 해냈으니,
자, 어서 이 싸움도 승리로 이끌게!
메피스토펠레스 아니, 선생이 승리를 쟁취하시오!
이번에는 선생이 총사령관이오. 10310
파우스트 그 무슨 말도 안 되는 소린가,
나는 전혀 영문도 모르는 곳에서 명령을 내리라니!
메피스토펠레스 모든 일을 참모진에게 맡기시오,
그러면 총사령관은 안전할 거요.
내가 이미 오래전에 전쟁의 불행을 감지하고서, 10315
깊은 산속의 원시인들을 동원해
작전 참모부를 미리 조직해 두었소.
그들을 잽싸게 휘하에 거느리는 자는 복되도다.
파우스트 저게 뭔가? 저기 무기를 들고 있는 자들 말일세.

10320 자네 산의 정령들을 동원했는가?

메피스토펠레스 아니요! 하지만 페터 스켄츠 씨[5]처럼
오합지졸 속에서 정예들만 추려 내었지요.

힘센 무사 세 명 등장한다. (「사무엘 하」 23장 8절)[6]

메피스토펠레스 저기 내 부하들이 오는군요!
보다시피 연령도 각기 다르고
10325 복장과 무기도 각기 다르다오.
저들을 잘 거느리면 좋은 결과를 맺을 거요.
(관객들에게) 요즘엔 어린 것들이
갑옷하고 기사 옷깃을 좋아한다는데,
저 불한당들이 우의적인 만큼
10330 더욱더 마음에 들어할걸.

싸움꾼 (젊은 나이에 가볍게 무장하고서 화려한 옷을 입고 있다)
어떤 놈이든 나하고 눈만 마주치면,
그 자리에서 이 주먹으로 낯짝을 갈겨 버릴 테다.
그리고 줄행랑을 치는 겁쟁이가 있으면,
머리채를 잡아채고야 말리라.

욕심쟁이 (중년 나이에 적절히 무장하고서 호사스러운 옷을 입고 있다)
10335 그런 실속 없는 싸움질은 바보짓이라니까,
괜히 인생만 허비할 뿐이지.
뭔가를 거머쥐는 데에도 끈기가 필요한 법이라고,

5 독일 바로크 시대의 작가 안드레아스 그리피우스의 작품에 등장하는 인물로, 엉성한 아마추어 배우들을 동원해 연극을 상연한다.

6 「사무엘 하」 23장 8~17절에서 한 번에 많은 사람들을 때려눕히는 무사들이 이야기된다.

나머지는 전부 그 나중 문제이지.

자린고비 (노년의 나이에 중무장하고서 의복은 거의 걸치지 않았다)

그래 보았자 얻는 것은 별로 없을걸!

재물이 아무리 많아도 순식간에 눈 녹듯 사라져 버리고, 10340

삶의 흐름에 휩쓸려 가기 일쑤라니까.

거머쥐는 것도 좋지만, 잘 간수하는 편이 훨씬 더 나아.

이 늙은이에게 맡기면,

아무도 채가지 못할걸.

(모두 함께 아래로 내려간다)

앞산에서

북소리와 군악 소리 아래에서 들려온다.

황제의 군막이 설치된다.

황제, 총사령관, 호위병들.

총사령관 우리가 후퇴하여 10345

이 요충지 골짜기에 전군을 집결시킨 것은

아주 용의주도한 전술이라 생각되옵니다.

이런 선택이 좋은 결과를 가져오리라고 굳게 믿어 마지않습니다.

황제 어떤 결과를 낳을지는 두고 보면 알겠지.

하지만 도망치다시피 퇴각한 일이, 몹시 마음 상하는구먼. 10350

총사령관 폐하, 저기 우리 진영의 우익을 보십시오!

저런 지형은 군사 전략상 더 바랄 것이 없습니다.

언덕이 가파르진 않지만 쉽게 사람의 발길이 닿을 수 없어서,

우리 편에는 유리하고 적군에겐 위험하지요.
10355 아군이 울퉁불퉁한 풀밭에 반쯤 몸을 숨기고 있으면,
기마병이 감히 접근할 수 없습니다.

황제 나로서는 칭송하는 도리밖에 없구나,
이곳에서 기량과 패기를 시험해 볼 수 있겠지.

총사령관 저기 가운데 편편한 풀밭에
10360 사기충천한 밀집 방어진을 보십시오.
창들이 아침의 엷은 안개를 가르고
햇빛을 받아 번쩍번쩍 허공을 찌르지 않습니까.
막강한 본대가 까맣게 물결치는 걸 보십시오!
수천 명이 여기에서 큰 공 세우길 열망하고 있습니다.
10365 폐하께서는 대군의 위력을 직접 눈으로 보실 것입니다.
저는 아군이 적의 병력을 분산시키리라 굳게 믿습니다.

황제 이런 보기 좋은 광경은 처음이노라,
저런 군대라면 능히 곱절의 힘을 발휘하리라.

총사령관 우리의 좌익 진영에 대해서는 더 이상 보고드리고 말 것도 없습니다.
10370 늠름한 용사들이 험준한 바위를 점거하고 있고,
절벽이 좁은 협곡의 중요한 통로를 막아 주지요.
저기 번쩍번쩍 빛나는 무기가 보이지 않습니까.
적의 병력이 저곳에서 불시에 혈전에 휩쓸려
파멸에 이르리라 예상됩니다.

10375 **황제** 나를 삼촌, 사촌, 형제라 불렀던
가짜 친척들이 저기 몰려오는구나.
감히 방사하게도 황홀의 위력과 옥좌의 위엄을
빼앗으려 설쳐 대고,
급기야는 서로 찧고 까불다 나라를 초토화시키더니,
10380 이젠 모두 합세하여 나한테 반기를 들다니.

백성들은 우왕좌왕 어쩔 줄 모르고
물결 흐르는 대로 휩쓸려 다니는구나.

총사령관 정찰 나갔던 충성스러운 병사가 급히 바위를 내려오고 있습니다.
제발 좋은 결과를 가져와야 할 텐데요!

정찰병 1 다행히도 저희는 용감하고 교활하게 10385
기지를 발휘하여
여기저기 깊숙이 뚫고 들어가는 데는 성공했지만,
도움이 될 만한 정보는 별로 가져오지 못했습니다.
충신들처럼 폐하께
순수한 충성을 맹세하면서도, 10390
나라 안이 시끄럽다드니 백성들이 위험하다드니 변명만 늘어놓으며
하릴없이 빈둥거리는 사람들이 많았습니다.

황제 고마움이나 애정도, 의무나 명예도 모두 내팽개치고,
오로지 자신만을 지키는 것은 이기심의 좌우명이니라.
잘 헤아려 보면, 이웃집의 화재가 10395
너희들까지 삼켜 버릴 것을 왜 생각하지 못하느냐?

총사령관 저기 두 번째 정찰병이 아주 천천히 내려오고 있습니다.
얼마나 기진맥진했는지 온몸이 부들부들 떨리는군요.

정찰병 2 처음에 저희는 난폭한 무리들이
갈팡질팡 헤매는 꼴을 즐겁게 지켜보았는데, 10400
뜻밖에도 순식간에
새 황제가 즉위하였습니다.
이제 백성들은 명령을 좇아
들판을 행군하며,
펄럭이는 가짜 깃발을 10405
따르고 있답니다.— 양 떼 근성이라니까요!

황제 가짜 황제가 오히려 나한테 득이 되리라,
이제야 비로소 내가 황제임을 알겠노라.
오로지 무사로서 이 갑옷을 걸쳤는데,
10410 이제 더 고매한 목적을 위해서 새로이 고쳐 입겠노라.
연회가 열릴 때마다, 아무리 부족한 것 없이 휘황찬란했어도
아슬아슬한 위험이 없어 섭섭했더니라.
그대들은 어땠는지 몰라도, 나는 고리 꿰기 놀이를 권유받았을 때
무술 시합에 나선 양 가슴이 뛰었노라.
10415 그대들이 전쟁을 만류하지만 않았더라면,
내 지금쯤 찬란한 무훈을 세워 명성을 떨쳤을 것을.
그날 불바다 속에서 나 자신을 돌아보았을 때,
내 가슴속에 독립심이 아로새겨져 있는 것을 느꼈노라.
원소가 나를 향해 흉악하게 덤벼들었던 것은
10420 비록 허상에 지나지 않았지만 장엄하였느니라.
나는 어지러이 승리와 명성을 꿈꾸었더니라,
그동안 방종하게 소홀히 한 것을 이제 만회하리라.

가짜 황제에게 도전하기 위해 사신들을 파견한다.
파우스트, 갑옷 차림에 투구를 반쯤 내려쓰고서 등장한다.
세 명의 용사, 앞에서의 옷차림과 무장 그대로 나타난다.

파우스트 저희가 앞으로 나선 것을 부디 꾸짖지 마옵소서.
아직은 곤경에 처하지 않았어도 미리 조심하는 편이 상책이라 여겨졌나이다.
10425 폐하께서는 산의 정령들이 여러모로 생각이 깊고
자연과 바위에 대해 조예 깊은 사실을 잘 아실 것입니다.
오래전에 평지에서 물러난 정령들은

예전보다 더욱더 바위산에 애착을 가지고 있지요.
그들은 묵묵히 미로 같은 바위 틈새를 누비며,
금속 냄새 진동하는 값진 가스 속에서 일한답니다. 10430
오직 새로운 것을 발견하려는 열망에 쫓겨,
끊임없이 분리하고 시험하고 결합하지요.
정신적인 힘이 배어 있는 손가락을 살며시 움직여,
투명한 형상들을 만들어 낸답니다.
그러고는 수정의 영원한 침묵에 비친 10435
지상 세계의 사건들을 바라보지요.

황제 나도 그런 말을 들은 적이 있고, 또 그대의 말이 사실이라고 믿노라.
하지만 늠름한 용사여, 그것이 지금 무슨 소용이 있단 말이냐?

파우스트 노르치아의 사비니족[7] 출신 무술사들 가운데
폐하의 충직하고 성실한 종복이 있습니다. 10440
과거에 참으로 끔찍한 운명이 그 무술사를 엄청나게 강타하였지요!
마른 나뭇가지가 타닥타닥 소리를 내며 불길이 이글이글 타오르는데,
주변을 에워싼 장작더미에는
역청과 유황 막대가 섞여 있었답니다.
인간도 신도 사탄도 그를 구할 수 없었을 때, 10445
폐하께서 뜨겁게 달아오른 사슬을 끊으셨습니다.
로마에서 있었던 일이지요. 그는 폐하께 크나큰 은혜를 입었고,
폐하의 행보를 항상 염려하는 마음으로 지켜보았답니다.
그 시각부터 스스로를 잊고서,
오로지 폐하만을 위해 별들의 움직임을 관망하고 땅의 운세 10450

7 이탈리아의 중부 사비니 산악 지방에 위치한 도시로, 예로부터 유령들이 출몰하고 요술이 성행한 곳으로 유명했다.

를 살폈지요.
그러다 이번에 시각을 다투는 일이라며,
저희에게 폐하를 돕는 임무를 맡겼습니다.
자연이 자유롭게 엄청난 힘을 발휘하는데,
성직자의 아둔함은 그걸 요술이라고 몰아붙이지요.

10455 **황제** 즐거이 지내려고 즐거이 찾아오는 손님들을
맞아들이는 축제일에,
아무리 밀고 밀리며 비좁게 복작거려도
다들 반가울 뿐이니라.
그러니 운명의 저울이 어디로 향할지 모르는
10460 이 중대한 아침 시각에
우리를 도와주겠다고 용감히 나선
충직한 이를 어찌 환영하지 않겠느냐.
하지만 이 엄숙한 순간에
호의적으로 힘차게 빼든 칼을 거두라.
10465 수천 명의 병사들이 나를 지지하거나 반대하기 위해
싸우는 이 순간을 존중하라.
사나이라면 스스로를 책임져야 하는 법,
왕관과 옥좌를 탐내는 자도 그런 영예를 몸소 누려야 하느니라.
우리에게 반항하여
10470 감히 스스로 황제, 이 나라의 주인,
군대의 총사령관, 제후들의 영주라 칭하는 허깨비를
내 손으로 친히 황천에 보내고야 말리라!

파우스트 아무리 중대사라고는 하나,
폐하의 목숨을 거는 것은 옳지 않다고 생각되옵니다.
10475 투구가 닭 볏과 깃털로 장식되어 있지 않습니까?
그것은 우리의 용기를 북돋우는 머리를 보호합니다.
머리 없이 팔다리가 무슨 일을 하겠습니까?

머리가 잠들면 모든 것이 축 늘어지고,
머리가 부상을 입으면 모든 것이 금방 상처 입기 마련이지요.
머리가 빨리 건강해져야 나머지 모든 것도 원기를 되찾습니다. 10480
팔이 자신의 힘찬 권리를 재빠르게 동원해서,
방패를 높이 쳐들어 두개골을 보호하지요.
그러면 칼은 즉시 자신의 의무를 인지해서,
힘차게 맞받아치며 공격을 재개하고,
늠름한 발이 그 행운에 동참해서 10485
쓰러진 자의 목덜미를 힘차게 짓밟지요.

황제 내 노여움을 그렇게 풀어야 하느니라, 내 저놈을 바로 그렇게 다루어서
그 방자한 머리를 발판으로 만들어 버리고야 말리라!

사신들 (돌아온다) 저희는 별로 존중받지도 못하고
인정받지도 못했나이다. 10490
저희의 강력하고 고매한 전언을
저들은 시시한 우스갯소리로 받아넘겼사옵니다.
〈너희들의 황제가 종적을 감추었다고
저 좁은 골짜기에 메아리치지 않느냐.
우리가 설령 그자를 기억한다 하더라도, 10495
옛날 옛적에 그런 자가 있었다고 동화에서나 말하리라〉

파우스트 폐하의 곁을 굳건히 지키는
충직하고 뛰어난 병사들의 뜻대로 되었사옵니다.
적들이 가까이 몰려오고, 폐하의 병사들은 사기충천하여 기다리고 있습니다.
어서 공격 명령을 내리십시오, 유리한 순간입니다. 10500

황제 여기서 내가 직접 지휘하지 않겠노라.
(총사령관에게)

사령관, 모든 일을 그대에게 맡기노라.

총사령관 오른쪽 병력 앞으로 전진하라!
지금 위로 기어오르는 적의 좌익이
10505 최후의 걸음을 내딛기 전에,
충성스러운 젊은 병사들에게 격퇴당하리라.

파우스트 이 씩씩한 용사가
사령관님의 진영에서
즉각 다른 병사들과 일심동체를 이루어
10510 용맹무쌍하게 싸울 수 있도록 부디 허락해 주십시오.
(오른쪽을 가리킨다)

싸움꾼 (앞으로 나선다)
저한테 낯짝 들이미는 놈들은
위턱 아래턱 모조리 으스러지지 않고서는 돌아서지 못할 것입니다.
저한테 등 돌리는 놈들은 그 자리에서 목, 머리통, 정수리가
소름 끼치게 덜렁덜렁 목덜미에 늘어져 있을 것입니다.
10515 제가 날뛰는 것에 맞추어
사령관님의 병사들이 칼과 몽둥이를 휘두르면,
적은 하나도 빠짐없이
각자 제 놈의 핏속에서 나뒹굴 것입니다. (퇴장한다)

총사령관 중앙의 밀집 방어진을 슬며시 따르다가
10520 혼신의 힘을 다해 날쌔게 적을 물리쳐라.
저기 오른편에선 우리 병력이 이미 분기충천하여
적의 진영을 교란시켰노라.

파우스트 (가운데 사내를 가리키며)
그렇다면 이자도 사령관님의 명령을 좇게 하십시오!
워낙이 날쌘 자라서, 뭐든 낚아채는데 능수이지요.

10525 **욕심쟁이** (앞으로 나선다) 황제군의 영웅적인 용기에
전리품을 향한 욕심이 짝을 이루어야 합니다.

다들 목표가 있어야 하지 않겠습니까,
가짜 황제의 풍성한 군막 말입니다.
그자가 거들먹거릴 시간도 얼마 남지 않았지요.
제가 밀집 방어진의 선두에 서겠습니다. 10530

날치기 (군대를 따라다니는 행상인 여자로 욕심쟁이에게 바싹 들러붙는다)
저는 이 사람의 마누라는 아니지만,
이 사람이 좋아서 한사코 쫓아다니지요.
우리에게 수확의 계절이 무르익었습니다.
여자는 움켜쥘 때 냉혹하고,
약탈할 때 인정사정없지요. 10535
승리를 향해 전진! 뭐든 우리 마음대로 할 수 있답니다.
(두 사람 퇴장한다)

총사령관 예상했던 대로 적의 우익이
우리 좌익을 향해 맹렬히 덤비는구나.
암벽 사이의 좁은 고갯길을 점령하려고 미친 듯이 달려드는 모양인데,
한 사람도 빠짐없이 모조리 물리쳐라. 10540

파우스트 (왼쪽을 향해 손짓한다)
각하, 이자도 눈여겨보십시오.
강한 것을 더욱 강하게 해서 해될 일은 없습니다.

자린고비 (앞으로 나선다)
좌익은 걱정하지 마십시오!
제가 있는 한, 조금도 빼앗길 염려 없습니다.
이 늙은이가 지키는 데는 명수이지요, 10545
제가 움켜쥐고 있는 것은 번개도 떼어 가지 못한답니다.
(퇴장한다)

메피스토펠레스 (위쪽에서 내려온다)

뒤편의 뾰족뾰족한 바위틈에서
무장한 자들이 밀고 나와
좁은 길을
10550 더욱 비좁게 하는 것을 보라.
우리 등 뒤에서
투구와 갑옷, 칼과 방패로 장벽을 이루며,
공격의 신호 떨어지기만을 기다리는구나.
(내막을 잘 아는 관객들에게 소리 죽여 말한다)
저들이 어디서 왔는지는 묻지 마시오.
10555 내가 물론 지체 없이
이 근방의 무기 진열실을 깡그리 털었지요.
저들이 아직도 이 세상의 주인인 듯
두 발로 서 있거나 말을 타고 있더라고요.
예전에는 기사나 왕이나 황제였겠지만,
10560 지금은 속 빈 달팽이 껍질 같은 신세 아니겠소.
심지어는 유령들이 그 안을 얼마나 말끔하게 닦았는지,
마치 중세가 생생하게 되살아난 것 같더라니까.
저 안에 어떤 사탄 놈이 숨어 있는지는 몰라도
이번만큼은 확실하게 성공을 거둘 거요.
10565 (큰 소리로) 저들이 벌써부터 노기를 못 참아
딸그락딸그락 양철 부딪치는 소리 좀 들어 보시오.
저 깃발 조각도 펄럭이며,
시원한 바람이 불기만을 초초하게 기다리는군요.
옛 종족이 만반의 준비를 갖추고서,
10570 새롭게 싸움터에 뛰어들길 고대하고 있소이다.

위쪽에서 무시무시한 나팔 소리 들려오고, 적진이 눈에 띄게 동요한다.

파우스트 지평선이 어두워지고,
불길한 붉은빛이
여기저기서 의미심장하게 반짝이고,
무기들이 벌써 핏빛으로 번득이는군요.
바위, 숲, 대기, 10575
온 하늘이 싸움에 끼어들었습니다.
메피스토펠레스 우익이 힘차게 버티고 있습니다.
하지만 싸움꾼인지 뭔지 하는
저 발 빠른 거인이
제 나름대로 잽싸게 움직이는 것이 유독 돋보이는군요. 10580
황제 처음에는 팔 하나 올라가는 것이 보였는데,
지금은 팔이 열두 개나 날뛰지 않는가.
예사로운 일이 아닐세.
파우스트 시칠리아의 해변에 떠돈다는
안개 이야기 못 들으셨습니까? 10585
그곳에서는 밝은 대낮에도 안개가 뚜렷이 하늘거리며
중천까지 높이 올라가는데,
그 독특한 엷은 안개에
기이한 형상이 나타난다고 합니다.
마치 창공을 뚫고 나오려는 듯, 10590
도시들이 이리저리 어른거리고
정원들이 오르락내리락한다는군요.
황제 하지만 정말 심상치 않은 일일세!
긴 창끝마다 번개가 번득이는 게 보이지 않는가.
우리 방어진의 번쩍이는 창에서 10595
작은 불꽃들이 난무하고 있어.
마치 귀신이 조화를 부리는 것 같구먼.
파우스트 오, 폐하, 황공하오나

그것은 이미 사라진 영적인 존재들의 흔적입니다.
10600 모든 선주들이 충성을 맹세하는
디오스쿠로이 형제의 잔영이지요.
그들이 여기에서 최후의 힘을 모으고 있습니다.

황제 하지만 자연이 이렇듯 우리에게 관심을 기울여
기이한 일을 벌이다니,
10605 도대체 전부 누구 덕이란 말이냐?

메피스토펠레스 폐하의 천운을 가슴 깊이 염려하는
그 고매한 무술사 아니고 누구겠습니까?
그는 적들이 폐하를 심히 위협하는 것을 알고서
진심으로 분개하고 있습니다.
10610 비록 자신은 파멸할지라도,
오로지 폐하를 구하여 은혜를 갚고자 하는 마음뿐이지요.

황제 그들이 나를 에워싸고서 환호하였고,
나는 우쭐한 마음이 들어 내 힘을 시험해 보고 싶었더니라.
그래 별 생각 없이, 이때다 싶어
10615 그 백발노인에게 시원한 공기를 선사했지.
그러니 성직자들은 흥이 깨졌고,
당연히 날 고깝게 보았노라.
그런데 여러 해가 지난 지금에 와서,
그때 들뜬 기분으로 저지른 일의 덕을 본단 말이냐?

10620 **파우스트** 솔직한 마음에서 우러나온 선행은 풍성한 결실을 맺기 마련입니다.
저 위를 보십시오!
그 무술사가 신호를 보내는 듯하옵니다.
곧 징후가 나타날 것이니 눈여겨보십시오.

황제 독수리 한 마리가 높은 하늘을 맴도는데,
10625 그라이프가 사납게 위협하며 그 뒤를 쫓는구나.

파우스트 잘 보십시오, 길조인 듯하옵니다.
그라이프는 전설 속의 짐승인데,
얼마나 제 주제를 모르면
진짜 독수리하고 힘을 겨룬단 말입니까?
황제 저것들이 이제 크게 원을 그리며 10630
움직이는구나.— 눈 깜짝할 사이
서로 덤벼들어
가슴과 목을 찢어발기지 않느냐.
파우스트 불길한 그라이프가
갈가리 찢기고 뜯기고 상처 입은 것을 보십시오. 10635
사자 꼬리를 늘어뜨린 채
산 정상의 나무 사이로 곤두박질쳐 사라졌습니다.
황제 제발 이 징조대로 이루어졌으면 좋으련만!
기이한 일이지만 사실로 받아들이고 싶구나.
메피스토펠레스 (오른쪽을 향해)
우리 편이 거듭 맹렬하게 몰아붙이자 10640
적군이 밀리고 있습니다.
맥없이 칼을 휘두르며
오른편으로 밀려가
자신들 주력 부대의 좌익을
혼란에 빠뜨리는군요. 10645
우리 방어진의 철통같은 선봉이
오른쪽으로 전진하고 있사옵니다.
번개처럼 적군의 허점을 공략하는군요.—
이제 양측은 막상막하의 기세로
폭풍우에 휩쓸린 파도처럼 사납게 날뛰며 10650
곱절로 치열한 격전을 벌이고 있습니다.
어찌 이보다 더 근사한 광경이 있으리오,

우리 편의 승리입니다!

황제 (왼편의 파우스트에게)

저길 보아라! 저쪽이 심상치 않구나.

10655 우리 진영이 위태롭지 않느냐.

어째 돌멩이 날아가는 것은 보이지 않고,

적이 바위 아래쪽으로 기어오르자마자

바위 위가 텅 빈단 말이냐.

저런!—

10660 고갯길을 벌써 빼앗겼는지

적이 물밀듯이 몰려오는구나,

신앙심 없는 노력이 낳은 결과로다!

그대들의 술책이 헛되었구나. (잠시 정적이 흐른다)

메피스토펠레스 저기 까마귀 두 마리가 날아옵니다.

10665 무슨 소식을 가져오는 것일까요?

우리에게 불리한 소식이 아닐까 염려됩니다.

황제 저 불길한 새들이 여기 웬일이란 말이냐?

전투가 한창 치열한 바위산에서

이쪽으로 검은 날개를 펴고 오지 않느냐.

메피스토펠레스 (까마귀들에게)

10670 내 귀 옆에 바짝 내려앉아라.

너희의 충고는 사리에 맞아서,

너희들이 지켜 주는 자들은 몰락하지 않느니라.

파우스트 (황제에게) 폐하께서는 머나먼 나라에서

제 둥지의 새끼들과 먹이에게로 돌아오는

10675 비둘기들 이야기를 들어 보셨을 테지요.

여기에 중요한 차이점이 있습니다.

비둘기들은 평화의 전령이지만,

까마귀들은 전쟁의 명령을 따르옵니다.

메피스토펠레스 가혹한 운명이 다가오는군요.
저길 보십시오! 우리 용사들이 10680
벼랑 끝으로 몰리고 있습니다!
가까운 고지들은 이미 빼앗겼고,
저들이 고갯길마저 점령하게 되면
우리는 어려운 처지를 면할 수 없사옵니다.
황제 결국 내가 속았구나! 10685
너희들이 나를 함정으로 끌어들인 게야,
여기에 휘말려 든 이후로 어쩐지 등골 오싹했느니라.
메피스토펠레스 용기를 내십시오! 아직은 패하지 않았습니다.
최후의 위기를 넘기기 위한 인내심과 책략이 필요한 때이옵니다!
언제나 마지막에 가서 아슬아슬하기 마련이지요. 10690
저한테 확실한 전령이 있으니,
제가 명령을 내릴 수 있도록 부디 윤허해 주십시오!
총사령관 (그동안에 가까이 다가온다)
폐하께서 이자들과 손잡으신 이후로,
저는 한시도 마음 편하지 않았습니다.
속임수는 오래 가지 못하는 법이지요. 10695
저로서는 전세를 뒤집을 방도가 없사오니,
저들이 시작한 일을, 저들로 하여금 끝맺게 하십시오.
이 지휘봉을 돌려 드리겠습니다.
황제 어쩌면 운이 좋아서 우리에게 좋은 시간이 찾아올지 모르니,
그때까지 이 지휘봉을 잘 간직하게. 10700
나는 이 뻔뻔한 자도 싫고
까마귀와 친한 것도 소름 끼치느니라.
(메피스토펠레스에게) 너는 적임자가 아닌 듯싶으니,
지휘봉은 맡길 수 없노라.
하지만 어서 가서 우리를 구하도록 명령을 내려라. 10705

무슨 일이든 일어나야 할 것이니라.
(총사령관과 함께 군막 안으로 물러난다)

메피스토펠레스 저 뭉툭한 막대기가 잘도 보호해 주겠지!
우리한테는 아무짝에도 쓸모없는 것을,
십자가하고 비슷하다니까.

파우스트 이제 어떡할 셈인가?

10710 **메피스토펠레스** 벌써 다 차려 놓은 밥상이오! —
자, 검은 사촌들아,
어서 서둘러 산중의 커다란 호수로 날아가거라! 물의 요정들에게 안부 전하고,
물의 허상을 좀 빌려 달라고 부탁하라.
그들은 분간하기 어려운 여자들만의 재주를 부려,
10715 실재와 허상을 분리할 줄 알거든.
그러면 다들 허상을 실재라고 굳게 믿는다니까.
(잠시 시간이 흐른다)

파우스트 우리 까마귀들이 물의 요정들에게 아양을 떨어
땅속의 권리를 잠시 빌린 모양일세.
저기 물이 졸졸 흐르기 시작하는구먼.
10720 척박한 바위틈 여기저기에서
벌써 콸콸 쏟아져 나오지 않는가
저들의 승리는 이것으로 끝일세.

메피스토펠레스 그것참 희한한 인사일세,
대담하게 바위를 기어오르던 자들이 우왕좌왕하는 꼴이라니.

10725 **파우스트** 냇물이 거세게 흘러내려
골짜기에서 곱절로 불어나서는
커다란 물살을 이루어 크게 굽이치는구나.
한꺼번에 편편한 너럭바위로 흘러내려
사방으로 물거품을 날리다가

골짜기로 층층이 쏟아지는구나. 10730
아무리 용감하게 영웅적으로 버틴들 무슨 소용 있으랴?
엄청난 물살이 저들을 휩쓸어 가는구나.
저런 사나운 물살을 보니 나도 오싹 소름이 돋는 것을.

메피스토펠레스 내 눈에는 그런 속임수가 전혀 보이지 않소이다.
인간의 눈만을 속일 수 있는가 보오. 10735
나는 그저 희한하게 나동그라지는 꼬락서니들이 재미있을 뿐이오.
저 무더기로 고꾸라지는 모양 좀 보시오.
저 바보들이 물에 빠진 줄 알고,
단단한 땅에서 숨을 할딱거리고
손발을 허우적거리며 달려가는 우스운 꼴이라니. 10740
아수라장이 따로 없소이다.
(까마귀들 돌아온다)
위대한 스승님에게 너희들 솜씨를 칭찬해야겠구나.
너희들 스스로 대가의 경지에 이르렀는지 시험해 보고 싶으면,
난쟁이족들이 지칠 줄 모르고 불꽃을 튀기며
금속과 돌을 두드리는 10745
뜨거운 대장간으로 얼른 가보아라.
거기에서 불이 타닥타닥 소리 내며 번쩍번쩍 타오르고 있으리라.
이런저런 말로 그들을 구슬려서는
그들이 숭고하게 지키는 불을 달라 하여라.
여름밤에 10750
멀리서 번개가 번쩍이고
높은 하늘의 별들이 눈 깜짝할 사이에 떨어지는 일은 자주 있지만,
무성하게 뒤엉킨 수풀 속에서 번개가 치고
습지에서 별들이 쉿 소리 내며 타는 광경은
쉽게 보지 못하리라. 10755
크게 애쓸 필요 없이, 먼저 부탁해 보고

안 되면 명령하라.

까마귀들 퇴장한다. 앞에서 말한 대로 이루어진다.

메피스토펠레스 칠흑 같은 어둠으로 적들을 에워싸라!
우왕좌왕 헤매게 만들어라!
10760 구석구석 어지러이 불꽃을 흩날리다가,
갑자기 눈부시게 불 밝혀라!
이것만으로도 참으로 아름다울 테지만,
소름 끼치는 소리까지 더하면 더욱 좋으리라.
파우스트 무덤 같은 무기 진열실에서 나온 빈 갑옷들이
10765 바깥 공기를 쏘이더니 기운이 소생했나 보구나.
저기 위에서 아까부터 덜그럭덜그럭 쩔렁쩔렁
희한하게 귀를 어지럽히는구나.
메피스토펠레스 그렇구먼! 이제 저것들을 통제하긴 어렵소.
그리운 옛 시절처럼,
10770 기사들이 치고받는 소리가 쩌렁쩌렁 울리는구먼.
팔 막이, 다리 막이가
황제파, 교황파를 편들어,
끝도 없는 싸움이 순식간에 새롭게 불붙었소.
대대로 물려받은 정신을 좇아
10775 불구대천지원수 모양 싸우고 있소.
미친 듯이 날뛰는 소리가 사방 멀리까지 울려 퍼지는구려.
특히 사탄들이 잔치를 벌일 때마다
파당 싸움은
몸서리칠 정도로 극에 달해서,
10780 서로가 서로를 혐오하는 소리가 가공스럽게,
이따금 악마적으로 날카롭고 예리하게,

소름 끼치게 골짜기에 울려 퍼진다오.

싸움터의 혼란을 연주하는 오케스트라 소리가 이윽고 경쾌한 군악으로 바뀐다.

대립 황제의 군막

옥좌 주변이 호사스럽게 꾸며져 있다.
욕심쟁이와 날치기

날치기 우리가 일등으로 왔어!
욕심쟁이 까마귀도 우리만큼은 빠르게 날지 못할걸.
날치기 와아! 여기 보물이 산더미처럼 쌓여 있네! 10785
어디서부터 시작하지? 어디서 끝을 내지?
욕심쟁이 군막 안이 철철 넘치는군!
도대체 뭘 움켜쥐어야 할지 모르겠어.
날치기 나한테는 양탄자가 좋겠어.
잠자리 불편할 때가 많았거든. 10790
욕심쟁이 여기 강철로 만든 철퇴 좀 봐.
이런 걸 오래전부터 갖고 싶었는데.
날치기 이 금테 두른 붉은 용포는 어떻고,
내가 항상 꿈꾸던 것이야.
욕심쟁이 (무기를 손에 쥔다)
이것으로 단숨에 해치우겠는걸. 10795
그자를 때려죽이고 전진하는 거야.
임자는 수북이 움켜쥐었지만,
그 속에 정작 쓸 만한 것은 하나도 없네그려.

그 허섭스레기는 제자리에 놔두고
10800 이 궤짝을 가져가라고!
이 불룩한 배때기 속에 병사들에게 나누어 줄 급료가 들어 있어.
순전히 금이라니까.

날치기 지독하게 무겁네!
손으로 들 수도 없는데 어떻게 가져가겠어.

10805 **욕심쟁이** 얼른 몸을 숙여! 등을 굽히라니까!
그 튼튼한 등짝에 올려 줄게.

날치기 아이고! 아이고! 안 되겠어!
너무 무거워 등뼈가 부러지겠어.

궤짝이 바닥에 나동그라지면서 뚜껑이 열린다.

욕심쟁이 금화가 무더기로 쌓여 있네—
10810 얼른 주워 모아!

날치기 (바닥에 쪼그리고 앉는다)
어서 앞치마에 주워 담아야지!
이 정도면 충분하겠지.

욕심쟁이 충분해! 빨리 서두르라고!
(날치기, 몸을 일으킨다)
아이고, 앞치마에 구멍이 났잖아.
10815 임자가 움직이는 족족
보물이 씨 뿌리듯 줄줄 흐른다니까.

호위병들 (황제 측의 사람들이다)
너희들, 신성한 이곳에서 감히 뭘 하는 게냐?
왜 황제 폐하의 보물을 뒤적거리는 게야?

욕심쟁이 우리가 몸뚱이를 내놓았으니,
10820 그 대가로 전리품을 챙겨야 하지 않겠소.

적군의 진영에선 이러는 게 관습인데다가.
우리도 함께 싸운 병사란 말이오.

호위병들 우리 부대에서는 그런 일을 용납할 수 없다,
어찌 병사가 도둑질을 한단 말이냐.
황제 폐하를 가까이서 모시려면 10825
정직한 병사여야 한다.

욕심쟁이 정직함이라면 우리도 잘 아는데,
그것은 바로 공물을 뜻하지 않겠소.
당신들도 모두 우리와 같은 처지란 말이오.
이리 내놔라! 이것이 바로 직업적인 인사말 아니겠소. 10830
(날치기에게) 손에 든 것을 어서 가져가.
여기에서 우리는 환영받는 손님이 아니라고. (퇴장한다)

호위병 1 이봐, 저 파렴치한 놈의 따귀를
왜 당장 갈기지 않은 거야?

호위병 2 나도 모르겠어, 온몸의 힘이 쑥 빠지는 것이. 10835
마치 귀신에 홀린 기분이야.

호위병 3 나는 눈이 잘 안 보이더라고.
눈앞이 가물가물해서, 통 보여야 말이지.

호위병 4 도대체 뭐라고 말해야 좋을지 모르겠어,
나는 온종일 너무 덥고 불안하고 10840
숨 막히게 후덥지근했어.
한 사람은 버티고 옆 사람은 쓰러지고,
더듬더듬 후려치면
적병은 맞기도 전에 쓰러지더라니까.
눈앞에 베일이 나부끼는 것 같고, 10845
윙윙, 쏴아 쏴아, 쉿쉿 귓속은 왜 그렇게 요란한지.
하루 종일 그러더니 지금 이 자리에서도
무슨 영문인지 도무지 알 수가 있어야 말이지.

황제, 네 명의 제후를 거느리고 나타난다.
호위병들은 물러난다.

황제 그간의 경위야 어떻든, 우리 편이 승리를 거두고
10850 적들은 평지로 뿔뿔이 도망쳤노라.
여기 빈 옥좌가 있고, 양탄자에 싸인 반역자의 보물이
비좁게 자리를 차지하고 있구나.
호위병들이 충성스레 지키는 가운데,
우리는 황제의 위신을 갖추어 각국의 사신들을 기다리는 중이니라.
10855 나라가 안정을 되찾았으며 우리에게 기쁜 마음으로 충성한다는
즐거운 소식이 방방곡곡에서 날아오고 있노라.
우리의 싸움에 속임수가 끼어들긴 했지만,
결국 우리 스스로 우리를 위해 싸운 것이니라.
게다가 공교롭게도 우연이 우리 병사들을 도와주었느니라.
10860 하늘에서 돌이 떨어지고 적들에게 비 오듯 핏물이 쏟아지고
암벽의 동굴 속에서 기이한 굉음이 크게 울려 퍼지며,
우리의 사기는 북돋아 주고 적의 사기는 내리눌렀더니라.
쓰러진 패자는 원래 두고두고 조롱의 대상이 되고,
승자는 으스대며 신의 은총을 찬미하기 마련이니라.
10865 모든 것이 적절하게 맞아떨어져서 따로 명령을 내릴 필요가
없노라.
하느님, 수많은 이들이 입을 모아 당신을 찬미하옵니다!
하지만 내 이제 최고의 상을 내리기에 앞서,
전에 없이 솔직한 눈으로 내 마음을 돌아보노라.
젊고 활달한 군주가 비록 한때 허송세월을 보냈을지언정,
10870 시간이 흐르면 순간의 중요함을 깨우치기 마련이니라.
그러니 황실과 궁중과 나라를 위해서
지체 없이 그대들 네 공신들과의 관계를 돈독히 하노라.

(첫째 공신에게)
오, 후작! 그대는 군대를 현명하게 배치하여
결정적인 순간에 영웅적으로 대담한 결정을 내렸소.
이제 시대가 바뀌어 평화를 맞이했으니, 10875
내 그대를 의전대신으로 임명하고 이 검을 하사하노라.

의전대신 지금까지 나라 안을 지키던 폐하의 충성스러운 군대가
국경에서 폐하와 폐하의 옥좌를 굳게 수호하고 있으니,
조상 대대로 물려받은 드넓은 성의 홀에서
부디 폐하를 위한 성대한 연회를 열도록 허락해 주소서. 10880
그러면 소신이 이 번쩍거리는 칼을 차고서 폐하의 곁을 번쩍
번쩍 지키겠사옵니다.
존엄하신 폐하를 영원히 모시겠습니다.

황제 (둘째 공신에게)
용감무쌍하면서도 다정다감한 그대에게
시종장의 책무를 맡기노라. 그것은 결코 쉬운 임무가 아니리라.
궁 안에서 일하는 모든 이들의 최고 책임자가 되어야 할 것이 10885
니라.
행여 그들이 다투면 불충한 신하일 것인즉,
그대는 앞으로 군주와 궁중과 모든 이들의
마음을 흡족하게 하는 귀감을 영예롭게 보여야 하느니라.

시종장 폐하의 위대한 뜻을 받들게 되어 참으로 영광이옵니다.
착한 이들을 도와주고 나쁜 이들에게도 해되지 않도록, 10890
술수 부리는 일 없이 공명정대하고 속임수 쓰는 일 없이 평화
롭게 일을 처리하겠사옵니다!
폐하께서 제 마음을 헤아려 주는 것으로 저는 만족하옵니다.
경축 연회와 관련하여 제 상상력을 좀 펼치도록 허락해 주시
옵소서!
폐하께서 성찬에 임하시면, 제가 황금 대야를 대령하겠사옵니다.

10895 즐거운 시간 보내시기 전에 손 씻으시도록,
기쁜 마음으로 폐하의 시선 우러러보며 반지를 들고 있겠사옵니다.

황제 이런 엄숙한 시기에 어찌 연회를 생각하겠느냐.
하지만 정 원한다면 그리하도록 하라! 즐거이 새 출발하는 데도 도움이 될 것이니라.
(셋째 공신에게)
그대를 사옹대신에 임명하니,
10900 금후로는 그대가 사냥터와 가금 농장, 부속 농장을 관장하라.
내 좋아하는 음식을 철따라
항시 정성껏 준비하도록 하라.

사옹대신 폐하의 성심을 성찬으로 흐뭇하게 하기 전까진,
엄중히 단식할 것을 제 가장 즐거운 의무로 삼겠사옵니다.
10905 주방의 일손들은 저하고 힘을 합해,
먼 곳의 별미를 대령하고 철 이른 음식을 마련할 것이옵니다.
하오나 식탁을 화려하게 꾸미는 별미나 철 이른 음식은 폐하의 입맛을 당기기 보다는,
오히려 소박하고 영양가 있는 것이 폐하의 뜻에 맞을 것이옵니다.

황제 (넷째 공신에게)
이 자리에서 어쩔 수 없이 연회가 화제로 오르니 만큼,
10910 젊은 영웅인 그대에게 주류대신의 책무를 제수하노라.
주류대신은 이제부터 우리의 지하실을
맛 좋은 포도주로 풍성하게 채우도록 애쓰라.
그대 자신은 절도를 지켜,
자칫 흥을 즐기다 유혹에 빠지지 않도록 조심할지니라.

10915 **주류대신** 폐하, 젊은 사람도 신임을 받게 되면,
기대 이상으로 빠르게 사나이 대장부로 성숙하는 법입니다.
소신도 한번 성대한 연회를 상상해 보고 싶사옵니다.

폐하의 수라상을 금 그릇, 은 그릇으로
화려하게 치장하고,
무엇보다도 지고의 아름다운 술잔, 10920
번쩍번쩍 빛나는 베네치아산 술잔을 고르겠습니다.
즐거움이 깃들어 있는 그 술잔은 술맛을 돋우면서도 결코 취하게는 하지 않사옵니다.
사람들은 흔히 그런 경이로운 보물을 지나치게 믿는 경향이 있지만,
존엄하신 폐하의 절제심은 충분히 옥체를 보존하실 것입니다.

황제 내가 이 엄숙한 시간에 베푼 것을 10925
그대들은 신뢰하는 마음으로 믿어도 되리라.
황제의 말은 지엄하고 확실한 것이지만,
고귀한 문서와 서명으로
분명히 해둘 필요가 있느니라.
그 형식을 갖추기 위해 마침 때맞추어 적임자가 나타나는구나. 10930

대주교(대재상),[8] 등장한다.

황제 둥근 홍예 천장이 홍예머리에 의지하면,
영원히 안전하게 유지되는 법이오.
여기 네 명의 제후를 보시오! 우리는 먼저 황실과 궁중의 존립을
뒷받침할 수 있는 문제에 대해 논의하였소.
하지만 나라의 근간을 이루는 것은 10935
그대들 다섯 신하에게 믿고 맡길 생각이오.
그대들이 누구보다도 빛나는 영지를 소유해야 할 것이니,
우리에게 등 돌린 자들의 상속지를 몰수하여

8 옛 독일 제국의 헌법에 따르면, 마인츠의 대주교가 독일 제국의 대재상을 역임하였다. 여기에서도 성직자인 대주교가 대재상직을 겸임한다.

당장 그대들의 소유지 경계를 넓혀 주겠노라.

10940 그대들의 충성에 보답하는 의미로,
기회 있을 때마다 병합이나 매매, 교환을 통해
넓은 옥토를 계속 확대할 수 있는 높은 권리를 부여하노라.
그리고 영주로서의 특권을
마음껏 행사할 수 있도록 윤허하노라.

10945 그대들은 재판관으로서 최종 판결을 내릴 것이며,
그대들의 지엄한 지위 앞에서는 항소할 수 없으리라.
또한 조세, 소작료, 현물세, 연공, 통행세, 관세,
채광권, 채염권, 화폐 주조권도 그대들에게 귀속되리라.
내 고마운 마음을 확실하게 입증하기 위해서

10950 그대들의 지위를 황제 다음으로 격상시켰기 때문이니라.

대주교 소신들 모두의 이름으로 폐하께 깊이 감사드립니다!
저희를 강하고 굳건하게 지켜 주심은 바로 폐하의 권위를 강화시키는 것이옵니다.

황제 다섯 명 모두의 품위를 높여 주겠노라.
내 아직 내 나라를 위해 살고 있으며, 또 앞으로도 그렇게 살고 싶으니라.

10955 하지만 고매하신 선조들의 뜻을 잇기 위해서는
성급하게 이익을 좇기보다는 다가올 미래에 신중하게 시선을 돌려야 하느니라.
나 또한 언젠가는 충성스러운 그대들과 헤어질 것인즉,
그러면 후계자를 추천하는 것이 그대들의 의무일지니라.
내 후계자로 하여금 성스러운 제단에서 대관식을 치러,

10960 지금 극복한 혼란을 평화롭게 마무리 짓도록 하라.

대주교 이 세상 제일가는 제후들이 가슴 깊이 자긍심을 품고서
폐하 앞에 겸허하게 고개를 조아리옵니다.
충성스러운 피가 혈관을 따라 고동치는 한,

소신들은 폐하의 뜻대로 움직이는 몸이옵니다.

황제 그러면 끝으로, 우리가 지금까지 이야기한 내용을 10965
후세를 위해서 문서와 서명으로 입증해 두어라.
그대들이 영주로서 봉토를 자유롭게 다스리되,
소유지를 분할해서는 안 된다는 조건이 붙어 있노라.
하사받은 것을 늘릴 수는 있지만,
장남이 오롯이 물려받아야 하느니라. 10970

대주교 나라와 소신들을 위하여 즐거운 마음으로
중요한 내용을 당장 양피지에 옮기겠습니다.
관리들로 하여금 깨끗이 정서하고 봉인하게 할 터인즉,
폐하께서 서명으로 입증하여 주시옵소서.

황제 그러면 다들 물러가서, 각자 마음을 가다듬고 10975
이 중요한 날에 대해 깊이 생각해 보라.

세속의 제후들은 물러간다.

대주교 (혼자 남아 장엄한 어조로 말한다)
재상은 물러가고, 폐하의 귀에 진심으로
충언드리고 싶어 하는 주교는 남았사옵니다!
어버이 같은 제 마음은 폐하를 향한 근심으로 가득 찼나이다.

황제 이 기쁜 날에 무슨 걱정할 게 있단 말이오? 어서 말하시오! 10980

대주교 지극히 고매한 폐하의 정신이 이 시간에도 사탄의 무리들과 결탁해 있다니,
제 마음이 얼마나 비통하고 괴로운지 아시옵니까!
그것이 폐하의 옥좌를 견고하게 지켜 주는 듯 보이나,
유감스럽게도 우리 주 하느님과 우리 아버지 교황 성하를 조롱하시는 일이옵니다.
교황께서 이 사실을 아시는 날에는, 성스러운 빛으로 10985

폐하의 죄 많은 나라를 섬멸하시고 벌을 내리실 것이옵니다.
폐하의 대관식 날, 그 엄숙한 시간에
폐하께서 마법사 풀어 주신 일을 아직 잊지 않으셨기 때문이지요.
폐하의 왕권이 그 저주받은 머리에 첫 은총의 광휘를 내리다니,
10990 그것이 기독교에 대한 조롱이 아니고 무엇이겠습니까.
그러니 이제 가슴을 치며 통회하시고,
이 무도한 행운의 일부를 적절히 성전에 돌려주십시오.
폐하의 군막이 서 있었던 곳,
사악한 마귀들이 폐하를 보호하기 위해 모였고
10995 폐하께서 그 가짜 제후들의 말에 주의 깊게 귀 기울였던 넓은 언덕을
잘못을 뉘우치고 거룩하게 노력한다는 표시로 헌납하시옵소서.
드넓게 펼쳐진 울창한 숲과 산,
비옥한 목초지로 적합한 푸른 언덕,
맑은 물고기들이 헤엄치는 맑은 호수,
11000 쏜살같이 굽이치며 골짜기로 쏟아져 내리는 무수히 많은 냇물,
그리고 풀밭과 평지와 계곡이 어우러지는 골짜기.
폐하께서 후회하는 마음을 표현하면 은총을 받으실 것이옵니다.

황제 내가 그런 중대한 실수를 범하다니, 정말 경악할 일이오.
그대가 알아서 필요한 만큼 적절히 그 땅을 가지시오.

11005 **대주교** 첫째로! 죄로 얼룩져 더럽혀진 그 땅을
지고의 존재를 모시는 장소로 당장 선포해야 하옵니다.
마음속에 굳건한 벽들이 빠르게 솟아오르고,
아침 햇살이 제단을 밝게 비추고,
건물이 십자형으로 크게 확대될 것입니다.
11010 본당이 길게 늘어나고 위로 높아지면, 신도들이 기뻐하며
장엄한 문을 통해 열렬히 쏟아져 들어오고,
종소리가 산과 계곡으로 울려 퍼질 것입니다.

하늘을 향해 높이 치솟은 탑들에서 종소리 울리면,
참회자들이 새로운 삶을 찾아올 것이옵니다.
봉헌식 날에— 그날이 어서 오기를 바랄 뿐입니다— 11015
폐하께서 참석하시면 더없는 영광일 것이옵니다.

황제 내 죄를 참회하고 주 하느님을 찬미하는 경건한 뜻을
그 웅장한 역사(役事)가 널리 알릴 것이오.
이만하면 되었소, 내 마음이 벌써 드높아지는 듯하오.

대주교 소신은 대재상으로서 이제 이 일을 형식적으로 마무리 11020
짓길 바라옵니다.

황제 그 땅을 교회에 헌납한다는 형식적인 문서는
그대가 작성하도록 하시오, 내 기꺼이 서명할 테니.

대주교 (그만 하직하고 물러나려다 문에서 되돌아온다)
또한 십일조, 소작료, 현물세 등 모든 조세권도
지금 지으려는 교회에 영구히 헌납하시옵소서.
교회를 품위 있게 유지하려면 많은 것이 필요하고, 11025
정성껏 관리하는 데도 많은 비용이 들 것이옵니다.
그런 황량한 장소에 조속히 교회를 지을 수 있도록,
폐하께서 전리품으로 얻은 보물 가운데 약간의 황금을 내어
주시옵소서.
이와 더불어 먼 지방의 목재와 석회, 석판 같은 것도
필요하다고 아뢰지 않을 수 없사옵니다. 11030
설교단의 가르침을 받는 백성들이 운송을 담당하고,
교회는 수고하는 자들에게 축복을 내릴 것입니다.

황제 내 죄가 크고 중하도다.
흉악한 마술사 도당이 나한테 심한 해를 끼쳤구나.

대주교 (다시 돌아와 깊숙이 허리 굽혀 절한다)
오, 폐하, 용서하시옵소서! 그 악명 높은 인간이 이 나라의 해 11035
안을 하사받았습니다.

폐하께서 뉘우치시는 뜻으로
그곳의 십일조, 소작료, 조세와 토지세도
지엄한 교회에 헌납하시지 않으시면, 그자는 파문당할 것입니다.

황제 (불쾌한 표정으로)
그 땅은 아직 있지도 않소, 넓은 바닷속에 잠겨 있을 뿐이오.

11040 **대주교** 권리와 인내심을 가진 자에게는 언젠가 때가 오기 마련입니다.
소신들은 폐하께서 윤허하신 것으로 믿겠사옵니다.

황제 (혼자서)
이러다가는 머지않아 온 나라를 넘겨줄지도 모르겠군.

제5막

사방으로 드넓게 펼쳐진 곳

나그네 맞아! 바로 그 무성한 보리수나무들이야,
저기 늙어서도 힘차게 서 있구나.
오랜 방랑 끝에 11045
저것들을 다시 만나다니!
옛날의 그곳이야,
거센 풍랑이
나를 모래 언덕에 내동댕이쳤을 때,
포근히 품어 주었던 그 오두막이야! 11050
집주인들에게 축복을 빌어 주고 싶구나,
남 도와주기 좋아하는 착한 부부였지.
그때 벌써 노인이었는데,
오늘 만나 볼 수 있을까.
아아! 정말 착한 분들이었어! 11055
문을 두드려 볼까? 불러 볼까?— 안녕하세요,
지금도 친절하게 손님을 맞으며
착하게 사시는 행복을 누리시는가요.
바우치스 (할머니, 무척 늙어 보인다)

어서 오게! 가만! 가만!
11060 조용히 하게! 영감을 깨우지 말게!
노인들은 푹 자고 나야,
잠깐 깨어 있는 동안 서둘러 일을 할 수 있어.

나그네 그런데 할머니, 제가 감사드리고 싶은
그분이 맞으시지요?
11065 옛날에 할아버지와 함께
어떤 젊은이의 생명을 구해 주신 적이 있으시죠.
다 죽어 가던 입에 부지런히 생기를 불어넣으시던
바우치스 할머니가 맞으시지요?
(할아버지 나타난다)
제 소중한 물건들을 거센 바닷물 속에서 힘차게 건져 올린
11070 필레몬 할아버지시지요?
민첩하게 불 밝히시고
낭랑하게 종 울리시며
그 험난했던 모험을
잘 해결해 주셨지요.

11075 이제 저 밖으로 나가
드넓은 바다를 보게 해주세요.
무릎 꿇고 기도하게 해주세요,
가슴이 너무 답답해요.
(모래 언덕 앞쪽으로 걸어간다)

필레몬 (바우치스에게) 꽃들이 만발한 작은 정원에
11080 어서 서둘러 식탁을 차려요.
저 친구 달려가 보고 깜짝 놀랄 거요.
눈앞의 광경이 어디 믿어지겠소.
(나그네 옆에 나란히 선다)

물거품 사납게 날리며
자네를 혹독하게
다루었던 바다가 11085
정원으로 바뀐 걸 보게나.
낙원 같은 정경이지 않은가.
나는 그때 이미 나이 들어서 함께 일하지도 못했고,
평소와는 달리 도와주지도 못했네.
내 몸에서 힘이 빠져나가듯, 11090
파도가 멀어져 갔다네.
현명한 영주님들의 대담한 종복들이
도랑을 파고 제방을 쌓아
바다의 권리를 제한하며
주인 자리를 차지하려 했다네. 11095
저기 한없이 펼쳐지는 푸른 초원을 보게나,
목장, 정원, 마을과 숲—
곧 해가 질 테니,
어서 실컷 봐두게나.
저기 멀리 범선들이 11100
밤을 보낼 휴식처를 찾고 있구먼.
하긴 새들도 둥지를 찾아가기 마련이지.
지금은 저기가 항구라네.
저 멀리 바다의 푸른 끝자락이 겨우 조금 보일 뿐,
좌우 양편으로 온통 11105
빽빽이 사람들이 모여 살고 있네.

세 사람, 작은 정원의 식탁에 둘러앉는다.

바우치스 왜 말이 없어? 왜 입만 크게 벌린 채,

음식은 조금도 들지 않아?

필레몬 저 기적 같은 일에 대해 자세히 알고 싶은 모양이구먼.

11110 말하기 좋아하는 할멈이 알려 주라고.

바우치스 좋아요! 그것은 참 기적 같은 일이었지!

지금도 그 생각만 하면 가만히 있을 수 없다니까.

처음부터 끝까지

온통 심상치 않았거든.

11115 **필레몬** 해안을 그자에게 하사한

황제께서 설마 죄를 지으셨을까?

전령관이 지나가면서 큰 소리로

그 소식을 알리지 않았겠는가?

모래 언덕 멀지 않은 곳에서

11120 그 일이 첫발을 내딛었다네.

천막, 오두막!— 그런데 푸른 들판에

금방 뚝딱 궁성이 하나 생겨났지 뭔가.

바우치스 낮에는 하인들이 괭이나 삽으로

땅을 판다며 법석을 피웠지만 별 진척이 없었어.

11125 그런데 밤에 작은 불꽃들이 떼 지어 몰려다니고 나면,

아침에 제방이 우뚝 서 있는 게야.

밤에 비명 소리가 들린 것으로 보아,

사람을 제물로 바친 게 분명해.

이글거리는 불길이 바다 쪽으로 흐르고 나면,

11130 아침에 운하가 생겼다니까.

하느님도 무섭지 않은지,

지금 우리 오두막하고 숲을 탐내는 중이야.

그자가 마치 우리 이웃인 양 으스대며 나타나면,

굽실거려야 한다니까.

11135 **필레몬** 그자가 우리한테 새 땅에

근사한 농장을 마련해 주겠다고 제안했네!

바우치스 바다를 메운 땅을 믿지 말아요!
우리 언덕을 지켜야 해요!

필레몬 해가 지기 전에
마지막 햇살을 보러 어서 예배당에 가세! 11140
종을 울리고 무릎 꿇고 기도하며,
옛날부터 우리를 지켜 준 하느님을 믿고 의지하세!

궁성

드넓은 화원, 반듯이 흐르는 커다란 운하.

고령의 파우스트, 생각에 잠겨 이리저리 거닌다.

망루지기 린케우스 (확성 나팔에 대고 크게 외친다)
해가 지고, 마지막 배들이
활기차게 항구로 들어오누나.
커다란 거룻배 한 척이 운하를 따라 11145
이곳으로 뱃머리를 돌리고,
오색 깃발 흥겹게 나부끼는 가운데
우람한 돛대들이 만반의 준비를 하고 있도다.
당신 아래서 뱃사람들이 기쁨을 누리고,
이 최고의 시간에 행운이 당신을 반기노라. 11150

종소리가 모래 언덕에 울려 퍼진다.

파우스트 (깜짝 놀란다) 저 빌어먹을 종소리!

음흉한 화살처럼 더없이 비열하게 파고드는구나.
눈앞에서는 내 영토가 끝없이 펼쳐지는데,
등 뒤에서는 불쾌감이 날 조롱하다니.
11155 보리수나무 언덕과 가뭇가뭇한 오두막,
허물어져 가는 예배당이 내 소유가 아니고
내 고매한 영지가 순결하지 않음을
시샘 어린 소리로 상기시키는구나.
내 저기에서 휴식을 취하고 싶거늘,
11160 낯선 그림자들 탓에 오싹 소름이 돋는구나.
눈에 가시고, 발바닥의 가시로다.
오! 이곳을 멀리 떠날 수 있다면!

망루지기 (앞에서처럼) 화려한 거룻배가
상쾌한 저녁 바람을 타고 흥겹게 다가오누나!
11165 상자와 궤짝, 자루들이 산처럼 높이 쌓였는데도
어찌 저리 날쌔게 달릴까!

머나먼 세계 각지의 산물들이 화려하고 풍성하게 쌓인 웅장한 거룻배.

메피스토펠레스와 세 명의 건장한 장정들.

합창 자, 뭍에 내리자.
목적지에 이르렀구나.
우리 주인님, 선주님께
11170 행운이 있기를!

그들이 배에서 내리고, 물건들은 육지로 운반된다.

메피스토펠레스 이렇듯 우리의 실력을 입증했으니,

주인님의 칭찬을 받으면 얼마나 흡족하겠는가.
겨우 두 척의 배로 떠났는데,
스무 척의 배를 몰고 항구로 돌아오다니.
우리가 얼마나 큰일을 해냈는지, 11175
배에 싣고 온 짐을 보면 알리라.
자유로운 바다가 정신을 자유롭게 하는데,
깊은 생각 따위가 무슨 소용 있으랴!
오로지 잽싸게 움켜쥐면 만사형통인 것을,
물고기를 낚아라, 배를 낚아라. 11180
세 척이 이미 수중에 있으면,
네 번째 배를 갈고리로 잡아채라.
다섯 번째가 호락호락 하지 않으면,
힘 있는 자가 곧 정의인 것을.
오로지 무엇을 쟁취하느냐가 중요할 뿐 어떻게 쟁취하느냐는 11185
묻지 마라.
내가 항해를 아예 몰랐다면 몰라도.
전쟁, 무역, 해적질,
이 세 가지는 불가분의 관계인 것을.

세 명의 건장한 장정들 고맙다는 말도 반가운 인사도 없군!
반가운 인사도 고맙다는 말도 없군! 11190
우리가 주인님께
냄새나는 물건이라도 가져온 양,
불쾌한 표정을
짓는구나.
왕의 보물도 11195
주인님의 마음에는 들지 않으리.

메피스토펠레스 더 이상의 보답을
기대하지 마라.

너희들 몫은
11200 이미 챙기지 않았더냐.

장정들 그거야 오로지 지루했던 시간에 대한
보답 아니겠소.
우리 모두
똑같은 몫을 나누어야지요.

11205 **메피스토펠레스** 우선 귀중품들을
방마다
차곡차곡
모조리 쌓아 두어라!
주인님께서 그 풍성한
11210 물건들을 보시면,
모든 것을 정확히
계산하시리라.
틀림없이
아까워하지 않으시고
11215 선원들에게 연일
잔치를 베푸시리라.
내일 어여쁜 계집들을 데려오도록
내 알아서 성심껏 조치하리라.

짐들이 다른 곳으로 운반된다.

메피스토펠레스 (파우스트에게)
어찌 이마를 찌푸리고 음울한 눈빛으로
11220 이런 굉장한 행운을 받아들인단 말이오.
드높은 지혜가 결실을 맺고
해변과 바다가 화해하였소.

바다가 해변의 배를 흔연히 맞이하여
빠른 뱃길을 열어 주고 있소.
그러니 여기, 여기 궁성에서 11225
선생의 팔이 온 세상을 부둥켜안은 셈이오.
이 자리에서 일이 시작하였고,
여기에 처음으로 판잣집이 세워졌소.
지금 노가 힘차게 물을 튀기는 곳에,
처음으로 작은 도랑이 패였소. 11230
선생의 고매한 뜻과 노고가
바다와 땅에게서 보답을 받았단 말이오.
여기로부터 —

파우스트 여기라는 말 좀 집어치우게!
바로 그 말 때문에 내 가슴이 얼마나 짓눌리는지 아는가.
내 노련한 자네에게 털어놓는데, 11235
마음이 자꾸 칼로 찔리는 듯하여
도저히 참아 낼 수가 없네!
이런 말을 하자니 부끄럽지만,
저 위의 노인들을 몰아내고
보리수나무들을 베어서 내 앉을 곳을 마련하고 싶네. 11240
저 몇 그루의 나무가 내 것이 아니라니,
세상을 소유한들 무슨 흥이 나겠는가.
멀리까지 바라볼 수 있도록
저 나뭇가지들로 뼈대를 세우려네.
내가 이룩한 것이 11245
환히 보여야 하네.
지혜로운 마음으로
백성들의 넓은 거주지를 일군
인간 정신의 위대한 업적을

11250 한눈에 둘러보고 싶단 말일세.

원래 풍요로움 속에서 부족한 것을 느끼면
참으로 혹독하게 괴로운 법일세.
종소리, 보리수나무 향기가
마치 교회와 무덤 안에 있는 듯 날 에워싸네.
11255 아무리 굳게 마음먹어도
저 모래 앞에서는 소용이 없네.
어떻게 이걸 내 마음속에서 몰아낼 방법이 없을까!
종소리만 들리면 미칠 것 같아.
메피스토펠레스 그야 당연하지요! 크게 불쾌한 일이 있으면
11260 인생이 비참하게 느껴지기 마련이오.
그걸 부정할 사람이 어디 있으랴!
어떤 고매한 귀에 저 쨍그랑거리는 소리가 거슬리지 않으랴.
빌어먹을 뎅그렁— 뗑그렁— 뗑뎅그렁거리는 소리가
유쾌한 저녁 하늘을 뿌옇게 뒤덮고,
11265 태어나는 순간부터 무덤에 묻힐 때까지
온갖 일에 끼어든다니까요.
마치 뎅그렁과 뗑그렁 사이에서
인생이 덧없는 꿈 같지 뭐요.
파우스트 반항과 고집이
11270 웅장한 성공을 방해하며
마음을 심히 괴롭히는 바람에,
공정한 마음을 유지하기가 어렵네.
메피스토펠레스 여기에서 뭘 더 망설이겠소?
저들을 진작 매립지로 이주시켰어야 했소.
11275 **파우스트** 그렇다면 어서 가서 저들을 쫓아 버리게!—
내가 늙은이들을 위해서 고른 아름다운 농장을

자네도 알고 있잖은가.

메피스토펠레스 저들을 단숨에 멀리 데려다 놓겠소.
삽시간에 다시 땅에 발을 딛고 서 있을 거요.
비록 강압적으로 옮겨 가긴 했지만, 11280
근사한 곳에서 지내다 보면 마음이 풀릴 것이오.

날카롭게 휘파람을 불자, 세 장정 나타난다.

메피스토펠레스 주인님께서 이르시는 대로 시행하라!
그리고 내일 선원들을 위한 잔치가 열릴 것이니라.

세 장정 주인 영감님께서 우릴 푸대접하셨소.
당연히 성대한 잔치를 열어 주셔야지요. 11285

메피스토펠레스 (관객들에게)
오래전에 있었던 일이 이곳에서 다시 벌어지고 있소이다.
옛날에 나보트의 포도밭이 있었지요. (「열왕기 상」 21장)[1]

으슥한 밤

망루지기 린케우스 (성의 망루에서 노래한다)
밝은 눈을 타고나
망보는 임무를 맡아서
탑을 지키니, 11290
세상이 마음에 드는구나.
달과 별,
숲과 노루,

1 독실한 나보트가 부모님에게 물려받은 포도밭을 탐욕스러운 사마리아 왕에게 강제로 빼앗겼다.

멀리 바라보고
11295 가까이 살피노라.
만물이 영원히
아름답게 꾸며진 걸 보니,
그것도 맘에 들고
나도 맘에 드는구나.
11300 행복한 눈들아,
너희들이 본 것은
그 무엇이든
아름다웠노라! (잠시 정적이 흐른다)

나 혼자 즐거이 지내려고
11305 이 높은 곳에 배치된 것이 아니노라.
어두운 세상에서
웬 끔찍하게 무서운 기운이 느껴지는가!
곱절로 어두컴컴한 보리수나무 사이에서
웬 불티가 날리는가.
11310 골바람에 힘입어
불꽃이 더욱 세차게 이글거리는구나.
이런! 이끼 끼고 습기 찬
오두막 안에서 불길이 넘실대다니.
어서 도와주어야 할 텐데,
11315 아무도 보이지 않는구나.
이런! 착한 노인네들이
평소에 그렇듯 조심스럽게 불을 다루더니,
어찌 연기의 제물이 된단 말인가!
이런 끔찍하고 황당한 일이 있다니!
11320 불길이 너울거리고,

거뭇거뭇하게 이끼 낀 벽이 붉은 화염에 휩싸였구나.
착한 노인들이 저 사납게 날뛰는
불지옥에서 벗어나야 할 텐데!
나뭇잎과 나뭇가지 사이로
밝은 불꽃이 혀를 날름거리며 치솟는구나. 11325
마른 가지들이 훨훨 타올라
순식간에 무너져 내리는구나.
내 눈으로 저런 광경을 봐야 하다니!
어찌 멀리 보는 눈을 타고났단 말이냐!
무너지는 나뭇가지를 못 이겨 11330
예배당이 주저앉는구나.
매서운 불꽃이 날름거리며
나무 꼭지까지 이르고,
줄기들이 뿌리까지 온통
시뻘건 화염에 휩싸였구나. — 11335

오랜 정적이 흐른 후에 다시 노랫소리 들려온다.

그리도 눈을 즐겁게 해주던 것이
수백 년 세월의 흔적과 함께 사라지다니.

파우스트 (발코니에서 모래 언덕을 향해)
저 위에서 웬 애통한 노랫소리가 들려오는가?
이제 와서 아무리 말하고 노래해도 때늦은 것을.
망루지기 애달파 하니, 조급하게 행동한 11340
내 마음도 언짢구나.
하지만 보리수나무들이
숯이 될 정도로 타버렸으니,
곧 망루를 세워

11345 한없이 멀리 바라볼 수 있겠지.
노부부를 감싸 줄
새 집도 보이는구나.
거기에서 마음 푹 놓고
말년을 기쁘게 즐기겠지.

메피스토펠레스와 세 장정 (아래에서)

11350 발걸음을 재촉하여 서둘러 달려왔습니다.
용서하십시오! 일이 원만하게 끝나지 않았습니다.
아무리 문을 두드리고 두들겨도,
열어 주어야 말이지요.
계속 문을 흔들고 두드리자,
11355 썩어 빠진 문짝이 그만 나뒹굴지 뭡니까.
아무리 큰 소리로 외치고 무섭게 위협해도,
말이 먹혀들어야 말이지요.
그런 경우에 늘 그렇듯이,
말을 듣지도 않고 들어 보려고도 하지 않았습니다.
11360 하지만 저희는 꾸물거리지 않고
그들을 즉각 해치웠습니다.
노부부가 너무 놀라서 죽어 나자빠지는 바람에
크게 고생하진 않았지요.
오두막에 숨어 있던 이방인이
11365 칼을 빼들고 덤벼들었지만 곧 고꾸라졌죠.
잠시 격렬하게 싸우는 와중에
석탄이 와르르 쏟아지고
그 불이 짚으로 옮겨붙어,
세 사람을 마치 화형시키듯 활활 불태우고 말았답니다.

11370 **파우스트** 내 말을 못 알아들었단 말이냐?
나는 땅을 빼앗으려는 게 아니라 맞바꾸려 했단 말이다.

분별없이 고약한 행패를 부리다니,
이런 저주받을 짓이 있는가. 너희들도 저주받을 놈들이다!

합창 옛말이 들려오는구나,
폭력에 순순히 복종할지니라! 11375
네가 대담하게 맞서려면,
집과 뜰, 그리고 너 자신까지도 걸어야 하느니라. (퇴장한다)

파우스트 (발코니에서) 반짝이던 별들이 빛을 숨기며 외면하고,
불꽃은 사그라들어 가물거리는구나.
한 줄기 바람이 불길을 살려 내어 11380
연기와 냄새를 이리 실어 오는구나.
성급한 명령에 행동은 더욱 성급했도다! —
저기 무엇이 그림자처럼 두둥실 떠오는가?

한밤중

잿빛의 네 여인이 나타난다.

첫째 여인 나는 결핍이니라.

둘째 여인 나는 죄과이니라.

셋째 여인 나는 근심이니라.

넷째 여인 나는 고난이니라. 11385

셋이 함께 문이 닫혀서 들어갈 수 없네.
저 안에 부자가 살고 있는데, 우린 거절당하고 싶지 않아.

결핍 그럼 난 그림자가 될걸.

죄과 그럼 난 없어져 버릴걸.

고난 그 사치스러운 얼굴이 날 외면할걸.

근심 자매들아, 너희들은 저 안에 들어갈 수도 없고 들어가서 11390

도 안 돼.
하지만 근심은 열쇠 구멍으로 슬며시 들어갈 수 있어.

근심, 사라진다.

결핍 잿빛의 자매들아, 너희들은 이곳을 떠나렴.
죄과 난 네 곁에 꼭 붙어 있을 거야.
고난 난 네 뒤를 바짝 따라다닐 거야.
11395 **셋이 함께** 구름이 몰려오고 별들이 사라진다!
저 뒤, 저 뒤 좀 봐! 멀리, 멀리에서,
오라버니가 온다, 저기 오라버니— 죽음이 온다.
파우스트 (궁성 안에서) 넷이 오는 걸 보았는데, 셋만 가는구나.
무슨 말을 나누는지는 알아듣지 못했지만,
11400 고난— 이 말이 귓전을 맴돌고,
죽음— 이 음울한 낱말이 운을 맞추어 이어진 것 같았어.
으스스하게 가라앉은 듯한 공허한 말투였는데.
나는 아직 자유로움의 경지에 이르지 못했어.
내 인생에서 마법을 제거하고
11405 내 머릿속에서 주문을 완전히 지울 수만 있다면.
자연아, 내 오로지 한 남자로서 너와 마주할 수 있다면,
인간이려고 노력할 가치가 있으련만.

어둠 속을 헤매며 나 자신과 세상을 무도한 말로 저주하기 전까진
나도 자유로운 인간이었지.
11410 이제 허깨비들이 공중에 가득 차 있는데,
그것들을 피할 방도를 아는 사람이 없구나.
어쩌다 하루 이성적으로 밝게 웃음 짓다가도,
밤이면 꿈의 산물들에 휘말려 들기 일쑤로다.

희망찬 초원에서 기쁜 마음으로 돌아오면,
새가 까옥까옥 울어 대는데 뭐라 울어 대는지 아는가? 불운이라 울어 댄다. 11415
그러다 미신에 사로잡히게 되면,
뭔가가 으스스하게 나타나 앞날을 예고하고 경고한다.
그러면 우리는 혼자 겁에 질릴 수밖에.
문이 삐걱거리는데, 왜 아무도 들어오지 않는 걸까.
(소스라치게 놀란다) 거기 누구 있소? 11420

근심 그 물음에 〈네〉라고 대답하지요!

파우스트 당신, 당신은 대체 누구요?

근심 어차피 여기 와 있는걸요.

파우스트 썩 물러가시오!

근심 제대로 찾아왔는걸요.

파우스트 (처음에는 격분하지만 차츰 마음을 누그러뜨리며 혼잣말로)
주문을 읊지 않도록 조심해야겠군.

근심 내 말이 귀에는 들리지 않아도
마음속에서는 크게 울리지요. 11425
나는 모습을 바꾸어 가며
무서운 힘을 발휘하지요.
오솔길에서, 파도 위에서
영원히 불안에 떨게 하는 동반자로,
결코 찾는 사람 없어도 항상 나타나지요. 11430
때로는 아부받고 때로는 저주받지요.
당신은 아직 근심이라는 것을 모르나요?

파우스트 나는 줄곧 세상을 줄달음쳤소.
쾌락이란 쾌락은 모조리 머리채를 잡아채고,
만족스럽지 않은 것은 내팽개치고, 11435

내 손에서 빠져나가는 것은 내버려 두었소.
오로지 욕망을 좇아서 뜻을 이루었으며,
줄기차게 갈망하는 마음으로
폭풍처럼 힘차게 인생을 질주하였소. 처음에는 원대하고 거대하였지만,
11440 이제는 현명하고 신중해졌소.
이 지상의 일은 충분히 아는데,
천상을 볼 수 있는 길이 우리 인간에게는 막혀 있소.
눈을 끔벅거리며 천상을 응시하고,
구름 위에서 자신과 같은 존재를 꿈꾸는 자는 어리석은 바보요!
11445 두 발로 땅을 딛고 서서 이곳을 둘러봐야 하오.
이 세상은 유능한 자에게 침묵을 지키지 않소.
무엇 때문에 영원을 찾아 헤맨단 말이오!
인식한 것을 꼭 움켜쥐고서,
이 지상에서 나날을 보내야 하오.
11450 허깨비들이 출몰해도 자신의 길을 가면 그뿐이오.
어떤 순간에도 만족할 줄 모르는 자는
이 길을 가며 고통과 행복을 맛본다오!

근심 내 손아귀에 한번 걸려든 사람에게는
온 세상이 아무짝에도 쓸모없지요.
11455 영원한 어둠이 내려앉아,
해가 뜨지도 지지도 않아요.
겉으로는 모든 감각이 완벽하게 움직이지만,
마음속에서는 암흑이 둥지를 틀지요.
온갖 보물을 주어도
11460 소유하려 들지 않고,
행운과 불운이 덧없는 환상인 양
풍요 속에서 굶주리지요.

환희도 괴로움도
내일로 미루고
오로지 미래만을 바라볼 뿐, 11465
결코 뭔가를 이루는 법이 없지요.

파우스트 그만두시오! 내가 당신 말에 끄떡이나 할 것 같소!
그런 허튼소리는 듣고 싶지 않소.
썩 물러나시오! 그런 조잡한 푸념을 듣다 보면,
제아무리 지혜로운 자라 해도 마음이 흔들리겠소. 11470

근심 갈 것인가? 말 것인가?
결코 결심을 할 수 없지요.
훤히 트인 길 한복판에서
어정쩡하게 걸음을 내딛으며 더듬더듬 비틀거리
지요.
점점 더 깊이 자신감을 잃어버리고, 11475
모든 것을 삐딱하게 보고,
자신과 주변 사람들을 괴롭히고,
숨 쉬면서도 숨 막히고,
숨 막히지 않는데도 활기가 없고,
포기하지 않으면서 몰두하지도 않지요. 11480
그렇게 끊임없이 한 곳을 맴돌며,
그만두자니 괴롭고 억지로 계속하자니 불쾌하고,
때로는 벗어나고 때로는 짓눌리지요.
자는 둥 마는 둥 잠을 설치고
못 박힌 듯 한 자리에 묶여 있으니 11485
지옥이 따로 없지요.

파우스트 이 고약한 유령들아!
너희들은 인간을 그런 식으로 천 번 만 번 다루느냐.
아무렇지 않은 날들조차

11490 고통의 그물에 얽힌 흉악한 혼란으로 바꾸어 놓느냐.
마귀들을 떨쳐 버리긴 어려운 것은 나도 익히 아느니라,
정신적인 질긴 끈을 떼어 낼 수 없느니라.
하지만 오 근심아, 네가 은근슬쩍 발휘하는 커다란 힘만은
인정하지 않으리라.

11495 **근심** 내가 저주의 말을 내뱉으며 재빨리
너에게 등 돌리면 그 힘을 알게 되리라!
인간들은 평생을 눈멀어 사는데,
파우스트, 너도 결국엔 눈멀게 되리라!

파우스트에게 입김을 내뿜는다.

파우스트 (눈이 먼다)
밤이 점점 더 깊이 뚫고 들어오는 듯한데,
11500 마음속에서는 밝은 빛이 비치누나.
그동안 생각한 것을 서둘러 완성해야겠구나.
주인의 말보다 더 중요한 것이 어디 있겠느냐,
어서 일어나라, 하인들아! 한 사람도 빠짐없이!
내가 대담하게 구상한 것을 행복하게 눈앞에 보여 주어라.
11505 연장을 손에 쥐어라, 삽과 가래를 잡아라!
계획을 즉시 성사시켜야 한다.
근엄한 명령에 따라 열심히 일하는 자는
최고의 상을 받으리라.
더없이 위대한 업적의 완수는
11510 수천의 손을 가진 정신을 만족시키리라.

궁성의 넓은 앞뜰

횃불이 타오른다.

메피스토펠레스 (감독관으로서 일을 지휘한다)
이쪽, 이쪽으로! 이리, 이리 들어와라!
이 흐물거리는 망령들아,
인대와 힘줄과 뼈대로
짜 맞추어진 팔푼이들아.

망령들 (합창한다)
즉각 분부받자오리다. 11515
우리가 얼핏 들은 바로는,
드넓은 땅이 있어
우리 몫이라는데요.

뾰족한 말뚝과
측량에 필요한 기다란 사슬을 여기 대령했지요. 11520
그런데 우리가 왜 여기 불려 왔는지
깜박 잊었답니다.

메피스토펠레스 여기에서 정확하게 굴 필요는 없다,
너희들 알아서 재주껏 하라!
제일 긴 놈이 길게 눕고, 11525
나머지는 주변의 잔디를 벗겨 내어라.
우리 조상들을 위해서 했듯이,
길쭉한 사각형 모양으로 땅을 파라.
궁성에서 이 좁은 거처로 옮기다니,
결국엔 이렇듯 시시하게 끝나는 것을. 11530

망령들 (조롱하는 몸짓으로 땅을 판다)

나도 팔팔하게 젊어서 사랑을 했고
정말 감미로웠지.
음악 소리 신나게 울려 퍼지고 흥이 넘치면
두 발이 절로 움직였지.
11535 음흉한 늙음이
지팡이로 후려치는 바람에
무덤 입구에서 발이 걸려 넘어졌는데,
왜 하필 그때 입구가 열려 있었을까!

파우스트 (조심조심 문설주를 더듬으며 궁성에서 나온다)
달그락거리는 삽질 소리가 정말 기분 흐뭇하구나!
11540 저 무리들이 날 위해 고되게 일하누나.
땅이 땅하고 화합하여
파도의 힘을 제한하고,
튼튼한 제방으로 바다를 에워싸는구나.

메피스토펠레스 (혼잣말로)
둑을 쌓는다, 방파제를 쌓는다 하며 네놈이 온갖 애를 썼지만,
11545 결국 우리 좋은 일만 한 셈이다.
네놈은 머지않아 바다의 악마 넵투누스에게
진수성찬을 갖다 바치리라.
너희들은 어차피 이래도 끝장이고 저래도 끝장이다.—
자연의 힘들이 우리하고 결탁했으니,
11550 결국 파멸을 면치 못하리라.

파우스트 감독관!

메피스토펠레스 여기 있소이다!

파우스트 무슨 수를 써서라도
일꾼들을 계속 모아들이게.
엄하게 다스리면서도 흥을 돋우어 격려하게.
돈을 주어 부추기고, 강제로라도 끌고 오란 말일세!

그리고 수로가 계획대로 확장되는지 11555
날마다 보고하게.

메피스토펠레스 (작은 소리로 웅얼거린다) 사람들 말로는,
수로가 아니라 무덤을 판다던데.

파우스트 늪지가 산자락까지 이어지면서,
그동안 애쓰게 일구어 놓은 것들을 망치고 있네. 11560
마지막으로 그 썩은 물을 빼내는 일이
최고의 업적일 걸세.
비록 안전하진 않지만 자유롭게 일하며 살 수 있는
삶의 터전을 수백만 명에게 마련해 주고 싶네.
들판이 비옥하게 푸르러지면, 사람과 가축이 11565
곧 이 새로운 땅에서 편안히 느끼고,
대담하고 부지런한 백성들이 몰려와
활기찬 언덕에 정착할 걸세.
저기 바다에서는 세찬 물살이 제방을 때리며 날뛰더라도,
여기 육지에서는 낙원 같은 삶이 펼쳐질 걸세. 11570
파도가 거세게 덮치며 삼키려 들면,
다함께 서둘러 달려가서 벌어진 틈을 막지 않겠는가.
그렇네, 나는 이 뜻을 위해 헌신하고
이것이야말로 지혜가 내리는 최후의 결론일세.
날마다 자유와 삶을 쟁취하려고 노력하는 자만이 11575
그것을 누릴 자격이 있네.
어린아이, 젊은이, 늙은이 할 것 없이 이곳에서 위험에 둘러싸여
알찬 삶을 보내리라.
나는 사람들이 그리 모여 사는 것을 보며,
자유로운 땅에서 자유로운 사람들과 더불어 지내고 싶네. 11580
그러면 순간을 향해 말할 수 있으리라,
〈순간아 멈추어라, 정말 아름답구나!〉

이 지상에서 보낸 내 삶의 흔적이
영원히 사라지지 않을 걸세—
11585 그런 드높은 행복을 미리 맛보며,
나는 지금 최고의 순간을 즐기노라.

파우스트 쓰러진다.
망령들 그를 잡아서 바닥에 눕힌다.

메피스토펠레스 어떤 쾌감에도 만족하지 못하고 어떤 행복에도 흡족하지 못하고서
항상 변화무쌍한 형상들을 뒤쫓아 다니더니,
가련하게도 시시하고 공허한
11590 최후의 순간을 붙잡으려 들다니.
나한테 그리도 완강하게 반항하더니,
결국 시간 앞에 무릎 꿇고서 백발로 모래 속에 나자빠져 있구나.
시계가 멈추었노라—
합창 멈추었노라! 한밤중처럼 침묵을 지키노라.
시계 바늘이 떨어져 나갔노라.
메피스토펠레스 떨어져 나갔구나. 드디어 해치웠구나.
합창 이제 지난 일이노라.
11595 **메피스토펠레스** 지난 일이라니! 그런 어리석은 말이 어디 있느냐.
왜 지난 일이란 말이냐?
지난 일과 순수한 무(無)는 완벽하게 일치하느니라!
창조된 것을 무(無)로 빼앗아 가는 것,
그 영원한 창조가 우리에게 무슨 소용이 있단 말이냐!
11600 〈이제 지난 일이노라!〉 이것이 무슨 뜻이냐?
마치 없었던 것 같으면서도,
마치 있는 양 맴도는 것.

나는 영원히 공허한 것이 더 좋단 말이다.

매장

망령 (독창) 누가 삽과 가래로
이렇게 형편없이 집을 지었느냐? 11605

망령들 (합창) 삼베옷 차림의 뻣뻣한 손님, 너한테는
이것도 너무 과분하니라.

망령 (독창) 누가 이렇게 형편없이 방을 꾸몄느냐?
식탁과 의자는 어디 있느냐?

망령들 (합창) 이것도 잠시 빌린 것, 11610
빚쟁이들이 득실거리니라.

메피스토펠레스 몸뚱이는 나자빠져 있는데, 정신이 도망치려 하는군.
피로 쓴 증서를 얼른 보여 줘야지.
오늘날에는 유감스럽게도 사탄에게서
영혼을 가로채 가는 수단이 어디 한두 개야지. 11615
옛날 식은 더 이상 안통하고,
신식으로 하면 도대체 우릴 반겨 줘야 말이지.
전에는 모든 걸 혼자 힘으로 해치웠는데,
이제는 조수를 써야 할 판이라니까.
매사가 우리한테 불리하게 돌아가니 원! 11620
전해 내려온 습관이고 옛 권리고
이제는 믿을 만한 게 하나도 없어.
예전에는 숨이 꼴까닥 넘어가는 동시에 영혼이 빠져나가서,
가만히 지켜보고 있다가 날쌘 쥐처럼
덥석! 발톱으로 단단히 움켜쥐면 그만이었는데. 11625

이제는 영혼이 미적거리며 그 컴컴한 곳,
고약한 시신의 혐오스러운 집을 떠나려 하지 않는다니까.
서로 증오하는 자연의 원소들이
결국 그것을 굴욕적으로 몰아내야 할 정도라고.
11630 온종일 머릴 싸매고 언제? 어디서? 어떻게? 노심초사해야 하니,
이런 성가신 문제가 또 어디 있담.
늙은 죽음이 민첩한 힘을 잃어버리는 바람에,
심지어는 정말 죽었는지도 모호하다니까.
내가 뻣뻣하게 굳은 사지를 군침 흘리며 바라보는데—
11635 겉만 죽은 것처럼 보였을 뿐, 다시 꿈틀거리고 움직인 것이
어디 한두 번이었남.

앞에서 행렬을 선도하는 듯한 환상적인 몸짓으로 사탄들을 불러낸다.

자, 어서 나오너라! 더 빨리 빨리 나오너라.
반듯한 뿔 달린 신사들아, 고부라진 뿔 달린 신사들아,
옛날부터 성실하고 강직한 사탄들아,
지옥의 아가리를 얼른 가져오너라.
11640 지옥에는 아가리가 많이! 아주 많이! 있어서,
신분과 품위에 맞게 꿀꺽꿀꺽 삼키지만,
이 최후의 유희도
앞으로는 그리 심각한 것이 못 되리라.

소름 끼치는 지옥의 아가리가 왼쪽에서 열린다.

송곳니가 쩍 벌어지고, 둥근 목구멍에서
11645 불길이 노도처럼 솟구치는구나.

연기가 뭉실뭉실 피어오르는 뒤편에서
영원히 이글거리는 불바다가 보이는구나.
시뻘건 불기둥이 이빨을 때리고
저주받은 자들이 살길을 찾아 헤엄쳐 나오지만,
하이에나처럼 무섭게 이빨을 갈자 11650
겁에 질려 다시 뜨거운 불길을 향해 돌아서누나.
구석구석에서 많은 것이 눈에 띄는구나,
좁디좁은 곳에 어찌 저리 무서운 것이 많이 숨어 있을까!
너희들이 썩 훌륭하게 죄지은 놈들을 혼내 주는데도,
저들은 그것이 허상이고 꿈인 줄 알다니. 11655

짧고 반듯한 뿔 달린 뚱보 사탄들에게

자, 불타는 뺨을 가진 배불뚝이 악당들아!
지옥의 유황을 처먹어서 뜨겁게 번질거리느냐!
통나무처럼 뻣뻣한 짧은 모가지들아!
인(燐)처럼 빛나는 것이 있는지 여기 아래 숨어서 지켜보아라.
그것이 바로 혼령, 날개 달린 영혼이지만, 11660
날개를 잡아 뜯으면 흉측한 벌레이니라.
고것에 내 도장을 꽉 찍어서
불의 소용돌이 속으로 날려 버리리라!

아래쪽을 잘 살펴라,
이 뚱뚱보들아, 그것이 네놈들의 할 일이니라. 11665
영혼이 즐겨 그곳에 머무른지는
내 확실히 알 길 없지만,
배꼽 속에 즐겨 진을 친다 하니—
정신 차리고 있다가 냉큼 잡아채어라.

길게 고부라진 뿔 달린 말라깽이 사탄들에게

11670 앞에서 잘난 척 거들먹거리는 꺽다리 놈들아,
쉬지 말고 허공을 샅샅이 훑어라!
양팔을 쭉 펼치고 손톱을 날카롭게 세워,
날개를 퍼덕이며 도망치는 것을 붙잡아라.
지금까지 지내던 거처가 불편해서
11675 영혼, 그것이 틀림없이 곧 위로 빠져나오려 들 거다.

오른쪽 위에서 빛이 비친다.

천사의 무리 하늘의 심부름꾼,
천상의 무리들아,
천천히 날개를 움직여 뒤를 따르라.
죄인들을 용서하고
11680 죽은 자들을 살려 내라.
두둥실 떠돌며
천지 만물에
자비로운 흔적을
남겨라!

11685 **메피스토펠레스** 이 무슨 불쾌한 소리고 흉악하게 깽알거리는 소리냐.
위에서 달갑지 않은 빛이 비치는구나.
사내인지 계집인지 모를 것들이 설쳐 대니,
경건한 척하는 것들의 입맛에 딱 맞겠구나.
우리가 극히 흉악한 시간에
11690 인류를 파멸시키려 한 것은 너희들도 알리라.
우리가 생각해 낸 가장 파렴치한 짓이

저것들의 경건한 본성에 딱 맞는 모양이다.

저 얼간이들이 위선적으로 다가오는구나!
우리에게서 많은 것을 뺏어 가서는,
바로 그 우리의 무기로 우리를 공격하다니. 11695
가면을 뒤집어쓴 사탄들 같으니라고.
너희들이 여기서 패배하면 영원히 씻을 수 없는 치욕이니라,
무덤에 다가가서 가장자리를 꽉 움켜쥐어라!

천사들의 합창 (장미꽃을 뿌리며)

눈부시게 빛나며
향내를 내뿜는 장미꽃들아! 11700
하늘하늘 나부끼며
은밀히 생기를 불어넣는 꽃들아,
작은 가지에 날개 달고
꽃봉오리 활짝 열어
서둘러 피어나라. 11705

봄이여, 싹터라,
진홍빛, 초록빛으로!
편안히 쉬는 자에게
낙원을 가져오라.

메피스토펠레스 (사탄들에게)

어째서 웅크리고 벌벌 떠느냐? 그게 지옥의 풍습이더냐? 11710
꽃을 뿌리든 말든 의연하게 버텨라.
이 멍텅구리들아, 각자 자리를 지켜라!
저런 꽃 나부랭이로
뜨거운 악마들을 얼릴 수 있다고 생각하는 모양인데,
너희들의 입김 앞에서 저 정도는 순식간에 녹아 사라지리라. 11715

입김을 내뿜어라, 불의 정령들아! — 그만, 그만해라!
너희들의 숨결 앞에서 꽃송이들이 빛을 잃는구나 —
정도껏 해라! 주둥이와 코를 닫아라!
어이쿠, 너무 심하게 불지 않았느냐.
11720 어째서 한 번도 제대로 할 줄 모른단 말이냐!
꽃송이들이 오그라들다 못해, 갈색으로 말라비틀어져 불이 붙는구나!
독기 어린 밝은 불꽃을 날리며 이리로 다가오지 않느냐.
모두 하나로 단단히 뭉쳐서 막아라! —
힘이 빠지는구나! 용기가 사그라드는구나!
11725 꼬리 치며 달려드는 생소한 불꽃에 사탄들이 홀리다니.

천사들의 합창 축복의 꽃이여,
기쁨의 불꽃이여,
마음껏 널리
사랑을 퍼뜨려라,
11730 환희를 안겨 주어라.
진실한 말들
맑은 창공에 울려 퍼지고,
영원한 무리에게
어디서나 빛이 비치도다!

11735 **메피스토펠레스** 제기랄! 원, 창피스러워서, 저런 얼간이들이 있나!
사탄들이 머릴 거꾸로 박다니,
저 못난이들이 엉덩이 박고
데구루루 지옥에 떨어지는 꼴이라니.
뜨거운 불구덩이에서 목욕을 해도 싸다 싸!
11740 하지만 나는 꿈쩍도 하지 않으리라. —

두둥실 떠다니는 장미꽃들을 두 손으로 마구 쳐낸다.

도깨비불아, 썩 꺼져라! 네 아무리 밝게 빛난다 해도,
손으로 움켜쥐면 물컹물컹한 역겨운 덩어리에 지나지 않는 것을.
뭘 나풀거리느냐? 썩 물러나라!—
역청과 유황처럼 내 목덜미에 달싹 늘러 붙었구나.

천사들의 합창 너희들하고 같은 무리가 아니면, 11745
몸을 피하라.
마음에 거슬리면,
용인하지 마라.
강제로 밀고 들어오면
힘차게 막아서라. 11750
사랑은 사랑하는 사람들만을
인도하노라!

메피스토펠레스 머리도 불타고 심장도 간장도 불타는구나.
사탄보다 더 지독한 원소로다!
지옥의 불길보다 훨씬 더 매섭구나!— 11755
그래서 너희들이 그렇듯 끔찍하게 신음하는 거로구나,
사랑을 거절당한 불행한 연인들아!
목을 꼬고서 사랑하는 사람을 엿보는 이들아.

나도 마찬가지구나! 왜 고개가 저쪽으로 돌아갈까?
저들하고는 불구대천지원수가 아니던가! 11760
저것들을 보기만 해도 적개심이 부글부글 끓었는데.
웬 낯선 것이 내 마음속 깊이 뚫고 들어왔는가?
저 귀여운 것들을 자꾸만 보고 싶어지니,
무엇이 저들을 저주하지 못하게 가로막는 것일까?—
내가 현혹당하면, 11765
누가 앞으로 바보라 불리겠느냐?
밉기만 하던 악동들이

어찌 이리 사랑스러워 보이는가!—

요 귀여운 것들아, 말해 다오,
11770 너희들도 루시퍼의 후예들이냐?
너희들의 귀여운 모습에 참말이지 입 맞추고 싶구나,
너희들이 마침 잘 찾아온 듯하구나.
우리가 이미 수천 번 만나 본 양,
정말 자연스럽고 마음 편하니라.
11775 고양이처럼 은밀히 탐하는 마음이 들고,
볼수록 새록새록 더 어여쁘구나.
오, 이리 가까이 다가오너라. 오, 나를 한번 바라봐 다오!

천사들 그리로 가고말고, 그런데 왜 뒤로 물러나느냐?
우리가 가까이 다가갈 테니, 능력껏 네 자리를 지켜라!

천사들, 이리저리 몰려다니며 무대 전체를 차지한다.

메피스토펠레스 (무대 앞쪽으로 밀려난다)
11780 우리더러 저주받은 정령이라지만,
너희들이야말로 진짜 마술사들이다.
너희들이 남자고 여자고 꼬여 내지 않느냐.
무슨 그런 해괴하고 무모한 짓거리가 있느냐!
그것이 사랑의 원소란 말이냐?
11785 온 몸뚱이가 불길에 휩싸이고
목덜미에 불이 붙는데도 느끼지 못하다니—
이리저리 흐늘거리지 말고 이리 내려앉아라.
귀여운 팔다리를 조금만 더 속되게 움직이려무나.
그 진지한 얼굴이 참으로 아름답지만,
11790 미소 짓는 모습도 한번 보고 싶구나!

그러면 참으로 황홀할 텐데.
그러니까 사랑하는 사람을 바라보듯,
입가를 살짝 움직이면 얼마나 좋겠느냐.
거기 길쭉한 녀석아, 네가 가장 마음에 드는구나.
성직자 같은 근엄한 표정이 도통 어울리지 않으니, 11795
좀 음탕하게 날 바라보아라!
벌거벗은 모습도 너희들한테 얌전히 잘 어울리겠건만,
주름진 긴 옷은 너무 정숙해 보이는구나—
저것들이 돌아서는구나— 뒷모습을 보아라!
저 개구쟁이들이 정말 군침 돌게 하는구나! 11800

천사들의 합창 사랑하는 불꽃들아,
광명을 향해 돌아서라!
스스로 저주받았다고 여기는 자들을
진실이 구원하리라.
그들이 기쁘게 11805
악에서 벗어나,
한마음으로 화합하여
축복을 누리리라.

메피스토펠레스 (정신을 차린다)
이게 웬일이냐!— 욥[2]처럼 온몸이
종기로 뒤덮이다니, 내가 봐도 소름 끼치는구나. 11810
하지만 스스로를 꿰뚫어 보고
자신과 자신의 일족을 믿으면 승리를 거두리라.
사탄의 고귀한 부분들은 무사하고
사랑의 허깨비는 살갗을 스쳤을 뿐이로다.

2 구약 성서 「욥기」의 주인공. 모든 재산과 자녀를 잃고 온몸에 종기가 나는 등 혹독한 시련을 많이 겪지만, 결국 이겨 내고 믿음을 굳게 지킨 인물로 널리 알려져 있다.

11815 흉악한 불꽃들이 다 타버렸으니,
내 당연히 너희 모두를 저주하리라!

천사들의 합창 성스러운 불꽃이여!
너희에게 휘감기는 자는
선한 사람들과 더불어
11820 축복받았다고 느끼리라.
모두 한마음되어
어서 일어나 찬미하라!
대기가 정화되고,
정신이 숨을 쉬노라!

파우스트의 불멸의 영혼을 하늘로 데려간다.

메피스토펠레스 (주위를 두리번거린다)
11825 이게 어떻게 된 거야?— 모두 어디로 갔지?
풋내기들이 나를 놀라게 하고서,
내 먹잇감을 훔쳐 하늘로 도망가다니.
그래서 이 무덤가에서 쩝쩝거렸구나!
내 유일한 커다란 보물을 가로채 가다니,
11830 내가 담보로 잡아 두었던 고매한 영혼을
교활하게 빼돌리다니.

누구한테 하소연한단 말인가?
누가 내 기득권을 돌려줄 것인가?
나잇값도 못하고 속아 넘어가다니,
11835 자업자득이로구나, 꼴좋다.
창피하게 이런 실수를 저질러,
온갖 애를 쓰고도 놓치다니, 수치스럽구나!

약삭빠른 사탄이 천박한 욕망에,
어이없는 욕정에 휘말리다니.
똑똑하고 경험 많은 내가 11840
이런 유치하고 어리석은 일에 휩쓸려,
결국 바보 같은 짓을 저지르니
그 잘못을 어찌 사소하다 할 것인가.

심산유곡

숲, 바위, 황량한 곳.

거룩한 은둔 수도사들이 협곡에서 산 위쪽으로 흩어져 자리 잡고 있다.

합창과 메아리 숲이 흔들흔들 다가오고,
바위가 무겁게 내리누르고, 11845
뿌리가 엉켜들고,
나무줄기들이 빽빽이 치솟고,
물살이 철썩철썩 흩날리고,
깊디깊은 동굴이 보호해 주누나.
사자들이 말없이 11850
다정하게 우리 주변을 맴돌며,
신성한 장소,
성스러운 사랑의 피난처에 경의를 표하누나.

무아지경에 빠진 교부(敎父) (위아래로 오르락내리락하며)
영원한 환희의 불길,
뜨겁게 달아오른 사랑의 유대, 11855
부글부글 끓는 가슴의 고통,

부풀어 오르는 신의 기쁨.
화살이여, 나를 꿰뚫어라,
창이여, 나를 제압하라,
11860 몽둥이여, 나를 박살 내라,
번개여, 나를 내리쳐라!
공허한 것이
모든 걸 날려 버리니,
꺼지지 않는 별이여,
11865 영원한 사랑의 정수여, 빛나라.

깨달음을 열망하는 교부 (깊은 곳에서)

내 발치의 암벽이
더 낮은 암벽을 내리누르듯,
수천 개의 개울물이 반짝이며 흘러서
무섭게 물거품 날리며 쏟아져 내리듯,
11870 나무줄기가 본연의 힘찬 충동에 몰려
우뚝 허공을 찌르듯,
그렇게 세상 만물을 형성하고 품어 주는 것은
바로 전능한 사랑이로다.

숲과 암반이 물결치듯
11875 주변에서 사납게 날뛰는 소리 들리누나.
마치 골짜기에 물 대라는 부름을 받은 듯,
넘치는 물이 정겹게 쏴아 쏴아
계곡으로 쏟아져 내리노라.
독기와 연무를 품은
11880 대기를 깨끗이 하려는 듯,
번개가 불꽃을 날리며 내리꽂히누나

저들은 사랑의 심부름꾼들인지, 영원히 창조하며
우리를 에워싸는 것이 무엇인지 알려주누나.
차갑고 혼란스러운 정신이
옥죄이는 사슬의 고통에 시달리며 11885
우매한 감각의 울타리에 갇혀 괴로워하는
내 마음속에도 불붙여 주었으면.
오, 하느님! 이런 생각을 달래 주시고,
제 가난한 마음을 밝게 비추어 주소서!

천사를 닮은 교부 (중간 지역에서)
하늘거리는 전나무 잎사귀 사이로 11890
아침의 구름 조각들이 두둥실 떠도누나!
저 안에 무엇이 살고 있을까?
어린 영혼들의 무리로구나.

영생을 얻은 소년들의 합창 말씀해 주세요, 아버지, 우리가 어딜 떠도는지.
말씀해 주세요, 착하신 분, 우리가 누구인지. 11895
우리는 행복해요. 모두, 모두에게
삶이 이리도 따사한 것을.

천사를 닮은 교부 소년들아! 반쯤 열린 정신과 감각으로
한밤중에 태어난 아이들아,
부모들에게는 금방 잃어버린 자식이지만 11900
천사들에게는 득이로구나.
사랑하는 사람이 여기 있는 것을 느끼면,
어서 가까이 다가오너라.
하지만 험난한 인생의 흔적 없으니
행복한 아이들이구나! 11905
이 세상과 지상을
바라보기에 적절한

내 눈 속으로 내려와
이곳을 한번 둘러보아라!
(소년들을 자신 안에 받아들인다)
11910 저것들은 나무이고 이것들은 바위니라.
무섭게 요동치며 쏟아져 내려,
가파른 길을 단축시키는 것은
계곡물이니라.

영생을 얻은 소년들 (안에서)
굉장한 광경이지만,
11915 너무 음울한 곳이에요.
무섭고 두려워 벌벌 떨리는걸요.
고매하고 착하신 분, 우릴 놓아주세요!

천사를 닮은 교부 드높은 곳으로 올라가라.
하느님이 영원히 순결하게
11920 곁에서 힘을 북돋아 줄 테니,
눈에 뜨이지 않게 자라나라.
그것이 바로 더없이 자유로운 창공을 지배하는
정신의 자양분이기 때문이니라.
축복으로 꽃피어 나는
11925 영원한 사랑의 계시이니라.

영생을 얻은 소년들의 합창 (제일 높은 산봉우리 주변을 맴돌며)
손에 손을 맞잡고
즐겁게 빙글빙글 춤을 추어라.
성스러운 감정들이여,
함께 춤추고 노래하라!
11930 하느님의 계시를 받았으니
믿어도 되리라,
너희들이 숭배하는 분을

눈으로 보게 되리라.

천사들 (파우스트의 불멸의 영혼을 데리고 두둥실 더 높이 올라 간다)

정신 세계의 고매한 일원이
악으로부터 구원받았노라. 11935
언제나 노력하며 애쓰는 자는
우리가 구원할 수 있노라.
그가 천상의
사랑받았으니,
복된 무리가 11940
진심으로 환영하리.

젊은 천사들 사랑에 넘쳐 거룩하게 참회한
여인들의 손에서 얻은 장미꽃들이
우리의 승리를 도왔노라.
드높은 일을 완성하고, 11945
이 보배로운 영혼을 빼앗아 오도록 도와주었노라.
우리가 장미꽃을 뿌리자 악한들이 물러났고,
장미꽃으로 때리자 사탄들이 도망쳤노라.
그 악령들이 친숙한 지옥의 형벌 대신
사랑의 고통을 느꼈더라. 11950
사탄의 늙은 우두머리조차
매서운 고뇌에 사로잡혔더라.
환호하라! 성공을 거두었으니.

원숙한 천사들 지상의 잔재를 나르는 일은
우리에게 힘겨우리. 11955
그것은 석면으로 이루어졌다 하더라도
정갈하지 않으리.
강인한 정신력이

원소들을
11960 힘차게 끌어 모으면,
그 어떤 천사도 내적으로 결합한
그 이중체를
갈라놓지 못하리.
영원한 사랑만이
11965 떼어 놓을 수 있으리.

젊은 천사들 영들의 삶이
가까이에서 움직이며
높은 바위를 안개로 감싸는 것이
지금 막 느껴지노라.
11970 구름 조각들이 밝아지며,
영생을 얻은 소년들의 무리가
활발히 움직이는 것이 보이누나.
지상의 압박으로부터 벗어나,
천상의
11975 새봄과 장신구에서
기운을 얻어,
무리 지어 맴도누나.
이분도 저들과 어울려,
드높은 완성을 향해
11980 새롭게 시작하리!

영생을 얻은 소년들 번데기 상태의 이분을
우리 기쁘게 맞아들이리.
그러면 천사들의
증표를 손에 넣는 것이리.
11985 이분을 에워싼
껍질을 벗겨 내라!

벌써 거룩한 생명을 얻어
아름답고 위대하구나.

마리아를 숭배하는 박사 (제일 높고 정결한 암자에서)

이곳은 사방이 확 트여,
정신이 드높아지노라. 11990
저기 여인들이 두둥실
위를 향해 나아가누나.
별의 화환을 두른
한가운데 찬란한 분이,
밝게 빛나는 것으로 보아 11995
천상의 여왕님이시구나.

(황홀해한다)

더없이 고매한 여왕님이시여!
드넓은
푸른 창궁에서
당신의 비밀을 보여 주소서. 12000
사나이 가슴을
진지하고 부드럽게 움직이는 것을 받아 주소서,
성스러운 사랑의 기쁨으로
당신에게 가져가는 것을.

당신이 숭고한 분부 내리시면 12005
우리의 용기 꺾일 줄 모르고,
당신이 우리의 마음 달래 주시면
뜨거운 불꽃이 갑자기 온유해지오리다.
지극히 아름다운 순결한 동정녀시여,

12010 우러러 받들어 마땅한 어머니시여,
우리를 위해 뽑히신 여왕님이시여,
신들과 동등한 분이시여.

가벼운 구름 조각들이
서로 얽히어 저분을 에워싸니,
12015 참회하는 여인들이로구나.
저 다정한 무리가
성모님의 무릎을 둘러싸고서
정기를 들이마시며
자비를 갈구하누나.

12020 감히 범접할 수 없는 분이시여,
당신은 유혹에 쉽게 넘어가는 자들이
신뢰하는 마음으로
당신께 가까이 다가갈 수 있도록 허락하시나이다.

그들은 원래 약한 존재인지라
12025 구원받기 어렵나이다.
관능의 사슬을 혼자 힘으로
끊을 자 어디 있으오리까?
매끄럽고 가파른 바닥에서
어찌 발이 미끄러지지 않으오리까?
12030 눈빛과 인사말,
기분 좋게 아부하는 숨결에 현혹되지 않을 자 어디 있으오리까?

영광의 성모 마리아, 두둥실 다가온다.

참회하는 여인들의 합창 당신은 저 높은 곳,
영원한 나라를 향해 두둥실 떠가십니다.
그 무엇에도 비할 데 없는 분이시여,
자비에 넘치는 분이시여, 12035
우리의 간청을 들어주소서!

죄 많은 여인 (「루가복음」 7장 36절)
바리새인들이 조롱하는데도,
신으로 변용하신 아드님의 발에
눈물을 향유처럼 흘린
사랑에 걸고, 12040
그렇듯 풍성하게 향료를 쏟아 낸
항아리에 걸고,
성스러운 손발을 그렇듯 부드럽게 닦았던
머리카락에 걸고—

사마리아 여인 (「요한복음」 4장)
일찍이 아브라함이 양 떼들을 몰고 간 12045
우물에 걸고,
구세주의 입술을 시원하게 적신
두레박에 걸고,
거기에서 쏟아져 나와
넘치게, 영원히 밝게 12050
온 세상으로 흘러간
맑고 풍성한 샘물에 걸고—

이집트의 마리아 (「사도행전」)
주님이 앉으셨던
더없이 신성한 장소에 걸고,
나를 훈계하며 문에서 밀쳐 낸 12055
팔에 걸고,

제가 사막에서 사십 년 동안
진심으로 행한 참회에 걸고,
제가 모래에 썼던
12060 복된 고별인사에 걸고 간구하옵니다—

셋이 함께 죄 많은 여인들을
물리치지 않으시고,
참회의 공덕을
영원히 드높이신 분이시여,
12065 잘못인 줄 모르고
단 한 번 자신을 잊은
이 착한 영혼에게도
합당한 용서를 베풀어 주소서!

참회하는 여인 (한때 그레트헨이라 불렸던 여인, 성모 마리아에게 매달린다)

비할 데 없는 분이시여,
12070 광명에 넘치는 분이시여,
제 행복을 자비롭게
굽어보소서, 굽어보소서!
옛날에 사랑했던 사람,
이제 혼미에서 벗어난 사람이
12075 돌아왔나이다.

영생을 얻은 소년들 (원을 그리며 가까이 다가온다)

이분의 팔다리는 벌써 우리보다
튼튼해졌어요.
성심껏 돌봄을 받은 것에
풍성하게 보답할 거예요.
12080 우리가 지상의 삶을
일찍 떠나왔지만,

이분은 많이 배웠으니
우리한테 가르쳐 주실 거예요.

참회하는 여인 (한때 그레트헨이라 불렸던 여인)
새로 오신 이분은 고매한 영들의 무리에 둘러싸여,
자신을 거의 의식하지 못하고 12085
새로운 삶도 깨닫지 못하지만,
벌써 성스러운 무리를 닮아가나이다.
보세요, 낡은 껍데기에 묶인
지상의 인연을 잡아 뜯는 것을.
향기로운 의복으로부터 12090
새로이 청춘의 힘이 뻗어 나고 있나이다.
저분을 가르치도록 저에게 허락해 주소서.
새로운 빛에 아직 눈부신가 봐요.

영광의 성모 마리아 자, 이리 오너라! 드높은 곳을 향해 오르라!
네가 누구인지 알아채면 그도 뒤따라오리라. 12095

마리아를 숭배하는 박사 (바닥에 넙죽 엎드려 기도한다)
구원하시는 분의 눈빛을 바라보라,
후회하는 연약한 자들아.
감사하는 마음으로
복된 운명을 향해 돌아서라.
보다 착한 모든 이들이 12100
당신을 받들어 모실 것이옵니다.
동정녀이시고, 어머니이시고, 여왕이신
여신이시여, 자비를 베푸소서!

신비의 합창 모든 무상한 것은
한낱 비유에 지나지 않느니라. 12105
그 부족함이
여기에서 완전해지리라.

말로 형용할 수 없는 것이
여기에서 이루어졌도다.
12110 영원히 여성적인 것이
우리를 이끌어 올리노라.

역자 해설

인간은 노력하는 한 방황한다

1. 『파우스트』 — 괴테 문학의 보고(寶庫)

세계적인 불후의 대문호 요한 볼프강 폰 괴테Johann Wolfgang von Goethe(1749~1832)의 주옥같은 많은 작품들 가운데서도 『파우스트*Faust*』는 명실상부한 대표작으로 손꼽힌다. 독일 문학에서 작품성이 가장 뛰어나다고 평가받고, 많이 인용되는 작품 가운데 하나인 『파우스트』는 교과 과정 및 연극의 단골 레퍼토리로 등장하며 그 명언들은 날마다 인구에 회자한다. 혹자는 괴테의 『파우스트』 없는 독일 문학은 생각할 수 없다고도 하고, 또 혹자는 『파우스트』야말로 독일 인간 정신의 상징이라고 말하기도 한다. 그러나 『파우스트』는 결코 쉽게 이해할 수 있는 작품이 아니다. 이는 한편으로는 광대하고 심오한 내용과 복잡미묘하고 다면적인 구성, 심층적이고 난해한 상징성에서 비롯되었고, 다른 한편으로는 『파우스트』가 완전한 모습으로 세상의 빛을 보기까지 60여 년이란 오랜 세월이 걸린 독특한 상황에서 연유한다.

괴테는 어린 시절 1753년에 인형극을 통해서 파우스트 소재를 처음 접했으며, 1772년 무렵 『파우스트』 집필을 시작했다고 추정되고, 1832년 세상을 떠나기 며칠 전까지 마지막 장면을 수정했으니, 그 사이에 무려 79년이란 세월이 담겨 있다. 물론 그동안 항상 『파우스트』 집필에만 매달린 것은 아니지만, 시인으로서의 능력을 발휘하기 시작한 젊은 시절부터 질풍노도와 고전주의를 거쳐 생을 마감하기까지, 엄청난 시적 재능과 언어적인 감각, 깊이 있는 세계관과 변화에 대한 탁월한 적응력을 지녔던 시성(詩聖) 괴테의 문학과 삶이 『파우스트』에 고스란히 담겨 있다.

60여 년의 집필 기간에 해당하는 1772년부터 1832년까지는 정치 사회적으로 전제주의 왕권, 프랑스 혁명, 나폴레옹 전쟁, 독일의 패배, 프랑스 7월 혁명 등의 커다란 역사적 사건들이 난무한 격동의 시대였으며, 사상적으로는 질풍노도와 고전주의와 낭만주의라는 커다란 세 문학 사조가 부침한 시기였다. 따라서 이런 정치 사회, 문학과 사상, 역사의 흐름 역시 『파우스트』에 깊고 진하게 반영되어 있을뿐더러, 다른 한편으로는 계몽주의 사상에 반란의 기치를 높이 들었던 젊은 괴테와 그리스 로마의 고전적인 아름다움에 심취했던 장년의 괴테, 그리고 사회주의적인 이상향을 펼치는 말년의 괴테 모습이 모두 그대로 녹아 있다. 『파우스트』는 시대와 더불어 변화와 발전을 거듭한 괴테의 정신세계 및 문학 세계를 그 어느 작품보다도 뚜렷하고 심도 있게 보여 준다. 시인 괴테가 어느 한 시대나 문학 사조에 국한되지 않듯, 『파우스트』 또한 여러 시대를 넘나들며 괴테의 문학에서 특별한 위상을 차지한다. 시인 괴테를 흔히 독일의 〈문화적인 정신성의 총체〉라 일컫는다면, 『파우스트』는 바로 이런 괴테 문학의 보고라 말할 수 있다.

『파우스트』는 괴테의 문학 세계와 시대정신의 흐름에 따라 내용과 문체상으로 중요한 발전 과정을 보여 주지만, 일부 소재와 테마, 근본적인 구상은 처음의 모습을 그대로 간직하고 있다. 그 기원은 괴테가 네 살의 나이에 보았던 으스스하고 괴기스러운 내용의 파우스트 인형극으로 거슬러 올라간다. 파우스트 소재는 그때 이미 괴테의 기억에 깊이 각인되어 훗날 창작의 토대를 이루었다고 전해진다. 괴테가 『파우스트』 집필을 언제 처음 시작했는지는 정확히 추적할 수 없지만, 1772년 자신의 아이를 살해한 죄목으로 프랑크푸르트에서 처형당한 주잔나 마르가레타 브란트Susanna Margretha Brandt의 재판에 자극받아, 23세 무렵 처음으로 집필하기 시작했다고 추정된다. 주잔나 마르가레타 브란트의 운명은 그레트헨 비극의 배경을 이루었으며, 1773년에서 1775년 무렵 학자로서의 파우스트 불행을 담은 학자 비극과 그레트헨 비극이 생겨났다. 1778년 무렵, 바이마르 궁중의 여관(女官) 루이제 폰 괴히하우젠Luise von Göchhausen이 그때 집필된 파우스트 원고를 복사해 두었는데, 이 복사본이 1887년 발견되어 『초고 파우스트*Urfaust*』라는 이름으로 출간되었다. 이것이 현재 남아 있는 제일 오래된 『파우스트』 원고이다.

1786년, 바이마르 공국의 정무에 시달리던 괴테는 도망치듯 바이마르를 떠나 이탈리아 여행에 나선다. 로마에서 기존의 『파우스트』 원고를 수정하고 〈마녀의 부엌〉 등을 보완하여, 1790년 『파우스트 단편*Faust. Ein Fragment*』이라는 이름으로 출간하고 부활절 미사에 상연한다.

1797년, 프리드리히 폰 실러Friedrich von Schiller의 권유와 재촉을 받아 오랫동안 밀어 두었던 『파우스트』 집필을 재개해 집중적으로 매달렸으며, 57세였던 1806년 봄에 1부를 완성해 〈파우스트. 하나의 비극Faust. Eine Tragodie〉이라는 표제로 1808년 발표했다. 이 무렵에 『파우스트』 드라마의 커다란 틀을 이루는 「헌사」, 「무대에서의 서막」, 「천상의 서곡」이 쓰였다.

1798년 봄부터 1801년 4월까지는 오랜 세월에 걸친 『파우스트』 집필 과정 가운데 가장 어려운 고비였다. 실러는 괴테가 파우스트 집필을 영영 중단하지 않을까 염려했으며, 괴테는 출판

업자 코타에게 이 〈마녀의 산물〉이 언제 무르익을지 알 수 없다고 털어놓았다. 그러다 1825년에야 2부 집필에 몰두할 수 있었고, 1827년 헬레나 장면에 이어, 1828년 궁중 장면을 보완했다. 1831년 드디어 총 12,111행에 이르는 위대한 세기의 드라마가 완성되었으며, 괴테는 자신의 사후에 발표해 달라는 부탁과 함께 원고를 굳게 봉인했다. 그러나 1832년 3월 세상을 떠나기 며칠 전에 봉인을 뜯고 한 번 더 원고를 다듬었다. 괴테는 『파우스트』에 그만큼 자신의 모든 것을 부어 넣고 정성을 쏟은 것이다. 『파우스트』는 괴테의 뜻을 좇아 1832년 괴테 사후에 세상 사람들에게 읽힐 수 있었으며, 『파우스트』의 완성은 개인적, 예술적으로 괴테 말년의 가장 뜻깊은 업적으로 기록된다. 괴테는 1831년 4막이 미비한 상태에서 2부를 완성했을 때 요한 페터 에커만Johann Peter Eckermann에게 이렇게 말한다.

「나는 지금부터 내 남은 인생을 (……) 순수한 선물로 여길 수 있소. 앞으로 뭔가를 더 할 수 있을지는 모르지만, 이 점만은 근본적으로 변하지 않을 것이오.」

『파우스트』는 이처럼 시인 괴테의 문학적인 삶을 평생 함께한 동반자였으며, 독일 정신사에서 〈괴테 시대〉라 불리는 1770년에서 1830년까지를 상징적으로 대표한다.

2. 옛 전통의 새로운 창조

괴테의 역작 『파우스트』의 근간을 이루는 소재는 이미 괴테 이전에 역사적인 전설과 문학적인 전통으로 존재했으며 16세기까지 거슬러 올라간다. 파우스트는 1480년경부터 1540년경까지, 즉 중세에서 근대로 넘어가는 과도기에 독일에 생존했던 실제 인물로 전해진다. 요한 파우스트 또는 게오르크 파우스트라는 이름으로 불렀는데, 파우스트는 〈행복한 사람〉이나 〈행운아〉란 뜻의 라틴어 〈파우스투스Faustus〉에서 유래한다.

파우스트의 실제 삶에 대한 기록은 별로 남아 있지 않으며, 어린 시절이나 젊은 시절은 완전히 어둠에 묻혀 있다. 다만 평생을 여기저기 떠돌아다니며 치료사, 연금술사, 마법사, 예언가, 사이비 학자로 명성을 누렸다고 알려져 있다. 스스로 초자연적인 신통력을 발휘한다고 주장했다는데, 당시 그의 출현은 커다란 사건으로 받아들여졌으며, 술집에서 술통을 타고 날아가거나 호메로스의 등장인물들을 불러내는 등 많은 기행을 부렸다고 전해진다. 그 때문에 파우스트는 이미 살아생전에 전설적인 인물로 자리 잡기 시작했으며, 특히 브라이스가우에서 실험하는 도중 폭발이 일어나 얼굴을 등에 박고 흉측한 몰골로 목숨을 잃은 후에는 더욱 많은 사람들의 환상을 자극했다. 그것이 사고사였는지 자살이었는지는 알 길이 없으며, 당시 사람들은 이런 불가사의한 죽음의 원인을 사탄과의 관계에서 찾았다. 즉 파우스트가 사탄과 계약을 맺은 탓에 사탄에게 붙잡혀 갔다고 추정한 것이다. 그 이후로 파우스트라는 인물은 사람들의 입을 타고서 다양한 모습으로 많은 전설을 만들어 냈다.

그것은 파우스트가 당시 사람들로서는 이해할 수 없는 흥미롭고 별난 인물이었기 때문이다. 그가 발산하는 매력은 무엇보다도 교회의 엄격한 권위에 과감하게 대항해 자유로운 개인의 삶을 살았다는 데 있다. 사탄과 계약을 맺는 이야기는 중세에 자주 등장했던 모티프지만, 파우스트 전설에는 세속적인 학문의 수단을 이용해 세상의 근본 이치를 파헤치려는 근대적 모티프가 추가된다. 파우스트는 명성이나 재물이 아니라 인식에의 욕구에 사로잡힌 남자로, 새롭게 현세에 가치를 두는 근대적 인간상을 대변한다. 그는 바로 이 욕구를 충족시키기 위해서 사탄과 계약을 맺는 것이다.

1575년, 어느 익명의 저자가 기존의 질서에 반란을 시도한 전설적인 인물로서 파우스트의 삶을 최초로 글을 통해 묘사했다. 원래 라틴어로 쓰인 이 글은 독일어로 번역되었지만 그 후 소실되었다. 그러다 1587년, 민중들을 위한 이야기책 형식의 『요한 파우스트 박사의 이야기』가 프랑크푸르트의 출판업자 요한 슈피스Johann Spies에 의해 출간되었다. 이 책은 본래 사탄과의 관계나 미신, 마법을 퇴치하기 위한 도덕적인 의도에서 신교 성직자가 쓴 것으로 알려져 있다. 즉 교회에 등을 돌리고 사탄과 동맹을 맺은 것에 대한 징벌로서 지옥에 떨어지는 끔직한 사례를 들어, 지상적인 삶의 유혹에서 사람들을 보호하려는 기독교적이고 보수적인 교훈서의 성격을 띠었다. 당시 이 책은 인쇄술의 발견 이후에 성공을 거둔 최초의 베스트셀러들 가운데 하나였으며, 여러 나라의 언어로 번역되었다.

1593년, 영국의 극작가 크리스토퍼 말로Christopher Marlowe가 이에 자극받아 파우스트 전설을 〈파우스투스 박사의 비극적인 이야기The Tragical History of Doctor Faustus〉라는 표제로 희곡화했으며, 이것은 다시 독일로 역수입되어 유랑 극단의 레퍼토리로 독일 전역에 널리 퍼졌다. 유령들이 등장하고 주문을 읊는 괴기스러운 내용의 이 연극은 인형극으로도 상연되어 18세기까지 많은 인기를 누렸다.

18세기에 이르러 파우스트 전설은 고트홀트 에프라임 레싱Gotthold Ephraim Lessing을 비롯한 여러 시인들에 의해 문학적으로 다양하게 형상화되었다. 〈파우스트〉라는 인간상이 교회의 속박에서 벗어나 자유롭게 세계를 인식하고 싶어 하는 당시의 시대정신과 맞아떨어졌기 때문이다. 그러나 무엇보다도 파우스트는 지나친 이성 위주의 계몽주의적 사고방식에 반발하여 개개인의 자연스러운 감정과 충동, 천재적인 인간상을 선호한 질풍노도 문학의 이상을 구현하는 데 적합한 인물이었다.

질풍노도 시인들에게 파우스트는 종교적이고 사회적인 규범과 인습의 속박으로부터 해방을 추구하는 상징적인 인물로 보였다. 1778년 파우스트의 삶과 죽음을 담은 프리드리히 뮐러Friedrich Müller의 미완성 드라마와 1791년 파우스트의 행적과 지옥행을 그린 프리드리히 막시밀리안 폰 클링거Frirdrich Maxmilian von Klinger의 소설을 이런 맥락에서 이해할 수 있다. 이 작품들에서 파우스트는 세계를 인식하기 위해 불굴의 노력을 기울이는 학자로 묘사된다.

괴테의 『파우스트』는 바로 이런 전통의 연장선상에 위치한다. 괴테 역시 질풍노도 문학에 심취했던 젊은 시절에, 많은 시인들과 연극인들의 손을 거쳐 자신에게 이른 파우스트 소재에 손을 대었으며, 16~18세기의 문화를 융합하여 결국 시대를 뛰어넘는 위대한 세계 문학 작품으로 만들어 냈다. 가까운 것과 먼 것, 몸으로 체험한 것과 글로 읽은 것을 엮어 넣어, 오랜 문학적 전통을 새롭게 창조한 것이다. 뿐만 아니라 독일의 역사가이자 철학자인 오스발트 슈펭글러Oswald Spengler는 괴테의 『파우스트』에 미래에 대한 예언이 담겨 있다고 지적한다. 〈1부의 파우스트, 고독한 한밤중의 격정적인 학자는 2부의 파우스트, 멀리 내다보며 실용적이고 외부 지향적으로 활동하는 유형으로서 새로운 세기의 파우스트를 일관성 있게 불러낸다. 여기에서 괴테는 심리적으로 서유럽의 미래를 예견했다〉

이처럼 과거와 현재와 미래를 꿰뚫어 보편적인 인간 정신을 시적으로 묘사했다는 데 『파우스트』의 인류사적인 의의가 있다.

3. 인간은 노력하는 한 방황한다

시인 하인리히 하이네Heinrich Heine는 파우스트가 〈엄격한 교회의 권위를 비난하고 독자적으로 연구하기 시작한 시대〉에 살았다고 말한다. 파우스트 전설이 많은 이들의 관심을 일깨우고 많은 작가들을 사로잡은 이유는 바로 모든 권위와 인습을 부정하고 인간의 한계에 도전해서 무한히 노력하는 초인적인 모습을 보여주는 데 있다. 괴테는 이처럼 주어진 한계에 만족하지 않고 영원한 진리를 찾아 끊임없이 노력하는 사람, 결코 만족할 줄 모르는 인간의 모습을 그 누구보다도 뛰어나게 시적으로 형상화했다.

목표를 향해 두려움 없이 매진하는 초인적인 인물이 인류사적으로 방대한 드라마 『파우스트』의 구심점을 이루고 작품의 통일성을 유지시켜 준다. 〈이 제한된 세계에서 제한되지 않은 것을 향한……〉(괴테 『금언과 성찰*Maximen und Reflexionen*』 중에서)과 동일한 파우스트의 노력은 삶의 여러 영역에서 되풀이된다. 파우스트는 먼저 진리를 추구하는 학자로서 온갖 학문을 두루 섭렵하며 최고의 인식에 이르려 한다. 그러나 모든 세상사를 멀리하고 오로지 학문 연구에만 몰두했는데도, 세상을 이루는 근본 이치, 자연의 내적 질서를 인식하지 못하고 결국 인식의 한계에 부딪친다. 파우스트는 이런 벗어날 길 없는 절망적인 상황에서 결국 사탄의 힘을 빌리려 한다.

주인공 파우스트 박사와 사탄 메피스토펠레스의 계약은 드라마를 관통하는 하나의 커다란 줄기를 이룬다. 그동안 오로지 방 안에 갇혀 학문 연구에만 심취했던 노학자 파우스트는 마녀의 힘을 빌려 젊어진 다음, 삶의 새로운 의미를 발견할 수 있는 가능성을 찾아 세상을 방황한다. 메피스토펠레스는 그런 파우스트에게 지상의 모든 쾌락과 권력, 부귀영화를 제공한다. 파우스트는 그레트헨과의 사랑에 이어, 궁중에서의 체험, 헬레나를 통한 내적이고 정신적인 체험, 마지막으로 〈자유로운 땅에서 자유로운 민중과 함께〉 지내고자 하는 통치자로서의 이념을 두루 섭렵한다. 그러는 동안 개인적인 욕망에 사로잡힌 존재에서 보편적인 인류애의 이념을 펼치는 존재로 발전하고 결국 구원에 이른다.

파우스트는 원하는 인식에 이르기 위해서라면 마법이나 주술 앞에서도 주저하지 않으며 사탄과의 동맹마저 불사한다. 메피스토펠레스는 파우스트의 계획을 번번이 악으로 유도하는 데 성공하지만 결국 뜻을 이루지 못하고, 파우스트는 끝까지 노력하는 사람으로 남는다. 〈선량한 인간은 비록 어두운 충동에 쫓기더라도 올바른 길을 잊지 않기〉 때문이다. 파우스트는 지상에서의 제한된 삶에 만족하는 사람들과는 대조적으로 끊임없는 시도와 도전, 실패와 절망을 딛고서 줄기차게 노력하는 인간상을 대표한다. 그에게는 순간에 만족해서 안주한다는 것은 생각할 수도 없는 일이다. 그는 메피스토펠레스에게 자신이 속 편하게 누워서 빈둥거린다면, 그것으로 자신의 인생은 끝장이라고 말한다.

> 순간이여, 멈추어라! 정말 아름답구나!
> 내가 이렇게 말하면,
> 자네는 날 마음대로 할 수 있네.
> 그러면 나는 기꺼이 파멸의 길을 걷겠네.
> 죽음의 종이 울려 퍼지고, 자네는 임무를 다한 걸세.
> 시계가 멈추고 바늘이 떨어져 나가고,
> 내 시간은 그것으로 끝일세.

괴테의 『파우스트』는 인간은 비록 방황하더라도 끝까지 노력하는 한 결국 앞을 향해 나간다는 긍정적이고 낙천적인 세계관을 우리에게 일깨워 준다.

4. 인류사의 상징

무한한 인식을 좇아서 초인적으로 노력하는 파우스트의 여정은 천상에서 지상을 거쳐 지옥에까지 이어진다. 괴테는 이처럼 흥미롭게 펼쳐지는 줄거리 배후에서, 선과 악, 사랑과 진실, 자유와 책임감, 종교와 학문, 예술과 자연, 개인과 사회, 남성과 여성, 정치와 권력, 그리스 로마 문화와 중세의 기독교 정신, 인문주의와 계몽주의, 봉건주의와 시민계급, 영원한 인간성 등 동서고금의 근본적이고 중대한 거의 모든 문제들을 깊이 있게 파고든다. 따라서 『파우스트』는 표면적인 줄거리와 그것으로 표현되는 상징 관계의 이중적인 구조를 가진다. 개개 장면들이 심오한 상징적 의미를 내포하는 데 비례해서, 줄거리의 긴밀함은 상대적으로 감소된다. 괴테는 처음에 일관성 있는 줄거리를 구상했지만, 그것은 점점 강하게 부각되는 상징 관계에 뒤로 밀려났다.

특히 주요하고 많은 상징적 형상들이 주로 모티프처럼 반복되며 작품의 저변을 뚫고 흐른다. 예를 들어 빛과 어둠의 상징이 처음부터 끝까지 하나의 굵은 선을 그리며 일관성 있게 이어진다. 빛은 신적인 것을, 어둠은 사탄의 영역을 상징하며, 그 사이에 인간은 빛과 어둠이 혼합된 혼탁한 존재로 묘사된다. 인간은 내부에 깃든 영원한 빛을 좇아 위를 향해 나가려 한다. 파우스트는 신적인 것을 향한 근원적인 동경을 빛을 향한 동경이라 표현한다. 그러나 인간은 지상의 무게에 이끌려 곧 다시 아래로 추락하고, 지상에서 다시 천상을 꿈꾼다. 메피스토펠레스는 인간의 이원적인 본성을 위를 향해 폴짝 날아오르지만 금방 다시 땅에 코를 박고 마는 귀뚜라미에 빗댄다. 인간은 빛과 어둠, 선과 악, 정신과 충동을 지닌 이중적 존재로서, 살아 있는 한 이런 숙명에서 벗어나지 못한다. 자신의 가슴속에 두 개의 영혼이 살고 있다고 한탄하는 파우스트의 비극은 천상의 빛을 품고서 지상에서 살아갈 수밖에 없는 인간의 이원성에서 비롯한다.

이런 상징 관계는 외면상 느슨하게 이어지는 듯 보이는 1부와 2부를 내적으로 밀접하게 결합시킨다. 빛과 어둠, 인간의 이원성의 모티프는 1부와 2부를 관통하여, 결국 빛의 세계로 오르는 파우스트의 구원까지 이어진다. 따라서 1부와 2부를 따로 떼어서 생각할 수는 없으며, 괴테는 1부를 집필하던 시절에 이미 2부를 구상하고 있었다. 물론 1부에 비해 2부는 더 우의적이고 비유적인 특성을 띤다. 1부에서 개인적인 인식을 향해 몸부림치던 파우스트가 2부에서 인류를 위해 능동적으로 행동하는 인간으로 변신하면서, 시공을 초월하는 인류의 보편적인 문제들이 보다 강하게 전면에 부각되기 때문이다. 특히 고전적인 발푸르기스의 밤은 그리스 로마 신화의 인물들과 고대의 형상들을 만화경처럼 환상적으로 펼쳐 보이며, 북방의 기독교 정신과 남방의 그리스 로마 정신을 상징적으로 묘사한다. 고전적인 발푸르기스의 밤은 강한 상징성을 띠는 예술의 세계, 아름다운 가상의 세계이다.

이처럼 『파우스트』의 모든 장면들은 그 자체로 하나의 사건이고 상징이면서, 이런 개개의 상징들이 하나로 모여 인류사의 커다란 상징적 드라마를 이룬다. 괴테 스스로도 문학에 정통한 사람이라면 〈보다 높은 의미를 놓치지 않을 것〉(『괴테와의 대화*Gespräche mit Goethe in den letzten Jahren seines Lebens*』 중에서)이라며 『파우스트』의 상징적 의미를 강조했다. 괴테는 철학적, 신학적, 정신적, 예술적, 영적인 인류사의 커다란 테마들을 하느님과 사탄의 내기나 인간과 사탄과의 계약 같은 흥미로운 모티프들에 담아 웅장한 드라마 형식으로 엮어 내었다. 이러한 다층적인 구조와 상징적인 관계가 『파우스트』를 쉽게 이해하기 어려운 드라마로 만들지만, 조금만 주의를 기울이면 보다 심오하고 비밀스러운 의미를 우리에게 드러낸다.

5. 세계적인 문화유산

괴테는 『파우스트』의 심오하고 광대한 내용에 맞추어 하나의 통일적인 언어보다는 갖가지 언어를 변화무쌍하게 구사한다. 상징적인 내용을 시적으로 심도 있게 표현하기 위해서 등장인물의 사회적 지위나 성품, 또는 상황이나 분위기에 따라, 궁중의 언어나 소시민의 언어, 고아한 언어나 상스러운 언어 등 거의 모든 사회적인 영역의 언어를 동원한다. 또한 오랜 집필 기간에 상응하여, 질풍노도의 감정에 충만한 문학적 언어, 조화로운 고전적 언어, 말년의 비유적 언어가 병존한다. 뿐만 아니라 독일 고유의 시행인 4강음의 크니텔, 압운을 맞추지 않는 약강 오보격의 무운시(無韻詩), 6각 12음절의 알렉상드랭, 3분격의 트리메터, 민요 형식 등 여러 가지 시 형식이 내용에 따라 다채롭게 사용된다. 게다가 『파우스트』의 언어적이고 형식적인 다층성은 괴테가 독일의 중세적인 배경, 이탈리아 르네상스풍의 가장무도회, 기독교 전통, 그리스 로마의 신화, 인문주의 사상 등 여러 분야에서 소재를 받아들여 하나의 드라마로 융합한 데에서도 연유한다. 『파우스트』처럼 다면적이고 풍성한 언어를 지닌 작품은 또 찾아보기 어렵다.

풍부하고 독특한 음향과 운율, 리듬과 시적인 형식은 등장인물과 내적인 상황, 정신적인 세계와 조응하여, 장면마다 특유의 시적 분위기와 고유의 언어 형식을 만들어 낸다. 이를테면 파우스트가 격렬하게 갈등하고 절망하는 장면에서는 불규칙한 리듬과 딱딱한 음향의 언어로 묘사되고, 그레트헨의 소박하고 순수한 성품은 민요풍의 순박한 노래로 표현된다. 또한 파우스트 개인의 정열적인 내면과 고뇌를 비교적 사실적으로 묘사하는 1부에 비해, 넓은 세상의 알레고리에 접근하는 2부는 음향과 리듬이 더욱 풍부해져서 때로는 거의 웅장한 관현을 연상시킨다.

이처럼 『파우스트』의 내용과 형식이 서로 영향을 미쳐 각 장마다 하나의 독특한 세계를 만들어 낸다. 그러나 모든 장에 등장하는 파우스트, 메피스토펠레스, 그리고 형상들의 긴밀한 내적 상징 관계가 전체를 관통하는 끈의 역할을 한다. 그 결과 자체로 완결된 영역들이 서로 영향을 주고받으며 하나의 조화로운 세계, 그 자체로 완결된 뛰어난 불후의 예술 작품을 빚어낸다.

괴테는 수백 년의 전통을 가진 파우스트 박사의 옛 이야기를 토대로, 신랄한 예지와 심오한 정신의 힘, 유머와 비판의 정신, 아이러니를 교묘하게 아울러, 내용적, 언어적으로 모든 앞선 작가들을 능가하는 불후의 웅장한 드라마를 만들어 내는 데 성공했다. 『파우스트』가 세계 문학의 고전이라고 새삼 말할 필요도 없다. 독일 문학 최고의 대작이고 세계적인 문화유산이다. 영국의 괴테 전기 작가 니콜라스 보일Nicholas Boyle은 『파우스트』를 가리켜 〈괴테가 창조한 가장 위대한 것이고 …… 거기에 실제로 거의 모든 것이 깃들어 있다〉고 말한다. 그래서 『파우스트』는 시대와 공간을 뛰어넘어 읽을 때마다 새롭게 독자의 마음을 파고들어, 미처 깨닫지 못했던 것을 문득 머리에 떠오르게 한다. 『파우스트』는 세월이 흐르면서 빛이 바래기보다는 오히려 세대를 거듭하면서 끊임없이 새로운 문제를 제기하는 마르지 않는 샘과도 같다.

김인순

요한 볼프강 폰 괴테 연보

1749년 출생 8월 28일 마인 강변의 프랑크푸르트에서 황실 고문관 요한 카스파르 괴테와 카타리나 엘리자베트 괴테의 아들로 태어남. 프랑크푸르트에서 어린 시절을 보내며, 아버지와 가정 교사에게 교육을 받음. 이미 어린 시절부터 문학과 연극에 열광함.

1759년 10세 프랑스군이 프랑크푸르트를 점령함에 따라 많은 프랑스 연극을 접하게 됨.

1765년 16세 아버지의 뜻에 따라 라이프치히 대학교에서 법학을 전공함. 그러나 법학보다는 문학과 예술 강의를 듣고, 고고학자이며 예술사가인 요한 요아힘 빙켈만의 이론에 영향을 많이 받음. 이 무렵에 이미 여러 문학 작품을 집필했지만 훗날 스스로 파기함.

1766년 17세 케트헨 또는 안네테라고 불린 안나 카타리나 쇤코프와 교제하면서 로코코풍의 연애시를 집필함. 이 시들은 1770년에 익명으로 발표한 최초의 시집 『안네테*Annette*』에 수록되어 있음.

1767년 18세 쇤코프와의 체험을 토대로, 연인 사이의 질투를 그린 희곡 『연인의 변덕*Die Laune des Verliebten*』을 집필함.

1768년 19세 쇤코프와의 관계를 끝냄. 8월 심한 각혈로 학업을 중단하고 프랑크푸르트로 귀향함.

1769년 20세 희곡 『공범자들*Die Mitschuldigen*』을 집필함.

1770년 21세 슈트라스부르크 대학교에서 법학 공부를 계속함. 마침 눈 수술을 위해서 그곳에 머무르고 있던 당대의 유명한 시인이자 사상가인 요한 고트프리트 폰 헤르더를 만나 많은 영향을 받음. 10월 근교의 제젠하임에서 그곳 목사의 딸 프리데리케 브리온을 만나 사랑에 빠졌으며, 그녀를 위해 많은 서정시를 집필함.

1771년 22세 종교와 국가 문제를 다룬 졸업 논문은 지나치게 독자적인 내용 탓에 통과되지 못했지만, 그에 준하는 구술시험을 거쳐 학업을 마침. 8월 프리데리케 브리온과 결별하고 프랑크푸르트로 귀향하여 변호사로 활동함. 질풍노도의 전형적인 특징을 드러내는 희곡 『괴츠 폰 베를리힝겐』의 초고를 집필함.

1772년 23세 베츨라르의 제국 고등 대법원에서 수습 과정을 밟음. 6월 샤를로테 부프를 만나 사랑에 빠짐.

1773년 24세 희곡 『괴츠 폰 베를리힝겐』을 출간함. 희곡 『파우스트』를 집필하기 시작함.

1774년 25세 소설 『젊은 베르테르의 슬픔』을 출간함. 시 「프로메테우스 Prometheus」와 희곡 『클라비고*Clavigo*』를 집필함.

1775년 26세 릴리라 불렸던 안나 엘리자베트 쇠네만을 만나 약혼했으나 가을에 파혼함. 11월 7일 바이마르의 카를 아우구스트 공작의 초청에 응하여 바이마르에 도착함. 여기서 괴테의 정신적인 발전에 영향을 미친 샤를로테 폰 슈타인 부인과 만남. 희곡 『스텔라*Stella*』를 집필함.

1776년 27세 6월 바이마르 공국의 공사관 참사관에 임명된 후, 정식으로 정치에 참여하기 시작함.

1777년 28세 일메나우의 광산 감독 업무를 맡게 되면서 식물학과 광물학, 지질학에 관심을 갖기 시작함.

1779년 30세 9월 5일 추밀 고문관에 임명됨. 『이피게니에』를 산문 형식으로 집필함.

1780년 31세 광물학 연구에 몰두함.

1781년 32세 예나에서 해부학 강의를 수강함.

1782년 33세 아버지 요한 카스파르 괴테가 71세의 나이로 사망함. 요제프 2세 황제에게 귀족의 작위를 받음. 바이마르 공국의 재무 행정 업무를 관장함.

1784년 35세 인간의 태아에서 악간골을 발견함. 지질학과 광물학에 대한 연구 결과로, 논문 「화강암에 대해Über den Granit」를 집필함.

1786년 37세 식물학에 열정을 보임. 10월 30일 비밀리에 이탈리아로 떠나서 로마에 도착함. 고전적인 회화와 조각에 심취하고, 고전주의 문학 이념이 무르익음. 『이피게니에』를 운문 형식으로 개작함.

1787년 38세 희곡 『에그몬트*Egmont*』를 완성함.

1788년 39세 6월 바이마르로 돌아옴. 7월 스물세 살의 크리스티아네 불피우스와 처음 만나서 곧 동거 생활을 시작함. 훗날 그녀와 결혼함. 프리드리히 폰 실러와 만남. 학문을 육성하기 위해 자주 예나에 체류함. 시 「로마의 비가Römische Elegien」를 집필함.

1789년 40세 당대의 석학 빌헬름 폰 훔볼트Wilhelm von Humboldt와 친교를 맺음. 12월 25일 괴테의 다섯 아이 중 유일하게 살아남은 아우구스트를 출생함.

1790년 41세 베네치아를 향해서 두 번째로 이탈리아 여행을 떠남. 식물학 중 〈비교 형태론vergleichenden Morphologie〉의 토대를 닦고, 색채론 연구를 시작함. 격언시 「베네치아의 경구Venezianische Epigramme」와 논문 「식물 변태론」을 집필함. 『파우스트, 단편*Faust, ein Fragment*』을 출간함.

1791년 42세 바이마르 궁정 극장의 운영을 맡음.

1792년 43세 카를 아우구스트 공작과 함께 프러시아군에 소속되어 프랑스 혁명군을 저지하기 위한 전쟁에 참여함.

1793년 44세 마인츠 포위전에 참가함. 색채론 연구에 몰두함.

1794년 45세 실러와 함께 문학 잡지 『호렌*Horen*』을 발간함. 이를 계기로 두 문호 사이에 절친한 우정이 싹트고, 이 우정은 1805년 실러가 세상을 떠날 때까지 지속됨.

1795년 46세 단편소설 모음집 『독일 이주민들의 담소*Unterhal-tungen deutscher Ausgewanderten*』를 출간함.

1796년 47세 『빌헬름 마이스터의 수업시대*Wilhelm Meisters Lehrjahre*』를 완성함.

1797년 48세 실러의 격려와 독촉을 받아 『파우스트』 집필을 재개함. 실러와 우정 어린 경쟁을 하며 「코린트의 신부Die Braut von Korinth」, 「마법사의 제자Der Zauberlehrling」 등 주옥같은 발라드 작품들을 집필함. 실러와 더불어 풍자시 「크세니엔Xenien」을 발표하고, 장편 서사시 『헤르만과 도로테아*Hermann und Dorothea*』를 출간함.

1805년 56세 실러가 사망함. 그의 죽음에 정신적으로 큰 충격을 받은 괴테는 신장 산통 등의 질병에 시달림.

1806년 57세 10월 19일 크리스티아네 불피우스와 정식으로 결혼함. 『파우스트』 1부를 완성하고, 시 「동물들의 변형Metamorphose der Tiere」을 집필함.

1807년 58세 예나에서 서적상의 양딸인 열여덟 살의 민나 헤르츠리프에게 반함. 이 체험은 훗날 소설 『친화력』을 낳는 계기가 됨. 『빌헬름 마이스터의 편력시대』를 집필하기 시작함.

1808년 59세 어머니 카타리나 엘리자베트 괴테가 별세함. 에어푸르트에서 나폴레옹과 회견함. 『파우스트』 1부가 출간됨.

1809년 60세 소설 『친화력』을 발표함.

1810년 61세 논문 「색채론Zur Farbenlehre」을 발표함.

1811년 62세 자전적 기록 『시와 진실』 1부를 집필함.

1812년 63세 루트비히 판 베토벤과 여러 차례 만남. 『시와 진실』 2부를 집필함.

1813년 64세 『시와 진실』 3부를 집필함.

1814년 65세 프랑크푸르트에서 마리안네 폰 빌레머를 만나 사랑에 빠짐. 페르시아의 시인 하피즈Hafiz의 『시집*Divan*』을 읽고서 자극받아 『서동시집*West-östlicher Divan*』을 집필하기 시작함.

1815년 66세 바이마르 공국의 재상으로 임명됨.

1816년 67세 6월 부인 크리스티아네가 사망함. 『이탈리아 기행*Italienische Reise*』을 집필함. 잡지 『예술과 고대*Über Kunst und Altertum*』를 발간함. 이 잡지는 1832년까지 계속 발행됨.

1817년 68세 희곡 『판도라*Pandora*』를 출간함.

1819년 70세 『서동시집』 출간함.

1820년 71세 71세의 나이로 보헤미아의 지질학 연구에 참여함.

1821년 72세 『빌헬름 마이스터의 편력시대』를 탈고함. 체코의 마리엔바트에서 울리케 폰 레베초프를 만나 새롭게 연정에 불타오름.

1823년 74세 19세의 울리케 폰 레베초프에게 결혼 신청을 하나 거절당함. 그 아픔을 연애시 「마리엔바트의 비가Marienbader Elegie」로 표현함.

1829년 80세 『파우스트』 1부를 무대에서 초연함.

1830년 81세 아들 아우구스트가 로마에서 사망함. 『시와 진실』 4부가 완성됨.

1831년 82세 『파우스트』 2부가 완성됨.

1832년 83세 3월 22일 바이마르에서 생을 마침. 바이마르의 역사적인 공동묘지에 실러와 나란히 안장됨.

파우스트

옮긴이 김인순 고려대학교 독어독문학과를 졸업하고 동 대학원 독어독문학과에서 문학 박사 학위를 받았으며, 고려대학교의 초빙 교수를 역임했다. 옮긴 책으로 프리드리히 니체의 『차라투스트라는 이렇게 말했다』, 요한 볼프강 폰 괴테의 『파우스트』와 『젊은 베르테르의 슬픔』, 프리드리히 폰 실러의 『도적 떼』, 지크문트 프로이트의 『꿈의 해석』, 파트리크 쥐스킨트의 『깊이에의 강요』, 산도르 마라이의 『열정』, 헤르타 뮐러의 『저지대』 등이 있다.

지은이 요한 볼프강 폰 괴테 **옮긴이** 김인순 **발행인** 홍예빈
발행처 주식회사 열린책들 **주소** 경기도 파주시 문발로 253 파주출판도시
전화 031-955-4000 **팩스** 031-955-4004
홈페이지 www.openbooks.co.kr **이메일** literature@openbooks.co.kr

ISBN 978-89-329-2395-6 04850 **ISBN** 978-89-329-2390-1 (세트)
발행일 2009년 12월 20일 세계문학판 1쇄 2023년 10월 5일 세계문학판 28쇄 2024년 3월 15일 세계문학 모노 에디션 1쇄 2024년 12월 5일 세계문학 모노 에디션 3쇄